AF445494

PAPIER
FRESSERCHEN
MIM-VERLAG
DIE BÜCHER MIT DEM DRACHEN

Impressum:

Personen und Handlungen sind frei erfunden.
Ähnlichkeiten mit lebenden oder verstorbenen Personen sind
zufällig und nicht beabsichtigt.

Besuchen Sie uns im Internet:
www.papierfresserchen.de

© 2017 – Papierfresserchens MTM-Verlag GbR
Mühlstr. 10, 88085 Langenargen

info@papierfresserchen.de
Alle Rechte vorbehalten.
Überarbeitete Auflage 2022

Lektorat: Melanie Wittmann
Herstellung: CAT creativ - www.cat-creativ.at
Titelbild: © germancreative

Druck: Bookpress / Polen

ISBN: 978-3-96074-534-1 – Taschenbuch
ISBN: 978-3-96074-084-1 – E-Book

MARON FUCHS

FIORIA

Band 3

In Liebe und Hass

Widmung

Für meine lieben Verwandten aus dem hohen Norden, besonders für die Ibbenbürener: Lore und Wilhelm, Claudia und die wunderbare Clara, Oliver, Julia, Paul, Leo und nicht zuletzt Brigitte. Es ist immer wieder herrlich bei euch!

Inhalt

Endlich haben Mia und Lloyd die Sorgen und Gefahren hinter sich gelassen. Fernab vom unerbittlichen Kampf zwischen den Rangern und Schattenbringern haben sie sich ein neues Leben aufgebaut. Doch so einfach ist es leider nicht. Der Konflikt zwischen den beiden Organisationen, die sich gegenseitig den Krieg erklärt haben, verschlimmert sich zusehends. Selbst in den äußeren Provinzen, in denen sich Mia und Lloyd niedergelassen haben, können die beiden nicht die Augen davor verschließen. Die War-

nung der Dämonen und Geister ist eindeutig: Es muss etwas geschehen, bevor dieser Kampf ganz Fioria verwüstet. Also wagen Mia und Lloyd die Rückkehr in die Bezirke der Ranger, um den grausamen Krieg zu beenden. Allein stehen ihre Chancen dazu schlecht – aber wer kann ihnen helfen? Wem können sie vertrauen? Oder gibt es in diesem Kampf längst kein Richtig und Falsch mehr?

Prolog

Es ist leicht, jemanden zu hassen. Doch es ist schwer, ihm zu verzeihen. Und echtes Vertrauen in diese Person zu setzen, stellt wohl die größte Herausforderung dar.

Kapitel 1:

Ein anderes Leben

„Mia, hilf mir!"

„Bin schon da!", antwortete ich und lief zu der etwa 40-jährigen brünetten Frau ins Nebenzimmer, das ein wenig nach Desinfektions-mitteln roch.

Schnell hatte ich die Situation überblickt. Meine Chefin, Frau Hana, stand im Untersuchungsraum ihrer Animaliaarztpraxis und hielt nur mühsam ein aufgeregtes Nekota fest. Das kleine Wesen fauchte laut, sträubte sich gegen ihren Griff, stellte sogar sein Fell auf und legte die Ohren an.

„Ganz ruhig", flüsterte ich dem Animalia zu und streckte langsam meine Hand nach ihm aus. „Dir passiert nichts. Frau Hana will dir helfen." Ich spürte deutlich, wie sich die Angst und Wut des Wesens in Verwunderung und Ruhe verwandelten. Es schnupperte an meinem Zeigefinger, seine Schnurrhaare kitzelten mich. Dann schmiegte es seinen Kopf in meine Handfläche. Ich lächelte und kraulte es hinter den Ohren.

„Ein Glück", seufzte meine Chefin und ließ das Nekota langsam los. Sie richtete ihre Gummihandschuhe und griff nach dem silbernen Wa-gen, auf dem ihre Utensilien lagen. „Halt es kurz ruhig, Mia."

Ich nickte. „Kein Problem." Während ich dem Animalia übers braun-grau gescheckte Fell streichelte, ließ ich es spüren, dass ihm keine Ge-fahr drohte. Die Ärztin wollte es schließlich nur impfen – dafür hatte sein Besitzer es hierher gebracht.

Die Animalia waren ganz besondere Wesen, die sich überall in die-ser Welt fanden. Kurz ließ ich meinen Blick aus dem Fenster schwei-fen, über den kleinen Vorgarten der Praxis und den strahlend blauen Himmel. Es herrschte angenehmes Frühlingswetter. Fioria war eine wunderschöne Welt, ohne Zweifel. Was vor allem an den Animalia, Dämonen und Geistern lag. Diese drei Gruppen gehörten zu den so-genannten Fiorita.

Animalia lebten überall, auf Wiesen und Bergen, in Wäldern und Seen. Manche von ihnen wurden sogar als Hausanimalia gehalten. Sie hatten viele verschiedene Fähigkeiten, einige konnten Wellen entstehen lassen oder Feuer speien, fliegen oder besonders gut schwimmen. Es gab sogar Arten, die als Fortbewegungsmittel genutzt wurden, wie etwa die Flugvögel. Dämonen und Geister wiederum bekam kaum ein Mensch je zu Gesicht. Aus gutem Grund. Diese Wesen waren viel zu mächtig, als dass die Menschen einfach an sie herankommen durften. Es gab schon genügend Verbrecher, die die Kräfte der Animalia ausnutzen wollten. Doch die Dämonen und Geister hatten weitaus mehr Macht, von Zeitreisen bis hin zu Sofortheilungen besaßen sie alle möglichen Fähigkeiten. Ihre jeweiligen Anführer herrschten sogar über die Dunkelheit und das Licht. Solche Mächte durften nicht in die Hände der Menschen geraten.

Fasziniert beobachtete ich, wie geübt Frau Hana ihrem Job nachging. Es dauerte nicht lange, bis sie fertig war und ihre Handschuhe abstreifte. „Das wäre geschafft.“

„Und jetzt kommst du zu deinem Herrchen zurück“, wandte ich mich an das Nekota und lächelte es an. Das Animalia maunzte leise, als es mit seiner Pfote gegen meine Hand stupste. Ich verstand genau, was es meinte. Es verabschiedete sich von mir. „Tschüss“, antwortete ich.

„Kannst du es bitte rausbringen?“, bat mich meine Chefin. Ein paar braune Haarsträhnen hatten sich aus ihrem Zopf gelöst, die sie nun beiseitepustete. „Herr Tokano sitzt im Wartezimmer.“

„Na klar, mach ich“, stimmte ich zu und hob das Nekota auf meine Arme.

„Bist du eigentlich eine Animaliaflüsterin?“, lachte Frau Hana plötzlich. „Egal, wie aufgewühlt die Geschöpfe sind, sobald du kommst, sind sie alle zahm.“

Ich zwang mich zu einem Lächeln. „Quatsch, so was gibt es doch nicht ...“

„Aber du bist noch keine 19 Jahre alt und gehst so behände mit ihnen um“, entgegnete sie. „Nicht mal nach über zehn Jahren Berufserfahrung kann ich das auf diese Weise. Wie machst du das bloß?“

„Ich schätze, Animalia mögen mich einfach ... vielleicht weil ich sie auch so gerne hab“, redete ich mich heraus.

Die Antwort auf ihre Frage war eigentlich so einfach. Und doch unaussprechlich. Ich war keine Animaliaflüsterin, doch ich verstand die Fiorita wie kein anderer Mensch. Denn ich war das Mädchen aus der Legende, durch ein magisches Band mit den wundervollen Wesen meiner Heimat Fioria verbunden. Darum kannte ich die Dämonen und

Geister, die weit oberhalb unserer Atmosphäre, fernab von den Augen anderer Menschen, lebten.

Es rankten sich zwei Legenden um Fioria – eine besagte, dass der Anführer der Dämonen, Shadow, unsere Welt geschaffen hätte und sie daraufhin wieder vernichten wollte. Die andere berichtete von einem Mädchen, das imstande sein sollte, mit den Fiorita zu kommunizieren und diese Wesen jederzeit zu sich zu rufen.

Ich hatte nie an diese Legenden glauben wollen. Doch seit ich versehentlich Shadow zu mir gerufen hatte, wusste ich, dass sie stimmten. Nur gut, dass das Dämonenoberhaupt schon lange nicht mehr bösartig war, ganz im Gegenteil. Shadow war mein wichtigster Freund und Berater. Er hatte mir erklärt, wer ich wirklich war, und er stand immer treu an meiner Seite.

Doch zum Schutz der Fiorita behielt ich das alles für mich. Wobei es vor knapp zwei Monaten gegen meinen Willen herausgekommen war, weit weg von hier. Weit weg von meiner neuen Heimat und meinem neuen Leben.

***

„Wohin fliehen wir?", fragte mein Freund Lloyd, als er mir die Hand reichte, um mir von der Feuertreppe herunterzuhelfen, auf der wir uns aufgehalten hatten.

„Nenn es nicht fliehen", bat ich und kam vorsichtig auf dem Boden auf. Lloyds Hand ließ ich allerdings nicht los. „Das klingt schrecklich."

Dabei hatte er recht. Es war eine Flucht. Eine Flucht aus dem Bezirk der Ranger, die uns jagten. Die Situation war wirklich schwierig. Gut, vielleicht war es nicht ganz richtig gewesen, mich jahrelang als Mann auszugeben, um als Ranger arbeiten zu dürfen. Aber deswegen hätte mich der Vorsitzende nicht lebenslang unter Strafe stellen müssen. Ich war nur aufgeflogen, weil ich meine Freunde und Kollegen vor dem Angriff einer verfeindeten Verbrecherorganisation gerettet hatte. Ich hatte öffentlich meine Fähigkeiten benutzt und die bösartigen Schattenbringer damit aufgehalten. Doch der Vorsitzende hatte mich gleich darauf eingesperrt, um den Ruf der Ranger nicht zu gefährden.

Zum Glück hatten mir meine Freunde in der Organisation, die von meiner wahren Identität wussten, beim Ausbruch aus dem Gefängnis geholfen. Sonst könnte ich wohl nicht mit meinem Freund hier stehen und über die Zukunft beraten.

Milde ruhten Lloyds blaue Augen auf mir. „Wie soll ich unser Vorhaben denn sonst nennen?"

„Einen Neuanfang?", schlug ich vor und lächelte schief, obwohl ich immer noch Tränen in den Augenwinkeln hatte.

„Okay", stimmte er zu und schloss mich fest in die Arme. „Und wo fangen wir neu an? In welche der äußeren Provinzen willst du gehen?"

Ich lehnte meine Stirn an seinen roten Pullover. „Ich habe an Renia gedacht", erklärte ich. „Es ist eine der sichersten Gegenden mit wenig Kriminalität, obwohl die Ranger dort keinen Einfluss haben."

„Hört sich nach einem guten Ort an, um eine Familie zu gründen", lachte er.

Ich ließ ihn los und legte eine Hand auf meinen Bauch. „Wir haben noch gute sieben Monate Zeit, bis wir zu dritt sind."

„Bis dahin haben wir uns bestimmt in Renia eingerichtet", vermutete er.

Ich schaute kurz zum grauen Himmel auf. Der Wind an diesem kalten Wintertag brachte mich zum Zittern. „Das hoffe ich."

Meine Schwangerschaft war völlig ungeplant gekommen, ich selbst wusste erst seit zwei Tagen davon. Und Lloyd hatte sich davon zum Glück nicht völlig schockieren lassen, was mich sehr erleichterte.

„Keine Angst, wir schaffen das", beruhigte er mich und umarmte mich fester.

„Danke, dass ich dich hab", wisperte ich und schloss die Augen.

Ohne Lloyd wüsste ich wirklich nicht weiter. Abgesehen davon, dass die Ranger mich wie eine Schwerverbrecherin behandelten, machten auch noch die verdammten Schattenbringer gewaltige Probleme. Unterstützt von reichen Unternehmern, die wütend wegen der wirtschaftlichen Reglementierungen der Ranger waren, versuchten diese Verbrecher, Fioria an sich zu reißen. Immerhin war der Vorsitzende der führende Politiker Fiorias, sodass die Schattenbringer den Rangern den Krieg erklärt hatten. Und der Verbrecherboss war kein anderer als mein Vater Erik Sato. Das war einfach zu viel. Ich ertrug das nicht mehr. Ich hatte genug vom falschen Stolz des Vorsitzenden und seiner bescheuerten Politik, genug von den fingierten Anklagen und Vorwürfen, genug von der Verlogenheit und Grausamkeit meines Vaters, genug von dieser Feindschaft zwischen Rangern und Schattenbringen. Ich hatte genug von der Verantwortung, die auf mir lastete. Ich wollte mich nur noch um die Fiorita, Lloyd und unser Kind sorgen.

„Ebenfalls danke", flüsterte er und strich mir durchs offene Haar.

„Und es ist wirklich okay für dich, von hier zu verschwinden?“, vergewisserte ich mich.

Er nickte. „Wenn du gehen willst, hält mich doch nichts mehr hier. Ich hab den Schattenbringern den Rücken gekehrt. Der Neuanfang kann kommen.“

Glücklich sah ich ihn an. „Dann sollten wir packen.“

Mein Freund war sechs lange Jahre selbst ein Mitglied der Schattenbringer gewesen. Bis gestern. Aber er hatte sich nicht freiwillig diesen Verbrechern angeschlossen, er war von Erik dazu gezwungen worden, nachdem er zufälligerweise einen der illegalen Deals meines Vaters beobachtet hatte. Dabei hatte Lloyd damals nur einen Traum gehabt: mit seiner E-Gitarre durch Fioria zu ziehen und Musiker zu werden. Dazu hatte ihm Erik jedoch keine Chance gelassen.

„Nehmen wir nur das Nötigste mit“, schlug mein Freund vor.

„Klar, wir können sowieso nicht viel transportieren“, entgegnete ich. „Wir werden wohl mit Flugvögeln reisen.“

„Stimmt, ich hab jedenfalls kein Auto“, lachte er. „Aber ich muss in mein Appartement nach Regarn, da sind alle meine Sachen. Vor allem mein Mantel.“

Ich schmunzelte, als er seinen heiß geliebten blauen Mantel erwähnte. „Dann rufe ich dir am besten einen Flugvogel, damit du dorthin kommst.“

Meine eigenen Sachen befanden sich hier in Windfeld. Im Appartementwohnhaus der Ranger, für die ich bis gestern gearbeitet hatte. Nach meinem Abschluss an der Ranger-Schule war ich der hiesigen Zweigstelle zugeteilt worden. Und es war meiner Meinung nach die schönste aller 150 Stationen, schöner sogar als das Hauptquartier. Was natürlich an meinen lieben Freunden und Kollegen dort lag. Die ich nun leider verlassen musste.

„Wir sollten uns beeilen“, merkte Lloyd an. „Bevor uns jemand entdeckt.“

Ich nickte und schloss die Augen, um mich zu konzentrieren. Ich dachte an zwei Flugvögel, sang ein leises Lied und hörte gleich darauf Flügelschlagen neben mir. Wie üblich hatte es funktioniert. Da ich die Fiorita mit Gesang zu mir rief, bedeutete mir die Musik viel. Dummerweise fehlte mir in meinem schwangeren Zustand manchmal die Kraft, Dämonen und Geister zu beschwören oder bei mir zu behalten. Bei den Animalia fiel es mir deutlich leichter.

Ich streichelte einen der Flugvögel, blendete den Lärm vom Marktplatz aus, der gedämpft zu mir vordrang, und atmete tief durch. Bald würde ich diese Stadt verlassen – in der Ungewissheit, wann oder ob ich überhaupt zurückkommen würde. Ob ich meine lieben Freunde jemals wiedersehen würde, die alles getan hatten, um mich aus dem Gefängnis zu befreien. Der Gedanke tat weh.

„Treffen wir uns in drei Stunden am nördlichen Stadtrand von Windfeld?", fragte Lloyd. „Ich hole dich dort ab."

Ich runzelte die Stirn. „So spät?" Brauchte er etwa so viel Zeit, um zu packen? Länger als eine halbe Stunde flog man doch nicht bis nach Regarn …

„Dann ist es schon etwas dunkler", antwortete er. „Es wäre besser, wenn wir nicht gesehen werden. Wir fallen ja doch ein wenig auf."

Beschämt fixierte ich den Boden. Ich wusste selbst, dass ich alle Blicke auf mich zog. Das Mädchen aus der Legende zu sein, hatte einen entscheidenden Nachteil: ein auffälliges Äußeres. Meine braunen Augen wurden nach oben hin orange. Meine braunen Haare waren von knallorangen Strähnen durchzogen, die ich nicht loswerden konnte. Sobald ich eine farbige Stelle abschnitt, färbte sich das Haar woanders orange. Ich hasste es, schon allein weil ich in der Schulzeit deswegen gehänselt worden war. Aber durch meine auffällige Erscheinung konnten mich die Geister und Dämonen, die Fioria stets im Blick hatten, besser entdecken.

„Ich hole mir eine Mütze und packe meine farbigen Kontaktlinsen ein", murmelte ich. „Ich tarne mich schon, keine Sorge."

Lloyd ließ seine Hand sinken. „Meinetwegen müsstest du weder deine Augen noch deine Haare verstecken. Aber für die Flucht wäre es tatsächlich besser."

„Nenn es nicht Flucht!", fuhr ich ihn an. Erstaunt musterte er mich, ich verzog das Gesicht. „Entschuldige", flüsterte ich. „Ich bin nur … durcheinander. Ich wollte nicht schreien."

„Weiß ich. Kann ich auch verstehen", beruhigte er mich und fuhr sich durch sein dunkelbraunes, kurzes Haar. Dann grinste er. „Heißt es nicht außerdem, dass schwangere Frauen aufbrausender sind?"

Genervt hob ich die Augenbrauen. „Im zweiten Monat?"

„Keine Ahnung, kann doch sein."

Ich bezweifelte, dass meine schlechte Laune etwas mit meinen Hormonen zu tun hatte. Sie beruhte eher auf der komplizierten Situation, in der wir steckten. „Gut, dann in drei Stunden am nördlichen Stadtrand."

„Ach, Mia", fiel ihm ein, „falls du dein Handy noch hast, solltest du es in deinem Zimmer zurücklassen. Sonst finden dich die Ranger darüber."

Meine Augen weiteten sich. „Oh ... richtig ..."

Das bedeutete wohl, ich konnte das Gerät nicht benutzen, um den Kontakt zu meinen Freunden aufrechtzuerhalten. Es wäre zu riskant. Ich musste mir etwas anderes einfallen lassen, um mich bei ihnen zu melden.

Lloyd umarmte mich fest. „Bis gleich."

„Bis gleich", flüsterte ich.

Bevor er auf einen der beiden Flugvögel stieg, hauchte er mir einen Kuss auf die Stirn. Dann machte er sich auf den Weg.

Eine Weile blickte ich ihm nach, bis mir klar wurde, dass ich nun auch meine Sachen packen sollte. Also schwang ich mich auf den Rücken des Animalias und flog zum Wohnhaus, das um diese Zeit hoffentlich verlassen war. Die meisten Ranger müssten gerade im Dienst sein. Solange ich mich leise hineinschlich, würde ich unentdeckt bleiben.

Eigentlich könnte ich dorthin laufen, doch dafür müsste ich den belebten Marktplatz überqueren. Ich durfte nicht riskieren, andere Leute zu treffen. Ich trug ja nicht mal mein Cap, meine einzige Tarnung bestand aus einer engen Jeansweste, die meine weiblichen Rundungen kaschieren sollte, und aus einer Ranger-Uniform. Aber mit offenen Haaren brachte das gar nichts.

Mein Flugvogel schwang sich kraftvoll in die Luft und trug mich zu meinem Ziel, ohne dass ich es ihm nannte. Die Fiorita verstanden mich sogar ohne Worte und ich war unendlich froh darüber. Ich liebte diese Wesen. Es war zwar nicht immer einfach, mit ihnen verbunden zu sein und all ihre Gefühle ebenfalls zu spüren, aber für nichts auf der Welt würde ich diese Fähigkeiten hergeben.

Sanft landete das Animalia auf der Rückseite des Wohnhauses. Von hier aus sah ich die Zweigstelle nicht. „Danke", wisperte ich, als ich vom Rücken des Flugvogels stieg. „Ich rufe dich, wenn ich fertig bin, okay?"

Er krähte leise zur Zustimmung. Ich strich über seinen harten Schnabel und huschte dann um das Gebäude herum zur Tür. Niemand in Sicht, sehr gut. Seit ich aufgeflogen war, hatte ich meine Kollegen weder gesehen noch gesprochen. Ich fürchtete mich vor entsetzten oder vorwurfsvollen Blicken wegen meiner langjährigen Lüge, dass ich ein Mann namens Takuto wäre.

So leise wie möglich huschte ich in den ersten Stock zu meinem Zimmer. Als ich die Tür hinter mir schloss, überkam mich ein Moment von Ruhe. Dieser wohlbekannte Raum ließ mich aufatmen. Es hatte sich innerhalb von zwei Tagen alles verändert, doch hier drinnen sah ich keinen Unterschied.

Langsam ging ich zum Bett, das nahe beim Fenster stand, und zog darunter einen Rucksack hervor. Meinen Koffer nahm ich nicht mit. Der Rucksack musste reichen. Ich öffnete ihn und stellte ihn auf den Schreibtischstuhl. Nun hieß es packen.

Zuerst zog ich mich allerdings um, tauschte meine Uniform gegen Jeans und Pullover. Kurz musterte ich die dunkelbraune Hose, das weiße Hemd und die braune Jacke, die ich jahrelang bei der Arbeit getragen hatte. Diese Zeit war jedoch vorbei. Ich war kein Ranger mehr. Ich faltete die Uniform zusammen und legte sie aufs Fußende des Bettes.

Danach zog ich eine Mütze aus meinem Schrank und lief damit durch die Verbindungstür in mein Badezimmer. Ich wusch mir die Hände und das Gesicht, kämmte meine wirren Haare und versteckte sie anschließend unter der roten Mütze. Am liebsten hätte ich mich geduscht, aber das wäre auffällig laut gewesen. Das riskierte ich besser nicht.

Aus dem Schrank hinter dem Spiegel am Waschbecken holte ich meinen ganzen Vorrat an dunkelbraunen Kontaktlinsen. Ein Päckchen benutzte ich direkt, um meine Augen damit zu verdecken. Ein Blick in den Spiegel versicherte mir, dass ich wie eine gewöhnliche junge Frau aussah. Selbst wenn mich jemand sah, würde er mich nicht gleich als Mädchen aus der Legende identifizieren.

Um mich in den nächsten Wochen weiterhin tarnen zu können, verstaute ich die übrigen Kontaktlinsen in meinem Rucksack. Auch meine Klamotten suchte ich zusammen. Hosen, Shirts, Pullover, Unterwäsche, Socken ... Viel passte nicht in den Rucksack, aber genug. Ich nahm eine Jacke vom Haken im Schrank und zog sie mir über. Draußen war es schließlich kalt.

Da fiel mein Blick auf etwas anderes. In meinem Schrank hing ein wunderschönes oranges Kleid mit einem weißen Bolerojäckchen. Meine Mutter hatte mir das Outfit zum 18. Geburtstag geschenkt. Unwillkürlich schossen mir Tränen in die Augen. Nicht wegen des Kleides, sondern wegen der Erinnerung an meine Mutter Cassandra. Bisher hatte ich verdrängt, was heute im Morgengrauen zwischen uns vorgefallen war, doch nun überwältigte mich die Erinnerung daran. Meine Mutter hatte nichts davon gewusst, dass ich das Mädchen aus der Legende war und verkleidet als Ranger gearbeitet hatte. Sie hatte nichts davon gewusst, dass ihr eigener Mann die wohl gefährlichste Verbrecherorganisation aller Zeiten gegründet hatte und anführte. Und all das hatte sie gestern Abend auf einmal erfahren. Sie war verhaftet, verhört und wegen ihrer Unschuld wieder freigelassen worden. Aber zugleich hatte sie den Kontakt zu ihrer Familie abgebrochen. Gesagt, dass sie keinen Mann und keine Tochter mehr hätte. Meine Nummer gesperrt, damit ich sie nicht mehr erreichen konnte. Meine Mutter wollte nichts mehr von mir wissen. Und das zerriss mir das Herz. Vor allem weil ich rein gar nichts tun konnte.

Ich schluchzte auf, als ich das Kleid zusammenfaltete und mit dem Bolero in den Rucksack packte. Ich musste es einfach mitnehmen. Schon allein wegen der Erinnerung an eine Zeit, in der Cassandra meine fröhliche, liebevolle und etwas durchgeknallte Mutter gewesen war.

Aber nun hatte ich keine Familie mehr im Bezirk der Ranger. Mit meinem grausamen Vater wollte ich nichts mehr zu tun haben. Meine Mutter wollte mit mir nichts mehr zu tun haben. Geschwister oder andere Verwandte hatte ich sowieso nicht. Ich war allein.

Vor lauter Frust und Hilflosigkeit ballte ich die Hand zur Faust und schlug gegen die Tür des Kleiderschranks. Das schmerzhafte Pochen in meinen Fingern dämpfte die Verzweiflung allerdings kaum.

„Mia, reiß dich zusammen!", ertönte eine Stimme in meinem Kopf. „Das ist nicht der richtige Zeitpunkt für solche Gefühlsausbrüche!"

„Shadow", murmelte ich. Es war eindeutig das Dämonenoberhaupt, der Herr über die Dunkelheit, der in meinem Kopf zu mir gesprochen hatte. Er ließ mich seine Worte über unsere Verbindung hören.

„Vergiss nicht, du bist nie allein", erinnerte er mich. „Du hast uns stets an deiner Seite. Und Lloyd. Und das Ding in deinem Bauch."

Ich prustete los. „Das Ding?", wiederholte ich und wischte mir die Tränen aus den Augen. „Nimm das zurück!"

„Ich wusste, dass du so reagieren würdest", lachte der Dämon. „Natürlich meinte ich dein Kind. Und nun beruhige dich."

„Danke", flüsterte ich.

Shadow hatte recht. Gefühlsausbrüche halfen mir nicht weiter. Ich konnte nicht rückgängig machen, was geschehen war. Ich musste nach vorne schauen. Auch wenn es mir verdammt schwerfiel. Um nicht zu sagen: unmöglich erschien.

Schnell schüttelte ich den Kopf und begutachtete den Inhalt meines Rucksacks. Ich hatte alles, was ich brauchte. Geldbeutel, Klamotten, Kontaktlinsen, Zahnbürste und andere Hygieneartikel. Aber es blieben noch zwei Stunden, bis ich mich mit Lloyd treffen würde. Was sollte ich so lange tun?

„Mein Handy!", fiel mir ein. Ich griff zur zusammengefalteten Hose meiner Uniform und zog es aus der Tasche. Handys waren teuer in Fioria. Ich hatte mich sehr über das silberne Arbeitsgerät gefreut. Doch nun musste ich es zurücklassen. Daher legte ich es auf den Schreibtisch, während mein Blick auf den Stapel Papier und die Kugelschreiber fiel, die darauf lagen. Kurz runzelte ich die Stirn. Ich hatte mich zwar von meinen Freunden verabschiedet, aber eigentlich hätte ich ihnen noch so viel zu sagen ...

Zögerlich nahm ich den Rucksack vom Stuhl und stellte ihn auf den Boden. Dann setzte ich mich hin und griff nach einem der Stifte sowie einem Blatt Papier. Doch schon nach der ersten Zeile geriet ich ins Stocken.

Ich stand wieder auf und holte meinen Schlüsselbund, den ich beim Eintreten schnell auf den Nachtschrank geworfen hatte. Es hingen nur drei Schlüssel daran – einer für die Zweigstelle, einer für dieses Zimmer und derjenige meines Elternhauses im kleinen Dörfchen Brislingen. Doch ich wollte nicht die Schlüssel anschauen, sondern den Anhänger, den mir meine Freundinnen Melodia und Haru zum Geburtstag geschenkt hatten. Er zeigte uns drei an unserem fünften Arbeitstag in der Zweigstelle. Das Foto war schon drei Jahre alt, wir waren gerade 15 gewesen. Damals hatte noch keiner davon gewusst, dass ich Mia Sato und nicht Takuto Matsui war. Ich stand in meiner Verkleidung als Mann in der Mitte, rechts und links von mir die Mädchen in ihren gelben Techniker-Uniformen. Die dunkelhaarige Haru lächelte in die Kamera, wirkte dabei geradezu schüchtern. Meine Grundschulfreundin Melodia grinste breit, ihre grünen Augen strahlten richtig und ihre blonden Locken waren wie immer perfekt gestylt. Sie war beliebt in der Zweigstelle, einige der Ranger waren sogar ein wenig in sie verschossen. Dabei hatte sie inzwischen einen Freund. Ich atmete tief durch, steckte den Schlüsselbund ein und setzte mich wieder hin. Nach und nach fiel mir ein, was ich meinen Freunden sagen wollte. Plötzlich war ich froh darüber, dass Lloyd so viel Zeit zum Packen eingerechnet hatte. Ich brauchte lange, um die richtigen Worte für diesen Brief zu finden. Und ich brauchte noch länger, um sie niederzuschreiben.

Lieber Ulrich, lieber Jakob, lieber Mark, liebe Melodia und liebe Haru,

ich weiß ehrlich gesagt nicht, wo ich anfangen soll. Bitte entschuldigt, wenn dieser Brief ein wenig chaotisch wird.
Ich war kurz im Wohnhaus, um meine Sachen zu packen. Ich werde lange nicht zurückkommen. Und damit meine ich nicht nur, dass ich Windfeld verlasse, nein, ich werde weiter weggehen. Aber macht euch keine Sorgen um mich. Lloyd ist bei mir und auch die Fiorita lassen mich nie allein. Wir fangen neu an.
Bitte passt auf euch auf. Lasst euch nicht von den Schattenbringern erwischen, lasst meinen Vater nicht gewinnen. Würdet ihr bitte ein Auge auf meine Mutter haben? Ich kann sie nicht mehr beschützen …
Ulrich, ich danke dir für alles. Du warst für mich der beste, zuverlässigste, klügste Vorgesetzte der Welt. Ohne dich wäre ich in Windfeld vor Heimweh gestorben. Ohne dich hätte ich nie so viel über das Dasein als Ranger gelernt. Ohne dich hätte ich nie als Takuto arbeiten können. Danke für deine Hilfe in allen Lagen, dein Vertrauen und deinen Rat. Du wirst immer wie ein Vater für mich sein.
Jakob, es tut mir schrecklich leid, dass ich dir so oft Sorgen bereitet habe. Dass ich dich zur Verzweiflung und zur Weißglut getrieben habe. Danke, dass du mir immer wieder verziehen und mich jederzeit beschützt hast. Danke, dass du mir trotz des Schocks darüber, wer ich wirklich bin, wieder vertraut hast. Du bist der liebe, clevere, aufrechte große Bruder, den ich mir immer gewünscht habe und der immer auf mich aufpasst.
Mark, ich hätte nie gedacht, dass ich das mal schreiben würde, nachdem du mich in der Grundschule immer so fertiggemacht hast, aber inzwischen bist du einer meiner liebsten Kollegen und einer meiner besten Freunde. Obwohl du nur zufällig und unfreiwillig erfahren hast, wer ich bin, hast du mich nicht verraten. Du bist stärker und vertrauenswürdiger, als ich gedacht habe. Du hast mir bewiesen, dass der erste Eindruck nicht immer der richtige ist. Danke für alles. Und sei Melodia ein guter Freund.
Womit ich auch gleich zu dir komme, Melodia. Du warst nicht nur in der Schulzeit meine beste Freundin. Selbst als ich dich als Takuto kennengelernt habe, bist du wieder zu meiner besten Freundin geworden. Was uns verbindet, ist unglaublich. Darum weiß ich, dass du verstehen wirst, was ich dir hier kurz und knapp sagen will: danke, dass ich

immer auf dich zählen kann, danke, dass du mich immer aufheiterst, danke, dass ich immer so offen zu dir sein kann.

Haru, es ist kaum zu glauben, wie wichtig du mir in so kurzer Zeit geworden bist. Du bist einer der intelligentesten, besonnensten und liebenswertesten Menschen, die ich je getroffen habe. Du hast dich nicht mal davon erschüttern lassen, dass ich euch jahrelang belogen habe. Danke für unsere Gespräche, unsere Mädelsabende, unsere gemeinsame Zeit. Ich bin so froh, dass wir zusammen in Windfeld gelandet sind. Danke, dass ich euch alle meine Freunde nennen darf. Und entschuldigt all die Probleme, die ich euch gemacht habe.

Ich werde einen Weg finden, mich bei euch zu melden. Ich weiß noch nicht, welchen, doch sobald sich die Aufregung gelegt hat, wird mir etwas einfallen.

Ich hab euch unendlich lieb.

Eure Mia

Stille Tränen rannen über meine Wangen. Es war mir nicht leichtgefallen, das zu schreiben. Aber vielleicht freuten sich der Stationsleiter, die beiden Ranger und die Technikerinnen über den Brief. Vielleicht erklärte er einiges oder ermutigte sie.

Ob ich meine Schwangerschaft erwähnen sollte? Außer Lloyd, den Fiorita und mir wusste niemand davon, nicht mal meine Eltern. Eigentlich hatte ich mit Melodia und Haru darüber reden wollen, aber nun erschien mir das Thema unpassend. Immerhin herrschte Krieg.

Nein, das reichte so. Ich legte den Kugelschreiber weg und erhob mich. Dann platzierte ich das Handy auf dem Zettel und überflog ein letztes Mal die Zeilen. Unkontrolliert schluchzte ich auf. Ich musste gehen, bevor es mir noch schwerer fiel, Windfeld hinter mir zu lassen.

Ich schniefte laut, schwang mir den Rucksack über die Schultern und blickte auf das Zimmer, in dem ich drei Jahre gewohnt hatte. Nur mühsam riss ich mich davon los. Und hinter mir fiel die Tür leise ins Schloss.

***

„Mauz, da bist du ja!", freute sich Herr Tokano und nahm mir das Nekota ab, um es zu streicheln und in den Transportkäfig zu setzen. „Ich hoffe, er hat keinen Ärger gemacht?"

Ich schüttelte den Kopf. „Er war nur ein wenig aufgeregt, aber das war kein Problem“, erzählte ich.

„Dann gehen wir mal nach Hause“, sagte der Mann, wahrscheinlich an sein Hausanimalia gerichtet. „Auf Wiedersehen.“

„Tschüss“, verabschiedete ich mich.

Nachdem der ältere Mann das Wartezimmer verlassen hatte, blieb ich im nun leeren Raum stehen, um tief durchzuatmen. Ich legte beide Hände auf meinen mittlerweile runden Bauch. Es war ungewohnt, plötzlich so viel Gewicht mit mir herumzuschleppen. Dabei war ich erst im vierten Monat – wie sollte ich das bis zur Geburt, wenn diese Kugel noch größer und schwerer wurde, schaffen? Hoffentlich gewöhnte ich mich irgendwann daran.

Langsam kehrte ich in den Untersuchungsraum zurück, in dem Frau Hana gerade aufräumte. „Soll ich helfen?“, fragte ich.

„Nicht nötig, mein Mann ist jeden Moment da“, winkte sie ab. „Es ist schon kurz nach fünf, du hast längst Feierabend, Mia.“

„Aber Herr Hana operiert doch noch den Feuerhund“, wandte ich ein und half ihr dabei, die benutzten Utensilien zusammenzuräumen.

Sie lächelte milde. „Du bist wirklich ein Schatz. Wie gut, dass wir dich haben.“

„Ich bin froh, dass ich hier arbeiten darf“, lachte ich.

Ich konnte kein Ranger mehr sein, doch umgeben von Animalia zu arbeiten, kam meiner Definition eines Traumjobs schon sehr nahe. Außerdem mussten Lloyd und ich Geld verdienen. Wir hatten zwar unsere Konten geräumt, aber unsere Ersparnisse reichten nicht ewig, erst recht nicht für Arztkosten, Miete, Strom, Wasser, Lebensmittel, Kleidung und was wir sonst alles brauchten.

Kurz nachdem wir alles aufgeräumt hatten, betrat Herr Hana das Zimmer. Der dunkelhaarige Mann, der kaum älter war als seine Frau, wirkte erschöpft. „Zeit für Feierabend ...“

„Ganz meine Meinung“, stimmte sie zu. „Mia, ab nach Hause. Du musst dich bestimmt auch ausruhen.“

Ich lächelte schief. „Ja, ich bin echt müde.“ Kein Wunder, ich arbeitete seit acht Uhr heute Morgen. Also fast zehn Stunden, was trotz Mittagspause ziemlich anstrengend war. „Bis morgen!“

„Bis morgen“, antworteten die beiden Animaliaärzte wie aus einem Mund.

Ich holte meine Handtasche hinter der Rezeption hervor und verließ die Praxis. Warme Luft hüllte mich ein, als ich ins Freie trat. Durch den Vorgarten, an einem kleinen Blumenbeet vorbei, gelangte ich zur Straße. Einige Animalia, sogenannte Farbfalter, flatterten um mich herum, manche setzten sich sogar auf meine Schultern.

„Leute, nicht so auffällig“, ermahnte ich sie, musste aber lächeln. „Sonst wird noch jemand misstrauisch.“ Wilde Animalia näherten sich Menschen nur selten, zu mir kamen sie aufgrund unserer Verbindung jedoch immer. Zum Glück hörten sie auf mich und flogen zum Blumenbeet zurück.

„Ständig umschwärmt, so kenne ich meine Mia“, lachte plötzlich eine wohlbekannte Stimme. „Na, musstest du heute länger arbeiten?“

Als ich meinen Freund entdeckte, strahlte ich übers ganze Gesicht. „Lloyd! Hast du auf mich gewartet?“

„Hab ich dir beim Frühstück doch gesagt“, entgegnete er.

Ich lief über den Gehweg zu ihm und umarmte ihn fest. Wie üblich trug er seinen blauen Mantel über den Arbeitsklamotten. Er war seit knapp zwei Monaten medizinischer Assistent. Immerhin für eine Sache hatte sich die Ausbildung meines Vaters gelohnt. Jeder Schattenbringer musste nämlich ein halbes Medizinstudium hinter sich bringen, sodass mein Freund problemlos im örtlichen Krankenhaus eine Anstellung gefunden hatte. Zwar mit gefälschten Papieren, aber er machte den Job gut.

„Die blonde Perücke irritiert mich immer noch total“, flüsterte er mir ins Ohr, als er meine Umarmung erwiderte.

„Zu Hause setze ich sie ab, genau wie die Kontaktlinsen“, antwortete ich leise. „Aber bei der Arbeit kann ich schlecht ständig eine Mütze tragen.“

Er schmunzelte und ließ mich los, um mir seine Hand zu reichen. „Schon klar. Dann ab nach Hause, Frau Ito.“

Ich verschränkte meine Finger mit seinen. „Gerne, Herr Ito.“

***

Nervös trat ich von einem Fuß auf den anderen. Der Himmel wurde immer dunkler, der Wind kälter. Ich hasste den Winter. Aber viel schlimmer fand ich, dass Lloyd schon seit einer Viertelstunde hier sein sollte. Hoffentlich war ihm nichts passiert … Und hoffentlich entdeckte mich niemand am nördlichen Stadtrand von Windfeld. Die wenigen Passanten beachteten mich kaum, ich stand an der Bushaltestelle, damit sich niemand darüber wunderte, dass ich so lange wartete.

Endlich spürte ich, wie sich ein Flugvogel näherte. Es war Lloyd, der direkt neben mir auf dem Gehweg landete. „Entschuldige, es hat länger gedauert.“

Sofort fiel ich ihm um den Hals. „Ich hab gedacht, dir wäre was passiert!“

Er drückte mich an sich. „Nein, alles okay. Tut mir leid, dass ich dir Sorgen gemacht habe. Aber jetzt können wir los.“

Als ich ihn losließ, musterte ich ihn kurz. Wie ich trug er nun einen Rucksack, außerdem seinen blauen Mantel. „Hast du alles?“

„Und ob“, bestätigte er und zog zwei laminierte Karten aus der Hosentasche.

„Was ist das?“, wunderte ich mich, als er mir eine davon gab. Mir klappte der Mund auf. Das war ein gefälschter Ausweis für mich! „Mia Ito“, las ich.

„Ich dachte, es wäre einfacher, die Vornamen zu behalten“, erklärte er und zeigte mir seinen. „Sonst nennen wir uns versehentlich bei unseren gewohnten Namen und andere Leute werden misstrauisch.“

„Clever“, murmelte ich. „Du bist also Lloyd Ito?“

„Genau. Es ist das Einfachste, wenn wir als verheiratetes Paar gelten“, erklärte er. „Vor allem wenn unser Nachwuchs kommt.“

Ich nickte. Richtig zu heiraten stand sowieso außer Frage, solange wir als Verbrecher gesucht wurden und unsere richtigen Namen – Mia Sato und Lloyd Sakai – nicht benutzen konnten.

„Woher hast du die bloß? Und das so schnell? Und warum bin ich auf dem Foto blond?“

Er grinste schief. „Das Foto hab ich am Computer bearbeitet, weil dich deine echten Haare sofort verraten würden. Eine Perücke treiben wir schon auf.“

„Okay ... Und woher hast du die Ausweise jetzt?“, wiederholte ich und steckte meinen in den Geldbeutel.

„Ich hab ein paar Beziehungen spielen lassen“, erzählte er. „Hat manchmal doch Vorteile, in der Unterwelt aktiv gewesen zu sein. Sebastian kennt jemanden, der jemanden kennt, der mit solchen Ausweisen handelt.“

„Dein bester Freund hat innerhalb von drei Stunden falsche Ausweise aufgetrieben?“, vergewisserte ich mich fassungslos.

Da musste er lachen. „Eigentlich hat's keine zwei Stunden gedauert. Sebastian ist genial. Er hat geahnt, dass ich ihn darum bitten würde. Hat schon alles vorbereitet und einen riesigen Rabatt rausgehandelt.“

„Wow“, flüsterte ich. Ich kannte und mochte Sebastian, doch das überraschte mich wirklich. Er war selbst ein Schattenbringer, stand jedoch loyal zu seinem besten Freund Lloyd. Und er war mit einer alten Grundschulfreundin von mir zusammen, mit Arisa.

Diese hatte ich nach meinem Wechsel auf die Ranger-Schule völlig aus den Augen verloren. Kürzlich hatte ich sie endlich wiedergesehen, sie studierte inzwischen, um Journalistin zu werden. Doch wahrscheinlich traf ich weder sie noch Sebastian in absehbarer Zeit.

„Die Ausweise sollten dabei helfen, eine Wohnung und neue Jobs in Renia zu finden“, äußerte sich Lloyd und riss mich damit aus meinen Gedanken.

„Auf jeden Fall. Also ... fliegen wir jetzt los?“, erkundigte ich mich zaghaft.

Er biss sich auf die Unterlippe. „Nicht ganz. Ich würde gerne noch einen Abstecher machen. Ich kann nicht abhauen, ohne meinen Eltern die Wahrheit zu sagen. Ich will nicht, dass sie es von den Rangern erfahren. Oder von deiner Mutter. Ich will es ihnen selbst erzählen.“

Meine Augen weiteten sich. „Nico und Fiona hab ich völlig vergessen. Klar besuchen wir sie noch! Die beiden bekämen einen Herzinfarkt, wenn du einfach verschwindest.“

Seine Eltern waren die besten Freunde meiner Eltern, dadurch hatten Lloyd und ich uns auch kennengelernt. Sie wussten nichts von seinem wahren Job, sie glaubten, er wäre ein Ranger. Und bevor meine derzeit hysterische, erschütterte Mutter den beiden alles sagte, sollte Lloyd es lieber selbst tun.

Er nahm meine Hände. „Dann ab nach Färnau zu meinen Eltern.“

„Und danach ab in unser neues Leben“, ergänzte ich und küsste ihn. Er lächelte. „Wir schaffen das schon.“

***

Lloyd schloss die Tür unseres kleinen Reihenhauses auf. Ich lächelte die Farbfalter in unserem Vorgarten an, dann folgte ich ihm ins Innere.

Nachdem ich die Tür geschlossen hatte, hängte ich meine Handtasche an die Garderobe und seufzte: „Ich bin erledigt. Und ich hab Hunger.“ Der Fußweg von der Praxis zum Haus dauerte keine zehn Minuten, doch ich hatte jetzt schon das Bedürfnis, mich aufs Sofa zu legen.

„Was hältst du von Pizza?“, schlug Lloyd vor, der seinen Mantel ebenfalls an einen der Haken hängte. „Bestellen wir eine, dann müssen wir nicht kochen."

„Ich glaube, das ist heute genau das Richtige", stimmte ich zu. „Mir tut alles weh, vor allem der Rücken. Das zusätzliche Gewicht bringt mich um", lachte ich und umschlang meinen Bauch. „Rufst du bei der Pizzeria an? Dann kann ich mich umziehen."

Er ging schon zum Telefon, das im Wohnzimmer stand. „Na klar, mach ich."

Ich küsste ihn auf die Wange. „Danke, du bist ein Schatz." Dann ging ich die Treppe hoch und ins Badezimmer.

Dieses Reihenhaus war klein, doch es hatte alles, was wir brauchten. Ein Schlafzimmer, ein Wohnzimmer, ein Esszimmer, eine Küche, ein Bad, und das alles auf zwei Stockwerken.

Ich wusch mir die Hände, nahm die Kontaktlinsen heraus und blinzelte. Im Anschluss lief ich in Lloyds und mein Schlafzimmer, ging um das Doppelbett herum und hängte meine Perücke über den Halter neben dem Kleiderschrank. Ich öffnete meinen Zopf, schüttelte die Haare und schlüpfte in ein frisches T-Shirt und eine bequeme Sporthose.

Bevor ich den Raum verließ, kam mein Freund herein, um sich ebenfalls umzuziehen. „Die Pizza kommt, für dich eine vegetarische."

„Super, danke!" Da ich mit den Fiorita verbunden war, brachte ich kein Fleisch herunter, das ja von geschlachteten Animalia stammte. „Ich freue mich schon total aufs Essen."

„Ihr freut euch schon beide, was?", lachte Lloyd und tauschte seine blauen Klamotten gegen ein Hemd und eine Jeans.

„Oh ja", kicherte ich. „Wollen wir fernsehen, bis die Pizza kommt?" Gemeinsam schlenderten wir die Treppe hinunter ins Wohnzimmer.

„Sehr gerne. Hauptsache, Elly klingelt nicht schon wieder."

Ich grinste schief. „Die nervigste Nachbarin der Welt. Wobei sie echt nett ist, jedenfalls im Vergleich zu ihrem ätzenden Mann."

„Ich verbringe den Abend trotzdem lieber mit dir. Da muss ich kein Theater spielen", wandte er ein.

Wir setzten uns zusammen aufs Sofa, Lloyd legte einen Arm um meine Schultern und ich kuschelte mich an ihn. „Ich bin auch am liebsten einfach nur mit dir zusammen."

Er küsste mich auf die Stirn und griff zur Fernbedienung. „Endlich zu Hause", seufzte er erleichtert.

Ich lächelte ihn an. Endlich in Sicherheit.

Kapitel 2:

Renia

„Es ist viel zu eng hier. Gehen wir raus, Mia! In den Wald", rief Celeps aufgeregt und flog so schnell um mich herum, dass mir schwindlig wurde, als ich versuchte, ihm mit den Augen zu folgen. Der kleine grüne Waldgeist war so lebhaft und gut gelaunt wie immer, sehr erfrischend.

„Das geht nicht", seufzte ich und lümmelte mich tiefer ins Sofa. „Weißt du doch. Wenn ich auch noch in den Wald laufen müsste, bevor ich dich rufe, könnte ich dich nicht lange in Fioria halten."

„Verrückt, dass dich die Schwangerschaft so schwach macht", jammerte er.

„Ich hätte auch lieber mehr Kraft, aber langsam gewöhne ich mich daran", erzählte ich. „Hier drinnen wäre es sowieso zu eng, um alle 14 Geister und die 13 Dämonen zu rufen."

„Das stimmt", lachte Celeps und flatterte so schnell mit seinen durchsichtigen Flügeln, dass er wirkte, als würde er in der Luft stehen. „Was machst du heute Abend denn noch?"

„Lloyd und ich sind bei den Nachbarn zum Essen eingeladen. Und was hast du vor?", erkundigte ich mich.

„Ich muss mich im Wald bei Brislingen um einige Bäume kümmern. Denen geht es nicht gut." Er flatterte wieder um mich herum. „Das ist schlimm!"

Als er mein Heimatdorf erwähnte, senkte ich den Blick. „Oh."

„Ich grüße die Animalia im Wald von dir", versprach er.

Ich streckte meine Hände nach ihm aus und drückte den kleinen Geist sanft an mich. „Danke."

Da betrat Lloyd das Wohnzimmer. „Mia, bist du so weit? Elly und Burkhard warten bestimmt schon auf uns."

Ich nickte. „Klar. Celeps, wir sehen uns."

„Unbedingt!"

„Tschüss, Celeps", verabschiedete sich auch Lloyd von ihm.

Der Waldgeist setzte sich kurz auf seine Schulter, bevor er mit einem hellen Lichtblitz verschwand.

Mein Freund reichte mir seine Hand. „Kommst du?"

Ich ließ mich von ihm auf die Beine ziehen. „Schon lustig, vorgestern haben wir noch darüber geredet, dass Elly vielleicht an unserer Tür klingelt, und dann lädt sie uns prompt für heute zum Essen ein."

„Wir haben es verschrien", lachte er. „Und zwei Stunden Theater schaffen wir schon."

„Wir spielen jeden Tag stundenlang bei der Arbeit Theater", merkte ich an.

Lloyd reichte mir meine Jacke und schlüpfte in seinen eigenen Mantel. Wir hatten uns ein wenig schick gemacht, wobei mich mein kugeliger Bauch ziemlich nervte. Ich fühlte mich wirklich fett. Und dass Elly immer so einen Wirbel um meine Schwangerschaft machte, nervte noch viel mehr. Aber gut, Augen zu und durch, um der guten Nachbarschaft willen. Immerhin hatte uns die Frau sehr dabei geholfen, uns in Renia zurechtzufinden.

„Sitzt meine Perücke richtig?", fragte ich, als wir vor der Tür vom Nachbarhaus standen.

Lloyd nickte. „Perfekt."

Ich klingelte, als uns die pummelige, schwarzhaarige Nachbarin auch schon öffnete. „Mia! Lloyd! Meine Lieben, kommt doch rein!", rief sie und drückte uns der Reihe nach.

„Danke, Elly", keuchte ich unter ihrem festen Druck.

„Oh nein, tue ich dir weh?", fragte sie entsetzt und ließ mich los. „Ich will ja nicht, dass eurem süßen, kleinen Kind was passiert."

„Alles okay", beruhigte ich sie.

Sie strich ihr geblümtes Kleid zurecht und strahlte mich an. „Ein Glück. Dann ab ins Esszimmer, ihr kennt den Weg ja. Das Essen ist angerichtet."

„Ist Lloyd da?", rief eine kindliche Stimme, gefolgt von schnellen Schritten. Im nächsten Moment stand der zwölfjährige Junge auch schon bei uns. „Lloyd!"

„Hi, Quirin", begrüßte mein Freund ihn und schlug bei ihm ein. „Alles klar bei dir?"

„Und ob! Ich hab morgen schulfrei", erzählte der schlaksige Junge.

„Klingt sehr gut", kommentierte Lloyd, während wir ins Esszimmer gingen.

„Hallo, Mia", begrüßte mich Quirin nun ebenfalls. „Du bist dicker geworden."

„Quirin, das sagt man nicht zu einer schwangeren Frau!", ermahnte

Elly ihn sofort und legte schnell einen Arm um mich. „Mia, du siehst hinreißend aus, wirklich! Du strahlst richtig!"

„Schon gut, ist alles in Ordnung", wimmelte ich sie ab und zwang mich zu einem Lächeln. Als würde ich es einem Zwölfjährigen übel nehmen, wenn er ehrlich zu mir war. „Schön, dich zu sehen, Quirin." Der Junge grinste mich an, bevor er weiter mit Lloyd plauderte.

Als wir das Esszimmer betraten, erhob sich Ellys Mann Burkhard von seinem Stuhl, um uns die Hand zu reichen. „Guten Abend."

„Ebenso", antwortete Lloyd.

Ich nickte dem Mann nur zu. Ich fand den Oberschullehrer ehrlich gesagt sehr anstrengend und erschreckend ernst – sogar äußerlich. Er trug immer Anzug und Krawatte, hatte ganz kurze Haare und eine Brille. Ich fragte mich oft, wie es seine Frau mit ihm aushielt.

„Bedient euch", forderte Elly uns auf, nachdem wir uns hingesetzt hatten. „Es gibt vegetarisches Risotto mit Gemüse aus unserem eigenen Garten."

„Wow, das sieht lecker aus", freute ich mich. „Und vielen Dank, dass es extra was Vegetarisches gibt."

„Nicht doch, meine Liebe, das mach ich gerne", lachte sie.

„Mama sagt immer, wenn jemand schwanger ist, soll man Rücksicht nehmen", äußerte sich Quirin.

Ich seufzte leise. Elly war lieb, aber diesbezüglich auch ein wenig eigen. „Sei still beim Essen, wenn dich niemand zum Reden auffordert", verlangte Burkhard. „Und iss."

„Ja, Papa", murmelte der Kleine eingeschüchtert.

Lloyd und ich tauschten einen betrübten Blick. Es ging wieder los ...

„Setz dich gerade hin, Quirin", fuhr der Lehrer fort.

„Ja, Papa", wiederholte sein Sohn.

Elly räusperte sich. „Wie ... wie läuft es denn in der Arbeit, Mia?"

„Gut", begann ich zu erzählen. „Es gibt immer was zu tun in der Praxis. Vor allem Frau Hana hat endlos viele Aufgaben für mich."

„Dabei wollte sie dich erst gar nicht einstellen", lachte meine Nachbarin. „Wie gut, dass sie ihre Meinung geändert hat."

Lloyd lächelte. „Wenn man erst mal sieht, wie Mia mit Animalia umgeht, muss man sie einfach in einer Animaliaarztpraxis einstellen."

„Das hat Frau Hana auch gesagt", bestätigte ich. „Sie meinte, sie wollte nie eine Assistentin, aber ich wäre echt praktisch. Es war mein Glück, dass es gerade einen Notfall gab, als ich mich in der Praxis vorgestellt habe."

„Was für einen Notfall?", fragte Quirin.

„Hör auf zu zappeln", ermahnte ihn sein Vater.

„Ja, Papa …"

„Da war ein aggressives Nekota, das Herrn Hana verletzt hat", erzählte ich und lächelte den Jungen aufmunternd an. „Ich konnte es beruhigen."

Quirin grinste. „Ich hätte auch gern ein Nekota. Oder einen Feuerhund."

„Hier gibt es keine Hausanimalia", brummte Burkhard.

„Ja, Papa, ich weiß."

„Kann ich dich nach dem Essen kurz mit Elly und Burkhard allein lassen?", flüsterte Lloyd mir zu. „Ich würde gerne eine Runde mit Quirin spielen."

„Mach das", antwortete ich leise. „Der arme Kerl braucht dringend etwas Spaß … Dafür halte ich die zwei in Schach."

Lloyd spielte öfter mal mit Quirin, entweder draußen oder an der Spielkonsole. Der Junge unternahm wahnsinnig gerne etwas mit meinem Freund, was mich nicht wunderte, wenn ich mir anschaute, wie seine Eltern mit ihm umgingen.

„Und wie läuft es bei deinem Job, Lloyd?", erkundigte sich Elly. „Es muss doch grässlich sein im Krankenhaus! Immer diese Verletzten!"

„Ähm, mir gefällt die Arbeit", antwortete er. „Nur der Schichtdienst ist manchmal etwas blöd."

„Falls du mal nicht zu Hause sein kannst, Mia aber Hilfe braucht, dürft ihr euch jederzeit bei mir melden", bot sie an.

Ich nickte ihr zu. „Lieb von dir."

„So, wer will Nachtisch? Ich habe Schokoladencreme gemacht."

„Ich!", rief Quirin.

„Rede leiser", verlangte sein Vater.

„Ja, Papa …"

Es dauerte nicht lange, bis Lloyd und Quirin zum Spielen ins Zimmer des Jungen gingen und ich mit dessen Eltern allein am Tisch zurückblieb.

„Kann ich dir noch eine Portion Schokoladencreme anbieten, Mia, meine Liebe?"

„Ja, gerne", stimmte ich zu. „Für Süßigkeiten habe ich derzeit eine Schwäche."

„Waren es letzte Woche nicht noch Chips?", kicherte sie, als sie meine Schale auffüllte.

„Das ändert sich ständig", gestand ich.

„So ging es mir auch. Aber das Schlimmste waren meine Launen", erinnerte sich Elly.

„Das kannst du laut sagen", meldete sich Burkhard zu Wort.

„Ich habe mich so oft entschuldigt, dass ich dir diesen Föhn an den Kopf geworfen habe, Schatz", jammerte sie.

Ich musste mich wirklich zusammenreißen, um bei der Vorstellung nicht lauthals zu lachen. Ich fand, Elly dürfte Burkhard ruhig öfter mal was an den Kopf werfen, und wenn es nur Worte waren. Denn dieser Mann glaubte tatsächlich, er hätte die Weisheit mit Löffeln gefressen und dürfte sich darum alles erlauben. Neulich hatte er Lloyd sogar unterstellt, dumm zu sein. Ausgerechnet demjenigen, der sein Abitur schon mit 14 gemacht hatte. Mit 14! Lloyd war vieles, aber ganz bestimmt nicht dumm. Und mir hatte dieser Blödmann vorgeworfen, nicht rechnen zu können, weil ich mich im Datum geirrt hatte. Darüber könnte ich mich immer noch aufregen.

Schnell schaufelte ich mir ein paar Löffel der Nachspeise in den Mund, um mich abzulenken. Es war wirklich schwierig, ein guter Nachbar für diese schräge Familie zu sein ...

„Hast du heute in den Nachrichten gesehen, was im Bezirk der Ranger los ist?", wechselte Elly das Thema. „Wirklich erschreckend, nicht wahr?"

Unwillkürlich schluckte ich schwer. „Ähm, nein, das habe ich nicht verfolgt ... Ich will auch ehrlich gesagt nicht wissen, was da passiert."

„Kein Wunder, nachdem du und Lloyd vor diesem Krieg geflohen seid. Eine gute Entscheidung", lobte sie mich. „Im Bezirk der Ranger kann man doch keine Familie mehr gründen."

„Die wirtschaftlichen Entwicklungen sind bedenklich", äußerte sich Burkhard. „Es ist nicht mal absehbar, ob sich der Krieg vielleicht noch auf die äußeren Provinzen ausweitet. Wie konnte sich überhaupt diese Verbrecherorganisation unter dem Schutz der ach so tollen Ranger gründen?"

„Ja, wirklich!", stimmte Elly ihm zu. „Ein Glück, dass es in Renia noch sicher ist. Sollen die Ranger doch machen, was sie wollen."

Betrübt blickte ich auf den Esstisch. Ich wünschte, die Geschehnisse in meiner Heimat wären mir wirklich so egal, wie ich immer behauptete.

„Aber sag mal, hast du morgen nicht einen Arzttermin?", fragte Elly.

Erstaunt über den abrupten Themenwechsel nickte ich. „Ja, Ultra-

schall und alles. Ich hab mir extra den Tag freigenommen und Lloyd
hat seine Schicht getauscht, damit er dabei sein kann. Dafür muss er
dann die Nachtschicht machen.“

„Ihr seid so ein schönes Paar“, seufzte die pummelige Frau. „Bestimmt werdet ihr gute Eltern. Und ihr könnt immer auf uns zählen.“

Ich lächelte gerührt. „Lieb von dir, Elly. Das wissen wir doch.“ Auch
wenn wir unsere Nachbarn bezüglich unserer Identitäten belügen
mussten, war es schön, ein paar Kontakte hier zu haben. Das schätzte
ich wirklich.

„Mia, spielst du mit uns?“, rief plötzlich eine helle Stimme und Quirin rannte herbei. „Ich brauch deine Hilfe, um Lloyd zu besiegen!“

Ich schmunzelte und stand auf. „Na klar, zusammen machen wir ihn
fertig!“

„Hör auf, zu rennen und zu schreien, Quirin“, ermahnte ihn Burkhard.

„Ja, Papa ...“

Als ich dem Ehepaar den Rücken kehrte, verdrehte ich die Augen.
Der Junge tat mir wirklich leid. Gemeinsam mit Quirin ging ich in sein
Zimmer, wo Lloyd an der Spielkonsole saß.

„Nicht mal mit Unterstützung kannst du gewinnen“, lachte mein
Freund.

Quirin grinste breit. „Abwarten!“

„Genau, Lloyd, pass lieber auf“, warnte ich ihn.

Der Junge holte ein weiteres Kissen, damit ich mich ebenfalls direkt
vor den Bildschirm setzen konnte. Lloyd stand sogar auf, um mir beim
Hinsetzen zu helfen. Beherzt griff ich nach einem Gamepad. „Los
geht’s!“

Erst nach über einer weiteren Stunde verabschiedeten wir uns von
unseren Nachbarn. Elly hatte mir ein paar Essensreste mitgegeben, damit wir morgen nicht kochen mussten. Burkhard reichte uns mit aus-
druckslosem Gesicht die Hand. Quirin sah aus, als würde er gleich in
Tränen ausbrechen, weil wir gingen.

„Bitte versprich mir, dass wir niemals solche Eltern werden!“,
schnaubte ich später im Bett und drehte mich zu Lloyd um.

„Also, sollte ich mit unserem Kind so schrecklich umgehen, wie
Burkhard es mit Quirin macht, verpass mir bitte eine Ohrfeige“,
brummte er und legte einen Arm um mich.

„Solange ich das nicht ignoriere, wie es Elly tut, wirst du eine Ohrfeige von mir bekommen“, versprach ich lachend und schmiegte mich an ihn.

Er strich mir durchs Haar. „Wir werden schon nicht so“, beruhigte er mich und griff an mir vorbei, um das Nachttischlicht auszumachen. „Erst recht nicht, nachdem wir unsere Nachbarn live erlebt haben.“

„Das hoffe ich doch“, seufzte ich und schloss die Augen. „Sag mal, kann ich dich was fragen?“

„Klar, was denn?“

„Ich wollte dich mit dem Thema eigentlich in Ruhe lassen, aber es geht mir nicht aus dem Kopf“, gestand ich.

„Muss ich mir Sorgen machen?“, entgegnete er.

„Nein, nein“, antwortete ich schnell. „Ich wollte nur wissen, warum du … nicht schon früher gegen die Schattenbringer rebelliert hast, nachdem dich mein Vater in die Organisation gezwungen hat. Ich kann mir nicht vorstellen, dass du nur brav seine Befehle befolgt hast.“ Das passte einfach nicht zu Lloyd.

Kurz blieb es still im dunklen Zimmer. „Hm. Schwer zu sagen“, flüsterte mein Freund dann. „Am Anfang war ich echt eingeschüchtert und hab mich nicht getraut, was zu unternehmen. Ich meine, ich war 14 und völlig überfordert mit der Situation. Danach bin ich sauer geworden und wollte mich wehren, aber Erik hat mir gedroht. Er wollte mir und meinen Eltern was antun, falls ich ihm nicht gehorchen sollte.“

„Aber Fiona und Nico sind doch seine Freunde!“, wandte ich entsetzt ein.

Lloyd drückte mich etwas fester an sich. „Seine Organisation ist und bleibt aber das Wichtigste für ihn. Ich war eine Gefahr, denn ich war nicht völlig loyal und hätte ihn jederzeit verraten können. Und damit ich das nicht tue, hat er meiner Familie gedroht und mich so tief in die Verbrechen der Schattenbringer hineingezogen, dass ich nicht mehr rauskam. Darum hat er mich zum zweiten Chef gemacht. Die Lage war echt … vertrackt.“

Ich schluchzte laut auf. „Dieses verdammte Monster! Wenn ich ihn je wiedertreffen sollte, werde ich ihn …“

„Ganz ruhig, Mia“, unterbrach er mich und legte mir seinen Zeigefinger auf die Lippen. „Reg dich nicht auf. Wir wollten das Thema doch sowieso ruhen lassen. Denk lieber an morgen.“

Ich lächelte schief. „Ja, morgen wird schön.“ Nach Ellys heutiger Bemerkung hatte ich mir allerdings ganz automatisch schon wieder Gedanken um die Ranger und Schattenbringer gemacht. Selbst mit so vielen Kilometern Abstand kam ich nicht völlig von meiner Heimat los. Aber je länger wir in Renia lebten, umso mehr würde die Vergangenheit in Vergessenheit geraten. Hoffentlich.

„Ich freue mich auch schon drauf", bekannte Lloyd. „Spätes Frühstück, dann zum Arzt und in den Park. Jetzt sollten wir schlafen, sonst sind wir morgen völlig erschöpft. Und ich muss die Nachtschicht durchhalten."

„Ja, stimmt", flüsterte ich. „Gute Nacht." Ich streckte mich ein wenig, um Lloyd zu küssen. „Ich liebe dich."

„Ich dich auch", antwortete er und strich mir sanft über den Rücken. „Schlaf gut, Mia."

Und während ich in seinen Armen lag, verdrängte ich langsam die Sorgen, die mich von Neuem ergriffen hatten, bis ich endlich einschlief.

„Habe ich schon mal erwähnt, dass ich deine Pfannkuchen liebe?", lachte Lloyd und schob sich eine weitere Gabel davon in den Mund.

„Nur ungefähr zehnmal heute Morgen", entgegnete ich amüsiert und griff zur Erdbeermarmelade, um meinen Pfannkuchen damit zu bestreichen.

„Ich sollte mehr üben", grübelte er plötzlich. „In der Küche bin ich immer noch ziemlich mies ..."

„Deine Nudeln mit Soße sind aber hervorragend", lobte ich ihn. „Und Pizza kriegst du inzwischen auch hin."

Er grinste. „Besser als früher, ja. Das Spülen übernehme ich heute."

„Oh, super!", freute ich mich. „Dann kann ich Shadow rufen. Danke!"

„Ist doch das Mindeste für so ein gutes Essen", meinte er und sammelte unsere inzwischen leeren Teller ein. „Viel Spaß mit Shadow."

Ich stand auf und nickte. „Danke. Komm einfach ins Wohnzimmer, wenn du fertig bist."

Ich setzte mich aufs Sofa und legte meine Hände über meinen dicken Bauch. Leise seufzte ich, bevor ich tief durchatmete und Shadows Melodie anstimmte. Das Lied von der tiefen Finsternis und dem kleinen, kaum merklichen Licht. Es dauerte nicht lange, bis ich mich schwach fühlte. Ich hatte das Lied nicht mal bis zum Ende gesungen, da erschien der Schattenkreis mitten im Raum. Das Dämonenoberhaupt schwebte heraus und fixierte mich mit seinen schwarz umrandeten weißen Augen. „Hallo Shadow!"

„Hallo Mia", antwortete er und streckte einen seiner nebligen Arme nach mir aus. Sein ganzer Körper bestand aus Nebel, der um eine stabile Mitte waberte. Doch wenn man genauer hinsah, ließen sich seine Arme und sein Kopf recht gut erkennen. Als der Dämon seine Hand auf meine Schulter legte, wurde alles um mich herum schwarz. Shadow war eben der Herr über die Finsternis.

„Du freust dich", stellte ich über unsere Verbindung fest. „Ist etwas passiert?"

„Ich habe neue Briefe für dich", erzählte er und ließ mich los, sodass die Farben um mich herum zurückkehrten. „Einen aus Windfeld und einen aus Färnau."

Augenblicklich strahlte ich übers ganze Gesicht. „Wirklich? Melodia und Fiona haben geschrieben?"

„So ist es", bestätigte er und reichte mir zwei Umschläge. „Celeps holte die Briefe gestern ab und gab sie mir."

„Wahnsinn!", jubelte ich und sah die Kuverts begeistert an. Mithilfe der Fiorita hatten wir einen Weg gefunden, ohne das Wissen der Ranger miteinander zu kommunizieren. So konnten wir uns immerhin manchmal austauschen. „Mal sehen, was sie schreiben."

Der Dämon grinste breit. „Ich dachte mir, dass es dir Freude bereiten würde. Wie geht es dir ansonsten?"

„Ich fühle mich fett", lachte ich.

„Und du bist besorgt", ergänzte er. „Du kannst es vor mir nicht verbergen."

„Ich weiß", flüsterte ich. Unsere Verbindung verriet mich jedes Mal.

„Wir würden dir erzählen, wenn es eine wichtige Entwicklung im Krieg gäbe", versprach er. „Genieße im Moment den Abstand, den du dazu hast."

„Ich kann nicht anders, als mich um meine Freunde zu sorgen. Und ich frage mich, wie es meiner Mutter geht", gestand ich.

Shadow zögerte kurz. „Über deine Freunde hat dir Melodia sicher in ihrem Brief berichtet. Bei Cassandra gibt es keine Veränderung."

„Also isoliert sich Mama immer noch?", murmelte ich.

Der Dämon nickte. „Sie hat den Schock noch nicht überwunden. Dein Vater versucht täglich, mit ihr zu reden, doch sie weigert sich."

„Immerhin das ist vernünftig", brummte ich. „Mit Papa würde ich auch nichts zu tun haben wollen." Um mich nicht in Rage zu reden, öffnete ich den Brief von Melodia. „Gibt es bei euch Fiorita was Neues?"

„Nur das Übliche. Luna ist ein wenig gestresst", fiel ihm ein. „Ihr

Bruder Sol streikt und kümmert sich nicht mehr um das Sonnenlicht, darum muss sie mal wieder Mond und Sonne lenken."

Ich schloss die Augen. „Sol, reiß dich zusammen", dachte ich. „Und ärgere deine Schwester nicht so."

„Ja, ja, ich überleg's mir", ertönte die Stimme des flauschigen gelben Geistes in meinem Kopf. „Vielleicht."

„Na, immerhin", dachte ich und öffnete die Augen wieder, um Shadow anzusehen. „Mal sehen, ob das was bringt."

„Luna wird es dir danken", lachte der Dämon. „Und was schreibt deine beste Freundin? Neuigkeiten aus der Zweigstelle Windfeld?"

Ich las den Brief durch, wobei mir der Mund aufklappte. „Wahnsinn! Es ist echt viel passiert. Ulrich arbeitet ohne Ende, Jakob hat sich den Korb seines Lebens von einer Technikerin aus dem Hauptquartier geholt und Haru hat nach einer Feier aus Versehen mit James geschlafen und bereut es jetzt zutiefst. Ich glaub es nicht! Haru und James! Dabei wollte sie nie was mit diesem Frauenheld zu tun haben!" Fassungslos schüttelte ich den Kopf. „Das wird bei der Arbeit ab jetzt bestimmt unangenehm ..."

„Wahrscheinlich wird James so bald keinen Innendienst mehr machen, um ihr aus dem Weg zu gehen", vermutete Shadow.

„Ich glaube eher, Haru wird alles tun, um ihm aus dem Weg zu gehen. Nicht umgekehrt." Ich fuhr mir durchs orange-braune Haar. „Die Arme. Bestimmt hat sie zu viel getrunken. Aber bei Melodia und Mark läuft es super, immerhin. Am besten schreibe ich gleich heute Abend zurück, schon allein um Haru ein wenig aufzumuntern."

„Sie freut sich bestimmt über jede Ablenkung." Shadow schwebte ein wenig durchs Wohnzimmer, bevor er wieder vor mir stehen blieb. „Gib deinen fertigen Brief Celeps, er liefert ihn dann ab, wenn sich eine gute Gelegenheit ergibt."

Ich lächelte ihn an. „Ich wüsste nicht, was ich ohne euch tun sollte. Dank euch habe ich noch Kontakt zu den anderen in der Zweigstelle. Und dank euch können wir mit Fiona und Nico schreiben."

„Wir helfen dir doch gerne", entgegnete er.

Langsam wurde mir schwindlig. „Oh, Shadow, ich fürchte ..."

„Ich spüre es gerade. Deine Kräfte lassen nach. Am besten verlasse ich Fioria", beschloss er. „Wir sehen uns bald wieder."

„Es tut mir leid, dass ich euch nur so kurz zu mir rufen kann", wisperte ich, wobei mir Tränen in die Augen stiegen. „Es tut mir so leid!"

„Du musst deswegen doch nicht weinen", rief der Dämon und legte mir beide Hände auf die Schultern. „Ich bin dir nicht böse, keins der Fiorita ist es. Wir verstehen es doch. Und wir wissen, dass du uns wieder öfter und länger rufen wirst, wenn dein Kind zur Welt gekommen ist.“

Da ich um mich herum nur Finsternis sah, schreckte ich zusammen, als mich plötzlich noch jemand berührte. Ich spürte zwei Arme, die mich einhüllten, und erkannte sofort den Geruch. „Lloyd?“, murmelte ich.

„Was hast du denn?“, fragte er besorgt.

„Es ... es ist nichts“, stammelte ich.

Shadow ließ mich wieder los. „Ich lasse euch allein. Mach dir keine Sorgen, Mia, ja?“

„Okay“, schniefte ich. Daraufhin verschwand der Dämon mitsamt seinem Schattenkreis und ließ mich mit Lloyd allein. Sofort fühlte ich mich kräftiger, der Schwindel hörte auf.

„Warum weinst du?“, wollte mein Freund wissen. Prüfend ruhten seine blauen Augen auf mir. „Stimmt was nicht?“

Wahrscheinlich sorgte er sich so sehr, weil ich mich anfangs in Renia jede Nacht in den Schlaf geweint hatte. Der Neuanfang war mir schwergefallen. Aber darum ging es gerade nicht. „Ich bin nur ... traurig, weil ich die Fiorita nicht lange bei mir halten kann.“

„Ach so, die Hormone mal wieder“, lachte er und drückte mich fest. „Okay, ich dachte, es wäre was Schlimmes.“

„Es ist schlimm, dass ich die Dämonen und Geister immer so schnell wegschicken muss“, widersprach ich schluchzend. „Du verstehst das einfach nicht!“

„Ich bin ja auch nicht mit den Fiorita verbunden“, antwortete er ruhig. „Aber ich glaube dir, dass es schwer für dich ist. Noch knapp fünf Monate, dann ist alles beim Alten. Oder nicht?“

Ich schniefte leise. „Ja ...“

Sein Blick fiel auf die Briefe. „Oh, Nachrichten aus Windfeld?“

„Und aus Färnau“, ergänzte ich mit rauer Stimme. „Von deinen Eltern.“

„Was schreiben sie denn?“, fragte er und griff nach dem Umschlag.

„Ich hab noch nicht reingeschaut. Machst du ihn auf?“, bat ich.

„Klar“, stimmte er zu und holte das Schreiben raus. „Bei ihnen ist alles gut, Fionas heiliger Vorgarten blüht, aber sie vermissen uns.“

„Kein Wunder, wir haben uns seit Monaten nicht gesehen.“ Ich warf einen Blick auf den Brief. „Hoffentlich treffen wir uns mal wieder.“

„Vielleicht können wir meine Eltern nach der Geburt hierher einladen“, grübelte Lloyd. „Wenn du sie mit Visunerm teleportieren kannst.“

Ich nickte. „Das wäre echt super! Der Geist des Raumes hilft uns bestimmt und so gibt es keinen schriftlichen Hinweis auf unseren Aufenthaltsort.“

„Und meine Eltern sehen ihr Enkelkind.“

„Das müssen sie!“ Immerhin waren Fiona und Nico zwei der wenigen Leute, die alles wussten und trotzdem hinter uns standen. Wobei mich ihre Reaktion, als wir ihnen alles gebeichtet hatten, wirklich überrascht hatte.

***

„Mia! Lloyd! Ich wusste gar nicht, dass ihr heute kommen wolltet“, begrüßte uns Fiona. Sie winkte uns ins Haus. „Kommt rein, es ist kalt draußen!“ Die etwa 45-jährige Frau schien gerade aus der Dusche zu kommen, jedenfalls waren ihre langen roten Haare nass, außerdem trug sie einen Schlafanzug.

„Entschuldige die späte Störung, Mama“, entgegnete Lloyd.

„Ist doch kein Problem. Ihr seht schrecklich fertig aus. Stimmt was nicht?“, erkundigte sie sich, als sie hinter uns die Tür schloss.

Lloyd blieb auf dem Gang mit den unzähligen Türen stehen. Ich kannte mich in diesem Haus immer noch nicht richtig aus. Es gab zu viele Zimmer. „Wir müssen mit dir und Papa reden. Dringend.“

Beunruhigt sah Fiona uns an. „Habt ihr was angestellt?“

„Hat meine Mutter dich noch nicht angerufen?“, erkundigte ich mich.

Sie schüttelte den Kopf. „Von Cassandra hab ich seit ein paar Tagen nichts gehört. Was ist denn los?“

„Hol Papa, wir setzen uns für das Gespräch besser ins Wohnzimmer“, schlug Lloyd vor.

„Ja, ist gut“, murmelte sie und lief über den Gang in eins der Zimmer.

Lloyd stellte seinen Rucksack an der Garderobe ab, ich tat es ihm gleich. Dann nahm er meine Hand. „Komm.“

„Das wird unschön“, murmelte ich.

„Wahrscheinlich ... Ich wette, Fiona verpasst mir eine Ohrfeige“, seufzte er und zog mich hinter sich her zum Wohnzimmer.

Der Raum wirkte einladend, geflutet von orangem Licht und herrlich warm. Ganz anders als die winterliche Nacht draußen. Wir setzten uns auf eins der beiden Sofas, die von einem Couchtisch getrennt wurden. Es lag eine Tüte Chips auf dem Tisch, direkt neben einer offenen Packung Kekse und einer Fernbedienung.

„Meinst du wirklich?", fragte ich meinen Freund. „Ich glaube eher, dass sie völlig schockiert sein wird."

„Oh Mann, ich weiß echt nicht, wie ich meinen Eltern das alles beibringen soll ..."

„Was willst du uns denn beibringen?", meldete sich Fiona plötzlich zu Wort.

Ertappt drehten wir uns zur Zimmertür um. Fiona und der braunhaarige Nico, der ebenfalls einen Schlafanzug trug, kamen herein. Beide wirkten skeptisch.

„Setzt euch doch", forderte Lloyd sie auf.

Ich drückte seine Hand fest. „Wir schaffen das schon."

Er lächelte mich an. „Danke, Mia."

Fiona und Nico nahmen uns gegenüber auf dem zweiten Sofa Platz. „Was ist hier los?", wiederholte Fiona ihre vorherige Frage.

„Mama, Papa, passt mal auf", begann Lloyd zögerlich. „Es ist echt viel passiert. Wo fange ich denn an ... äh ... ich hab euch angelogen, ziemlich lange. Was meine Arbeit angeht."

„Wovon redest du?", wunderte sich Nico. „Bist du etwa kein Ranger?"

„Nein, nicht ganz. Der einzige Ranger im Raum ist Mia", gestand er.

„Na ja, ich bin inzwischen gefeuert worden und auf der Flucht", wandte ich ein.

„Was?!", riefen seine Eltern wie aus einem Mund.

„Also, noch mal von vorne", murmelte er und sah mich lange an.

Unbehaglich schluckte ich. „Packen wir aus, Lloyd."

Es dauerte lange, seinen Eltern alles zu erzählen. Wir berichteten von unserer früheren Arbeit, von den Rangern und Schattenbringern, von dem wahren Job meines Vaters, von Cassandras Reaktion und meiner Identität als Mädchen aus der Legende. Wir ließen nichts aus, obwohl die Gesichter der beiden immer entsetzter aussahen.

„Du hast in einer Verbrecherorganisation gearbeitet? In einer Organisation, die Erik gegründet hat und leitet?", keuchte Nico. Lloyd nickte.

„Und d...d...du bist das Mädchen aus der Legende?", stammelte Fiona. „Du warst illegal als Ranger tätig?" Jetzt war ich dran, zu nicken.

„Und jetzt seid ihr beide auf der Flucht?", vergewisserte sich Nico.

„Wir sind beide gesuchte Verbrecher", flüsterte ich. „Die Schattenbringer haben den Rangern den Krieg erklärt. Wir müssen weg. Es ist
genug."

„Ich fass es nicht!" Fiona raufte sich das inzwischen trockene Haar.
„Lloyd, du ... ich hätte nie gedacht, dass ..."

Er starrte zu Boden. „Es tut mir leid, Mama. Wirklich. Ich konnte
nichts sagen. Erik hat mich bedroht."

„Das hätte ich nie von ihm gedacht", äußerte sich Nico. „Er hat doch
immer behauptet, er würde als Schreiner arbeiten."

„Aber er hat gelogen", schluchzte ich. „Er hat nur gelogen, jahrelang
hat dieser Mistkerl nichts anderes getan!"

„Ganz ruhig", redete Lloyd auf mich ein und umarmte mich fest.
„Bald sind wir hier weg."

„Wohin wollt ihr überhaupt fliehen?", flüsterte Fiona. „Was habt ihr
vor?"

„Wir müssen den Bezirk der Ranger verlassen", erklärte Lloyd.
„Wenn wir hierbleiben, werden wir irgendwann geschnappt. Die Ranger sind hinter Mia her, weil sie das Mädchen aus der Legende ist. Die
Schattenbringer wollen sich an mir rächen. Vor allem will Erik mich
von Mia trennen."

„Ihr geht in die äußeren Provinzen?", rief Nico.

Ich nickte. „In eine der friedlichen, ja. Nur da, wo die Ranger keinen
Einfluss haben, sind wir in Sicherheit."

„Ihr könnt wirklich nicht hierbleiben?" Fiona sah uns besorgt an.
„Wenn ihr vielleicht öfter mal umzieht, finden euch diese Organisationen bestimmt nicht. Ich will nicht, dass ihr verschwindet! Cassandra
will das auch nicht, oder, Mia?"

Ich presste die Lippen zusammen. „Doch, das will sie. Sie will nichts
mehr mit mir zu tun haben, seit sie alles erfahren hat." Meine Stimme
versagte.

„Sie ist ausgeflippt", erzählte Lloyd an meiner statt weiter. „Sie hat
die ganze Geschichte nicht so gut verkraftet."

„Kein Wunder", murmelte Nico. „Dass Erik so etwas tut ..."

„Außerdem können wir nicht ständig umziehen", wechselte ich das
Thema. „Es wäre zu teuer und zu anstrengend. Und nicht gut für ..."

„Für wen?", hakte Fiona nach, als ich verstummte.

Lloyd legte mir eine Hand auf den Bauch. „Für unser Kind."

Seinem Vater klappte der Unterkiefer runter und Fionas Augen weiteten sich. Keiner der beiden brachte einen Ton heraus.

„Ich bin schwanger", wisperte ich. „Darum müssen wir hier weg. Weg vom Krieg, weg von dem Chaos, einfach weg und neu anfangen."

„Wir wollten nur, dass ihr das alles von uns erfahrt. Bevor euch die Ranger befragen oder Cassandra euch davon erzählt, während sie noch so ... hysterisch ist", erklärte Lloyd. „Aber, bitte, verratet niemandem, dass wir heute hier waren. Und behaltet für euch, was wir euch gesagt haben."

Fiona und Nico sahen sich lange an. Plötzlich stand Fiona auf und lief aus dem Zimmer. Verwirrt starrten wir ihr hinterher, doch da kam sie schon zurück und drückte Lloyd einen Schlüssel in die Hand. „Nimm. Das wird euch helfen."

Er erhob sich vom Sofa. „Dein Auto? Wirklich?"

Tränen stiegen ihr in die Augen, doch sie nickte. „Bringt euch in Sicherheit. Ich will, dass es euch gut geht. Euch dreien. Aber meldet euch bei uns!"

„Danke!", rief Lloyd und umarmte sie fest. „Danke, Mama!"

„Wenn uns die Ranger befragen, wissen wir von nichts", äußerte sich Nico und stand ebenfalls auf, um seine Frau und seinen Sohn in die Arme zu schließen.

„Ihr seid die Besten", flüsterte Lloyd.

Wehmütig betrachtete ich die drei. Wie sehr wünschte ich mir, meine Mutter hätte genauso reagiert ... So verständnisvoll, so liebevoll, so unterstützend.

„Komm, Mia", forderte Fiona mich auf. Sie winkte mich zu sich. Verunsichert stand ich auf und ging einen Schritt auf Lloyds Familie zu. Da griff die Frau nach meiner Hand und zog mich in die Umarmung. „Pass gut auf dich auf, Liebes", bat sie. „Wenn du etwas brauchst, kannst du dich jederzeit bei uns melden. Ob es jetzt Tipps zur Schwangerschaft, ein offenes Ohr oder irgendwelche Kleinigkeiten sind. Ganz egal!"

Nun bekam ich feuchte Augen. „Danke", schluchzte ich.

„Ach was. Du gehörst zur Familie, das weißt du doch", entgegnete sie.

„Wollt ihr heute Nacht hierbleiben?", fragte Nico.

„Wir sollten sofort fahren", lehnte Lloyd ab. „Die Ranger haben sicher längst gemerkt, dass Mia aus dem Gefängnis ausgebrochen ist. Sie werden bald darauf kommen, dass sie hier sein könnte. Und wenn wir heute Nacht durchfahren, sind wir morgen früh in Renia."

„Renia?", wiederholte Fiona. „Davon haben wir doch einen Reiseführer. Wir waren letztes Jahr dort, als wir unsere Weltreise gemacht haben. Es ist wirklich eine schöne, ruhige Provinz. Zwei große Städte, ansonsten nur Dörfer."

Nico ließ uns los. „Ich hole den Reiseführer, vielleicht hilft er euch."

„Danke, Papa."

„Bist du gar nicht wütend, Fiona?", erkundigte ich mich zaghaft.

„Ich bin schockiert", entgegnete sie. „Ich bin wirklich schockiert. Aber ihr seid und bleibt meine lieben Kinder, alle beide. Und darum will ich, dass es euch gut geht. Euch und eurer kleinen Familie." Sie lächelte milde. „Ich werde euch unterstützen, so gut ich kann. Okay?"

„Wow, Mama, du ... du bist der Wahnsinn", lachte Lloyd und drückte sie fest.

„Danke, Fiona", schluchzte ich. „Danke!"

Sie reichte mir ein Taschentuch. „Nicht doch, Mia. Das ist selbstverständlich."

Das sah meine eigene Mutter wohl anders ...

„Hier ist er", riss Nico mich aus meinen trüben Gedanken. Er gab Lloyd den Reiseführer. „Für euch."

Mein Freund blätterte das Büchlein auf, als ihm einige Geldscheine entgegenfielen. „Papa, was ..."

Nico lächelte schief. „Das ist auch für euch. Ihr werdet Geld brauchen, oder nicht? Essen, Benzin, Miete ..."

„Aber das ist zu viel!", protestierte Lloyd.

„Nimm es schon", motzte Fiona ihn an. „Ihr werdet es brauchen."

„Danke, wirklich. Ich weiß nicht, was ich sagen soll", murmelte er.

„Etwas zu essen könnt ihr auch noch mitnehmen", fiel seiner Mutter ein. „Ich hole schnell was."

Lloyd und ich tauschten ein kleines Lächeln. Es tat gut, so viel Unterstützung zu erfahren. „Wenn wir das Auto nehmen, kannst du unterwegs ein wenig schlafen", schlug mein Freund vor. „Du siehst echt müde aus."

„Bin ich auch", gestand ich. „Aber ist es echt in Ordnung, wenn du die ganze Nacht fährst?"

„Ja, ich bin fit genug. Und da du keinen Führerschein hast, muss ich so oder so fahren", lachte er.

„Mich bringen die Fiorita überallhin ... Darum musste ich nie lernen, Auto zu fahren", entgegnete ich.

„Der Tank ist voll, damit solltet ihr ein gutes Stück weit kommen", vermutete Nico. „Braucht ihr sonst noch was?"

Lloyd schüttelte den Kopf. „Nein, Papa, ihr habt uns mehr als genug gegeben."

„Wir wollen euch nicht noch tiefer in die ganze Sache hineinziehen", flüsterte ich und umarmte Halt suchend meinen Freund.

Er strich mir über den Rücken. „Ja, das wäre besser."

Fiona brachte uns eine große Tasche mit Lebensmitteln. „Hier, nehmt die mit. Es sind auch zwei Flaschen Wasser drin. Das reicht für die Fahrt." Lloyd schwang sich die Tasche über die Schultern.

„Wir machen das wieder gut", versprach ich. „Irgendwann machen wir das wieder gut."

„Das müsst ihr nicht", winkte sie ab. „Passt nur gut auf unser zukünftiges Enkelkind auf, ja?"

Ich schlang mir die Arme um den Bauch. „Fest versprochen. Und wir finden einen Weg, uns bei euch zu melden."

„Irgendwann wollen wir euren Nachwuchs aber kennenlernen. Wann werdet ihr zurückkommen?", fragte Nico.

„Das können wir noch nicht sagen", antwortete Lloyd. „Kommt ganz darauf an, wie es zwischen den Rangern und Schattenbringern weitergeht."

„Aber vielleicht lässt sich irgendwann mal ein Treffen arrangieren", merkte ich an. „Es wäre nur besser, wenn ihr unsere neue Adresse nicht kennt."

„Damit ihr nicht noch mehr für uns lügen müsst", murmelte Lloyd.

„Verstehe", seufzte Fiona. „Hauptsache, wir hören von euch."

„Das werdet ihr!", versicherte ich ihr.

Sie umarmte uns so fest, dass es beinahe wehtat. „Ich wünsche euch alles Glück der Welt!"

Auch Nico drückte uns. „Dann seid vorsichtig und haut schon ab! Lasst euch nicht erwischen! Und bis bald."

„Danke für alles", wisperte ich.

„Ihr seid die Besten", ergänzte Lloyd. „Ich hab euch lieb."

„Und wir dich erst", wisperte Fiona.

Die beiden begleiteten uns zu dem silbernen Wagen, dessen Schlüssel wir soeben bekommen hatten. Wir verstauten unsere Rucksäcke im Kofferraum, die Tasche mit den Lebensmitteln stellte ich in den Fußraum des Beifahrersitzes. Nach einer letzten Umarmung und einem schweren Abschied stiegen wir letztendlich ein.

Wir winkten Fiona und Nico zu, sie winkten zurück. Dann startete Lloyd den Motor und fuhr los, weg aus dem Bezirk der Ranger in Richtung der äußeren Provinzen. In unsere neue Heimat und unser neues Leben. Und obwohl mir eine Träne über die Wange kullerte, lächelte ich. Denn ich wusste, dass einige wundervolle Menschen hinter Lloyd und mir standen, egal, was passierte.

Kapitel 3:

Mit Blick nach vorne

„Möchten Sie das Geschlecht des Kindes wissen, Frau Ito?", fragte die freundlich lächelnde Ärztin. „Inzwischen kann man es erkennen."

Mein Herz setzte beinahe einen Schlag aus, so aufgeregt war ich nach dieser Nachricht. „Wirklich?"

Die Blondine nickte. „Ja."

„Wollen wir?", fragte ich Lloyd, der neben mir stand, während ich auf der Liege den Ultraschall über mich ergehen ließ.

Er nickte. „Ich bin echt gespannt."

„Na dann", kicherte ich. „Was wird es denn?"

„Es wird ein Junge."

Ein unbeschreibliches Glücksgefühl durchströmte mich. Lloyd und ich bekamen einen kleinen Jungen. „Wahnsinn", flüsterte ich.

Mein Freund drückte meine Hand fest, Begeisterung stand in seinem Gesicht. „Ein Junge ..."

„Haben Sie sich schon einen Namen ausgedacht?", erkundigte sich die Ärztin, als sie mir ein Tuch gab, um das Gel von meinem Bauch zu wischen.

„Noch nicht", gestand ich. „Aber jetzt können wir langsam überlegen."

„Viel Erfolg dabei und bis nächsten Monat", verabschiedete sie sich. Ich nickte ihr zu. „Danke, bis bald."

Lloyd half mir beim Aufstehen und gemeinsam verließen wir die Praxis. Draußen empfing uns strahlender Sonnenschein. Perfektes Wetter für unser geplantes Picknick.

„Ich kann's kaum glauben", lachte ich auf dem Weg zum Park. „Es wird ein Junge! Wie nennen wir ihn bloß?"

„Oh Mann, ich freu mich so." Lloyd lächelte mich an. „Ich fasse es noch gar nicht so ganz. Fällt dir spontan ein Name ein?"

Lange überlegte ich, wir waren bereits im Park angekommen. „Ehrlich gesagt nicht. Dir?" Er breitete unsere Decke auf einer der Wiesen aus, im Schatten eines hohen Baumes. Einige Leute gingen spazieren, teilweise mit ihren Feuerhunden, auch einige Kinder spielten hier.

„Hm, gerade nicht. Aber uns fällt schon noch was ein. Jetzt sollten wir erst mal unseren Jahrestag feiern, finde ich.“

Ich holte die Pappteller und die zwei Behälter mit Sandwiches und Obst aus dem Korb. Dann nahm ich die beiden Flaschen Saft und gab eine davon Lloyd, um mit ihm anzustoßen. „Auf unser erstes Jahr!“

Er hob die Flasche. „Unglaublich, dass schon so viel Zeit vergangen ist.“

„Viel unglaublicher ist, dass ich seitdem eine Tonne schwerer geworden bin“, entgegnete ich und grinste ihn an.

„Ach was, höchstens eine halbe.“ Er zwinkerte mir zu.

Ich verdrehte die Augen. „Na, vielen Dank, du bist so einfühlsam“, schnaubte ich sarkastisch und trank einen Schluck. „Am besten faste ich ein paar Tage.“

„Tust du nicht“, widersprach er und reichte mir ein Sandwich. „Dafür isst du derzeit zu gerne.“

Ich ließ den Kopf hängen. „Ertappt. Blödmann.“

Da lachte er. „Ist doch gut so“, beruhigte er mich. „Unser Kleiner soll doch groß und stark werden. Fasten täte ihm nicht gut.“

„Auch wieder wahr“, gab ich zu. „Wann musst du ins Krankenhaus?“

„Meine Schicht geht um halb sieben los, also noch gut zwei Stunden.“

„Dann haben wir ja Zeit. Guten Appetit!“, wünschte ich ihm.

Beim Essen ließ ich meinen Blick schweifen. Renia war wirklich eine schöne Gegend. Wir hatten uns ein gutes Dorf ausgesucht, nicht zu groß und nicht zu klein. Fionas Reiseführer hatte dabei sehr geholfen. Manchmal erinnerte mich diese friedliche Atmosphäre an Windfeld, was mich dann ein wenig wehmütig machte. Denn ich musste immer wieder an meine Arbeit als Ranger und meine lieben Kollegen denken. An all das, was ich hinter mir gelassen hatte.

„Takuto“, meldete sich Lloyd plötzlich zu Wort.

Ich wirbelte zu ihm herum, verdattert starrte ich ihn an. „Was?“

„Wie wäre es mit Takuto?“

Ich runzelte die Stirn. „Hä?“

„Für unseren Sohn.“ Er lächelte mich an. „Takuto würde doch zu ihm passen.“

Takuto! Der Name, den ich benutzt hatte, während ich als männlicher Ranger aufgetreten war, mein alter Deckname. Auf diese Idee konnte auch nur Lloyd kommen. Gerührt erwiderte ich sein Lächeln. „Dir würde der Name wirklich gefallen?“

Er nickte. „Ja. Schon allein, weil du ihn immer benutzt hast."

„Aber als Ranger hast du mich doch gehasst", wandte ich ein.

Er hob mein Kinn mit Daumen und Zeigefinger an. „Weil ich da noch nicht wusste, wer du wirklich bist."

„Und weil ich dich unbedingt verhaften wollte", kicherte ich und hauchte ihm einen Kuss auf die Lippen, woraufhin mich Lloyd näher an sich zog, um aus dieser sanften Geste eine leidenschaftliche zu machen.

Als wir uns voneinander lösten, lehnte er seine Stirn an meine. „Also, was sagst du dazu?"

„Mir würde der Name gefallen", gab ich zu. „So heißt immerhin die Hauptfigur aus meinem Lieblingsbuch."

„Dann wird er Takuto heißen."

„Oh, Lloyd, ich freu mich so", jubelte ich und umarmte ihn fest. Vor etwa vier Monaten hatte ich kaum daran geglaubt, wirklich glücklich werden zu können. Doch mit meinem Freund war ich es. Auch wenn unser Kind ungeplant gekommen war, ich freute mich riesig darauf.

„Ich mich auch", flüsterte er, als er mich fest an sich drückte.

„Lloyd? Mia? Was macht ihr denn hier?", rief eine bekannte Stimme.

Wir lösten uns voneinander, um aufzublicken. „Quirin! Hallo", begrüßte mein Freund ihn. „Verbringst du deinen freien Tag wohl mit Freunden im Park?"

„Nein, meine Freunde machen heute einen Ausflug in die Stadt", erzählte der Junge sichtlich deprimiert. Er spielte mit dem schmutzigen Ball in seiner Hand herum. „Papa hat mir nicht erlaubt mitzufahren ... Aber ich wollte nicht den ganzen Tag daheim sitzen."

Ich verzog das Gesicht. „Verständlich. Hast du vielleicht Hunger? Wir haben noch ein Sandwich und etwas Obst."

„Darf ich?", fragte er begeistert.

„Klar, setz dich doch", schlug ich vor.

„Ihr seid die Besten!", jubelte er und schnappte sich das Sandwich, nachdem er auf der Decke Platz genommen hatte. „Spielt ihr nachher mit mir Fußball?"

„Äh, ich glaube nicht, dass Mia Fußball spielen sollte", wandte Lloyd ein.

„Ein bisschen Bewegung schadet mir doch nicht", entgegnete ich. „Ich muss ja nicht gleich Vollgas geben."

„Super!", freute sich Quirin. „Das wird toll!"

„Du kannst einfach nicht Nein sagen", seufzte Lloyd.

„Jetzt gönn's ihm doch", flüsterte ich. „Er durfte nicht mal mit seinen Freunden wegfahren."

„Ich gönn's ihm, ich mach mir nur Sorgen um dich. Um euch."

„Keine Panik." Ich drückte seine Hand. „Ist alles in Ordnung."

Nachdem Quirin sein Sandwich aufgegessen hatte, flatterten ein paar Farbfalter um mich herum. Ich lächelte sie an, dann stand ich ein wenig umständlich auf.

„Los geht's!", rief der Junge. „Die beiden Bäume sind das Tor."

Nach einer guten Stunde, von der ich keine halbe mitgespielt hatte, hörten wir auf. Lloyd musste sich auf den Weg zur Arbeit machen. „Wir sehen uns morgen Nachmittag. Ich hol dich von der Praxis ab", verabschiedete er sich und umarmte mich.

Ich schmiegte mich an ihn. „Du wirst mir fehlen", seufzte ich. „Bis morgen." Er würde erst nach Hause kommen, wenn ich schon in der Animaliaarztpraxis war. Also sahen wir uns frühestens nach meiner Arbeit.

Wir küssten uns, dann trennten sich unsere Wege. Ich ging mit Quirin zu den Reihenhäusern, die wir bewohnten, Lloyd marschierte zum Krankenhaus. „Willst du noch mit zu mir kommen, Mia?", fragte der Junge unterwegs. „Mama würde sich bestimmt freuen. Vielleicht macht sie auch wieder einen Nachtisch."

Ich schmunzelte. „Das ist lieb von dir. Aber ich kann doch nicht einfach ohne Einladung zu euch kommen." Außerdem hatte ich keine Lust auf zwei Abende mit Elly und Burkhard hintereinander ...

„Bitte", quengelte Quirin. „Wir können Mama doch fragen. Sie hat bestimmt nichts dagegen."

Ich strich mir über die blonde Perücke. „Ja ...", seufzte ich. Vielleicht hatte Lloyd recht und ich konnte nicht Nein sagen. Quirin tat mir so leid.

Also blieb ich noch eine gute Stunde bei ihm daheim. Elly freute sich sehr über meinen Besuch, Burkhard war zum Glück nicht da, was die Atmosphäre sehr entspannte. Als es dunkel war, verabschiedete ich mich aber. Immerhin wollte ich noch zwei Briefe beantworten, außerdem die Perücke und die Kontaktlinsen loswerden.

Daheim angekommen legte ich meine Tarnung ab und duschte mich erst mal. Nachdem ich meine Haare geföhnt und meinen Schlafanzug angezogen hatte, setzte ich mich mit Stift und Papier an den Esstisch. Zuerst antwortete ich Fiona und Nico, berichtete vom Ergebnis des heutigen Ultraschalls. Danach schrieb ich Melodia und meinen anderen Freunden aus Windfeld. Ein paar tröstende Worte für Jakob und Haru, ansonsten nur allgemeiner Smalltalk.

Wie immer. Bisher hatten Melodia und ich kein Wort über die Ereignisse zwischen Rangern und Schattenbringern gewechselt. Aber seit Elly gestern Abend erwähnt hatte, was für schlimme Dinge passierten, war ich doch ein wenig neugierig.

Heftig schüttelte ich den Kopf. Dieses Leben lag hinter mir! Ich war kein Ranger mehr. Ich wollte nichts mit diesem Krieg zu tun haben. Meine Entscheidung stand fest. Um nicht nach dem aktuellen Stand der Ermittlungen zu fragen, packte ich die beiden Briefe schnell in Umschläge.

Ich holte mir ein Glas Apfelschorle, dann lief ich die Treppen hoch ins Schlafzimmer. Es war spät geworden und morgen musste ich früh aufstehen. Doch als ich im Bett lag, konnte ich nicht einschlafen. Ich drehte mich von einer Seite zur anderen, fand aber keine Ruhe. Ich fühlte mich ... einsam. Wie immer, wenn Lloyd nicht da war.

Seufzend setzte ich mich auf und machte das Nachttischlicht an. Wenn ich sowieso wach war, gab es keinen Grund, nicht mit den Fiorita zu reden. Und ich wusste genau, mit wem ich ein wenig plaudern wollte. Ich schloss die Augen und sang das wohl komplizierteste Lied, das ich kannte. Lunas Lied in der Sprache der Geister. Es war eine besondere Sprache, die kein Mensch kannte oder verstand. Ich verstand sie intuitiv, die Fiorita benutzten sie immer, wenn sie mit mir redeten.

Mit dem hellsten aller Lichtblitze erschien Luna vor mir. Der dreifarbige Geist des Lichts richtete seine dunkelbraunen Augen direkt auf mich. „Hallo Mia", erklang ihre glockenhelle Stimme.

„Hi Luna", antwortete ich und streichelte über das weiche hellrosa Fell an ihrem Kopf. Am Schweif erstrahlte es so gelb wie das ihres Bruders Sol, am Körper hellblau.

Die Anführerin der Geister schmiegte sich an meine Hand. „Du machst dir schon wieder so viele Sorgen."

„Ich wollte hinter mir lassen, dass ich jemals Ranger war", flüsterte ich. „Aber sobald ich allein bin, denke ich ständig daran. Ich hab Angst um meine Freunde und Kollegen. Ich will, dass mein Vater hinter Gitter kommt ..."

„Das betrifft dich nicht mehr, wie du es wolltest. Du bist so weit weg", redete sie auf mich ein.

„Manchmal frage ich mich, ob ich das wirklich hinter mir lassen kann." Ich drückte Luna an mich. „Aber egal. Darum geht's gar nicht.

Das Schlimmste ist gerade eigentlich, dass ich mich etwas einsam fühle. Ich hab mich wohl schon zu sehr daran gewöhnt, dass Lloyd immer bei mir ist."

Sie lächelte milde. „Dann schlafe doch ein, solange du mich noch auf Fioria halten kannst", schlug sie vor.

Ich erwiderte ihr Lächeln und machte das Licht aus. „Gute Idee", flüsterte ich und kuschelte mich an sie. „Ich muss für die Arbeit morgen fit sein."

„Genau, morgen geht der Alltag wieder los. Und dann hast du bestimmt so viel zu tun, dass du gar nicht mehr an die Ranger und Schattenbringer denken kannst", vermutete sie. „Und denk erst an die Geburt eures Takuto. Der hält euch bestimmt auf Trab!"

Ich kicherte. „Da hast du recht. Kindererziehung ist eine Herausforderung, darauf wette ich."

Luna nickte. „Es ist ja schon anstrengend, auf meinen Bruder aufzupassen, diesen Kindskopf. Aber deine Ermahnung hat ihm zu denken gegeben."

„Immerhin", murmelte ich im Halbschlaf. Ich wurde immer müder, auch vor Erschöpfung, weil ich ein so mächtiges Fiorita bei mir hatte.

Das Letzte, was ich noch hörte, war Lunas Flüstern: „Schlaf gut, Mia. Und mach dir keine Sorgen mehr. Denk nur an das Hier und Jetzt."

Und genau dieser Rat war es, der mir durch die nächsten Monate half.

Laut klopfte Lloyd von draußen an die Tür des Schlafzimmers. „Mia, bitte, komm doch endlich raus!"

„Nein!", schrie ich. „Lass mich in Ruhe!"

„Jetzt lass uns doch reden", flehte er.

„Ich will nicht!", weigerte ich mich und presste mir beide Hände auf die Ohren, während ich mich sitzend auf dem Bett zusammenkauerte, soweit es mein dicker Bauch zuließ.

„Du hast mich völlig falsch verstanden", drang Lloyds Stimme gedämpft zu mir vor. „Hör mir doch zu!"

„Da gab es nichts falsch zu verstehen!", tobte ich. „Ich hab genau gehört, wie du zu Elly gesagt hast, dass du nach der Geburt nicht mit Takuto zu Hause bleiben würdest. Ist ja auch Frauensache, was? Ich soll das Heimchen am Herd spielen, schon klar!"

„Eben nicht! Meine Güte, Mia, seit du im siebten Monat bist, werden deine Launen immer schlimmer", schnaubte er.

Vor lauter Wut krallte ich meine Finger in das Bettlaken unter mir. „Klar, schieb es auf die Hormone, damit du dich besser fühlst!", brüllte ich.

„Ich hab nur gesagt, dass wir noch nicht genau wissen, wie es nach der Geburt weitergeht", entgegnete er. „Und dass ich wahrscheinlich wieder arbeite. Wir müssen doch die Miete zahlen."

„Und dafür ist dein Gehalt natürlich besser als meins!"

„Du hast doch längst Mutterurlaub beantragt, oder nicht?"

„Aber du bist ja nicht mal dazu bereit, dich um unser Kind zu kümmern!"

„Nein, Mia." Plötzlich klang Lloyds Stimme schwach. „Ich hab nur Angst, dass ich ... dass ich ... ach, vergiss es."

„Dass du was?", rief ich in Richtung der Tür.

„So rede ich nicht mit dir. Entweder du machst auf oder ich gehe runter ins Wohnzimmer." Gerade als ich antworten wollte, dass er heute Nacht genau dort auf dem Sofa schlafen würde, verrauchte meine Wut so schnell, wie sie gekommen war. Mein Gesicht fühlte sich nicht mehr so heiß an, mein Herz hörte auf zu rasen. Ich fühlte mich nur ausgelaugt. Vielleicht hatte ich ihn wirklich falsch verstanden.

„Warte", flüsterte ich und stand ungelenk auf, um zur Zimmertür zu gehen. Nur zögerlich drehte ich den Schlüssel im Schloss.

Lloyd öffnete langsam die Tür, er sah mir direkt in die Augen und seufzte. Er wirkte ein wenig verzweifelt, seine dunkelbraunen Strähnen lagen wirr übereinander, als hätte er sich unablässig das Haar gerauft. Mit dem Handrücken strich er mir die übrigen Tränen aus dem Gesicht. „Können wir jetzt in Ruhe reden?"

„Na gut", schniefte ich.

Als wir uns nebeneinander auf die Bettkante setzten, zeigte der Wecker schon Mitternacht an. Wir hatten den ganzen Abend gestritten ...

„Mia, ich meinte wirklich nicht, dass ich von dir erwarte, dass du dich allein um Takuto kümmerst", begann er das Gespräch. „Und wenn du darauf bestehst, kann ich mir auch freinehmen und du gehst wieder arbeiten. Aber in den ersten Wochen ist Takuto doch auf dich angewiesen. Du bist doch diejenige, die ihn stillen wird."

„Ja ...", murmelte ich. Ich kam mir so dumm vor. Derartige Überreaktionen traten immer öfter auf. „Aber was wolltest du mir vorhin sagen? Wovor hast du Angst?"

Er vergrub das Gesicht in seinen Händen. „Es ist nur, dass ... also, ich ..."

Besorgt musterte ich ihn. „Was denn?", hakte ich nach und strich ihm über den Rücken. Doch er reagierte lange nicht.

Endlich blickte er wieder auf und nahm meine Hände in seine. „Ich hab wirklich Angst, dass ich kein guter Vater werde."

Mir klappte der Mund auf. Diese Worte hörte ich zum ersten Mal. Von diesen Zweifeln hatte ich nichts gewusst. Doch ich hätte es merken müssen. Ich hätte merken müssen, dass nicht nur ich mir Sorgen um die Zukunft machte. Dass nicht nur ich mit Selbstzweifeln kämpfte. Schlagartig musste ich weinen. „Es tut mir so leid", schluchzte ich.

„W...w...was?", stammelte Lloyd. „Was tut dir denn leid?"

Ich schniefte laut. „Dass ... ich nichts gemerkt habe! Dabei bin ich doch fast immer bei dir. Aber ich wusste gar nicht, dass du dir auch solche Sorgen machst!"

„Auch?", wiederholte er und legte mir einen Arm um die Schultern.

Wortlos nickte ich, während es mich schüttelte. Ich sah nicht zu meinem Freund, ich fixierte die Wand direkt vor mir. Ich brachte es nicht über mich, ihm in die Augen zu schauen. Ich schämte mich so.

„Ganz ruhig", flüsterte er und schloss mich sanft in seine Arme. Er ließ mich etwas weinen, bis ich ruhiger wurde. „Also hast du auch Angst davor?"

„Ich hab totale Panik", gestand ich und klammerte mich an ihn, das Gesicht in seiner Halsbeuge vergraben. „Ich hab solche Panik, als Mutter zu versagen. Ich habe schon als Ranger versagt, als Mädchen aus der Legende, meinetwegen mussten wir nach Renia fliehen ... Wie soll ich mich da um ein Kind kümmern?", wimmerte ich.

„Mia, du hast nicht versagt!", widersprach er. „Du konntest nichts dafür, dass sich die Ereignisse damals so überschlagen haben."

„Wage es nicht, dich als schlechte Auserwählte zu bezeichnen!", knurrte eine tiefe Stimme in meinem Kopf. Eindeutig Shadow. „Du hast deine Aufgabe bisher großartig gemacht. Du hast uns Dämonen aus der grässlichen Schattenwelt befreit. Wir sind froh, dass wir dich haben."

Laut schluchzte ich auf, bevor ich das Dämonenoberhaupt meinen Dank spüren ließ. „Ich hab einfach Angst ..."

Mein Freund strich mir beruhigend über den Rücken. „Versteh ich gut. Wir sind eben noch ... ziemlich jung. Aber wir können doch immer auf meine Eltern zählen, wenn wir Hilfe brauchen. Und auf unsere Nachbarin, so verrückt sie manchmal ist." Vorsichtig legte ich eine Hand auf meinen Bauch.

„Ich will nur, dass Takuto glücklich aufwächst ...“

„Wir schaffen das schon“, ermutigte er mich. „Zusammen bekommen wir das sicher auf die Reihe.“

„Meinst du?“

Er ließ mich los, um mein Gesicht in seine Hände zu nehmen und mir tief in die Augen zu sehen. „Versprochen.“

Bei diesem Blick schmolz meine Unsicherheit augenblicklich. Ich musste sogar lächeln. „Wenn du das sagst, vertraue ich dir.“

„Zu zweit sind wir doch unschlagbar“, lachte er. „Wir haben schon so viel geschafft. Und zusammen können wir uns auch um Takuto kümmern. Ich lasse dich nicht allein, Mia.“

Vor Rührung stiegen mir wieder Tränen in die Augen, ich umarmte ihn stürmisch. „Danke!“ Ich könnte gar nicht beschreiben, wie viel stärker er mich machte. Er zeigte mir, dass ich nicht alles allein schaffen musste. Dass er für mich da war.

Er ließ sich mit mir auf den Rücken fallen. „Schon in Ordnung“, flüsterte er. „Wir kriegen das hin.“

„Du wirst ein wundervoller Vater, das weiß ich genau“, wisperte ich und schmiegte mich an ihn.

„Tut gut, das zu hören“, antwortete er leise. „Danke.“

Ich lächelte ihn an. „Nur die Wahrheit.“

„Ich liebe dich“, flüsterte er mir ins Ohr, während er durch mein offenes Haar strich.

Ich umarmte ihn fest. „Ich dich auch. Bitte entschuldige, dass ich derzeit so schwierig bin.“

„Schon gut“, beruhigte er mich. „Das halte ich aus.“

Und nur kurz darauf schliefen wir eng aneinandergekuschelt ein. Ohne Sorgen, ohne Zweifel und ohne das Licht auszuschalten.

„Es ist so warm“, jammerte ich. „Ich kann nicht mehr.“

Sanft nahm Lloyd meine Hand in seine. „Aber du hast es geschafft. Mia, du hast es geschafft!“

Ich lächelte ihn müde an. „Willst du ihn nehmen?“

„Unbedingt“, antwortete er sofort und nahm mir das Kind aus den Armen, das in helle Tücher gewickelt war. „Hallo Takuto. Hallo, mein Kleiner.“ Er strahlte übers ganze Gesicht. „Unglaublich ...“

Erschöpft ließ ich mich aufs Kopfkissen des Krankenhausbettes fallen. Der Sommer stand in voller Blüte. Obwohl es schon fast zehn Uhr abends war, erhellte die Sonne Fioria noch immer. Luna ließ sie besonders kräftig leuchten, um die Geburt von Takuto auf ihre Art zu feiern. Die Freude der Dämonen und Geister strömte auf mich ein, zusätzlich zu meinem eigenen Glücksgefühl, Lloyds Begeisterung und der großen Müdigkeit. Endlich war Takuto auf der Welt, eine knappe Woche später als gedacht, aber kerngesund. Und nachdem er einige Minuten geschrien hatte, war er sogleich eingeschlafen. Ehrlich gesagt wollte ich es ihm gleichtun. Jetzt brauchte ich eine Pause, bei der Geburt wäre ich beinahe ohnmächtig geworden. Nur gut, dass ich für ein paar Wochen nicht arbeiten musste, weil ich Mutterurlaub beantragt hatte.

Die letzten Monate waren besonders anstrengend gewesen. Mein Rücken hatte Tag für Tag mehr geschmerzt, meine Ess- und Schlafgewohnheiten waren immer seltsamer geworden. Ich war schrecklich dick geworden, hatte keinen Tag mehr ohne Schokolade ertragen und mit meinen Launen gekämpft, die nicht nur mir, sondern auch Lloyd das Leben schwergemacht hatten. Aber zum Glück hatte er viel Verständnis für mich gehabt.

Vor allem die Fiorita hatten mich immer wieder beruhigt. Es tat richtig gut, dass sie mich meist ohne Worte verstanden.

Und von nun an konnte ich sie öfter und länger sehen, weil ich nicht mehr mit Takuto schwanger war.

„Er ist so winzig", flüsterte Lloyd.

„Vor allem seine Finger", stimmte ich zu.

Die Ärztin und die beiden Krankenschwestern, die während der Geburt bei uns gewesen waren, hatten vor ein paar Minuten das Zimmer verlassen, um uns etwas Privatsphäre zu gönnen. Dieser Moment gehörte Lloyd und mir. Und natürlich unserem Sohn.

„Ich befürchte, ich muss ein paar Tage im Krankenhaus bleiben, um mich auszuruhen", murmelte ich. „Das wird nervig mit den Kontaktlinsen und der Perücke ..."

„Solange du dich erholst und dann wieder auf den Beinen bist, ist es das wert", entgegnete Lloyd, der neben mir auf der Bettkante saß. Im Gegensatz zu meinem Hemdchen waren weder seine Shorts noch sein T-Shirt verschwitzt.

„Eine Geburt ist anstrengender, als ich dachte", lachte ich schwach. „Nimmst du dir dann die nächsten paar Tage frei?"

„Natürlich", bestätigte er. „Ich will doch bei euch sein."

Ich schmunzelte. „Na ja, wenn du arbeitest, bist du auch im Krankenhaus."

„Das ist doch was anderes“, schnaubte er.

„Weiß ich doch“, kicherte ich. „Gibst du mir Takuto wieder?“ Ich wollte den Kleinen unbedingt noch mal in die Arme nehmen, bevor ich einschlief.

„Vorsicht“, murmelte er und reichte mir unseren Sohn, wobei er dessen schwaches Genick stützte. „Meine Eltern werden vor Freude ausflippen, wenn wir ihnen die ersten Bilder schicken.“

„Nicht bei diesem schrecklichen Bild, das du vorhin gemacht hast“, brummte ich. „Da sehen wir viel zu fertig aus.“

„Ist halt eine authentische Aufnahme“, entgegnete er. „Ich war noch nie so aufgeregt wie in den letzten zwei Stunden.“

Ich lächelte schwach. „Ich auch nicht. Gleich kippe ich vor Erschöpfung um, das sage ich dir!“

„Bloß nicht!“, protestierte er und strich mir über die Wange. „Aber du solltest dich jetzt wirklich ausruhen. Brauchst du noch was zu essen oder zu trinken?“

Ich schüttelte den Kopf. „Gerade nicht. Ich brauche nur euch“, flüsterte ich.

„Dann sollten wir hoffen, dass Elly uns erst morgen besucht“, lachte er.

„Heute Abend packe ich wirklich keinen Besuch“, murmelte ich und schloss die Augen. „Nicht vor morgen.“

Lloyd nahm unseren Sohn aus meinen Armen. „Dann schlaf gut“, hauchte er mir ins Ohr. „Du hast es dir redlich verdient.“

„Lloyd?“, fragte ich schläfrig.

„Ja?“

„Ich liebe dich.“

Er drückte meine Hand fest. „Ich dich auch, Mia. Ich dich auch.“

Mit einem glücklichen Lächeln auf den Lippen schlief ich ein. Und mir war, als hätte ich noch einen Kuss auf der Stirn gespürt.

„Lloyd, Mia! Oh, ihr habt mir so gefehlt! Lasst euch drücken!“, rief Fiona, während sie uns in ihrem viel zu kräftigen Griff halb zerquetschte. „Ein ganzes Jahr ist es her. Ein ganzes Jahr, seit ihr abgehauen seid.“

„Schön, dich zu sehen, Mama“, keuchte mein Freund.

Endlich ließ sie uns los. „Ihr seht schrecklich aus“, stellte sie besorgt fest. „Geht es euch nicht gut?“

„Zu wenig Schlaf“, murmelte ich. „Takuto schreit die halbe Nacht.“

„Und er ist nur still, wenn Mia ihm ungefähr ’ne Stunde Lieder vorsingt", ergänzte Lloyd und seufzte laut. „Das ist wirklich anstrengend. Und es macht meinen Schichtdienst nicht einfacher."

„Man könnte fast meinen, du wärst heute 41 geworden, nicht 21", äußerte sich sein Vater. „Alles Gute zum Geburtstag, mein Junge."

„Danke, Papa", antwortete Lloyd und umarmte Nico.

Auch mich drückte der braunhaarige Mann fest. „Na, Mia, wie fühlst du dich so mit 19? Du hattest ja auch erst im Herbst Geburtstag."

„Ich fühle mich wie 90", lachte ich und legte eine Hand an die Stange des Kinderwagens. „Aber abgesehen vom Schlafmangel kann ich mich über nichts beschweren. Wie geht es euch denn?"

„Jetzt gerade? Rundum gut!", seufzte Fiona und beugte sich über den Wagen, in dem Takuto schlief. „Er ist ja ein kleiner Schatz."

Ich hob die Augenbrauen. „Ja, und es wäre noch schöner, wenn er nachts mal schlafen würde ..."

„Ach, du hast ja keine Ahnung, wie anstrengend Lloyd war", kicherte sie. „Er hat uns wirklich auf Trab gehalten."

Mein Freund grinste. „Und ihr habt mich trotzdem ertragen."

„Uns blieb ja keine Wahl, damals gab es nicht so viele Kinderklappen, um anstrengende Babys abzugeben", neckte sie ihn.

„Mama!", rief er entsetzt.

Ich musste lachen. Fionas offene, humorvolle Art amüsierte mich immer wieder. Sie grinste ihren Sohn an, während er die Augen verdrehte.

„Wollen wir uns vielleicht setzen?", schlug ich vor und deutete auf das große, gut gefüllte Café, vor dem wir standen. Meine Fingerspitzen fühlten sich ein wenig taub an. „Draußen ist es langsam echt kalt, es schneit bestimmt gleich wieder. Nicht, dass Takuto krank wird."

„Sicher, ein Kaffee ist jetzt genau das Richtige", antwortete Fiona. „Der Teleport hierher war ... ungewöhnlich. Mir ist immer noch etwas schwindlig."

„Aber hätte Mia euch nicht mit dem Geist des Raums hergebracht, hätten wir uns nicht treffen können", merkte Lloyd an und hielt uns die Tür des Cafés auf.

„Jedenfalls wäre ein Treffen zu riskant gewesen", ergänzte ich und schob Takutos Kinderwagen in den angenehm warmen Raum. „Visunerm kann kein Ranger und kein Schattenbringer verfolgen. Ein Auto schon."

„Es war schon das Beste so", pflichtete Nico bei. „Wir kriegen regelmäßig Besuch von den Rangern und einigen dubiosen Gestalten."

„Suchen sie nach mir?", erkundigte sich Lloyd, als wir zu viert an einem freien Tisch Platz nahmen.

Fiona, die neben mir saß, nickte. „Natürlich, was sonst? Aber wir haben immer behauptet, wir wüssten von nichts. Dann sind sie gegangen." Er hängte seinen blauen Mantel über den Stuhl mir gegenüber, während auch ich meine orange Jacke auszog. Erleichtert lächelte er seine Mutter an. „Gut."

„Es wird ziemlich intensiv nach euch beiden gefahndet." Sie musterte erst Lloyd, dann mich. „Eure Fotos werden oft in den Nachrichten gezeigt. Aber die Perücke ist eine gute Tarnung, Mia. Mit blonden Haaren siehst du ganz anders aus."

„Ich hab mich immer noch nicht daran gewöhnt", gestand ich. „Nur gut, dass in der Berichterstattung hier noch nichts von der Fahndung nach uns erwähnt worden ist."

„Renia ist ja auch unabhängig von den Rangern und die Presse interessiert sich daher nicht so sehr für sie", entgegnete Lloyd.

„Das ist euer Glück. Wie seid ihr eigentlich hergekommen?", wollte Nico wissen. „Auch mit den Fiorita?"

Ich schüttelte den Kopf. „Das wäre für Takuto zu gefährlich gewesen. Wir sind mit dem Auto da. Also, mit eurem Auto. Noch mal vielen Dank dafür, es ist eine riesige Hilfe! Ich hätte zu viel Angst, Takuto in seinem Alter auf einem Flugvogel zu transportieren."

„Schön, wenn es euch hilft", freute sich Fiona. „Aber warum treffen wir uns in der Hauptstadt von Renia und nicht bei euch? Oder wohnt ihr hier?"

„Nein, viel zu teuer", winkte ich ab. „Wir wohnen in einem der Dörfer." Damit uns niemand finden konnte, verrieten wir unseren genauen Wohnort nicht mal Lloyds Eltern. Es war sicherer so.

„Aber in so einer großen Stadt fallen wir nicht auf", erklärte er. „Außerdem wollte Mia unbedingt mal hierher."

„Es ist ja auch schön hier", schwärmte ich. „Wir waren schon eine Stunde in der Fußgängerzone und haben uns umgesehen."

„Hier kann man echt besser einkaufen als in unserem Dorf."

„Was wollt ihr denn trinken?", fragte ich und stand auf. „Hier herrscht Selbstbedienung, ich stelle mich gleich an."

Fiona betrachtete mich von oben bis unten. „Du siehst wirklich gut aus, Mia! So schlank!"

„Sie hat im letzten halben Jahr strenge Diät gemacht und verbissen trainiert", lachte Lloyd. „Ist also kein ..."

„Ich hab es einfach nicht ausgehalten, so außer Form zu sein“, fiel ich ihm ins Wort. „Darum hab ich wieder mit dem Kampfsport angefangen.“

„Und sämtliche ungesunde Lebensmittel aus dem Haus verbannt“, brummte mein Freund. „Wenn ich mal Chips oder Nachtisch will, muss ich das woanders essen.“

„Hey, inzwischen nicht mehr“, verteidigte ich mich. „Das war nur in den ersten paar Monaten. Seit einer Weile nasche ich doch selbst hin und wieder.“ Er stand ebenfalls auf, um mir durchs Haar zu wuscheln.

„Zum Glück.“

Nico schmunzelte. „Und wie läuft’s beim Kampfsport?“

„Ganz gut“, erzählte ich. „Ich bin echt wieder fit, Lloyd und ich machen sogar manchmal Übungskämpfe.“

„Geht aber meistens unentschieden aus“, ergänzte Lloyd. „Ich bin zwar stärker, aber meine Technik ist nicht ganz perfekt.“

„Klingt ja so, als würde euch nicht langweilig werden“, stellte Fiona fest.

„Nein, wir sind echt gut beschäftigt. Kindererziehung, Arbeit, Training“, zählte ich auf. „Nicht zu vergessen die Treffen mit unseren neuen Bekannten in Renia. Es ist echt immer was los.“

Sie lächelte mich an. „Arbeitest du auch schon wieder, Mia?“

„Ja, aber nur halbtags. Lloyd und ich koordinieren die Arbeit so, dass immer einer bei Takuto sein kann.“

Mein Freund schob den Kinderwagen am Kopf des Tisches ein wenig vor und zurück, damit Takuto nicht aufwachte. Der Kleine blieb am ruhigsten, wenn er in Bewegung war.

„Gute Organisation“, lobte uns Fiona. „Und bevor du den ganzen Tag hier herumstehen musst, ich hätte gern einen Milchkaffee.“

„Ich nehme einen schwarzen Kaffee“, bestellte Lloyd.

„Auch schwarz“, meldete sich Nico zu Wort. „Aber ich helfe dir tragen.“

Ich lächelte. „Lieb von dir.“ Gemeinsam gingen wir zur Theke und reihten uns in die lange Schlange ein. „Gut voll hier“, merkte er an.

„Scheint ein echt beliebtes Café zu sein“, stimmte ich zu. „Sag mal, habt ihr unseretwegen großen Stress mit den Rangern gehabt?“

Er zuckte mit den Schultern. „Na ja, es ging. Sie haben uns erzählt, dass Lloyd einer Verbrecherorganisation angehört, wir haben entsetzt reagiert und versprochen, uns zu melden, sollte er wieder nach Hause kommen.“

„Warum besuchen euch die Ranger denn dann immer wieder?“, wunderte ich mich und ging mit der Warteschlange einen Schritt weiter.

„Wahrscheinlich kaufen sie uns nicht ganz ab, dass wir nichts wissen“, vermutete er und raufte sich das dunkelbraune Haar. „Sie waren außerdem skeptisch, weil unser Auto nicht auf dem Grundstück stand. Dazu haben wir nur gesagt, dass wir mit unserem Auto machen können, was wir wollen.“

„Verdammt ... Es tut mir leid, dass wir euch in diese Lage gebracht haben“, entschuldigte ich mich betrübt.

Er klopfte mir auf die Schulter. „Ach was!“, lachte er. „Wir sind froh, dass es euch und unserem Enkel gut geht. Und dass ihr jetzt in einer friedlichen Gegend lebt. Die Unruhen werden immer schlimmer.“

Besorgt sah ich ihn an. „Gibt es richtige Kämpfe zwischen den Organisationen? Oder wie haben die Schattenbringer ihre Kriegserklärung umgesetzt?“ Ich wusste, dass ich das nicht fragen sollte, weil ich mich sonst noch verantwortlich für das Geschehen im Bezirk der Ranger fühlte. Doch die Neugier überwog.

„Manchmal gibt es Kämpfe, überwiegend ist es Sabotage“, erzählte er. „Die Schattenbringer halten die Ranger mit ihren Verbrechen auf Trab. Außerdem versuchen sie, die Bürger zu verängstigen und das Vertrauen in die Ranger zu erschüttern.“

Ich sog scharf die Luft ein. „Klappt das etwa?“

Zögerlich nickte er. „Etwas ... Die Ranger gehen auch ziemlich radikal vor, sie verdächtigen Unschuldige, zu den Verbrechern zu gehören, und verhaften sie teilweise ohne Beweise. Nachts gibt es sogar eine Ausgangssperre.“

Mein Herz setzte einen Schlag aus. Oh nein. Fassungslos fixierte ich die Spitzen meiner Winterstiefel. Das klang gar nicht gut. Mein Vater und der Vorsitzende hatten endgültig den Verstand verloren. Wie sollte das nur enden?

„Ihre Bestellung, bitte“, riss mich die tiefe Stimme des Kellners aus meinen trüben Gedanken.

„Ähm, einen Milchkaffee, zwei schwarze Kaffees und eine heiße Schokolade, bitte“, antwortete ich. Auf diesen Schock brauchte ich etwas Süßes.

„Mach dir keine Sorgen“, flüsterte Nico mir zu, während der Mann die Getränke zubereitete. „Das wird schon. Außerdem seid ihr weit weg von allem. In Renia ist es sicher.“

Ich bemühte mich um ein Lächeln. „Eben.“ Ich sollte nicht daran denken. Es zählte nur das Hier und Jetzt, wie Luna es mir gesagt hatte. Selbst wenn ich mich um meine lieben Freunde und Kollegen in Windfeld sorgte.

Gemeinsam trugen Nico und ich die Getränke zu unserem Tisch. Lloyd und Fiona, die inzwischen Takuto auf dem Arm hielt, unterhielten sich dort. „Er ist so ein süßer Fratz! Und er hat so schöne bernsteinfarbene Augen", schwärmte sie und streichelte über seine Wange. „Fast wie Mias, nur ohne das Orange."

„Oh, ist er aufgewacht?", fragte ich, als ich Fionas und meine Tasse abstellte.

„Ja, gerade eben", antwortete Lloyd und nahm von seinem Vater den Kaffee entgegen. „Aber er fremdelt auch bei Mama."

Kurz musterte ich den Kleinen, der nicht wirklich glücklich aussah, während Fiona ihn liebevoll in den Armen hielt. „Immerhin weint er nicht. Das ist schon viel besser als bei jedem anderen. Bei unserer Nachbarin hat er neulich einen Schreikrampf gekriegt, als sie ihn aus dem Kinderwagen genommen hat."

„Er mag mich", seufzte sie hingerissen.

„Wir sind wirklich Großeltern", murmelte Nico mit bebender Stimme. Er ging neben Fionas Stuhl in die Hocke und streichelte über Takutos Mütze, die seinen kleinen Kopf warmhalten sollte. Da strampelte der Kleine allerdings und jaulte auf. Dieses Verhalten kannte ich gut.

„Er weint gleich", prophezeite ich. „Gibst du ihn mir?"

Behutsam reichte Fiona ihn an mich weiter. „Wie schade. Er fremdelt ganz ordentlich, was?"

Ich nahm Takuto in die Arme und strich über seinen Rücken. „Seit ein paar Tagen ist es besonders schlimm", erzählte ich.

Zum Glück beruhigte er sich schnell. Er döste ein, sodass ich ihn vorsichtig in den Kinderwagen legen und einen Schluck trinken konnte.

„Hoffentlich vergeht das bald." Lloyd grinste schief. „Das macht es nämlich unmöglich, hin und wieder einen Babysitter zu engagieren."

„Du hast das zum Glück kaum gemacht", lachte seine Mutter und löffelte etwas Milchschaum aus ihrer Tasse.

„Keine Babygeschichten über mich", brummte er.

Ich kicherte. „Doch, bitte."

Beleidigt sah er mich an. „Hey, auf wessen Seite stehst du?"

Ich nahm über die Tischplatte hinweg seine Hand. „Immer da, wo ich lustige Geschichten über dich höre."

„Pfff", schnaubte er beleidigt, strich mir aber mit dem Daumen über meinen Handrücken. „Ach, ich muss dir noch was erzählen, Mia“, fiel Fiona ein. Sie klang plötzlich ernst, es wirkte beinahe, als fühlte sie sich unwohl. „Das wollte ich dir persönlich sagen, nicht per Post.“

„Was denn?“, fragte ich alarmiert.

Sie atmete tief durch. „Wo fange ich an ... genau. Vor zwei Wochen hat sich Cassandra bei uns gemeldet.“

„Mama?“ Meine Augen weiteten sich. Ich spürte, dass Lloyd meine Hand etwas fester drückte. „Wie ... wie geht es ihr?“

„Wir haben nur telefoniert, aber sie klang okay“, erinnerte sie sich. „Sie hat viel geredet, sie hat auch geweint, weil ...“ Sie zögerte, wahrscheinlich suchte sie nach den richtigen Worten.

„Weil sie immer noch so wütend auf meinen Vater und mich ist?“, riet ich, wobei ich hörte, wie heiser ich klang.

Fiona schüttelte heftig den Kopf, sodass ihr Zopf hin und her flog. „Nein, im Gegenteil. Sie hat mir erst erzählt, was passiert ist. Dann hat sie gefragt, ob ich wüsste, wo du bist. Oder ob Lloyd es vielleicht wüsste.“ Fragend sah ich sie an. „Sie möchte mit dir reden. Sie sucht dich, weil du spurlos verschwunden bist.“

„Was?“, keuchte ich. Das haute mich um. Das hätte ich nach ihrem Ausraster vor einem Jahr nicht erwartet.

Die rothaarige Frau nahm meine freie Hand in ihre beiden. Eindringlich sah sie mich an. „Cassandra will sich für ihre Reaktion entschuldigen. Ich hab ihr nichts gesagt, nur dass Lloyd auch verschwunden ist und ihr vermutlich zusammen weggelaufen seid. Aber ich dachte, das solltest du wissen.“

„Warum?“, flüsterte ich. „Warum will sie plötzlich wieder Kontakt? Sie hat mir gesagt, ich wäre nicht mehr ihre Tochter. Sie hat mich angeschrien und meine alte Handynummer gesperrt!“

„Weil sie schockiert war“, meldete sich Nico zu Wort. „Inzwischen hatte sie Zeit, um sich zu beruhigen und die ganze Sache klarer zu sehen.“

„Deshalb hat sie sich wohl auch wieder mit Erik versöhnt“, merkte seine Frau an. „Obwohl es schrecklich ist, was er tut.“

Mir klappte der Mund auf. „Sie hat Papa verziehen?!“

„Im Ernst?“, hakte Lloyd nach. „Sie war doch so wütend. Dann haben die Ranger sie auch wieder im Visier.“

„Ja, sie wird von den Rangern überwacht, aber sie hat sich nichts zuschulden kommen lassen“, erklärte Fiona. „Darum können sie ihr wohl nichts tun. Soweit ich weiß, hat sie nur telefonischen Kontakt zu Erik.“

„Die Ranger werden sie sowieso nicht festnehmen“, murmelte ich. „Sie ist ein zu guter Köder. Sie warten, bis sich mein Vater mit ihr trifft.“

„Kann ich mir gut vorstellen“, stimmte mein Freund zu. „Außerdem hat Erik mit Sicherheit ein paar Schattenbringer zu ihrem Schutz abgestellt.“

Ich starrte in meine beinahe leere Tasse. „Ich hätte nie erwartet, dass Mama ihm verzeiht.“

„Sie liebt ihn eben“, flüsterte Fiona. „Genau wie dich.“

Ich löste meine Hände aus ihrem und Lloyds Griff, um sie gegen meine Schläfen zu pressen. Das Murmeln der anderen Gäste im Café erschien mir schlagartig lauter als zuvor. Mein Kopf tat weh. „Mir egal“, zischte ich. „Ich hab keinen Nerv für dieses Theater! Ich wollte mich mit ihr vertragen, sie hat mich weggestoßen. Da gehe ich bestimmt nicht wieder auf sie zu.“

„Willst du es wirklich nicht?“, erkundigte sich Lloyd und stand auf. Er ging um den Tisch herum zu mir. „Du könntest mit ihr reden.“

„Nein!“, rief ich. Ich ertrug nicht mal den Gedanken, wieder mit meiner Mutter oder gar meinem Vater zu sprechen. Er setzte mich unter Druck, überforderte mich ebenso wie meine verwirrenden Gefühle meinen Eltern gegenüber. „Sie hat mir deutlich zu verstehen gegeben, dass ich für sie gestorben bin.“

Nico und Fiona musterten mich besorgt, doch sie sagten nichts. Lloyd griff nach meinen Händen und zog mich sanft vom Stuhl, sodass ich ihm gegenüberstand. Er schloss mich in seine Arme. „Aber Cassandra ist deine Mutter. Und ich kann mir nicht vorstellen, dass dir deine Familie völlig egal ist.“

Nur mühsam kämpfte ich gegen die Tränen an. „Meine Familie sind nur die Menschen an diesem Tisch und die Fiorita!“ Da schluchzte ich auf. „Es reicht! Ich will von dem Thema nichts mehr hören!“ Innerlich machte ich den Fiorita größte Vorwürfe, dass sie mir nichts davon erzählt hatten, obwohl sie meine Mutter für mich im Auge behielten. Sie sollten mich informieren, sobald sich die Lage änderte, aber das hatten sie nicht.

„Genau darum haben wir nichts gesagt“, ertönte Shadows Stimme in meinem Kopf. „Wir wussten, dass es dich schockieren würde.“

Ich verstand es und ich war ihnen dankbar für ihre Rücksicht, aber das hätten sie mir erzählen müssen. Shadow entschuldigte sich. Ich zögerte, nahm die Entschuldigung aber an. Ich konnte den Fiorita sowieso nicht lange böse sein. Lloyd drückte mich fest an sich. „Ist ja gut“, redete er auf mich ein, während er mir über die Perücke strich. „Es ist deine Entscheidung. Du musst nicht, wenn du nicht willst. Und du musst auch nicht sofort mit ihr reden. Lass dir Zeit. Wir genießen erst mal diesen Tag, okay?“

Ich schniefte leise, nickte aber und erwiderte seine Umarmung. „Okay.“

Allerdings wollte ich meine Entscheidung nicht ändern. Ich hatte nichts mehr mit meinen Eltern oder meinem alten Beruf zu tun. Was auch immer im Bezirk der Ranger geschah, ich wollte es gar nicht hören. Es betraf mich nicht mehr. Mein Leben spielte sich ausschließlich in Renia ab.

Kapitel 4:

Kein Entkommen

Das Leben in Renia war schön und friedlich. Lloyds und mein Alltag drehte sich um Takuto, unsere Arbeit und die Fiorita. Wir blieben in ständigem Kontakt mit seinen Eltern sowie meinen Freunden. Es ging uns gut. Wir waren in Sicherheit.

Doch nur drei Monate nach unserem Treffen mit Fiona und Nico wurde mir klar, dass die räumliche Distanz zum Krieg in unserer Heimat nicht so viel brachte, wie ich mir gewünscht hatte. Wir waren zwar weit davon entfernt, steckten aber doch mittendrin.

„Sieh mal, Lloyd, sieh mal!", lachte ich. „Takuto rutscht schon wieder auf dem Hintern durch die Küche."

Mein Freund lief aus dem Wohnzimmer zu mir und brach ebenfalls in Gelächter aus. „Das ist einfach zu niedlich! Vor allem wenn er nur Windeln trägt! Das muss ich fotografieren."

„Holst du dann auch seinen Strampelanzug?", bat ich und rührte die köchelnde Tomatensoße um. „Es ist inzwischen abgekühlt." Tagsüber brachte uns der Frühling zwar angenehme Temperaturen, doch abends zog auch ich mir lieber eine Jacke über.

„Mach ich", stimmte Lloyd zu und verließ die Küche.

Ich wandte mich wieder dem Herd zu. Das Essen musste jede Minute fertig sein. Nudeln, frisches Gemüse und Tomatensoße. Und Grießbrei für unseren Kleinen. Ich pustete mir eine nervige orange-braune Haarsträhne aus dem Gesicht, bevor ich zu Takuto auf den Boden schaute. „Na, du?", fragte ich. Er brabbelte etwas, das so ähnlich wie „Mama" klang, quietschte fröhlich und strahlte mich an, wobei er auf sein Kinn sabberte. Lloyd hatte recht, unser Kind war einfach zu niedlich!

Ich genoss es richtig, dass wir heute Abend beide freihatten und ganz entspannt zu Hause essen konnten. Das kam nicht allzu oft vor.

„Perfekter Schnappschuss!", jubelte Lloyd, nachdem er mit Kamera und Strampelanzug zurückgekommen war. „Ich ziehe Takuto schnell an. Der Tisch ist ja schon gedeckt."

„Und dann gibt's Essen", ergänzte ich.

„Riecht sehr gut", merkte er an und hauchte mir einen Kuss auf die

Wange, dann machte er sich daran, unseren Sohn anzuziehen. Mit leicht geröteten Wangen lächelte ich. Ich liebte dieses friedliche Leben. Es war vielleicht nicht so aufregend wie meine Zeit als Ranger, aber es machte mich glücklich. Jeden Tag sah ich aufs Neue, wie Takuto wuchs und dazulernte. Inzwischen war er schon neun Monate alt. Leider fremdelte er noch, doch er konnte schon robben und sitzen.

Nach dem Essen, das Takuto teilweise auf den Tisch gespuckt hatte, brachte Lloyd den Kleinen ins Bett. Ich räumte die Küche auf, wobei mir mein Freund half, nachdem er aus dem Kinderzimmer wieder ins Erdgeschoss gekommen war.

„Wollen wir noch etwas fernsehen?", schlug er vor, als alles sauber war.

Ich nickte. „Gerne."

Wir kuschelten uns auf dem Sofa zusammen, Lloyd zappte wahllos durch die verschiedenen Programme. „Irgendwie läuft nichts Gutes."

„Schade", seufzte ich. „Was machen wir denn dann?"

„Mir fällt da was ein", entgegnete er und grinste frech.

Noch bevor ich ihn fragen konnte, was er meinte, verwickelte er mich in einen unwiderstehlichen Kuss. Mit einem glücklichen Seufzen ließ ich mich mitreißen und legte meine Arme um seine Taille. Er küsste sich zu meinem Hals, sein warmer Atem fühlte sich glühend heiß auf meiner Haut an, dennoch bekam ich Gänsehaut.

„Wirklich eine gute Idee", gab ich leise zu und fuhr ihm mit einer Hand durchs kurze Haar. Seit Takuto auf der Welt war, hatten wir nicht viele Gelegenheiten gehabt, uns näher zu kommen.

„Dachte ich mir", lachte er und legte seine Lippen wieder sanft auf meine. Er kniete sich hin und drückte mich sanft rücklings aufs Sofa, ohne den Kuss zu lösen. Mit beiden Armen stützte er sich rechts und links von mir ab, bevor er noch schnell zur Fernbedienung griff, um das Gerät abzuschalten. Auch ich blickte kurz zum Fernseher, doch was ich sah, ließ mich erstarren. Im unteren Teil des Bildschirms war ein Schriftzug eingeblendet: Krieg fordert erstes Todesopfer.

„Warte mal!", rief ich entsetzt. „Ist das nicht Windfeld?"

Lloyd runzelte die Stirn. „Ja, aber das sind Nachrichten. Warum ist Windfeld hier in den Nachrichten?" Er drehte die Lautstärke etwas höher.

„... als Eskalation bezeichnen lässt", erzählte der Nachrichtensprecher, der seinen ergrauten Haaren nach schon mindestens 50 Jahre alt war. „Erstmals kam es zu Opfern in den Reihen der Ranger."

„Was?", keuchte ich und setzte mich abrupt aufrecht hin. Ich beugte mich vor, die Ellbogen auf meine Knie abgestützt und die Finger fest ineinanderverhakt. Meine zuvor gute Stimmung war prompt umgeschlagen. „Bitte nicht, das kann nicht …"

„Ein Hinterhalt der Schattenbringer führte zum Tod des dienstältesten Rangers von Windfeld", fuhr der Mann fort. „Er wurde auf Patrouille mit dem Leiter der Zweigstelle überwältigt. Die Vermutung liegt nahe, dass der Stationsleiter das eigentliche Ziel des Anschlags war."

Jedes weitere Wort wurde in meinen Ohren zu einem Rauschen. Ich konnte es nicht fassen. Betäubender Schmerz erfüllte meine Brust, ich zitterte am ganzen Körper. „Viktor", wisperte ich. „Nein …"

Lloyd umarmte mich fest, doch er schwieg. Er wusste wohl auch nicht, was er sagen sollte. Nach ein paar Sekunden der Stille schluchzte ich lauthals. Tränen stiegen mir in die Augen, Tränen der Trauer und Verzweiflung. Mein ehemaliger Kollege Viktor war tot. Wegen der Verbrecherorganisation, die mein Vater gegründet hatte.

„Kanntest du ihn gut?", fragte Lloyd leise und strich mir mit einer Hand die Tränen weg.

Leise schniefend nickte ich. „Seit meinem ersten Arbeitstag in Windfeld. Er war so lieb. Und er hat immer erwähnt, dass er der Älteste ist. Und dass er in unserem Alter ganz anders war, so was eben …"

Beruhigend rieb er mir über den Rücken. „Es tut mir so leid."

„Du kannst nichts dafür", schluchzte ich. „Papa ist es … Papa ist schuld daran! Es hätte nie so weit kommen dürfen!"

„Die Situation wird immer schlimmer", murmelte er. „Dass die Schattenbringer wirklich einen solchen Anschlag auf die Ranger geplant haben …"

„Ulrich!", fiel mir siedend heiß ein. „Bestimmt ist Ulrich noch in Gefahr, wenn sie es eigentlich auf den Stationsleiter von Windfeld abgesehen haben."

„Nachdem sie den falschen Ranger erwischt haben, werden sie nicht sofort wieder angreifen", vermutete mein Freund. „Aber irgendwann wird …"

Ich klammerte mich an sein blaues T-Shirt, das Gesicht vergrub ich an seiner Brust. „Das ist so grausam!"

Sanft drückte er mich fester an sich. „Ja. Kann ich dir irgendwie helfen? Willst du einen Tee oder so?"

„Nein", wimmerte ich. „Ich kann es einfach nicht fassen! Viktor ist wirklich ... er ist wirklich ..." Ich spürte, dass es in meinem Inneren rumorte. Shadow schickte mir eine Warnung, ich solle mich nicht so sehr aufregen. Aber ich konnte mich nicht beruhigen, zu sehr schockierte mich diese Nachricht. Zu groß war die Trauer darüber. Ich schaffte es nicht mal, meine Tränen zu stoppen.

Lloyd machte den Fernseher aus und zog mich auf seinen Schoß, um mich wie ein Kind hin und her zu wiegen. „Es musste irgendwann so kommen. Dass der Krieg eskalieren würde, wussten wir von Anbeginn."

„Aber warum ausgerechnet einer meiner Kollegen?", rief ich verzweifelt.

„Wahrscheinlich weil die Zweigstelle Windfeld der größte Dorn im Auge der Schattenbringer ist", seufzte er.

„Das darf einfach nicht sein!", schluchzte ich. „Warum Viktor? Das hat er nicht verdient! Er ist so ein guter, lieber Ranger ... gewesen."

„Das eigentliche ..." Gedämpftes Geschrei unterbrach meinen Freund. „Takuto ist aufgewacht."

„Geh zu ihm", flüsterte ich und stand auf. „Ich bin gerade nicht die Beste, um jemanden zu beruhigen." Ich musste mich erst selbst beruhigen. Solange meine Stimme so sehr zitterte, konnte ich nicht mal singen.

„Ich komme gleich wieder", versprach er und hauchte mir einen Kuss auf die Stirn, bevor er aus dem Wohnzimmer lief.

Kurz blickte ich mich in dem Raum um. Klamme Kälte ergriff mich, sodass ich mir über die Arme rieb. Ich sollte mich hinlegen.

Auch wenn ich erst morgen Mittag arbeiten musste, ich sollte ins Bett gehen und zur Ruhe kommen. Lloyds Schicht würde erst abends beginnen.

Schnell löschte ich das Deckenlicht und ging in den ersten Stock. Die Tür zum Kinderzimmer war angelehnt, Licht schien durch den Spalt auf den Gang. Ich hörte, wie Lloyd auf den Kleinen einredete. Takuto schrie aber immer noch.

Dann huschte ich ins Badezimmer, wusch mir das erhitzte Gesicht kalt ab, putzte meine Zähne und zog meinen Schlafanzug an. Ich durfte nicht daran denken, dass Viktor ... Ich musste auf andere Gedanken kommen. Der Krieg betraf mich nicht mehr!

Als ich das Bad verließ, trat auch Lloyd auf den Gang. Er musterte mich überrascht. „Willst du jetzt schlafen?", wunderte er sich.

Ich zuckte mit den Schultern. „Wäre vielleicht das Beste."

Mein Freund schloss mich sanft in die Arme. „Mia, du musst nicht so tun, als wäre nichts. Wir können auch aufbleiben und reden."

„Wenn ich darüber rede, heule ich wieder los", flüsterte ich und klammerte mich an ihn. „Aber das will ich nicht."

Leise seufzte er. „Na gut, dann legen wir uns hin."

Ich war mir sicher, dass Verdrängung die beste Methode war, um mit der aktuellen Situation umzugehen. Doch ich irrte mich. Ich konnte überhaupt nicht verdrängen, was ich aus den Nachrichten erfahren hatte. Ich lag über eine Stunde auf dem Bett im dunklen Schlafzimmer und starrte die Leuchtziffern des Weckers an. Lloyd umarmte mich von hinten, er schlief bereits. Ich hingegen war todmüde und hellwach zugleich.

So ging es nicht weiter!

Vorsichtig wand ich mich aus den Armen meines Freundes und schlich aus dem Zimmer. Kurz sah ich nach Takuto. Der Kleine schlummerte friedlich in seinem Gitterbett. Ich hauchte ihm einen Kuss auf die Stirn, bevor ich leise zur Treppe ging. Tatenlos herumliegen konnte ich nicht mehr. Ich musste mich mit meinen Verbündeten beraten.

Damit ich niemanden weckte, tapste ich ins Wohnzimmer. „Das Wasser", fiel mir ein. Schnell holte ich einen Eimer mit Wasser aus der Küche, damit sich Wassergeist Aquamina hineinsetzen konnte. Sie hielt es im Trockenen nur sehr schlecht aus, das wusste ich.

Ich hatte nicht die Ruhe, mich hinzusetzen, darum blieb ich stehen und stimmte das erste Lied an. Einen nach dem anderen rief ich die 13 Dämonen und die 14 Geister. Der Raum wirkte mit den vielen Fiorita völlig überfüllt. Das letzte Mal hatte ich sie alle zusammen kurz nach Takutos Geburt gerufen, ansonsten höchstens drei oder vier gleichzeitig. Doch in dieser Sache musste ich unbedingt jeden Einzelnen von ihnen konsultieren.

„Hallo Leute", begrüßte ich sie.

„Mia", antwortete Shadow. Er klang ernst. Er wusste bereits, worüber ich reden wollte. Alle Fiorita spürten es.

Ein lautes Platschen verriet, dass die blaue Aquamina in den Wassereimer gesprungen war. Mit den Vorderpfoten stützte sie sich auf dessen Rand, ansonsten schaute nur ihre Schnauze heraus. Ihr restlicher Körper mit der Schwanzflosse war gänzlich im kühlen Nass verschwunden. „Vielen Dank, dass du an mein Wasser gedacht hast", merkte sie an.

„Keine Ursache", winkte ich ab. „Ich muss mich dringend mit euch beraten."

Venta, die eine entfernt menschenähnliche Gestalt hatte, spielte mit ihrem langen silbernen Haar. „Die Lage im Bezirk der Ranger verschlimmert sich zusehends", äußerte sich der Windgeist.

„Dieser Krieg wird noch lange wüten", krähte Gewittergeist Renodon. Mit dem Schnabel putzte er sein dunkelgraues Gefieder. „Jeden Tag beobachte ich es und jeden Tag sorge ich mich mehr."

Venta lehnte sich an ihn. Die beiden waren ein Paar, seit unzähligen Jahren. Bei den Gewittern, die alle 20 Jahre in Fioria tobten, arbeiteten sie zusammen, unterstützt von Aquaminas Regen.

„Mir geht es genauso", gestand sie. „Am liebsten würde ich die Ranger und Schattenbringer mit einem gewaltigen Sturm wegfegen."

„Aber das steht uns nicht zu", stellte die Anführerin der Geister klar. Luna musterte die anderen ernst. „Die Menschen müssen selbst wissen, was sie tun."

„Aber sie wissen es offensichtlich nicht!", schnaubte Sapinos, der Geist der Weisheit. „Dumm und brutal sind sie! Gierig und verlogen!"

Besorgt sah ich die Geister an. Ich hatte sie noch nie so wütend, besorgt und aufgebracht erlebt. Die Lage musste ernster sein, als ich gedacht hatte. Celeps flog ein paar schnelle Runden um mich herum. „Es ist so frustrierend! Die Menschen machen alles kaputt, was sie sich aufgebaut haben. Sogar die Natur leidet sehr unter dem Krieg. Ich muss so viele Pflanzen retten und es sterben trotzdem die meisten."

Ich nahm den kleinen grünen Geist auf meine Handflächen. Er war erschöpft, das spürte ich deutlich. „Dass es so ausgeartet ist", murmelte ich. „Ihr habt es nie erwähnt."

„Weil du dem Bezirk der Ranger den Rücken gekehrt hast", erklärte Visunerm ruhig. Seine grauen Einzelteile bewegten sich um die runde weiße Mitte. „Du wolltest es doch nicht wissen."

„Und es tat dir besser, nichts zu wissen", ergänzte Feuergeist Melamf. Plötzlich stellte er sein zottiges rotes Fell auf. „Aber wenn ich mir anschaue, wie diese Dummköpfe handeln, ist es kein Wunder, dass sogar die Nachrichten in den äußeren Bezirken voll von diesem Krieg sind."

„War es ein Fehler, einfach abzuhauen?", flüsterte ich und drückte Celeps sanft an mich. „Hätte ich bleiben sollen?"

„Nein", antwortete Luna ruhig. „Du wärst daran zerbrochen."

„Du brauchtest Abstand", stimmte ihr Bruder Sol zu und schwebte näher zu mir. „Sonst hättest du das letzte Jahr nicht ertragen."

„Aber dass es schon so weit gekommen ist ... dass Viktor umgebracht wurde!", rief ich. „Das ist doch ..."

„Ja, Fioria ist in großer Gefahr“, murmelte Sana. Der kleine rosa Heilgeist watschelte auf seinen kleinen Füßen hin und her. „Die Animalia, die Menschen und die Umwelt leiden.“

Traurig sah ich sie an. „Benötigst du Trost?“, fragte Hefolg, der Geist der Empfindungen. „Vielleicht kann ich dir helfen.“

Ich schüttelte den Kopf, lächelte den türkisfarbenen Geist jedoch an. „Lieb von dir, aber ich komme klar.“ Ich wollte nicht, dass er meine Gefühle jetzt manipulierte. Ich brauchte einen klaren Kopf.

„Eine gute Entscheidung“, lobte mich Lenoan, der Geist der Kraft. Er sah aus wie ein großer brauner Felsen mit Armen und Beinen.

„Was soll das heißen?“, fauchte Hefolg.

„Dass Gefühle überflüssig sind“, lachte Lenoan.

„Was hast du gesagt?!“

„Hey, hört auf damit!“, ermahnte Luna die beiden scharf. Sofort verstummten sie. „Das ist unangebracht.“

„Entschuldigung“, murmelten sie im Chor.

„Also wirklich, nicht mal Aquamina und ich streiten uns gerade“, schnaubte Sol. „Reißt euch zusammen.“

„Wie soll man sich auch mit jemandem streiten, der immer unterlegen ist?“, kicherte der Wassergeist.

„Unterlegen?“, tobte er. „Zähl mal, wie oft die Sonne scheint und wie oft es regnet! Ich bin dir eindeutig überlegen!“

„Du hast doch gar nichts drauf, solange deine große Schwester dir nicht hilft“, stichelte Aquamina. „Wow, du kannst Sonnenstrahlen lenken, aber meistens macht Luna deinen Job.“

„Du verdammte ...“

Ich schlug mir eine Hand gegen die Stirn und blendete das Geschrei aus. Kaum zu glauben, dass Sol und Aquamina jemals ein Pärchen gewesen sein sollten.

„Kein Wort mehr!“, zischte Luna. „Treibt es nicht zu weit!“

„Ja, Schwester“, murmelte Sol.

„Ist ja schon gut“, maulte Aquamina und tauchte im Wassereimer unter.

„Wie soll es jetzt weitergehen?“, brach ich die Stille, die eingekehrt war.

„Wenn du nach Windfeld möchtest, kann ich dich hinfliegen“, bot Martyrios an.

Der Fluggeist ähnelte den Flugvögeln, überragte sie allerdings deutlich und zog unterwegs einen Regenbogen hinter sich her. Er füllte einen Großteil des Wohnzimmers aus. „Dann kannst du dich umsehen.“

„Ich kann nicht einfach mitten in der Nacht mit dir verschwinden“, wandte ich ein. „Außerdem wäre ein Teleport schneller.“

„Das stimmt“, pflichtete mir Visunerm bei. „Doch willst du tatsächlich nachts im Schlafanzug in die Zweigstelle?“

„Natürlich nicht“, brummte ich.

„Was hast du dann vor?“, erkundigte sich Martyrios.

Ich ließ mich aufs Sofa fallen, Celeps flatterte auf meine Schulter. Ich vergrub das Gesicht in beiden Händen. „Ich weiß es nicht“, gestand ich. „Ich bin völlig verwirrt! Viktors Tod ... ein Anschlag auf Ulrich ... Ich weiß nicht weiter!“

„Hey, ganz ruhig“, versuchte mich der Waldgeist aufzuheitern. „Wir finden eine Lösung, bestimmt.“

„Das müssen wir“, flüsterte Luna. „Es muss etwas geschehen oder dieser Krieg wird ganz Fioria verwüsten.“

Mein Kopf schnellte in ihre Richtung. „Das darf nicht passieren!“

„Das wird es allerdings“, entgegnete Shadow. „Dieser Krieg betrifft nicht nur die Ranger und Schattenbringer, sondern sämtliche Lebewesen in Fioria. Die Animalia leben in Angst, die Umwelt vergeht ...“

„Und die Wirtschaft erst!“, rief einer der zwölf kleineren, runden Dämonen.

„Oh ja, das ist verrückt“, stimmte ein anderer zu.

Eine weitere Nebelkugel schwebte auf und ab. „Das hat Meister Shadow gesagt. Und Meister Shadow ist klug.“

„Er hat gesagt, dass die Wirtschaft außer Kontrolle ist.“

„Das ist schlecht!“

„Vor allem für die Bürger!“

„Bald wird es auch Waffen überall geben.“

„Und die Lebensmittel werden unbezahlbar sein!“

„Aber die Schattenbringer kriegen aus der Wirtschaft Unterstützung.“

„Im Gegensatz zu den Rangern.“

„Wie?“, fragte ich und sah das Dämonenoberhaupt verwirrt an.

„Nun, die Schattenbringer haben zahlreiche Wirtschaftsbosse auf ihrer Seite, weil diese genug von den Reglementierungen der Ranger haben“, erklärte Shadow. „Dass die Ranger Feuerwaffen verbannt haben, wird bald nichts mehr bringen. Irgendwann werden die Schattenbringer bestimmt mit Pistolen und ähnlichen Mitteln ausgestattet sein.“

„Außerdem üben manche Konzerne durch Preiserhöhungen Druck

auf die Ranger aus, zum Beispiel bei den Lebensmitteln", ergänzte Luna.

Ich schluckte schwer. Mit solchen Mitteln wurde dieser Krieg also bestritten? Darum gab es bisher so wenige Kämpfe? Das Ganze trug sich vor allem auf der wirtschaftlichen Ebene aus? „Wie soll das enden?", murmelte ich.

„Hässlich", antwortete Shadow nur.

Bedrücktes Schweigen hüllte den Raum ein, niemand wagte es zu sprechen. Ich musste erst mal diese Informationen verdauen. Einige Minuten überlegte ich. Was konnte ich tun? Wie konnte ich verhindern, dass der Konflikt zwischen den Rangern und Schattenbringern Fioria völlig verwüstete?

Nachdenklich blickte ich den Geist der Zeit an, der bisher verdächtig still geblieben war. „Pemorat ..."

„Nein", unterbrach er mich. „Ich werde die Zukunft nicht verraten."

„Ich weiß, dass du das nicht machst", schnaubte ich. „Und du sollst mir auch nicht alles erzählen, ist schon okay. Sag mir nur eins: Kann ich etwas tun?" Ich zögerte. „Würde es helfen, wenn ich in den Bezirk der Ranger zurückkehre und ... mich einmische?"

Der orange Geist musterte mich lange, bevor er antwortete. „Ja."

„Das reicht mir", flüsterte ich. „Dann muss ich zurück. Damit keine weiteren Freunde von mir sterben."

„Und du bist dir sicher?", hakte Shadow nach. „Schaffst du das?"

„Ich muss." Halbherzig lächelte ich ihn an. „Wenn ich helfen kann, muss ich zurück." Mein Gewissen ließ nicht zu, dass ich mich in Renia versteckte, solange meine geliebte Heimat, meine Freunde und sogar die Fiorita in Gefahr schwebten. Ganz Fioria wurde vom Krieg bedroht – und vielleicht breitete er sich irgendwann sogar auf die äußeren Provinzen aus.

Das Dämonenoberhaupt legte mir seine Hände auf die Schultern, sodass alles um mich herum schwarz wurde. „Du kannst jederzeit auf unsere Hilfe zählen", schwor er. „Ich bin wirklich stolz auf dich."

„Danke", flüsterte ich. So schwer mir dieser Schritt fiel, er war die einzig richtige Entscheidung. „Ich sollte mit Lloyd darüber reden."

„Er wird es verstehen", beruhigte mich Luna.

Shadow ließ mich los, nun erkannte ich die anderen Fiorita wieder. „Das hoffe ich. Wobei ich mir seine Reaktion kaum vorstellen kann."

„Wir stehen hinter dir", versicherte mir die Anführerin der Geister.

„Du schaffst das!", rief einer der Dämonen.

„Das wissen wir."

„Du schaffst doch alles!"

„Mia ist die Beste!"

„Sie ist ja auch das Mädchen aus der Legende!"

„Wir müssen sie anfeuern."

„Mia! Mia! Mia!"

Lauthals lachte ich. „Ihr Spinner! Aber danke. Dann rede ich mal mit Lloyd."

„Viel Erfolg", wünschten mir die 27 Fiorita wie aus einem Mund, bevor sie alle mit hellen Lichtblitzen oder im Schatten verschwanden.

Ich atmete tief durch und rieb mir über die vor Müdigkeit brennenden Augen. Nachdem ich ausgiebig gegähnt hatte, stand ich auf. Ich leerte das Wasser aus dem Eimer und stellte ihn wieder in die Küche. Dann lief ich in den ersten Stock, vor der Schlafzimmertür verharrte ich allerdings. Wie sollte ich Lloyd das nur erklären? Erst überredete ich ihn zur Flucht, dann wollte ich zurückkehren. Aber es ging nicht anders.

Ich straffte meine Schultern und öffnete die Tür. Blaues Licht fiel durchs Fenster in den Raum, die Sonne würde in wenigen Stunden aufgehen. Ich hatte mich lange mit den Fiorita beraten.

Leise setzte ich mich aufs Bett, direkt neben Lloyd. Ob ich ihn wecken sollte? Oder sollte ich warten, bis der Wecker klingelte? Nein, das hielt ich nicht aus.

„Lloyd", flüsterte ich und rüttelte ihn sanft an der Schulter. „Lloyd, wach auf."

„Mia?", murmelte er verschlafen. „Ist was mit Takuto?"

„Nein, ich ..." Ich biss mir auf die Unterlippe. „Ich muss mit dir reden."

Er rieb sich über die Augen und setzte sich aufrecht hin. „Kannst du nicht schlafen?", fragte er. „Geht es um die Nachricht aus Windfeld?"

„Sozusagen", stimmte ich zu.

Mein Freund knipste das Nachttischlicht an und hob seine Decke ein wenig an, sodass ich darunterschlüpfen konnte. Nun saßen wir nebeneinander auf dem Bett, in die warme Decke gehüllt. Ich schmiegte mich an Lloyd. „Danke", wisperte ich.

„Wofür denn?"

Ich lächelte. „Dass du immer für mich da bist, selbst wenn ich dich wecke."

„Schon gut, das weißt du doch", winkte er ab. „Also, was ist los?"

„Ich hab gerade mit den Dämonen und Geistern geredet", begann ich. „Sie haben mir erzählt, was im Bezirk der Ranger los ist." Überrascht hob er die Augenbrauen. „Die Lage ist wirklich schrecklich! Die Schattenbringer nutzen ihren Einfluss auf die Wirtschaft, um die Ranger und Bürger fertigzumachen. Selbst die Animalia und die Umwelt leiden unter diesem Krieg. Wenn es so weitergeht, wird das Fioria, das wir kennen, nicht mehr existieren."

„Klingt übel", gab er leise zu. „Klingt richtig übel. Aber was willst du mir damit sagen?"

Ich klammerte mich an das Oberteil seines Schlafanzugs. „Ich glaube, wir müssen zurück."

Augenblicklich versteinerte er. Fassungslos sah er mich an. „D...d... du willst ... du willst wirklich ... zurück?"

„Die Fiorita sind sich sicher, dass etwas passieren muss, um den Krieg zu stoppen. Und angeblich kann ich irgendwas bewirken, doch dafür muss ich dort sein. Ohne dich schaffe ich das aber nicht", erklärte ich verzweifelt.

„Warte mal." Da er mich mit nur einem Arm festhielt, hatte er eine freie Hand, um sich die Schläfen zu massieren. „Du willst unser Leben in Renia aufgeben?"

„Nein, das ... ich weiß nicht." Ich biss die Zähne zusammen. „Eigentlich will ich in Sicherheit bleiben. Aber ich will auch nicht, dass so viele Animalia und Menschen leiden. Wir müssen ja nicht für immer von hier weggehen. Machen wir uns erst mal ein eigenes Bild von der Lage."

„Hast du dir das gut überlegt?", fragte er viel ruhiger, als ich erwartet hätte.

Zaghaft nickte ich. „Mir fällt keine andere Lösung ein."

„Und was sollst du bewirken können?", erkundigte er sich. „Was haben die Fiorita dazu gesagt?"

„Pemorat wollte nichts Genaueres verraten", seufzte ich. „Er sagt niemandem, was er auf seinen Zeitreisen sieht. Er hat nur bestätigt, dass unsere Rückkehr etwas bewirken würde. Helfen würde."

Lloyd atmete tief durch. „Dann sollten wir wohl packen."

Erstaunt starrte ich ihn an. „Wirklich?"

Er nickte. „Ich glaube den Fiorita, dass wir was bewirken können. Immerhin bist du Eriks Tochter. Und ehrlich gesagt habe ich genug davon, mich zu verstecken." Ich schniefte vor Rührung, umarmte ihn fest und küsste ihn auf die Wange.

„Danke! Ohne dich würde ich mich das nie trauen."

Er strich mir zärtlich durchs Haar. „Wir schaffen das", flüsterte er. „Zusammen. Und sogar mit Takuto."

Entschlossen nickte ich. „Holen wir die Koffer!"

Prüfend betrachtete ich mich im Spiegel. Meine dunkelbraunen Kontaktlinsen verbargen meine wahre Augenfarbe, meine blonde Perücke ließ meine orange-braunen Haare nicht mehr erkennen. Damit war meine Tarnung perfekt. So erkannten mich die Ranger hoffentlich nicht sofort als die gesuchte Mia Sato.

„Kommst du?", rief Lloyd von unten. „Die Koffer sind im Auto!"

„Schon unterwegs", antwortete ich und verließ das Badezimmer. Ich blickte mich genau um, während ich nach unten ins Erdgeschoss ging. Diese Wohnung würde ich eine Weile nicht mehr sehen. „Hast du auch den Kinderwagen eingepackt?", fragte ich, als ich bei Lloyd im Eingangsflur ankam.

Er trug den Kleinen in einer Kindertrage auf dem Rücken, seinen blauen Mantel hielt er in einer Hand. „Kinderwagen, Gitterbett, Spielsachen, ich hab Takutos ganzes Zeug in den Kofferraum geräumt", bestätigte er.

„Dann haben wir wohl alles. Unser Gepäck, die Beurlaubung von der Arbeit, Ellys Versprechen, aufs Haus zu achten", zählte ich auf. Wobei das Ehepaar Hana nicht so begeistert davon war, dass ich mir aus familiären Gründen für zwei Wochen freigenommen hatte.

„Ziemlich gut für nur einen Vormittag", merkte Lloyd an. „Hat Elly dir eigentlich geglaubt, dass wir spontan in den Urlaub zu Takutos Großeltern fahren?"

Ich nickte. „Ja, sie wird jeden Tag unsere Post holen und ein Auge aufs Haus haben. Es ist echt perfekt."

„Du siehst ziemlich müde aus", stellte er fest und strich mir über die Wange.

„Ich hab ja auch fast nicht geschlafen", seufzte ich. „Aber auf der Fahrt nicke ich bestimmt ein."

„Wir sind mindestens acht Stunden unterwegs, mit Pausen noch länger. Aber du musst Takuto nehmen." Er schnallte sich die Kindertrage vorsichtig ab und reichte sie mir, sodass ich unseren schlafenden Sohn auf die Arme nehmen konnte. „Schnallst du ihn gleich an?"

„Klar. Der Kindersitz ist auf der Rückbank, oder?", vergewisserte ich mich und streichelte Takutos Rücken.

„Ist er", bestätigte mein Freund. „Es kann losgehen. Erstes Ziel: Windfeld. Richtig?"

„Ja, in der Zweigstelle bei meinen Freunden werden wir am meisten erfahren und vielleicht was unternehmen können", murmelte ich. „Ich bin gespannt, wie sie reagieren, wenn sie mich sehen."

„Bestimmt freuen sie sich", beruhigte er mich.

Ich verzog das Gesicht. „Da bin ich mir nicht so sicher. Die meisten von ihnen kannten mich nur als Takuto. Sie sind wahrscheinlich sauer, weil ich sie so lange wegen meiner Identität belogen habe."

Er legte mir einen Arm um die Schulter. „Wart's ab. Es wird sicher halb so schlimm. Außerdem müssen wir erst mal ohne Verhaftung nach Windfeld kommen, bevor du dir darüber Sorgen machen kannst."

„Stimmt", lachte ich und ging gemeinsam mit ihm aus dem Haus.

Lloyd verschloss die Tür und verstaute die Kindertrage sowie seinen Mantel im Kofferraum. Ich setzte Takuto vorsichtig in seinen Kindersitz und schnallte ihn gut an. Dann stiegen wir beide ein. Mein Freund startete den Motor, ich blickte durch das Fenster auf unser Reihenhaus. Es wurde in der Ferne immer kleiner, bis ich es gar nicht mehr sah. Schon bald hatten wir unser neues Heimatdorf verlassen.

„Haben wir genug zu essen dabei?", fiel mir ein.

„Bis zur ersten Pause auf jeden Fall. Außerdem bin ich zu aufgeregt, um jetzt zu essen." Lloyd grinste schief. „Ist ein komisches Gefühl, wieder in den Bezirk der Ranger zu fahren."

Ich lächelte schwach. „Ich weiß, was du meinst. Mir ist ganz flau im Magen."

„Dabei kommen wir vor heute Abend sowieso nicht an. Allein wegen Takuto werden wir Dutzende Pausen machen müssen", meinte er.

„Na ja, vielleicht schläft er die meiste Zeit, immerhin sind wir in Bewegung, wie er es am liebsten hat", gab ich zu bedenken.

„Stimmt. Nur brauche ich bei so einer langen Fahrt schon ein paar Auszeiten. Und viel Kaffee, ich hab auch nicht allzu lange geschlafen."

„Kannst du alles haben. Im Notfall übernachten wir unterwegs in irgendeinem Hotel." Ich drehte mich nach hinten um, damit ich Takuto auf der Rückbank sehen konnte. „Hoffentlich geht alles gut."

„Was meinst du?", fragte Lloyd, als er nach links abbog. „Die Rückkehr nach Windfeld?"

„Nicht nur. Einfach alles", flüsterte ich. „Ich mach mir Sorgen um Takuto. Wenn er ein paar Tage nicht in seinem gewohnten Umfeld ist und dafür in einer so gefährlichen Umgebung ..."

„Wir passen auf ihn auf, ihm wird nichts passieren", versicherte Lloyd mir.

Nervös rieb ich meine Hände aneinander, zupfte am Ärmel meines grünen Pullovers. „Ihm darf nichts passieren."

„Selbst wenn wir Schattenbringern begegnen sollten, wird Erik wohl kaum zulassen, dass jemand seinem Enkel etwas antut", entgegnete er.

Ich runzelte die Stirn. „Aber Papa weiß nichts davon, dass er einen Enkel hat."

„Das wird er so oder so bald erfahren."

„Warum sollte er?", schnaubte ich.

Lloyd blickte aus den Augenwinkeln zu mir. „Du wirst es deinen Eltern wohl kaum verheimlichen können, oder?"

Ich verschränkte trotzig die Arme vor der Brust. „Doch, wenn ich sie nicht treffe, werden sie nichts erfahren."

„Selbst wenn du Cassandra aus dem Weg gehst, wie willst du ein Treffen mit deinem Vater verhindern?", fragte er zweifelnd. „Du wirst ihm begegnen, wenn du was gegen den Krieg unternehmen willst."

Und bei dem Gedanken drehte sich mir immer noch der Magen um. Ich wusste nicht, wie ich Erik oder Cassandra gegenübertreten sollte. Das brachte ich nicht über mich, nicht, nachdem mich die beiden so sehr verletzt hatten. „Am liebsten würde ich meine Eltern gar nicht sehen."

„Irgendwie glaube ich dir das nicht", äußerte sich mein Freund. „Ich kann mir einfach nicht vorstellen, dass du dich nicht mit ihnen vertragen willst."

„Ich glaube, ich kann mich nicht mit ihnen vertragen", flüsterte ich.

„Hey, wir werden sehen. Zuerst fahren wir nach Windfeld und reden mit den Rangern dort. Dann mache ich irgendwie ein Treffen mit meinen alten Kollegen Sebastian und Sam aus, um Neuigkeiten von den Schattenbringern zu hören. Und dann überlegen wir, wie es weitergeht."

„Genau." Ich lächelte ihn an. „Unser Plan muss funktionieren. So erfahren wir bestimmt alles, was wir wissen müssen, um etwas gegen den Krieg zu unternehmen."

Ohne seinen Blick von der Straße zu nehmen, griff Lloyd nach meiner linken Hand. „Wir lassen nicht zu, dass diese Organisationen Fioria zerstören."

Kurz drückte ich seine Finger, bevor er sie wieder um das Lenkrad schloss. „Es wird bestimmt nicht einfach, aber wir haben auf jeden Fall die Unterstützung der Fiorita. Und ich wette, dass uns die Windfeld-Ranger auch helfen werden. Aber wie willst du Kontakt zu Sebastian aufnehmen? Du hast dein Handy doch zurückgelassen. Weißt du etwa, wo er ist?"

„Nein, er könnte überall sein", lachte Lloyd. „Wofür auch immer ihn Erik eingeteilt hat. Er könnte im Hauptquartier sein, in einem der Unterschlupfe ... Aber ich finde ihn schon. Seine Handynummer kenne ich nämlich seit Jahren auswendig, dafür brauche ich mein eigenes Handy nicht."

„Ach, super. Und er wird uns wirklich verraten, was die Schattenbringer vorhaben?", erkundigte ich mich. Er war zwar Lloyds bester Freund, aber das hieß ja nicht automatisch, dass er uns sagte, was wir wissen wollten. Immerhin war er ein Schattenbringer.

„Ja, er hilft mir bestimmt. Außerdem kann ich mir schon einiges denken. Ich kenne den Boss, ich kenne die Organisation und ich kenne die Sponsoren, die was gegen die Ranger haben. Im Notfall habe ich genug Insiderwissen."

Es erstaunte mich, dass er plötzlich von dem Thema sprach, das er bisher totgeschwiegen hatte. Er hatte mir nie sagen wollen, was er als Schattenbringer alles getan hatte, welche Sponsoren sie unterstützten oder wo ihr Hauptquartier lag. Und ich hatte nicht nachgefragt, weil ich wusste, wie dringend er mit dieser Verbrecherorganisation abschließen wollte. „Würdest du das Wissen auch nutzen?", wunderte ich mich.

„Inzwischen schon", antwortete er leise.

„Ich dachte, du wolltest alles vergessen."

„Das konnte ich aber nie ganz", gestand er. „Ich hab genug von diesem Kampf, also werde ich alles tun, was nötig ist, um ihn zu beenden. Takuto soll in einer friedlichen Welt aufwachsen."

Beinahe wären mir die Tränen gekommen, als ich diese Worte hörte. Ich legte meine Hand auf Lloyds Schulter. „Dann halten wir die Ranger und Schattenbringer so schnell wie möglich auf! Es wird Zeit."

Er nickte mir zu. „Ganz deiner Meinung."

Je näher wir der Grenze zwischen den äußeren Provinzen und dem Bezirk der Ranger kamen, desto schneller raste mein Herz. Doch ich wusste, dass ich meiner Familie zuliebe alles überstehen konnte, was uns in den nächsten Tagen erwartete. Auch wenn ich noch keine Vorstellung davon hatte, was genau es sein würde.

Kapitel 5:

Langersehntes Wiedersehen

„Mia, wir sollten schlafen", flüsterte Lloyd.

„Ich kann nicht", wisperte ich verzweifelt. „Ich hab solche Angst. Morgen früh kommen wir echt in Windfeld an."

Obwohl es dunkel im Hotelzimmer war, sah ich, dass seine blauen Augen auf mir ruhten. „Ich verstehe ja, dass du aufgeregt bist", räumte er ein. „Aber was bringt es, wenn du übermüdet in die Zweigstelle gehst?"

„Bist du denn gar nicht nervös?", entgegnete ich und nahm seine Hände in meine. Wir lagen in einem Doppelbett, einander zugewandt, und redeten so leise wie möglich, um Takuto im Kinderbett nicht zu wecken. „Du triffst vielleicht auf deine alten Kollegen. Wir werden möglicherweise verhaftet, weil wir gesuchte Verbrecher sind."

„Für manche Sachen hätte ich es verdient, ins Gefängnis zu kommen", murmelte er und ballte seine Hände zu Fäusten, sodass er meine Finger ein wenig einquetschte.

„Was meinst du?", wunderte ich mich.

Er wich meinem Blick aus. „Ich hab dir doch gesagt, dass ich mich auf Eriks Befehl hin strafbar gemacht hab."

Beruhigend strich ich ihm über den Handrücken, sodass er seinen Griff wieder lockerte. „Aber du hast nie erzählt womit."

„Willst du es denn wirklich wissen?", fragte er. „Auch wenn es ... hässliche Sachen waren?"

„Ich wüsste es schon gerne", gestand ich. „Wenn du es nicht erzählen willst, ist es okay, dann dränge ich dich nicht dazu. Aber wenn doch, würde ich dir jederzeit zuhören." Ich pustete mir eine Haarsträhne aus dem Gesicht. „Und es würde nichts an meinem Bild von dir ändern, das verspreche ich dir."

Kurz zögerte er.

„Na gut. Angefangen hat's damit, dass ich ihn bei krummen Geschäften beschützen sollte. Ich hab ja schon lange vor der Ausbildung zum Schattenbringer mit dem Kampfsport angefangen. Und ich will gar nicht zählen, wie viele Knochen ich bei diesen Deals gebrochen habe, selbst wenn Eriks Geschäftspartner bloß einen anderen Preis oder irgendwelche kleine Änderungen wollten ...“

„Verdammt“, flüsterte ich, wütend auf meinen Vater und seine Methoden.

„Bald musste ich selbst solche Geschäfte abschließen, irgendwie grenzte das schon an Erpressung, was ich tun sollte“, fuhr er fort. „Ich hab’s aber gemacht. Manche Typen hatten es nicht besser verdient, das waren selbst Kriminelle und trotzdem ...“ Er seufzte betrübt. „Manchmal sollte ich neue Mitglieder anwerben. Mir tut immer noch jeder Einzelne leid, den ich in die Organisation gelockt habe.“

Mir wurde übel, als ich hörte, was mein Vater alles von Lloyd verlangt hatte.

„Und letztendlich hatte ich die Aufgabe, eine andere Gruppe von Verbrechern zu sabotieren. Die sind Erik gewaltig auf die Nerven gegangen, also sollte ich ihre Anführer so verschrecken, dass wir keine Probleme mehr mit ihnen hätten. Natürlich war das einzige Mittel dazu rohe Gewalt. Aber ich will nicht weiter ins Detail gehen“, schloss er die Erzählung.

Ich drückte seine Hände. „Dass du so was erleben musstest, tut mir schrecklich leid. Zum Glück bist du aus der Organisation rausgekommen.“

„Schönes Gefühl, wenn man nicht verurteilt wird“, hauchte er leise und legte seine Stirn an meine.

„Du hast das ja nicht freiwillig gemacht“, schnaubte ich. „Aber nach allem, was du wegen der Schattenbringer durchstehen musstest, allein wie sie dich fertiggemacht haben, weil du mir geholfen hast ... Willst du wirklich zurück? Ich weiß nicht, ob ich mich das an deiner Stelle trauen würde.“

„Ich will nicht einfach weglaufen“, erklärte er. „Und wenn unsere Rückkehr dafür sorgt, dass die Schattenbringer niemandem mehr schaden können, ist es das doch wert.“

„Wir müssen diese Bande aufhalten“, wisperte ich.

„Das werden wir“, versicherte er mir und küsste mich.

Sofort ging ich darauf ein, froh über diese süße Ablenkung in einer so finster erscheinenden Nacht. Lloyds Nähe tat so gut, sie ließ mich vergessen, was vor uns lag. Sie ließ mein Herz höher schlagen und die Nacht schneller vergehen. Ich umarmte ihn fester, wobei ich endlich zur Ruhe kam.

Ab morgen mussten wir stark sein.

Unablässig zupfte ich an meinem Pullover, während ich auf meine Jeans starrte. Seit wir das Ortsschild von Windfeld passiert hatten, wagte ich es nicht mehr, den Kopf zu heben und aus dem Fenster zu schauen.

„Glaubst du, du wirst sofort verhaftet, wenn du dich nicht zusammenkauerst?“, erkundigte sich Lloyd mit einem skeptischen Seitenblick auf mich.

„Ähm ... nein, die Sonne ist gerade erst aufgegangen. Ich bezweifle, dass die Ranger schon auf Patrouille sind“, antwortete ich. „Ich fühle mich nur so komisch hier.“

Er drückte meine Hand, als er an einer roten Ampel anhalten musste. „Du hast deine Freunde so vermisst. Freu dich doch auf sie.“

„Sagen wir einfach, ich hab gemischte Gefühle“, seufzte ich und sah ihn hilflos an. „Es ist so irreal, nach über einem Jahr zurückzukommen.“

„Du schaffst das.“ Er deutete durch die Windschutzscheibe nach vorn. „Schau mal, da ist die Zweigstelle schon.“

Geradezu wehmütig blickte ich das Gebäude mit dem kuppelförmigen Dach und der Glastür an. Hier hatte ich so viele Jahre gearbeitet ... und nun war ich tatsächlich zurück. Ich sah schon von Weitem, dass sich einige Gestalten darin bewegten. Die ersten Ranger traten zum Dienst an.

„Ich kann hier nirgends parken“, stellte mein Freund fest. „Ich lasse dich raus und komme mit Takuto nach, wenn ich einen Parkplatz habe, okay?“

Entsetzt starrte ich ihn an. „Ich soll allein reingehen?“

Er nickte. „Du kennst deine Kollegen doch am besten. Und so kannst du sie vorwarnen, dass ich auch komme. Ich bezweifle nämlich, dass sie einen ehemaligen Schattenbringer so herzlich begrüßen werden wie dich.“

Dass ich selbst nicht mit einer herzlichen Begrüßung von allen rechnete, verschwieg ich besser. „Okay, ich versuche es.“

Lloyd fuhr rechts ran, parkte in zweiter Reihe neben dem Dienstauto der Zweigstelle. „Raus mit dir.“

„Bis gleich“, flüsterte ich und küsste ihn.

Fest drückte er meine Hand. „Du schaffst das.“

„Danke.“ Ich schnallte mich ab und stieg aus. Nachdem ich die Tür geschlossen hatte, fuhr Lloyd weiter. Ich blieb kurz auf dem Gehweg stehen und musterte meinen alten Arbeitsplatz ausgiebig.

Ich war zurück. Mein Herz setzte bei diesem Gedanken einen Schlag aus, um daraufhin doppelt so schnell weiterzuschlagen. Nun musste ich mich meinen Kollegen stellen, die ich jahrelang belogen hatte. Und ich sah meine Freunde wieder, die mich jahrelang unterstützt hatten.

Halb glücklich, halb ängstlich näherte ich mich der Glastür. Sogar von außen konnte ich Melodia und Haru in ihren gelben Uniformen an den beiden Schreibtischen sitzen sehen. Ich erkannte den muskulösen, dunkelblonden Ulrich, der gerade die braune Jacke und das weiße Hemd seiner Ranger-Uniform richtete. Er sagte etwas, verteilte bestimmt die täglichen Aufgaben. Der schwarzhaarige Jakob lehnte an Melodias Schreibtisch, ebenso wie Mark, dessen aufstehende dunkelbraune Haare die Sicht auf Jakob etwas verdeckten. Außerdem befanden sich noch sieben andere Ranger im Raum. Lasse, Riku, Benjiro, Genta, Leo, James und Torben. Ich erkannte jeden von ihnen sofort.

Allerdings musste ich mich regelrecht dazu zwingen, die Zweigstelle zu betreten. Der letzte Schritt durch die Glastür kostete mich unendlich viel Überwindung, meine Beine fühlten sich tonnenschwer an. Doch ich biss die Zähne zusammen und ging hinein. Im ersten Moment bemerkte mich niemand. Alle hörten Ulrich zu, James suchte Blickkontakt zu Haru, diese drehte sich jedoch demonstrativ von ihm weg. Der dunkelhaarige Frauenheld wirkte deswegen ziemlich enttäuscht.

„Und du gehst mit mir auf Patrouille durch die Innenstadt, Jakob", beendete Ulrich seine kurze Rede. „Alles verstanden?"

„Ähm, entschuldigt", meldete ich mich zaghaft zu Wort. „Habt ihr kurz Zeit, bevor ihr an die Arbeit geht?"

Erschrocken drehten sich die meisten Ranger und die beiden Technikerinnen zu mir um. Torben und James, die nicht sehr lange mit mir zusammengearbeitet hatten, musterten mich fragend. Lasse, Riku und Benjiro starrten mich an, als hätten sie ein Gespenst gesehen. Genta und Leo klappte der Mund auf. Und meine lieben Freunde versteinerten regelrecht.

Ich bemühte mich um ein Lächeln. „Hallo, zusammen. Ich bin wieder da."

Lange Zeit wurde ich nur angestarrt, fassungslos, skeptisch, überrascht. Es dauerte eine Ewigkeit, bis sich endlich jemand regte und die unheimliche Stille brach. „Mia!", rief Melodia und stürmte blitzschnell auf mich zu. Sie schlang ihre Arme um mich. „Du bist es wirklich! Du bist blond, aber du bist Mia!"

„Es ist so schön, euch wiederzusehen", wisperte ich erstickt und erwiderte die feste Umarmung. „Hallo Melodia. Du siehst wirklich gut aus.“

Ihre strahlend grünen Augen fixierten meine, Tränen bildeten sich darin. „Ich fasse es nicht! Du bist hier!“

Auch Haru riss sich endlich aus ihrer Trance, stand vom Schreibtisch auf und lief zu uns, um sich an der Umarmung zu beteiligen. „Du hast mir so gefehlt!“, schluchzte sie.

Allmählich fiel es mir schwer, nicht ebenfalls in Tränen auszubrechen ... Ich drückte meine blonde Grundschulfreundin und die dunkelhaarige Haru so fest wie möglich an mich. „Ihr könnt euch gar nicht vorstellen, wie sehr ich euch vermisst habe!“

„Das ... das kann doch gar nicht ...“, stammelte Ulrich. „Bist du es wirklich?“

Vorsichtig löste ich mich von meinen Freundinnen, um mir die Perücke vom Kopf zu ziehen. Ich legte sie auf einen der Schreibtische und strich mir durchs offene orange-braune Haar. Dann lächelte ich den Stationsleiter an. „Klar. Wer wäre sonst so verrückt, trotz der Fahndung direkt zu den Rangern zu kommen?“

„Verdammt, Mia, du hast uns echt lange warten lassen“, murrte er und schloss mich gleich darauf in seine Arme. „Es ist so gut, dich wohlauf zu sehen!“

Leise schniefte ich und erwiderte seine Umarmung. „Danke.“

„Boah, Mia, du bist den Rangern echt gut entgangen“, lachte Mark. „Respekt, niemand hatte auch nur eine Spur von dir!“

Auch ihn umarmte ich. „Lloyd und ich haben uns auch Mühe gegeben. Wir sind unter falschem Namen in den äußeren Provinzen untergetaucht.“

„Clever“, lobte er mich. „Wie lebt es sich da?“

„Ganz gut, etwas langweilig“, gab ich zu.

„Fast eineinhalb Jahre!“, tobte plötzlich eine bekannte Stimme. „Was fällt dir eigentlich ein? Warum hast du so selten geschrieben? Wo warst du überhaupt?!“

Mit einem kleinen Lächeln auf den Lippen drehte ich mich zu Jakob um. „Du hast mir auch sehr gefehlt“, antwortete ich. Ich kannte seine Ausbrüche, die stets von Sorge geleitet waren, nur zu gut.

Da drückte er mich fest an sich. „Wie geht's dir?“, flüsterte er.

Verunsichert sah ich ihn an. „Schwer zu sagen ... gemischt.“

„Musstest du auf der Flucht oft umziehen?“, erkundigte er sich.

„Nein, Lloyd und ich haben ein neues Zuhause gefunden. Aber ich hab mir Sorgen um euch gemacht", gestand ich. „Als ich von Viktor gehört habe, musste ich sofort herkommen ..."

Traurig sah Ulrich mich an. „Verstehe. Die Beerdigung ist übermorgen. Wenn du willst, kannst du mitkommen. Wir finden schon einen Weg, dich unauffällig einzuschleusen."

Zögerlich nickte ich. „Werde ich", flüsterte ich und atmete tief durch. „Lloyd wird auch gleich hier sein. Bitte, nehmt ihn nicht sofort fest."

„Habe ich nicht vor", beruhigte Ulrich mich. „Aber warum seid ihr hier?"

„Nach dem Bericht über Viktors Tod konnten wir uns nicht länger verstecken", erzählte ich. „Wir müssen etwas gegen diesen Krieg unternehmen. Es reicht!"

Haru nickte. „Wir haben alle genug davon."

„Und die Fiorita meinten, ich könnte etwas bewirken. Ich weiß nur noch nicht was", merkte ich an.

„Warte mal!", rief Lasse lautstark. „Bist du wirklich Takuto? Bist du wirklich das Mädchen aus der Legende? Ich glaub das alles nicht!"

Schuldbewusst sah ich den blonden, normalerweise stets fröhlichen Mann an. „Ja, nur dass ich nicht wirklich Takuto heiße. Eigentlich heiße ich Mia Sato. Und es tut mir unendlich leid, dass ich euch anlügen musste. Als Frau hätte ich niemals bei den Rangern arbeiten können. Außerdem musste ich die Fiorita schützen, darum habe ich meine Fähigkeiten verschwiegen."

„Du hast uns jahrelang getäuscht!", warf mir der braunhaarige Benjiro vor. Er zappelte ein wenig, trat von einem Fuß auf den anderen. „Was sollte das?"

„Mir blieb doch nichts anderes übrig", erklärte ich verzweifelt. „Wie hätte ich sonst die Fiorita schützen sollen, wenn nicht als Ranger?"

„Haben wir das Thema nicht schon lange geklärt?", brummte Jakob.

„Klar haben wir das, aber du wusstest viel länger davon, wer Takuto wirklich war", entgegnete Lasse aufgebracht. „Du konntest viel leichter verstehen, was vor knapp eineinhalb Jahren passiert ist."

„Wir, äh, wurden völlig davon, äh, überrascht", murmelte Genta. „Und das, äh, finde ich, äh, unfair!"

Ich schlang vor lauter Unbehagen meine Arme um mich selbst. „Es tut mir wirklich leid. Bitte verzeiht mir."

Lasse sah mich lange an. „Du warst wirklich einer meiner liebsten Kollegen ..."

„Und das wäre ich gerne geblieben", flüsterte ich. „Aber die Schattenbringer haben mich in die Ecke gedrängt. Ich musste meine Fähigkeiten nutzen und habe mich vor dem Vorsitzenden und etlichen Stationsleitern enttarnt."

„Du bist echt die Tochter von Erik Sato, oder?", erkundigte sich Benjiro.

„Rein biologisch vielleicht", zischte ich. „Mein Vater ist das größte Monster, das mir je untergekommen ist! Ich weiß selbst nicht, wie ich so lange nicht merken konnte, dass er ein Verbrecherboss ist."

Melodia strich mir über den Arm. „Ganz ruhig."

Ich nickte ihr dankbar zu, bevor ich wieder zu den anderen Rangern blickte. „Könnt ihr mir ... verzeihen?", bat ich.

Der etwas pummelige Leo lächelte mich milde an und nickte. Benjiro zuckte ratlos mit den Schultern. Genta kaute auf seiner Unterlippe herum, nickte aber ebenfalls. Riku seufzte, dann nickte auch er. „Ehrlich gesagt haben wir es dir nie wirklich übel genommen", gab Lasse zu.

Erstaunt musterte ich ihn. „Was?"

„Du bist ein Ranger und unser Kollege, wie auch immer du eigentlich heißt", erklärte er. „Du hast mit uns für Fioria gekämpft. Nur das zählt."

Stürmisch umarmte ich den etwa 30-jährigen Mann. „Danke!"

„Schon okay", winkte er ab und tätschelte meinen Rücken.

„Was hat Viktor immer gesagt? In meinem Alter weiß ich, wer gut und wer böse ist. Und Takuto gehörte schon immer zu den Guten, egal, wer er wirklich ist. Er ist einer von uns", zitierte Riku. „So oder so ähnlich."

Gerührt lächelte ich. Diese Worte meines verstorbenen Kollegen bedeuteten mir viel. Ich wünschte mir nur, ich hätte sie aus seinem Mund hören können. Doch das ging nicht. Viktor war tot. „Ich danke euch", murmelte ich ergriffen.

„Als könnte man lange sauer auf dich sein", lachte Ulrich und legte mir einen Arm um die Schultern. „Wir sind froh, dass du zurück bist und uns im Kampf gegen die Schattenbringer helfen willst."

„Lloyd und ich werden alles tun, was in unserer Macht steht", versprach ich.

„Wo bleibt er denn?", wunderte sich Haru.

„Er sucht einen Parkplatz", erklärte ich.

„Und wir nehmen einen gesuchten Schattenbringer echt nicht fest?", meldete sich James ungläubig zu Wort. „Bei Mia verstehe ich es irgendwie, aber ..."

„Du hältst die Klappe, du hast sowieso keine Ahnung", zischte Haru.

„Na, na", ermahnte Ulrich sie. „Nein, James, wir nehmen ihn nicht fest, denn er hat uns schon oft geholfen. Er steht nicht auf Eriks Seite."

„Er wollte nie ein Schattenbringer sein", flüsterte ich. „Und er ist längst aus der Organisation ausgestiegen."

„Ein Insider auf unserer Seite ist doch was Gutes", äußerte sich Lasse.

„Vielleicht erfahren wir von ihm, wo das Hauptquartier dieser Mistkerle liegt", hoffte Mark.

Ich runzelte die Stirn. „Wisst ihr das noch nicht?"

Melodia schüttelte den Kopf. „Die verstecken sich gut ..."

„Ach so", murmelte ich. „Lloyd müsste es wissen. Er wollte sowieso mit seinen Freunden in der Organisation reden, um Neuigkeiten zu erfahren."

„Na, ist das Grund genug, ihn nicht zu verhaften?", provozierte Haru James.

Er verdrehte die Augen. „Ja, ja. Zicke ... Neulich nachts hast du dich nicht so aufgeführt ..."

„Kein Wort mehr von dieser Nacht!", verlangte sie wütend. „Du Idiot hast nur ausgenutzt, dass ich betrunken war!"

„Ich hab dich zweimal gefragt, ob du das wirklich willst", verteidigte er sich.

Vernichtend musterte sie ihn. „Weil Betrunkene ja so klar im Kopf sind, dass sie das entscheiden können!"

„Genug davon", unterbrach Ulrich den Streit. „Ich habe euch gesagt, ihr sollt dieses Problem in den Griff kriegen. Mir völlig egal, wie ihr das macht, Hauptsache, ihr gefährdet nicht mehr unsere Arbeit durch euren Streit. Als Ranger ist Teamwork unerlässlich!"

James fuhr sich durchs dunkle Haar und schnaubte. „Ja, ja ..."

Haru fixierte den Boden, sichtlich wütend und beschämt zugleich. Ich drückte sie fest an mich. „Du Arme", flüsterte ich. „Geht das schon seit der Feier so?"

Sie legte ihre Stirn auf meiner Schulter ab. „Der nervt ohne Ende. Dabei hasse ich den Kerl! Ich will nichts von ihm hören!"

„Das ist alles etwas kompliziert", merkte Melodia an.

„Entschuldige die Verspätung, ich musste ziemlich weit weg parken", ertönte da eine bekannte Stimme vom Eingang.

Abrupt wirbelten wir alle zu Lloyd herum. Er hatte seinen blauen Mantel angezogen und die Kindertrage umgeschnallt, Takuto hing an seinem Rücken. Von so vielen Rangern ins Visier genommen zu werden, bereitete meinem Freund offensichtlich Unbehagen. Er spannte sich an und beobachtete meine ehemaligen Kollegen genau.

„Alles okay", beruhigte ich ihn. „Sie nehmen uns nicht fest."

Zögerlich kam er ein paar Schritte näher. „Gut ..."

„Lange nicht gesehen, Lloyd", begrüßte Ulrich ihn.

Mein Freund nickte ihm zu. „Hallo."

„Du willst uns also im Kampf gegen die Schattenbringer helfen?", fragte James hörbar feindselig.

Lloyd musterte ihn kurz. „Nee, mit der Einstellung überlege ich's mir noch mal." Er wandte sich an mich. „Wer ist der unsympathische Idiot?"

Haru prustete los, als James der Unterkiefer runterklappte. „Gut so, lass dir von dem Kerl nichts bieten", lachte sie. „Das ist nur James."

„Geht's noch?", rief der Verspottete gekränkt. „Ich kann dich jederzeit hinter Gitter bringen, vergiss das nicht!"

„Hört auf damit!", verlangte Ulrich.

„Er hat doch ange..." James wurde von lautem Geschrei unterbrochen. Der Lärm in der Zweigstelle hatte natürlich Takuto geweckt.

„Oh nein", seufzte ich und schlug mir eine Hand vors Gesicht.

„Kannst du ihn nehmen?", bat Lloyd. „Ich komme nicht dran."

Ich schmunzelte. „Genau darum schnalle ich mir die Trage immer vor die Brust, nicht auf den Rücken."

„Ja, ja", murrte er.

Unter den fragenden Blicken der anderen ging ich um Lloyd herum und nahm Takuto auf den Arm. „Ganz ruhig", redete ich auf ihn ein. „Es ist alles gut, mein Schatz. Alles gut." Da schrie er nur noch lauter. Ich strich über seinen kleinen Rücken und ging in der Zweigstelle auf und ab. „Keine Panik."

„Dabei hat er endlich geschlafen", jammerte Lloyd.

„Es war einfach zu laut hier. Könnt ihr euch nicht etwas leiser anschreien?", fragte ich und sah wieder zu den Rangern.

Erst als mich zwölf entsetzte, schockierte, fassungslose Augenpaare anstarrten, fiel mir ein, dass niemand von unserem Sohn wusste. Ich verzog das Gesicht. Hoppla ...

„W...w...was ... w...wie ...", stammelte Melodia.

„Ist das etwa ..." Haru rieb sich die Augen. „Ist das etwa ..."

Mark schüttelte den Kopf. „Nicht im Ernst, oder?"

„Richtig, das hab ich ganz vergessen." Verlegen lächelte ich. „Das ist Takuto, unser Sohn."

Außer Takuto, der aus vollem Halse schrie, gab niemand einen Laut von sich. Meine Freunde und Kollegen starrten mich nur an. Sie wirkten mehr als überrumpelt, konnten gar nicht fassen, was sie sahen und hörten.

„Ihr habt … ein Kind?", brach Jakob endlich die Stille.

Lloyd nickte. „Seht ihr doch. Oder glaubt ihr, wir haben einfach mal eins entführt, um uns einen Spaß zu machen?"

Ich musste schmunzeln. Die feindselige Einstellung gegenüber Rangern hatte Lloyd wohl immer noch nicht ganz überwinden. „Takuto ist jetzt neun Monate alt. Ich … ich war schon schwanger, als die Schattenbringer das Ranger-Hauptquartier angegriffen haben. Das war einer der Gründe, warum ich in die äußeren Provinzen fliehen wollte."

„Du hast nichts gesagt!", warf Melodia mir vor. „Du hast auch in keinem Brief etwas erwähnt."

Ich wiegte den aufgebrachten Takuto in meinen Armen. „Es hat sich irgendwie nicht ergeben." Entschuldigend sah ich meine Grundschulfreundin an. „Tut mir leid."

„Ich hab dir alles geschrieben, was hier los war", beschwerte sie sich. „Und so eine riesige Neuigkeit verschweigst du uns?"

„Ich fand es total unpassend, das in einem Brief zu schreiben … Eigentlich wollte ich es euch sagen, bevor ich ins Hauptquartier zitiert wurde. Ich wollte dich und Haru um euren Rat bitten, aber dazu kam ich nicht mehr." Ich senkte den Blick. „Und nachdem wir den Bezirk der Ranger verlassen hatten, wusste ich nicht mehr, wie ich euch von unserem Sohn erzählen sollte."

Haru trat einen Schritt näher und beäugte den Kleinen, der in eine Latzhose und ein langärmliges Shirt gekleidet war. „Ist der niedlich", kicherte sie. „Und so klein!" Sie blickte zu mir. „Aber geplant war er nicht, oder?"

Ich lächelte schief, froh darüber, dass sie mir keine Vorwürfe machte. „Nein, eigentlich nicht. Aber es ist alles gut gegangen. Unsere neue Nachbarin hat mir viele Tipps zur Kindererziehung gegeben."

„Darf ich ihn mal nehmen?", bat meine Freundin.

„Klar, aber pass auf, er fremdelt ziemlich", warnte ich sie und gab ihr Takuto auf den Arm.

Obwohl der Kleine strampelte und eindeutig nicht von den vielen Unbekannten festgehalten werden wollte, baten meine Freunde darum, ihn auch einmal nehmen zu dürfen. Sogar Ulrich war ganz fasziniert von ihm. Jakob schien auf den ersten Blick vernarrt zu sein,

Mark lachte ungläubig und Melodia war hin und weg. Sie wollte ihn mir beinahe nicht zurückgeben.

„Also, das ist wirklich die größte Überraschung", merkte Jakob an. „Jedenfalls überraschender als deine Rückkehr."

Ich hob den jammernden Takuto auf meine Arme. „Tja, ich erstaune euch eben immer wieder gerne", lachte ich.

„Dass er Takuto heißt, passt total gut", stellte Melodia fest.

„Stimmt, so hat Mia sich ja früher genannt", merkte Lasse an. „Ich fass es nicht! Du bist nicht nur eine Frau, sondern auch Mutter. Dass wir nie was gemerkt haben ... unglaublich."

„Wäre schlecht für mich gewesen, wenn ihr meine Tarnung durchschaut hättet, nicht?", wandte ich ein und lächelte schief.

„Trotzdem, es ist echt verrückt", äußerte sich Riku, der wie üblich lispelte.

Ulrich räusperte sich. „Nun, Mia, Lloyd, ihr seid ja nicht nur aus Spaß hier. Wir sollten das weitere Vorgehen besprechen."

Ich nickte. Unser Wiedersehen hatte mich so eingenommen, dass ich den Grund für unsere Rückkehr verdrängt hatte. „Das ist das Wichtigste."

„Gut, alle Mann an die Arbeit!", befahl der Stationsleiter. „Wir dürfen Windfeld nicht vernachlässigen. Heute Abend erzähle ich euch, was wir besprochen haben."

„Und diesmal werden wir wirklich von Anfang an eingeweiht?", vergewisserte sich Lasse. „Ohne Geheimnisse?"

„Ohne Geheimnisse", versprach Ulrich. „Aber ich erwarte äußerste Diskretion von jedem hier! Ausschließlich die Windfeld-Ranger werden informiert. Kein Wort darf zum Vorsitzenden vordringen."

„Wir werden nichts verraten", versprach Benjiro.

Nach und nach leerte sich die Zweigstelle. Ich winkte meinen ehemaligen Kollegen hinterher, dann setzte ich mich mit dem unruhigen Takuto im Arm an Harus Schreibtisch. „Du bleibst hier, Jakob?"

Der Schwarzhaarige lächelte schief. „Klar, ich sollte mit Ulrich auf Patrouille. Da er hierbleibt, bleibe ich auch. Hast du die Regeln schon vergessen?"

„Stimmt, Ranger sind normalerweise zu zweit unterwegs", lachte ich.

Ulrich und Melodia brachten aus dem Nebenzimmer Stühle, damit wir uns alle setzen konnten. Ich erkannte die Sitzmöbel sofort, sie gehörten zum Esstisch. In der Zweigstelle wurde immer ein gemeinsames Frühstück und Abendessen eingenommen, darum kümmerten sich die

Technikerinnen. Nun saßen wir also um Harus Schreibtisch herum, ich zwischen Lloyd und meiner Grundschulfreundin Melodia.

Ulrich, mir direkt gegenüber, stützte seine Ellbogen auf dem Tisch ab. „Was genau habt ihr beide vor?“

„Zuerst wollen wir uns gründlich informieren, wir haben vom Krieg nicht so viel mitbekommen“, erläuterte ich. „Wir wollen alles von den Rangern und den Schattenbringern wissen.“

„Darum sind wir direkt hierhergekommen“, ergänzte Lloyd. „Später versuche ich, alte Freunde bei den Schattenbringern zu kontaktieren. Und erst wenn wir ein klares Bild von der Situation haben, sehen wir weiter.“

„Dann werden wir uns auch noch mal mit den Dämonen und Geistern beraten. Sie haben bestimmt was dazu zu sagen“, vermutete ich.

Der Stationsleiter nickte. „Ich verstehe. Alle Neuigkeiten der Ranger ... wo fange ich bloß an?“ Er zögerte ein wenig. „Es sieht düster aus.“

„Schon wieder Tomatensuppe?“, jammerte Mark beim Abendessen.

„Mehr können wir uns nicht leisten“, fuhr Melodia ihn an, während sie der Reihe nach alle Teller füllte. „Die Lebensmittel sind teuer geworden.“

„Morgen gibt es wahrscheinlich nur trockenen Reis“, kündigte Haru an, woraufhin frustriertes Stöhnen zu vernehmen war.

Die zwölf Windfeld-Ranger, die Technikerinnen, Lloyd und ich saßen in der Zweigstelle. Ich folgte dem Gespräch kaum, konnte auch nicht wirklich ans Essen denken. Und das lag nicht daran, dass mich Mika, Eduard und Jonas entsetzt anstarrten. Die drei Ranger, die sich zur Nachtschicht gemeldet hatten, waren noch immer überrascht davon, dass ich zurückgekehrt war. Takuto schlummerte friedlich in seinem Kinderwagen, der neben dem Tisch stand.

Kurz griff ich in meine rechte Hosentasche, um das Handy zu erfühlen, das Ulrich Lloyd und mir gegeben hatte. Im Gegensatz zu den Arbeitsgeräten der Ranger war es nicht mit einem Peilsender ausgestattet. Denn uns sollte ja niemand dadurch orten. Aber wir mussten irgendwie Kontakt zu meinen ehemaligen Kollegen halten können. Meine Gedanken hingen an dem, was Ulrich und Jakob uns heute erzählt hatten. Die Lage schien aussichtslos, jedenfalls im Moment.

„Ähm, Taku... Mia, kannst du mir mal das Salz geben?“, bat Leo.

Ich brauchte eine Sekunde, um zu reagieren. Ich hatte gar nicht realisiert, dass er mich angesprochen hatte.

Schnell reichte ich ihm den gläsernen Streuer. „Na klar, hier.“

„Danke“, antwortete er und würzte seine Suppe nach.

„Ihr beide wollt die Schattenbringer wirklich aufhalten?“, fragte Mika, der jüngste Ranger der Zweigstelle. Er war gerade erst 17 geworden. „Wie denn?“

„Wir haben noch keinen genauen Plan“, gestand Lloyd. „Jetzt wissen wir erst mal, wie es bei den Rangern aussieht. Wir müssen noch herausfinden, was bei den Schattenbringern los ist.“

Ja, wir kannten die hässliche Lage, in der sich die Ranger befanden. Die Bürger hatten kaum noch Respekt, teilweise fürchteten sie sich vor ihnen, teilweise beschimpften sie die Beschützer Fiorias. Die Schattenbringer gewannen immer mehr Mitglieder, sie hetzten gegen die Ranger, gaben ihnen die Schuld an der aktuellen Situation. Sie nutzten ihren wirtschaftlichen Einfluss, um die Ranger von der Grundversorgung abzuschneiden. Wasser, Lebensmittel, Strom, die Ranger kamen nur noch zu horrenden Preisen an die Waren.

Die meisten Konzerne ignorierten längst die Reglementierungen der Ranger, bauten zu viele Rohstoffe ab, verschmutzten die Luft mit ihren Fabriken und produzierten Waren von schlechter Qualität, weshalb die Natur wie auch die Animalia und Menschen litten. Es war nur noch eine Frage der Zeit, bis sich auch illegale Feuerwaffen verbreiteten. Die friedliebende Organisation der Ranger hatte sie verbannt und viele andere Gesetze zum Schutz der Umwelt sowie der Fiorita erlassen, doch die Regeln der Ranger waren inzwischen nichtig.

Viele quittierten wegen der Schwierigkeiten und Gefahren den Dienst. Außerdem bedrohten die Schattenbringer etliche Stationsleiter, um sie zum Rücktritt zu zwingen, damit die einzelnen 150 Zweigstellen im Chaos versanken. Wer sich weigerte, wurde angegriffen. Wie etwa Ulrich.

Die beiden Organisationen arbeiteten mit aller Macht gegeneinander. Doch trotz der Widrigkeiten kämpfte Windfeld weiter. Die Ranger hier wollten die Schattenbringer zerschlagen und den Krieg beenden. Und dieser eiserne Wille war der einzige Funken Hoffnung, den ich momentan sah. Denn der Vorsitzende schien die Kontrolle zu verlieren. Er verbarrikadierte sich die meiste Zeit über in seinem Büro, hatte eine nächtliche Ausgangssperre verhängt, befahl grundlose Verhaftungen und tat vor der Presse so, als hätten die Ranger alles im Griff. Fehlte nur noch, dass er die Schattenbringer wie schon früher einmal als „unbedeutende Schwierigkeit“ bezeichnete ...

„Mia, alles okay?“, flüsterte Lloyd mir zu. Er legte mir eine Hand auf die Schulter. „Du wirkst so … abwesend.“

„Entschuldige“, antwortete ich leise. „Ich mache mir nur Sorgen.“

„Die Lage sieht für die Ranger echt übel aus. Aber wir finden einen Weg, das zu verbessern. Vielleicht geht es den Schattenbringern ja auch nicht so gut“, gab er zu bedenken.

„Die Schattenbringer haben jede Menge Unterstützung“, schnaubte ich.

„Anscheinend. Noch wissen wir es nicht genau“, wandte er ein.

Ich raufte mir das Haar, wobei ich eine orange-braun gemusterte Strähne zwischen meinen Fingern einklemmte. „Mir gefällt das alles nicht.“

Mein Freund strich mir über den Arm, bevor er sich wieder seiner Suppe zuwandte. „Denk dran, was dir Pemorat gesagt hat. Deine Anwesenheit hier wird etwas Gutes bewirken.“

Ich lächelte ihn an. „Das hoffe ich. Wir beide schaffen das schon.“ Irgendwie mussten wir es einfach schaffen.

„Wie wollt ihr denn herausfinden, was die Schattenbringer alles planen?“, erkundigte sich Mika.

Erstaunt musterte ich den Jungen. Hatte er mit seiner Frage extra bis zum Ende unseres leisen Gesprächs gewartet? Wie taktvoll. „Lloyd wird seine alten Freunde dort kontaktieren, gleich morgen früh“, antwortete ich ihm.

„Aber zuerst müssen wir uns noch eine Unterkunft suchen“, fiel meinem Freund ein. „Das haben wir total vergessen. Wo können wir schlafen, ohne gleich erkannt und verhaftet zu werden?“

Ich verzog das Gesicht. „Wir müssen ein Hotel suchen und einfach darauf hoffen, dass uns niemand dort erkennt. Auch wenn unsere Fotos oft in den Nachrichten gezeigt werden.“

„Bleibt doch bei uns“, schlug Ulrich vor. „Dein altes Zimmer in unserem Wohnhaus ist immer noch frei, Mia.“

Mir klappte der Mund auf. „Ernsthaft?“

Er nickte. „Wo seid ihr sicherer als inmitten von Rangern?“

„Das ist genial!“, jubelte ich. „Dort sucht uns keiner.“ Und es ging um mein altes Zimmer, in dem ich so viele Nächte geschlafen und so viele Treffen mit meinen Freundinnen genossen hatte. Unwillkürlich wurde mir warm ums Herz, als ich daran dachte. „Ich hab sogar den Schlüssel noch.“

„Das dachte ich mir“, entgegnete der Stationsleiter. „Ich hab nämlich nur den Zweitschlüssel hier. Sag mal, hast du auch noch den Schlüssel der Zweigstelle? Du hast ihn mitgenommen, oder?"

Ich nickte. „Ja, ich hab irgendwie alle Schlüssel eingesteckt."

„Kein Problem. Ich dachte mir schon, dass du sie hast, darum hab ich dem Vorsitzenden das Fehlen nicht gemeldet."

„Er wäre bestimmt ausgeflippt", brummte ich. „Er darf auf keinen Fall erfahren, dass Lloyd und ich hier sind."

„Das würde nicht nur Stress für uns, sondern auch für alle anderen hier bedeuten", äußerte sich mein Freund. „Bestimmt steckt er uns dann alle ins Gefängnis, dumm, wie er ist."

„Er erfährt nichts", versicherte mir Melodia. „Wir halten alle dicht. Und du kannst wieder ins Appartementwohnhaus einziehen."

„Fast wie früher, nicht wahr?", lachte Ulrich.

Ich strahlte ihn an. „Kann man so sagen. Danke für alles, Leute."

„Nicht doch, wir tun es gerne", winkte er ab. Er drehte sich zu meinem alten Mitschüler um. „Ach, noch etwas, Mark, du bekommst jetzt deinen eigenen Schlüssel. Heute kam die Bestätigung, du bist offiziell ein Windfeld-Ranger. Deine Versetzung wurde genehmigt."

Der junge Mann mit den dunkelbraunen Haaren grinste. „Perfekt. Jetzt gehöre ich endlich richtig zum Team."

Melodia, die neben ihm saß, umarmte ihn fest. „Das ist so toll! Jetzt wohnen wir ganz nah zusammen."

„Du hast dich versetzen lassen?", wunderte ich mich. „Du warst doch immer so stolz darauf, ein Hauptquartier-Ranger zu sein ..." In der Zeit, in der Mark und ich noch Rivalen gewesen waren, hatte er mir stets unter die Nase gerieben, in Aritiof zu arbeiten. Und nun ließ er sich in eine kleine Zweigstelle wie Windfeld versetzen? Dabei hatte er sich anfangs darüber beschwert, jeden Tag als Verstärkung hierherkommen zu müssen. „Es ist keine Ehre mehr, ein Hauptquartier-Ranger zu sein, nachdem der Vorsitzende so durchgedreht ist", entgegnete er. „Außerdem wollte ich versetzt werden, um Melodia öfter zu sehen."

Ich lächelte die beiden an. „Verstehe." Es freute mich sehr, sie trotz der unschönen Lage glücklich zu sehen.

Während des restlichen Essens unterhielten wir uns alle. Es war beinahe wie früher. Als würde ich noch hier arbeiten. Wir mieden ernste Themen wie Viktor oder die Schattenbringer, plauderten vielmehr entspannt miteinander. Nach einer Weile mussten Lloyd und ich allerdings gehen. Takuto schrie und weinte nämlich ununterbrochen, warum auch immer.

„Er hört einfach nicht auf", stellte ich besorgt fest. Ich griff nach meiner blonden Perücke und setzte sie auf, damit niemand auf dem kurzen Weg von der Zweigstelle zum Appartementwohnhaus meine richtige Haarfarbe sah. „Wir beruhigen ihn mal, habt noch einen schönen Abend."

Lloyd schob Takuto in seinem Kinderwagen schon zur Glastür, während ich mich von meinen Freunden und Kollegen verabschiedete. Jeder einzelne von ihnen umarmte mich. Nur mühsam hielt ich die Freudentränen darüber zurück. Trotz allem, was geschehen war, hatte ich hier in Windfeld immer noch ein Zuhause. Eine Familie.

Jakob ließ mich lange Zeit nicht los, als würde ich wieder verschwinden, sobald er es täte. Ulrich drückte mich so fest, dass ich leise keuchte.

„Wir machen mal wieder einen Mädelsabend", flüsterte Melodia mir zu, als wir uns umarmten.

„Auf jeden Fall. Filme, Knabbersachen und dann quatschen wir die halbe Nacht", stimmte ich zu.

Schließlich riss ich mich von meinen Freunden los, um Lloyd nach draußen zu folgen. Bevor ich durch die Glastür ins Freie trat, winkte ich den anderen ein letztes Mal zu. Kühler Wind empfing mich draußen, sodass ich meine Arme um mich schlang.

„Das Wohnhaus ist gleich um die Ecke, oder?", erkundigte sich Lloyd.

Ich nickte. „Keine fünf Minuten von der Zweigstelle entfernt."

Ohne uns weiter zu unterhalten, betraten wir das große Gebäude. Gemeinsam trugen wir den Kinderwagen in den ersten Stock, in dem mein altes Zimmer lag. Es war unbeschreiblich, den Schlüssel im Schloss umzudrehen und die Tür zu öffnen. Langsam trat ich ein, blickte mich um. Und mich überkam ein Gefühl von Wärme und Ruhe, als ich mitten im Raum stand. Nichts hatte sich verändert. Der Kleiderschrank, der Schreibtisch mit Stuhl, das Bett vor dem Fenster, der Sessel, das kleine Bad nebenan. Sogar meine Sachen befanden sich noch hier. Nur die Ranger-Uniform, die ich auf dem Bett zurückgelassen hatte, entdeckte ich nirgends.

„Wahnsinn", flüsterte ich. „Ulrich hat mein Zimmer nicht räumen lassen."

„Wahrscheinlich hat er darauf gewartet, dass du zurückkommst", vermutete Lloyd. „Ich hole schnell das Gitterbett aus dem Auto."

„Bis gleich", murmelte ich.

Als Lloyd das Zimmer verlassen hatte, nahm ich den schreienden

Takuto auf den Arm und wanderte mit ihm umher. „Sieh mal, hier habe ich früher gewohnt", erzählte ich, auch wenn er es wohl kaum verstand. „Das hier war mein Bett, in dem Schrank sind noch ein paar Klamotten, die Schreibsachen auf dem Tisch hab ich immer für Briefe benutzt."

Der Abschiedsbrief, den ich meinen Kollegen hinterlassen hatte, befand sich allerdings nicht mehr hier. Ich hatte damit gerechnet, dass der Vorsitzende mein Zimmer auseinandernehmen lassen würde, nachdem ich aufgeflogen war. Doch nichts wies auf eine Durchsuchung hin. Vielleicht hatten meine Kollegen das verhindert. Oder die Durchsuchung selbst vorgenommen und meine Sachen danach wieder an Ort und Stelle gelegt.

„Egal warum, ich bin nur froh, dass alles hier so vertraut ist", seufzte ich, legte das neue schwarze Handy auf den Schreibtisch und nahm meine Schlüssel aus der Hosentasche. Dabei fiel mein Blick auf den Anhänger, den mir Melodia und Haru zum Geburtstag geschenkt hatten. Ich wiegte Takuto hin und her, ohne den Blick von dem Foto zu nehmen. Ich sah als Ranger so glücklich aus. Und ehrlich gesagt wünschte ich mir diese unbeschwerte Zeit zurück. Damals, als Melodia, Haru und ich noch Anfänger gewesen waren. Als jeder Tag spannend, aber nicht übermäßig gefährlich gewesen war.

„Ach, Takuto, wie soll das alles bloß weitergehen?", wisperte ich.

Der Kleine wimmerte nur. „Mama ..."

„Was hast du denn?", fragte ich und setzte mich mit ihm auf den mattblauen Sessel. „Tut dir was weh? Oder hast du Hunger?" Ich hatte ihn vor dem Abendessen gefüttert, daher konnte ich mir nicht vorstellen, dass er etwas essen wollte. Aber warum weinte er die ganze Zeit?

Ich atmete tief durch und stimmte ein Lied an. Es beruhigte Takuto oft, wenn ich sang. Damit ich keine Animalia anlockte, blendete ich den Gedanken an die wundervollen Wesen aus. Ich sang zwei Lieder, beim dritten wurde die Tür leise geöffnet. Lloyd kam mit den Einzelteilen des Gitterbetts herein und lächelte mich an. Ich zwinkerte ihm zu. Während ich weitersang, um unseren Sohn zu beruhigen, baute Lloyd dessen Bett auf. Nach einer knappen halben Stunde war Takuto endlich eingeschlafen.

Vorsichtig stand ich auf und legte ihn ins Bett. „Gute Nacht", flüsterte ich.

„Immer wieder schön, dich singen zu hören", bemerkte Lloyd leise. „Kein Wunder, dass Takuto das mag."

Ich hakte mich bei ihm ein und lehnte meinen Kopf an seine Schulter. „Danke. Ich befürchte nur jedes Mal, an ein Animalia zu denken und es damit zu rufen.“

„Selbst wenn“, winkte er ab. „Das wäre auch nicht schlimm.“

„Ich dusche mich schnell“, kündigte ich an. „Der Tag hat mich echt geschafft.“

„Ich weiß, was du meinst“, brummte er. „Mal sehen, wie es morgen wird, wenn ich mit Sebastian und Sam rede.“

Ich umarmte ihn fest. „Die nächste Zeit wird hart.“

„Wenn wir den Krieg beenden können, ist es das wert“, entgegnete er.

Ja, wenn ... Ich verzog das Gesicht, was Lloyd zum Glück nicht sehen konnte. Ich vertraute den Fiorita, darum glaubte ich auch an Pemorats Prognose. Doch ich zweifelte ein wenig an mir selbst. Ob ich imstande war, bei der Konfliktlösung zu helfen, auf Takuto aufzupassen und mich zugleich meinem Vater zu stellen. Irgendwann musste ich es schließlich tun.

Schnell verdrängte ich diese Sorgen. Ich war hier, um etwas zu unternehmen, und das würde ich! Außerdem hatte ich die beste Unterstützung, die ich mir wünschen konnte: Lloyd, die Fiorita und meine alten Kollegen.

Ich streckte mich ein wenig, um meinen Freund zu küssen. Er erwiderte die Geste und fuhr mir durchs Haar, wobei er meine Perücke verschob. Ich warf das blonde Teil auf den Schreibtisch, ohne mich von Lloyd zu lösen. Erst nach einigen wunderschönen Sekunden beendeten wir den Kuss.

„Bis gleich“, flüsterte ich.

Er lächelte mich an. „Bis gleich.“

Nachdem ich mich geduscht hatte, ging auch Lloyd ins Bad. Und noch bevor der Wecker auf dem Nachtschrank zehn Uhr anzeigte, lagen wir im ungewohnt schmalen Bett.

„Hier haben wir schon mal zusammen übernachtet“, erinnerte ich mich, als ich mich an meinen Freund kuschelte.

„Das weiß ich noch“, lachte er. „Da habe ich dich heimlich hier besucht.“

„Es war ein schöner Abend. Weißt du noch, wie Ulrich uns damals ...“ Ich redete nicht weiter, weil ich leises Jammern hörte, das gleich darauf zu großem Geschrei wurde. „Takuto ...“

Lloyd, der am äußeren Rand des Bettes lag, machte das Nachttischlicht an und stand auf. „Was hast du nur, mein Großer?", wunderte er sich und hob das weinende Kind aus dem Bett. „So unruhig bist du doch nie."

„Baba!", schluchzte der Kleine. „Mama!"

„Ach, Schatz, was ist denn los?", fragte ich und trat ebenfalls zum Gitterbett. Ich sah den Jungen in Lloyds Armen besorgt an, dann tauschte ich einen Blick mit meinem Freund. „Meinst du, er wird krank?"

„Ich glaube nicht, er hat keine erhöhte Temperatur." Lloyd ging ein paar Schritte auf und ab. „Ganz ruhig ..."

Plötzlich klopfte es an der Zimmertür. „Mia?", rief eine helle Stimme. „Ist bei euch alles okay?"

„Haru?", fragte ich verdutzt und ließ meine Freundin, die wie Lloyd und ich einen Schlafanzug trug, herein.

Die Technikerin sah sich um. „Ich hab Geschrei gehört."

„Takuto ist schon den ganzen Tag so unruhig", erklärte ich. „Aber wir wissen nicht, was er hat."

„Ach so", seufzte sie erleichtert. „Und ich dachte, es wäre was passiert."

„Nein, nein, alles okay", beruhigte ich sie. „Entschuldige, dass er dich geweckt hat. Bestimmt sind auch andere von dem Lärm aufgewacht ..."

Sie schenkte mir ein warmes Lächeln. „Das ist doch nicht schlimm. Ich finde es ehrlich gesagt richtig toll, Geräusche aus diesem Zimmer zu hören. Es war über ein Jahr lang so ... leer hier." Gerührt sah ich sie an und fiel ihr ohne ein weiteres Wort um den Hals, woraufhin sie mich fest drückte.

Als Takutos Weinen kurz darauf leiser wurde, ließen wir uns wieder los. „Ich glaube, ich weiß, was er hat", fiel es mir mit einem Mal ein.

Lloyd musterte mich gespannt. „Was denn?"

„Kann es nicht sein, dass er zahnt?"

„Natürlich", stöhnte er. „Das muss es sein."

„Euer Kleiner bekommt seine Zähne?", hakte Haru nach.

Ich nickte. „Mit neun Monaten wird es Zeit dafür. Aber das heißt, die nächsten Nächte werden nicht sehr erholsam."

„Oje." Mitleidig sah Haru Lloyd und mich an. „Wenn ihr Hilfe braucht, gebt mir jederzeit Bescheid. Auch wenn ich mich nicht so sehr mit Kindern auskenne."

„Lieb von dir", bedankte ich mich.

„Dann gehe ich mal zurück ins Bett", beschloss sie. „Morgen gibt es viel zu tun."

„Gute Nacht", verabschiedete ich mich.

Die Technikerin umarmte mich noch mal fest. „Ich bin wirklich froh, dass du zurück bist", flüsterte sie. „Du hast mir sehr gefehlt."

Unwillkürlich bekam ich feuchte Augen. „Ich hab dich auch vermisst", antwortete ich mit erstickter Stimme. „Es ist schön, wieder hier zu sein."

Leise verließ Haru das Zimmer und schloss die Tür hinter sich. Ich ging einen Schritt näher zu Lloyd, der Takuto gerade wieder zurück ins Bett gelegt hatte, um seine Hand zu nehmen. „Ist er eingeschlafen?"

„Zum Glück", flüsterte mein Freund und verschränkte unsere Finger miteinander. „Ich glaube, wir können uns auch wieder hinlegen."

Wir deckten uns zu, Lloyd machte das Licht aus und schob dann einen Arm unter meinen Kopf, sodass ich mich gut an ihn schmiegen konnte. „Schlaf gut", wisperte ich.

Er strich mir über den Rücken. „Du auch, Mia."

Ich schloss die Augen mit dem guten Gefühl, durch meine heutige Rückkehr einen großen Schritt gemacht zu haben. Und kurz darauf schlief ich in Lloyds Armen ein.

Kapitel 6:
Nichts als Probleme

„Ja, Mann, es ist auch echt gut, dich zu hören", lachte Lloyd, während er sich das Handy ans Ohr hielt. „Ich bin wieder in der Gegend, zumindest vorerst. Hab gehört, was hier abgeht. Und es gefällt mir nicht."

Behutsam legte ich Takuto in den Kinderwagen. Heute Morgen war der Kleine wirklich brav, er schrie und weinte nicht, hatte sich gerade füttern lassen und spielte nun mit meinen Fingern, nach denen er immer wieder griff.

„Überrascht mich nicht", fuhr mein Freund fort. „Also, wie steht's, können wir uns treffen und das Ganze besprechen? Wäre vielleicht nicht schlecht, wenn Sam auch dabei ist." Kurz lauschte er in den Hörer, dann nickte er. „Perfekt. Ich werde dort sein. Bis dann."

„Hat Sebastian Zeit für ein Treffen?", fragte ich, als er auflegte.

„Wir sind in zwei Stunden verabredet, er bringt Sam mit. Die beiden haben schon lange genug davon, was Erik macht. Genaueres wollen sie mir nachher erzählen", berichtete Lloyd.

„Wo trefft ihr euch?", erkundigte ich mich.

„Im Restaurant des Hotels Malia in Gakuen", antwortete er und tippte auf dem Handy herum, bevor er es mir gab. „Bleibst du in der Zeit mit Takuto hier? Ich würde gern ... allein mit den beiden reden. Dann verraten sie vielleicht mehr."

Langsam nickte ich. Ich hatte mir schon gedacht, dass er seine alten Kollegen erst mal ohne mich treffen wollte. „Ich bleibe vermutlich in der Zweigstelle", beschloss ich. Eindringlich sah ich ihn an. „Und falls was passiert, meldest du dich, ja?"

„Mache ich, keine Sorge", beruhigte er mich und reichte Takuto seine Hand, damit der Kleine auch nach seinen Fingern greifen konnte.

„Für den Notfall ist Sebastians Nummer ja im Handy", murmelte ich.

„Nein, die habe ich gelöscht, weil ich nicht jedem Ranger hier traue", entgegnete er. „Dieser James wirkt nicht gerade freundlich. Und dieser Torben schaut mich auch ständig grimmig an."

„James benimmt sich wirklich bescheuert, aber bei Torben musst du dir nichts denken. Der ist immer so mürrisch und still“, erinnerte ich mich. Dabei war der Ranger, der früher mit Mark im Hauptquartier gearbeitet hatte, kaum älter als Lloyd. Ein missmutiger Kerl ...

Er lächelte schief. „Du musst es ja wissen.“

„Aber wie kann ich dich erreichen, wenn du weg bist?“, fragte ich. „Schreibst du mir Sebastians Nummer wenigstens auf? Oder nimmst du das Handy mit?“

Er schüttelte den Kopf. „Mia, das klingt vielleicht blöd, aber ich vertraue den beiden. Da brauche ich keine Versicherung, mir passiert nichts.“

Unglücklich sah ich ihn an. „Aber ...“

„Nein, du musst dir keine Sorgen machen“, unterbrach er mich. „Es wird alles gut gehen und bald bin ich zurück.“

„Wann?“, flüsterte ich. Ich merkte, dass ich hier an eine Grenze stieß. Lloyd wollte seine alten Freunde nicht in Gefahr bringen und rückte darum die Nummer nicht raus. Er wollte beweisen, wie sehr er ihnen vertraute. So dumm ich es fand.

„Vielleicht heute Nachmittag“, meinte er vage. „Schwer zu sagen. Ich nehme das Auto, bis Gakuen ist es ja nicht allzu weit.“

Unruhig zupfte ich an meinem hellen T-Shirt. „Lloyd, ganz ehrlich, es macht mir Bauchweh“, gestand ich, „wenn du weg bist, ohne dass ich dich erreichen kann.“

Er ging um den Kinderwagen herum und schloss mich in die Arme. „Ich komme klar“, versprach er. „Und ich werde nicht lange weg sein. Du weißt doch sogar, wo ich mich mit den anderen treffe.“

Ich drückte ihn fest. „Was, wenn es eine Falle ist?“, wandte ich ein.

„Ich würde sofort unterschreiben, dass mir jeder Schattenbringer eine Falle stellen will. Aber nicht Sebastian und Sam.“ Er lächelte mich an. „Ich hab mit den beiden schon so viel durchgemacht, sie würden mich nie verraten.“

„Ich hoffe, dass du recht hast“, wisperte ich.

„Habe ich“, versicherte er mir. „Ich mache mich jetzt auf den Weg.“

„Willst du nicht noch mit den anderen in der Zweigstelle frühstücken?“

„Nein, wir haben uns im Hotel Malia verabredet, weil man da gut frühstücken kann“, entgegnete er. „Außerdem würde ich zu spät kommen, wenn ich hier äße.“

„Na gut“, murmelte ich. „Bitte, pass auf dich auf.“

„Versprochen. Genieß den Tag mit deinen ehemaligen Kollegen.“ Er strich mir durchs Haar, bevor er meinen Kopf an sich zog, um mich sanft zu küssen.

Für einen kurzen Moment spürte ich nur meinen schnellen Herzschlag und Lloyds wohlbekannte Wärme. Aber nachdem wir uns voneinander gelöst hatten, kehrten meine Sorgen zurück.

„Bis später“, verabschiedete ich mich leise.

„Ich liebe dich“, flüsterte er mir ins Ohr.

Gerührt sah ich ihn an. „Ich liebe dich auch.“

„Mach dir keine Gedanken mehr“, bat er und hauchte mir einen Kuss auf die Stirn. „Ich bin bald zurück.“

„Sei vorsichtig.“

Er nahm den Autoschlüssel, verabschiedete sich von Takuto und nickte mir zu, bevor er das Zimmer verließ. Ich setzte mich auf den Sessel und seufzte. Hoffentlich ging das gut. Aber vielleicht machte ich mir wirklich zu viele Sorgen. Sebastian war immerhin Lloyds bester Freund. Er hatte uns die falschen Ausweise beschafft und uns überhaupt schon sehr oft geholfen. Ich konnte mir nicht vorstellen, dass er Lloyd in Gefahr bringen würde.

„Na gut“, murmelte ich und stand wieder auf. Schnell setzte ich mir im Badezimmer meine Perücke auf und die Kontaktlinsen ein, dann machte ich mich mit Takuto auf den Weg zur Zweigstelle.

Es hatten sich noch nicht alle diensthabenden Ranger dort eingefunden, ich entdeckte nur Jakob, Leo, Benjiro und die Technikerinnen. „Guten Morgen“, wünschte ich ihnen.

„Mia!“, rief Melodia begeistert. „Du bist wirklich immer noch hier! Es war kein Traum?“

„Hey“, lachte ich. „Nein, kein Traum. Alles real.“

Auch Haru begrüßte mich herzlich. „Na, gut geschlafen oder hat Takuto euch lange wach gehalten?“, erkundigte sie sich.

„Es ging, er hat uns ein paarmal aufgeweckt“, erzählte ich.

„Deswegen kommt Lloyd wohl gar nicht mit?“, wunderte sich Jakob.

Ich lächelte ihn an. „Nein, darum nicht. Er ist auf dem Weg zu einem Treffen mit zwei Schattenbringern, um die Lage zu peilen.“

„Im Ernst?“, staunte der etwas pummelige Leo. „Er kriegt Infos von ihnen?“

„Wahrscheinlich“, bestätigte ich. „Es sind gute Freunde von ihm.“

„Ich bin total gespannt, was er zu erzählen hat, wenn er zurückkommt“, gestand Haru und warf ihr dunkles Haar über die Schulter zurück. „Hoffentlich haben diese Mistkerle auch ein paar Probleme wie wir Ranger!"

„Ich bezweifle es", seufzte Jakob.

„Ich glaube auch nicht, dass die Schattenbringer Schwierigkeiten haben. Dafür bekommen sie zu viel Unterstützung", äußerte sich Benjiro, der wie so oft nervös von einem Fuß auf den anderen trat. „Sie waren es schließlich, die diesen Krieg unbedingt wollten."

„Eigentlich waren es die Sponsoren der Schattenbringer, soweit ich das damals richtig verstanden habe", wandte ich ein und blickte zu meinem Sohn in den Kinderwagen. Er rollte sich von einer Seite auf die andere, darum nahm ich ihn auf den Arm. Wenn ich ihn auf meiner Hüfte absetzte, wurde er meistens ruhiger. „Viele Schattenbringer wollten keinen offenen Krieg."

„Aber jetzt ist der Krieg da", mischte sich jemand ins Gespräch ein.

Ich drehte mich um und entdeckte die Ranger, von denen ich gedacht hatte, sie wären noch nicht in der Zweigstelle. Ulrich kam aus der Umkleide, gefolgt von Mark, Lasse, Eduard, Genta, Mika, James und Torben. Die Männer hatten sich ihre Uniformen angezogen, darum hatte ich sie nicht im Hauptraum entdeckt.

„Und wir müssen alles tun, um diesen Krieg zu beenden", fuhr Ulrich fort. „Wo ist Lloyd?"

„Trifft sich mit alten Kollegen, um Informationen von ihnen zu beschaffen", wiederholte ich. „Guten Morgen, zusammen." Die meisten wünschten mir auch einen guten Morgen, Torben und Eduard nickten mir bloß zu.

Ulrich trat einen Schritt näher zu mir, beugte sich zu Takuto hinunter und grinste den Kleinen an. „Wen haben wir denn da?"

„Einen ganz müden und zahnenden Takuto", antwortete ich und drückte den Kleinen sanft an mich.

„Möchte der müde Takuto mit auf Patrouille durch Windfeld?", fragte der Stationsleiter und lächelte mich milde an. „Ich könnte Verstärkung brauchen."

Völlig überrumpelt starrte ich ihn an. „Heißt das, Takuto und ich dürfen mit dir auf Patrouille?"

Er nickte. „Wie in guten alten Zeiten. Nur mit Baby."

Ein warmes Glücksgefühl machte sich in mir breit. Augenblicklich strahlte ich übers ganze Gesicht. „Ist das wirklich in Ordnung? Wird mich auch niemand erkennen, wenn ich durch Windfeld wandere?" Bisher hatte ich es vermieden, mir die Stadt anzuschauen, obwohl ich nur zu gerne durch meinen alten Wohnort spaziert wäre. Das Risiko, erkannt zu werden, war mir zu groß gewesen.

„Sonst würde ich es doch nicht vorschlagen." Er klopfte mir väterlich auf die Schulter. „In Begleitung eines Rangers machst du dich auch nicht verdächtig."

„Klingt gigantisch", jubelte ich und strich Takuto über die Wange. „Hörst du das? Wir gehen mit Ulrich auf Patrouille!"

Der Kleine grinste, wahrscheinlich weil ich so fröhlich auf ihn einredete, und brabbelte etwas Unverständliches.

„Er ist so süß", schwärmte Melodia. „Findest du nicht, Mark?"

Verdutzt sah der Ranger seine Freundin an. „Äh, doch, schon."

„Gut, alle herhören!", rief der Stationsleiter. „Mia und ich übernehmen die Patrouille im großen Park und auf dem Marktplatz. Jakob, Mark, ihr kümmert euch um den südlichen Stadtrand. Torben, Lasse, ihr nehmt den nördlichen. Für den Osten seid ihr zuständig, Leo und Eduard. Der westliche ist heute euer Gebiet, Mika, Genta, Benjiro."

Drei Ranger für den westlichen Stadtrand? Früher hatte Ulrich immer nur zwei dort eingeteilt. Bevor ich allerdings fragen konnte, warum inzwischen drei nötig waren, verkündete er, dass James Innendienst hätte.

„Muss das sein?", beschwerte sich Haru. „Das ist unfair, Ulrich!"

„Nein, das ist nötig", entgegnete er ohne Mitleid. „Ihr vertragt euch gefälligst wieder. Und bis ich davon überzeugt bin, dass ihr im Team arbeiten könnt, werdet ihr gemeinsam in der Zweigstelle sitzen."

James zuckte mit den Schultern, die Technikerin ließ sich auf ihren Schreibtischstuhl fallen. Sie stützte die Ellbogen auf dem Tisch ab und vergrub das Gesicht in den Händen. „Na super", murrte sie.

Behutsam legte ich Takuto in den Kinderwagen, dann setzte ich mich auf Harus Schreibtisch und tätschelte ihren Arm. „Komm schon, das schaffst du", ermutigte ich sie. Etwas leiser fügte ich hinzu: „Rede doch mal in Ruhe unter vier Augen mit ihm. Vielleicht hilft das ja."

Halbherzig lächelte sie mich an. „Ich kann's versuchen ... Aber mach dir lieber keine Hoffnungen. Immerhin ist Melodia auch da."

Ich drückte ihre Hände fest, bevor ich aufstand, um mich mit Ulrich auf den Weg zu machen. Zur Sicherheit überprüfte ich noch einmal, dass meine Perücke gut saß, dann verließen wir die Zweigstelle. Während ich Takuto vor uns her schob, schlenderten wir zum großen Park.

Windfeld hatte sich äußerlich kaum verändert. Die vielen Bäume, die eine lange Allee bildeten, trugen grüne Blätter. Der blaue Himmel erweckte einen friedlichen Eindruck. Doch ich wusste, dass trotz dieses schönen Scheins vieles im Argen lag. Ich merkte es daran, wie abschätzig die Passanten Ulrich musterten. Die Ranger-Uniform rief nun Argwohn und Unzufriedenheit hervor, nicht mehr Sicherheit und Respekt.

„Im Moment hat man es schwer als Ranger, oder?", flüsterte ich.

„Leider", bestätigte Ulrich. „Aber ich kann es verstehen. Der Vorsitzende belügt die Bürger offensichtlich. Wir schaffen es nicht mehr, sie zu schützen, jedenfalls nicht vor den hohen Preisen und der Angst. Auch wenn wir unser Bestes geben, momentan reicht es nicht."

„Bestimmt ändert sich das bald wieder", murmelte ich, als wir den großen Park betraten, in dem uns ein wunderschönes Blumenmeer inmitten von grünen Wiesen und Büschen empfing. „Sobald die Schattenbringer im Gefängnis sitzen, wird sich alles wieder normalisieren."

„Das hoffe ich sehr. In letzter Zeit hatten wir so viele Fälle von Diebstahl. Die Leute sind verzweifelt, sie klauen ihre Lebensmittel inzwischen oft aus den Läden, weil sie nicht so viel Geld dafür bezahlen können oder wollen", erzählte er. „Es gab auch Demonstrationen gegen die Unternehmen und gegen die Ranger, es ist wirklich nicht schön."

Zerknirscht starrte ich zum klaren Himmel. Was dachte sich mein Vater bloß dabei? Warum ließ er so etwas zu? Ob meine Mutter wegen des Kriegs auch so viele Probleme hatte wie die Bürger, von denen Ulrich mir gerade berichtete? Schnell schüttelte ich den Kopf. Ich wollte nicht an meine Eltern denken.

„Oh, es sieht so aus, als wäre Takuto eingeschlafen", stellte Ulrich fest.

Ich schmunzelte. „Er liebt es, durch die Gegend geschoben zu werden."

„Du hast uns wirklich damit überrascht, dass du Nachwuchs bekommen hast", gestand er. „Das hätte ich nie gedacht."

„Lloyd und ich waren selbst überrascht", sagte ich. „Aber wir wollten alles tun, damit Takuto friedlich und sorglos aufwachsen kann. Das war der Grund, warum wir abgehauen sind. Sonst hätten wir uns schon viel früher in die ganze Sache eingemischt."

Ulrich nickte langsam. „Das kann ich mir vorstellen."

„Wie kommt es eigentlich, dass in meinem Zimmer noch alles beim Alten ist?", fiel mir ein. „Ich war sicher, der Vorsitzende würde es durchsuchen lassen."

„Er hat es sogar höchstpersönlich durchsucht", erzählte Ulrich. „Aber er hat fast nichts gefunden, was bei den Ermittlungen gegen dich helfen würde. Nur deine Tarnung und ein paar Frauensachen im Bad, das Zeug hat er mitgenommen. Als Beweis dafür, dass Takuto Matsui kein Mann ist. Danach haben Haru und Melodia aufgeräumt."

„Ach so", murmelte ich. „Und seitdem stand das Zimmer leer?"

„Ich dachte mir, dass du irgendwann zurückkommst." Er lächelte schief. „Also habe ich es freigehalten."

„Du bist wirklich unglaublich", flüsterte ich gerührt.

Er klopfte mir auf die Schulter. „Ich fand es selbstverständlich. Immerhin gehörst du zu unserem Team."

„Und es ist das beste Team, das man sich wünschen kann." Da kam mir ein unangenehmer Gedanke. „Habt ihr eigentlich große Probleme bekommen, weil ihr mir bei der Flucht aus dem Gefängnis geholfen habt? Davon stand nie was in den Briefen ..."

„Nein, der Vorsitzende hatte uns zwar im Verdacht, konnte uns aber nichts nachweisen", antwortete der Stationsleiter. „Luca, also der Ranger, der dich damals bewacht hat, hat für uns falsch ausgesagt."

„Ein Glück", seufzte ich. „Das war ja nett von ihm." Ich wollte nicht, dass meine Freunde in Schwierigkeiten gerieten, weil sie mir geholfen hatten.

„Er fand nicht gut, wie dich der Vorsitzende behandelt hat, nachdem du die Ranger geschützt hast", erklärte Ulrich. „Die wenigsten Ranger sind damit einverstanden, dass nach dir gefahndet wird. Eigentlich wissen alle, dass du zu den Guten gehörst. Das hat auch Viktor immer gesagt."

Gedankenverloren blickte ich den Weg entlang, über die vielen Bäume hinweg, die langsam erblühten. „Wie ist ... wie ist Viktor eigentlich ..." Ich unterbrach mich selbst und umklammerte den Griff des Kinderwagens fester. „Nein, vergiss es. Du musst nicht davon reden." Immerhin war Viktors Tod die Folge eines Anschlags auf Ulrich gewesen. Ich wollte keine Wunden aufreißen.

„Schon gut, ich kann es dir erzählen", bot er an. „Als ehemaliger Windfeld-Ranger hast du sogar das Recht, davon zu erfahren."

Besorgt sah ich ihn an. „Sicher?"

„Sicher", bestätigte er. „Es zu verschweigen, ändert nichts an der Tatsache, dass er umgebracht wurde."

Ich deutete auf eine Parkbank, die nur wenige Schritte entfernt stand. „Wollen wir uns setzen?"

Er nickte. „Das ist wohl besser."

Nebeneinander nahmen wir Platz, Ulrich lehnte sich zurück, während ich den Kinderwagen direkt neben die Bank stellte und an die Kante rutschte, um ganz nah bei Takuto zu sitzen. „Ich weiß nur, dass Viktors Tod das Ergebnis eines Anschlags auf dich war.“ Ich verzog das Gesicht. „Warum wollen dich die Schattenbringer umbringen?“

„Die Zweigstelle Windfeld habe sie schon oft genug gestört, meinten diese beiden Irren. Darum wollten sie mich loswerden, denn ohne mich würde sich in der Station alles verändern“, antwortete er leise.

Ich nahm seine Hand. „Das kann ich einfach nicht fassen ...“ Bei dem Gedanken, dass mein lieber Freund und früherer Vorgesetzter beinahe gestorben wäre, drehte sich mir der Magen um. Vor allem weil ich befürchtete, dass die Schattenbringer einen weiteren Mordversuch planten.

„Ich kann nicht fassen, dass es stattdessen Viktor erwischt hat“, zischte er und drückte meine Finger. Seine Hand zitterte. „Und ich konnte nichts tun, um ihm zu helfen. Er hat schneller reagiert als ich. Er hat mich beschützt und ist darum gestorben.“

„Was haben die Schattenbringer getan?“, fragte ich. Meine Stimme war kaum mehr als ein Hauchen. Viktors Tod tat so weh. Und dass Ulrich derartig aufgebracht war, hatte ich noch nie erlebt.

„Wir waren auf Patrouille am westlichen Stadtrand. Plötzlich stürzten sich zwei Männer auf uns und haben einen Kampf angezettelt. Einer hatte mich gerade zu Boden geworfen und griff zum Elektroschocker.“ Der Stationsleiter atmete tief durch. „Die Waffe war anders als die von uns Rangern. Mit der eingestellten Stromstärke konnte man Leute umbringen, nicht nur verletzen.“

Besorgt sah ich ihn an. Ich ahnte, wie diese Geschichte weiterging, und verstand jetzt, warum er gleich drei Ranger zum westlichen Stadtrand geschickt hatte. Doch ich wollte ihn nicht unterbrechen. Es kostete ihn schon genug Überwindung, davon zu reden. Unvorstellbar, wie schwer es ihm gefallen sein musste, den Bericht über diesen Überfall auszufüllen.

„Viktor hat sich von seinem Gegner losgerissen und den anderen Angreifer von mir weggezerrt. Die beiden haben gerangelt, es ging so schnell ... Innerhalb von Sekunden hat dieser Scheißkerl den Schocker an Viktors Hals gehalten. Prompt ist er zusammengebrochen. Die beiden Typen sind sofort abgehauen. Als ich Viktor wecken wollte, hat er sich nicht gerührt. Ich hab seinen Puls gefühlt, aber er hatte keinen mehr. Er war tot“, beendete Ulrich die Erzählung mit brüchiger Stimme. Doch schlagartig wurde er wieder lauter. „Aber ich hab mir die Gesichter der Scheißkerle gemerkt! Und ich werde Viktor rächen!"

„Und jeder Windfeld-Ranger wird dir helfen", prophezeite ich finster. „Hast du schon einen Namen?"

Er nickte. „Der Typ, der den Elektroschocker benutzt hat, heißt Alfred. So hat der andere ihn jedenfalls genannt."

Mir klappte der Mund auf. „Alfred? Der zweite Boss der Schattenbringer heißt so. Lloyd hat mir von dem gewalttätigen Mistkerl erzählt."

„Das würde ja passen", knurrte Ulrich.

Ich konnte es kaum glauben. Derjenige, der Lloyd monatelang das Leben zur Hölle gemacht hatte, war anscheinend derselbe, der Viktor umgebracht hatte. Ich hatte noch nie solchen Hass verspürt. Ich hasste diesen Alfred sogar noch mehr als meinen Vater!

„Wir machen ihn fertig!", tobte ich. „Wir werden ihn mit aller Macht jagen, verprügeln und einsperren!"

Der Anflug eines Lächelns umspielte seine Lippen. „Das Verprügeln sollten wir nicht ins Protokoll aufnehmen."

Ich zog einen Mundwinkel hoch. „Einverstanden."

Da umarmte mich Ulrich plötzlich. „Mia, es ist wirklich gut, dich wieder hier zu haben. Du hast mir gefehlt."

Mit feuchten Augen drückte ich ihn fest an mich. „Du mir auch. Ich bin froh, wieder hier zu sein."

Ich hatte mich lange genug versteckt. Ab jetzt musste etwas passieren. Bevor es noch mehr Opfer wie den armen Viktor gab.

Rastlos lief ich in der Zweigstelle auf und ab. Die Sonne ging langsam unter. Je dunkler es draußen wurde, desto panischer wurde ich. „Wo ist er nur? Wo ist er nur?", fragte ich wieder und wieder.

„Mia, setz dich!", verlangte Melodia. „Du machst dich und uns noch völlig verrückt, wenn du die ganze Zeit auf und ab läufst."

„Lloyd wollte längst wieder hier sein!", rief ich. „Es ist bestimmt was passiert!"

„Oder er hat sich mit seinen alten Kumpeln verquatscht", wandte Haru ein.

Ich presste mir Daumen und Zeigefinger der rechten Hand gegen die Schläfen. „Er hat gesagt, er käme nachmittags zurück."

„Aber wir können unmöglich nach dem Auto fahnden. Wenn ihn ein Ranger aus einer anderen Zweigstelle findet, wird er sofort verhaftet", äußerte sich Ulrich nachdenklich.

„Mein Vater würde uns bestimmt helfen, wenn wir ihm die Lage schildern“, merkte Melodia an. „Immerhin leitet er die Zweigstelle in Gakuen. Und in dem Gebiet ist Lloyd doch verschwunden, oder nicht?“

„Ich würde Ralph nur ungern in diese Sache hineinziehen“, entgegnete Ulrich nachdenklich. „Er hat schon genügend Probleme mit den Bürgern und den Drohungen der Schattenbringer.“

Betrübt starrte die Technikerin zu Boden. „Stimmt schon ...“

Ihr Vater, ein lieber und fähiger Ranger, leitete seit vielen Jahren eine recht große Zweigstelle in Fioria. Wahrscheinlich hatten es die Schattenbringer auf ihn ebenso abgesehen wie auf Ulrich.

„Warten wir einfach bis morgen“, schlug Jakob vor. „Lloyd kommt sicher zurück.“

Mein Herz raste vor Angst, ich konnte einfach nicht stehen bleiben, obwohl ich es wollte. Wie ein aufgescheuchtes Animalia lief ich ununterbrochen im Hauptraum hin und her. „Und wenn ihm was passiert ist?“ Es hielten sich nur noch wenige Ranger hier auf. Bis auf Ulrich, Jakob, Mark, James, Riku und Jonas waren alle nach dem Abendessen gegangen. Riku und Jonas hatten Nachtdienst, die anderen waren geblieben, um mich zu beruhigen. Doch mich konnte gerade nichts und niemand beruhigen. Mein Freund war verschwunden, nachdem er sich mit Schattenbringern verabredet hatte. Es könnte eine Falle gewesen sein. Sie könnten ihn zu meinem Vater oder sogar zum brutalen Alfred gebracht haben. Er könnte gerade in größter Gefahr schweben. Oder tot sein.

„Was soll ihm denn passiert sein?“, entgegnete Jakob. „Er lässt sich sicher nicht so schnell erwischen.“

„Aber er ist verschwunden und hat uns noch nicht mal gesagt, wo das Hauptquartier der Schattenbringer liegt!“, schnaubte James.

„Halt die Klappe, das ist doch völlig zweitrangig!“, fuhr ich ihn an. „Ihm könnte sonst was passiert sein! Ich wette, unter den Schattenbringern gibt es einige, die ihn am liebsten tot sehen würden. Und du redest vom verdammten Hauptquartier?!“

Abwehrend hob der Dunkelhaarige die Hände. „Hey, ganz ruhig. Ich hab das nur gesagt, weil ... weil ich mir nicht vorstellen kann, dass ihm wirklich was passiert ist. Es geht ihm sicher gut. Mach dir keine Sorgen und warte ab, okay? Spätestens morgen ist er wieder da.“

Ein wenig überrascht sah ich den Ranger an. So freundliche Worte hätte ich gerade von ihm nicht erwartet. „Hoffentlich.“

Melodia legte mir einen Arm um die Schultern. „James hat recht. Bleib ruhig."

„Ausnahmsweise muss ich ihm zustimmen", mischte sich nun auch Haru ein und legte mir von der anderen Seite ebenfalls einen Arm um die Schultern. „Atme tief durch und dreh nicht durch. Lloyd ist zuverlässig, das weißt du doch."

„Außerdem hat er schon oft genug bewiesen, wie gerissen er ist", ergänzte Mark. „Ihm passiert so schnell nichts. Und er wird bestimmt alles tun, um zu seiner Familie zurückzukehren. So würde ich es jedenfalls machen."

Ich lächelte in die Runde. Dieser Zuspruch tat gut, auch wenn er meine Sorgen nicht gänzlich auslöschte. „Danke, Leute", flüsterte ich und drückte meine beiden Freundinnen fest an mich. „Aber wenn er morgen nicht zurück ist ..."

„... werden wir ihn mit allen Mitteln suchen", versprach Ulrich.

„Aber du machst heute Nacht nichts Dummes!", schärfte Jakob mir ein. „Es herrscht Ausgangssperre, also wirst du nicht auf eigene Faust irgendwohin fliegen und Nachforschungen anstellen, klar?"

Unzufrieden kaute ich auf meiner Unterlippe herum. Der Ranger hatte mein Vorhaben durchschaut. Er kannte mich zu gut. „Ja, ist gut."

Er musterte mich prüfend. „Ich begleite dich ins Wohnhaus. Und bitte, auch deinem Sohn zuliebe, bleib heute Nacht in Windfeld."

Ich nickte. Er hatte recht. Lloyd zu suchen, brachte zu viele Risiken mit sich. Nun, da mein Freund verschwunden war, durfte ich nicht auch noch abhauen. Ich musste für Takuto da sein. Besorgt blickte ich den schlafenden Jungen im Kinderwagen an. Er merkte bestimmt bald, dass sein Vater nicht hier war.

„Gehen wir alle zusammen", schlug Haru vor und hakte sich bei mir ein.

„Ich schiebe Takuto", entschied Melodia und schnappte sich den Griff des Wagens. „Los geht's!"

Da ich wusste, dass mich meine Freunde aufheitern wollten, brachte ich sogar ein Lächeln zustande. Erst auf dem Flur des Appartementwohnhauses trennten wir uns voneinander. Jakob blieb allerdings bei mir stehen.

„Ich mache keine Dummheiten", versprach ich, als mir sein nachdenklicher Blick auffiel. „Ich bleibe heute Nacht im Zimmer."

„Und wenn du es nicht mehr aushältst, sag mir einfach Bescheid. Weck mich ruhig", antwortete er. „Hauptsache, du drehst nicht durch."

Unwillkürlich schmunzelte ich. Ich wusste seine Sorge zu schätzen. „Danke. Es klärt sich morgen bestimmt alles auf.“

„Ich kann mir nicht vorstellen, dass Lloyd seine Familie zurücklassen würde“, äußerte er sich und umarmte mich fest. „Er kommt bald wieder, da bin ich mir sicher. Also vertrau ihm und schlaf jetzt.“

Ich klammerte mich an die braune Jacke seiner Uniform. „Ja. Gute Nacht.“

Wir nickten uns ein letztes Mal zu, bevor sich jeder auf den Weg zu seinem Zimmer machte. Nachdem ich die Tür hinter mir abgeschlossen hatte, warf ich die Perücke beiseite und raufte mir das Haar. Wie sollte ich die ganze Nacht untätig im Zimmer sitzen? An Schlaf war nicht zu denken! Ich hatte solche Angst um Lloyd, ich konnte mich unmöglich hinlegen.

Da kam mir eine Idee. Es gab etwas, das ich von hier aus tun konnte. Schnell griff ich zu dem schwarzen Handy, das ich von Ulrich bekommen hatte. Bisher hatte ich gar nicht daran gedacht, im Hotel anzurufen.

Es klingelte zweimal, dann hob eine Frau ab. „Rezeption Hotel Malia, guten Abend.“

Ich räusperte mich, schluckte den Kloß in meinem Hals hinunter. „Guten Abend“, meldete ich mich. „Ich habe eine Frage. Sind die drei Männer, die heute zum Frühstück ins Hotel gegangen sind, noch bei Ihnen?“

„Wie bitte?“, wunderte sie sich.

„Drei Männer, einer von ihnen ist etwas über einen Meter achtzig groß, athletisch, hat dunkelbraune Haare und trägt immer einen blauen Mantel. Der zweite ...“

„Ah, der Herr mit dem Mantel“, lachte sie und unterbrach mich somit, bevor ich Sebastian ebenfalls beschreiben konnte. „Ich habe von ihm gehört.“

„Das war ... mein Mann, doch er ist immer noch nicht nach Hause gekommen“, berichtete ich ihr. Ich fühlte mich unwohl dabei, nicht ganz die Wahrheit zu sagen, doch ich hoffte sehr, eine Antwort zu bekommen. „Ist er noch im Hotel?“

„Ich darf eigentlich keine Auskünfte darüber erteilen“, wimmelte sie mich ab.

„Bitte, es ist wichtig!“, flehte ich. „Ich muss wissen, ob ich ihn als vermisst melden soll oder ob alles in Ordnung ist. Er wollte längst zurück sein.“

Sie zögerte. „Ich war selbst heute Morgen nicht im Dienst, aber meine Kollegin könnte etwas wissen."

Ein wenig Hoffnung flammte in mir auf. Diese Frau war nicht völlig herzlos. Sie konnte mir helfen. „Bitte, bitte, fragen Sie sie!"

„Einen Augenblick", seufzte sie, woraufhin die Melodie einer Warteschleife ertönte.

Während ich darauf wartete, dass sich die Frau zurückmeldete, wachte Takuto auf. Er fing sofort an zu weinen. „Oh nein", murmelte ich und klemmte mir das Handy zwischen Ohr und Schulter, um beide Hände frei zu haben. Ich hob den Kleinen aus seinem Wagen und setzte mich mit ihm aufs Sofa. Lange Zeit wiegte ich ihn hin und her, bis ich endlich wieder etwas aus dem Handy hörte.

„Hallo?"

Das Geschrei meines Sohnes machte es fast unmöglich, die Frau zu verstehen. „Entschuldigen Sie, ich bin noch dran. Der Kleine weint, deshalb habe ich Sie nicht verstanden. Was haben Sie gesagt?"

„Nun, die drei Herren sind schon mittags gegangen, mehr weiß ich nicht", gab die Frau am Telefon Auskunft. „Tut mir sehr leid."

Klamme Kälte ergriff mich. Oh nein. Lloyd befand sich seit heute Mittag nicht mehr im Hotel. Inzwischen war die Nacht angebrochen. Was war in den letzten neun, zehn Stunden passiert?

„V...vielen Dank", stammelte ich.

„Viel Erfolg bei Ihrer Suche", wünschte mir die Frau, bevor sie die Verbindung trennte.

Achtlos legte ich das Handy beiseite und drückte Takuto fest an mich. Beinahe die ganze Nacht saß ich auf dem Sofa, den Kleinen in meinen Armen. Er schlief irgendwann ein, wachte manchmal auf und schrie, wahrscheinlich wegen seiner kommenden Zähne, schlummerte aber immer wieder ein, nachdem ich ihm gut zugeredet hatte. Ich hingegen fand keine Ruhe. Ich versuchte krampfhaft, nicht zu weinen. Vor lauter Panik konnte ich mich nicht mal auf meine Verbindung mit den Fiorita konzentrieren. Ich hatte einfach nur Angst.

Was war mit Lloyd passiert? Warum hatte ich noch nichts von ihm gehört? Das gefiel mir ganz und gar nicht.

Im Morgengrauen hielt ich es nicht mehr aus. Ich musste handeln. Ich musste mich wenigstens mit den Fiorita beraten, vielleicht wussten sie weiter. Und immerhin hatte ich mich an mein Versprechen gehalten, nachts im Zimmer zu bleiben.

Ich setzte meine Perücke auf, schnallte mir die Kindertrage vor die

Brust, setzte Takuto vorsichtig hinein und huschte eilig aus dem Wohnhaus. Vor der Tür sah ich mich um. Niemand befand sich in der Nähe, morgendlicher Nebel hing in der Luft. Perfekte Voraussetzungen, um ungesehen einen Flugvogel zu rufen.

Als das Animalia neben mir landete, stieg ich sofort auf seinen Rücken. „Bitte bring mich in den Wald von Brislingen, zur Lichtung", flüsterte ich. „Ich halte es hier nicht mehr aus." Ich wollte an einem vertrauten Ort mit meinen Verbündeten sprechen. An der frischen Luft.

Der Flugvogel gurrte leise und breitete seine Flügel aus, bevor er abhob. Ich hielt mich mit einer Hand an ihm fest, den freien Arm schlang ich um meinen schlafenden Sohn, um ihn vor dem kühlen Wind zu schützen. Es dauerte nicht lange, bis wir im Wald von Brislingen landeten, doch die Zeit kam mir endlos vor. Zu sehr nagten die Sorgen und Ängste um Lloyd an mir.

Und doch stieg ich nur zögerlich von dem Flugvogel ab. Auf dieser Lichtung zu sein, fühlte sich irreal an. Ich konnte kaum fassen, tatsächlich hier zu sein. Wo alles begonnen hatte. Wo ich erfahren hatte, wer ich war.

Der Waldboden gab unter meinen Füßen nach, Morgentau lag auf der beinahe kreisrunden Wiese, die von blühenden Bäumen umgeben war. Der umgefallene Stamm in der Mitte der Lichtung wirkte nass, sodass ich mich lieber nicht daraufsetzte. Außerdem hatte ich gerade nur Augen für die Animalia, die sich mir aus dem Dickicht näherten. So viele hatte ich selten auf einmal gesehen. Sämtliche Fiorita des Waldes kamen zu mir, zahlreiche Feuerhunde, einige Waldelfen und ein paar Wasserpferde, die sich eigentlich am kleinen Bach aufhielten.

„Hallo Leute", wisperte ich. „Es ist lange her, was?"

Stürmisch begrüßten mich zwei Feuerhunde, sie schmiegten sich an meine Beine, andere bellten, die Wasserpferde wieherten laut und die zierlichen gelbgrünen Waldelfen tänzelten um mich herum. Gerührt strich ich über das zottelige schwarze Fell der Feuerhunde, das von zwei roten Streifen durchzogen war. Auch einige der weißen Wasserpferde mit den strahlend blauen Mähnen streichelte ich sanft.

„Schön, dass ihr mich nicht vergessen habt." Meine Stimme klang erstickt. „Es tut mir leid, dass ich nicht früher gekommen bin."

Die Animalia machten mir keinen Vorwurf, sie freuten sich einfach nur bedingungslos, was mir beinahe Tränen in die Augen trieb. Die ganze Lichtung war voll von meinen altbekannten Verbündeten.

„Es geht euch nicht besonders gut, was?", erkundigte ich mich. Ich spürte, dass die Fiorita litten. Und ich sah, dass der Wald nicht mehr so dicht bewachsen war wie früher.

Leise jaulte einer der Feuerhunde und es war Antwort genug. Selbst hier litten die Animalia unter den Folgen des Kriegs. Unter der Umweltverschmutzung.

Bevor ich etwas dazu sagen konnte, wachte Takuto auf, weil ihn die Animalia neugierig beschnupperten. Doch zu meiner Überraschung weinte er nicht, sondern jauchzte fröhlich und streckte seine Arme nach einem Feuerhund aus. Ich schmunzelte, während ich beobachtete, wie mein Sohn dessen Fell ergriff und sich daran festhielt.

„Vorsicht, mein Schatz, nicht, dass du ihm wehtust, wenn du so an ihm ziehst", tadelte ich ihn sanft. Takuto strahlte mich nur an, doch der Feuerhund ließ mich spüren, dass es ihm nichts ausmachte. Er wollte den Kleinen sogar auf seinen Rücken nehmen. „Bist du sicher?", wunderte ich mich.

Er nickte, also nahm ich Takuto behutsam aus der Trage und setzte ihn auf den Rücken des Animalias. Der Kleine lachte laut und ließ sich auf den Bauch kippen, sodass er längs auf dem Feuerhund lag. Daraufhin bellte das Animalia und legte sich sorgsam ins Gras. Bei diesem Anblick musste ich lächeln. Takuto und der Feuerhund waren richtig vernarrt ineinander. Auch die anderen Animalia beobachteten diese Szene aufmerksam. Und für einen kurzen Moment fühlte ich mich inmitten der Fiorita wie zu Hause.

Zu Hause ...

Unwillkürlich richtete ich meinen Blick auf den Wald in Richtung Brislingen. Ich wusste genau, wo das Dorf lag. Ich wusste genau, dass ich zu Fuß keine zehn Minuten zu meinem Elternhaus brauchte. Mein Zuhause war so nah ... Ein kleiner Teil von mir wünschte sich, einfach nach Brislingen zu laufen, meiner Mutter in die Arme zu fallen und vor lauter Überforderung und Panik drauflos zu heulen. Aber diesem Wunsch durfte ich nicht nachgeben.

Eilig schüttelte ich den Kopf, als könnte ich dadurch den Gedanken an mein Zuhause und meine Mutter vertreiben. Ich atmete tief durch, straffte meine Schultern und tat das, wozu ich hergekommen war. Ich sang Shadows Lied, um mich mit dem Oberhaupt der Dämonen zu beraten.

Aber ich war durcheinander und zu aufgewühlt, um das Lied auf Anhieb richtig zu singen. Erst beim zweiten Anlauf spürte ich das übliche Schwächegefühl, als der Schattenkreis sich nicht weit von den Animalia entfernt bildete.

Normalerweise hielten die Animalia etwas Abstand zu den Dämonen und Geistern. Im Gegensatz zu diesen mächtigen Fiorita waren die Animalia schließlich sterblich, außerdem hatten sie zu viel Respekt vor ihnen. Doch um Takutos willen bewegten sie sich nicht, sie rührten sich keinen Schritt von der Stelle, um weiterhin mit dem Kleinen zu kuscheln.

„Du musstest noch nie zweimal singen, um mich zu rufen", stellte Shadow fest, als er aus dem Schattenkreis schwebte. „Du bist nicht Herrin über deine eigene Stimme. Beruhige dich endlich!"

„Beruhigen?", wiederholte ich ungläubig. „Mein Freund könnte gerade in Lebensgefahr sein und ich soll mich beruhigen?!" Ganz zu schweigen von diesen gemischten Gefühlen wegen der Nähe zu meinem Elternhaus ...

„Hättest du den Geistern und mir vorhin zugehört, wüsstest du längst, was los ist", schnaubte er. „Wir haben die ganze Nacht versucht, eine Verbindung zu dir herzustellen. Lloyd geht es gut!"

Ich blinzelte verdutzt. „W...was?"

„Luna hat ihn im Auge behalten, sie ahnte schon, dass das besser wäre", erzählte er. „Und tatsächlich hat Lloyd gestern Mittag die Geister gebeten, dir etwas auszurichten."

„Ich ... ich verstehe nicht ... Was ist hier los?", murmelte ich.

Shadow seufzte und legte mir beide Hände auf die Schultern, sodass ich mich schlagartig in tiefster Finsternis wiederfand. Ich sah nichts mehr, spürte nur noch Shadows Gegenwart, die Animalia und mein unregelmäßig schlagendes Herz. „Nachdem Lloyd das Hotel verlassen hat, ist er in diesen Wald gekommen und hat nach Celeps gerufen, um ihm eine Nachricht für dich zu geben."

Erleichterung machte sich in mir breit. „Also geht es ihm wirklich gut?" Er war nicht gefangen, nicht verletzt. Vielleicht war er auf der Flucht oder hatte aus einem anderen wichtigen Grund kurzzeitig untertauchen müssen.

„Ja. Er hat sich von Sebastian und Sam bei den Schattenbringern einschleusen lassen und wird für ein paar Tage in der Organisation bleiben, um sich ein Bild von der Situation zu machen", antwortete der Dämon.

„Was?!", schrie ich und trat einen Schritt zurück, wodurch ich mich von Shadow löste und die Farben der Umgebung zurückkehrten. „Er hat was getan?" Ich konnte es nicht fassen. Lloyd war zu den Schattenbringern zurückgekehrt. „Ist er lebensmüde oder was? Wie will er da je wieder rauskommen? Und wenn er lebend rauskommt, werde ich ihn umbringen!"

„Beruhige dich!", ermahnte mich Shadow erneut. „Lloyd scheint zu wissen, was er tut. Er hat Celeps erzählt, dass die Schattenbringer interne Schwierigkeiten haben und jedes neue Mitglied sofort aufnehmen. Niemand wird ihn überprüfen und er wird sich gut tarnen."

Ich presste die Hände gegen meine Schläfen. „Hätte er sich die Informationen nicht einfach von Sebastian und Sam holen können? Hätte er nicht wenigstens mit mir reden können?"

„Das musst du ihn selbst fragen", entgegnete das Dämonenoberhaupt. „Mehr weiß ich nicht. Aber es geht ihm gut."

„Ach, wirklich?", hakte ich nach. „Weißt du, wo er sich aufhält, hast du ihn beobachtet oder woher willst du wissen, dass er okay ist?"

Shadow nahm mir nicht übel, dass ich gerade völlig ausrastete. Im Gegensatz zu mir blieb er ruhig und gefasst. „Nein, Luna hat ihn beobachtet, wie ich bereits sagte. Er befindet sich derzeit in Aritiof, in einem Unterschlupf der Schattenbringer. Weder Erik noch der zweite Chef der Organisation ist bei ihm, nur andere, normale Mitglieder."

Ich musste mich zum Atmen zwingen, meine Wut und meine Angst schnürten mir gleichzeitig die Kehle zu. „Danke", flüsterte ich. „Danke, dass du mir Bescheid gesagt hast."

„Was wirst du jetzt tun?", erkundigte sich der Dämon.

„Ich fliege zurück nach Windfeld, bevor die anderen merken, dass ich weg war. Außerdem ist heute Viktors Beerdigung. Ich will nicht zu spät kommen." Mit zusammengepressten Lippen fixierte ich das feuchte Gras. In meinem Kopf tobte es. Ich musste meine Gefühle ignorieren, sonst würde ich durchdrehen. Ich musste logisch denken. Ruhig bleiben. Rational.

„Bist du sicher, dass du imstande bist, auf diese Beerdigung zu gehen?", fragte Shadow besorgt. „Du bist aufgewühlt wie eine Schneekugel ..."

„Aber bald beruhige ich mich und sehe alles wieder klar", versicherte ich ihm.

„Warum nur glaube ich das nicht?"

„Versprochen. Ich weiß nur nicht, wie ich mit Lloyd umgehen soll, sobald er zurückkommt. Wenn er zurückkommt." Ich schüttelte den Kopf. „Ich fühle mich gerade wirklich ... hintergangen. Er hätte mit mir reden müssen, aber er hat einfach entschieden, Takuto und mich tagelang allein zu lassen und sich selbst in Gefahr zu bringen. Das ist verantwortungslos!"

„Das wollte Celeps ihm auch sagen, nur leider versteht Lloyd die Sprache der Geister nicht", merkte der Dämon an. „Und Celeps konnte ihn nicht aufhalten."

Ich lächelte schief. „Schon gut. Ihr tut mehr als genug für mich und dafür bin ich wirklich dankbar. Ihr seid die Besten." Aber Lloyd konnte etwas erleben, sobald ich ihn wiedersah. Definitiv.

Kapitel 7:
Bis an die Grenzen

„Guten Morgen, Mia", begrüßte Haru mich leise, als ich die Zweigstelle betrat.

„Hallo", flüsterte ich und sah mich um. Die Stimmung war so bedrückend, dass ich mich unwohl fühlte. Das lag nicht daran, dass ich wegen Lloyd immer noch ausrasten könnte, sondern daran, dass alle Anwesenden in Schwarz gekleidet waren und die Beerdigung bevorstand. Ich hatte mich in meinem Zimmer nur schnell umgezogen und war dann mit Takuto in die Zweigstelle gekommen. Niemand hatte etwas von meinem Ausflug nach Brislingen bemerkt.

„Es ist so leer ohne ihn", wisperte Melodia, woraufhin Mark sie fest umarmte.

Ich fixierte den Boden. Ich verstand genau, was meine Grundschulfreundin meinte. Viktor hatte eine Lücke in Windfeld hinterlassen. Dass er tatsächlich tot war, konnte ich immer noch nicht recht realisieren.

„Hier, deine Klamotten", wandte sich Jakob plötzlich an mich. Verdutzt nahm ich den schwarzen Anzug entgegen. „Du gehst verkleidet als Mann", fuhr er fort und gab mir außerdem eine kurze braune Perücke. „So erkennt dich bestimmt niemand."

„Verstehe", murmelte ich. „Danke, Jakob."

„Schon gut", winkte er ab. „Mein Ersatzanzug dürfte dir passen, jedenfalls besser als der von Ulrich."

Der Stationsleiter, der neben uns stand, zog zwar einen Mundwinkel hoch, doch er sah nicht wirklich fröhlich aus. „Die Umkleide ist frei. In einer Viertelstunde fahren wir mit den Dienstwagen los. Das Frühstück fällt heute aus."

„Bleibt die Zweigstelle unbesetzt?", wunderte ich mich.

Er schüttelte den Kopf. „Torben und Mika bleiben hier. Es wäre zu riskant, wenn alles leer stünde."

Zögerlich nickte ich. „Okay. Dann ziehe ich mich schnell um." Zusammen mit dem Kinderwagen und Jakobs Klamotten ging ich in die Umkleide. Takuto sah mich an und lächelte so süß, dass ich den Kleinen liebevoll an mich drücken musste. Dann schlüpfte ich in den Anzug. Er war ein wenig zu groß, sodass man meine weiblichen Rundungen nicht wirklich erkannte. Um meine langen Haare unter der Perücke zu verstecken, brauchte ich eine Weile, doch letztendlich gelang es mir. Als ich die Umkleide mit Takuto verließ, starrten mich einige der Ranger erstaunt an.

„Na, gehe ich als Mann durch?", erkundigte ich mich.

„Dich wird niemand erkennen", versicherte Haru mir. „Du darfst nur den Kinderwagen nicht durch die Gegend schieben, das erregt Aufmerksamkeit."

„Ich kann Takuto doch nicht allein hier lassen!", protestierte ich. Schlimm genug, dass Lloyd einfach abgehauen war.

„Deshalb sollten sich Melodia und Mark um ihn kümmern", mischte sich Ulrich ein. „Ein Kinderwagen bei einem Pärchen fällt kaum auf."

„Ach so." Unglücklich verzog ich das Gesicht. Ich wollte den Kinderwagen nicht aus der Hand geben, doch es gab wohl keine andere Möglichkeit, wenn ich auf die Beerdigung wollte. Immerhin war Takuto direkt in meiner Nähe, bei Freunden, denen ich vertraute. „Passt gut auf ihn auf", bat ich.

Melodia nickte mir zu. „Natürlich", versprach sie und beugte sich näher zu mir, als sie nach dem Kinderwagen griff. „Du siehst ziemlich müde aus", flüsterte sie mir zu. „Konntest du nicht schlafen?"

Leise seufzte ich. „Nein. Ich kann nicht abschalten. Die Sache mit Lloyd, Viktors Beerdigung und nicht zu vergessen, dass Takuto zahnt und nachts immer wieder schreit ..."

„Vielleicht kannst du dich heute Nachmittag hinlegen", schlug sie vor. „Haru oder ich können auf Takuto aufpassen."

Ich lächelte schief. „Vielleicht wäre das gut." Wobei ich bezweifelte, dass ich mich ausruhen konnte. Mir spukte zu viel im Kopf herum, so gerne ich ein paar Stunden schlafen würde.

„Ist Lloyd immer noch verschwunden?", fiel Ulrich mit einem Mal auf. „Müssen wir heute Nachmittag wirklich nach ihm suchen?"

„Er ist echt nicht zurückgekommen?", rief Haru erschrocken.

„Was ist da nur passiert?", grübelte Lasse und verzog das Gesicht. „Ich war mir sicher, er sei längst wieder da."

„Alles okay", beruhigte ich die anderen. „Ich hab inzwischen was von ihm gehört. Er hat sich von seinen Freunden bei den Schattenbringern einschleusen lassen ..." Ich musste mich bemühen, um aufgrund dieser Tatsache nicht wieder laut zu werden. Doch ich spannte den Kiefer an und sprach ruhig weiter. „Er wird bald wieder hier sein, sobald er die nötigen Informationen eingeholt hat."

Jakob schob die Augenbrauen zusammen. „Habt ihr das so geplant?"

„Nein, nicht direkt", antwortete ich beherrscht. Obwohl ich mich sehr zusammenriss, bemerkte er meine Wut. Er rieb mir über den Rücken, sagte aber nichts mehr. Keiner der Ranger kommentierte Lloyds Verschwinden.

„Wir sollten fahren", merkte Ulrich schließlich an.

Ich nickte. Ich musste ausblenden, wie bescheuert sich Lloyd gerade verhielt. Nun ging es um Viktor. Darum, ihm die letzte Ehre zu erweisen und Abschied zu nehmen. Das würde schwer genug werden. Aber innerlich verfluchte ich meinen Freund, dass er mich in dieser Lage allein ließ. Ob er überhaupt wusste, was er mir damit antat? Wie betrogen und hilflos ich mich fühlte? Schnell verdrängte ich diese Gedanken, und als ich den Friedhof betrat, war sowieso alles vergessen.

Ich hatte selten so viele Ranger auf einmal gesehen. Einige trugen Trauerkleidung, doch deutlich mehr hatten ihre Uniform an. Sie waren im Dienst, schützten und überwachten dieses Ereignis. Ob die Ranger einen weiteren Anschlag der Schattenbringer befürchteten? Ich erkannte ein paar von ihnen als Hauptquartier-Ranger. Wenn ich mich nicht irrte, befanden sich nur Leute aus Windfeld und Aritiof hier. Sogar der Vorsitzende höchstpersönlich lauschte der Predigt.

Der etwa 70-jährige Mann hatte sich in den letzten Monaten verändert. Seine Haltung wirkte nicht mehr so tadellos aufrecht wie früher, die grünen Augen hinter der Brille waren übermüdet und eingefallen. Ich erkannte nur seine Angewohnheit wieder, oft über seinen weißen Schnurrbart zu streichen.

Auch Viktors Familie war hier, seine Geschwister und seine Neffen, wie ich von Melodia erfuhr. Traurig und wütend starrten sie auf das Grab. Ich konnte ihre Gefühle nur zu gut verstehen.

Ich selbst stand zwischen Melodia und Jakob in der vierten Reihe, warf hin und wieder einen Blick in den Kinderwagen und bemühte mich um Fassung. Erst als Jakob nach meiner Hand griff, merkte ich, dass ich weinte. Besorgt sah er mich an. Ich erwiderte den Druck und wischte mir mit der freien Hand die Tränen aus dem Gesicht. Ulrich hatte ebenfalls feuchte Augen, genau wie Haru und Melodia. Vielleicht war uns allen gerade klar geworden, was dieser Moment bedeutete. Vielleicht hatten wir alle gerade begriffen, dass wir Viktors Tod akzeptieren mussten.

Mark umarmte seine Freundin fest, wirkte selbst jedoch auch verzweifelt. Haru nahm das Taschentuch an, das James ihr reichte, und griff dann plötzlich nach seinem Ärmel. Sie suchte Halt, er verstand es und legte einen Arm um ihre Schultern. Für einen kurzen Augenblick trauerte jeder im Stillen. Die Predigt war vorbei, Schweigen hüllte den Friedhof ein.

Bis Viktors Schwester nach vorne trat und das Wort ergriff. Die etwa 50-Jährige zitterte am ganzen Körper, ihre Augen waren rot, ihr Make-up verschmiert. „Mein Bruder war ein großartiger Mensch, ein ehrlicher und liebevoller Mensch. Er hat das nicht verdient, er hat den Tod nicht verdient! Er war zu jung, zu gut, um in diesem dummen Krieg zu sterben! Und dafür mache ich die Ranger genauso verantwortlich wie die Schattenbringer. Nicht dich persönlich, Ulrich, nicht dich." Der Stationsleiter stand prompt aufrechter, als er angesprochen wurde. „Du warst ihm immer ein guter Vorgesetzter. Er hat viel von dir gehalten und er hat dich aus voller Überzeugung gerettet. Aber wie die Ranger mit der Situation umgehen, ist unverantwortlich! So kann und darf es nicht weitergehen. Und ich hoffe, das ist Ihnen bewusst, werter Herr Vorsitzender!" Ihre letzten Worte klangen bissig und hasserfüllt. Und ich konnte ihr nur zustimmen, in jedem einzelnen Aspekt.

Da räusperte sich Ulrich. „Wenn ich auch etwas sagen dürfte ..."

Viktors Schwester nickte ihm zu, woraufhin er ihren Platz vor den Trauergästen einnahm. „Ich kann immer noch nicht fassen, was passiert ist", gestand der Stationsleiter. „Und ich bin nicht gut darin, Reden zu halten. Aber für Viktor habe ich trotzdem eine geschrieben." Er zog ein Blatt Papier aus der Jacketttasche und faltete es auseinander. „Wir haben nicht nur einen guten, vorbildlichen Ranger verloren, sondern auch einen lieben Freund. Dass er mit seinem Leben für meins gezahlt hat ..." Seine Stimme versagte. „Es ist nicht fair. Es ist einfach nicht fair! Und wir werden seinen Tod rächen. Wir werden seine Mörder fassen und bestrafen. Die Schattenbringer kommen nicht davon." Kurz schwieg er. „Wir werden die Jahre mit Viktor nie vergessen. Und wir können uns nur bedanken, dass wir ihn kennenlernen und so viel von ihm lernen durften. Er war ein besonderer Kollege, der uns auch in Zukunft bei jedem Einsatz an jedem Tag begleiten wird. Ruhe in Frieden." Tränen sammelten sich in seinen grünen Augen. Schnell steckte er seinen Zettel ein und kehrte an seinen Platz zurück, verfolgt von milden, traurigen und verständnisvollen Blicken.

Bemüht leise schluchzte ich auf. Diese Worte hatten mich zutiefst berührt. Jakob drückte mich an sich, auch er sah unendlich getroffen aus. Ich ließ mich von ihm auffangen, bis ein dritter Redner nach vorne trat. Der Vorsitzende.

„Viktor hat den Rangern mit seinem Einsatz alle Ehre gemacht. Er ist als Held gestorben, und ja, er ist viel zu früh gestorben. Da muss ich Ihnen zustimmen, Frau Zereb." Offensichtlich redete er mit Viktors Schwester, der Name sagte mir allerdings nichts. Er ging einen Schritt auf die Frau zu und reichte ihr etwas. „Das ist seine Dienstmarke, verwahren Sie sie gut. Sie ist ein Zeichen dafür, dass Viktor ein anständiger Mann war, der für das Gute gekämpft hat. Für die Ranger."

Es wunderte mich, dass der Vorsitzende nach dem scharfen Angriff Frau Zerebs so freundlich zu ihr war. Sie reagierte kaum auf seine Worte, nahm nur Viktors Dienstmarke und wartete, wie alle anderen, auf das, was der Vorsitzende eigentlich sagen wollte.

Während kurzzeitig Stille einkehrte, spürte ich, wie sich meine Brust zusammenzog. Hier zu sein, von meinem ehemaligen Kollegen Abschied zu nehmen, tat weh. Vereinzelte Tränen kullerten über meine Wangen. Ich fühlte mich ratlos, hilflos, ich war verzweifelt. Was konnte ich nur unternehmen, um den Krieg in Fioria zu stoppen? Mir fiel nichts ein, mein Kopf war leer. Normalerweise hätte ich mich jetzt an Lloyd geklammert, mich beruhigt und einen Plan mit ihm geschmiedet. Doch mein Freund verfolgte seine eigenen Pläne. Ohne mich, ohne Takuto.

„Vergiss nicht zu atmen", ermahnte mich Shadows Stimme in meinem Kopf.

Ich wischte mir die Tränen weg und atmete tief durch. „Ja. Danke", dachte ich, damit er es hörte.

Der Vorsitzende räusperte sich derweil und fuhr mit seiner Ansprache fort. „Ja, Viktor hat für das Gute gekämpft. Gegen die Schattenbringer für die Ranger, ohne die es weder Recht noch Gerechtigkeit gäbe. Seit Jahrzehnten beschützen wir die Bürger Fiorias und zum ersten Mal gibt es tatsächlich ein schwerwiegendes Problem. Doch diese Verbrecherbande wird scheitern. Wir werden nicht zulassen, dass Viktors Opfer umsonst war. Nein, im Gegenteil!", rief er und ballte eine Hand zur Faust. „Wir haben schon eine Vielzahl von Schattenbringern verhaftet und wir werden noch mehr erwischen. Wir werden die Wirtschaft wieder regulieren und für Sicherheit sorgen, so wahr ich der Leiter der Ranger und der höchste Politiker bin! Wir werden das Ansehen unserer Organisation wiederherstellen, verbessern, ja, wir werden den Menschen beweisen, dass sie uns einst nicht zu Unrecht vertraut haben."

Mir wurde schlecht, als ich das hörte. Wir befanden uns auf Viktors Beerdigung und dieser Mistkerl hielt eine politische Rede? Es ging ihm nur um den Ruf der Ranger, wieder spielte er die Gefahr herunter, tat alles, um sein eigenes Ansehen zu retten. Er kümmerte sich nur um den Schein. Und ich hatte gedacht, er hätte in den letzten eineinhalb Jahren vielleicht etwas gelernt. Ich hatte geglaubt, er würde etwas verändern, nachdem so viele schreckliche Dinge passiert waren.

„Sie können uns viel versprechen, Sie reden doch nur alles schön!", warf ihm Frau Zereb vor. „Hier geht es nicht um Ihre Ranger, sondern um meinen Bruder!"

„Und ihm zuliebe werden wir alles tun, um den Krieg zu beenden", antwortete der Angegriffene ruhig. „Wir machen Fortschritte."

„Gar nichts machen wir", schnaubte Jakob leise. „Wenigstens jetzt könnte er mal ehrlich sein."

„Er wird nie ehrlich sein!", zischte ich. „Er würde lieber seine eigene Mutter verkaufen, als zuzugeben, dass gerade alles schiefgeht. Er würde nie eigene Fehler oder welche der Ranger eingestehen. Er hält sich für allmächtig und allwissend, aber damit irrt er sich!"

„Ganz ruhig", redete Jakob auf mich ein. „Das ist ja nichts Neues. Er ist ein sturer, alter Idiot, und das immer öfter."

Ich ballte meine Hände zu Fäusten. „Am liebsten würde ich ihm das ins Gesicht schreien! Wie kann er diesen Moment ausnutzen, um Rangerpropaganda daraus zu machen? Wie kann er Viktors Tod für seine Zwecke missbrauchen?"

„Pscht!", zischte Ulrich mir zu. Er stand neben Jakob, hatte sich aber vorgebeugt, um mich anzusehen. „Ich will auch gerne was sagen, aber wir können es Viktors Familie nicht noch schwerer machen und einen Streit auf der Beerdigung anfangen."

„Ich ertrag das nicht", wisperte ich. „Ich ertrage nicht, wie grauenhaft sich der Vorsitzende benimmt! Wie ..." Ich unterbrach mich selbst, weil der alte Mann weitersprach.

„Wir kreisen die Verbrecher immer weiter ein, schon bald werden wir ihren Aufenthaltsort finden. Auch wenn wir nicht alle ihrer Sponsoren kennen, sind schon einige von ihnen gefasst. Und sobald die gesuchte Mia Sato wieder auftaucht, haben wir gewonnen", erzählte er.

„Ach ja?", schnaubte Frau Zereb.

„Aber ja doch!", beharrte der Vorsitzende. „Mit ihr können wir den

Boss der Schattenbringer erpressen und die Fiorita für uns einsetzen. Wenn wir sie haben, ist der Krieg gewonnen. Es ist nur eine Frage der Zeit. Und bis es so weit ist, müssen wir alle noch ein wenig durchhalten." Nach diesen Worten sah ich endgültig rot. Diese Skrupellosigkeit brachte mich zum Rasen! In meinem Inneren rumorte es, weil Shadow mir eine Warnung schickte. Er wollte mich von einer Dummheit abhalten, doch mein gesunder Menschenverstand hatte schon ausgesetzt. Gerade als ich mich in Bewegung setzen wollte, schlang Jakob seine Arme um mich und hielt mich zurück.

„Loslassen!", verlangte ich. „Ich mach diesen Mistkerl, der Viktors Andenken mit seinen Lügen beschmutzt, fertig!"

„Nein! Du kannst doch nicht einfach deine Tarnung aufgeben!", zischte mir mein ehemaliger Kollege zu. „Dann hat er, was er will."

„Ich kann hier nicht untätig herumstehen!"

„Jakob, bring sie weg, schnell!", befahl Ulrich. „Und unauffällig. Haru, James, ihr helft ihm."

„Nein!", protestierte ich. „Das ..."

Jakob hielt mir eine Hand vor den Mund und hinderte mich damit am Reden. Mit seinem freien Arm umschlang er mich von hinten und schob mich vor sich her. „Tut mir leid, dass das nötig ist", flüsterte er. „Komm mit!"

„Bitte, Mia, tu nichts Unüberlegtes", flehte Haru und griff nach einem meiner Arme, um sich bei mir einzuhaken.

James nahm meinen anderen Arm. „Auf ihn loszugehen, würde nichts ändern. Du darfst dich nicht verraten, sonst lässt er dich von den vielen Hauptquartier-Rangern festnehmen."

Unter den argwöhnischen Blicken einiger anderer Leute brachten mich die drei zum Parkplatz, auf dem die Dienstwagen standen. Erst dort löste Jakob seinen Griff und nahm seine Hand von meinem Mund. „Hast du dich wieder beru..."

Noch bevor er seinen Satz beenden konnte, brach ich auf dem grauen Asphalt zusammen. Ich fiel auf die Knie, stützte mich mit den Handflächen ab und starrte den harten Boden an. Lauthals schluchzte ich auf, ich konnte es nicht mehr unterdrücken. Ich musste weinen.

„Mia, nicht doch", wisperte Haru und kniete sich neben mich, um mich fest in die Arme zu schließen. „Nicht weinen."

„Ich kann nicht mehr!", wimmerte ich. „Das ist zu viel ..."

„Können wir was für dich tun?", fragte sie besorgt und streichelte über meinen Rücken. „Irgendwas?"

„Nein. Es tut mir leid …“ Ich klammerte mich an meine Freundin. „Ich wollte keinen solchen Aufstand machen. Ich weiß nur einfach nicht mehr weiter! Viktor ist tot, der Vorsitzende tut nichts Sinnvolles, um den Krieg in den Griff zu kriegen, Lloyd ist ohne ein Wort abgehauen, bringt sich damit sogar in Lebensgefahr, und seit Takuto zahnt, kriege ich kaum noch Schlaf. Ich bin echt am Ende …“

Lange Zeit blieb es still. Haru hielt mich fest, während Jakob und James mich mitleidig musterten.

„Ja, die Lage ist scheiße“, stimmte James zu. Er klopfte mir auf die Schulter und zog einen Mundwinkel hoch. „Aber deswegen bist du doch zurückgekommen, oder nicht? Du willst was verändern. Wir auch. Zusammen schaffen wir das schon. Schritt für Schritt.“

Nach diesen Worten brachte ich tatsächlich ein kleines Lächeln zustande. Sogar Haru sah den jungen Mann beeindruckt an. „Danke, James … Wir müssen nur endlich etwas bewirken. Wir treten doch auf der Stelle.“

„Solange du so fertig bist, werden wir sowieso nicht weiterkommen“, meldete sich Jakob zu Wort. „Du ruhst dich heute aus. Dann sehen wir weiter.“

„Aber Takuto“, wandte ich ein.

„Melodia und ich kümmern uns um ihn“, versprach Haru.

Ich biss mir auf die Unterlippe. „Nein, ich muss doch …“

Ihr wütender Blick brachte mich augenblicklich zum Verstummen. „Vertrau uns. Nimm dir wenigstens mal einen halben Tag für dich, bevor du richtig zusammenbrichst. So geht es nicht weiter!“

Da ging Jakob vor mir in die Hocke und hob mich hoch, indem er seine Arme um meine Hüfte schlang und dann mit mir aufstand. „Du musst schlafen, Mia. Es hilft niemandem, wenn du dich kaputt machst.“ James öffnete die Beifahrertür eines Dienstwagens, sodass Jakob mich zum Auto schieben und auf den Sitz drücken konnte. „Wir fahren jetzt zum Wohnhaus.“

Ich kniff die Augen zusammen, um die restlichen Tränen zu unterdrücken. „Äh, Leute, d…danke für eure Hilfe …“

Alle drei lächelten mich an. „Jederzeit“, antwortete Haru. „Wir müssen doch auf dich aufpassen, wenn du es schon nicht tust.“

„Geht zurück zur Beerdigung“, wies Jakob die anderen an. „Gebt Ulrich Bescheid, dass alles okay ist.“

„Und ich kümmere mich um Takuto“, versprach die Technikerin noch einmal zum Abschied.

Mehr bekam ich gar nicht mehr mit, denn mir fielen schon im Auto die Augen zu. Endlich bekam ich ein paar Stunden Schlaf, die mein Körper dringend nötig hatte.

Behaglich brummte ich, als ich aufwachte. Ich fühlte mich ausgeruht, wenn auch noch ein wenig verschlafen. Ich rieb mir die Müdigkeit aus den Augen und setzte mich aufrecht hin. Ich befand mich in meinem Zimmer im Wohnhaus der Ranger, Jakob musste mich ins Bett gebracht haben. Ich trug noch seinen Anzug und meine Kontaktlinsen, die Perücke allerdings nicht mehr. Es war dunkel draußen, nur die Straßenlaternen erhellten den Raum durchs Fenster. Ich stand auf und schaltete das Deckenlicht an. Irgendetwas hatte sich verändert ... Klar, Takutos Gitterbett befand sich nicht mehr hier. Melodia und Haru mussten es mitgenommen haben. Ob mein Sohn mich in den letzten Stunden sehr vermisst hatte? Die Uhr zeigte bereits elf Uhr abends an, ich hatte lange geschlafen. Meine Kontaktlinsen waren schon so trocken, dass ich sie dringend wechseln musste.

Nachdem ich mich schnell im Bad frisch gemacht und meinen Schlafanzug angezogen hatte, setzte ich mich aufs Bett. Ich wollte Takuto sehen, doch meine Freundinnen schliefen bestimmt schon. Außerdem musste ich dringend noch mal mit den Fiorita reden. Denn plötzlich sah ich die ganze Situation klarer. Ich war überfordert gewesen, aus dem Bezirk der Ranger geflohen, ängstlich und verunsichert zurückgekehrt. Ich hatte meinen Kampfgeist verloren. Aber jetzt würde sich das ändern. Ich war fest entschlossen, alles zu tun, was nötig war, um die Schattenbringer aufzuhalten und den Vorsitzenden ebenfalls in die Schranken zu weisen. Nur auf Lloyd würde ich mich dabei nicht mehr verlassen. Er hatte mich zu sehr enttäuscht.

Leise sang ich das Lied von Shadow, direkt gefolgt von Lunas und Celeps' Melodien. Diese drei konnten mir sicher bei meinen Plänen helfen.

Der Waldgeist flog ein paarmal um mich herum und blieb dann vor mir in der Luft stehen. „Mia, schön, dich zu sehen! Schön, so viel Energie von dir zu spüren! Es geht dir besser, oder?"

„Und ob", bestätigte ich. „Der Schlaf war nötig. Jetzt muss ich nur noch etwas essen und alles ist perfekt. Körperlich jedenfalls."

„Ich wusste, dass du das sagen würdest", lachte Celeps. „Shadow, gib ihr die Äpfel!"

Das Dämonenoberhaupt reichte mir drei herrlich rote Früchte. Ich fragte gar nicht, woher die Fiorita das Obst hatten, ich wollte es nur essen. Es füllte meinen Magen und darauf kam es schließlich an.

„Was hat sich dein klarer Verstand denn nun ausgedacht?", wollte Shadow wissen. „Du rufst uns doch nicht nur für ein freundliches Gespräch."

„Das stimmt", gab ich zu. „Ich habe eine Idee. Es gibt eine Möglichkeit, die Schattenbringer zu stoppen."

„Und welche?", fragte Luna. „Du meinst doch hoffentlich kein Blutvergießen?"

„Nein!" Ich schüttelte heftig den Kopf. „Natürlich nicht. Ich dachte an meinen Vater. Er selbst muss die Organisation aufhalten."

Celeps flog aufgeregt umher. „Wie willst du Erik dazu bringen?"

„Ich ahne es", murmelte Luna. „Du willst mit ihm sprechen. Und auch Cassandra davon überzeugen, ihn aufzuhalten."

„Ja", bestätigte ich. „Mit Mamas Hilfe dringe ich vielleicht besser zu ihm durch. Und ... ich werde ihm von Takuto erzählen. Dann muss er einfach verstehen, dass er Fioria nicht länger bedrohen darf!"

„Es scheint, als hieltest du ihn nicht mehr für ein Monster", merkte Shadow an.

„Das wird auf seine Reaktion ankommen", flüsterte ich.

„Aber dafür musst du zunächst mit Cassandra sprechen, nicht wahr?" Luna schwebte näher zu mir. „Traust du dir das zu?"

„Ich will es eigentlich sogar. Seit Fiona mir im Winter erzählt hat, dass sich Mama wieder mit mir vertragen will, denke ich immer wieder daran, dass wir alles aus der Welt schaffen könnten. Und so schlimm es vor eineinhalb Jahren auch war", ich atmete tief durch, „sie ist und bleibt meine Mutter. Sie war diejenige, die mir damals den Schulwechsel erlaubt hat, weil sie verstanden hat, wie sehr ich die Schule in Gakuen gehasst habe. Sie hat mich so oft unterstützt. Wie kann ich ihr da weiterhin aus dem Weg gehen?"

„Eine gute Entscheidung", lobte mich die Anführerin der Geister.

Ich streichelte über das hellrosa Fell ihres Kopfes. „Ich muss nur dafür sorgen, dass unser Gespräch nicht belauscht wird. Also muss ich sie aus dem verwanzten Haus locken."

„Können deine Kollegen die Überwachung nicht sabotieren, solange du mit ihr redest?", schlug Shadow vor.

„Ich weiß nicht, ich muss sie morgen mal fragen. Aber da es der Vorsitzende selbst auf Mama abgesehen hat, leitet bestimmt das Hauptquartier die ganze Observierung", mutmaßte ich.

„Wir finden einen Weg", versprach Celeps. „Im Notfall verschleppen wir sie mit Visunerm auf die Lichtung."

„Genau", lachte ich. „Daran wird es nicht scheitern. Ich muss nur gut überlegen, was ich ihr sage."

„Das wird von selbst kommen." Lange ruhten Lunas dunkelbraune Augen auf mir. „Sorge dich nicht deswegen."

„Ich bin so froh, dass du wieder stark bist! Und so richtig loslegst! Dein Plan gefällt mir", lobte mich Celeps begeistert.

Ich schmunzelte. „Danke. Ich bemühe mich. Außerdem weiß ich euch immer hinter mir und eine bessere Unterstützung gibt es gar nicht."

Wir redeten noch lange, zwischendurch schlief ich sogar noch mal ein. Erst um vier Uhr morgens wachte ich wieder auf und stellte fest, dass die Fiorita bei mir geblieben waren. Doch bald darauf verabschiedete sich Luna, um ihren Pflichten nachzugehen. Als Herrscherin über das Licht musste sie den Mond rechtzeitig unter- und die Sonne aufgehen lassen. Und auch auf Celeps warteten Pflanzen und Wälder, die ihn brauchten. Shadow hingegen blieb bei mir, selbst als es schon dämmerte.

„Berichte deinen Kollegen von dem Plan, iss und schlaf genug. Pass auf dich auf", schärfte er mir ein. „Und wenn du Hilfe brauchst, ruf mich jederzeit."

„Das werde ich", flüsterte ich. „Danke für alles."

„Nicht doch", winkte er ab. „Weißt du schon, was du wegen des Vorsitzenden unternehmen wirst?"

„Nein, leider nicht. Er ist ein Idiot. Und so gerne ich mich an ihm rächen würde, es trüge nicht zum Frieden bei. Zuerst müssen die Schattenbringer aufgehalten werden."

Der Dämon nickte. „Ich verstehe. Sollte mir etwas einfallen, werde ich es dich wissen lassen. Ich kehre nun ebenfalls zu den Dämonen und Geistern zurück."

Ich schmunzelte, als ich durch unsere Verbindung etwas spürte. „Du willst Luna wohl mal wieder unter vier Augen sehen, was?", neckte ich ihn.

„Aus ... aus rein professionellen Gründen", antwortete er ein wenig peinlich berührt. „Wir herrschen beide über eine Gruppe der Fiorita, wir haben viel zu bereden."

„Und deswegen bist du so verlegen?", lachte ich. „Viel Spaß euch beiden."

Plötzlich wurde Shadow wieder ernst. „Was Lloyd angeht ...“

„Von ihm will ich nichts hören!“, schnaubte ich.

„Überlege dir gut, ob du ihn so entschieden von dir stoßen willst“, riet er mir und schwebte gleich darauf in den Schattenkreis, sodass ich nichts darauf erwidern konnte. Wütend verschränkte ich die Arme vor der Brust. An Lloyd wollte ich jetzt sicher nicht denken! Er hatte Mist gebaut und musste die Konsequenzen tragen.

Um diese Gedanken zu vertreiben und die Zeit bis zum Schichtbeginn totzuschlagen, duschte ich mich und zog mich an. Ich setzte meine Perücke auf, neue Kontaktlinsen ein und zupfte meinen hellen Pullover zurecht. Dann machte ich mich auf den Weg in die Zweigstelle, um Takuto abzuholen und meinen Freunden von meinem Plan zu berichten.

Es war noch nicht viel los, die wenigsten Ranger hatten sich schon zum Dienst eingefunden. Riku und Benjiro, die die Nachtschicht abgeleistet hatten, verließen die Zweigstelle, als ich eintrat. Ansonsten sah ich nur Melodia, Haru, Lasse, Genta, Jakob und Mark. Takuto schlief in seinem Kinderwagen und es kostete mich unendlich viel Überwindung, ihn nicht auf meine Arme zu nehmen und somit aus dem Schlaf zu reißen. „Hallo“, begrüßte ich meine Freunde.

„Guten Morgen“, antwortete Genta. „Hast du dich ... äh ... erholt?“

Verlegen lächelte ich. „Ja, entschuldigt noch mal wegen gestern. Ich fühle mich heute wie ein neuer Mensch.“

„Das höre ich gerne“, äußerte sich Jakob. „Alles wieder gut?“

„Der Schlaf hat mich gerettet“, gestand ich. „Danke für alles, Jakob.“ Er nickte mir zu, dann wandte ich mich an Haru. „Und auch dir danke wegen gestern. Wie lief's mit Takuto?“

Sie brauchte ein paar Sekunden, um zu reagieren. „Ach, Takuto ... Ja, er schläft endlich. Er hat mich ein paarmal geweckt. Und wenn ich ihn auf den Arm genommen habe, um ihn zu beruhigen, hat er nur umso lauter geschrien.“

Oje ... Dabei sah man Haru die Übermüdung gar nicht an, man erkannte sie nur an ihrer verlangsamten Reaktion und dem gläsernen Blick ihrer Augen. Das Make-up und der ordentliche Pferdeschwanz der Technikerin erweckten einen frischen, wachen Eindruck.

Mitleidig verzog ich das Gesicht. „Tut mir leid ... ich hab ja gesagt, er fremdelt sehr.“

Sie schenkte mir ein mildes Lächeln. „Aber du konntest dich erholen, das war es wert.“

Gerührt fiel ich der dunkelhaarigen Technikerin um den Hals. „Freunde wie dich zu haben ist unbezahlbar", wisperte ich.

Sie umarmte mich fest. „Ich hab dich eben lieb", flüsterte sie.

Als wir uns voneinander lösten, antwortete ich: „Und ich dich erst!" Dann wandte ich mich dem Kinderwagen zu, in dem Takuto schlummerte. Der Kleine wirkte so ruhig und friedlich, dass ich für einen Moment nur Glück verspürte. Lloyd war zwar nicht hier und alles ging drunter und drüber, aber irgendwie lief es weiter.

„Beim nächsten Mal kann ich auf ihn aufpassen", bot Melodia an. „Wäre kein Problem. Nicht wahr, Mark? Wir schaffen das doch zu zweit."

„Äh ..." Der angesprochene Ranger fuhr sich durchs abstehende Haar. „Ja, sicher ... vielleicht ... wenn Mia Hilfe braucht ..." Panisch sah er mich an.

„Nein, nein, alles okay, ab heute übernehme ich wieder", antwortete ich. Es ließ sich nicht übersehen, dass Melodia ihren Freund gerade überforderte. Außerdem wollte ich meinen Schatz keinen weiteren Tag weggeben.

Haru schmunzelte nur, als Mark erleichtert seufzte. Melodia musterte ihn überrascht. Die Stimmung in der Zweigstelle war deutlich besser als gestern. Nicht so fröhlich und ausgelassen wie früher, aber dank der lieben Menschen erträglich.

„Da fällt mir was ein", meldete ich mich zu Wort. Ich musste den anderen schließlich von meinem Vorhaben erzählen.

Doch da stürmte Ulrich herein. „Guten Morgen, es gibt Probleme!", begann er direkt und klatschte eine Zeitung auf Harus Schreibtisch. „Wir müssen etwas dagegen tun, genau solche Dinge machen unseren Job derzeit unmöglich."

„Welche Dinge?", hakte Jakob nach.

„Schlechte Presse", murmelte Haru, die bereits nach der Zeitung gegriffen hatte. „Richtig schlechte Presse. Um nicht zu sagen Hetze."

„Lass mal sehen", bat Mark und nahm ihr die Zeitung ab. Er stieß einen Pfiff aus. „Wow, der Artikel ist übel."

„*Leiden müssen nur die Bürger. Fioria und seine unbedeutenden Schwierigkeiten*", las Melodia die Überschrift vor. Sie verzog die Mundwinkel nach unten. „Und bei den Leserbriefen sind zwei ähnliche Titel. *Die einen bösartig, die anderen untätig und dumm. Wann wird uns endlich geholfen?*"

„*Ein Krieg bis an die Grenzen der äußeren Provinzen. Ist Auswanderung etwa die einzige Lösung?*", las Mark die Überschrift des zweiten Leserbriefs vor. Er zupfte an seiner braunen Uniformjacke. „Auswanderung ist inzwischen beinahe unmöglich, die äußeren Provinzen machen nach und nach die Grenzen dicht, weil zu viele Menschen aus unseren Bezirken abhauen wollen."

Ich seufzte und blickte zu Boden, als ich das hörte. Dass die Ranger derzeit nicht sehr beliebt waren, wussten wir alle. Aber solche Zeitungsartikel machten es nicht gerade besser. Sie sorgten dafür, dass die Bürger gar kein Vertrauen mehr in die Ordnungshüter hatten und sie vielleicht sogar bei ihrem Job behinderten. Kein Wunder, wenn der Vorsitzende nie die Wahrheit sagte! Ich wäre als Einwohner Fiorias auch frustriert, wenn der führende Politiker immer behaupten würde, alles wäre gut und schaffbar, es in Wahrheit aber kaum schlechter laufen könnte.

„Ich würde auch lieber in einer Gegend wohnen, in der ich mir das Leben noch leisten kann", brummte Lasse. Der blonde Ranger wirkte müde und traurig zugleich. „Aber es können nicht alle in die äußeren Provinzen auswandern, keine Chance. Wir müssen die Zustände vor Ort verbessern, nur das wird den Menschen in Fioria helfen."

„Aber ein, äh, bisschen Hilfe, zum Beispiel bei der Versorgung mit, äh, Lebensmitteln, könnten uns die äußeren Provinzen schon anbieten", seufzte Genta. „Sie überlassen uns, äh, ganz uns selbst."

„Weil wir sie auch immer sich selbst überlassen haben", wandte Ulrich ein. „Es gibt für sie keinen Grund, uns zu helfen."

Wobei das von den Leitern der Provinzen tatsächlich nicht gerade menschlich oder fair war. Lloyd und ich hatten Glück gehabt, so früh nach Renia gegangen zu sein. Nur ein paar Monate später und der Umzug wäre eine bürokratische Katastrophe geworden.

„Es wäre ohnehin nur reine Symptombekämpfung", merkte ich leise an. „Selbst wenn uns die äußeren Provinzen bei der Versorgung helfen würden, bliebe unser Problem bestehen. Wenn wir die Ursache, die Schattenbringer und ihre Sponsoren, nicht beheben, wird sich nichts ändern."

„Da hat sie recht", pflichtete Jakob mir bei. „Wir müssen etwas tun."

„Und wie gehen wir wegen der schlechten Presse vor?", warf Lasse in den Raum. „So was können wir doch nicht unkommentiert stehen lassen."

„Unsere Kontakte zur Presse sind seit Kriegsbeginn immer schlechter geworden", verkündete der Stationsleiter. „Wir können also nicht gerade an deren Mitgefühl appellieren. Aber ich würde nur ungern mit rechtlichen Konsequenzen drohen. Es herrscht Pressefreiheit und das ist wichtig."

„Arisa", fiel mir ein. „Vielleicht kann Arisa uns helfen."

„Wer?", wunderte sich Lasse.

„Die Journalistikstudentin, die letztes Jahr oft in der Zweigstelle war", antwortete Ulrich. „Weißt du noch? Sie hat Nachforschungen über Mia und Lloyd angestellt."

„Hat sie?", fragte ich erstaunt.

Melodia nickte. „Sie wollte wissen, was passiert ist. Warum du verschwunden bist, warum nach dir gefahndet wird und was das mit dem Ausbruch des Krieges zu tun hat. Wir haben ihr aber nichts erzählt, wir dürfen ja nicht über offene Ermittlungen reden. Darum ist sie nicht mehr hergekommen. Ich hab ewig nichts von ihr gehört."

„Hmmm ... hast du noch ihre Nummer?", wollte ich wissen. „Vielleicht kann ich mich bei ihr melden und mit ihr reden."

„Aber sie darf nichts über den aktuellen Stand der Ermittlungen oder die internen Probleme der Ranger erfahren", gab Ulrich zu bedenken.

„Das weiß ich und das würde ich auch nicht ausplaudern", versprach ich. „Ich will nur etwas mit ihr reden und sie fragen, ob sie uns Kontakte zur Presse verschaffen kann. Das wäre eine echte Chance auf eine positivere Berichterstattung, oder nicht?" Außerdem wollte ich meine frühere Grundschulfreundin, die ich in den letzten Monaten völlig vergessen hatte, wiedersehen.

„Einen Versuch ist es wert", beschloss Ulrich. „Setz dich mit ihr in Verbindung und mach ein Treffen aus. Vielleicht können wir die Medien dadurch tatsächlich zu ein klein wenig Unterstützung bewegen."

„Ich hab ihre Nummer, du kannst sie also gleich anrufen", schlug Melodia vor.

„Ähm, ja, das mache ich, aber nicht sofort." Unbehaglich kaute ich auf meiner Unterlippe herum. „Zuerst wollte ich etwas anderes tun."

„Und das wäre?", erkundigte sich der Stationsleiter skeptisch.

Nun hielt ich es endgültig nicht mehr aus, Takuto nicht auf den Armen zu halten. Also hob ich meinen schlafenden Sohn behutsam aus dem Wagen. „Ich, na ja, ich habe eine Idee, wie wir die Schattenbringer aufhalten könnten."

„Wirklich?", fragte Jakob begeistert. „Welche?"

„Die ganze Situation ist so eskaliert, dass ich nur noch einen Weg sehe, um diese Verbrecher zu stoppen", erklärte ich, wobei ich spürte, dass mein Herz raste. Nur gut, dass ich Takuto festhielt und er nicht aufwachte. Er musste wirklich müde gewesen sein, wenn er jetzt so tief und fest schlief.

„Es wird zu lange dauern, jeden einzelnen dieser Mistkerle zu verhaften. Bis dahin wird die Wirtschaft endgültig unkontrollierbar sein und vielleicht wird es noch mehr Tote geben." Ich schluckte schwer, weil ich an Viktor denken musste.

Die Stimmung im Hauptraum der Zweigstelle wurde augenblicklich erdrückender. „Also müssen wir dafür sorgen, dass die Schattenbringer von selbst aufhören."

Mark zog ungläubig eine Augenbraue hoch. „Und wie bitte schön willst du sie dazu bringen?"

„Indem ich ... indem ich mit meinem Vater rede", flüsterte ich.

Haru sah mich eindringlich an. „Willst du das wirklich tun? Schaffst du das überhaupt nach allem, was passiert ist?"

Obwohl ich mich unwohl fühlte, nickte ich. „Es ist der einzige Weg, den Krieg ohne großes Blutvergießen zu beenden. Ich weiß nicht, ob es klappen wird. Aber ich hab die Hoffnung, dass ..."

„Dass was?", hakte Jakob nach, als ich stockte.

Ich atmete tief durch, bevor ich meine Freunde ansah. „Dass mein Vater noch ein Herz hat und nicht völlig zum Monster geworden ist."

„Redest du von Erik Sato?", mischte sich jemand an der Eingangstür ein. „Du glaubst wirklich, dass er Mitgefühl hätte?"

Ich wandte mich zu James um, der gerade die Zweigstelle betrat. „Ich weiß es nicht", gestand ich und wiegte Takuto hin und her. „Ich hoffe es aber. Vor drei Jahren hätte ich nie geglaubt, dass er irgendetwas Schlimmes tun könnte. Ich habe ihn für einen der liebsten Menschen der Welt gehalten. Das kann doch nicht total falsch gewesen sein. Er muss auch eine gute Seite haben."

„Er war immerhin ein guter Vater für dich", murmelte Melodia.

„Abgesehen davon, dass er heimlich eine Verbrecherorganisation gegründet hat", schnaubte Lasse.

Hilflos sah ich den blonden Ranger an. „Ich muss wenigstens versuchen, mit ihm zu reden!"

„Es ist Mias Familie. Sie weiß am besten, was sie tun kann, um ihren Vater zur Vernunft zu bringen", äußerte sich Mark. „Also, was genau hast du vor?"

Ich lächelte ihm dankbar zu, weil er mich unterstützte. „Da ich nicht weiß, wo er ist oder wie ich ihn erreichen kann, werde ich zuerst mit meiner Mutter reden."

„Nach allem, was passiert ist?", fragte Jakob leise und musterte mich besorgt.

Ich nickte. „Ja. Ich muss, nein, ich will endlich mit ihr reden! Außerdem ist es der einzige Weg, an meinen Vater heranzukommen."

„Aber das Haus deiner Mutter wird von den Rangern abgehört, vielleicht sogar von den Schattenbringern", gab Haru zu bedenken.

„Darum brauche ich eure Hilfe", murmelte ich.

„Wir sollen die Observierung abbrechen", fasste Ulrich zusammen.

„Oder jedenfalls unterbrechen", grübelte Melodia. „Das könnte klappen ..."

Haru runzelte die Stirn. „Wir sind nicht mehr für die Observierung zuständig, sondern die Zweigstelle Ga..." Ihre Augen weiteten sich. „Ach, das hast du vor! Du willst deinen Vater um Hilfe bitten."

Melodia nickte. „Brislingen liegt im Bezirk der Zweigstelle Gakuen. Und wenn ich mit Papa rede, hilft er uns sicher. Er ist auch nicht gerade ein Fan der Methoden des Vorsitzenden."

„Aber dann musst du ihm von Mias Rückkehr erzählen", wandte Jakob ein. „Er müsste für sich behalten, dass sie hier ist und was sie vorhat."

„Das wird er", versprach sie. „Ich kenne meinen Vater."

„Und ich vertraue wenigen Kollegen so sehr wie Ralph", meldete sich Ulrich zu Wort. „Wir wagen es. Melodia, rede mit deinem Vater. Wenn alles geklärt und die Observierung unterbrochen ist, wird Mia nach Brislingen fliegen."

Ich murmelte eine Zustimmung und schmiegte meine linke Wange an Takutos kleines Köpfchen. Der Plan stand fest. Nun musste ich nur noch den Mut aufbringen, meiner Mutter und meinem Vater nach so langer Zeit gegenüberzutreten. Und das war mit Abstand die größte Herausforderung, der ich mich seit eineinhalb Jahren zu stellen hatte.

Kapitel 8:
Familie verpflichtet

Mein Herz raste. Mein Herz raste so schnell, dass ich befürchtete, es würde jede Sekunde stehen bleiben. Bestimmt spürte Takuto es auch, immerhin hing er in der Kindertrage an meiner Brust. Er wirkte unruhig und bemerkte offenbar meine Aufregung, meine Angst.

„Es wird alles gut", wisperte ich und legte meine Arme um ihn.

Es war früher Nachmittag. Melodia hatte ihrem Vater von mir und meinem Vorhaben erzählt. Ralph hatte sofort alles in die Wege geleitet, um mir ein privates Gespräch mit Cassandra zu ermöglichen, ohne dass das Hauptquartier etwas davon mitbekam. Er hatte sich richtig über meine Rückkehr gefreut, was mich ehrlich gesagt ziemlich froh machte.

Ich blinzelte ein paarmal. Meine dunkelbraunen Kontaktlinsen fühlten sich trocken an, was am Flugwind lag. Ich war gerade erst am Rande von Brislingen gelandet und mit stockenden Schritten auf mein Elternhaus zugegangen. Obwohl dieser Frühlingstag kühl war, wurde mir schrecklich heiß, während ich reglos auf der Schwelle stand und die Tür ansah.

Aber ich durfte nicht zu lange hier stehen. Erstens sollte Takuto nicht auskühlen und zweitens könnten mich die Nachbarn erkennen, wenn sie mich hier sahen. Ich trug zwar die blonde Perücke und meine Kontaktlinsen, doch ich wollte kein Risiko eingehen. Also kratzte ich meinen ganzen Mut zusammen und drückte mit zitterndem Finger auf die Klingel. Für einen schier unendlichen Moment stand ich da, hielt die Luft an und ließ mich beinahe von meinem Schwindelgefühl übermannen.

Dann wurde die Tür geöffnet.

„Wenn Sie mir wieder Fragen über meinen Mann stel..." Abrupt verstummte die wütende Stimme, die ich nur allzu gut kannte. Große blaue Augen fixierten mich fassungslos.

Ich schluckte schwer und zwang mich dazu, dem Blick meiner Mutter standzuhalten. Wie gut, dass ich Takuto und somit einen Halt bei mir hatte. Ich brachte keinen Ton heraus, obwohl ich etwas sagen wollte, irgendwas, wenigstens eine Begrüßung. Doch ich konnte nicht. Cassandra klappte der Mund auf. Ihr Blick wanderte von mir zu Takuto, wo er lange verharrte. Ich sah, wie sich Tränen in ihren Augenwinkeln bildeten, als sie mir wieder ins Gesicht schaute.

Bevor einer von uns auch nur ein Wort von sich gab, fiel mir meine Mutter um den Hals. Sie schlang ihre Arme von der Seite um meine Schultern, achtete darauf, Takuto nicht einzuquetschen, und drückte mich. Sie drückte mich so fest, dass ihre Arme zitterten. Und obwohl ich aufschluchzte, erwiderte ich ihre Umarmung.

„Mia", wisperte sie. „Meine Mia ..."

„Hallo Mama", antwortete ich ebenso leise.

„Es tut mir so leid. Was ich gesagt habe ..." Sie schniefte laut. „Es tut mir so leid! Ich habe überreagiert, ich war so dumm, weil ich überfordert war, aber ich hätte niemals sagen dürfen, was ich dir in jener Nacht in der Zelle entgegengeschleudert habe."

Ich ließ meine Mutter los und sah sie lange an. „Ich glaube, wir haben viel zu bereden", flüsterte ich. „Kann ich reinkommen?"

Sie schüttelte heftig den Kopf. „Nein!", zischte sie. „Ich bin mir sicher, ich werde von den Rangern abgehört und ich lasse nicht zu, dass sie dich wieder ins Gefängnis werfen. Wer weiß, ob du ein zweites Mal entkommen könntest. Wir müssen woanders reden."

„Die Observierung ist bis heute Abend ausgesetzt, dafür ist gesorgt", verriet ich. „Die heutige Aufnahme wird durch eine aus dem letzten Jahr ersetzt. Ich ... bin schon seit ein paar Tagen in der Gegend. Die Windfeld-Ranger und die Zweigstelle Gakuen unterstützen mich."

Verdattert nickte sie. „D...dann komm doch ... rein. Oder besser gesagt: Kommt rein, ihr zwei!"

„Ich mache dich drinnen mit ihm bekannt", versprach ich.

Es war ein komisches Gefühl, mein altes Zuhause zu betreten. Es war vertraut und doch fremd. Hier hatte sich nichts verändert – bis auf die Stimmung. Mich überkam keine Wärme, kein Glück, ich spürte eher ... Verunsicherung. Ich konnte kaum glauben, dass ich tatsächlich hier war.

Nur zögerlich ging ich mit meiner Mutter ins Wohnzimmer. Wir setzten uns nebeneinander aufs Sofa, ich nahm Takuto auf den Schoß und zog meine Jacke aus, auch die Perücke legte ich ab.

„Ist lange her, dass ich hier war", merkte ich an und sah mich um.

„Zu lange", flüsterte sie.

Ausdruckslos sah ich sie an. „Das hatte einen Grund."

Zuerst wirkte sie schuldbewusst und traurig, dann überlegte sie und blickte zu Takuto. „Was war der Grund?"

„Eigentlich waren es viele. Dass ich aufgeflogen bin. Dass mich der Vorsitzende für immer wegsperren wollte, wenn ich ihm nicht half. Dass ich Papas Wahnsinn nicht mehr ertragen habe. Dass du, ohne wirklich mit mir zu reden, beschlossen hast, mich aus deinem Leben zu streichen." Ich fuhr Takuto mit den Fingern über sein Pausbäckchen, woraufhin er quiekte und strahlte. „Und dieser Kleine hier. Ich wollte, dass er ihn Sicherheit aufwächst."

„Ist er ... sag mal, Mia, ist er ...", stammelte sie.

„Ja. Mein Sohn. Lloyds und mein Sohn", beantwortete ich die nicht ausgesprochene Frage. „Dein Enkel. Takuto."

Tränen kullerten über ihre Wangen. „Ich ... ich fasse es nicht. Ich bin wirklich Oma?" Ich nickte. „Darf ich ihn nehmen? Oh, bitte, darf ich ihn nehmen?"

„Er mag Fremde nicht so gerne", warnte ich sie, bevor ich ihr den Kleinen vorsichtig auf den Schoß setzte. Er quengelte ein wenig, ließ sich aber von ihr in die Arme schließen.

„Er ist wundervoll", schwärmte sie. „Wie alt ist er?"

„Neun Monate."

„Wieso hast du nie was gesagt?", wisperte sie.

„Du hast mir keine Chance gelassen, mit dir zu reden. Du hast meine Nummer gesperrt", erklärte ich. „Und dann hab ich beschlossen, den Bezirk der Ranger zu verlassen. Ich hatte genug. Von den Rangern, den Schattenbringern, auch von Papa und dir. Ich wollte neu anfangen. Mit Lloyd." Dass ich derzeit nicht gut auf meinen übergeschnappten Freund zu sprechen war, erwähnte ich nicht. Es war fehl am Platz. Darum ging es hier nicht. Also verdrängte ich den Gedanken an ihn.

„Ich habe überreagiert, ich habe völlig überreagiert", schluchzte sie. „Ich wusste nicht, wie ich mit all dem umgehen sollte. Du und Erik, ihr habt mir jahrelang Dinge vorenthalten." Sie straffte die Schultern. „Aber ich hätte es nicht an dir auslassen sollen, erst recht nicht in dieser Situation. Es tut mir leid, Mia, es tut mir wirklich leid."

Mir fehlten die Worte. Ich hatte nicht erwartet, so schnell eine so ernsthafte Entschuldigung zu erhalten. Und ich hatte erst recht nicht erwartet, in Tränen auszubrechen und die Entschuldigung sofort zu akzeptieren. Doch ich hütete mich, es sogleich zu zeigen. „Es hat wehgetan ... es hat wirklich wehgetan", warf ich ihr vor. „Ich war am Ende! Ich hatte gerade erfahren, dass ich schwanger war. Ich hatte kurz zuvor meine Fähigkeiten benutzt, um die Ranger zu retten, die mich zum Dank dafür auf die Fahndungslisten gesetzt haben. Ich musste damit klarkommen, dass mein Vater durchgedreht war. Und zu allem Überfluss kamst du zu meiner Zelle ..."

„Ich wusste nicht ... ich wusste doch nicht ..."

„Ja, du wusstest nicht, dass ich schwanger war." Ich streichelte Takutos Kopf und lächelte den unruhigen Kleinen an. „Aber du hast dir noch nicht mal die Mühe gemacht, mir zuzuhören."

Nervös strich sie ihre schulterlangen blonden Locken zurück. „Seit ich mich beruhigt habe, habe ich dich ununterbrochen gesucht. Ich hatte ja keine Ahnung, dass du in den äußeren Provinzen untergetaucht bist. Dein Vater war auch völlig verzweifelt, weil du und Lloyd verschwunden wart. Nicht mal Fiona und Nico wussten etwas."

Ich biss mir auf die Zunge, um meine Mutter bezüglich Fiona und Nico nicht zu korrigieren. „Du hast also wieder Kontakt zu Papa?"

Leise seufzte sie. „Ja, Erik und ich telefonieren manchmal. Also, er ruft mich an und wechselt nach jedem Gespräch die Nummer."

„Wie konntest du ihm verzeihen?", fragte ich verständnislos. „Seit ich alles erfahren hatte, konnte ich ihm kaum in die Augen sehen."

„Er ist und bleibt mein Mann", rechtfertigte sie sich. „Er hat mich nie schlecht behandelt, er war für mich da, hat sich auch stets um dich gekümmert. Ich verstehe immer noch nicht ganz, was ihn angetrieben hat, diese Bande zu gründen. Und ich frage mich, wie lange er noch so weitermachen will. Der Krieg ist furchtbar, die gewöhnlichsten Lebensmittel sind inzwischen beinahe unbezahlbar, vor lauter Verzweiflung passieren immer mehr Überfälle. Aber darum geht es jetzt nicht. Es geht um deinen Vater. Und ich kann einfach nicht anders. Ich liebe ihn. Ich hab ihn immer geliebt und daran hat sich nichts geändert, egal, wie viel Kummer er mir macht." Traurig sah sie mich an. „Wie bei dir. Ich konnte keinem von euch lange böse sein. Ihr seid doch meine Familie. Meine Lieben."

Was sie sagte, rührte und entsetzte mich zugleich. Meine Mutter liebte uns, was auch immer passierte. Sie war stark und stand dazu, ertrug den daraus resultierenden Kummer. Aber gleichzeitig war sie schwach und überfordert. Einsam. Sie wirkte nicht mehr so fröhlich und jugendlich wie früher. Sie wirkte geknickt, kleiner und älter.

Stille kehrte ein, viel zu lange, bis ich mir einen Ruck gab und die Hand meiner Mutter ergriff. Ich strich über ihren Handrücken und lächelte schwach. „Ich glaube, ich weiß, was du meinst."

Sie erwiderte mein kleines Lächeln. „Ach ja?“

„Ich hab wirklich versucht, dich und Papa zu hassen“, gestand ich. „Die letzten eineinhalb Jahre habe ich es ununterbrochen versucht. Aber ich konnte nicht. Ich war wütend auf euch beide, enttäuscht, aber echten Hass habe ich nicht empfunden.“

„Also kannst du mir verzeihen?“ Ihre Stimme klang hoffnungsvoll.

„Irgendwie ... Ja, ich will es.“ Mit der freien Hand fuhr ich mir durchs orange-braune Haar. „Sonst wäre ich nicht hier.“

Sie strich sich die Tränen aus dem Gesicht. „Ich bin so froh, dass du zurückgekommen bist. Dass du hergekommen bist.“

„Ich konnte nicht anders. In den äußeren Provinzen war es friedlich, doch als ich erfahren habe, was hier vor sich geht ...“ Ich schnaubte. „Darum musste ich in den Bezirk der Ranger kommen, um irgendwas zu verändern. So kann es nicht bleiben. Meine alten Kollegen verstecken mich. Und jetzt tun Lloyd und ich alles, um die Lage zu entschärfen.“

„Wow“, murmelte sie. „Was macht ihr beide denn genau? Wo ist Lloyd überhaupt?“

„Er recherchiert etwas“, antwortete ich bemüht ungerührt. „Und ich will mit Papa reden. Persönlich. Um ihm diesen Wahnsinn auszureden.“

„Das habe ich schon versucht“, flüsterte sie. „Er sagt, er könne nicht aufhören.“

„Aber er ... er weiß noch nicht, dass er Großvater ist“, wandte ich ein. „Ich werde ihm von Takuto erzählen und ihn fragen, ob er wirklich will, dass der Kleine in so einer Welt aufwachsen muss.“

Cassandra wiegte ihren Enkel hin und her. „Es wäre schön, wenn das etwas ändern würde.“

„Mama“, jammerte Takuto und streckte seine Arme nach mir aus.

„Alles okay, ich bin doch da“, beruhigte ich ihn und nahm ihn wieder auf meinen Schoß. Ich beugte mich zu seinem Ohr hinunter. „Ach, mein Schatz, ich hab dich lieb.“ Daraufhin strahlte er mich an, sodass mir ganz warm ums Herz wurde.

„Wie willst du Erik finden?“, riss mich meine Mutter aus meinen Gedanken. Lange ließ ich meinen Blick auf ihr ruhen.

„Ich kann mich nicht in die Öffentlichkeit begeben, ohne verhaftet zu werden. Meine einzige Verbindung zu ihm bist du.“

Sie schob die Augenbrauen zusammen. „Du willst seinen nächsten Anruf bei mir annehmen?“

„Weißt du, wann er anrufen wird?", stellte ich eine Gegenfrage.

„Wahrscheinlich übermorgen", antwortete sie zögerlich. „Meistens früh am Morgen. Nur selten nachts."

„Dann werde ich übermorgen hier sein", kündigte ich an.

Sie lächelte milde. „Bringst du Takuto mit?"

Ich nickte. „Klar." Ich konnte den Kleinen wohl kaum allein lassen.

Da umarmte mich meine Mutter plötzlich. „Es ist so unglaublich, dass du wirklich hier sitzt!"

Ich legte einen Arm um sie. „Und spätestens übermorgen werde ich wieder hier sein. Ich verschwinde vorerst nicht wieder."

„Und ich werde dich nie wieder so anschreien", schwor sie. „Ist zwischen uns alles okay?"

Nun lächelte ich. „Ja, ich glaube, es wird wieder. Was war in den letzten Monaten bei dir so los?"

„Viel", seufzte sie. „Ich traue mich kaum noch aus dem Haus, obwohl ich hier abgehört werde. Aber die Nachbarn behandeln mich anders als früher. Die Ranger sind so oft hier …"

Ich verzog das Gesicht. „Klingt ätzend."

„Ist es", brummte sie. „Ohne Eriks finanzielle Unterstützung käme ich gar nicht zurecht."

„Wie geht's dir mit den steigenden Preisen? Bekommst du genug zu essen?", erkundigte ich mich.

Sie nickte. „Erik würde nie zulassen, dass es mir schlecht geht. Du kannst auch gerne zum Abendessen bleiben. Für den kleinen Takuto hätte ich Bananen und Zwieback, wie klingt das?"

„Das wäre toll", stimmte ich sofort zu. „In der Zweigstelle gibt es nur wenig zu essen. Takuto mag das meiste nicht oder kann es noch nicht essen. Aber Bananen liebt er."

„Genau wie du als Kind", schmunzelte sie. „Aber vorher musst du mir noch erzählen, was dir und Lloyd in den letzten Monaten passiert ist."

Mein Sohn schmiegte sich an mich, ich strich ihm durchs dunkelbraune Haar und lachte. „Wo fange ich da bloß an? Es war echt 'ne Menge."

Sie sah mich lange an und fragte dann: „Du bist wirklich das Mädchen aus der Legende?"

„Das weißt du doch inzwischen", flüsterte ich. „Als ich zwölf war, habe ich es herausgefunden. Ich habe versehentlich Shadow beschworen und er hat mir alles erklärt. Warum ich so anders war als die anderen Kinder ... Warum ich mich bei den Fiorita wohler fühle als bei Menschen ..."

Meine Mutter wirkte fassungslos. „Warum hast du nie was gesagt?"

„Ich konnte nicht. Ich ... konnte niemandem vertrauen", gestand ich. „Keinem Menschen jedenfalls. Ich musste die Fiorita schützen. Und darum bin ich auf die Ranger-Schule gegangen, verkleidet als Mann."

„Du hättest mit Erik und mir reden können", entgegnete sie verzweifelt.

Ich schüttelte den Kopf. „Nein. Ich hatte ein schlechtes Gefühl bei dem Gedanken. Und ich bin froh, dass ich darauf gehört habe, denn Papas erster Plan war, den Himmel mit Shadows Hilfe zu verdunkeln. Hätte er früher gewusst, dass ich die einzige Verbindung zu Shadow bin ..." Es schauderte mich. „Ich will gar nicht herausfinden, was er gemacht hätte."

„Irgendwie habe ich das Gefühl, du hast mir viel zu erzählen. Nicht nur aus den letzten eineinhalb Jahren", murmelte sie und kaute nervös auf ihrer Unterlippe herum.

Kein Wunder, dass sie vom ersten Plan meines Vaters nichts erfahren hatte. Sie hatte so wenig gewusst ... und alles auf einmal zu erfahren, war zu viel für sie gewesen. Aber es beeindruckte mich, dass sie dennoch versuchte, so normal wie möglich weiterzumachen. „Bis heute Abend haben wir viel Zeit, um über alles zu reden."

„Gerade noch rechtzeitig", begrüßte mich Ulrich, als ich mit Takuto in der Kindertrage in die Zweigstelle stürmte. „Gleich fängt die Ausgangssperre an."

„Was glaubst du, warum ich so früh wieder da bin?", keuchte ich. „Ich hätte locker noch fünf Stunden mit meiner Mutter reden können."

„Vertragt ihr euch wieder?", erkundigte sich Haru neugierig.

Ich überlegte kurz. „Wir haben einen Anfang gemacht, würde ich sagen. Bis alles wieder gut ist, wird es aber noch ein Weilchen dauern."

Sie lächelte. „Klingt doch gar nicht schlecht."

Erstaunt sah ich mich in der gut gefüllten Zweigstelle um. „Es sind alle Ranger hier. Ihr habt doch nicht etwa alle Dienst, oder?"

Genta schüttelte den Kopf. „Wir, äh, wollen alle wissen, was du, äh, mit deiner Mutter besprochen hast. Stehst du jetzt in, äh, Kontakt zu Erik Sato?"

„Übermorgen habe ich die Möglichkeit, einen seiner Anrufe abzufangen", berichtete ich. „Dann wird er Mama wohl das nächste Mal kontaktieren. Melodia, kannst du dafür sorgen, dass die Observierung übermorgen früh noch mal unterbrochen wird?“

Die blonde Technikerin trat einen Schritt auf mich zu. „Ja, mein Vater hilft uns sicher.“ Sie beugte sich zu Takuto. „Na, kleiner Mann, darf ich dich mal auf die Arme nehmen?“

„Wenn du möchtest“, antwortete ich statt meines Sohns. Ich schmunzelte. „Jedenfalls bis er sich wehrt.“

Meine Grundschulfreundin strahlte mich an, bevor sie Takuto hochhob. „Danke! Ich hab den Kleinen so gern.“

„Er ist ja auch ein Schatz“, stimmte ich ihr zu. „Danke für die Hilfe bei der Observierung. Das erleichtert die Sache.“

„Ich bin gespannt, ob du etwas bewirken kannst“, murmelte Ulrich.

„Aber was machen wir bis dahin?“, fragte Jakob in die Runde.

„Wir sollten die Presse kontaktieren, um die schlechte Berichterstattung zu reduzieren“, fiel dem aufgeregten Benjiro ein. „Noch mehr Hetze gegen die Ranger können wir nicht brauchen.“

„Ich rufe sofort Arisa an“, beschloss ich. „Melodia, wo hast du ihre Nummer?“

„In meinem Handy, liegt auf dem Schreibtisch“, antwortete die Technikerin, die Takuto liebevoll hin und her wiegte.

„Gut, Leute, ihr wisst Bescheid“, ergriff der Stationsleiter das Wort. „Wir müssen im Bezirk Windfeld so gut wie möglich für Ruhe sorgen. Das hat jeden Tag Priorität. Währenddessen wird Mia versuchen, mit ihrem Vater zu reden. Aber wenn du Hilfe brauchst, Mia, sag uns Bescheid.“

„Das werde ich“, versicherte ich ihm und nahm Melodias Handy. Ich suchte nach der richtigen Nummer und wählte sie.

„Hallo Melodia“, meldete sich nach dem dritten Klingeln eine verärgerte Frauenstimme. Daraufhin folgte ein Redeschwall, der sich unmöglich unterbrechen ließ. „Ich habe es dir letztes Jahr schon gesagt, ich will nicht mit dir reden. Du hältst es ja auch nicht für nötig, mir zu erzählen, was ich wissen will. Du hast mich bei meinen Recherchen nach Mias Verbleib völlig im Stich gelassen.“

„Arisa, Melodia durfte dir nichts erzählen“, flüsterte ich. „Das war zu meinem Schutz und wegen laufender Ermittlungen.“

„Mia?!“

Ich lächelte schief, obwohl meine Gesprächspartnerin es nicht sehen konnte. „Hi. Es ist lange her, was?“

„Ich ... ich fass es nicht“, stammelte sie. „Bist du das wirklich?“

„Ja", bestätigte ich. „Und es tut mir leid, dass ich mich nie gemeldet habe. Es ist viel passiert. Aber das kann ich dir in Ruhe erzählen, wenn wir uns treffen. Hast du morgen Zeit?"

„Habe ich", antwortete sie. „Ich hab dir auch einiges zu sagen."

Ich runzelte die Stirn. Das klang irgendwie nicht allzu gut. „Okay, wo treffen wir uns? Bist du immer noch in Regarn?"

„Bin ich, aber ich komme lieber nach Windfeld. Ich schätze, da bist du sowieso, oder? Morgen Nachmittag gegen fünf Uhr?", schlug sie vor.

Ein wenig verdattert nickte ich, was sie natürlich wieder nicht sehen konnte. Sie klang wirklich sehr entschieden. „Gut. Um fünf Uhr in der Zweigstelle von Windfeld."

„Ich freu mich, dich zu sehen", gestand sie.

Das ließ mich wieder lächeln. „Ich freue mich auch."

„Dann tschüss", verabschiedete sie sich.

„Tschüss." Ich trennte die Verbindung und legte das Handy zurück auf Melodias Schreibtisch, bevor ich mich an meine Kollegen wandte. „Ich werde vermutlich keine Unterstützung von Arisa wegen der schlechten Presse bekommen, wenn wir ihr nicht die Wahrheit sagen."

„Sie will schon lange wissen, warum du verschwunden bist und wie es zu diesem Krieg kam", bemerkte Melodia.

„Und genau das sollte ich ihr morgen sagen. Nicht nur, weil wir ihre Hilfe brauchen, sondern weil ich sie nicht belügen will." Ich erinnerte mich zu gut, wie oft Melodia und Arisa in der Schulzeit für mich da gewesen waren. Sie hatten mich vor dem Mobbing beschützt und waren meine einzigen echten Freunde gewesen. Die Einzigen, die mich nicht wegen meines ungewöhnlichen Äußeren verurteilt hatten.

„Solange du nichts von unseren Ermittlungen verrätst, kannst du ihr ruhig darlegen, was vor eineinhalb Jahren los war", erlaubte Ulrich mir. „Wenn sie hinterher ein gutes Wort für die Ranger einlegt ..."

„Zumindest für die Ranger vor Ort." Als der sonst so stille und mürrische Torben redete, wandte sich sofort jeder zu ihm um. „Die Hauptquartier-Ranger muss niemand in Schutz nehmen. Aber die Zweigstellen leisten gute Arbeit."

„Das stimmt, zumindest die meisten", räumte der etwas dickere Leo ein.

„Welche Zweigstellen leisten denn keine gute Arbeit?", wunderte ich mich.

„Die korrupten", brummte Ulrich. „Habe ich dir das nicht erzählt?

Einige Ranger lassen sich von den Schattenbringern kaufen. Inzwischen müssen diese Verbrecher nicht mal mehr Spione einschleusen, manche Ranger helfen ihnen auch so. Und es ist unmöglich, jeden korrupten Ranger zu finden."

„Und früher war es mal ein ehrenhafter Beruf", zischte ich wütend. Aber ehrlich gesagt war ich nicht sehr überrascht. Es ging nur noch ums Überleben. Die Menschen waren verzweifelt, auch die Ranger. In besonders armen Gegenden gab es sicher viele Gesetzeshüter, die sich von ihrer Organisation abwandten, um sich einen kleinen Vorteil inmitten des Leids zu verschaffen. „Wir müssen das beenden. Hoffentlich lässt mein Vater mit sich reden."

„Er will sicher auch mit dir reden", äußerte sich Haru. „Ich kann mir nicht vorstellen, dass er seine verschwundene Tochter in den letzten Monaten nicht gesucht hat."

Langsam nickte ich. „Du hast bestimmt recht."

„Äh, Mia, Takuto riecht irgendwie komisch", jammerte Melodia. „Und gleich fängt er an zu ..." Da stieß der Kleine auch schon einen lauten Schrei aus.

„Oh, er hat in die Windeln gemacht." Ich nahm der Technikerin meinen Sohn ab. „Puh, du Stinker! Gehen wir ins Zimmer, ja?"

„Na dann, gute Nacht", wünschte mir Ulrich.

Ich lächelte in die Runde. „Gute Nacht, Leute."

Eilig machte ich mich auf den Weg zum Appartementwohnhaus, um Takutos Windel zu wechseln. Nur wenig später schlummerte er in seinem Gitterbett, während ich wach im Bett lag.

Der Tag war ein voller Erfolg gewesen. Ich hatte wieder Kontakt zu meiner Mutter und es war deutlich besser gelaufen, als ich befürchtet hatte. Auch mit Arisa würde ich mich morgen treffen. Und übermorgen stand das Gespräch mit meinem Vater an. Der Plan ging auf. Trotzdem fühlte ich mich nicht gut.

Ich drehte mich von einer Seite auf die andere, starrte ins Dunkel. Mein Magen zog sich zusammen, sodass ich nicht schlafen konnte. So viele Geschehnisse überforderten mich ein wenig. Ich hatte Angst davor, mit meinem Vater zu reden. Ich fürchtete, dass er nicht auf mich hörte und sich der Krieg durch meine Einmischung nur noch verschlimmerte. Darüber wollte ich mit meinen Freunden und Kollegen allerdings nicht sprechen. Sie schöpften endlich Hoffnung, die wollte ich mit meinen Sorgen nicht ersticken. Am liebsten hätte ich mit Lloyd über alles geredet. Doch dieser Mistkerl war ja nicht hier!

Wut packte mich, Wut und Enttäuschung darüber, von meinem Freund derart hintergangen und allein gelassen worden zu sein. Lloyd konnte sich auf etwas gefasst machen, sobald er zurückkam! Wenn er mich wenigstens in seinen Plan eingeweiht hätte, aber nein, er handelte lieber auf eigene Faust!

„Mia, mach die Augen zu", flüsterte eine Stimme in meinem Kopf. „Du musst schlafen, das weißt du. Es nützt nichts, sich über Dinge aufzuregen, die du nicht ändern kannst."

„Danke, Shadow, ich weiß, doch das ist leichter gesagt als getan", dachte ich traurig, damit das Dämonenoberhaupt es über unsere Verbindung hörte.

„Denk lieber an all das Gute, was passiert ist", riet er mir. „Du kommst deiner Mutter wieder näher. Das hast du dir doch gewünscht."

„Das freut mich wirklich", gestand ich.

„Na also. Vergiss die glücklichen Momente nicht wegen deiner Wut und Sorge. Und schlaf."

Ich nickte, schloss die Augen und zog mir die Bettdecke bis zum Hals. „Ja, du hast recht. Gute Nacht, Shadow."

„Dir auch, Mia."

Noch einige Zeit lag ich wach im Bett, bis mich schließlich die Müdigkeit übermannte. Endlich fand ich ein wenig Ruhe, wenn auch nicht sehr lange. ...

„Du siehst schrecklich aus", stellte Haru fest, als wir uns früh am Morgen in der Zweigstelle trafen. „Hast du nicht geschlafen?"

„Takuto war ständig wach", seufzte ich und setzte mich vorsichtig auf Melodias Schreibtischstuhl, um das Kind in der Trage an meiner Brust nicht zu wecken. „Ich bin lange mit ihm rumgelaufen, jetzt schläft er endlich. Darum bin ich heute so früh hier."

„Verstehe. Vielleicht vermisst er Lloyd?", gab meine Freundin zu bedenken.

Ich schnaubte. „Möglich. Sind wir die Ersten in der Zweigstelle?", wechselte ich schnell das Thema. „Wo sind Torben und Eduard? Die zwei hatten doch Nachtschicht."

„Als ich gekommen bin, sind sie gleich gegangen", erzählte die dunkelhaarige Technikerin. „Sie waren so müde."

„Und warum bist du so früh dran?", wunderte ich mich.

Sie zögerte. „Wegen James."

„James?", wiederholte ich verdutzt.

„Ich kann nicht aufhören nachzudenken", gestand sie. „Über ihn, über sein Verhalten, über das, was zwischen uns passiert ist ..."

Ich hob die Augenbrauen. „Sag mal, kann es sein, dass du ihn magst?"

„Nein!", stritt sie sofort vehement ab. Kurz herrschte Stille, dann setzte sie sich an ihren eigenen Schreibtisch und legte ihren Kopf auf der Tischplatte ab. „Oder vielleicht doch ... Ich weiß es nicht mehr. In den letzten Monaten hab ich gemerkt, dass er gar nicht so gefühlskalt ist, wie ich immer dachte. Er ist nicht nur ein Frauenheld. Und eigentlich ist er echt lieb. Manchmal."

Ich stieß einen leisen Pfiff aus. „Klingt fast so, als könntest du dir doch vorstellen, mit ihm zusammen zu sein."

„Und dann? Selbst wenn, wie sollte es weitergehen?" Sie richtete sich auf und sah mich verzweifelt an. „Wenn es schiefgeht, was bei seiner Persönlichkeit nicht so unwahrscheinlich ist, was dann?"

„Das wirst du nur herausfinden, wenn du euch eine Chance gibst." Ich lächelte schief. „Aber jetzt gerade hörst du dich so an, als hättest du deine Zuneigung zu ihm sehr lange unterdrückt."

„Habe ich", gab sie beinahe tonlos zu. „Aber langsam kann ich es nicht mehr unterdrücken." Sie raufte sich das lange Haar. „Verdammt! Es gibt so viele wichtigere Dinge derzeit. Warum muss mich das mit James so beschäftigen?"

„Weil es für dich wichtig ist." Ich stand auf, um mich an ihren Tisch zu lehnen und ihre Hand zu nehmen. „Und das ist doch okay."

„Ich sollte dringend mal mit James reden, oder?", fragte sie.

Ich schmunzelte. „Nachdem ihr schon miteinander geschlafen habt, wäre ein Gespräch doch gar kein so großer Schritt."

„Ärgere mich nicht damit!", zischte sie.

Ich drückte sie sanft, ohne dabei meinen Sohn einzuquetschen. „Ich freu mich nur, dass du mir endlich sagst, wie du dich wirklich fühlst."

Sie schmiegte sich an mich. „Ich wollte es nicht wahrhaben, darum habe ich nicht darüber geredet ..."

„Und jetzt gestehst du's dir endlich ein?" Sie nickte. „Ist doch gut so. Mach das, was sich richtig anfühlt. Nicht das, was dein Kopf dir sagt. Bei Gefühlen hilft dir Logik sowieso nicht."

„Da hast du recht", lachte sie. „Aber, Mia, sag niemandem was davon, okay?"

Ich zwinkerte. „Wenn du mir erzählst, was bei eurem Gespräch rauskommt."

Sie lächelte mich an. „Versprochen. Danke für deine Hilfe."

„Keine Ursache", winkte ich ab. „Oh, schau mal, da kommen Ulrich und Jakob. Wir sollten das Thema wechseln."

„Aber ganz schnell", stimmte sie zu.

„Guten Morgen", tönte der Stationsleiter beim Eintreten.

Nach und nach füllte sich die Zweigstelle, ich starrte geistesabwesend nach draußen. Das Morgengrauen hing über Windfeld, es sah nach einem finsteren Tag aus. Aquamina ließ mich spüren, dass es regnen würde. Als James hereinkam, erwachte ich aus meiner Trance. Ich beobachtete, wie sein Blick zuerst zu Haru wanderte, die beiden tauschten ein kurzes Lächeln, bevor sich die Technikerin schnell abwandte. Da musste ich selbst lächeln. Ich war gespannt, was zwischen den beiden noch passierte.

„Gut, wir haben viel zu tun", unterbrach Ulrich das allgemeine Gemurmel, das daraufhin verstummte. „James, Riku, ihr ermittelt im Raubüberfall auf das Kaufhaus. Benjiro, Leo, ihr übernehmt die Patrouille in der Innenstadt. Am südlichen Stadtrand ..."

Ich hörte nicht weiter zu, während sich die ersten Ranger an die Arbeit machten. Ich würde heute sowieso nicht mit auf Patrouille gehen, dafür war ich zu übernächtigt. Meine Nerven lagen ein wenig blank, meine Augen wollten ständig zufallen. Heute blieb ich besser in der Zweigstelle bei Melodia und Haru, zu mehr war ich nicht zu gebrauchen.

„Lasse, du machst Innendienst", beendete Ulrich seine Anweisungen. „Mia, was hast du heute vor?"

„Schlafen", murmelte ich. „Ich bleibe hier, Takuto hat mich die halbe Nacht wach gehalten. Wenn ich später ein sinnvolles Gespräch mit Arisa führen soll, muss ich mich etwas ausruhen."

„Du siehst wirklich fertig aus", merkte Jakob besorgt an. Außer ihm, Ulrich, Lasse, Melodia und Haru waren alle bereits gegangen.

Ich lächelte schief. „Geht schon."

„Na gut, Jakob, dann kümmern wir uns um den östlichen Stadtrand", wandte sich der Stationsleiter an seinen Kollegen.

„Nehmt einen Regenschirm mit", fiel mir ein.

„Ach, soll es heute reg..."

Das leise Geräusch der sich öffnenden Glastür lenkte unsere Aufmerksamkeit zum Eingang. Im ersten Moment glaubte ich nicht, was ich sah. Oder besser gesagt, wen ich sah. Hatte ich so wenig geschlafen, dass ich halluzinierte? Ich rieb mir die Augen, doch er stand immer noch da.

„Hey, zusammen", begrüßte uns eine mir vertraute Stimme. „Ich hab echt spannende Neuigkeiten."

„Lloyd!", rief Haru erstaunt, woraufhin sie zu mir blickte.

Ich reagierte zuerst gar nicht, starrte meinen Freund nur an. Er zog gerade seinen blauen Mantel aus und hängte ihn an einen der wenigen Kleiderhaken im Hauptraum. Unter dem Mantel kamen eine dunkelgraue Hose und eine ebenso gefärbte Kapuzenjacke zum Vorschein. Die Uniform der Schattenbringer. Er hatte sich wirklich bei ihnen eingeschlichen. Seine Wangen waren gerötet, seine dunkelbraunen Haare durcheinander, sein Atem ging schnell. Er musste gerannt sein.

Stille herrschte in der Zweigstelle, niemand wagte es, etwas zu sagen. Außer Lloyd. Er kam ruhig auf mich zu, sah mir direkt in die Augen. „Ich hab mich extra beeilt. Wie lief's hier?"

Ich stieß mich langsam von Harus Schreibtisch ab, trat einen Schritt auf meinen Freund zu. Er öffnete schon die Arme, wollte mich wahrscheinlich an sich drücken, aber ich tat das Einzige, was mir in dieser Sekunde einfiel. Ich verpasste ihm eine schallende Ohrfeige. Damit hatte er wohl nicht gerechnet, denn er erstarrte völlig. Ich fixierte ihn wütend, während der ganze aufgestaute Ärger der letzten Tage in mir hochkroch.

„Du weißt, dass du es verdient hast!", zischte ich.

„Ich hab Celeps doch extra gesagt, was ich vorhabe, damit du Bescheid weißt", verteidigte er sich. „Hat er dir das nicht ausgerichtet? Wusstest du etwa nicht, wo ich war und was ich gemacht habe?"

Ich spannte den Unterkiefer an und zwang mich dazu, nicht zu schreien, um Takuto nicht zu wecken. „Doch, denn die Fiorita würden mich niemals hängen lassen oder hintergehen, ganz im Gegensatz zu dir!"

„Hintergehen? Ich habe dich doch nicht ..."

„Das reicht jetzt!", unterbrach Ulrich unseren Streit. „Das hier ist der falsche Ort und die falsche Zeit für so was."

Ich ballte die Hände zu Fäusten und schwieg, Lloyd sah mich nur fassungslos an. Wieder wurde es still im Raum.

Da nahm mich Haru in den Arm und lächelte mich ermutigend an. „Immerhin ist er heil zurückgekommen", flüsterte sie. Damit hatte sie recht. Ihm hätte sonst was passieren können, wenn ihn die Schattenbringer erkannt hätten.

Also nickte ich meiner Freundin zu und richtete dann meine blonde Perücke, die ein wenig verrutscht war, als ich meinem Freund die Ohrfeige verpasst hatte. Auch Melodia kam zu mir, um mich zu unterstützen. „Beruhige dich, bevor du mit ihm redest", riet sie mir. „Ich spreche aus Erfahrung, so aufgeregt zu streiten, bringt nichts als Ärger."

„Danke", wisperte ich.

Jakob beobachtete Lloyd und mich nachdenklich, wandte aber den Blick ab, als ich ihn musterte. Er machte sich Sorgen, das sah man ihm an.

„Gut, bevor ihr alle Zeit der Welt habt, um euer Problem zu lösen … Du hast etwas von interessanten Neuigkeiten erwähnt?", fragte Ulrich meinen Freund.

Lloyd fixierte mich eine ganze Weile, bevor er seine Aufmerksamkeit auf den Stationsleiter richtete. „Äh, ja … Die Schattenbringer haben gewaltige interne Schwierigkeiten und bekriegen sich gegenseitig. Die eine Gruppe steht immer noch voll hinter Erik und will seinen Plan umsetzen. Die andere Gruppe versucht, die Vorhaben der Organisation zu sabotieren oder eigene Interessen durchzusetzen. Eriks Handlanger kommen kaum hinterher damit, die Quertreiber zu stoppen und hinauszuwerfen. Dann gibt es noch ein paar Außenseiter, die sich still verhalten und abwarten. Darum hat sich dieser Krieg so langsam entwickelt. Es lief nicht wie geplant."

„Also wollten die Schattenbringer doch offensiver vorgehen und den Kampf nicht nur auf wirtschaftlicher Ebene austragen", rief Ulrich erstaunt.

„Ja, es herrscht pures Chaos in der Organisation", erzählte Lloyd. „Es gibt nicht mal mehr Mitgliederchecks, sonst wäre ich wahrscheinlich aufgeflogen. Erik hat die Kontrolle verloren, die Oberhand haben vor allem die Sponsoren der Schattenbringer. Welche Unternehmer das genau sind, weiß ich leider nicht. Ich weiß nur, dass es neue Sponsoren gibt."

„Klar, einige haben wir Ranger ja schon verhaftet. Doch welche Unternehmen ziehen die Fäden? Die vielen kleinen wohl kaum", grübelte Jakob.

„Soweit Sebastian, Sam und ich es mitbekommen haben, stecken ein oder zwei größere Unternehmen dahinter! Seit es interne Konflikte gibt, und auch schon früher, hat Erik die Sponsoren nicht mehr öffentlich benannt. Diejenigen, die ich noch kenne, sind schon längst nicht mehr aktuell."

„Wie steht es mit dem Unterschlupf? Wo liegt das Hauptquartier?", erkundigte sich der Stationsleiter.

„Es gibt kein Hauptquartier mehr", antwortete Lloyd. „Früher lag es im nördlichen Gebirge, aber der Boss, äh, Erik hat beschlossen, dass es zu gefährlich ist, eine Zentrale zu haben. Darum ist die Organisation total verstreut und so schwer zu kontrollieren."

„Gut zu hören, dass sie solche Probleme haben", freute sich Ulrich. „Aber das macht es gleichzeitig schwerer, sie zu fassen. Sie könnten überall in Fioria sein."

„Ein Unterschlupf ist jedenfalls in Aritiof, da war ich in den letzten Tagen."

„In den drei Tagen, in denen du einfach verschwunden bist, ohne mit mir darüber zu reden", zischte ich bitter, weil ich es nicht mehr aushielt, wortlos danebenzustehen. Sosehr ich mich über die Schwierigkeiten der Schattenbringer freute, die Wut auf Lloyd überwog.

Eindringlich ruhten seine blauen Augen auf mir. „Mia, ich hatte einen guten Grund, vorher nicht persönlich mit dir zu reden."

Um nicht zu einer weiteren Ohrfeige auszuholen, legte ich meine Arme um den schlafenden Takuto, der noch immer in der Trage hing. „Ach ja?"

„Du hättest mich aus lauter Sorge aufgehalten", flüsterte er. „Du hättest nicht mal darüber nachgedacht, wie wertvoll die Informationen sein könnten. Und sie sind wertvoll."

„Ach, geplant war das Ganze auch noch?! Schön, dass du dir so viele Gedanken über die Risiken deines Plans machen konntest!", tobte ich.

„Nein, das war spontan", behauptete er.

„Und du erwartest ernsthaft, dass ich dir das nach dieser Nummer noch abkaufe?", entgegnete ich bissig. „Nachdem du drei Tage abgehauen bist?"

„Ich lüge dich nicht an."

Ich wandte den Blick ab, weil ich es nicht mehr ertrug, ihm in die Augen zu schauen. „Sagt derjenige, der mir ewig verschwiegen hat, dass mein eigener Vater der Boss der Schattenbringer ist."

Daraufhin wurde er wirklich sauer. „Wenn du es auf diese Art haben willst, bitte! Wer hat mir denn ewig seinen Job vorenthalten, na?"

„Aus einem guten Grund."

„Und ich habe dir aus einem guten Grund nicht persönlich gesagt, dass ich zurück zu den Schattenbringern gehe!"

„Hier geht es überhaupt nicht um mich", stellte ich klar. „Was du getan hast, war das Letzte! Es war feige, wahnsinnig und verlogen!"

„Weil du ja immer die klügsten Entscheidungen triffst", knurrte er.

„Und was ich getan habe, war die einzige Möglichkeit, etwas zu erfahren.“

„Das hätten dir Sebastian und Sam nicht einfach sagen können, nein?“

„Nein! Sie wussten nicht alles, weil sie für gewisse Aufgaben abgestellt sind und sich so weit wie möglich rausgehalten haben.“

„Also beschließt du ganz spontan, mal selbst zu schauen und dabei Kopf und Kragen zu riskieren!“

Er schlug sich mit der flachen Hand gegen die Stirn. „Es ist alles gut gegangen, mir ist nichts passiert.“

„Und wenn doch was passiert wäre, hättest du Takuto und mich eben für mehr als drei Tage allein gelassen. Für immer eben! Ist ja kein Problem!“, schrie ich sarkastisch. „Uns ohne Vorwarnung zurückzulassen, war egoistisch und dumm, du verdammter Mistkerl! Du hast keine Ahnung, wie ich mich in den letzten Tagen gefühlt habe! Auf Viktors Beerdigung! Bei dem Gespräch mit Mama! Ich hab dich gebraucht und du hast mich im Stich gelassen!“

Seine Augen weiteten sich, als er das hörte. Er wirkte nicht mehr wütend, eher besorgt. Er wollte etwas sagen, öffnete schon den Mund, doch Takuto kam ihm zuvor. Der Kleine war wegen meiner lauten Worte aufgewacht und begann zu schreien.

„Ist schon gut, mein Schatz, es tut mir leid“, wisperte ich. Meine Stimme klang erstickt, ich stand kurz davor, wie mein Sohn in Tränen auszubrechen. Doch ich wollte keine Schwäche vor Lloyd zeigen. Mir fehlte gerade das Vertrauen, um Schwäche in seiner Gegenwart zuzulassen. Also riss ich mich zusammen. „Ich wollte nicht so laut werden, ist schon wieder okay ...“

„Mist, wir wollten dich nicht wecken, Takuto“, redete Lloyd auf ihn ein und beugte sich ein Stück zu ihm hinunter. „Wie geht's dir denn, mein Großer?“

„Baba?“, brachte der Kleine unter Schluchzen hervor.

„Ja, ich bin's“, bestätigte mein Freund. „Na, komm her.“ Er wollte Takuto auf seine Arme heben, doch ich trat einen Schritt beiseite.

Eisern hielt ich Lloyds verdutztem Blick stand. „Du glaubst doch nicht wirklich, dass ich ihn dir gebe, nachdem du uns einfach zurückgelassen hast?“

Stille legte sich über die Zweigstelle, abgesehen von Takutos Weinen. Beinahe als hielte jeder Anwesende die Luft an. Meine Freunde und Kollegen wagten es nicht, sich einzumischen. Lloyd brachte vor Entsetzen zunächst keinen Ton heraus. Doch ich würde nicht nachgeben. Mit seinem Verschwinden hatte er in meinen Augen mein Vertrauen in ihn verspielt. Also ließ ich Takuto sicher nicht mehr in seiner Obhut.

„Ist das dein Ernst?", fragte er nun angespannt.

„Wie soll ich meinen Sohn jemandem geben, auf den ich mich nicht verlassen kann?", entgegnete ich kalt.

„Mia, er ist auch mein Sohn!"

„Das hättest du dir überlegen sollen, bevor du wortlos abgehauen bist."

Er ballte seine Hände zu Fäusten. „Willst du das wirklich hier und auf diese Art regeln?"

Ich verdrehte die Augen. „Nein, eigentlich will ich jetzt gar nichts regeln! Denn im Gegensatz zu dir habe ich in den letzten Nächten fast gar nicht geschlafen, um unseren Sohn zu beruhigen. Er weint nämlich ständig, weil er zahnt. Wo warst du da, hm?"

„Ich hab dir doch gesagt, ich musste es für die Informationen tun", erklärte er verzweifelt. „Es tut mir leid, dass du so viel Stress hattest, weil ich weg war, aber es gab keinen anderen Weg."

Mir riss endgültig der Geduldsfaden, als ich das hörte. Ich ertrug diesen Mist nicht mehr, diese fadenscheinigen Begründungen. Ich musste hier raus, sofort. Eilig wandte ich den Blick von Lloyd ab und atmete tief durch.

„Ich kann dich gerade echt nicht sehen", flüsterte ich voller Bitterkeit und lief mit dem weinenden Takuto aus der Zweigstelle.

„Mia, warte!", rief Haru mir nach.

„Wo willst du hin?", fragte Jakob entsetzt.

„Mia!" Eindeutig Lloyd.

Doch ich ignorierte die Versuche, mich zurückzuhalten, und lief davon in Richtung Innenstadt. Ich brauchte eine Pause. Zeit für mich, Zeit zum Nachdenken, Zeit zur Beruhigung. Ziellos schlenderte ich durch Windfeld, streichelte dabei Takutos Rücken und lief herum, bis sich der Kleine beruhigt hatte. Ehe ich wusste, was ich tat, fand ich mich auf dem Marktplatz wieder. Auf dem wunderschönen, belebten Marktplatz von Windfeld.

Wobei ... Als ich mich genauer umsah, bemerkte ich, dass sich hier einiges verändert hatte. Es gab weniger Verkaufsstände, die Preise waren deutlich in die Höhe gegangen und die Menschen wirkten nicht mehr so glücklich, sondern eher geknickt. Der Krieg traf alle Leute schwer.

Zögerlich lief ich über den Platz, so normal wie möglich, aber dennoch in der ständigen Angst, von jemandem erkannt zu werden. Doch wie sollte mich jemand mit Perücke, Kontaktlinsen und vor allem einem Kind erkennen? Ich schüttelte den Kopf. Das war nicht nur unwahrscheinlich, sondern schon fast paranoid.

„Leute, ich kann mir das nicht länger ansehen!", schrie plötzlich eine bekannte Stimme. „Ich reduziere jetzt die Preise, zumindest heute! Wer Hunger hat, sollte sich schnell was holen. Frauen, Kinder und alte Leute zuerst!"

Erschrocken sprang ich einen Schritt zurück, als eine Meute an mir vorbeistürmte, um zum Stand der Bäckerei zu rennen. Die rothaarige Anita, eine pummelige und liebenswerte Verkäuferin, hatte dieses besondere Angebot gemacht, das sich niemand, der es mitbekommen hatte, entgehen lassen wollte.

Mir lief das Wasser im Mund zusammen, als ich die Backwaren betrachtete, von denen ich mir früher auch oft welche gekauft hatte. Anita und ich hatten uns gut verstanden, weil ich der Frau oft ihren entlaufenen Feuerhund zurückgebracht hatte.

Unsicher trat ich ein paar Schritte näher heran, nachdem sich der größte Ansturm gelegt hatte. Ich betrachtete durch das Schaufenster die wenigen Waren, am letzten Milchhörnchen blieb mein Blick hängen. Es hatte heute in der Zweigstelle kein Frühstück gegeben und ich liebte diese Hörnchen.

Da ich genug Geld dabeihatte, gab ich mir einen Ruck und blickte zu Anita auf. „Ähm, ich ... ich hätte gerne ein Milchhörnchen", bestellte ich.

„Glück gehabt, eins hab ich noch!" Sie griff schon nach einer Tüte und lächelte mich an, da verharrte sie auf einmal. Lange musterte sie mich, regte sich dabei keinen Millimeter. Mir wurde unwohl bei ihrem Blick. Sollte ich abhauen? Erkannte sie mich etwa von den Fahndungsfotos?

Nervös trat ich von einem Fuß auf den anderen. „Stimmt was nicht?"

„Takuto?", fragte sie entgeistert. Mir klappte der Mund auf. Sie hatte mich nicht von den Fahndungsfotos erkannt. Sondern von früher. „Takuto?", wiederholte sie. „Bist du das?"

Mein Sohn lachte und hob die Hände. „Ta", brabbelte er.

„Ähm ..." Ich spielte mit meinen Fingern herum, spürte, wie mir die Hitze ins Gesicht schoss. „Genau genommen ist der Kleine hier Takuto."

„Seltener Name", merkte sie an.

Ich biss mir auf die Unterlippe. „Stammt aus meinem Lieblingsbuch.“

„Sag mal, ganz ehrlich, du bist wirklich nicht Takuto?“ Sie beugte sich über die Vitrine zu mir. „Du siehst genauso aus wie ein Ranger, den ich mal sehr mochte. Wie ein Ranger, der schlagartig verschwunden ist. Und wie die junge Frau, nach der nun gefahndet wird. Das kann doch kein Zufall sein.“

Verdammt. Ich saß in der Klemme. „Blödsinn“, winkte ich ab. Meine Stimme zitterte. „Ich sollte gehen.“

„Warte!“, hielt sie mich zurück. Sie reichte mir eine Tüte und lächelte milde, geradezu mütterlich. „Nimm das mit. Du magst die Hörnchen doch so gerne. Und schau nicht so. Ich würde niemals verraten, dass ich dich gesehen habe. Ich hab dich zu gerne dafür. Ob Mann oder Frau.“

Tränen stiegen mir in die Augen. Sie hatte mich erkannt, sie wusste es, aber sie stellte mir keine Fragen. Sie urteilte nicht, sie meldete mich nicht, sie stand zu mir. Als ich nach der Tüte griff, hielt ich kurz Anitas Hand fest. „Du warst mir schon immer die liebste Einwohnerin von Windfeld“, flüsterte ich. „Wir sehen uns sicher wieder.“

Sie zwinkerte mir zu. „Das hoffe ich. Bist du hier, um etwas gegen den Krieg zu unternehmen?“

„Ich muss diesen Wahnsinn stoppen.“

„Wenn es jemand schafft, dann derjenige, äh, diejenige, die immer meine Stella gefunden hat“, kicherte sie.

„Grüß deinen Feuerhund schön von mir“, wisperte ich, bevor ich die Tüte nahm und mich ganz schnell vom Marktplatz davonmachte. Und für einen Moment musste ich lächeln. Für einen kurzen Moment fühlte ich mich akzeptiert, unterstützt und glücklich.

Ich setzte die Kapuze meiner Jacke auf und schlang den Stoff um Takuto und mich. Während ich weiter durch die Stadt ging, aß ich das Milchhörnchen und gab meinem Sohn auch ein paar Stücke von dem weichen Gebäck. Der Kleine jauchzte beim Essen.

„Schön, dass du wieder gut drauf bist“, freute ich mich. „Ich hätte nicht schreien sollen …“ Daraufhin brabbelte er etwas Unverständliches. Ich drückte ihn sanft. „Ach, mein Schatz.“

Kurz blickte ich zum grauen Himmel auf. Die ersten Regentropfen landeten auf meiner Nase. Ich musste mich irgendwo unterstellen. Aber ich konnte mich gerade nicht vom Himmel losreißen. Oder besser gesagt von den Gedanken, die mir im Kopf herumspukten: Wie sollte das mit Lloyd und mir weitergehen? Und wie sollte ich in diesem Zustand einen Krieg beenden?

Leise seufzte ich. Vor mir lagen noch viele harte Tage. Die letzten drei waren nur ein kleiner Vorgeschmack davon gewesen, das wurde mir plötzlich klar.

Kapitel 9:

Kommunikation

„Den Geistern sei Dank, du bist wieder da!", rief Melodia und rannte zu mir, als ich die Zweigstelle betrat. Sie drückte mich fest an sich. „Wir haben uns solche Sorgen um dich gemacht!"

„Du hattest nicht mal dein Handy dabei!", warf mir Lasse, der Innendienst hatte, vor. „Was hast du dir nur dabei gedacht?"

„Ich musste mich abkühlen", flüsterte ich. „Außerdem bin ich pünktlich für das Treffen mit Arisa."

„Geht's dir denn jetzt besser?", erkundigte sich Haru. Sie kam ebenfalls zu mir, um mich zu umarmen. „Hast du dich beruhigt?"

Langsam nickte ich. „Hat zwar gute sieben Stunden gedauert, aber ja." Ich lächelte schief. Es erleichterte mich sehr, dass außer den dreien niemand hier war. „Tut mir leid, dass ich euch Sorgen gemacht habe. Das wollte ich nicht."

„Ich rufe Ulrich an und sage ihm, dass du nicht mehr gesucht werden musst", seufzte Lasse. Er klopfte mir auf die Schulter. „Aber mach das nicht wieder."

Während er telefonierte, wandte sich Haru wieder an mich. „Weißt du jetzt, was du machen willst? Wegen Lloyd?"

„Nein", gab ich zu. „Aber ich flippe wenigstens nicht mehr aus. Das ist doch schon ein Anfang. So kann ich jedenfalls mit ihm reden. Wo ist er denn?"

„Im Wohnhaus, Ulrich hat ihm den Ersatzschlüssel für euer Zimmer gegeben", berichtete Haru und sah mich eindringlich an. „Sobald du dich mit Arisa getroffen hast, solltest du dich dringend mit ihm aussprechen. Er ist ziemlich fertig. Ein wenig sauer, aber vor allem echt fertig. Er sah gar nicht gut aus, als er gegangen ist. Ulrich und Jakob wollten ihn schon einsperren, damit er dich nicht sucht, aber Lloyd meinte, er bleibe im Zimmer und warte darauf, dass du zurückkämst. Du bräuchtest sicher nur Zeit für dich."

„Außerdem wollte er sich umziehen", ergänzte meine Grundschulfreundin Melodia.

Klar, er wollte die Uniform der Schattenbringer keine Sekunde länger tragen als nötig. „Verstehe", murmelte ich. „Heute Abend rede ich mit ihm." So wie die Situation war, konnte sie schließlich nicht bleiben.

Ich hatte in den letzten Stunden im Wald von Windfeld viel mit den Geistern und Dämonen gesprochen. Einerseits, um mich zu beruhigen, andererseits, weil mir die Fiorita richtig gefehlt hatten. Und auch Luna hatte mir geraten, das Problem mit Lloyd so schnell wie möglich aus der Welt zu schaffen, indem ich mit ihm darüber diskutierte.

Endlich fühlte ich mich etwas ausgeglichener, trotz Ärger und Müdigkeit. Nicht nur das Gespräch mit meinen Verbündeten hatte geholfen, auch das kurze Training im Wald.

Während einige Animalia mit Takuto gespielt hatten, hatte ich Kampfsportgriffe geübt. Ich hatte schon seit fast einer Woche nicht mehr trainiert, das hatte mir gefehlt. Außerdem sollte ich notfalls für einen Kampf gerüstet sein. Bei einem Zusammentreffen mit Schattenbringern oder Rangern, die dem Vorsitzenden gehorchten, musste ich mich wehren können.

„Viel Erfolg bei der Aussprache", wünschte Haru mir. „Ich habe heute auch eine vor mir."

Erstaunt sah ich sie an. Sie redete gleich heute mit James? „Oh, dann viel Glück dabei!"

„Wovon redet ihr?", wunderte sich Melodia.

„Erzähle ich dir nachher", versprach Haru. „Jetzt sollten wir den Esstisch abräumen, damit Mia und Arisa dort in Ruhe reden können."

„Stimmt, sonst müssen die beiden ins Verhörzimmer", lachte die blonde Technikerin. „Wäre nicht die schönste Atmosphäre."

Ich verzog das Gesicht. „Bloß nicht." Kurz überlegte ich, dann setzte ich meine Perücke ab und kämmte mein orange-braunes Haar mit den Fingern. „Ich glaube, für Arisa brauche ich keine Tarnung. Sie weiß, wie ich aussehe."

„Ja, und wenn ihr am Esstisch sitzt, sieht dich von draußen niemand", merkte Melodia an. „Sie freut sich bestimmt, dich unverkleidet zu sehen."

„Abgesehen von den Kontaktlinsen", wandte ich ein. Die würde ich nicht abnehmen, ich hatte nicht mal das Döschen dabei. Das lag in dem Zimmer, in dem sich Lloyd gerade aufhielt. Und ich brauchte noch etwas Zeit, bevor ich dieses Zimmer betrat. Bevor ich Lloyd wiedersah.

„Die fallen doch kaum auf", winkte Melodia ab. „Das Abendessen gibt es übrigens nach eurem Gespräch."

„Das ist gut, ich hab schon Hunger“, lachte ich. „Für Takuto hab ich vorhin noch was geholt, aber ich hatte nur ein Milchhörnchen.“

„Ich würde verhungern“, entgegnete Haru. „Heute Abend gibt's zwar nur trockenen Reis, aber immerhin genug davon.“

Irgendwie sehnte ich mich nach Renia zurück. Dort gab es bezahlbare Lebensmittel und wir hatten jeden Tag etwas Gutes gegessen. Aber das Geschehen hier war wichtiger. Ich konnte wohl kaum erwarten, im Krieg besonders leckere oder nahrhafte Mahlzeiten zu bekommen. Ob Lloyd und ich bald nach Renia zurückfahren sollten, um kurz nach dem Rechten zu sehen? Ich musste wenigstens mal Elly anrufen ...

„Das Esszimmer steht dir zur Verfügung“, verkündete Melodia und riss mich somit aus meinen Gedanken. „Nach eurem Gespräch machen wir dann das Essen.“

„Hörst du das, mein Schatz? Gleich reden wir mit Arisa, dann gibt's Essen“, erzählte ich Takuto.

Der Kleine lächelte mich an. „Mama. Ham.“

„Ja, ham, ham“, kicherte ich. „Genau. Essen.“

„Er ist so süß, wenn er was sagt“, schwärmte Melodia. „Aber viel kann er noch nicht, oder?“

„Nein, er ist ja auch erst neun Monate alt“, antwortete ich. „Aber er kann schon richtig gut auf dem Hintern rutschen.“

Haru musste lachen, Melodia wollte gerade etwas sagen, doch da betrat jemand die Zweigstelle. „Verdammtes Mistwetter!“, tobte eine helle Stimme. „Ich bin patschnass!“

„Arisa!“, rief ich begeistert. Freude überkam mich, als ich meine alte Grundschulfreundin sah. Ihre langen braunen Haare, die zum Pferdeschwanz gebunden waren, hingen triefend über ihrer ebenso nassen pinken Jacke.

Sie blickte mich direkt an und lächelte schief. „Schön, dich zu sehen, Mia. Ist viel zu lange her.“ Kurz stutzte sie. „Äh, das Baby vor deinem Bauch ...“

„... ist mein Sohn Takuto“, erklärte ich. „Aber das erzähle ich dir gleich in Ruhe.“

„Soll ich dir Klamotten von mir holen?“, bot Melodia an. „Du bist wirklich nass. Nicht, dass du krank wirst.“

Zögerlich nickte Arisa, in ihren braunen Augen spiegelte sich Unsicherheit wider. Wahrscheinlich weil sie so lange keinen Kontakt zu Melodia gehabt hatte, die blonde Technikerin aber so natürlich wie immer mit ihr umging. „Das wäre echt toll, danke.“

„Kein Problem, wir haben ja die gleiche Größe", winkte sie ab. „Es freut mich, dich mal wiederzusehen."

„Ja, hätten wir eigentlich früher machen sollen." Kurz biss sich Arisa auf die Unterlippe. „Tut mir leid, dass ich so wütend war. Ich weiß, du durftest mir nichts erzählen."

Melodia lächelte nur. „Schon gut. Ich kann's ja verstehen, an deiner Stelle wäre ich auch sauer gewesen. Ich hole schnell Klamotten."

„Danke", flüsterte sie, als Melodia aus der Zweigstelle lief. Dann wandte sie sich mir zu. „Wo können wir uns denn hinsetzen?"

Ich deutete zur Zimmertür hinter mir. „Der Esstisch gehört ganz uns."

„Und das ist wirklich dein Sohn? Du und Lloyd habt Nachwuchs?", fragte sie ungläubig.

„Ja, das war einer der Gründe, warum wir verschwunden sind."

„Das wusste ich nicht", murmelte sie. „Dabei bist du doch erst 19, oder?"

Ich nickte und legte meine Arme um Takuto. „Kam sehr überraschend. Aber der Kleine ist so ein Schatz! Auch wenn es auf Dauer ziemlich schwer wird, ihn durch die Gegend zu tragen."

Sie schmunzelte. „Wenn ich gleich trockene Sachen anhabe, muss ich ihn unbedingt mal nehmen."

„Da bin ich wieder", rief Melodia und reichte Arisa einen Satz frischer Klamotten. „Hier, für dich. Die Umkleide ist da drüben."

„Danke. Ich beeile mich", versprach unser Gast.

„Das ist so toll, Arisa ist richtig versöhnlich", jubelte die blonde Technikerin leise, als jene in der Umkleide verschwunden war.

„Schöne Stimmung für ein Gespräch", stellte ich erleichtert fest.

Nur wenig später, nachdem wir uns alle ausgiebig mit Umarmungen begrüßt hatten, saßen Arisa und ich am Esstisch in der Zweigstelle. Takuto hockte auf dem Fußboden und rutschte auf dem Hintern durch den Raum, was ihm sichtlich Spaß machte. Auf Arisas Schoß hatte er es nicht lange ausgehalten.

„Also, du und Lloyd, ihr seid Eltern? Das fass ich nicht ..." Sie stützte sich mit den Ellbogen auf dem Tisch ab. „Wobei in letzter Zeit viel passiert ist, was ich einfach nicht fassen kann."

„Was meinst du?", wunderte ich mich. „Den Krieg?"

Sie schüttelte den Kopf. „Das, was Sebastian mir erzählt hat." Ich schob verunsichert die Augenbrauen zusammen. „Er hat mir alles erzählt."

„Alles?", wiederholte ich beinahe tonlos.

„Alles", bestätigte sie. „Nur nicht, dass ihr ein Kind habt. Das wusste er wohl selbst nicht, oder?"

„Keine Ahnung, ob Lloyd ihm das vor unserem Verschwinden noch gesagt hat", gestand ich. „Du bist also immer noch mit Sebastian zusammen?"

„Ja, und inzwischen weiß ich auch, dass er mich ziemlich lange angelogen hat. Von wegen Bürojob", schnaubte sie. „Aber als ich einfach nicht mehr weiterwusste, wegen des Kriegs, weil du verschwunden bist, weil alles irgendwie zu viel wurde, da war er endlich ehrlich zu mir. Ist fast ein Jahr her, dass er mir erzählt hat, was wirklich los ist."

„Dass er ein Schattenbringer ist und so", murmelte ich.

„Und dass Lloyd einer war. Dass du dich als Mann verkleidet hast, um als Ranger zu arbeiten. Dass du das Mädchen aus der Legende bist. Dass dein Vater die Schattenbringer leitet", zählte sie auf. „War nicht leicht zu verdauen."

„Das glaub ich dir", flüsterte ich.

„Warum hast du nie was gesagt?"

„Wir haben uns jahrelang nicht gesehen", entgegnete ich. „Sollte ich dann gleich beim ersten Treffen alles ausplaudern?"

„In der Schulzeit, meine ich." Traurig sah sie mich an. „Da wusstest du doch schon, wer du bist, oder nicht?"

Ich zögerte lange, bevor ich antwortete. „Ja. Ich hab schon in der Grundschule gemerkt, dass ich irgendwie mit den Animalia verbunden bin. Und seit der sechsten Klasse wusste ich sicher, dass ich das Mädchen aus der Legende bin. Seit ich versehentlich Shadow beschworen habe."

„Unglaublich!", rief sie. „Aber du hast es für dich behalten?"

„Um die Fiorita zu schützen", erklärte ich. „Ich bin für sie verantwortlich, ich muss auf sie aufpassen. Ich bin die einzige Verbindung zwischen den Menschen, Dämonen und Geistern. Darum konnte ich niemandem vertrauen. Darum wollte ich Ranger werden. Aber inzwischen hat sich viel geändert. Die Ranger wissen alle, wer ich bin. Und weil ich mich als Mann ausgegeben habe, will mich der Vorsitzende einsperren."

Sie vergrub ihre Finger in ihrem Zopf und spielte nervös mit den Haaren. „Ich glaube das alles immer noch nicht."

„Aber ich hab mich heute mit dir getroffen, um dir die Wahrheit zu sagen. Alles, was passiert ist", ergänzte ich und lächelte sie an. „Ich hab gehört, dass du nach mir gesucht hast. Danke dafür." Geradezu schüchtern erwiderte sie mein Lächeln. „Hey, du warst eine meiner besten Freundinnen. Ich musste wissen, was los war."

„Dann pass mal auf …"

Es dauerte lange, Arisa alles zu erzählen. Aber ich vertraute ihr an, was geschehen war, was mich beschäftigte, was ich vorhatte. Sie hörte mir mit wachsendem Erstaunen zu, bis für einige Zeit Stille einkehrte. Takuto war inzwischen eingeschlafen, Melodia hatte ihn zu sich genommen, damit ich mit Arisa reden konnte.

„Du willst echt diesen Krieg stoppen? Wie?", hauchte sie letztendlich.

Ich verzog das Gesicht. „Indem ich meinen Vater zur Vernunft bringe. Und indem ich den Vorsitzenden auch irgendwie zur Vernunft bringe."

„Na, viel Spaß dabei, die drehen doch beide völlig durch", brummte sie.

„Ich weiß, aber die Geister haben mir versichert, ich könnte etwas bewirken. Also muss ich es versuchen", wandte ich ein.

„Ich hoffe, du schaffst es … Darf ich mal einen der Geister sehen?", wechselte sie das Thema.

„Äh, ich frage mal, ob das okay ist. Darf ich dich dann auch um etwas bitten?", fragte ich.

„Was denn?"

„Die schlechten Schlagzeilen über die Ranger erschweren meinen alten Kollegen die Arbeit sehr", gestand ich. „Ich verstehe, dass die Presse kritisch über den Krieg berichten will. Das soll sie auch. Aber könntest du irgendwie dafür sorgen, dass nicht gleich alle Ranger unter Generalverdacht gestellt werden, schlechte Arbeit zu leisten und die Bürger zu betrügen?"

Sie stieß einen Pfiff aus. „Das ist aber eine große Bitte."

„Ich weiß nicht, wen ich sonst fragen kann." Leise seufzte ich. „Ulrich und die anderen haben es jeden Tag unheimlich schwer, weil die Bürger sie nicht mehr respektieren. Es wäre schon eine große Hilfe, mal klarzustellen, dass sich viele Ranger sehr bemühen. Und du hast Kontakte zur Presse."

Einige Minuten lang sagte sie nichts, sie schlug die Beine übereinander und dachte nach. „Ich glaube, mir fällt da was ein. Der Chefredakteur vom *Fioria Report* schuldet mir noch einen Gefallen."

Begeistert sah ich sie an. „Du hilfst uns wirklich?"

„Ja, ich verstehe dein Argument. Und ich finde auch, dass zu viel gegen die Ranger gehetzt wird. Die meisten von ihnen machen auch nur ihren Job“, äußerte sie sich. „Das eigentliche Problem sind die Schattenbringer und die Wirtschaft.“

„Danke, ich kann es gar nicht oft genug sagen, danke!“ Ich stand auf, um Arisa an mich zu drücken. „Danke!“

„Keine Ursache“, lachte sie. „Ich kann nichts versprechen. Aber vielleicht wird bald eine Gegendarstellung über die Ranger veröffentlicht. Mit etwas Glück darf ich daran mitschreiben.“

„Das wäre genial!“

„Aber dafür will ich mindestens einen Geist sehen“, verlangte sie und ließ mich los. „Ich wollte noch nie glauben, dass es welche gibt.“

„Oh doch, sogar 14, so wie es die Legende besagt“, erzählte ich. „Und ich erkundige mich mal, welcher freiwillig nach Fioria kommt.“ Kurz schloss ich die Augen und leitete diese Frage über unsere Verbindung an die Geister weiter. Sofort meldeten sich Celeps, Venta, Melamf, Sol und Luna freiwillig. „Also, fünf Geister sind einverstanden.“

„Stark! Aber das machen wir nicht heute“, beschloss Arisa nach einem Blick auf die Uhr. „Wenn ich noch vor der Ausgangssperre in Regarn sein will, muss ich den nächsten Fioria-Express erwischen.“

„Ach, du bist mit der Bahn hier?“

„Ja, ich hab kein Auto“, erzählte sie. „Also muss ich mich langsam auf den Weg machen. Die Zeit ist echt schnell vergangen.“

„Zu schnell“, seufzte ich. „Aber wir machen bald wieder was aus, ja?“

„Klar, ich will unbedingt diese fünf Geister kennenlernen“, stimmte sie zu. „Wie wär’s, wenn du mir die fünf vorstellst, sobald ein guter Artikel im *Fioria Report* erscheint?“ Sie zwinkerte mir zu.

Ich strahlte sie an. „Das mache ich sehr gerne.“

„Dann haben wir einen Deal.“

Es fiel mir richtig schwer, mich von Arisa zu verabschieden. Nachdem sie auch Melodia, Haru und Lasse Tschüss gesagt hatte, machte sie sich auf den Weg zum Bahnhof.

Ich nahm den inzwischen erwachten Takuto auf meine Arme und lächelte in die Runde. „Arisa hilft uns.“

„Ulrich wird sich freuen, wenn er das hört“, prophezeite Haru. „Die anderen Ranger müssten jeden Moment von der Patrouille zurückkommen.“

„Und wir sollten schnell das Essen machen“, stellte Melodia fest. „Mia, sagst du Lloyd Bescheid, dass es gleich Abendessen gibt?“

Unwillkürlich erstarrte ich. „Äh ...“

„Soll ich ihn lieber holen?“, bot Haru an.

„N…nein, schon gut“, stammelte ich. Irgendwann musste ich mich ihm ja stellen. Augen zu und durch. Ich würde mich nicht davor drücken. „Ich hole ihn.“

„Lass dir ruhig Zeit“, riet mir die Dunkelhaarige. „Es gibt frühestens in einer halben Stunde Essen.“

Blieb also genügend Zeit, um kurz mit Lloyd zu reden und das erste Eis zu brechen. Ich setzte meine Perücke wieder auf. „Gut, bis gleich. Ihr könnt den anderen ja erzählen, wie es mit Arisa lief, wenn ich nicht ganz pünktlich wiederkomme. Vielleicht dauert das jetzt etwas länger.“

„Kein Problem, wir lassen euch was zu essen übrig“, versprach sie und drückte meine Hand. „Viel Erfolg.“

„Dir nachher auch“, flüsterte ich.

Sie lächelte ein wenig gequält. „Danke.“

Mit Takuto in der Kindertrage machte ich mich auf den Weg zum Wohnhaus. Nur langsam lief ich die Treppen hoch in den ersten Stock bis hin zu dem Zimmer, in dem sich Lloyd vermutlich aufhielt. Ganz kurz überkam mich ein Gefühl von Wärme. Mein Freund war wohlbehalten von den Schattenbringern zurückgekehrt. Meine größte Angst, ihm könnte etwas passieren, hatte sich nicht bewahrheitet. Aber das änderte nichts daran, dass er mich mit diesem Alleingang sehr verletzt hatte.

Ich atmete tief durch und klopfte an, wartete jedoch gar nicht erst auf eine Antwort, sondern trat direkt ein. Lloyd saß auf dem Bett, Stift und Papier in der Hand, er schrieb etwas auf. Sein Kopf schnellte nach oben, als ich eintrat, seine blauen Augen trafen meine und weiteten sich daraufhin.

Sofort sprang er auf und legte die Schreibsachen beiseite. „Mia!“

„Hey“, begrüßte ich ihn leise. Er streckte einen Arm nach mir aus, hielt aber in der Bewegung inne. Bevor er seinen Arm allerdings zurückziehen konnte, griff ich nach seiner Hand. „Warte mal“, bat ich. „Ich hab heute Morgen sehr heftig reagiert. Das hätte … vielleicht nicht sein müssen.“

„Bist du noch wütend?“, fragte er und strich mit dem Daumen über meinen Handrücken.

„Ein wenig“, gab ich zu. „Aber ich raste nicht mehr aus.“

Da zog er mich an der Hand näher zu sich heran und strich mir über den Hinterkopf. „Es tut mir leid.“

Bei dieser Nähe rutschte mir das Herz in die Hose. Ich wusste nicht, wie ich reagieren sollte. „Besprechen wir das lieber nach dem Abendessen und nicht auf die Schnelle", schlug ich vor.

Nachdenklich nickte er. „Na gut."

„Baba! Baba!", lachte Takuto.

Lloyd lächelte. „Ja, mein Großer?"

„Ich glaube, er will zu dir", flüsterte ich und hob unseren Sohn aus der Trage, um ihn meinem Freund zu geben.

Er wirkte erleichtert, als ich ihm nicht wieder verweigerte, den Kleinen zu halten. Liebevoll schloss er ihn in die Arme. „Ach, hab ich dich vermisst!"

Ich beobachtete die beiden, zugegebenermaßen ein wenig gerührt. Mir fehlten die Worte. Ich wollte Lloyd vieles sagen, vieles an den Kopf werfen, mich zugleich jedoch in seine Arme stürzen und unseren Streit vergessen. Aber dafür war ich zu verunsichert.

Zu verletzt.

Allerdings hatte mein Freund wohl die gleiche Idee, denn er zog mich mit einem Arm an sich, sodass wir drei uns ganz nahe waren. Unsere kleine Familie war eng beisammen. Und dieses Gefühl der Harmonie tat unendlich gut. Es tat so gut, dass ich der Versuchung nachgab, meinen Kopf an Lloyds Schulter zu lehnen und einen Arm um seinen Rücken zu legen.

„Das hat mir gefehlt", flüsterte er.

Ich biss mir auf die Zunge. „Wir sollten in die Zweigstelle gehen." Schnell löste ich mich von ihm. Ich konnte und wollte nicht so schnell nachgeben oder so tun, als wäre nichts gewesen.

Lloyd sah mich skeptisch an. „Ja."

Ich tat so, als würde ich seinen Blick nicht bemerken, und richtete meine Perücke. „Du kannst Takuto nehmen." Dann ging ich voran aus dem Zimmer, wobei ich jeglichen Blickkontakt vermied.

„Was genau ist jetzt los?", fragte Lloyd mich auf dem Weg.

„Ich kann nicht so tun, als wäre nichts gewesen", entgegnete ich.

„Das hab ich doch gar nicht von dir verlangt."

Ich fixierte beim Laufen meine Fußspitzen. „Aber das eben, das ... das ging zu schnell. Ich kann nicht mit dir kuscheln, nachdem du mich so im Stich gelassen hast."

„Ich habe nur an unserem Plan gearbeitet", verteidigte er sich.

„Und mich nicht eingeweiht."

„Wollten wir das nicht nachher bereden?", fragte er genervt.

Ich schluckte unbehaglich. „Ja." Dabei hatte ich plötzlich keine Lust mehr, darüber zu reden oder in Lloyds Nähe zu sein. Die Stimmung war richtig mies geworden.

„Da seid ihr ja! Ich habe schon von dem Erfolg mit Arisa gehört", freute sich Jakob, als wir die gefüllte Zweigstelle betraten. „Gut gemacht, Mia!"

„Gerne doch", antwortete ich und lächelte ein wenig gezwungen.

„Stimmt was nicht?", wunderte sich der schwarzhaarige Ranger. Auch einige andere musterten mich besorgt.

Ich zuckte mit den Schultern. „Nicht so wichtig."

Er legte mir eine Hand auf die Schulter. „Hey, das wird wieder."

„Danke, Jakob", flüsterte ich.

Lloyd setzte sich schon zu Mark, Melodia, Lasse, Riku und Genta an den Tisch. Auch die anderen Ranger, Haru und ich nahmen Platz. Mir entging nicht, dass James neben der dunkelhaarigen Technikerin Platz nahm, doch mir fehlte gerade die Konzentration, um genauer auf die beiden zu achten. Neben Lloyd zu sitzen, stresste mich irgendwie.

„Wie schon gesagt, es gibt trockenen Reis. Leider", verkündete Melodia.

„Davon wird man immerhin satt", winkte Ulrich ab.

„Mama", quengelte Takuto, der neben mir auf Lloyds Schoß saß, und streckte seine Hände nach mir aus.

„Ist ja gut", beruhigte ich ihn und nahm den Kleinen zu mir. „Was ist denn?" Doch er strahlte mich nur an und ich erwiderte sein Lächeln. Dann nahm ich mir etwas von dem Reis.

Beim Abendessen herrschte eine gedrückte Stimmung. Unangenehme Stille erfüllte den Raum, jeder Gesprächsversuch klang bemüht. Erst nach einigen Minuten lockerte sich die Stimmung auf, weil Ulrich ein paar lustige Geschichten über vergangene Fälle erzählte. Von einem Rentner, der den Notruf gewählt hatte, weil er den Stöpsel der Badewanne nicht mehr fand, oder vom wohl dümmsten Einbrecher überhaupt, der seinem Opfer auf dessen Frage hin reflexartig seinen vollen Namen genannt hatte.

Dankbar lächelte ich den Stationsleiter an. Genau so was hatte ich gebraucht. Ein paar spaßige Geschichten, eine lockere Atmosphäre. Erst nach über einer Stunde lösten wir die Runde auf.

„Gehen wir?", erkundigte sich Lloyd, als er aufstand.

Wie versteinert blieb ich sitzen. Konnte ich jetzt wirklich mit ihm reden? Ich wusste nicht wie. Verzweiflung und Panik packten mich. „Äh, ja, geh schon mal vor, ich komme gleich nach."

„Sicher?"

Ich nickte. „Ja, es dauert nicht lange."

„Dann bis gleich", verabschiedete er sich und stapfte nach draußen.

„Das sieht ja übel aus", schnaubte Melodia. „Was ist mit euch?"

„Das ist kompliziert ..."

„Habt ihr gerade nicht miteinander geredet?", wunderte sich Haru.

„Doch, aber es lief nicht so gut", seufzte ich. „Mir fällt es echt schwer, ihm zu verzeihen. Er hätte die Sache am liebsten sofort unter den Teppich gekehrt, jedenfalls fühlt es sich so an."

„Los, raus mit dir und klär das Ganze", forderte Jakob mich auf. „Das kann ich mir nicht mit ansehen."

Abwehrend hob ich die Hände. „Ist ja gut, ist ja gut. Ich bin schon weg." Also stand ich mit Takuto auf, wünschte meinen Freunden eine gute Nacht und verließ die Zweigstelle. Allerdings kam ich nicht weit, bis meine Beine den Dienst verweigerten und ich mitten auf der menschenleeren Straße stehen blieb. Es kostete mich viel Überwindung, den nächsten Schritt zu machen. Der kühle Wind brachte mich zum Zittern. Behutsam zog ich meine Jacke über Takuto, damit der Kleine nicht fror. Dann blickte ich zum klaren Himmel, auf den Mond und die vielen Sterne, die diese Nacht erhellten.

Ich war noch nicht lange zurück in Windfeld, doch es war schon so viel passiert. Ich hatte meine lieben Freunde und ehemaligen Kollegen wiedergesehen. Ich hatte den ersten Schritt gemacht, um mich wieder mit meiner Mutter zu vertragen. Und ich hatte mich mit Lloyd zerstritten, ohne zu wissen, wie das weitergehen sollte.

„Na, Luna, hast du einen Rat für mich, bevor ich mit ihm rede?", flüsterte ich dem Nachthimmel zu.

Ich rechnete nicht wirklich mit einer Antwort, war mir nicht mal sicher, ob mich die Herrin der Geister gehört hatte. Doch plötzlich wurden die Sterne schlagartig dunkler, nur um kurz darauf umso heller zu erstrahlen. Mir war, als hätte Luna gezwinkert. Ich lächelte. „Danke", hauchte ich. Mein Atem wurde zu einer kleinen Wolke. „Mal sehen, ob wir das nicht wieder geradebiegen können."

Lunas kleine Geste hatte mir neuen Mut gegeben. Ich sollte mir nicht ständig Sorgen machen. Lloyd und ich hatten schon Schlimmeres durchgestanden, wir hatten sogar schon mal Schluss gemacht und doch waren unsere Gefühle dieselben geblieben. Also hieß es nun, das Problem durch ein Gespräch aus der Welt zu schaffen.

Ich gab mir einen Ruck und setzte mich wieder in Bewegung. Diesmal lief ich erstaunlich schnell zu unserem Zimmer und trat ein, ohne zu klopfen. Lloyd rechnete ja sowieso mit mir. Dachte ich jedenfalls. Ich erwischte ihn in dem Moment, als er sich umzog. Er trug nur eine Schlafanzughose und ich konnte nicht anders, als ihn anzustarren.

„Du warst ja echt schnell", merkte er an und zog sich nun auch ein Oberteil über.

„Ja, ich … hab ja gesagt, ich beeile mich …", murmelte ich. Röte war mir ins Gesicht geschossen, sehr zu meiner Schande. Ich kam mir wie ein dummes kleines Mädchen vor, dabei hatte ich meinen Freund nicht zum ersten Mal oben ohne gesehen. Aber irgendwie hatte mich das völlig aus dem Konzept gebracht.

Er hob eine Augenbraue. „Stimmt was nicht?"

„Nein, nein, alles okay", winkte ich ab. Ich gab jetzt sicherlich nicht zu, dass ich kurzzeitig nicht mehr an das bevorstehende Gespräch, sondern an etwas ganz anderes gedacht hatte. Sosehr ich mir wünschte, meinem Freund deutlich näher zu sein, ich musste mich konzentrieren. „Takuto sollte langsam ins Bett."

„Wenn du willst, ziehe ich ihn um", bot Lloyd an. „Dann kannst du schon mal ins Bad."

„Perfekt", stimmte ich zu und gab ihm vorsichtig unseren müden Sohn. Es war ein schönes Gefühl, mich nicht mehr allein um alles kümmern zu müssen.

In Rekordzeit duschte ich und zog meinen Schlafanzug an. Als ich das Bad verließ, beugte sich Lloyd gerade über das Gitterbett und strich über Takutos kleine Finger. „Schlaf gut, mein Großer", flüsterte er.

„Ist er eingeschlafen?", fragte ich ebenso leise.

Lloyd nickte. „Tief und fest."

„Das hält nicht lange", seufzte ich. „Er wacht alle paar Stunden auf."

Da schmunzelte er. „Ist ja nichts Neues. Aber ich hab ihm gerade was vorgesummt, das hat gut funktioniert."

„Kein Wunder, er liebt Musik." Ich trat neben Lloyd ans Gitterbett. „Genau wie wir, was?"

„Wie lange haben wir eigentlich keine Musik mehr gemacht?", fiel meinem Freund ein. „Kommt mir vor wie eine Ewigkeit."

Ich stutzte. „Stimmt. Seit wir nach Renia abgehauen sind und du deine beiden Gitarren zurückgelassen hast …"

„Seitdem habe ich nicht mehr gespielt. Und du hast auch nur noch gesungen, um die Fiorita zu rufen oder Takuto zu beruhigen", stellte er fest.

„Irgendwie traurig", murmelte ich. „Das ist völlig untergegangen."

Er raufte sich das dunkelbraune Haar. „Ich weiß nicht mal, wo meine Gitarren jetzt sind. Ich glaube, ich hatte beide in verschiedenen Unterschlupfen der Schattenbringer. Erik hat sie sicher entsorgt."

„Meinst du wirklich?", grübelte ich. „Vielleicht sind sie noch da."

„Und wenn nicht, sollte ich mir dringend wieder eine anschaffen. Am liebsten eine E-Gitarre", lachte er. „Aber nicht im Bezirk der Ranger, da kann ich mir das nicht leisten."

„Wenn wir bald wieder nach Renia fahren, kaufen wir eine", schlug ich vor. „Wir müssen ohnehin irgendwann nach dem Rechten sehen und mit Elly reden. Wäre toll, mal wieder nur aus Spaß Musik zu machen ..."

„Das fehlt mir echt", gestand er.

Geradezu reflexartig legte ich einen Arm um meinen Freund. Erst nachdem ich es getan hatte, realisierte ich, was ich da machte. Aber ich konnte nicht anders, als seine Nähe zu suchen. Und Lloyd erwiderte diese Geste, indem er einen Arm um meine Hüfte legte. Lange standen wir so am Gitterbett, aneinandergelehnt, die Blicke auf unseren schlafenden Sohn gerichtet. Die Stille und die Wärme taten gut, beruhigten mich und brachten mich zum Lächeln. Das hatte ich in den letzten Tagen sehr vermisst.

Erst nach einigen Minuten bewegten wir uns wieder, Lloyd drehte sich zu mir um und umarmte mich fest. „Es tut mir leid, Mia. Was passiert ist ... dass ich dich so aufgeregt habe. Es tut mir wirklich leid."

„Aufgeregt?", wiederholte ich ungläubig. Meine Stimme klang gedämpft, weil ich gegen seine Brust redete. Ich brachte es nicht über mich aufzublicken. Doch ich schmiegte mich an meinen Freund, diesen Drang konnte ich nicht unterdrücken. „Es geht nicht darum, dass du mich aufgeregt hast. Es geht darum, dass ich mich verraten gefühlt hab. Du hast mich ohne ein Wort im Stich gelassen."

„Ich ... ich weiß auch nicht, mir war in dem Moment nicht mal klar, dass es solche Folgen haben würde", antwortete er. „Ich hatte nur diese eine Chance und konnte an nichts anderes denken. Ich wollte sie nutzen."

Ich löste mich aus seiner Umarmung, wütend und verzweifelt zugleich sah ich ihn an. „Lloyd, du hast so oft gesagt, dass du Takuto und mich liebst. Also, warum bist du gegangen? Warum hast du uns allein gelassen?"

„Gerade weil ich euch liebe!", antwortete er und griff nach meinen

Schultern. Er sah mir tief in die Augen. „Ich musste mehr über die Schattenbringer erfahren, aber ich wollte euch nicht mit in die Gefahr hineinziehen. Und ich wollte dich nicht in die Situation bringen, mich zum Bleiben zu bewegen, denn ich wäre gegangen, egal, was du gesagt hättest. Aber ich hätte mich noch miserabler dabei gefühlt.“

Als ich blinzelte, kullerte eine Träne über meine linke Wange. „Das war die schrecklichste Idee, die du je hattest“, flüsterte ich. „Aber ich bin überglücklich, dass du heil zurückgekommen bist.“

Er ließ seine Arme sinken, um meine Hände in seine zu nehmen. „Ich hätte alles getan, um euch so schnell wie möglich wiederzusehen.“

Ich verzog das Gesicht, darum bemüht, meine Emotionen zu beherrschen, doch vergebens. Meine aufgestauten Gefühle brachen aus mir heraus. „Ich verstehe irgendwie, warum du dich bei den Schattenbringern eingeschlichen hast, das tue ich, aber du hättest mit mir reden sollen.“

„Das hätte doch nichts gebracht“, seufzte er und wischte mir die Tränen aus dem Gesicht. „Du hättest mich nur aufhalten wollen.“

„Natürlich! Glaubst du, es hat mir gefallen, drei Tage lang befürchten zu müssen, dass du von diesen Verbrechern umgebracht wirst?“, zischte ich.

„Es ist doch nichts passiert“, beruhigte er mich. „Ich hätte mich nie erwischen lassen, ich war vorsichtig. Denn ich hätte dich und Takuto nie allein gelassen. Das solltest du wissen.“

„Ich dachte auch immer, das wüsste ich“, wisperte ich und schniefte leise. „Ich war mir sogar ganz sicher. Aber seit du wortlos auf eigene Faust abgehauen bist, kann ich ... kann ich dir ...“

„Kannst du mir was?“, hakte er behutsam nach, als meine Stimme erstarb.

Da schüttelte es mich, ich schluchzte lauthals auf. „Ich kann dir nicht mehr völlig trauen!“ Seine blauen Augen weiteten sich, er erstarrte und sah mich entsetzt an. Anscheinend wollte er etwas sagen, brachte aber keinen Ton heraus. Also fuhr ich fort: „Obwohl ich es so sehr will, kann ich dir nicht mehr blind vertrauen wie früher. Die letzten Tage waren zu schlimm, ich hab mich zu sehr hintergangen gefühlt. Ich weiß echt nicht, was ich machen soll.“

Er presste die Lippen zu einem schmalen Strich zusammen und nickte, beinahe so, als verstünde er mich. Als akzeptierte er, was ich ihm anvertraut hatte. Als hätte er schon damit gerechnet.

„Sag doch was“, flehte ich, weil ich die Stille nicht mehr ertrug.

„Mir fällt nichts ein."

Ich suchte seinen Blick, doch er wich mir zunächst aus. „Lloyd?"
Endlich sah er mich an. Sein Gesichtsausdruck jagte mir einen Schauer über den Rücken. Lloyds Augen wirkten hart und kalt, ich kannte diesen Blick. So hatte ich ihn kennengelernt. Distanziert, ablehnend, in sich gekehrt und kühl. Aber ich wollte nicht, dass er wieder in dieses Verhaltensmuster zurückfiel. Zaghaft trat ich einen Schritt auf ihn zu. „Versteh mich bitte nicht falsch, ich will dir wieder vertrauen. Und ich bin mir sicher, das werde ich bald auch. Nur jetzt gerade ... jetzt gerade befürchte ich, du könntest jederzeit wieder abhauen, ohne was zu sagen."

„Aber das werde ich nicht", flüsterte er mit rauer Stimme.

„Danke. Das musste ich hören", gestand ich und umarmte ihn fest. Nur mit Mühe unterdrückte ich ein Schluchzen, doch ich zitterte ein wenig. „Ich hab solche Angst, dass du mich allein lässt. Ich schaffe das alles nicht ohne dich und ich will keinen Tag ohne dich überstehen müssen."

„Ich lasse dich nicht allein. Ich könnte dich und Takuto nie allein lassen", entgegnete er und erwiderte meine Umarmung sanft. „Bitte, glaub mir das."

Ich nickte, erleichtert darüber, dass Lloyd nicht mehr so kalt wirkte. „Das tue ich." Kurz zögerte ich. „Kommst du morgen früh mit nach Brislingen? Ich weiß nicht, ob ich ohne dich das Gespräch mit meinem Vater führen kann."

„Natürlich", versprach er und vergrub sein Gesicht in meinem Haar. „Ich hätte dich auch zu deiner Mutter begleitet. Ich hab nur nicht erwartet, dass du dich ihr schon stellen würdest."

„Schon gut", winkte ich ab. „Das ist vorbei. Ich hab's irgendwie geschafft, genau wie Viktors Beerdigung. Obwohl ich nach dieser widerlichen Rede auf den Vorsitzenden losgehen wollte."

„Ich glaube, du hast mir einiges zu erzählen", merkte er an.

„Du mir auch. Wie hast du es bei den Schattenbringern bloß ausgehalten?", wunderte ich mich.

„Erzähle ich dir alles. Aber zuerst ..." Er atmete tief durch. „Mia, es tut mir leid. Bitte entschuldige."

„Okay", hauchte ich gerührt.

Daraufhin drückte er mich noch etwas fester an sich. „Ich liebe dich", flüsterte er mir ins Ohr.

„Ich liebe dich auch", antwortete ich erstickt und streckte mich, um

Lloyd zu küssen. Das warme, zärtliche und wohlbekannte Gefühl ließ mich für einen Augenblick alles andere vergessen. Für mich war die Welt schlagartig wieder in Ordnung. Und ich hoffte sehr, dass es zwischen Lloyd und mir dabei bleiben würde.

Kapitel 10:
Ein neuer Blickwinkel

„Ich bin so müde", jammerte ich und lehnte meinen Kopf seitlich gegen die Fensterscheibe. Nur mit Mühe unterdrückte ich ein Gähnen, während ich dagegen ankämpfte, dass meine schweren Augenlider zufielen.

Es war noch dunkel in Fioria, das Morgengrauen, sogar die ersten Anzeichen desselben ließen auf sich warten. Kein Wunder um kurz vor sechs.

„Morgenmuffel", neckte mich Lloyd, der am Steuer saß und die leer gefegte Landstraße entlangfuhr.

Ich brummte leise. „Kann ja nicht jeder so ein furchtbarer Frühaufsteher sein. Sogar Takuto schläft." Kurz drehte ich mich zu dem Kleinen um, der in seinem Kindersitz auf der Rückbank friedlich schlummerte. „Wie schaffst du es, so fit zu sein, obwohl wir die halbe Nacht geredet haben?"

Lloyd hatte mir erzählt, was er in den letzten Tagen bei den Schattenbringern erlebt hatte. Dabei war ihm etwas eingefallen, was er vor lauter Aufregung vergessen hatte: Die Organisation formierte sich neu. Besonders Alfred half radikal dabei, er war zum Vollstrecker der Schattenbringer geworden. Seit dem Mord an Viktor hatte sich seine Brutalität offensichtlich noch gesteigert.

Diese Informationen hatte ich Ulrich auf sein Handy geschickt, bevor ich mit meinem Freund nach Brislingen aufgebrochen war. Das mussten die Ranger wirklich wissen.

Er zuckte mit den Schultern. „Ich bin eben ein Morgenmensch."

„Ich nicht", murmelte ich erschöpft.

„Bald sind wir ja da", versuchte er mich aufzuheitern.

Gequält stöhnte ich auf. „Das macht es nicht besser ..."

Da griff Lloyd nach meiner linken Hand, ohne den Blick von der Straße zu nehmen. „Ich weiß, du hast Angst, mit deinem Vater zu reden. Aber du schaffst das."

„Danke", wisperte ich und drückte seine Finger, bevor er sie wieder ums Lenkrad schloss. „Ich bin gespannt, was das wird."

Nur wenig später erreichten wir Brislingen. Lloyd parkte direkt vor der Tür meines Elternhauses. Automatisch stieg ich aus dem Wagen, meine Beine fühlten sich steif und bleischwer an. Ich wollte gar nicht klingeln. Ich wollte nicht mit meinem Vater reden. Oder doch? Immerhin wollte ich ihn zur Vernunft bringen. Und ich hatte über eineinhalb Jahre kein einziges Wort mit ihm gewechselt.

Lloyd, der Takuto trug, legte mir einen Arm um die Schultern und schob mich behutsam näher zur Haustür. „Komm schon.“

„Ja, ja“, maulte ich unbehaglich. „Ist nicht ganz so einfach.“

„Aber du hast dich doch wieder mit Cassandra vertragen“, wandte er ein.

„Was nichts daran ändert, dass ich gleich vielleicht mit meinem Vater reden muss.“ Falls er heute tatsächlich anrief. Falls wir seinen Anruf nicht schon verpasst hatten.

„Ich bin da“, beruhigte mich mein Freund. „Und am Telefon kann nichts Schlimmes passieren.“

„Ich hoffe es.“ Kurz ließ ich meinen Blick durch Brislingen schweifen. Es wirkte völlig ruhig in meinem grünen Heimatdorf, die meisten Leute schliefen bestimmt noch. Ich biss die Zähne zusammen und atmete tief durch, dann gab ich mir einen Ruck und drückte auf die Klingel.

Es dauerte keine zehn Sekunden, da riss meine Mutter schon die Tür auf. Sie schien schon länger wach zu sein, jedenfalls trug sie Alltagskleidung und ihre Haare waren zum Zopf geflochten. „Mia! Und Lloyd! Und Takuto!“ Sofort hielt sie sich eine Hand vor den Mund. „Oh nein! Ich sollte eure Namen nicht sagen. Wenn die Ranger das hören ...“

„Hi Mama“, begrüßte ich sie leise. „Keine Sorge, die Zweigstelle Gakuen hat die Observierung für heute Vormittag wieder unterbrochen, damit wir ohne Risiko herkommen können.“

Erleichtert sah sie mich an. „Gut. Dann kommt doch rein.“

„Es ist lange her“, merkte Lloyd an, als er an meiner Mutter vorbei ins Haus ging. „Wie geht’s dir, Cassandra?“

Sie schloss die Tür hinter uns und lächelte traurig. „Nun ja. Man schlägt sich durch, würde ich sagen. Wie geht es euch? Und eurem Kleinen?“

„Müde“, jammerte ich. „Wir sind extra früh losgefahren, damit wir Papas Anruf nicht verpassen. Oder sind wir schon zu spät?“

„Nein, er hat sich noch nicht gemeldet.“ Meine Mutter strich nervös über ihren blonden Zopf. „Aber wenn er heute noch anruft, wird es nicht mehr lange dauern. Kann ich euch was zu essen anbieten?" Ich tauschte einen kurzen Blick mit Lloyd. Wir hatten beide kein Frühstück gehabt, also nickte ich. „Ein Brot wäre toll. Oder Müsli."

„Ich kann euch auch ein paar Äpfel anbieten", fiel ihr ein. „Ein Müsli mit Obst für jeden von euch?"

„Das klingt echt gut", stimmte Lloyd zu.

„Braucht Takuto auch was?", erkundigte sie sich.

Ich schüttelte den Kopf. „Nein, wir haben Babybrei und getrocknete Früchte dabei. Wenn er aufwacht, kann er was haben."

„Ach, soll ich noch die Handpuppe aus dem Auto holen?", fiel meinem Freund ein. „Damit er nachher was zum Spielen hat?"

„Oh, richtig! Mach das." Wir hatten extra eine Puppe in Form eines Flugvogels, weil Takuto diese Animalia liebte.

Lloyd lief mit unserem Sohn nach draußen, während ich meine Jacke weghängte und die Perücke abnahm. Inzwischen konnte ich dieses blonde Teil nicht mehr sehen. Ich hasste es, mich ständig verstecken zu müssen. Ich hasste es …

„Dann mache ich mal das Frühstück. Ich hab auch noch nichts gegessen", verkündete meine Mutter. „Kommst du mit in die Küche, Mia?"

„Klar." Ich folgte ihr und setzte mich an den Esstisch. Dort patschte ich mir zweimal mit der flachen Hand gegen die Wange, um wach zu bleiben.

„So müde?", fragte meine Mutter besorgt. „Ich mach dir einen Kaffee."

„Das wäre vielleicht keine schlechte Idee", lachte ich. „Danke, Mama."

„Nicht doch", winkte sie ab. „Ich bin so froh, dass du hier bist."

Ich überwand die bleierne Müdigkeit, um aufzustehen und mich neben meine Mutter zu stellen. „Es ist schön, wieder hier zu sein", gestand ich und umarmte sie fest. Ich sehnte mich gerade nach ihrer Nähe und das schien sie ganz und gar nicht zu stören. Auch sie drückte mich an sich.

Erst das Klingeln an der Tür riss uns aus diesem Moment.

„Ich lasse Lloyd rein", kündigte ich an und ließ meine Mutter los.

Sie nickte. „Mach das, Schatz."

Mit einem kleinen Lächeln auf den Lippen verließ ich die Küche. Es tat gut, meiner Mutter wieder näherzukommen. Aber ich fragte mich, warum ich sie plötzlich hatte umarmen müssen. Wegen der Angst vor dem Gespräch mit meinem Vater? Weil ich sie in den letzten langen Monaten vermisst hatte? Vor Freude, mich wieder besser mit ihr zu verstehen? Ach, egal. Es war gut, so wie es war.

Als ich die Haustür öffnete, wurde ich von Geschrei begrüßt. „Ich muss schnell seine Windeln wechseln“, seufzte Lloyd und deutete auf unseren brüllenden Sohn. Er hatte auch die Wickeltasche dabei. „Bin gleich wieder da.“

Ich schmunzelte. „Okay, bis gleich.“

Lloyd hauchte mir einen Kuss auf die Lippen, bevor er mit Takuto im Badezimmer verschwand. Für einen Moment verspürte ich ein unbändiges Glücksgefühl, weil alles so gut lief.

Und dann klingelte das Telefon.

Augenblicklich bekam ich Gänsehaut. Mir wurde heiß und kalt gleichzeitig, ich erstarrte regelrecht. Die Müdigkeit war wie weggeblasen, dafür ergriff mich Panik. Mein Hirn setzte völlig aus.

Das Klingeln verstummte, meine Mutter hatte den Anruf angenommen. „Hallo Erik“, meldete sie sich. Ihre Stimme klang dumpf, unendlich weit entfernt. Laut hörte ich das Rauschen meines eigenen Blutes in den Ohren. „Ich weiß, du hast nur kurz Zeit, aber kannst du heute ein paar Minuten mehr entbehren? Nein, keine Sorge, wir werden gerade nicht belauscht, die Observierung ist unterbrochen ... Natürlich hat das einen Grund. Da ist jemand, mit dem du reden solltest ... Ja, warte einfach. Hier.“

Plötzlich wurde ein Telefonhörer direkt vor mein Gesicht gehalten. Meine Augen weiteten sich und ich trat einen Schritt zurück. Reflexartig schüttelte ich den Kopf. Ich konnte das nicht! Ich schaffte das nicht!

Meine Mutter nahm sanft meine Hand in ihre und legte das Telefon hinein. Sie lächelte mich ermutigend an. Wieder schüttelte ich den Kopf.

„Hallo?“, ertönte eine bekannte Stimme aus dem Lautsprecher. „Wer ist denn da? Cassandra, was soll das? Ich hab nicht viel Zeit!“

„Jetzt nimm es schon ans Ohr“, flüsterte meine Mutter.

Mein Herz raste vor Panik. Was sollte ich denn zu meinem Vater sagen? Ich hatte mir so viele Worte zurechtgelegt und jetzt fiel mir nichts ein. Ich starrte nur stumm auf das Telefon in meiner Hand.

Da hörte ich Schritte hinter mir. Endlich löste ich meinen Blick von dem Hörer und drehte mich um. Lloyd kam aus dem Badezimmer, er gab meiner Mutter unseren Sohn, sodass er mich in die Arme schließen

konnte. „Du schaffst das, Mia", redete er auf mich ein. „Ich bin da."
Ängstlich sah ich meinem Freund in die blauen Augen, die mich milde
und ermutigend musterten. Mit meiner freien Hand klammerte ich
mich an ihn, dann nahm ich das Telefon ans Ohr. „Hallo Papa", flüsterte ich. Meine Stimme klang so schwach und unsicher, wie ich mich
gerade fühlte.

„Mia?!", keuchte mein Vater am anderen Ende der Leitung. „Bist du
es wirklich? Bist du wirklich zu Hause?" Langsam ging ich mit Lloyd,
meiner Mutter und Takuto ins Wohnzimmer. Ich musste mich hinsetzen, sonst überstand ich dieses Gespräch nicht.

„Ähm, ich … also, ich bin … ja, ich bin in Brislingen", antwortete
ich, als ich auf dem Sofa saß. „Dich zu fragen, wo du bist, bringt wohl
nichts, oder?"

„Ich kann es nicht verraten." Genau damit hatte ich gerechnet. „Aber
es ist großartig, dich zu hören, Liebes", fuhr er fort. „Wo warst du so
lange? Warum hast du dich nie gemeldet? Geht's dir gut? Und ist dieser
Taugenichts Lloyd bei dir?"

Mein Freund, der einen Arm um mich gelegt hatte, schnaubte. „Nicht
gleich so nett, Erik. Der Lautsprecher ist an, nur dass du's weißt."

„Also seid ihr doch zusammen abgehauen", zischte mein Vater.

„Ja, und es war meine Idee, nicht seine", entgegnete ich sofort. „Lass
Lloyd endlich in Ruhe, du hast ihm genug angetan!"

Mein Vater atmete tief ein, wollte offenbar schon zu einer Erwiderung ansetzen, presste stattdessen aber hervor: „Wie dem auch sei, ihr
seid also wieder da."

Meine Anspannung löste sich nicht auf. Ich zitterte sogar, bis ich
über meine Verbindung zu den Fiorita eine tiefe Ruhe spürte. Ich
schloss die Augen und bedankte mich dafür bei Hefolg. Der Geist der
Empfindungen half mir gerade sehr. „Ja, sind wir. Vorerst."

„Wo warst du? Warum bist du abgehauen?"

„Du fragst nicht ernsthaft nach dem Grund, oder? Ich glaube, du
kannst dir jede Menge Gründe dafür denken." Er antwortete nicht
darauf. „Und je länger ich wieder hier bin, desto schrecklicher finde ich
es. Warum dieser Krieg, Papa? Warum hilfst du dabei, dass die Wirtschaft völlig außer Kontrolle gerät?"

„Das ist kompliziert", entgegnete er knapp.

Ich ballte meine freie Hand zur Faust. „Ach ja?"

„In dieser Welt wird sich nie etwas ändern, wenn es nicht radikal
getan wird", flüsterte er. „Und es muss sich etwas ändern."

„Willst du damit sagen, dass du die Welt jetzt besser findest als vorher?"

Er schwieg lange. „Nein."

„Was soll das dann?", fragte ich verzweifelt.

„Mia, warte einfach ab", verlangte er.

„Ich kann nicht abwarten und zuschauen, wie die Fiorita, die Menschen und die Natur leiden!", rief ich. „Das ist doch verrückt!"

„Du verstehst das nicht, du bist zu ju..."

„Erzähl mir nicht, ich wäre zu jung!", unterbrach ich ihn. „Ich bin nicht dumm! Ich kann sehen, dass hier alles schiefgeht! Ich kann sehen, dass das so niemals ein gutes Ende nehmen wird!"

„Du siehst gar nichts!", warf er mir vor. „Du bildest dir einiges ein, aber du bist völlig blind dafür, was passiert."

Damit regte er mich wirklich auf. „Schön, wenn ich gar nichts sehe, passt es umso besser, dass ich dich auch nie wiedersehen will! Ich hab es dir schon mal gesagt und es wird sich wohl nichts daran ändern: Du bist nicht mehr mein Vater!", brüllte ich und legte auf.

Meine Mutter sog scharf die Luft ein und starrte mich entsetzt an. „Mia ..."

„Was?", rief ich wütend. Doch trotz der Wut stieg Enttäuschung in mir auf. Ich hatte mir so sehr gewünscht, dieses Gespräch würde anders laufen. „Er will nicht einsehen, was er alles kaputt macht." Als ich bemerkte, dass ich Takuto mit meiner Lautstärke beunruhigte, senkte ich die Stimme. „Mit ihm zu reden, bringt nichts."

Lloyd drückte mich fest an sich. „Hast du nicht gesagt, ihn umzustimmen, wäre die einzige Möglichkeit, den Krieg zu beenden?"

„Aber er ist so stur ..." Außerdem gaben mir seine Worte zu denken. Wenn sich etwas in dieser Welt ändern sollte, musste es radikal geschehen. Ob das stimmte? Ich hatte das Gefühl, Radikalität verschlimmerte nur alles. Wenn der führende Politiker, der Vorsitzende, endlich die Karten auf den Tisch legen und umsichtiger herrschen würde, wäre die Situation deutlich besser. Aber mein Vater trieb ebendiesen Politiker durch seine Organisation noch mehr in die Enge. So würde sich nichts ändern, jedenfalls nicht zum Guten. Egal, wie unangenehm die Lage erschien, Krieg, Hass, Dummheit, Sturheit und Gewalt waren keine Antwort. Sie lösten keine Probleme, sie schafften nur neue. Es musste doch eine friedliche Option geben.

Plötzlich klingelte das Telefon von Neuem. Ich reichte es an meine Mutter weiter. „Hier. Ich will nicht mehr mit ihm reden."

Traurig sah sie mich an, nickte aber und hob ab. Diesmal stellte sie den Lautsprecher nicht an. „Hallo? Ja, aber sie will nicht mehr ans Telefon ... Nein, Erik, bitte, lass sie in Ruhe ... Weil sie sonst vielleicht wieder abhaut und gar nicht mehr zurückkommt. Gib ihr ein wenig Zeit!“ Ich klammerte mich an meinen Freund und vergrub mein Gesicht an seiner Schulter. „Ich kann einfach nicht mit ihm reden“, wisperte ich.

„Dann warte, bis du es kannst“, flüsterte er. „Das wird schon. Es muss ja nicht sofort sein. Und ein Gutes hat das Ganze.“

„Was?“, wunderte ich mich.

„Wir wissen jetzt, dass du enormen Einfluss auf Erik hast. Er hat sogar noch mal angerufen“, erklärte er leise. „Wenn du ihn nicht zur Vernunft bringen kannst, wer dann?“

„Meine Mutter hat es auch nicht geschafft“, wandte ich schwach ein.

„Aber du hast unseren größten Trumpf noch nicht ausgespielt.“

„Ich will ihm noch nicht von Takuto erzählen“, zischte ich.

Da wurde meine Mutter wieder lauter. „Nein, Erik, ich gebe sie dir nicht! Ich weiß, dass du dir Sorgen machst, aber wir können nicht denselben Fehler machen wie vor eineinhalb Jahren!“ Behutsam reichte sie mir Takuto, um aufstehen zu können. „Was ich damit meine? Dass wir sie völlig erdrücken! Ich bin schon froh, dass sie überhaupt nach Hause gekommen ist. Denk doch mal nach ...“ Ihre Stimme wurde leiser, während sie in die Küche verschwand.

„Hoffentlich erzählt Mama ihm nichts von Takuto“, murmelte ich.

Lloyd überlegte kurz. „Ich glaube, sie hat gerade anderes im Kopf. Aber warum willst du es ihm verschweigen?“

„Mir kommt es falsch vor, das jetzt zu sagen“, gab ich zu. „Und ich will nicht, dass er deswegen ausflippt.“

„Vor Freude?“

„Wohl eher vor Wut auf dich“, entgegnete ich.

„Oh ...“ Lloyd nickte langsam. „Ja. Verstehe. Das könnte passieren.“

Als meine Mutter ins Wohnzimmer zurückkehrte, hatte sie das Telefon nicht mehr dabei. Stattdessen trug sie drei Müslischalen herein. „Es ist Zeit fürs Frühstück, findet ihr nicht?“, fragte sie und gab jedem eine Schüssel.

„Danke. Was hat Papa noch gesagt?“, erkundigte ich mich.

„Nicht mehr viel“, seufzte sie. „Er will dich sprechen, aber ich habe ihm gesagt, er solle dich ein wenig in Ruhe lassen. Du seist hier und bei den Windfeld-Rangern in Sicherheit, das sollte ihm genügen. Danach hat er sich verabschiedet.“

Ich runzelte die Stirn. „Das war alles?“

„Bestimmt hat er eingesehen, dass Cassandra recht hat“, merkte Lloyd an.

„Möglich“, murmelte ich nicht ganz überzeugt. Mein Vater gab doch nicht so leicht auf … Nachdenklich schob ich mir einen Löffel Müsli in den Mund. Irgendetwas gefiel mir daran nicht. Ich hatte ein schlechtes Gefühl. Aber vielleicht übertrieb ich.

„Mia, wegen vorhin“, setzte meine Mutter an. „Ich weiß, es ist manchmal schwer, deinen Vater zu verstehen, aber du solltest eins über ihn wissen.“

Erstaunt sah ich sie an. „Und zwar?“

„Er möchte diese Welt aus einem bestimmten Grund ändern.“

„Was meinst du damit?“, hakte ich nach.

Sie spielte nervös mit ihren Fingern herum, starrte angestrengt auf ihre Hände. „Das hängt … also, Mia, du weißt es wahrscheinlich nicht, wir haben dir ja auch nie davon erzählt …“

Besorgt sah ich sie an, blickte kurz zu Lloyd, der ebenso ratlos wirkte, wie ich mich fühlte. Wir hatten beide keine Ahnung, wovon sie sprach.

„Es hängt alles mit seinen Eltern zusammen, vielleicht auch ein wenig mit meinen, aber vor allem mit seinen“, brachte sie schließlich heraus.

Ich runzelte die Stirn. „Was haben meine Großeltern damit zu tun? Sind sie nicht schon lange tot?“ Ich hatte die Eltern meiner Eltern nie kennengelernt, hatte auch nie etwas von ihnen gehört. Als ich ein Kind gewesen war, hatte meine Familie nur aus Cassandra, Erik und mir bestanden.

„Das sind sie“, bestätigte meine Mutter leise. „Und glaube mir, weder dein Vater noch ich trauern deswegen. Wir waren nicht mal auf den Beerdigungen.“

„Was war mit euren Eltern? Oder mit denen von Papa?“, hakte ich argwöhnisch nach. Mich beunruhigte Cassandras Tonfall. Er klang so bitter.

„Wo fange ich nur an?“, seufzte sie und stellte ihre Müslischale auf den kleinen Couchtisch. „Es hatte einen guten Grund, dass du bisher nichts von deinen Großeltern erfahren hast.“

Ich drückte Takuto etwas fester an mich. Gut, dass ich mein Müsli bereits gegessen hatte, mir war jetzt nicht mehr nach Frühstück zumute. Lloyd legte seinen Arm um meine Schultern und beugte sich vor, damit er Cassandra besser im Blick hatte.

Endlich fuhr sie fort. „Um es kurz zu machen, Eriks Eltern waren nicht gerade friedliche Menschen, im Gegenteil. Sie waren grausam, haben ihn ständig gequält, meistens seelisch, manchmal auch körperlich." Sie schluckte, ich tat es ihr gleich. Das hörte sich furchtbar an. „Er hat so oft nach Hilfe gesucht, aber niemand hat ihm geholfen, bis er erwachsen war und ausziehen konnte. Damals hat er sich geschworen, das System, das ihn völlig allein gelassen hat, zu revolutionieren. Und genau das ist es, was er gerade mithilfe der Schattenbringer versucht. Auf eine falsche Art, keine Frage, aber ich verstehe ihn. Er hat so viel gelitten, weil die Ranger nichts getan haben."

„Seine Eltern haben ihm wehgetan?", wisperte ich fassungslos.

Sie nickte. „Er hat heute noch die eine oder andere Narbe davon. Seine Mutter war schrecklich launisch, sein Vater fast nie zu Hause. Und wenn es Probleme gab, haben seine Eltern die ganze Schuld auf ihn geschoben. Nach außen hin hat die Familie so perfekt und glücklich gewirkt, dass die Ranger nichts getan haben. Sie haben Erik weder geglaubt noch geholfen."

Wie hypnotisiert schüttelte ich den Kopf. „Das kann doch nicht ... Sobald die Ranger einen Hinweis auf ein Verbrechen bekommen, werden sie aktiv."

„Ja, das behaupten sie", schnaubte meine Mutter. „Aber das trifft nur auf die wenigsten Zweigstellen zu. Vielleicht war es bei dir in Windfeld anders, aber im Falle deines Vaters war kein Ranger bereit, sich ein wenig zu bemühen."

Ich griff nach Lloyds Hand, die über meiner Schulter lag. Ich musste mich an jemandem festhalten. Was ich hörte, schockierte mich wirklich. Niemals hätte ich das gedacht! „Und ... was war mit deinen Eltern, Mama?" Ich wagte es kaum, das zu fragen, doch ich musste es wissen. Ich musste die ganze Geschichte kennen. Vielleicht verstand ich meinen Vater dann besser. Vielleicht konnte ich dann eher zu ihm durchdringen.

„Meine Eltern waren sehr ... kontrollsüchtig", erzählte sie zögerlich. „Nur das Beste war gut genug. Ob es um meine Schulnoten oder meine Freunde ging. Ich hab das irgendwann nicht mehr ausgehalten. Und dann habe ich Erik kennengelernt. Er war so anders als die Leute, mit denen ich Umgang haben durfte. Er war nicht perfekt, nicht der Beste, und genau das hat mich angezogen." Sie lachte auf, doch es klang nicht glücklich. „Es begann als kleine Rebellion gegen meine Eltern, muss ich gestehen. Aber ich habe mich wirklich in ihn verliebt. Bei ihm habe ich mich endlich frei gefühlt. Ich musste nicht ständig mein Bestes geben, ich konnte kindisch sein, ich selbst ..." Sie seufzte verträumt. „Also sind wir mehr oder weniger durchgebrannt."

„So was habt ihr echt durchgemacht?", flüsterte Lloyd entsetzt.

Cassandra nickte. „Und es war die einzig richtige Entscheidung."

Mir fehlten die Worte. Gerade wurde mir so einiges klar. Ich begriff endlich, warum mein Vater so verbissen an seinem Plan festhielt. Warum er den Rangern die Herrschaft über Fioria entziehen wollte. Warum er so wütend gewesen war, als er erfahren hatte, dass ich selbst als Ranger arbeitete. Warum meine Mutter mir damals erlaubt hatte, die Schule zu wechseln, statt ihre elterliche Macht zu nutzen, um mich daran zu hindern. Warum sie sich oft so kindisch benahm, nachdem sie nie wirklich ein Kind hatte sein dürfen.

„Was hast du denn, Schatz?", erkundigte sie sich besorgt und strich über meinen Arm. „Das war etwas viel, nicht wahr?"

Ich ließ Lloyds Hand los, um Cassandra zu drücken. Ich hielt sie einfach nur fest, unfähig, meine gemischten Gefühle zu beschreiben. In mir tobten so viele Gedanken und Empfindungen ... vor allem jedoch Schock.

„Vielleicht hilft dir das ja, deinen Vater etwas mehr zu verstehen", wisperte meine Mutter. „Natürlich ist es falsch, was er tut. Er sollte verhindern, dass die Preise für Lebensmittel und alles andere so rapide steigen. Er sollte nicht gewaltsam versuchen, die Ranger zu stürzen. Aber er hat wirklich einen guten Grund, das System zu hassen."

„Ja, das merke ich", antwortete ich mit rauer Stimme. Und das änderte tatsächlich einiges. Aber all das, was ich soeben über meine Großeltern erfahren hatte, musste ich erst mal verdauen.

„Mia, Lloyd, da seid ihr ja!", begrüßte uns Haru, als wir nachmittags in die Zweigstelle kamen. „Wart ihr die ganze Zeit in Brislingen?"

„Nicht nur", antwortete ich und setzte mich auf ihren Schreibtisch. „Wir waren danach noch etwas spazieren." Ich hatte nach diesem Schock etwas Zeit gebraucht. Ich hatte mich bewegen und mit meinen lieben Fiorita reden müssen. Darum war es ziemlich spät geworden.

„Ah, okay. Wie lief es denn?", fragte sie gespannt. „Hast du mit deinem Vater geredet? Hat er angerufen?"

„Lange Geschichte", murmelte ich und fuhr mir durch die blonde Perücke. „Ja, wir haben uns gesprochen. Aber es lief nicht so gut. Ich muss bald noch mal mit ihm reden." Sobald ich mich dazu durchringen konnte.

„Habt ihr euch gestritten?", meldete sich Melodia, die an ihrem eigenen Schreibtisch saß, zu Wort.

„Und wie", seufzte ich. „Mir sind die Nerven durchgegangen."

„Er ruft bald wieder bei Cassandra an", ermutigte mich Lloyd. „Dann klappt es bestimmt besser."

Dankbar lächelte ich ihn an. „Ja, wahrscheinlich."

„Ich gehe mit Takuto rüber ins Zimmer", kündigte er an und hauchte mir einen Kuss auf die Lippen. „Dann kann er im Bett schlafen."

„Aber komm zum Abendessen wieder", bat Haru. „Ulrich will mit dir reden, weil du noch irgendwelche Infos zu den Schattenbringern hast, hat er gesagt."

„Ach ja, das Zeug, das ich gestern vergessen habe", fiel ihm ein. „Kein Problem, zum Abendessen bin ich zurück."

Verunsichert sah ich Lloyd an. Ein kleiner Teil von mir bekam Panik bei diesen Worten. Ich erinnerte mich daran, wie er vor seinem Verschwinden versprochen hatte, abends zurückzukommen. Doch im Nachhinein hätte ich mich für diesen kurzen ängstlichen Blick ohrfeigen können.

Lloyds Miene verfinsterte sich, als er meinen Zweifel bemerkte. „Nicht gleich so viel Vertrauen", zischte er mir zu und wandte sich ab.

„Hey, warte!", wisperte ich und griff nach seinem Arm. „Das war nicht so gemeint, wie du denkst."

Die beiden Technikerinnen beobachteten uns besorgt, kommentierten das Geschehen aber nicht. Ich fühlte mich unwohl. Das lief gerade gar nicht gut.

„Komm mit raus", forderte mich mein Freund leise auf. „Wir reden in Ruhe."

Zögerlich nickte ich. „Haru, Melodia, bis später", verabschiedete ich mich.

„Bis dann", murmelte meine Grundschulfreundin.

„Ich muss dir nachher was erzählen", kündigte Haru an. „Beim Essen oder so."

„Ist okay", stimmte ich zu, bevor ich mit Lloyd die Zweigstelle verließ. Bis wir unser Zimmer im Appartementwohnhaus betraten, herrschte Stille zwischen uns. Ich wusste nicht, wie ich das Gespräch beginnen sollte. Ich wusste nur, dass unser Streit noch nicht aus der Welt geschafft war, sosehr ich es mir wünschte. Zwischen uns bestand immer noch ein Problem.

Ich schaltete das Deckenlicht ein, während Lloyd den schlafenden

Takuto vorsichtig ins Bett legte. Dann wandte er sich mir zu. Wir sahen uns an, lange, und noch immer wusste ich nicht recht, was ich tun sollte. Lloyds Blick schüchterte mich ein. Er wirkte erneut eiskalt.

„Du vertraust mir nicht mehr", sagte er schlicht. Er klang sachlich und ruhig. „Du erwartest, dass ich jederzeit wieder verschwinde, obwohl ich dir gestern versichert habe, dass ich das nicht machen werde."

Ich warf die Perücke auf den Schreibtisch, raufte mir das Haar und setzte mich auf die Bettkante. Meine Knie fühlten sich schwach an. „Ja, ich hab Angst", gestand ich nach kurzem Überlegen. „Seit du abgehauen bist, hab ich Angst. Ich kann dir nicht mehr so blind vertrauen wie bisher. Es wird noch etwas dauern, bis ich es wieder kann. Aber bitte, ich flehe dich an, Lloyd, sei nicht so eiskalt. Das macht mir noch viel mehr Angst."

„Soll ich etwa begeistert darüber sein?", zischte er. „Meine eigene Freundin vertraut mir nicht!"

„Ist das wirklich meine Schuld?", entgegnete ich wütend über seinen Vorwurf.

„Du hättest gestern nicht so tun sollen, als wäre alles okay, wenn es das nicht ist!" Unruhig lief er ein paar Schritte auf und ab, bis er stehen blieb und sich an den Schreibtischstuhl lehnte. Er verschränkte die Arme vor der Brust.

Ich fixierte den Fußboden. „Ich hab gestern zu schnell nachgegeben", räumte ich ein. „Ich hab zwar gesagt, dass ich dir noch nicht völlig wieder vertrauen kann, aber ich hab dir zu schnell verziehen. Und darum bin ich so verunsichert."

Ratlos warf er die Arme in die Luft. „Warum hast du es dann getan?"

„Weil du genau denselben eiskalten Blick draufhattest wie jetzt", schluchzte ich. „Ich halte das nicht aus! Ich will nicht, dass du wie früher wirst, so … so distanziert, unglücklich und so … hasserfüllt!"

Stille kehrte ein, nachdem ich diese Worte ausgesprochen hatte.

So lange, dass ich nach einer gefühlten Ewigkeit zaghaft aufblickte, um Lloyds Reaktion zu beobachten. Er wirkte ernsthaft erschüttert. Seine blauen Augen waren geweitet, sein Mund leicht geöffnet, er rührte sich keinen Millimeter. Mit dieser Antwort hatte er wohl nicht gerechnet.

Langsam stand ich auf, um mich ihm direkt gegenüber aufzustellen. „Ich will den Lloyd nicht verlieren, in den ich mich verliebt habe", flüsterte ich.

„Wie solltest du?" Er griff nach meinen Händen. „Du hast doch erst dafür gesorgt, dass ich mich ändern konnte. Dass ich offener werden konnte.“

„Und genau darum befürchte ich, dass du wieder so abweisend wirst, weil ich noch etwas Zeit brauche, um dir völlig zu vertrauen“, erklärte ich besorgt. „Aber es ändert nichts daran, dass ich dich liebe, wirklich! Also bitte, werd nicht wie früher, bitte, Lloyd!“

Impulsiv zog er mich an sich und legte sein Kinn auf meinem Kopf ab. „Ich passe auf“, versprach er. „Ich habe nicht mal gemerkt, dass ich so ... äh ... eiskalt geschaut habe. Und ich sorge dafür, dass du mir wieder vertraust.“

„Auch wenn es vielleicht etwas dauert?“

„Auch dann“, bestätigte er. „Es tut mir leid. Ich hab’s echt nicht gemerkt.“

„Ich liebe dich“, gestand ich leise.

„Ich liebe dich auch, Mia“, hauchte er mir ins Ohr, bevor er mich in einen sanften und wunderschönen Kuss verwickelte. Und schlagartig fielen meine Sorgen von mir ab. Für ein paar Sekunden vergaß ich alles andere, ich genoss nur diese Berührung, das Hier und Jetzt.

Als wir uns wieder voneinander lösten, lächelten wir uns an.

„Also, Entschuldigung angenommen? Und diesmal wirklich?“, vergewisserte er sich.

Ich nickte. „Ja, diesmal wirklich“, stimmte ich glücklich zu. Ich hatte das Gefühl, eine große Last wäre von mir abgefallen. Nachdem sich die Situation mit meinen Eltern als so schwierig herausgestellt hatte, tat es gut, dass Lloyd und ich unseren Streit endgültig beigelegt hatten. Wir mussten uns zwar ein wenig Mühe geben, um das Vertrauen wiederherzustellen, doch ich war zuversichtlich. Ich hatte schon einmal gelernt, Lloyd zu vertrauen, obwohl er damals mein Feind gewesen war. Also schaffte ich es auch ein zweites Mal.

„Das freut mich“, seufzte er erleichtert und drückte mich ganz fest an sich.

Ich trat ein paar Schritte zurück, wobei ich meinen Freund mit mir zog. Ich wollte nicht mehr im Zimmer herumstehen, wollte mich viel lieber kurz mit Lloyd hinlegen und mich an ihn kuscheln. Er verstand, was ich vorhatte, und lächelte mich verschmitzt an. Plötzlich hob er mich an der Hüfte hoch, um mich gleich darauf sanft auf dem Bett abzusetzen. Wir schmiegten uns aneinander und ich schloss kurz die Augen. Es beruhigte mich sehr, seinen Herzschlag zu spüren. Seine Wärme hüllte mich ein, zusammen mit dem wundervollen Gefühl von

Geborgenheit. Ich spürte dank Lloyd tatsächlich etwas wie Zuversicht, trotz der verzwickten Lage.

Endlich hatten wir ein wenig Zeit für uns. Sie tat gut, war dringend nötig gewesen. Und sie verging viel zu schnell. Bald würde es Abendessen geben.

Lloyd stand auf und reichte mir eine Hand. „Wir sollten zur Zweigstelle. Die anderen wollen sicher hören, wie das Gespräch heute gelaufen ist.“

Ich ließ mich von ihm auf die Beine ziehen. „Und du musst Ulrich ausführlicher von der Neuformierung der Schattenbringer erzählen.“

„Wird ein spannendes Abendessen“, lachte er. „Nimmst du Takuto?“

Ich setzte meine Perücke auf. „Na klar“, antwortete ich und hob den Kleinen behutsam aus dem Bett. „Am besten nimmst du den Kinderwagen. Dann kann er bequem in der Zweigstelle weiterschlafen.“

„Mich wundert sowieso, dass er nicht längst schreiend aufgewacht ist“, merkte Lloyd an. „Vielleicht wird es ja besser mit dem Zahnen?“

„Wäre schön. Immerhin hat er schon fast alle Schneidezähne.“ Ich küsste meinen Freund auf die Wange. „Warten wir ab, wie es heute Nacht aussieht.“

Er schmunzelte. „Schlaflos wie immer.“

„Irgendwann ändert sich das bestimmt“, hoffte ich.

Gemeinsam machten wir uns auf den Weg zur Zweigstelle. Es war düster draußen, ein kalter Wind wehte. Ich war froh, das warme Esszimmer zu betreten, in dem sich die Ranger und Technikerinnen schon eingefunden hatten.

Haru sah mich fragend an und ich lächelte als Antwort. Daraufhin wirkte sie erleichtert, genau wie Melodia. Es brauchte keine Worte, um meinen Freundinnen klarzumachen, wie das Gespräch gelaufen war. Ich setzte mich auf den freien Stuhl neben Haru. Lloyd stellte Takutos Kinderwagen neben dem Tisch ab und nahm zwischen mir und Lasse Platz.

„Schön, euch zu sehen“, begrüßte uns Ulrich. „Ihr habt sicher einiges zu berichten, oder?“

„Du kannst auch nicht in Ruhe essen, bevor du über die Arbeit redest, was?“, neckte Jakob ihn.

„Es ist wichtig“, verteidigte sich der Stationsleiter.

„Schon gut“, winkte ich ab. „Ist doch kein Problem.“ Außerdem gab es nur trockene Nudeln, da fand ich es okay, nicht bloß aufs Essen zu achten.

„Also, der Reihe nach", beschloss Ulrich. „Lloyd, was meinst du damit, dass sich die Schattenbringer neu formieren?"

„Na ja, die internen Konflikte werden ausgeräumt", erklärte mein Freund. „Der zweite Boss Alfred löst sehr radikal die Probleme, heißt es. Ich weiß es nur von Gerüchten, aber anscheinend ist die Organisation bald wieder völlig einsatzbereit. Es herrscht nicht mehr so viel Chaos wie im letzten Jahr."

„Das ist nicht gut", stöhnte Ulrich. „Dann wird die Gewalt in diesem Krieg zunehmen. Dann wird es mehr als Erpressung und den einen oder anderen Anschlag geben ..."

„Und vor allem noch mehr tote Ranger", wisperte Jakob.

„Das darf nicht passieren!", rief Lasse. „Wir müssen die Schattenbringer festnehmen, bevor sie so weit sind."

„Äh, wie denn?", fragte Genta. „Sind sie nicht über ganz Fioria, äh, verstreut?"

„Wir können nur hoffen, dass Mia ihren Vater zur Vernunft bringen wird", äußerte sich Jakob. „Wie lief es heute damit?"

Ich verzog das Gesicht. „Nicht so gut. Wir haben uns gestritten. Aber meine Mutter sagt mir, wenn er wieder anruft. Dann versuche ich es noch mal."

„Etwas ernüchternd, dieses Ergebnis", seufzte Ulrich.

„Leider", gab ich zu. „Aber meine Mutter hat mir etwas erzählt, was wir bei den Ermittlungen bisher noch nicht herausgefunden haben. Die Eltern meines Vaters scheinen ihn echt brutal behandelt zu haben. Er hat Hilfe bei den Rangern gesucht und wurde nicht ernst genommen. Darum will er das System so unbedingt ändern. Wisst ihr was davon?" Ich blickte in lauter ratlose, überraschte Gesichter.

„Das ist mir neu", antwortete der Stationsleiter. „Aber das ist interessant. Mark, du machst morgen Innendienst und bringst mehr darüber in Erfahrung."

Der Braunhaarige nickte. „Geht klar."

Nachdem das geklärt war, sprachen wir nicht mehr über die Arbeit und den Krieg, was eine angenehme Abwechslung war.

Mit einem Mal beugte sich Haru näher zu mir, um mir etwas ins Ohr zu flüstern. „Mia."

„Ja?", entgegnete ich ebenso leise und blickte sie aus dem Augenwinkel an.

„Ich hab gestern mit James geredet", verriet sie mir. „Und es lief erstaunlich gut. Er ist echt anders, als ich lange dachte."

„Was ist denn dabei rausgekommen?“, wollte ich neugierig wissen.

„Wir versuchen es miteinander“, freute sie sich. „Wir sind seit gestern ernsthaft zusammen.“

„Wow!“, wisperte ich. „Das ist toll!“

„Aber außer dir und Melodia weiß es niemand. Wir wollen es nicht gleich allen erzählen, falls es doch nicht so gut läuft.“

„Dein Geheimnis ist bei mir sicher“, kicherte ich.

Lloyd hob eine Augenbraue und sah mich fragend an. Ich grinste ihn nur an, bevor ich mich weiter mit Haru freute. So fand dieser anstrengende Tag doch ein gutes Ende. Auch wenn bestimmt noch eine harte Zeit vor uns lag, konnten wir heute ausgelassen lachen. Weil wir alle beisammen waren.

Kapitel 11:
Hals über Kopf

Das laute Klicken der Tastatur erfüllte die Zweigstelle. Mark stellte gerade hochkonzentriert Nachforschungen zu den Eltern meines Vaters an. Haru tippte ebenfalls etwas am Computer. Ich kam mir dumm vor, den ganzen Vormittag untätig in der Zweigstelle herumzusitzen. Aber Lloyd und ich wussten nicht, was wir machen sollten. Unsere Möglichkeiten waren derzeit erschöpft. „Wie wäre es, wenn ihr etwas rausgeht?", schlug Melodia vor. Sie hatte sich uns zugewandt, weil sie gerade nichts zu tun hatte und mit Takuto spielen wollte. Der Kleine saß auf ihrem Schoß, während sie ihn mit unserer Handpuppe beschäftigte. Anscheinend gewöhnte er sich langsam an die beiden Technikerinnen, denn er quengelte in ihrer Gegenwart nicht mehr so sehr.

„Damit wir von irgendjemandem erkannt werden?", seufzte Lloyd. „Ist wohl eher 'ne schlechte Idee."

Ich starrte geistesabwesend auf meine blonde Perücke, die auf Melodias Tisch lag. „Wir sitzen hier gerade echt fest. Dabei gäbe es viel zu tun."

„Nämlich?", wunderte sich Lloyd und hob eine Augenbraue. „Wir erreichen Erik derzeit nicht. Also, was willst du machen?"

„Keine Ahnung", brummte ich. „Den Vorsitzenden zur Vernunft bringen. Zum Beispiel. Oder die Schattenbringer verhaften. Ihre Sponsoren schnappen."

„Wir wissen nicht mal, wer genau die Schattenbringer momentan finanziell unterstützt", wandte Melodia ein.

„Aber wir könnten es herausfinden", entgegnete ich.

Mein Freund sah mich ernst an. „Wie denn? Nicht mal Sebastian und Sam wissen es. Andere Kontakte hab ich nicht mehr bei der Organisation."

„Und mit dem Vorsitzenden kannst du nicht reden. Er zieht sich im Moment total zurück. Und selbst wenn du ihn träfst, würde er dich nur verhaften lassen", ergänzte meine Grundschulfreundin.

„Ich fasse es nicht, dass uns die Hände gebunden sind!", schnaubte ich frustriert. „Ich kann hier nicht nur rumsitzen!"

„Ach komm, Takuto hat kein Problem damit, hier nur herumzusitzen“, kicherte Melodia. Als er seinen Namen hörte, quietschte er fröhlich. „Schau!“

Unwillkürlich musste ich schmunzeln. „Das stimmt. Aber ich bin älter als neun Monate und dementsprechend nicht so leicht zufrieden.“

Kurz lachten Lloyd und Melodia, bis Takuto schrie und die Technikerin das Gesicht verzog. Hilfe suchend richtete sie ihre grünen Augen auf mich. „Du riechst auch irgendwie besser als er ...“

„Oje, Zeit für eine neue Windel“, seufzte ich und stand auf. Ich schnappte mir die Wickeltasche, bevor ich meinen Sohn unter den Armen ergriff. „Na komm, du Stinker.“

Ich schloss die Tür des kleinen Bades hinter mir nicht ab, während ich Takutos Windel wechselte und den Kleinen beruhigte. Beim nächsten Mal war Lloyd wieder dran ...

Kaum dass mir dieser Gedanke gekommen war, stürmte mein Freund zu mir ins Bad und knallte die Tür hinter sich zu. „Wir müssen leise sein!“, zischte er.

„Was ist denn los?“, flüsterte ich alarmiert.

„Ulrich ist gerade mit dem Vorsitzenden reingekommen“, erzählte er.

Meine Augen weiteten sich. „Ernsthaft? Was macht der Vorsitzende hier?“

„Ich weiß es nicht“, gestand Lloyd. „Aber wir sollten uns lieber nicht blicken lassen.“

„Trotzdem müssen wir zuhören“, entgegnete ich. „Sind die beiden im Hauptraum? Dann können wir von hier aus lauschen.“

Langsam nickte er. „Ja, sind sie. Aber das ist keine gute Idee ...“

„Bist du gar nicht neugierig?“, wisperte ich und öffnete die Tür einen kleinen Spalt. „Ich muss das hören.“

„Oh, Mia, das sollten wir lassen“, seufzte er und nahm Takuto auf die Arme.

„Es ist wichtig, Ulrich!“, ertönte die scharfe Stimme des Vorsitzenden.

Augenblicklich setzte mein Herz aus. Er war wirklich hier. Ich spannte mich an, beugte mich näher zum Türspalt und konzentrierte mich auf das Gespräch. Auch Lloyd wirkte trotz aller Anspannung aufmerksam.

„Es ist übertrieben und würde unsere Arbeit behindern“, widersprach der Stationsleiter. „Windfeld ist eine der letzten Zweigstellen, die ihren Pflichten noch nachkommt. Das wird sich nicht ändern.“

„Doch, spätestens wenn ein weiterer Anschlag der Schattenbringer auf dich Erfolg haben wird. Wir müssen Sicherheitsvorkehrungen treffen“, beharrte der Vorsitzende. „Du bist weiterhin eins ihrer wichtigsten Ziele, darauf wette ich. Das weißt du auch selbst.“

„Bitte, Ulrich, da hat er recht“, meldete sich Melodias helle Stimme zu Wort.

„Wir brauchen keinen weiteren toten Ranger wie Viktor“, fügte der Vorsitzende leise hinzu. „Sei vernünftig.“

In meiner Brust stach etwas, als er Viktor erwähnte. Einerseits weil mir der alte Kollege fehlte, andererseits weil ich mich noch genau an diese unerhörte Rede auf dessen Beerdigung erinnerte.

„Nun gut“, schnaubte der Stationsleiter. „Welche Vorkehrungen wollen Sie treffen? Haben Sie schon einen Plan?“

„Mir gefällt dein Tonfall nicht.“ Der Vorsitzende schwieg, wodurch eine unangenehme Pause entstand. „Du hast nicht ernsthaft vor, irgendeine Maßnahme einzuleiten, nicht wahr?“

Da riss Ulrich der Geduldsfaden. „Ich sehe nicht ein, dass ich mehr geschützt werden soll als jeder andere Ranger!“

„Genau wie du nicht einsiehst, dass du eine wandelnde Zielscheibe bist!“, tobte der Vorsitzende. „Es reicht mir! Ich bin dein Vorgesetzter, also hast du meine Anweisungen zu befolgen. Ob du willst oder nicht. Ich habe schon durchgehen lassen, dass diese gesamte Zweigstelle bis zum Hals in die Flucht von Mia Sato verstrickt war.“

„Das sind Behauptungen, die Sie nicht beweisen können“, zischte Ulrich.

„Genug der Widerworte!“, brüllte der Vorsitzende.

Gleich darauf kehrte Stille ein. Totenstille. Dummerweise brüllte plötzlich jemand anderes …

„Takuto, bitte, mein Großer, psssst, sei leise“, flüsterte Lloyd und wiegte ihn hin und her. „Alles ist gut, du musst nicht schreien.“

Besorgt fixierte ich meinen Freund und unseren Sohn. Was sollten wir tun? Ich konnte schließlich nicht singen, ohne dass mich jemand hörte.

Obwohl ich sofort die Tür geschlossen hatte, drang die Stimme des Vorsitzenden bis zu uns ins Bad. „Was im Namen der Geister ist das für ein Geschrei?“

„Verdammt!“, zischte ich. „Was, wenn er herkommt?“

„Er wird uns festnehmen, und zwar sofort“, murmelte Lloyd zwischen zusammengebissenen Zähnen.

„Das dürfen wir nicht zulassen! Dann wäre Takuto ganz allein“, keuchte ich.

Lloyd ging in dem kleinen Raum nervös auf und ab. „Also, was jetzt? Ulrich wird ihn nicht ewig aufhalten können.“

In dem Moment schoss mir durch den Kopf, wie zumindest einer von uns nicht in Schwierigkeiten geraten würde. Und da mir nichts anderes einfiel, wollte ich die einzige Idee nutzen. So ungern ich es tat. „Ich weiß, was wir tun können.“

„Und zwar?“, fragte mein Freund. „Flucht ist unmöglich und Ausreden für das Geschrei gibt es keine.“

„Aber wir müssen uns nicht beide schnappen lassen“, erklärte ich und zwang mich zu einem Lächeln, wobei es wahrscheinlich eher traurig aussah. Ich legte meine Hände auf Lloyds Schultern und streckte mich, um ihn zu küssen. „Bleib hier. Und bleib bloß still!“, schärfte ich ihm ein, während ich seinen Moment der Verwirrung nutzte, um ihm Takuto abzunehmen. Es gab keine Ausreden, da hatte er recht. Das Kindergeschrei ließ sich nur durch ein Kind erklären. Also musste ich mich dem Vorsitzenden mit Takuto stellen.

„Mia, warte!“, zischte Lloyd und griff nach meinem Arm, als ich die Tür öffnen wollte.

„Nein, wenigstens einer muss für Takuto hierbleiben“, weigerte ich mich und riss mich los. „Ich kann mithilfe der Fiorita fliehen, wenn ich verhaftet werde. Du würdest wirklich festsitzen.“

Unglücklich verzog er das Gesicht, doch er begriff meine Argumentation. Er umarmte Takuto und mich fest. „Danke“, wisperte er. „Lass dich nicht von dem Mistkerl unterkriegen.“

„Niemals“, versprach ich und lächelte schwach.

Nachdem er mir einen letzten Kuss auf die Stirn gehaucht hatte, verließ ich das Bad. Meine Beine gehorchten mir kaum, mein Herz raste, aber ich tat das Richtige. Also zwang ich mich weiterzugehen. Näher zum Vorsitzenden, der lauthals tobte. Näher zu Ulrich, der versuchte, ihm den Weg zum Badezimmer zu versperren. Näher zu meinen Freundinnen, die mich panisch ansahen und die Köpfe schüttelten, als sie mich entdeckten.

Takuto schrie immer noch, weil alles um ihn herum so laut war. Er spürte bestimmt auch die Anspannung, zumal sich der Vorsitzende zu uns umdrehte und vor Schreck erstarrte. Der weißhaarige Mann wirkte wie schon bei Viktors Beerdigung nicht mehr so aufrecht, eher alt und gebeugt.

„Dieses Geschrei ist nur die Reaktion auf Ihr Geschrei, Herr Vorsitzender", sagte ich leise.

„Mia Sato!", zischte er.

Während mich seine grünen Augen hinter der Brille fixierten, fühlte ich mich schutzlos. Ich trug nicht mal meine Perücke, meine orangebraunen Haare ließen nicht den geringsten Zweifel bezüglich meiner Identität zu. „Ja, ich bin wieder hier", antwortete ich. Meine Stimme klang viel ruhiger, als ich erwartet hätte. Dabei zitterten meine Beine. „Und ich wäre Ihnen sehr verbunden, wenn Sie aufhören würden zu brüllen. Man kann auch leise reden. Sie machen den Kleinen ganz verrückt."

Mit gekrümmtem Zeigefinger deutete er auf Takuto, den ich sanft in meinen Armen hielt. „Das …"

Ich nickte. „Mein Sohn. Ich hatte keine Lust, im Gefängnis der Ranger zu gebären. Also bin ich abgehauen. Nachdem ich euch alle vor dem Angriff der Schattenbringer gerettet habe. Gern geschehen übrigens."

Ihm klappte der Mund auf, doch er fasste sich schnell. „Du hast viel getan, in der Tat. Vieles, was eine Festnahme verdient! Glaub nicht, ich würde dich ungestraft davonkommen lassen! Ulrich, Mark, ergreift sie!"

Keiner der beiden Ranger rührte sich. Sie sahen nur zwischen mir und dem Vorsitzenden hin und her, ohne Anstalten zu machen, den Befehl zu befolgen.

„Ich sehe schon, wie es hier um die Loyalität bestellt ist!", knurrte der Weißhaarige und strich nervös über seinen Schnurrbart.

„Sie versucht, die Schattenbringer aufzuhalten. Und sie hat immerhin Einfluss auf deren Boss", entgegnete Ulrich ruhig. „Es gibt nicht mal einen sachlichen Grund, sie zu verhaften. Vom persönlichen ganz zu schweigen."

„Doch, es gibt genügend sachliche Gründe! Sie hat das Gesetz gebrochen, als sie sich für einen Mann ausgegeben hat!", tobte der Vorsitzende.

Wieder schrie Takuto laut auf. „Ruhig, Schatz, ganz ruhig", flüsterte ich. „Der griesgrämige, alte Mann redet nicht mit dir. Keine Sorge."

„Wie hast du mich genannt?"

„Und er kann ziemlich gut hören", murmelte ich etwas leiser. Ich drehte mich zu Melodia um, die auf ihrem Schreibtischstuhl saß, und reichte ihr meinen Sohn. „Kannst du ihn nehmen?", bat ich für den

Fall, dass ich doch noch festgenommen wurde. Er sollte hier in Sicherheit bleiben. Bei Lloyd.

Meine Grundschulfreundin nickte und schloss das weinende Kind in ihre Arme. „Bitte lass dich nicht einsperren", wisperte sie.

Ich schüttelte den Kopf. „Er hat keine anderen Ranger dabei, also kann er gar nichts machen." Meine ehemaligen Kollegen halfen ihm schließlich nicht. Und ohne Gegenwehr ließ ich mich niemals festnehmen.

„Ulrich, das wird Konsequenzen haben!", schrie der Vorsitzende. „Du erlaubst einer gesuchten Verbrecherin, sich in einer Zweigstelle der Ranger zu verstecken. Das ist eine Frechheit! Ich sollte dich hier und jetzt suspendieren."

„Ich habe ihm keine Wahl gelassen", mischte ich mich ein. „Lassen Sie ihn in Ruhe. Das ist eine Sache zwischen uns beiden."

Ulrich trat auf mich zu und klopfte mir auf die Schulter. „Nein, Mia, du musst nicht schon wieder für uns einstehen. Du hast genug getan. Du hast genug für die Ranger geopfert. Jetzt darfst du auch mal beschützt werden."

Gerührt lächelte ich ihn an. „Danke", wisperte ich.

„Genug davon!", verlangte der Vorsitzende. „Mia Sato, du bist verhaftet! Und du wirst mich jetzt zum Hauptquartier begleiten."

„Das glauben Sie doch selbst nicht", fauchte ich.

„Du machst deine Lage nicht besser. Ich habe gesagt ..."

Ein lautes Poltern unterbrach den Weißhaarigen. „Jetzt sagt niemand was! Nur wir reden!", donnerte eine tiefe Stimme durch die Zweigstelle.

Fassungslos starrte ich die fünf Gestalten an, die durch die Glastür gestürmt waren. Sie trugen Uniformen. Unverkennbare dunkelgraue Uniformen mit Kapuzen über den Köpfen. Oh, bitte nicht. Schattenbringer.

In mir rumorte es, weil Shadow mir eine Warnung schickte. Zu spät. Was jetzt? Was hatten diese Verbrecher vor? Wollten sie Ulrich angreifen? Den Vorsitzenden? Die ganze Zweigstelle?

Aus den Augenwinkeln schielte ich zu Melodia und Takuto. Ich musste meinen Sohn in Sicherheit bringen. Sofort. Zusammen mit Ulrich und Mark konnte ich diese fünf Männer vielleicht überwältigen. Aber was, wenn sie sich auf die wehrlosen Technikerinnen stürzten? Oder schlimmer: auf Takuto?

Schnell stellte ich mich vor meinen Sohn, der immer noch weinte.

„Was wollt ihr hier?", fragte ich die Verbrecher wütend.

„Ich habe gesagt, nur wir reden!", brüllte mich derjenige mit der tiefen Stimme an. „Und ihr hört zu!"

Ulrich verschränkte die Arme vor der Brust und beobachtete die Szene angespannt. Mark stand langsam auf, um jederzeit kampfbereit zu sein. Der Vorsitzende ballte die Hände zu Fäusten und umklammerte dabei den unteren Rand seines weißen Kittels.

„So ist es gut", freute sich der Sprecher der kleinen Bande, bevor er mich grinsend fixierte. „Wir wollen uns gar nicht lange hier aufhalten. Wir sollen nur Mia Sato holen. Dann gehen wir wieder und niemandem passiert was."

Mein Herz setzte aus. Warum ich? Woher wussten sie, dass ich hier war?

„Ihr bekommt sie nicht", antwortete Ulrich ruhig.

„Ihr habt keine Wahl", entgegnete der Kerl. „Ihr seid in der Unterzahl. Und ihr wollt uns doch nicht dazu zwingen, die Verstärkung reinzurufen."

„Wir lassen uns nicht auf Verhandlungen mit Verbrechern ein, schon gar nicht mit Schattenbringern!", rief Mark entschieden.

Kaum hatte er den Bandennamen laut ausgesprochen, ertönten hinter uns Schritte. Erschrocken drehte ich mich um. Lloyd stürzte aus dem Bad in den Hauptraum der Zweigstelle, wie ich befürchtet hatte. Einerseits hätte ich mir gewünscht, er würde stillhalten und sich nicht in Gefahr bringen. Andererseits erleichterte und rührte es mich sehr, dass er uns vor den Verbrechern schützen wollte.

„Ihr!", knurrte er wütend. „Was habt ihr hier verloren?"

„Ihr habt sogar Lloyd Sakai hier versteckt?!", keuchte der Vorsitzende. Ulrich reagierte nicht auf den Vorwurf, er beobachtete die Schattenbringer.

„Sieh mal einer an", lachte der Mann mit der tiefen Stimme. „Wenn das nicht der Verräter ist. Der Boss wird sich freuen, zusätzlich zu seiner Tochter ein kleines Geschenk zu bekommen."

„Ihr werdet Mia in Ruhe lassen und verschwinden", befahl mein Freund beunruhigend gefasst. „Auf der Stelle."

„Vergiss es", weigerte sich der Schattenbringer. Er trat so schnell einen Schritt auf mich zu, dass ich nicht reagierte, bis er mich am Arm gepackt hatte. „Wir nehmen euch mit und niemandem sonst passiert was."

Heftig wehrte ich mich gegen seinen Griff. „Das kannst du vergessen!“ Ich schlug mit der Kante meiner freien Hand so auf sein Gelenk, dass er mich nicht mehr halten konnte. „Lasst uns in Ruhe!“

„Na warte!“, brüllte er und holte aus, um mir einen Schlag zu verpassen.

Ich drehte mich eilig weg, war aber zu langsam, weshalb es ihm gelang, mir seine Faust in die Seite zu rammen. Gequält keuchte ich auf. Richtige Kämpfe war ich nicht mehr gewohnt.

„Nikolai, du Mistkerl!“, zischte Lloyd und kam mit zwei schnellen Schritten auf uns zu. Sofort verpasste er diesem Nikolai einen so heftigen Kinnhaken, dass dieser ein wenig zurückstolperte. Dabei rutschte die Kapuze von seinem Kopf und entblößte sein feuerrotes, aufstehendes Haar. „Niemand schlägt ungestraft meine Freundin, schon gar nicht so ein widerlicher Arschkriecher wie du!“ Lloyd trat vor mich, sodass er mich von seinen ehemaligen Kollegen abschirmte. Kurz blickte er zu Takuto, der immer noch schrie und weinte, obwohl Melodia ihr Bestes tat, ihn zu beruhigen. „Wenn ihr nicht sofort abhaut, werdet ihr es bereuen!“

„Wie ihr wollt“, schnaubte ein anderer Mann. Er trug ein Headset im Ohr und grinste mich bösartig an, bevor er hineinsprach. „Leute, kommt her!“

Augenblicklich hörten wir laute Geräusche. Mindestens ein Dutzend Männer, teilweise in Uniform, teilweise unauffällig gekleidet, rannten in die Zweigstelle, weitere umzingelten sie. Wir hatten keine Chance. Das wusste ich sofort. Es würde nur ein Blutbad geben, wenn wir Widerstand leisteten.

„Nicht vor Takuto“, wisperte ich. Mein Freund sah mich fragend an, weil er mich nicht verstanden hatte. Ich nickte in Richtung unseres Sohnes. „Wir dürfen ihn nicht in Gefahr bringen.“

„Was sollen wir tun?“, fragte Lloyd verzweifelt.

Ich drückte seine Hand. „Es gibt nur drei Möglichkeiten. Entweder wir kämpfen und werden gewaltsam mitgenommen. Oder ich versuche, die Fiorita zu rufen. Oder wir ergeben uns“, flüsterte ich. „Und ich bezweifle, dass sie mir die Gelegenheit geben zu singen.“

„Können deine Freunde nicht einfach so kommen?“, murmelte er.

„Die wenigsten Geister können Fioria betreten, wann sie wollen. Und bis die Animalia hier sind, dauert es zu lange“, gab ich zu bedenken. Ich wusste, was in dieser Situation das Beste wäre. Und Lloyd wusste es auch. Beinahe gleichzeitig sahen wir zu Takuto. Dann nickte mein Freund traurig.

„Wir leisten keinen Widerstand, wenn ihr sofort die Zweigstelle in Ruhe lasst", wandte er sich an die Schattenbringer. Seine Stimme klang eiskalt.

„Genau das wollten wir hören", lachte der rothaarige Nikolai.

„Mia, Lloyd, nein!", schrie Ulrich.

„Bitte, macht das nicht!", flehte Haru.

„Leute, es geht nicht anders!" Nur mit Mühe unterdrückte ich ein Schluchzen, ich riss mich krampfhaft zusammen. „Bitte passt auf Takuto auf. Alles, was ihr braucht, ist in unserem Zimmer. Wir kommen so schnell wie möglich zurück."

„Nein, Mia!", jammerte Melodia.

„Versprecht es mir!", verlangte ich hysterisch. „Passt auf ihn auf!"

„Werden wir", flüsterte Mark, der wahrscheinlich ebenfalls begriffen hatte, wie ausweglos die Situation war. „Und ihr passt auf euch auf."

Ich lächelte schief. „Ja. Irgendwie wird schon wieder alles gut." Jedenfalls hoffte ich es sehr.

„Los, wir haben nicht den ganzen Tag Zeit", meckerte einer der Verbrecher.

„Ich will mich noch verabschieden, ihr Mistkerle!", brüllte ich die uniformierten Männer an, die erschrocken zusammenzuckten. „Auf die eine Minute kommt es wohl nicht an, wenn wir euch sonst schon keinen Ärger machen." Scharf musterte ich die Menge. Niemand widersprach. Also wandte ich mich zu meinen Kollegen um. Melodias Augen waren tränennass, die anderen wirkten eher wütend und verzweifelt. Mir fehlten die Worte, deshalb winkte ich nur in die Runde.

Da kam Ulrich zu mir und umarmte mich. „Haut da so bald wie möglich ab."

„Werden wir", hauchte ich ihm ins Ohr, als ich ihn fest drückte.

„Das erlaube ich nicht!", grollte der Vorsitzende plötzlich. „Ihr werdet verschwinden und ihr lasst Mia und Lloyd hier! Die beiden befinden sich im Gewahrsam der Ranger!"

„Klappe, alter Mann", lachte einer der Schattenbringer.

Der Weißhaarige erhob drohend die Hand. „Treibt es nicht zu weit!"

Herausfordernd grinste ihn der relativ jung wirkende Kerl an. Dann holte er mit der Faust aus, um den Alten zu schlagen. Aber Lloyd reagierte schneller, lenkte mit seiner flachen Hand dessen Arm ab und stellte sich schützend vor den Vorsitzenden. „Wir haben einen Deal, schon vergessen?", zischte mein Freund. „Hier wird niemand verletzt und dafür kommen wir mit."

Erstaunt musterten ihn alle Anwesenden. Niemand hatte erwartet, dass er dem Vorsitzenden helfen würde. Besonders dieser selbst konnte es kaum fassen.

Der Schattenbringer schnaubte nur. „Dann kommt endlich!"

„Tschüss, Leute", wisperte ich in die Runde, während ich vor Melodia in die Hocke ging, um mit Takuto auf Augenhöhe zu sein. „Bitte passt auf ihn auf."

Der Kleine jammerte und quengelte, wollte zu mir, doch ich durfte ihn jetzt nicht auf die Arme nehmen. Sonst wäre ich nicht imstande, ihn hier zu lassen. Aber ihn mitzunehmen, wäre zu gefährlich. Also drückte ich meinen Sohn sanft an mich, küsste ihn auf die Wange und flüsterte ihm ins Ohr: „Du musst jetzt ganz stark sein, Schatz. Mama und Papa sind bald wieder da. Aber bis dahin passen Melodia und die anderen auf dich auf. Es dauert nicht lange, das verspreche ich dir." Meine Stimme erstarb. Ich blinzelte die Tränen aus meinen Augen und lächelte Takuto an.

Lloyd kniete sich neben mich und umarmte den Jungen lange. „Keine Angst, du bist in Sicherheit", wisperte er. „Sei brav, mein Großer." Nachdem er ihm einen Kuss auf die Stirn gegeben hatte, erhob er sich und reichte mir eine Hand, um mir auf die Beine zu helfen.

Ich ließ seine Hand nicht mehr los. Im Gegenteil, ich drückte sie noch fester. Es fiel mir unendlich schwer, mich von Takuto abzuwenden und mich kampflos mit Lloyd den Schattenbringern zu ergeben. Und es wurde noch schlimmer, als hinter uns eine verzweifelte Stimme ertönte.

„Mama! Baba!", schluchzte unser Sohn. „Mama! Baba!"

Da konnte ich mich nicht mehr zusammenreißen. Unkontrolliert schluchzte ich auf und ließ mich in Lloyds Arme fallen, weil ich es nicht ertrug, Takuto zurückzulassen. „Warum?", schrie ich. „Warum tut mein Vater so was? Warum zwingt er uns, unseren Sohn allein zu lassen?"

Mein Freund hielt mich fest, doch ich spürte, wie er zitterte. Auch ihm ging es schrecklich damit. „Weil er nichts von Takuto weiß ... und weil er ein radikaler Vollidiot ist!"

„Ihr seid noch größere Bestien, als ich immer gedacht habe!", spuckte der Vorsitzende der Bande entgegen. „So etwas ... so etwas ist zu grausam!" Ungläubig blickte ich den Weißhaarigen an. Er wirkte angespannter als zuvor, schon beinahe ... erschüttert. Als würde er mit uns fühlen, genau wie meine Freunde. Das wunderte mich ein wenig.

„Äh, das Kind …“, murmelte Nikolai.

„Ja, stell dir vor, manche Leute haben eine Familie“, zischte Lloyd, während er mir beruhigend über den Rücken strich.

„Davon hat der Boss nichts gesagt“, flüsterte einer dem anderen zu.

„Wir sollen aber seine Tochter holen und mit Lloyd will er auch abrechnen, also nehmen wir beide mit“, entgegnete der angesprochene Verbrecher kühl.

Plötzlich trat einer der Männer zu uns, um uns in Richtung Tür zu schubsen. „Falls ihr auf Mitleid wartet, muss ich euch enttäuschen. Wir haben Befehle. Bewegt euch!“

„Das wird euch noch leidtun“, schwor ich leise und klammerte mich fester an Lloyds Hand.

„Ja, ja“, winkte er unbeeindruckt ab. Er trieb uns aus der Zweigstelle, vor der mehrere Autos geparkt waren. Unter anderem ein kleiner Lieferwagen, in dessen düsteren Laderaum wir einsteigen sollten. „Versucht nicht mal, euch zu wehren. Ihr wollt doch nicht, dass wir in der Zweigstelle Probleme machen.“

Diese Skrupellosigkeit entsetzte mich endgültig. Offensichtlich lebten diese Kriminellen nach dem Motto, dass der Zweck die Mittel heiligte.

Natürlich ließen uns die Verbrecher im Laderaum nicht allein. Vier Männer stiegen mit uns ein, um uns zu bewachen. Darunter der gefühllose Mistkerl und Nikolai. Doch wir bemühten uns, sie zu ignorieren. Lloyd und ich hockten uns auf den schmutzigen Boden und ließen uns dabei zu keiner Sekunde los. Mein Freund stellte die Beine an, sodass ich mich vor ihn setzen und an seine Brust lehnen konnte. Eine Weile blieb es still, wir verharrten in unsere eigenen Gedanken vertieft. Meine hingen an Takuto, an seinem ängstlichen Blick …

Und ich hatte Angst vor dem, was kommen würde. Es gab keine Fenster, mir fehlte völlig die Orientierung. Ich mochte die Dunkelheit hier drin nicht. Ohne Lloyd wäre ich spätestens nach ein paar Minuten durchgedreht.

Was wollte mein Vater damit erreichen? Was sollte dieser Wahnsinn?

„Bleib ruhig, Mia“, ertönte Shadows Stimme in meinem Kopf. „Dir wird nichts geschehen. Wir haben mit Pemorat gesprochen und diese Information aus ihm herausgequetscht. Du musst keine Angst haben.“

Unglaublich – wie hatten sie denn dem Geist der Zeit einen Hinweis entlockt? Vielleicht hatte er etwas verraten, weil sich die Fiorita um mich sorgten, das spürte ich deutlich.

„Ich hab weniger Angst um mich als um Takuto und Lloyd", dachte
ich, damit das Dämonenoberhaupt es hörte.

„Wir behalten euch im Auge", meldete sich Luna zu Wort. „Wir lassen dich auch wissen, wo genau ihr hingebracht werdet. Dann kannst
du deine Kollegen benachrichtigen und sie können das Versteck stürmen."

„Gute Idee", lobte ich sie. „Ich hab sogar noch das Handy in der
Tasche. So werden vielleicht wenigstens einige Schattenbringer verhaftet."

„Also, Kopf hoch!", ermutigte mich Shadow.

Ich lächelte. „Danke."

Die kurze Unterhaltung mit den Fiorita hatte mich von der Stille im
Laderaum abgelenkt. Doch ich fühlte mich immer noch unwohl.

„Alles Gute zum zweiten Jahrestag", murmelte Lloyd da und riss
mich aus meinen Gedanken.

Mir klappte der Mund auf. „Das ist ja heute, stimmt!"

„Ist mir auch gerade erst eingefallen", seufzte er. „Irgendwie wäre ich
heute Abend lieber mit dir essen gegangen, als so was zu erleben."

„Nicht nur du." Ich schmiegte mich noch enger an ihn. Kaum zu
glauben, dass wir vor zwei Jahren zusammengekommen waren. Als
wir gemeinsam in Brislingen bei meinen Eltern gewesen waren. Als
ich noch nichts davon gewusst hatte, dass mein Vater ein Lügner, Verbrecher und Wahnsinniger war. „Ich mache mir solche Sorgen um
Takuto", flüsterte ich.

Er strich mir durchs Haar. „Melodia wird sich gut um ihn kümmern.
Das muss sie einfach."

„Aber du hast doch seinen Blick gesehen", schluchzte ich. „Er wollte
nicht, dass wir gehen. Er hat nach uns gerufen!"

„Ich weiß", antwortete Lloyd fast tonlos. Es schüttelte ihn. „Ich weiß
es ja."

Obwohl mir klar war, dass Schattenbringer bei uns im Wagen saßen,
konnte ich mich nicht mehr zusammenreißen. Ich musste weinen. Immerhin sah das in der Dunkelheit niemand.

„Papa kann was erleben!", wimmerte ich und rieb mir die Augen.
Meine Kontaktlinsen fühlten sich so unangenehm an, dass ich sie
herausnahm. Jetzt war es sowieso schon egal, ob jemand meine echte
Augenfarbe sah oder nicht.

„Was machst du da?", fragte Lloyd bei der Bewegung.

„Meine Kontaktlinsen brennen", erklärte ich leise und ließ die glibberigen Dinger achtlos auf den Boden fallen. „Und mein Vater kennt meine Augen eh.“

„Verstehe“, flüsterte er. Sanft strich er mir mit zwei Fingern über die Wangen, um ein paar Tränen wegzuwischen. Danach sprach er noch leiser weiter. „Wir könnten doch jetzt mithilfe der Fiorita ...“

„Sobald ich den ersten Ton anstimme, bringen mich unsere Wachen umgehend zum Schweigen“, unterbrach ich ihn wispernd. „Wir müssen eine bessere Gelegenheit abwarten. So gerne ich sofort zurück in Windfeld wäre ...“

„Am liebsten würde ich Erik für das alles eine verpassen!“, zischte er.

„Stell dich hinten an“, brummte ich. Daraufhin mussten wir beide kurz kichern. Es tat wirklich gut, nicht allein zu sein. Ansonsten hätte wohl keiner von uns diese endlos scheinende Fahrt überstanden.

Ich wusste nicht genau, wie lange wir unterwegs gewesen waren, aber ich tippte auf mindestens zwei Stunden. Als der Wagen schließlich stoppte, hielt ich die Luft an. Endlich geschah etwas. Jemand öffnete die Türen des Laderaums, sodass helles Licht hereinfiel. Die Sonne blendete mich, doch ich zwang mich, die Augen nicht zu schließen.

Lloyd spannte sich ebenfalls an. Er nickte mir zu, als wollte er sagen, dass wir die kommenden Ereignisse gemeinsam durchstehen würden. Ich lächelte ihn an. Für einen Moment achteten wir nur aufeinander. Er sah mir lange in die Augen, dann umarmte ich ihn fest, bis die Schattenbringer uns abrupt in die Realität zurückholten. Zwei unserer Wachen griffen nach meinen Armen, zerrten mich auf die Beine und stießen mich aus dem Lieferwagen. Die beiden anderen taten dasselbe mit Lloyd.

„Ich kann alleine laufen!“, tobte ich.

„Vergiss es“, zischte Nikolai und umklammerte meinen rechten Arm fester.

Im Freien blinzelte ich desorientiert. Es gab viele Lagerhallen in dieser verlassenen Gegend. Wir befanden uns anscheinend in einem Industriegebiet.

„Ihr seid in einer kleinen Stadt westlich von Aritiof“, erklärte mir Shadow. „Sie heißt Tufam.“ Von diesem Ort hatte ich noch nie gehört, aber dass er in der Nähe des Ranger-Hauptsitzes lag, wunderte mich. Hatten die Ranger bisher nicht bemerkt, dass sich Schattenbringer in ihrer Umgebung aufhielten?

„Sperrt ihn ins Lager, wir bringen sie zum Boss“, wies Nikolai seine Kollegen an, die meinen Freund gepackt hatten.

„Was?!“, riefen Lloyd und ich gleichzeitig.

„Geht klar“, stimmte einer der Männer zu.

„Ganz sicher nicht!“, weigerte sich mein Freund und riss sich los. „Ihr werdet uns nicht trennen!“

Auch ich sträubte mich gegen den Griff, hatte gerade einen meiner Arme befreit, da eilten weitere Schattenbringer herbei. Dummerweise gab es zu viele davon, sie waren eindeutig in der Überzahl. Wir hatten keine Chance, wurden wieder festgehalten, obwohl wir uns wehrten. Während Lloyd nach rechts zu einer der Lagerhallen gedrängt wurde, wurde ich in die andere Richtung geschubst.

„Nein!“, schrie ich. „Ich will meinen Vater nicht sehen! Schon gar nicht allein! Lasst mich sofort los!“ Kalte Panik ergriff mich bei dem Gedanken, Erik ohne Lloyd an meiner Seite gegenübertreten zu müssen. Ich hatte nicht mal das Telefonat mit ihm ausgehalten, wie sollte ich da ein persönliches Treffen überstehen? Und was noch viel beängstigender war, was würden seine ehemaligen Kollegen in der Zwischenzeit wohl mit meinem Freund machen?

„Hör auf mit der Zappelei“, zischte mich ein hochgewachsener Typ an. „Wir sollen dich unverletzt herbringen.“

„Nein!“ Ich trat um mich, versuchte, meine Arme zu befreien, kreischte laut, doch gegen acht Männer konnte ich mich nicht wehren. Sie hoben mich einfach hoch, hielten meine Arme und Beine fest und schleppten mich in Richtung einer Lagerhalle davon.

„Mia!“, rief Lloyd, der dasselbe Problem hatte wie ich. Er kam nicht gegen unsere Feinde an. Zwar wurde er zur selben Lagerhalle gebracht, aber zu einem anderen Eingang. „Lasst mich los, ihr Mistkerle!“

Kurz trafen sich unsere Blicke. Ich sah die Aufregung und die Angst in Lloyds blauen Augen. Aber auch Wut und Entschlossenheit. Wieder stemmte er sich gegen die Schattenbringer, da packte ihn einer an seinen Haaren, sodass er vor Schmerz aufschrie.

„Dir wird noch was viel Schlimmeres blühen, du Verräter“, lachte ein Mann in dunkelgrauer Uniform.

„Wehe, ihr tut ihm was!“, schrie ich. „Lasst ihn in Ruhe! Lloyd!“

„Mia!“, antwortete er laut, da wurde er meinem Blickfeld entrissen und in die Halle hineingezwungen.

Sein Ruf hallte lange in meinen Ohren wider. Ich brachte keinen Ton heraus. Er war weg. In Gefahr. Die Schattenbringer würden ihm wehtun, ihn verprügeln, wie sie es früher schon getan hatten. Oh, bitte nicht …

Ich nahm kaum wahr, dass ich ebenfalls in die Lagerhalle geschleppt wurde, über einen langen Gang hin zu einem Raum, der seiner Einrichtung nach mal ein Büro gewesen sein musste. Auf einem kleinen hellen Sofa setzten mich die Schattenbringer ab, zwei von ihnen hielten mich weiterhin fest. Ich schaute direkt auf eine Vitrine mit Schwertern. Diese Waffen kannte ich. Ich hatte sie schon mal gesehen, im Büro meines Vaters in einem ehemaligen Unterschlupf der Bande. Zögerlich richtete ich meinen Blick auf den Schreibtisch, an dem Erik saß. Als ich seine Anwesenheit bemerkte, setzte mein Herz für einen Schlag aus.

Es war lange her, doch nicht alles hatte sich verändert. Er trug Jeans und ein kariertes Hemd, seine Bartstoppeln waren nicht rasiert, seine dunkelbraunen Haare etwas grauer als bei unserer letzten Begegnung. Noch immer wirkte er körperlich fit, trainiert, aber auch völlig übermüdet. Tiefe Ringe zeichneten sich unter seinen braunen Augen ab. Doch sein mildes Lächeln ließ seine Müdigkeit beinahe verschwinden, es erinnerte mich an früher. An zu Hause.

„Hallo Liebes", begrüßte er mich leise.

„Papa …", murmelte ich.

„Es war nicht ganz einfach, aber wir haben sie aus der Zweigstelle Windfeld geholt", berichtete Nikolai. „Lloyd auch, er wird gerade ins Lager gebracht."

„Und diese Mistkerle wollen ihm irgendwas antun!", schrie ich. „Er muss sofort in Sicherheit gebracht werden! Hierher!"

Mein Vater hob die Augenbrauen, als ich laut wurde. Er sah mich lange an, registrierte meine Panik und meinen flehenden Blick. Dann nickte er langsam. „Holt ihn her. Schnell."

Nikolai wirkte nicht sehr begeistert. „Ja, Boss." Widerwillig setzte er sich in Bewegung. Auch die anderen Schattenbringer verließen den Raum, ohne dass mein Vater es ihnen direkt sagte. Er nickte nur in Richtung Tür und alle verstanden.

„Ich mache das nicht aus Sorge um Lloyd", stellte mein Vater klar. „Aber ich vermute, du wirst kein Wort mit mir wechseln, wenn er nicht hier ist."

„Danke", wisperte ich nur und senkte den Blick. Ich fühlte mich unwohl. Für einen kurzen Moment hatte ich gedacht, mein Vater könnte vielleicht Anzeichen von Menschlichkeit zeigen, weil er Lloyd vor seinen brutalen Untergebenen rettete. Aber es steckte lediglich kühle Berechnung dahinter. Ich war ein wenig enttäuscht, obwohl es mir dumm vorkam.

Ein leises Knarzen verriet, dass mein Vater aufgestanden war. Er trat einen Schritt näher zum Sofa und ging vor mir in die Hocke. „Du siehst gesund aus. Das freut mich."

Verunsichert musterte ich ihn. „Äh ..." Ich räusperte mich. „Du siehst müde aus. Viel Stress, ein System zu stürzen, was?"

Er ignorierte die Bissigkeit in meinen Worten. „Es wird besser. Langsam läuft alles, wie es soll."

Oh, oh. Das hieß im Umkehrschluss, dass für die Ranger nichts so lief, wie es sollte.

„Und weil es sich gerade angeboten hat, dachtest du, du entführst einfach mal deine eigene Tochter und ihren Freund oder wie?" Wut kroch in mir hoch, als ich davon sprach und an Takutos verzweifeltes Schreien dachte. „Ein genialer Plan, wirklich!", spottete ich.

„Wenn du nicht freiwillig mit mir reden willst, muss ich dich eben dazu zwingen", entgegnete er ohne jede Spur von Schuldgefühlen.

„Ist das dein Ernst?"

„Du warst eineinhalb Jahre spurlos verschwunden!", rief er wütend. „Du warst unauffindbar! Und glaub mir, ich habe dich gesucht! Dann erfahre ich, dass du wieder aufgetaucht bist – was sollte ich denn machen? Hast du erwartet, ich tue gar nichts?"

„Ich frage mich, was das alles soll", zischte ich. „Was haben wir uns denn noch zu sagen?" Eigentlich hatte ursprünglich auch ich mit ihm reden wollen, ihm diesen dummen Krieg ausreden wollen, aber im Moment konnte ich nicht rational denken. Jetzt gerade war ich eine Tochter, die von ihrem Vater maßlos enttäuscht war und solchen Hass auf ihn verspürte, dass sie ihm Vorwürfe machen wollte. Obwohl sich ein kleiner Teil von mir darüber freute, dass er nach mir gesucht hatte.

„Wo soll ich da anfangen?" Er raufte sich das Haar. „Wir haben viele Dinge zu bereden. Zum Beispiel, dass du mit diesem Taugenichts abgehauen bist."

Ich verschränkte die Arme vor der Brust, wobei meine Seite vom zuvor kassierten Schlag ein wenig schmerzte. „Was geht dich das an? Ich bin längst volljährig, du hast mir nichts mehr zu sagen."

„Mia, fang gar nicht erst so ..."

„Boss, hier ist er", unterbrach ihn Nikolais tiefe Stimme. „Sonst noch was?"

Gleichzeitig drehten mein Vater und ich uns zur Zimmertür um. Der Rothaarige stand mit drei Kollegen dort, zwei von ihnen stießen Lloyd in den Raum. Mein Freund stolperte ein paar Schritte, konnte sich kaum aufrecht halten. Bevor er das Gleichgewicht verlor, sprang ich auf und griff nach seinem Arm.

„Lloyd! Wie geht's dir? Was ist passiert?", fragte ich schockiert, während ich ihn musterte. „Willst du dich hinsetzen?"

Mit dem Handrücken wischte er sich etwas Blut von der aufgeplatzten Lippe. Er kniff sein linkes Auge zu, atmete schwer, nickte aber und ließ sich von mir vorsichtig aufs Sofa helfen. „Danke", flüsterte er. „Alfred und seine Leute haben ganze Arbeit geleistet … Gut, dass sie nicht viel Zeit hatten."

Ich stand kurz davor, auszurasten. In diesen wenigen Minuten hatten die Schattenbringer meinen Freund wirklich verprügelt. Nicht nur im Gesicht, seine gekrümmte Haltung verriet auch einige Schläge im Rumpfbereich. Auf seinem hellen Pullover entdeckte ich kleine Blutflecken. Sollte ich die Täter jemals in die Finger kriegen, würde ich wilde Animalia auf sie hetzen!

Behutsam griff ich Lloyds Hand. „Ich bin froh, dass du jetzt hier bist."

„Ich habe noch keine Strafe für ihn angeordnet, soweit ich mich erinnere", äußerte sich mein Vater in scharfem Ton.

„Als würde Alfred auf Befehle warten", zischte ein blonder Mann, der die Kapuze seiner Uniform nicht trug. „Ich hole den Erste-Hilfe-Kasten."

Erstaunt musterte ich den etwa 35-Jährigen. Er schien … freundlich zu sein.

„Danke, Sam", keuchte Lloyd. Meine Augen weiteten sich. Das war Sam? Lloyds Kumpel Sam? Das erklärte sein Mitgefühl.

„Sag Alfred, dass ich später mit ihm reden will", befahl mein Vater. „Und jetzt lasst uns allein."

Nikolai nickte. „Gut. Wir kümmern uns wieder um den anderen Plan."

„So schnell wie möglich", stimmte Erik zu.

Die Männer ließen uns allein.

Ich strich beruhigend über Lloyds Rücken, sah dabei aber meinen Vater wütend an. „Hast du nicht mal mehr deinen eigenen Stellvertreter im Griff?"

„Alfred leistet gute Arbeit", antwortete er kühl.

„Ja, indem er zum Beispiel Ranger umbringt!", brüllte ich.

Mein Vater runzelte die Stirn. „Kanntest du das Opfer aus Windfeld?"

„Ich hab drei Jahre mit ihm zusammengearbeitet. Und ich hätte nie gedacht, seine Beerdigung miterleben zu müssen. Außerdem hatte er einen Namen, nämlich Viktor!“

Er sah mich verunsichert an. „Bist du deswegen wieder hier?“

Ich nickte. „Ich kann nicht länger bei diesem Wahnsinn zuschauen.“

Ein leises Klopfen unterbrach uns. Sam kam zurück ins Büro, den Erste-Hilfe-Kasten unter den Arm geklemmt. „Ich beeile mich“, versprach er seinem Boss und machte sich daran, Lloyds Verletzungen zu versorgen.

Mein Freund zuckte zusammen, als das Desinfektionsmittel auf die offenen Wunden traf. „Danke, Sam“, murmelte er. „Du bist super, Mann.“

„Schon gut“, flüsterte der Blonde. „Ich hätte lieber von Anfang an verhindert, dass dich die anderen zusammenschlagen. Aber wenn es dich beruhigt, deine Tritte haben auch gesessen. Die anderen krümmen sich jetzt noch.“

Lloyd grinste schief. „Immerhin.“

„Nachher rufe ich Sana“, beschloss ich. „Sie heilt dich bestimmt.“

Da lächelte er. „Wäre toll, wenn Takuto mich nicht total verprügelt sehen müsste. Die blauen Flecken würden ihn bestimmt erschrecken.“

„Vielen Dank, Sam“, wandte ich mich dann an den Schattenbringer, der gerade den Kasten wieder schloss.

Seine grünen Augen wanderten zu mir. „Keine Ursache. Und schön, dich kennenzulernen. Du musst Mia sein.“

Ich reichte ihm die Hand. „Genau. Und du Lloyds ehemaliger Mentor, oder?“

„Inzwischen eher ein Kumpel“, berichtigte er mich leise, als er die Geste erwiderte. „So, ich muss gehen. Viel Glück bei der Flucht.“ Bevor er meine Hand losließ, beugte er sich näher zu Lloyd und mir. „Der südliche Ausgang wird nicht bewacht. Wenn ihr abhauen wollt, lauft dorthin.“

„Ich schulde dir was“, flüsterte Lloyd.

„Du wirst fürs Arbeiten bezahlt, nicht fürs Reden“, brummte mein Vater.

„Bin schon wieder weg.“ Sam nickte uns zu. „Tschüss.“

Unwillkürlich lächelte ich. Dieser Mann war mir sympathisch. Ich verstand gar nicht, was jemand wie er in einer Verbrecherbande machte. Ob er genau wie Lloyd zum Beitritt gezwungen worden war? Vielleicht. Aber vielleicht war er auch freiwillig hier. Nicht jeder, der sich für ein kriminelles Leben entschied, musste automatisch bösartig sein. Es konnte viele Gründe geben.

„Jetzt zu euch. Wir haben einiges zu besprechen“, kündigte mein Vater an und riss mich aus meinen Gedanken.

Finster erwiderte ich seinen Blick. „Oh, wenn ich so darüber nachdenke, habe ich dir auch einiges zu sagen.“

Er wirkte ein wenig überrascht, schmunzelte aber. „Nur zu.“

„Ich fasse es nicht, zu welchen Mitteln du inzwischen schon greifst! Du willst mit mir reden, also entführst du mich? Und Lloyd gleich mit? Großartiger Plan, bravo! Deinetwegen ist unser Sohn allein!“, schleuderte ich ihm entgegen.

Meinem Vater klappte der Mund auf. „Was?“

Ich atmete tief durch. Nun hatte ich unseren größten Trumpf ausgespielt. Blieb nur zu hoffen, dass er die gewünschte Wirkung erzielte.

Kapitel 12:
Dem Ziel so nah

Mein Herz raste unregelmäßig, während ich mich bemühte, dem Blick meines Vaters standzuhalten. Vor lauter Aufregung griff ich nach Lloyds Hand und drückte sie fest. „Du hast mich schon verstanden! Ich will sofort zurück nach Windfeld. Takuto ist dort alleine."

„Und er hat die ganze Entführung mitbekommen", ergänzte mein Freund leise. „Er hat nach uns gerufen, aber wir konnten ihn schlecht mitnehmen. Jetzt ist er bei den Rangern statt bei seinen Eltern."

Einige Sekunden brachte mein Vater keinen Ton heraus. Er wirkte fassungslos, ungläubig, überfordert. „Sohn?", wiederholte er dann kaum hörbar.

„Takuto. Er ist neun Monate alt." Schlagartig brach die Sorge aus mir heraus, ich konnte meinem Vater kein schlechtes Gewissen mehr einreden. Ich wollte nur zurück zu Takuto. „Also bitte, Papa, lass uns zurück! Er braucht uns doch!", schluchzte ich.

„Ihr habt einen Sohn?!", schrie er und trat einen Schritt auf uns zu.

Aus Angst, dass er Lloyd an den Kragen wollte, stand ich auf und stellte mich ihm entgegen. „Ja. Du bist Großvater."

Überraschend sanft griff er nach meinen Schultern. Tränen sammelten sich in seinen Augen, doch er weinte nicht. Er riss sich zusammen. „Und das sagst du mir nicht sofort? Das musst du doch schon gewusst haben, bevor du spurlos verschwunden bist."

„Ja, da wusste ich es schon. Aber damals hast du die Ranger angegriffen und uns den Krieg erklärt. Außerdem wurde ich verhaftet, weil ich mich als Mann ausgegeben und in die Organisation eingeschlichen habe. Und du hast versucht, Lloyd und mich zu trennen. Ich bin aus dem Gefängnis ausgebrochen und anschließend mit Lloyd untergetaucht", erinnerte ich ihn. „Wie hätte ich da mit dir reden sollen?"

„Aber du ... du bist doch selbst ... noch ein Kind", stammelte er. „Ich kann das nicht glauben ..."

Zaghaft legte ich meine Hände auf seine. „Papa, ich bin erwachsener und selbstständiger, als du denkst. Nicht nur ich, Lloyd auch. Wir sind abgehauen, um unser Kind zu schützen. Um neu anzufangen. Wir wollten so weit weg von diesem Krieg sein wie möglich, damit Takuto behütet aufwachsen kann. Aber das kann er nicht, solange die Ranger und Schattenbringer keinen Frieden zulassen. Fioria versinkt im Chaos! Siehst du das denn gar nicht?"

Er schwieg lange. Wich meinem Blick aus, vielleicht dachte er nach. Doch plötzlich drückte er mich fest an sich. Ich spürte seine Wärme, sein leichtes Zittern, roch seinen wohlbekannten Duft. So wie früher. „Ich hab mir solche Sorgen um dich gemacht, Liebes", flüsterte er.

Schlagartig schossen mir Tränen in die Augen. Damit hatte ich nicht gerechnet. Das überforderte mich und es machte mich schwach. Denn es machte mir klar, dass ich meinen Vater nicht hasste. Ich konnte ihn nicht hassen. Ich wollte es, wollte ihn für all seine grausamen Taten hassen.

Es wäre so einfach. Denn dann wäre es mir egal, was in Zukunft mit ihm passierte. Doch stattdessen spürte ich etliche andere Gefühle. Enttäuschung, Trauer, Sehnsucht, Hoffnung, Wut, sogar ein wenig Zuneigung, aber keinen Hass.

„Du hast mir gefehlt, Papa", schluchzte ich, als ich die Umarmung erwiderte.

„Du mir auch, Liebes. Du mir auch."

Eine Weile standen wir nur so da. Eine Weile fühlte es sich fast an, als wäre alles gut. Langsam ließ Erik mich los und reichte mir ein Taschentuch. Ich wischte mir die Tränen aus dem Gesicht.

Obwohl es Lloyd sichtlich schwerfiel, sich vom Sofa zu erheben, trat er zu mir und legte einen Arm um mich. „Alles okay?", fragte er.

Ich nickte. „Halbwegs ..."

„Möchtet ihr was trinken?", bot mein Vater an. „Oder habt ihr Hunger?"

„Was zu trinken wäre gut", bat Lloyd. „Aber wir müssen wirklich schnell zurück nach Windfeld. Takuto hat bestimmt Panik."

Erik holte zwei kleine Flaschen Wasser hinter seinem Schreibtisch hervor und reichte sie uns. „Dass ihr eurem Sohn deinen alten Decknamen gegeben habt, Mia, das passt zu euch. Habt ihr ein Foto?"

„Wir haben nicht mal unsere Geldbeutel dabei", brummte mein Freund. „Wir wurden aus der Zweigstelle gezerrt, bevor wir irgendwas tun konnten."

„Es war eine radikale Methode, ja, aber anders hätte ich euch nicht sprechen können." Mein Vater seufzte. „Am besten schicke ich Nikolai noch mal los, um euren Jungen zu holen."

„Nein!", rief ich sofort. „Takuto kommt auf keinen Fall in die Nähe der Schattenbringer! Das ist zu gefährlich!"

„Meine Leute würden ihm nichts tun, genauso wenig wie dir", beruhigte er mich. „Solange ich es befehle."

„Ach, und deshalb hat mich dieser Nikolai in die Seite geschlagen?", schnaubte ich. „Deine Leute machen, was sie wollen. Merkst du das nicht?"

Er spannte den Kiefer an. „Er hat dich geschlagen?"

„Ja, aber das ist nicht der Punkt, das halte ich aus. Das Problem ist, dass du die Kontrolle über die Bande verloren hast. Und darum lasse ich nicht zu, dass Takuto auch nur in eure Nähe kommt."

Mein Vater wirkte gar nicht begeistert. Eher wütend und gekränkt. „Willst du mir damit sagen, dass ich meinen Enkel nicht zu Gesicht bekomme?"

„Wir werden ihn nicht in Gefahr bringen", stellte Lloyd klar. „Und in Alfreds Nähe lasse ich ihn schon zweimal nicht."

Finster starrte Erik ihn an. „Mit dir habe ich auch noch eine Rechnung offen. Verrat, Illoyalität, Befehlsverweigerung ..."

„Ich habe mich nur gegen eine Bande gewehrt, zu der ich nie gehören wollte", verteidigte sich mein Freund. „Außerdem hast du doch nicht wirklich geglaubt, ich lasse mir von dir verbieten, Mia zu sehen."

Erik packte ihn am Kragen seines Pullovers. „Glaub mir, wärst du nicht der Vater ihres Kindes, würde dir jetzt eine Abreibung blühen, die schlimmer ist als alles, was Alfred je mit dir anstellen wollte!"

Während Lloyd ein wenig blass wurde, schoss mir vor Zorn die Röte ins Gesicht. „Ist das dein Ernst?", schrie ich Erik an.

Mein Freund hob eine Hand und bedeutete mir so, dass er für sich selbst sprechen wollte. Unsicher und gespannt zugleich verstummte ich. „Ich glaube, du hast da was falsch verstanden", wandte er sich an meinen Vater. „Du bist nicht mehr mein Boss, Erik. Du hast kein Recht mehr, mir Befehle zu erteilen. Und wäre es nach mir gegangen, wärst du nie mein Boss gewesen."

„Ja, weil du Musik studieren wolltest", spottete er, ließ Lloyd aber endlich los. „Davon hättest du deine Familie nicht ernähren können, ich hoffe, das ist dir klar!"

Unwillkürlich verzog ich das Gesicht. Eins musste ich meinem Vater lassen – nur durch seine harte Ausbildung war Lloyd in der Lage, als medizinischer Assistent zu arbeiten. Doch das rechtfertigte nicht seine Grausamkeit. Mein Freund war erst 14 gewesen, als Erik ihn in die

Organisation gezwungen hatte. „Woher willst du das wissen?“, forderte Lloyd ihn heraus und trank ein paar Schlucke Wasser. „Woher willst ausgerechnet du wissen, was das Beste für mich sein soll?“

„Ganz einfach, das Beste wäre es gewesen, wenn du meine Tochter in Ruhe gelassen hättest, wie ich es damals wollte“, zischte Erik.

„Es reicht!“, mischte ich mich ein. „Ich kann nicht glauben, dass du immer noch versuchst, uns etwas vorzuschreiben!“

„Ich habe jedes Recht dazu“, entgegnete er.

„Nein.“ Ich schüttelte den Kopf. „Nein, das hast du nicht. Du hast einen Krieg ausgelöst. Du stürzt Fioria ins Verderben. Sogar die Geister und Dämonen sagen, dass der Krieg enden muss, bevor es zu spät ist.“

„Dann sollten die Ranger lieber schnell aufgeben und uns an die Macht lassen.“

„Du verstehst es wirklich nicht, oder?“, fragte ich bitter.

„Oh, ich verstehe es gut. Die Ranger haben dich völlig mit ihren falschen Idealen infiziert.“ Er presste die Lippen zu einem schmalen Strich zusammen und atmete tief ein. „Sie sind von Grund auf schlecht, machen jedoch allen vor, die gerechten Beschützer der Welt zu sein.“

„Ich habe jahrelang unter ihnen gearbeitet“, flüsterte ich. „Die Ranger sind nicht böse. Es braucht Ordnungshüter in dieser Welt. Ja, derzeit geht vieles schief, und ja, manche Ranger machen einen miesen Job, aber das gilt nicht für alle. Allein in Windfeld arbeiten lauter großartige Menschen. Also bitte, ich flehe dich an, beende diesen Krieg!“

„Nicht, bevor die Ranger vernichtet sind“, weigerte er sich.

„Du bist so stur!“, jammerte ich verzweifelt. „Es muss doch eine friedliche Lösung geben. Ohne Leid und Gewalt!“

Beinahe hörte ich die Antwort meines Vaters nicht. „Die hätte es damals schon geben sollen, aber die Ranger haben sich nicht bemüht.“

„Mama hat mir davon erzählt“, murmelte ich. „Und dass dir nicht geholfen wurde, ist echt das Letzte. Aber daran sind nicht alle Ranger Fiorias schuld!“

Er machte eine wegwerfende Handbewegung. „Du wirst das nie verstehen können.“

Bevor ich darauf reagieren konnte, legte Lloyd mir einen Arm um die Schultern. „Wir müssen zurück“, erinnerte er mich leise.

„Richtig“, stimmte ich zu. „Papa, das hier ist noch nicht vorbei. Aber wir müssen jetzt wirklich gehen.“

„Ihr geht nirgendwohin“, befahl er, ohne zu zögern.

„Unser Sohn ist allein!“, schrie ich.

„Ich habe eineinhalb Jahre auf dieses Gespräch gewartet", beharrte er.

„Shadow, was sollen wir tun?", fragte ich in Gedanken, wohl wissend, dass das Dämonenoberhaupt in den letzten Stunden auf mich geachtet hatte.

„Entweder ihr versucht weiterhin, ihn zu überreden, oder ihr flieht", antwortete Shadow. „Die Flucht wird schwierig, ist aber nicht unmöglich."

Zögerlich nickte ich. Mein Vater zeigte den Anflug eines Lächelns, weil er glaubte, ich würde seinetwegen nicken. Aber ich stellte mich auf die Zehenspitzen, um Lloyd etwas ins Ohr zu flüstern. „Wir müssen abhauen. Das hat keinen Zweck."

„Helfen uns die Fiorita?", wisperte er.

Ich schüttelte den Kopf. „Mein Vater wird nicht zulassen, dass ich sie rufe. Wir müssen es selbst schaffen."

Besorgt und entschlossen zugleich blickte er mich an. „Für Takuto."

„Für Takuto", wiederholte ich. „Ich setze meinen Vater außer Gefecht."

„Mia, hör zu ..."

„Papa, es reicht!", unterbrach ich ihn und ging einen Schritt auf ihn zu. „Es tut mir wirklich leid, aber du lässt uns keine Wahl mehr. Wir verschwinden jetzt."

Energisch erhob er den rechten Zeigefinger. „Das werdet ihr nicht!"

Schnell schnappte ich seinen Unterarm und drehte ihm diesen auf den Rücken, sodass er vor Schmerz aufstöhnte. „Doch, das werden wir. Ich will dich nicht verletzen. Ich will nur zu unserem Sohn."

„Das wirst du bereuen!", drohte er und wehrte sich gegen meinen Griff. Ich dachte zumindest, dass er sich nur wehrte, doch er trat gegen den Schreibtisch, um Lärm zu machen. „Männer! Kommt sofort her!"

„Mia, weg hier!", rief Lloyd und nahm meine Hand. Er wusste, dass ich meinen Vater nicht bewusstlos schlagen konnte, also rannte er mit mir weg. Aus dem Raum hinaus und über einen langen Gang. „Wo ist von hier aus Süden?"

„Shadow, wo ist Süden?", keuchte ich.

„Ihr lauft in Richtung Westen", ertönte die Stimme des Dämons in meinem Kopf. „Ihr müsst am Ende des Ganges links abbiegen."

„Nach vorne und dann links", gab ich an meinen Freund weiter.

Er erstarrte in der Bewegung und hielt auch mich damit zurück. „Das könnte schwierig werden ..."

Als ich die Meute Schattenbringer sah, die auf uns zukam, sog ich erschrocken die Luft ein. Oh, oh. Mindestens 15 Männer versperrten uns den Weg. „Keine Bewegung! Ihr haut sicher nicht ab!"

„Mia, bleib dicht bei mir", flüsterte Lloyd mir zu. „Wir müssen unsere Rücken schützen. Bist du fit für einen Kampf?"

„Wir haben doch keine Wahl", entgegnete ich leise. „Aber gegen so viele Leute stehen unsere Chancen schlecht. Es sei denn ..." Mir kam eine Idee. „Kannst du mir eine Minute Zeit verschaffen? Das reicht schon. Ich muss nur ganz kurz singen."

Er grinste mich an. „Wenn's weiter nichts ist. Verlass dich auf mich!"

„Jederzeit." Ich erwiderte sein Lächeln, bevor ich tief einatmete und die Stimme erhob. Ich dachte willkürlich an Animalia, sodass sämtliche Wesen aus der Gegend in die Lagerhalle stürmen und Chaos verursachen würden. Eine solche Menge wäre sicher effizienter als wenige Geister oder Dämonen.

„Stopft ihr das Maul!", befahl einer der Schattenbringer. „Sie ist das Mädchen aus der Legende!"

„Aber sie ist die Tochter vom Boss", gab ein anderer zu bedenken.

„Willst du von Fiorita gefressen werden? Nein? Dann schnapp sie dir!"

„Ich kümmer mich um sie", antwortete einer der Schattenbringer und stürmte auf mich zu.

„Nur über meine Leiche", wandte Lloyd ein und wehrte seinen Angriff geübt mit dem Unterarm ab. Zugleich ließ er ein Knie in seine Magengrube schnellen, sodass der Mann sich nicht mehr rühren konnte.

„Durch und durch ein Verräter, was?", knurrte ein weiterer Verbrecher. „Los, Leute, auf sie! Ohne Gnade!"

Ach du Schande! Diese Typen wollten alle zugleich angreifen!

„Flugvögel, Feuerhunde der nahen Wälder oder welche Animalia sonst noch hier leben, bitte beeilt euch!", flehte ich in Gedanken.

Da ertönte ein lautes Wiehern. Jeder blickte in die Richtung, aus der das Geräusch gekommen war. Das Klappern von Hufen näherte sich und schon stürmte eine ganze Herde Wasserpferde durch die Lagerhalle.

„Ich freu mich, euch zu sehen!", jubelte ich. „Bitte helft uns!"

Das Animalia, das die anderen offensichtlich anführte, schnaubte laut. Ich verstand, was es mir sagen wollte. Zwei von ihnen würden Lloyd und mich auf ihre Rücken nehmen, die anderen kümmerten sich um die Schattenbringer.

„Ihr seid super, danke!", rief ich. „Lloyd, steig auf!"

Entsetzt starrte er mich an. „Auf ein wildes Wasserpferd?!"

Ich schwang mich bereits auf den Rücken eines der kräftigen Animalia. Sein weißes Fell fühlte sich weich an, seine blaue Mähne strahlte. „Vertrau mir!"

Er wirkte nicht glücklich, nickte aber und tat es mir gleich. Sein Gesichtsausdruck verriet, wie unangenehm er das Reiten ohne Sattel empfand. Auch ich musste mich bemühen, nicht vom Wasserpferd zu fallen und dennoch möglichst schnell zu reiten.

Endlich erreichten wir das Ende des Ganges. Dort erwarteten uns schon etliche Schattenbringer. „Damit kommt ihr nicht durch!", knurrte ein anscheinend älterer Mann, dessen kurze graue Haare nicht von seiner Kapuze verdeckt wurden. „Steigt ab oder wir holen euch runter!"

„Das hättest du wohl gerne", entgegnete Lloyd, während wir direkt auf die Menge zusteuerten.

Da grinste der Kerl bösartig. „Wie du willst."

Bevor ich reagieren konnte, hatte er mich im Vorbeireiten am linken Bein geschnappt und vom Wasserpferd gezerrt. Vor Schreck kreischte ich laut, als ich auch schon unsanft auf den Rücken fiel. Das tat weh.

„Mia!", schrie Lloyd und hielt sein Animalia an.

„Hol sie dir, wenn du sie willst", forderte der Schattenbringer ihn heraus, woraufhin die anderen Männer hämisch lachten.

Aus meiner Perspektive wirkte die Menge riesig ... Eilig zählte ich, wie viele Männer hier standen. Es waren gar nicht so viele, nur neun. „Du benutzt mich sicher nicht als Druckmittel, du Mistkerl", presste ich hervor.

„Oho, große Klappe", zog mich der Grauhaarige auf. „War zu erwarten von Eriks Tochter." Er ging neben mir in die Hocke, um sich zu mir zu beugen. „Ich habe kein Problem damit, dich entgegen meiner Befehle zu verletzen, wenn du nicht sofort gehorchst. Haben wir uns verstanden?"

„Geh von ihr weg!", verlangte mein Freund bedrohlich und stieg von seinem Animalia, um mir zu helfen.

„Dass du dich überhaupt noch bewegen kannst! Wäre es nach mir gegangen, könntest du höchstens in der Ecke liegen und wimmern", schnaubte der Schattenbringer.

Verwirrt sah ich zwischen ihm und Lloyd hin und her. Gehörte der Mann etwa zu denjenigen, die meinen Freund vorhin verprügelt hatten? Ein Grund mehr, mich gegen ihn zu wehren. „Leute, schnell! Wir brauchen euch!", rief ich.

Zum Glück hörten mich meine Verbündeten und galoppierten über den Gang zu uns. Sie beschäftigten die Schattenbringer gut, bäumten sich vor ihnen auf, stießen sie beiseite. Nur drei Männer ließen sich nicht von ihnen aus der Fassung bringen und stürzten sich auf uns. Zwei griffen Lloyd an, der ältere Kerl packte meine Haare. Kurzzeitig schossen mir Tränen in die Augen, weil sein Griff so schmerzte.

„Das wirst du bereuen!", schwor mein Freund. „Wenn du ihr auch nur ein Haar krümmst, schlage ich dich grün und blau!"

„Halt mich doch auf", entgegnete der Grauhaarige. „Zeig, was du bewirken kannst, du Verräter! Mal sehen, wie viele Knochen ich deiner kleinen Freundin breche, bis du ihr helfen kannst."

„Lass es nicht an Mia aus, wenn du ein Problem mit mir hast!", tobte Lloyd. Er hatte keine Gelegenheit zum Reden mehr, weil er gegen die beiden Angreifer kämpfte. Den ersten packte er am Arm, zog ihn näher zu sich und trat ihm so heftig gegen den Rumpf, dass er zusammensackte. Der zweite aber verpasste ihm direkt einen Schlag ins Gesicht. Kurz wirkte Lloyd deswegen orientierungslos, doch er fing sich schnell wieder und setzte zum Gegenangriff an. Ich konnte gar nicht wegschauen.

„Nun zu dir, meine Hübsche", riss mich der ältere Schattenbringer aus meiner Trance. Ich drehte meinen Kopf in seine Richtung, als ich sah, wie seine Faust auf mich zukam. In Sekundenschnelle rollte ich mich zur Seite und entging so dem Schlag. Ein Glück, dass der Mann meine Haare schon losgelassen hatte ...

„Gute Reaktion", stellte er anerkennend fest. „Aber das wird dich nicht retten."

„Das werden wir ja sehen", murmelte ich.

„Ich hab gesagt, du sollst sie in Ruhe lassen, Alfred!", brüllte Lloyd.

„Alfred?", wiederholte ich.

Der Grauhaarige grinste. „Ich schätze, du hast von mir gehört."

Über mir stand Alfred. Eriks Stellvertreter. Lloyds Peiniger. Viktors Mörder. Schlagartig vergaß ich jede schmerzende Stelle an meinem Körper. Ich sah nur noch rot. Ich wollte Rache für all seine Untaten.

Ohne auch nur ein weiteres Wort zu verlieren, trat ich so kräftig wie möglich mit beiden Beinen nach diesem Monster. Mit rechts erwischte ich sein Knie, mit links seinen Bauch. Er zuckte zusammen, griff reflexartig nach seiner schmerzenden Körpermitte. Das nutzte ich sofort, um seinen Arm zu packen und ihn zu mir auf den Boden zu ziehen. „Dich mach ich fertig!“, schwor er.

„Dazu wirst du keine Chance haben!“ Ich rollte ihn auf den Bauch, um blitzschnell seinen Arm auf den Rücken zu drehen. „Das ist für alles, was du Lloyd angetan hast!“, schrie ich und kugelte ihm die Schulter aus.

Das grässliche Geräusch wurde nur von seinem Schmerzensschrei übertönt. Ich löste meinen Griff um sein Handgelenk, weil ich ihm erneut wehtun wollte. Ja, Gewalt löste keine Probleme, davon war ich überzeugt. Aber ich konnte mich selbst nicht kontrollieren. Wut, Hass und Rachedurst hatten mich ergriffen.

„So leicht nicht“, zischte er und schmiss sich auf mich.

Leise keuchte ich. Der Mann wog mindestens 80 Kilo. Er drückte mich zu Boden und rammte mir seine Faust ins Gesicht, sodass ich Sterne sah. Oh, verdammt, ich war Kämpfe wirklich nicht mehr gewohnt. Ich war es nicht mehr gewohnt, Schläge einzustecken. Aber ich riss mich zusammen. Ich durfte nicht aufgeben, nicht hier und nicht jetzt.

Irgendwie zog ich einen meiner Arme unter seinem schweren Körper hervor, ballte die Hand zur Faust und zielte direkt auf seine Nase. Er verzog zwar schmerzvoll das Gesicht, ließ sich davon aber nicht aus der Fassung bringen.

„Sieh’s ein, Kleine, du bist chancenlos!“

Wütend starrte ich ihn an. „In deinen Träumen vielleicht!“

Er hatte einiges drauf, das ließ sich nicht bestreiten. Shadow schickte mir sogar eine Warnung. „Ich passe auf“, versprach ich in Gedanken. „Aber ich muss das tun. Ich muss jetzt gegen ihn kämpfen.“

„Vergiss nicht, dass selbst Lloyd nicht gegen ihn ankam“, schärfte mir das Dämonenoberhaupt ein. „Sei achtsam!“

Ich nickte und befreite mich zugleich von Alfreds Gewicht, indem ich ihn kräftig wegschubste und mich zur anderen Seite rollte. Noch im Schwung der Bewegung stand ich auf. Ich kämpfte nicht gerne auf dem Boden. Aber ihn wollte ich nicht so schnell auf die Beine kommen lassen.

„Mia, kommst du klar?“, fragte mein Freund, der noch immer in sein Gefecht mit einem der Schattenbringer verwickelt war.

„Ich schaff das“, beruhigte ich ihn.

Dummerweise lenkte mich das Gespräch ab, sodass ich Alfreds Versuch aufzustehen nicht verhinderte.

Nun stand ich dem Mann gegenüber, Auge in Auge. „Übernimm dich nicht, Kleine“, knurrte er.

„Das sollte ich dir sagen!“

„Mia, pass auf!“, schrie Lloyd und stieß mich zur Seite. Gerade noch rechtzeitig, um Alfreds Tritt zu entgehen.

Diesen Angriff hatte ich nicht kommen sehen. „W...woher wusstest du ...“, stammelte ich.

„Ich kenne seine miesen Taktiken“, brummte mein Freund.

Kurz blickte ich zu den übrigen Bandenmitgliedern. Die Wasserpferde hielten sie alle in Schach. Sehr gut. Meinen Vater entdeckte ich nirgends.

Alfred grinste geradezu wahnsinnig. „Ach, jetzt wollt ihr zu zweit auf mich losgehen, ihr Feiglinge?“

„Sagt derjenige, der mich immer mit einer ganzen Gruppe anderer verprügelt hat“, entgegnete Lloyd.

„Oh, keine Sorge, ich mach dich allein fertig“, versprach ich und holte im selben Atemzug aus, um ihn mit aller Kraft zwischen die Beine zu treten. „Und das ist für Viktor!“

Augenblicklich fiel der Grauhaarige auf die Knie. Er hielt sich mit seinem unverletzten Arm den Schritt, wimmerte leise und plumpste seitlich auf den Boden. Der würde sich so schnell nicht rühren.

„Wow“, murmelte Lloyd. Lautes Wiehern ließ mich hochschrecken. Die Schattenbringer versuchten gerade, die Wasserpferde einzufangen, teilweise auch zu verletzen. Das durfte ich nicht zulassen!

„Verdammt!“, zischte ich. Die Animalia waren geschwächt. Wasserpferde brauchten Gewässer. In der Halle gab es allerdings weder Bäche noch Flüsse oder andere Quellen. Das bedeutete, sie konnten ihre besonderen Kräfte nicht nutzen und sich schlecht wehren. „Verschwindet von hier!“, forderte ich sie auf. „Ich will nicht, dass euch was passiert!“ Eins von ihnen schnaubte. „Ja, wir kommen klar. Im Notfall rufe ich euch wieder.“

Die Wasserpferde nickten mir zu, bevor sie an mir vorbeigaloppierten in Richtung der Tür, durch die sie hereingekommen waren, zurück ins Freie. Der Weg stand uns leider nicht offen, im Gegensatz zu den Animalia konnten wir nicht an den Wachen der Schattenbringer vorbeistürmen. Wir waren viel zu angeschlagen für weitere Kämpfe.

Ich griff nach Lloyds Hand und setzte mich in Bewegung, weiter durch den Gang nach Süden. Mein Freund folgte mir eilig, bald lief er neben mir.

„Ich hab dich noch nie so angriffslustig gesehen wie gerade eben", merkte er an. „Das war echt heftig."

„Es war Alfred!", erklärte ich. „Du hast keine Ahnung, wie lang ich diesem Monster schon etwas antun wollte. Deinetwegen, wegen Viktor ... Ich wollte Rache!"

„Kann ich gut verstehen", gab er zu und drückte meine Hand fester. „Danke."

Ich lächelte schwach. „Jetzt lass uns einen Weg hier raus finden."

„Es wird Zeit. Takuto ist schon zu lange allein."

Gemeinsam rannten wir weiter durch die Gänge der Lagerhalle, Shadows Weisungen folgend. Gut, dass uns der Dämon anleitete, denn es gab keinen direkten Weg zum südlichen Ausgang, sondern nur viele Sackgassen und kleine Gänge.

Hastig strich ich mir die offenen Haarsträhnen aus dem Gesicht, ignorierte die Erschöpfung und die Schmerzen. Ich lief immer weiter. Mein Herz pochte heftig gegen meine Brust. Diese Situation war gefährlich und anstrengend, keine Frage. Doch während wir vor den Schattenbringern flohen, auf der Suche nach dem Ausgang, fühlte ich mich lebendig. Wie früher als Ranger. Es war aufregend, spannend und herausfordernd. Und ehrlich gesagt hatte es mir gefehlt, all meine Fähigkeiten nutzen zu müssen, um ein solches Abenteuer durchzustehen. Der Nervenkitzel hatte mir gefehlt.

Am liebsten würde ich wieder jeden Tag als Windfeld-Ranger arbeiten. Die Fiorita beschützen, den Bürgern Fiorias helfen, mit meinen Kollegen gelungene Aufträge und abgeschlossene Fälle feiern ...

„Ich muss Ulrich anrufen", fiel mir ein.

Mein Freund nickte. „Stimmt, Verstärkung wäre gut."

Beim Laufen holte ich das Handy aus der Tasche meiner Jeans und wählte die Nummer des Stationsleiters. Er hob schon nach dem zweiten Klingeln ab. „Mia! Wo seid ihr? Wie geht's euch?"

„Wir sind in einer Lagerhalle im Industriegebiet von Tufam bei Aritiof", erzählte ich schwer atmend. „Wir rennen gerade vor den Schattenbringern weg. Es ist aber schwierig, hier rauszukommen, das ist das reinste Labyrinth! Beeilt euch! Mein Vater ist hier, Alfred, so viele Männer! Wenn ihr das Versteck stürmt, könnt ihr Dutzende von ihnen verhaften!"

„Wir fliegen sofort los!", versprach Ulrich und legte auf.

Erleichtert steckte ich das Handy ein. „Sie kommen."

„Sehr gut." Lloyd blickte sich um. „Mit etwas Glück haben wir bis dahin den südlichen Ausgang gefunden. Immerhin tummeln sich hier keine Leute. Sams Tipp war Gold wert."

„Warum arbeitet so ein guter Kerl für diese Bande?", wunderte ich mich.

„Erik hat ihn von der Straße geholt", erzählte er. „Er war jung, obdachlos, mittellos ... Durch die Schattenbringer hat er einen Ausweg gesehen. Darum bleibt er in der Organisation, trotz allem."

„Er muss Papa wirklich dankbar sein", murmelte ich.

„Erik ist nicht durch und durch schlecht", äußerte sich mein Freund leise. „Er hat auch seine guten Seiten."

„Ich weiß", flüsterte ich. Das machte es ja so schwer, ihn wirklich zu hassen.

„Da vorne sind sie! Lasst sie nicht entwischen!", ertönte plötzlich die Stimme meines Vaters. Sie klang so nah!

Erschrocken schauten wir über unsere Schultern. Erik und einige seiner uniformierten Leute verfolgten uns. Ohne die Wasserpferde konnten wir sie nicht von uns fernhalten. Was sollte ich tun? Doch noch mal singen, Animalia, Geister oder Dämonen rufen? Reichte die Zeit dafür?

„Schnell!", zischte Lloyd und zog mich mit sich um die nächste Ecke ins Labyrinth aus Gängen und Türen.

Nach unzähligen Abbiegungen rüttelte er an mehreren Türen, bis er eine fand, die sich öffnen ließ. Wir stürmten hinein, schlossen sie leise hinter uns und versteckten uns in der Dunkelheit des Raums. Ich lehnte mich rücklings an eine Wand, Lloyd blieb direkt vor mir stehen und stützte sich mit dem Unterarm neben meinem Kopf ab. Wir keuchten beide vor Erschöpfung.

„Meinst du, wir haben sie abgehängt?", wisperte ich.

„Ich weiß es nicht." Ich spürte Lloyds schnellen Atem an meiner rechten Wange und meinem Ohr. „Aber solange wir stillhalten ..."

Unabsichtlich unterbrach ich ihn, als ich meinen Kopf ein wenig anhob und meine Lippen somit auf seine trafen. Zuerst wollte ich diese Berührung beenden, doch Lloyd erwiderte den Kuss. Mein Herz raste, diesmal nicht wegen der Anstrengung oder Panik. Nein, pure Aufregung ließ meinen ganzen Körper kribbeln. Diese Nähe im Dunkeln, mit dem Rücken zur Wand in einer so gefährlichen Situation hatte etwas ... Verführerisches.

Mit seiner freien Hand griff er in mein Haar, zog mich am Hinterkopf näher zu sich heran und ließ unseren Kuss leidenschaftlicher werden. Hingerissen seufzte ich und legte meine Arme um ihn. Auch sein Herz schlug schnell, das spürte ich.

Wir kosteten diesen Moment vollkommen aus. Erst als wir laute Schritte hörten, lösten wir uns voneinander und gaben keinen Ton mehr von uns. Lloyd stützte sich immer noch an der Wand ab, seinen anderen Arm schlang er beschützend um mich. Da entfernten sich die Schritte, bis sie völlig verklungen waren.

„Sie sind weg“, wisperte ich.

„Umso besser“, entgegnete er und verwickelte mich in einen weiteren Kuss. Ich verlor mein Zeitgefühl, vergaß, wo und in welcher Situation wir uns befanden. Ich spürte nur, wie mir heiß wurde. Wie ich Lloyd näher sein wollte. Wie enttäuscht ich war, als er den Kuss abbrach.

„Ich glaube, ich finde das aufregender, als ich sollte“, lachte mein Freund leise.

„Ich glaube, ich weiß genau, was du meinst“, gestand ich und schmiegte mich an ihn. Wir brauchten definitiv mehr Zeit für uns. Aber da wir uns ein winziges Zimmer mit Takuto im Wohnhaus der Ranger teilten, war Privatsphäre derzeit ein unmöglicher Wunsch.

„Die Gelegenheit ist günstig. Jetzt verschwindet aus der Halle!“, ermahnte mich Shadow.

Ich verzog das Gesicht. Der Dämon hatte recht. „Wir sollten abhauen“, wandte ich mich an Lloyd. „Bevor sie uns finden.“

„Wissen die Fiorita, wohin wir gehen müssen?“, erkundigte er sich.

Ich nickte. „Shadow wird uns leiten.“

„Na dann …“ Beinahe geräuschlos öffnete mein Freund die Tür und schlich sich aus dem dunklen Raum. Ich betrat mit ihm den Gang. Nur leise bewegten wir uns fort, Hand in Hand. Ich folgte Shadows Anweisungen und Lloyd folgte mir.

Nach einer gefühlten Ewigkeit erreichten wir eine große Tür. „Das ist es“, verkündete Shadow.

Ich strahlte Lloyd an. „Wir sind da“, flüsterte ich.

„Shadow sei Dank“, seufzte er und öffnete vorsichtig den Durchgang.

Niemand hätte uns hören können, wir verursachten nicht den geringsten Lärm. Doch als wir ins Freie traten, erwarteten uns mein Vater und seine Leute bereits. Wir saßen in der Falle.

„Endstation“, knurrte Erik.

Meine Augen weiteten sich. Das waren zu viele Schattenbringer. Gegen diese Meute kamen wir nicht an. Auch wenn ich Alfred nicht unter ihnen entdeckte, zählte ich knapp 20. „Hättest du uns nicht vorwarnen können, Shadow?", fragte ich anklagend in Gedanken. „Das wäre echt nett gewesen!"

„Ich habe nur auf euch geachtet. Nicht auf das, was außerhalb dieser Halle geschieht", entschuldigte er sich.

„Aber ihr werdet es schaffen", meldete sich Luna zu Wort. „Ihr seid so weit gekommen. Die Schattenbringer sind erschöpft. Ihr habt gute Chancen."

„Gebt ihr endlich auf?", erkundigte sich mein Vater.

Heftig schüttelte ich den Kopf. „Nein! Wir gehen zurück zu unserem Sohn!"

„Ihr seid in der Unterzahl", entgegnete er kühl.

„Nicht mehr lange", zischte ich so leise, dass nur Lloyd mich hören konnte, da wir einige Schritte von den Verbrechern entfernt standen.

„Wann kommen deine Kollegen?", fragte er leise.

„Ich hoffe bald."

„Mia, genug davon!" Sofort richtete ich meine Aufmerksamkeit wieder auf meinen Vater. „Komm mit rein. Unser Gespräch war noch nicht beendet."

„Ich lasse mich nicht von dir einsperren", weigerte ich mich.

„Du könntest jederzeit einfach so mit uns reden", ergänzte Lloyd. „Aber uns zu entführen, ist nicht der richtige Weg."

„Ausgerechnet du willst mir erzählen, was richtig und was falsch ..." Er konnte seinen Satz nicht beenden. Denn auch er bemerkte die Schatten auf dem Boden, blickte zum Himmel und sah unsere Verstärkung. „Ranger?!"

„Na endlich!", jubelte ich erleichtert und lächelte zu den Flugvögeln hoch, auf denen Ulrich und andere Windfeld-Ranger saßen. Ich zählte elf Mann.

„Wir sind so schnell gekommen, wie wir konnten", rief der Stationsleiter. „Alle Mann festnehmen! Jakob und ich kümmern uns um Mia und Lloyd."

„Räumt das Versteck! Gebt an alle weiter, dass unser Plan nun beginnt – egal, wer hier und jetzt geschnappt wird!", wies mein Vater seine Männer an.

Da landeten schon die ersten Ranger und machten sich daran, die Verbrecher zu verhaften. Natürlich artete das in Kämpfe aus.

Ulrich und Jakob lenkten ihre Animalia so, dass sie sich kaum zwei Meter über dem Boden befanden. Trotz des undurchdringlichen Walls aus Schattenbringern konnten sie so an uns vorbei fliegen und uns schnappen. Ulrich packte Lloyds Arme, Jakob griff nach meiner Hand. Dann trieben sie ihre Flugvögel dazu an, wieder in die Höhe zu fliegen.

„Ihr habt es geschafft!", lobte Lloyd meine Freunde. „Danke. Das war Rettung in letzter Sekunde."

„Euer Sohn wird sich freuen, euch zu sehen", lachte Ulrich.

Ich spürte, wie ich abrutschte. Jakob hatte mich nur an einem Arm erwischt, ich hing ungesichert in der Luft. Etwa vier Meter über dem Boden. „Mia, halt dich fest!", schärfte mir der Ranger ein. „Gleich setzen wir euch ab."

„Ich kann nicht mehr!", rief ich. Meine Kräfte ließen nach. Sosehr ich mich auch an Jakobs Unterarm klammerte, ich verlor den Halt. Und ich fiel.

„Mia, nein!", brüllte Jakob mir hinterher. Auch Lloyd und Ulrich riefen meinen Namen. Außerdem eine vierte Stimme.

Mit einem lauten Schrei sauste ich auf den Boden zu. Verdammt, das würde wehtun. Das würde mir etliche Knochen brechen, wenn nicht gar das Genick. Panisch kniff ich die Augen zusammen. Ich hatte solche Angst!

Doch dann landete ich, anders als erwartet, in zwei starken Armen, die mich auffingen. Beinahe verlor mein Retter das Gleichgewicht, doch er hatte es geschafft. Er hatte meinen Sturz verhindert.

„Alles in Ordnung, Liebes?", keuchte er.

„Papa", murmelte ich und sah überrascht in seine dunkelbraunen Augen. „Du ... danke! Du hast mich gerettet." Mit zitternden Fingern klammerte ich mich an sein kariertes Hemd. Ich stand völlig unter Schock. Aber mir wurde warm ums Herz, als ich realisierte, dass mich mein Vater aufgefangen hatte.

„Als ob ich dich fallen lassen würde", flüsterte er und drückte mich sanft an sich. „Wie sollte ich mir das verzeihen? Oder mein Enkel?"

Ich atmete tief ein und aus, wischte mir die Tränen der Rührung aus den Augenwinkeln. Gut, dass Erik mich wie eine Braut in den Armen hielt. Meine wackligen Beine hätten mich jetzt nicht getragen. „Danke, Papa", wiederholte ich nur. „Ich hatte solche Angst."

Er lächelte milde. „Es ist doch alles gut, Liebes."

„Mia!", riss mich jemandes Stimme aus diesem Augenblick. Lloyd kam mit schnellen Schritten näher. „Geht's dir gut?"

Glücklich nickte ich. „Ja, alles okay."

„Erik, du ... danke", wandte sich mein Freund leise an ihn.

„Schon gut", winkte mein Vater ab und half mir behutsam dabei, mich wieder auf die Füße zu stellen.

Als ich mich umblickte, klappte mir der Mund auf. Wir waren komplett von Rangern umzingelt. Nur wenige Schattenbringer befanden sich vor der Lagerhalle und diese trugen Handschellen. Meine ehemaligen Kollegen hatten allerdings uns eingekesselt. Und ich kannte den Grund genau.

„Papa, sie werden dich mitnehmen", wisperte ich. „Sie verhaften dich, weil du mich ..."

Er legte mir einen Zeigefinger auf die Lippen. „Ich weiß. Aber ich bereue nichts. Du bist nicht gestürzt. Das war es wert." Auch er hatte längst begriffen, dass er den Rangern jetzt nicht mehr entkommen konnte. Aber er schenkte mir ein Lächeln und umarmte mich fest. „Grüß meinen Enkel von mir."

Ich hatte mir so lange gewünscht, dass mein Vater endlich hinter Gittern landete. Aber nicht so. Nicht, nachdem er mich gerettet hatte! „Es tut mir so leid, Papa", wimmerte ich. „Es tut mir leid!"

„Muss es nicht", beruhigte er mich und strich mir durchs Haar. Bevor er mich losließ, hauchte er mir einen Kuss auf die Stirn. „Es war schön, dich ganz ohne Verkleidung zu sehen. Bis bald, Liebes."

Wie hypnotisiert schüttelte ich den Kopf. „Warte, Papa, nein ..."

Er winkte mir zu, dann trat er mit erhobenen Armen einige Schritte zurück. „So, ich ergebe mich. Nehmt mich fest."

Mir stiegen Tränen in die Augen. Selbst die Windfeld-Ranger hatten Skrupel, meinen Vater nach meiner Rettung zu verhaften. Ulrich sah mich traurig an, trat dann aber zu Erik und legte ihm Handschellen an. Ich konnte nicht hinsehen. „Erik Sato, Sie sind verhaftet. Sie ..."

„Sparen Sie sich den Atem", entgegnete er. „Ich kenne meine Rechte."

Lloyd umarmte mich fest. „Alles okay, Mia?"

„Es ist nur meine Schuld", wisperte ich und grub meine Finger in seinen hellen Pullover. „Hätte er mich nicht gefangen ..."

Er strich mir über den Rücken. „Er wusste, was er tut. Und du wolltest doch, dass er endlich für seine Verbrechen bestraft wird."

Ich schniefte leise. „Aber nicht so."

In dem ganzen Chaos tauchte plötzlich Jakob bei uns auf. „Mia, es tut mir so leid!", entschuldigte er sich. „Ich hab versucht, dich festzuhalten, aber irgendwie ..."

„Schon gut", beruhigte ich ihn. „Mir ist nichts passiert. Papa hat mich ..." Ich beendete meinen Satz nicht, denn meine Stimme versagte.

„Ich bin froh, dass ihr jetzt frei seid." Jakob lächelte Lloyd und mich an. „Als ich von der Entführung gehört hab, verdammt, da hab ich Panik gekriegt."

Mein Freund nickte ihm zu. „Es ist ja alles gut gegangen."

„Endlich haben wir den Boss der Schattenbringer", jubelte der blonde Lasse und schlug mit Benjiro ein. „Wir haben ihn!"

Wie gewohnt zappelte der andere Ranger ein wenig herum. „Das ist unglaublich!"

„Pah", schnaubte Erik. „Es ist egal, ob ich gefangen oder frei bin." Er grinste in die Runde. „Der Plan, die Ranger auszulöschen, ist schon in vollem Gange. Ihr habt keine Chance."

Augenblicklich wich jegliche Farbe aus meinem Gesicht. Was hatte er gesagt?

„Ja, das können Sie uns in Ruhe im Verhör erzählen", brummte Ulrich.

„Ihr kriegt keinen Ton aus mir heraus", prophezeite mein Vater.

„Das werden wir ja sehen."

Ich tauschte einen beunruhigten Blick mit Lloyd. Diese Entwicklung gefiel mir ganz und gar nicht ...

„Herr Vorsitzender, was genau ist heute passiert?", fragte eine Reporterin, die dem weißhaarigen Mann ein Mikrofon vors Gesicht hielt.

Er rückte seine Brille zurecht und lächelte. „Heute haben wir einen Durchbruch erzielt. Nach einigen Monaten voller Schwierigkeiten ist es uns endlich gelungen, den Boss der Schattenbringer zu verhaften."

„Warum hat es so lange gedauert?"

„Wir hatten viel damit zu tun, die Spitzel der Verbrecherbande zu finden, die sich bei den Rangern eingeschlichen hatten. Wir mussten die Bürger schützen."

„Aber die Bürger haben im letzten Jahr sehr gelitten", wandte die Frau ein.

„Wären die Schattenbringer, wie sie es vorhatten, an die gesammelten Daten der Ranger gelangt, wäre es den Bürgern deutlich schlechter gegangen", entgegnete der Vorsitzende und strich über seinen Schnauzbart. „Unsere Codes und Daten konnten wir allerdings schützen."

„Würden Sie also sagen, dass sich die Lage nun bessern wird?"

„Es sah lange düster aus", räumte er ein. „Aber mit Erik Satos Festnahme gibt es endlich einen Lichtblick."

„Seit über einem Jahr fahnden Sie auch nach seiner Tochter, Mia Sato. Was hast sie mit all dem zu tun?", hakte die Reporterin nach.

„Was das angeht, hat sich einiges geändert." Der Vorsitzende zögerte. „Sie war maßgeblich an Erik Satos Verhaftung beteiligt. Wir ermitteln noch, ob sie tatsächlich gemeinsame Sache mit den Schattenbringern gemacht hat."

„Also ist sie wieder aufgetaucht?"

„So ist es." Kurz blickte der Weißhaarige über seine Schulter zum Ranger-Hauptquartier, das im Hintergrund zu sehen war. „Weitere Details über laufende Ermittlungen kann ich Ihnen jedoch nicht geben."

Plötzlich wurde der Bildschirm schwarz, Ulrich hatte die Übertragung des Interviews abgeschaltet und fuhr nun den Computer herunter, auf dem wir das Ganze verfolgt hatten. „So ist der Stand der Dinge."

„Was machen wir jetzt?", fragte ich und wiegte meinen schlafenden Sohn sanft in meinen Armen hin und her.

Draußen war es inzwischen dunkel. In den letzten Stunden war viel passiert. Mein Vater saß nun im Hochsicherheitsgefängnis in Aritiof. Sana hatte Lloyd und mich geheilt, wir hatten uns geduscht, umgezogen und unseren Sohn endlich wiedergesehen. Ich hatte Takuto noch nie so erleichtert erlebt. Melodia und Haru hatten uns erzählt, dass er während unserer Abwesenheit fast ununterbrochen geweint hatte.

„Vor morgen wird der Vorsitzende nicht herkommen", vermutete Ulrich. „Ihr könnt also in Ruhe hier übernachten. Dann sehen wir weiter."

„Es klingt immerhin so, als wollte er Mia nicht mehr festnehmen", äußerte sich Lloyd. „Vielleicht hat er doch etwas Restverstand in seinem Kopf gefunden."

„Ja, aber ihr solltet ihm zur Sicherheit aus dem Weg gehen. Nicht, dass er euch doch noch einsperrt", riet uns Jakob.

Ich nickte langsam. „Morgen werden wir sowieso erst mal nicht hier sein. Wir müssen unbedingt nach Brislingen." Die Ranger sahen mich fragend an.

„Cassandra soll erfahren, was genau passiert ist", erklärte Lloyd. „In den Nachrichten wird ja nicht alles erzählt."

„Ergibt Sinn", räumte James ein. „Wollen wir jetzt was essen?" Kurz lächelte er Haru an, was sie verlegen erwiderte. Die beiden kamen sich zwar nicht nahe, aber ihre Blicke sprachen Bände.

Wahrscheinlich wusste längst jeder Ranger hier, dass sie eine Beziehung führten.

„Das Abendessen ist fertig“, antwortete die dunkelhaarige Technikerin.

Ich lehnte mich an meinen Freund und umarmte Takuto fest, auch wenn der Kleine langsam schwer wurde. Ich wollte ihn nicht loslassen. „Ich hab kein gutes Gefühl“, flüsterte ich.

„Ich auch nicht“, gestand Lloyd. „Da kommt noch einiges auf uns zu.“

Ich nickte. Genau das befürchtete ich auch.

Kapitel 13:

Brandheiße Neuigkeiten

Aus müden, rot umrandeten Augen sah meine Mutter uns überrascht an, als sie uns die Tür öffnete. „Mia, Lloyd …", murmelte sie. Sie sah schrecklich aus, als hätte sie die ganze Nacht geweint.

Ich hielt einen Zeigefinger an meine Lippen und bedeutete ihr somit, möglichst still zu sein. Die Zweigstelle Gakuen konnte nicht ständig die Observierung unterbrechen, ohne dass es auffiel. Darum bekamen die Ranger nun jedes Wort mit. Ich winkte meine Mutter näher zu mir. „Wir müssen woanders hin, um ungestört zu reden."

„Ich hole meine Handtasche", flüsterte sie und kam kurz darauf wieder zur Haustür. Schnell zog sie eine Jacke an und folgte uns dann ins Freie.

Auf dem Weg zum Wald umarmte ich sie fest. „Hallo erst mal."

„Hallo Schatz", antwortete sie leise und drückte mich schwach. „Seid ihr wegen Erik hier?"

Ich nickte und hakte mich bei ihr ein. Da Lloyd Takuto in der Kindertrage hatte, konnte ich mich voll auf meine Mutter konzentrieren. „Wir wollten dir erzählen, wie er verhaftet wurde."

Ihre Stimme hatte wenig Klang. „Hattest du wirklich etwas damit zu tun? Hast du deinen Vater verhaftet?"

Ich schüttelte den Kopf. „Nein, ich selbst nicht. Aber er wurde meinetwegen erwischt. Weil er mich gerettet hat …" Ich schluckte. Es fiel mir schwer, die gestrigen Ereignisse zu schildern. Wo sollte ich nur anfangen?

Meine Mutter sah mich verunsichert an. „Reden wir in Ruhe darüber. Wohin gehen wir überhaupt?"

„In den Wald von Gakuen", antwortete Lloyd. „Zur Lichtung. Da findet uns niemand."

„Es gibt eine Lichtung in diesem Wald?", wunderte sie sich.

Ich schmunzelte. „Ja, da habe ich früher immer die Fiorita zu mir gerufen."

„So was …" Sie sah sich genau um, während wir die Lichtung ansteuerten. Wahrscheinlich merkte sie sich den Weg, weil auch sie gerne einen Rückzugsort hätte, an dem sie ungestört war. Milder Frühlingswind wehte durch die grünen Blätter der Bäume. Die Lichtung wirkte so idyllisch wie immer. Zu dritt setzten wir uns auf den umgekippten Baumstamm.

Da nahm Cassandra meine Hände in ihre. „Du sagst, dein Vater hat dich gerettet? Was meinst du damit?"

Ich atmete tief durch. „Das war so ..." Gemeinsam mit Lloyd erzählte ich ihr die ganze Geschichte. Von der Entführung, von unserem Gespräch, von der Flucht und Verfolgung bis hin zum Eintreffen der Ranger und Eriks Festnahme. Die Augen meiner Mutter wurden dabei immer größer.

„Ich fasse es nicht", murmelte sie und hielt sich eine Hand vor den Mund. „Er hat euch entführt? Und er weiß jetzt von Takuto? Er hat dich aufgefangen, obwohl er wusste, dass er dann festgenommen wird?"

„Ja", bestätigte ich leise. „Ich fühle mich schrecklich deswegen. Er ist ein Verbrecher und gehört ins Gefängnis, keine Frage! Aber dass es so ablaufen musste ... dass er am Ende plötzlich so fürsorglich war ..."

„Er liebt dich eben", entgegnete meine Mutter und umarmte mich sanft. „Auch wenn er seine Fehler hat."

„Und genau das macht es so schwer", wisperte ich und fixierte das Gras zu meinen Füßen. „Aber vielleicht passiert jetzt endlich was. Vielleicht nähert sich der Krieg bald einem Ende."

„Alfred ist noch auf freiem Fuß", wandte Lloyd ein. „Und Erik hat noch irgendeinen Plan ins Rollen gebracht, um den Rangern zu schaden. Ich fürchte, seine Verhaftung ändert nicht viel."

Traurig sah ich ihn an. „Wie wird das bloß weitergehen?"

„Vielleicht spreche ich mal mit ihm", grübelte Cassandra. „Ich könnte ihn im Gefängnis besuchen."

„Das solltest du. Du hast ihn ewig nicht gesehen, oder?", fragte Lloyd.

„Seit über eineinhalb Jahren", stimmte meine Mutter zu. „Aber, Mia, mach dir keine Vorwürfe. Er bereut sicher nicht, dich gerettet zu haben."

Ich lächelte schief. „Ja, das hat er mir gestern gesagt."

„Wirst du ihn auch besuchen?", wollte sie wissen. „Mit Takuto?"

„Das weiß ich noch nicht", gestand ich.

Sie strich ihre blonden Locken zurück. „Er will seinen Enkel bestimmt sehen."

„Das eilt nicht", wechselte Lloyd das Thema, weil er merkte, wie unwohl ich mich gerade fühlte. „Erik wird noch lange im Gefängnis sitzen. Und wir müssen aufpassen, denn der Vorsitzende will uns immer noch verhaften.“

„Ach, richtig. Ihr könnt schlecht nach Aritiof kommen“, fiel Cassandra auf.

„Und eigentlich müssen wir uns auch mal wieder in Renia blicken lassen“, warf ich ein. „Unsere Urlaube sind bald vorbei. Wir sollten mit unseren Vorgesetzten reden, nach dem Haus sehen ...“

Sie nickte langsam. „Verstehe. Habt ihr noch etwas Zeit fürs Mittagessen? Ich würde uns was Schönes kochen. Auch wenn wir im Haus nicht reden können.“

Ich wollte gern noch ein wenig Zeit mit ihr verbringen, außerdem mussten wir uns heute sowieso von der Zweigstelle Windfeld fernhalten, bevor uns der Vorsitzende dort aufsuchte und verhaften ließ. Also sah ich Lloyd fragend an. Er nickte, woraufhin ich lächelte. „Klingt toll. Gerne, Mama.“

Sie stand vom Baumstamm auf. „Dann kommt mit.“

Ich nahm Lloyds Hand, während wir durch den Wald zurück nach Brislingen schlenderten. „Hier hat sich kaum was verändert“, merkte ich an. „Abgesehen davon, dass die Animalia sich nicht mehr so wohl fühlen.“

„Alle Fiorita sind aufgewühlt, weil Krieg herrscht, oder?“, fragte mein Freund.

„Ja, und weil die Umwelt sich verändert. Es werden immer mehr Bäume gefällt, immer mehr Lebensräume vernichtet“, erzählte ich. „Das tut ihnen nicht gut.“

„Aber in diesem Wald passiert doch nichts“, entgegnete er.

„Doch, es nisten sich immer mehr Animalia hier ein, weil dieser Lebensraum noch intakt ist. Ich spüre es durch unsere Verbindung. Es leben so viele hier, dass die Nahrung knapp wird.“

„Hoffentlich ändert sich das bald zum Besseren“, seufzte mein Freund.

„Ja.“ Ich atmete tief ein und aus. Das Thema deprimierte mich. „Jetzt sollten wir Mamas Essen genießen.“

„Solange ich noch Vorräte habe“, meldete sich Cassandra zu Wort. „Da Erik nun eingesperrt ist, werde ich mir kaum noch Lebensmittel leisten können.“

„Papa hat mit Sicherheit dafür gesorgt, dass du weiterhin gut versorgt bist“, vermutete ich. „Er hat Vorkehrungen für den Fall seiner Verhaftung getroffen, darauf wette ich.“

„Das glaube ich auch“, pflichtete Lloyd mir bei. „Er ist vorausschauend.“

„Aber manchmal auch so dumm“, flüsterte sie. „Und stur.“

Ich legte beim Gehen einen Arm um ihre Schultern. „Seine Familie würde er nie vergessen. Das weißt du doch.“

Da lächelte sie. „Das stimmt. Genau wie er in den letzten Monaten immer nach dir gefragt und gesucht hat.“

Wieder stach etwas in meiner Brust. Erneut wurde mir klar, dass mein Vater, der mich trotz all seiner Untaten aufrichtig liebte, meinetwegen im Gefängnis saß. Ich schluckte den Kloß in meinem Hals hinunter. Ich durfte nicht ständig daran denken. Ich musste vorwärts blicken und das Beste aus der aktuellen Lage machen. Und vielleicht bot sich mir dadurch nicht nur ein neues Abenteuer, sondern auch neue Hoffnung auf eine friedliche Zukunft.

„Seht euch das an! Der Artikel ist großartig!“, jubelte Haru und drückte mir eine Zeitung in die Hand. „Arisa hat ganze Arbeit geleistet.“

Wir saßen mit Lloyd, Melodia und Mark auf dem Bett in meinem Zimmer. Es war zwar noch nicht spät, noch nicht mal dunkel draußen, aber zur Sicherheit betraten mein Freund und ich die Zweigstelle heute nicht. Wir waren gerade erst nach Windfeld zurückgekommen, ich hatte noch nicht mal die Perücke abgelegt, da hatten uns die drei schon besucht. Takuto saß auf dem Boden und spielte mit seinen Bauklötzen, wobei er vorwiegend versuchte, die Holzblöcke in seinen Mund zu stecken.

„Wow!“, staunte ich, während ich die Zeilen im Fioria Report überflog.

Mark grinste mich an. „Der Hammer, was?“

„Was steht drin?“, fragte Lloyd. Er beobachtete unseren Sohn, damit dieser keine Spielsachen verschluckte. Darum konnte er selbst nicht in die Zeitung schauen.

Nicht alle Ranger sind schlecht“, las ich die Überschrift vor. „Die letzten Monate waren eine aufwühlende Zeit für alle Bewohner Fiorias. Eine bösartige Verbrecherbande tat sich mit skrupellosen Unternehmern zusammen und stellte die Ranger so vor ihre bisher größte Herausforderung. Viele Ordnungshüter verhielten sich in ihrer Verzweiflung falsch, doch das gilt längst nicht für jeden. Zahlreiche Zweigstellen tun alles in ihrer Macht Stehende, um die Menschen zu schützen und die Schattenbringer aufzuhalten. Es gibt für diesen Krieg keine sofortige Lösung. Frieden zu schaffen ist ein langer Prozess. Sollte man das den Rangern vorwerfen? Sollte man sie deshalb als Versager betrachten? Ihnen keinen Respekt mehr entgegenbringen? Nein, auf keinen Fall. Wir Bürger dürfen nicht vergessen, was sie für uns tun. Wo wir ohne sie ständen. Und wir sollten uns immer daran erinnern, dass Ranger auch nur Menschen sind. Auch Fehler machen. Aber ihr Bestes für uns alle geben."

Mein Freund stieß einen Pfiff aus. „Sehr guter Artikel."

„Arisa hat ihn selbst geschrieben", erzählte Melodia und deutete auf den Namen unserer Freundin am Ende der Seite. Sie richtete ihre gelbe Techniker-Uniform. „So starke Worte hätte ich nie erwartet!"

„Sie studiert echt das Richtige", merkte ich an. „Wir müssen uns dringend bei ihr bedanken."

„Oh ja. Die letzten zwei Tage waren rundum erfolgreich. So einen guten Lauf hatten wir lange nicht mehr", äußerte sich Mark. „Endlich ein positiver Bericht über die Ranger, außerdem die Festnahme von Erik Sato. Die hätte ich zu gerne erlebt! Aber ich musste den Innendienst in der Zweigstelle übernehmen."

„Ich bin froh, dass du nicht auf diesem gefährlichen Einsatz warst", wandte Melodia ein. „Lasse hat sich den Arm geprellt, Riko hat einen verstauchten Fuß, viele Ranger wurden verletzt."

„Dafür konnten elf Schattenbringer festgenommen werden. Das ist es wert."

Ich beobachtete Takuto beim Spielen, weil ich nicht mehr über die gestrigen Geschehnisse reden wollte. Mein Sohn hielt einen orangen Holzblock hoch in meine Richtung. Ich schmunzelte. „Willst du mir den wohl geben?"

„Er hat fast dieselbe Farbe wie deine Haare", lachte Lloyd und zog mir die blonde Perücke vom Kopf.

Ich stimmte in sein Lachen ein. „Das erklärt's."

Takuto quengelte, lehnte sich in meine Richtung. Er wollte mir den Bauklotz wirklich geben, aber er saß zu weit weg.

„Komm her", forderte ich ihn auf. „Du kannst doch schon krabbeln."

Der Kleine sah nicht sehr begeistert aus. Da fiel sein Blick auf das Bein des Schreibtischstuhls neben ihm. Er griff danach und zog sich hoch.

„Takuto steht!", rief ich. „Er ist von selbst aufgestanden!"

„Unglaublich!", staunte Lloyd. „Das hat er noch nie gemacht."

„Oh, Schatz, ich bin so stolz auf dich!", lobte ich unseren Sohn.

Melodia seufzte gerührt. „Wie süß! Bald lernt er laufen."

Ich stand vom Bett auf und kniete mich vor den stehenden Takuto. „Das hast du toll gemacht!"

Auch Lloyd kam zu uns, um dem Kleinen durchs dunkelbraune Haar zu streichen. „Bravo, mein Großer."

Der Kleine strahlte uns an, als wäre er genauso stolz auf sich, wie wir es waren. Dann reichte er mir den Holzblock. „Da", brabbelte er.

„Vielen Dank, mein Schatz", lachte ich. Leider ließ er sich gleich darauf wieder auf den Hintern plumpsen. Er hatte wohl nicht die Absicht, seine ersten Schritte zu wagen.

„Euer Kleiner lernt langsam dazu", freute sich Haru. „Bald rennt er durch die Zweigstelle, wetten?"

Bei dem Gedanken grinste ich. „Na ja. Es dauert bestimmt noch eine Weile, er ist erst neun Monate alt." Ich setzte mich zwischen meine Freundinnen aufs Bett, Lloyd blieb auf dem Boden hocken und spielte mit Takuto.

Da reichte mir Melodia ihr Handy. „Du solltest Arisa anrufen, bevor es noch später wird."

„Stimmt." Ich suchte nach der richtigen Nummer und wählte sie. „Ich hab ihr ja versprochen, ihr als Dankeschön ein paar Geister vorzustellen." Es klingelte viermal, bis meine zweite Grundschulfreundin abhob. „Arisa? Mia hier!"

„Hallo!", begrüßte sie mich fröhlich. „Na, hast du meinen Artikel gelesen? Ist er genial oder ist er genial?"

„Er ist mehr als genial", antwortete ich. „Diese Gegendarstellung ist großartig! Vielen, vielen Dank dafür."

„Gern geschehen", lachte sie. „Ich wollte schon lange einen Bericht zur aktuellen Lage schreiben. Und dem Chefredakteur vom Fioria Report hat er so gut gefallen, dass er ihn sofort veröffentlicht hat. Wahrscheinlich bekomme ich von ihm nach meinem Studium sogar ein Stellenangebot."

„Gratuliere! Das hättest du verdient", meinte ich.

„Danke. Übrigens, Glückwunsch zur Festnahme deines Vaters."

„Ähm ... danke ..." Ich seufzte leise. „Sag mal, hast du morgen Zeit, damit ich dir die Geister vorstellen kann? Das ist ja das Mindeste für deinen Artikel."

„Sicher, ich hab nichts vor", stimmte sie zu. „Nur ein paar Vorlesungen und die kann ich schwänzen."

„Typisch Studentin, was?", neckte ich sie.

Arisa kicherte. „Etwas", gestand sie. „Aber wer will schon den ganzen Tag in der Uni sitzen? Wo treffen wir uns?"

„In Regarn?", schlug ich vor. „Letztes Mal warst du ja in Windfeld."

„Klingt gut. Um zehn Uhr vormittags an der Bäckerei Oldor?", schlug sie vor. „Da gibt's guten Kaffee. Das ist gleich neben der Uni."

„Perfekt, ich bin dabei."

„Bringst du Lloyd mit?", fragte sie. „Ich könnte Sebastian mitschleppen."

„Lloyd, kommst du morgen mit? Sebastian wäre vielleicht auch da."

Mein Freund hob überrascht die Augenbrauen. „Klar, warum nicht."

„Wir werden beide dort sein", antwortete ich Arisa.

„Super, dann bis morgen", verabschiedete sie sich.

„Ich freu mich. Tschüss." Ich legte auf und gab Melodia ihr Handy zurück. „Alles geklärt."

„Echt cool, dass Sebastian auch dabei ist", merkte Lloyd an.

„Wird bestimmt ein schöner Vormittag." Ich sah auf die Uhr. „Aber jetzt sollten wir Takuto endlich ins Bett bringen."

„Schauen wir danach noch alle zusammen einen Film?", schlug Haru vor.

„Unbedingt!", rief Melodia. „Mia, du bist doch auch dabei, oder? Machen wir einen Mädelsabend!"

„So viel zum Thema alle zusammen", murrte Mark.

„Wäre das okay?", fragte ich meinen Freund.

Lloyd nickte. „Entspann dich etwas. Ich kümmere mich um Takuto."

Ich ging neben ihm in die Hocke und küsste ihn auf die Wange. „Danke." Ein freier Abend mit meinen Freundinnen war nach all dem Trubel genau das Richtige, um endlich mal abzuschalten.

„Huhu, hier sind wir!" Arisa winkte mir zu. „Kommt doch her!"

Clever, dass sie unsere Namen nicht laut nannte und kein Wort über meine Verkleidung verlor. Ich lächelte und winkte zurück, während Lloyd und ich uns mit dem Kinderwagen durch die enge und volle Bäckerei zu den Stehtischen drängten.

Arisa umarmte mich sofort. „Schön, dich zu sehen. Hallo Lloyd."

„Hi", antwortete mein Freund und wandte sich an Sebastian, um seinen besten Kumpel zu begrüßen. Die beiden umarmten sich ebenfalls. „Wie geht's dir, Mann?"

„Nicht anders als letzte Woche", antwortete er. „Und dir?"

„Sagen wir einfach, es ist viel los.“

„Holen wir uns was zu trinken?“, schlug Arisa vor. „Wir können es auch mitnehmen und uns einen ruhigeren Ort suchen.“

Ich nickte. „Gerne.“ In der Bäckerei konnte ich die Fiorita sowieso nicht rufen. Es reichte schon, dass ich trotz Verkleidung befürchtete, als die gesuchte Mia Sato erkannt zu werden. Meine Fähigkeiten wollte ich erst recht nicht vor anderen enthüllen, zumal der Vorsitzende sie nicht öffentlich gemacht hatte.

„Wie seid ihr hergekommen?“, erkundigte sich Arisa, als wir uns in die Schlange einreihten.

„Mit dem Auto“, antwortete ich. „Das war mit Takuto das Einfachste.“

Sebastian warf einen Blick in den Kinderwagen. „Das ist also euer Junge. Ich fass es immer noch nicht, dass du Vater bist“, lachte er.

Mein Freund grinste. „Tja, da siehst du’s.“

„Schatz, Schatz, weißt du noch, als du hier mit mir zusammengestoßen bist?“, kicherte Arisa.

„Moment mal, du hast mich über den Haufen gerannt, nicht umgekehrt“, entgegnete Sebastian. „Ich war derjenige, der mit Kaffee überschüttet wurde.“

Sie schmiegte sich an ihn. „Aber dadurch haben wir uns kennengelernt.“

„Ja, das war es wert“, äußerte er sich milde und legte seinen Arm um sie.

„Ach, das ist in dieser Bäckerei passiert?“, hakte ich nach.

Arisa nickte. „Und seitdem treffen wir uns öfter mal hier.“

Es freute mich, dass die beiden nach wie vor so glücklich wirkten. Auch wenn Arisa die Schattenbringer verachtete, für die Sebastian arbeitete. Wobei er seiner Organisation ja nicht mehr unbedingt treu ergeben war.

Nach ein paar Minuten hatten wir unsere Getränke und verließen damit die Bäckerei. „Ganz schön teuer“, merkte ich an.

„Alle Lebensmittel sind teuer“, maulte Sebastian. „Ist doch klar, die Ranger haben die Kontrolle verloren und die Unternehmer machen, was sie wollen. So kriegen sie den höchsten Profit.“

„Das widert mich an“, beschwerte sich Arisa. „Ich arbeite jeden Monat neben dem Studium, um halbwegs über die Runden zu kommen.“

„Es ist immer noch besser als ein gewaltsamer Krieg“, wandte Lloyd ein.

„Das stimmt natürlich", gab sie zu. „Ich bin froh, dass bisher nichts Schlimmeres passiert ist."

„Was ist jetzt der Plan?", wollte Sebastian wissen. „Arisa hat gesagt, du zeigst ihr heute Geister?"

Ich nickte. „Darum sollten wir an irgendeinen ruhigen Ort gehen."

„Es gibt einen großen Park in der Nähe, der ist schon fast ein Wald und immer menschenleer. Wie wär's damit?", schlug Arisa vor.

„Klingt gut. Ich glaube, ich weiß, welchen Park du meinst. Als ich hier auf die Ranger-Schule gegangen bin, war ich öfter dort", erinnerte ich mich.

Sie lächelte. „Wunderbar, dann gehen wir dahin."

Wir unterhielten uns auf dem Weg über alles Mögliche, vor allem über Arisas Artikel und Takuto. Endlich erreichten wir den geradezu leer gefegten Park. Ich spürte einige Waldelfen und andere kleinere Animalia in der Umgebung. Doch ich wusste, dass sie das Weite suchen würden, sobald ich die Geister rief.

„Lloyd, nimmst du den Kinderwagen?", bat ich, als wir an einer besonders verborgenen und bewachsenen Stelle stehen blieben.

Er nahm mir den Griff aus den Händen. „Na klar. Wie viele Geister willst du überhaupt rufen?"

„Celeps, Venta, Melamf, Sol und Luna haben sich bereit erklärt, also fünf", zählte ich auf. Da spürte ich etwas. „Oh, Shadow bietet auch an zu kommen."

„Shadow?", wiederholte Arisa ungläubig. „Der Anführer der Dämonen, der Herrscher über die Dunkelheit, der große, bösartige Shadow?"

„Ähm, ich glaube, du hast ein falsches Bild von ihm. Er ist nämlich schwer in Ordnung und schon lange nicht mehr böse", entgegnete ich amüsiert. „Aber ja, er hat gerade spontan beschlossen, dass er gerufen werden will."

„Unglaublich", murmelte sie. „Ich bin richtig aufgeregt."

„Ich bin auch gespannt", gestand Sebastian.

„Dann geht's los." Ich schloss die Augen, konzentrierte mich auf das Band zu den Fiorita und sang so leise wie möglich die Lieder der Geister, bis alle fünf mit einem hellen Lichtblitz erschienen. Auch Shadow rief ich zu uns. Als er aus seinem Schattenkreis schwebte, brach ich den Gesang ab. „Hallo Leute. Danke, dass ihr gekommen seid."

„Mia!", rief Celeps und flog einige schnelle Runden um mich herum. „Wir freuen uns, deine Freundin kennenzulernen. Und dir zu helfen. Und dich zu sehen natürlich auch."

Ich lächelte und fing den Waldgeist auf meiner Handfläche. „Es ist auch schön, euch zu sehen. Wie immer."

„Sind die cool! Und süß! Wer ist der kleine grüne?", fragte Arisa.

„Das ist der Waldgeist Celeps", stellte ich ihn vor. „Er kümmert sich um die Pflanzen auf Fioria und rettet Wälder, wann immer er kann."

„Was in letzter Zeit nicht so einfach ist", jammerte er.

„Was ist das für eine komische Sprache?", grübelte Sebastian.

„Die Sprache der Geister", erklärte ich. „Für mich hört sie sich aber ganz normal an."

„Du bist ja auch das Mädchen aus der Legende", lachte Arisa und nahm mir vorsichtig Celeps ab. „Hallo, kleines Kerlchen. Du bist echt niedlich!"

Schlagartig spürte ich seine Verlegenheit. „Nicht doch!", quietschte Celeps, flog weg und setzte sich auf Lloyds Schulter.

Besorgt sah Arisa mich an. „Mag er mich nicht?"

Vor Lachen hielt ich mir den Bauch. „Nein, du hast ihn nur in Verlegenheit gebracht", beruhigte ich sie. „Er ist wohl etwas schüchtern."

„Gar nicht!", protestierte Celeps.

„Du bist so ein Mädchen", grölte Melamf und spie vor lauter Begeisterung kleine Flammen aus seinem Maul.

„Hey, fackel nicht den Park ab!", rief ich.

„Was hast du gerade gesagt?", knurrten Venta und Luna, die anwesenden weiblichen Geister, wie aus einem Munde.

Sofort zog der Feuergeist den Schwanz ein, zumal die Herrin der Geister ihn wütend anfunkelte. „Äh, ich wollte euch damit nicht beleidigen ..."

„Dieser vorlaute Kerl ist Melamf", erklärte ich Arisa und Sebastian. „Wie man sich aufgrund des roten Fells und der Flammen schon denken kann, ist er der Feuergeist."

„Er sieht den Feuerhunden irgendwie ähnlich, er ist nur größer", stellte meine Freundin fest. „Kann ich ihn streicheln?" Da tapste Melamf auf sie zu und drückte seinen Kopf gegen ihre Hand. „Ui, so ein Lieber!"

Beleidigt verschränkte die menschenähnliche Venta ihre Arme. „Der hat nur ein schlechtes Gewissen."

Ich strich über ihr silbernes Haar. „Lass dich nicht von ihm ärgern."

„Wer ist die hübsche Dame?", erkundigte sich Arisa.

„Windgeist Venta", antwortete ich. „Sie kann die heftigsten Stürme entfachen."

„Dafür lasse ich die Sonne scheinen“, meldete sich Sol zu Wort und schwebte neben Venta. Er verneigte sich leicht. „Aber nichts zu danken.“

„Arroganter Depp“, brummte der Windgeist.

Ich lachte und wuschelte mit meiner freien Hand durch Sols hellgelbes, weiches Fell. „Das ist Lunas Bruder Sol, Herr über die Sonne.“

„Wenn er seine Schwester nicht seine Arbeit machen lässt“, lachte Melamf.

„Willst du Ärger?“, rief Sol.

„Hey, hey, beruhigt euch mal!“, redete ich auf die Geister ein, unter denen ein völlig bescheuerter Streit entbrannte. Hilfe suchend sah ich zu Luna, die ihren Bruder stets zurechtwies, diesmal aber erstaunlich still blieb. Als ich den Grund dafür erkannte, weiteten sich meine Augen. Die Herrin der Geister war abgelenkt, weil sie mit dem Dämonenoberhaupt kuschelte. „Leute, was macht ihr da?“, fragte ich leicht verstört.

Damit riss ich sie völlig aus ihren Gedanken. Shadow und Luna rückten schnell ein Stück auseinander. „Was ist los?“, fragte er verwirrt und verlegen zugleich.

Ungläubig und gleichzeitig amüsiert musterte ich die beiden. „Ach, lasst euch nicht stören ...“

Ich spürte, dass Shadow mir gerade einreden wollte, dass ich diese Geste falsch verstanden hätte. Und auch, dass ich sie eigentlich völlig richtig interpretiert hatte. Die beiden mochten sich schon lange, das wusste ich.

„Sind das Shadow und Luna?“, mischte sich Arisa ein.

„Genau“, bestätigte ich. „Die Herrscher über Dunkelheit und Licht.“

„Wahnsinn!“, schwärmte sie. „Dass ich jemals Geister oder Shadow treffe, hätte ich nie gedacht. Ich tu dir gerne wieder einen Gefallen, wenn du mir dafür Fiorita vorstellst.“

Ich grinste schief. „Freut mich, dass es dich so begeistert. Aber nicht alle Geister wollen Menschen kennenlernen.“

„Sehr schade“, seufzte sie.

„Versteh ich auch nicht“, meldete sich Celeps zu Wort, der immer noch auf Lloyds Schulter saß. „Menschen sind lustig.“

„Und man wird gestreichelt“, schwärmte Melamf, der sich immer noch an Arisa schmiegte. „Außerdem können Mias Freunde gar nicht böse sein.“

Ich lächelte in die Runde und lehnte mich selbst an den plüschigen

Sol, der daraufhin mit seinem Kopf gegen meinen Arm stupste. Ich genoss diesen Moment mit den Fiorita, meiner Familie und meinen Freunden richtig.

Leider klingelte mit einem Mal das Handy, das ich bei mir trug. „Leute, ihr müsst schnell verschwinden", wandte ich mich an die Fiorita. „Nicht, dass jemand vorbeikommt, während ich telefoniere."

„Schade", seufzte Melamf. „Dann bis bald."

Wir verabschiedeten uns eilig voneinander. Nur Shadow und Luna grinste ich noch vielsagend an. „Schönen Tag euch."

„Mia, bitte!", jammerte Luna. „Das ist peinlich."

„Nur wenn ihr es peinlich findet", entgegnete ich. „Ich finde es süß." Die beiden tanzten schließlich schon lange genug umeinander herum. Es war schön, sie so harmonisch nebeneinander zu sehen. Aber wahrscheinlich fiel es ihnen einfach schwer, sich ihre Zuneigung einzugestehen, weil sie zu verschiedenen Stämmen der Fiorita gehörten und diese jeweils anführten.

Shadow seufzte nur. „Bis bald, Mia."

Dann verschwanden die Fiorita alle zugleich. Arisa wirkte enttäuscht, aber ich musste endlich den Anruf entgegennehmen. „Hallo?", meldete ich mich.

„Mia, schlimme Nachrichten!", platzte Ulrich sofort heraus.

„Was für schlimme Nachrichten?", hakte ich alarmiert nach.

„Die Schattenbringer greifen reihenweise Zweigstellen an. Das muss dein Vater mit seinem Plan gemeint haben", berichtete er. „Diese dreckigen Verbrecher sind sogar bewaffnet!"

„Was?!", keuchte ich.

„Fünf Ranger wurden bereits erschossen. Zwei Dutzend liegen im Krankenhaus. Die Schattenbringer haben auch einige Stationen in Brand gesteckt."

Ich biss die Zähne zusammen. „Haben sie Windfeld angegriffen?"

„Bisher nicht. Aber Gakuen. Ralph musste wegen einer Rauchvergiftung und anderer Verletzungen auf die Intensivstation."

„Das darf nicht sein", flehte ich.

„Doch, er liegt im Krankenhaus von Gakuen", berichtete Ulrich. „Wir fliegen gleich mit Melodia hin. Kommst du auch?"

„Natürlich", antwortete ich sofort. Ich ließ meine beste Freundin in so einer Lage doch nicht im Stich. „Wir treffen uns dort."

„Zimmer 203. Bis gleich", verabschiedete er sich und legte auf.

„Lloyd, wir müssen sofort los", wandte ich mich an meinen Freund.

„Die Schattenbringer greifen Zweigstellen an, Melodias Vater liegt schwerverletzt im Krankenhaus von Gakuen."

Er wurde sichtlich blass. „Verdammt ..."

„D...d...das ... ist ja schrecklich", stammelte Arisa. „Beeilt euch! Und drückt Melodia fest von mir."

Ich nickte ihr zu. „Machen wir. Tschüss, ihr zwei. Tut mir leid, dass unser Treffen so abrupt enden muss."

„Kein Problem", winkte Sebastian ab. „Das hat Vorrang."

„Wusstest du von den geplanten Angriffen?", fragte Lloyd ihn.

Zögerlich nickte er. „Ich wusste aber nicht, dass sie schon so früh anfangen würden ... Ich bin nicht für die Angriffe eingeteilt, ich habe nur noch Innendienst, genau wie Sam."

„Beim nächsten Mal warnst du mich vor", verlangte mein Freund.

Sebastian verzog das Gesicht. „Ich hab echt nicht dran gedacht. Ich finde Eriks neuesten Plan ja selbst völlig hirnverbrannt."

„Schon gut." Lloyd nickte den beiden zu. „Wir müssen zum Auto."

Nach einem sehr knappen Abschied liefen mein Freund und ich zurück zum Parkplatz, auf dem das silberne Auto seiner Eltern stand. Ich schnallte Takuto in seinem Kindersitz fest, Lloyd klappte den Wagen zusammen und verstaute ihn im Kofferraum. Dann fuhren wir ohne Zwischenstopp nach Gakuen.

„Ich hoffe, Ralph übersteht es", wisperte ich. „Es sind schon fünf Ranger umgebracht worden, hat Ulrich gesagt."

Er umklammerte das Lenkrad fester, sodass seine Fingerknöchel weiß hervortraten. „Jetzt geht der Krieg wohl erst richtig los."

Verzweifelt vergrub ich mein Gesicht in den Händen. „Bitte nicht ..."

Ohne seinen Blick von der Straße abzuwenden, strich er flüchtig über meinen linken Oberschenkel. „Noch ist nicht alles verloren."

„Aber Pemorat hat gesagt, wir würden durch unsere Rückkehr helfen. Und jetzt? Mein Vater wurde meinetwegen verhaftet und hat den Plan zum Sturz der Ranger eingeleitet. Wir haben alles schlimmer gemacht!"

„Nein!", hallte eine tiefe Stimme in meinem Kopf. „Ihr seid auf dem richtigen Weg. Aber ich habe nie gesagt, es würde keine Opfer geben."

„Pemorat, konntest du uns nicht wenigstens einen Hinweis geben?", rief ich hilflos.

„Die Zukunft bleibt verborgen", entgegnete er bestimmt. „So und nicht anders wird es immer sein."

„Was hat er denn gesagt?", wunderte sich Lloyd.

„Dass wir auf dem richtigen Weg sind", antwortete ich verunsichert.

Mein Freund runzelte die Stirn. „Wirklich? Hm ...“

„Ich bin auch überfragt“, seufzte ich und legte meinen Kopf in den Nacken. „Es wird noch mehr Opfer geben, wenn ich ihn richtig verstanden habe.“

„Na super“, murmelte er. „Beeilen wir uns, um nach den aktuellen Opfern zu sehen.“ Ich nickte nur stumm.

Die Fahrt zog sich hin, Gakuen lag von Regarn aus ein gutes Stück hinter Windfeld. Erst am frühen Nachmittag erreichten wir das Krankenhaus der Großstadt. Lloyd parkte und schnappte sich Takuto, dann rannten wir zu Zimmer 203. Intensivstation. Wir mussten sogar unsere gefälschten Ausweise vorzeigen, um sie zu betreten. Nur gut, dass ich immer meine Verkleidung trug, sobald ich mich von der Zweigstelle entfernte.

Vor dem gesuchten Raum sah ich schon Haru und James sitzen, Hand in Hand, wobei es eher so aussah, als würde sich die Technikerin panisch an den Ranger klammern. „Haru!“, rief ich. „Was ist los? Wie geht's Ralph?“

Aus tränennassen Augen blickte sie zu mir auf. „Nicht gut ... er liegt im Koma. Und den Ärzten zufolge wird er vermutlich nicht mehr aufwachen. Melodia und Ulrich sind drinnen, es dürfen immer nur zwei Leute ins Zimmer.“ Da wurde sie von einem Schluchzen geschüttelt.

Ich ballte die Hände zu Fäusten. „Das darf nicht wahr sein! Kann man denn gar nichts tun?“

„Den Ärzten zufolge nicht“, mischte sich eine weitere Stimme ein. Ich drehte mich zu Mark um, der gerade mit zwei Getränkebechern in der Hand hinzugekommen war. Er sah verzweifelt aus. „Die Rauchvergiftung und die Verletzungen sind zu schwer. Er hat sogar Hirnschäden und Verbrennungen.“

„Melodia sollte nicht die ganze Zeit bei ihm sitzen“, flüsterte James. „Das tut ihr nicht gut.“

„Deswegen hab ich ihr was zu trinken geholt. Vielleicht kriegt sie das ja runter“, hoffte Mark und starrte auf die Becher in seinen Händen. „Ihre Mutter hat es hier gar nicht ausgehalten, sie ist längst wieder weg.“

„Ich hole Melodia raus“, wisperte ich. Lloyd nickte mir zu, also wandte ich mich ab und klopfte zaghaft an der Zimmertür. Innerlich bereitete ich mich auf ein schreckliches Bild vor, doch als ich hineinging, wurden meine schlimmsten Befürchtungen sogar noch übertroffen.

Mir wurde beinahe schlecht, als ich Ralph im Bett liegen sah – mit schwarzen und roten Verbrennungen im Gesicht, die sich deutlich von der weißen Decke abhoben. Er wurde beatmet, hing an einer Maschine. Und neben ihm auf zwei Stühlen saßen Melodia und Ulrich. Meine Grundschulfreundin hielt die Hand ihres Vaters fest, weinte hemmungslos und wimmerte immer wieder etwas vor sich hin. Der Anblick versetzte mir einen Stich. „Mia, hallo", begrüßte mich Ulrich, als ich die Tür des Einzelzimmers hinter mir schloss.

„Hi", antwortete ich beinahe tonlos und stellte mich neben Melodia, um ihr eine Hand auf die Schulter zu legen. „Darf ich dich ablösen? Mark wartet draußen auf dich."

„Ich geh hier nicht weg", schluchzte die blonde Technikerin. „Niemals!"

Obwohl sie sich sträubte, zog ich sie vom Stuhl auf ihre Beine. Dann umarmte ich sie fest. „Vertrau mir und geh raus", flüsterte ich.

Verunsichert ruhten ihre grünen Augen auf mir. Dann wimmerte sie wieder laut und klammerte sich an mich. „Warum ausgerechnet Papa? Warum mussten sie Gakuen angreifen?"

„Weil sie bösartige Verbrecher sind", wisperte ich. „Immerhin lebt er noch."

„Aber er wird nie wieder zu sich kommen!", rief sie.

„Bitte, Melodia, du musst wenigstens kurz hier raus", flehte ich. Je länger sie hierblieb, desto schlechter ging es ihr. Außerdem wollte ich etwas versuchen, wobei sie nicht zusehen sollte. Ich wusste nämlich nicht, ob es funktionieren würde, und wollte ihr keine falschen Hoffnungen machen. „Mark macht sich Sorgen um dich. Er ist draußen. Rede mit ihm."

Sie zögerte lange, bis sie endlich nickte. „Kurz", gab sie nach.

Ich lächelte sie an. „Bis gleich."

Ohne ein weiteres Wort stapfte sie zur Tür. Sie sah aus wie eine lebende Leiche. So hatte ich Melodia noch nie erlebt. Aber ich verstand nur zu gut, dass sie gerade die wohl schlimmste Zeit ihres Lebens durchmachte.

„Es sieht übel aus", brach Ulrich die Stille.

„Mal abwarten", entgegnete ich und biss mir auf die Unterlippe. Ich brachte es nicht fertig, Ralph direkt anzuschauen. Lieber fixierte ich die weiße Wand des Raums und atmete tief durch.

„Was meinst du damit?", fragte der dunkelblonde Stationsleiter verwirrt.

Statt ihm eine Antwort zu geben, stimmte ich leise Sanas Lied an. Ich musste nicht lange singen, bis der kleine rosa Heilgeist vor meinen Füßen auf dem Boden erschien. Ulrich starrte mich ungläubig an, doch ich beugte mich seelenruhig zu Sana hinunter. „Kannst du etwas ausrichten?", flüsterte ich.

„Ich weiß es nicht", gestand sie. „Seine Verletzungen sind wirklich schwer, viel schwerer als Melodias Stichwunden damals. Kopfverletzungen gehören zu der schlimmsten Sorte. Ich werde meine ganze Kraft brauchen und bestimmt auch einiges von deiner. Ich kann dir rein theoretisch etwas Energie entziehen, wenn ich meine Fähigkeiten nutze, weißt du."

„Ich flehe dich an, nimm so viel Kraft, wie du brauchst, nur hilf ihm!" Um meine Tränen zurückzuhalten, kniff ich die Augen zusammen. „Bitte, Sana!"

„Zusammen schaffen wir's vielleicht", grübelte sie. „Aber du wirst auf jeden Fall zusammenklappen. Bereit?"

„Sekunde", bat ich und drehte mich zu Ulrich um. „Du musst mir einen Gefallen tun. Falls ich gleich umkippen sollte …"

„Warte, Mia, was tust du da überhaupt?", fragte er überfordert. „Versuchst du wirklich, Ralph zu heilen?"

Ich nickte. „Aber Sana wird meine Kraft brauchen. Darum werde ich vielleicht ohnmächtig. Du musst dafür sorgen, dass niemand erfährt, wie Ralph so wundersam geheilt werden konnte. Du musst mich hier wegbringen, bevor jemand erkennt, wer ich bin und was ich getan habe. Verstanden?"

Er erhob sich von seinem Stuhl und legte mir eine Hand auf die Schulter. Ernst sah er mich an. „Ich werde alles tun, um dir zu helfen. Und ich weiß nicht, wie ich mich dafür bedanken könnte."

„Das musst du nicht", winkte ich ab. „Ralph ist nicht nur dein wichtiger Freund und Kollege, sondern auch meiner. Und Melodias Vater."

„Ich bete, dass die Heilung gelingt."

„Ich auch." Dann setzte ich mich auf den Boden und zog Sana zu mir. Fest umarmte ich den kleinen rosa Geist. „Vielen Dank, dass du's versuchst. Auch wenn du es nicht müsstest."

„Du weißt es doch – für meinen Lieblingsmenschen mache ich fast alles!", kicherte sie und schmiegte sich an mich. „Fangen wir an?"

Ich setzte sie ab. „Augen zu und durch."

Sana legte ihre Hände aneinander, woraufhin helle Lichtstrahlen sie und Ralph einhüllten. „Ach du Schande!", keuchte sie.

„Was ist denn ..." Ich konnte meine Frage nicht zu Ende bringen, weil mir schlagartig der Schmerz in die Glieder fuhr. „Aaaah!"

„Es tut mir leid, dass ich dir wehtun muss", wimmerte der kleine Geist. „Aber ich brauche deine Kraft."

„Schon gut", presste ich hervor und krümmte mich. „Hilf ihm nur, bitte ..."

Ulrich stützte meinen Rücken. „Was hast du, Mia?"

Ich bemühte mich um ein Lächeln, doch es wirkte wahrscheinlich eher gequält. „Es tut verdammt weh, seine Kraft herzugeben."

„Halt durch", redete er auf mich ein. „Du schaffst das bestimmt!"

Das musste ich. Das musste ich einfach. Ich hatte die Chance, Ralph zu retten, weil ich mit den Fiorita verbunden war. Weil ich sie rufen und ihnen sogar Kraft geben konnte, auch wenn mir Letzteres neu war.

„Ich spüre, dass es klappt!", drang Sanas Stimme gedämpft zu mir. „Mia, wir können es schaffen!"

Erleichterung durchströmte mich bei diesen Worten, Hoffnung flammte in mir auf. Doch bevor ich etwas erwidern konnte, wurde mir schwarz vor Augen.

Kapitel 14:
Der nötige Abstand

Ich fühlte mich wie überfahren. Nein, wie von einer ganzen Herde Wasserpferde zertrampelt. Ich spürte, dass jeder einzelne Teil meines Körpers schmerzte. Was war hier los?

Gequält stöhnte ich auf. Ich wollte die Augen öffnen, doch meine Lider waren zu schwer. Es kam mir vor, als läge ich auf einem weichen Bett. Eine Art Decke drückte mich zusätzlich in die Matratze. Diese Decke musste Tonnen wiegen. Oder ich war gerade wirklich schmerzempfindlich. Ob ich tatsächlich von einer Herde Animalia zertrampelt worden war? Das konnte doch nicht sein. Aber woher kamen meine Schmerzen dann? Ich erinnerte mich nicht ...

Eine zärtliche Berührung an meiner rechten Hand riss mich aus meinen wirren Gedanken. „Mia? Bist du wach?"

Ich versuchte, der sanften Stimme zu antworten, doch kein Ton verließ meine Kehle. Also zwang ich meine Hand wenigstens dazu, den Druck schwach zu erwidern.

„Ist sie wach?", fragte eine andere, helle Stimme aufgeregt.

„Ich glaube schon", murmelte die erste Person wieder. War das Lloyd?

„Mia, hörst du uns?" Melodia?

„Hey, du Heldin, mach die Augen auf", forderte mich ein anderer Mann auf. Es klang nach Mark. Aber warum nannte er mich Heldin?

„Komm schon, bitte, Mia!", flehte Melodia. „Ich muss dir doch endlich erzählen, dass mein Vater wieder aufgewacht ist. Dass es ihm gut geht!"

Ralph! Die Angriffe auf die Zweigstellen! Die Heilung im Krankenhaus! Schlagartig fiel mir alles wieder ein. Und endlich brachte ich genug Kraft auf, um die Augen vorsichtig zu öffnen. Es war nicht besonders hell im Zimmer, nur das schummrige Nachttischlicht brannte, sodass ich nicht geblendet wurde. Von draußen schien das schwache Licht der Straßenlaternen herein. Ich erkannte sofort, wo ich mich befand. Das war Lloyds und mein Zimmer im Wohnhaus der Ranger. Ulrich musste mich hergebracht haben.

„Endlich bist du wach!", seufzte mein Freund erleichtert. Er strich mir ein paar orange-braune Haarsträhnen hinters Ohr. „Du hast uns warten lassen." Fragend sah ich in seine blauen Augen. „Na, du warst drei Stunden bewusstlos." Ich verzog das Gesicht. So lange? „Kannst du nicht reden?", wunderte er sich.

Ich öffnete den Mund, schloss ihn aber wieder, als ich keinen Ton zustande brachte. Ich war zu kraftlos.

Besorgt musterte er mich. „Hast du Durst?" Zur Bejahung drückte ich seine Hand leicht. Er verstand. „Achtung, ich helfe dir auf", kündigte er an, bevor er einen Arm um meine Schultern schlang und mich behutsam hochzog. Dann führte er mit seiner freien Hand ein Glas Apfelschorle an meine Lippen.

Die Flüssigkeit prickelte unangenehm, doch ich trank ein paar Schlucke. Mein Mund war so trocken. Und ich konnte mich nicht mal von selbst aufrecht halten. Wie viel Kraft hatte Sana mir bloß entzogen?

„Etwas zu viel", wisperte der Heilgeist, der meine Frage anscheinend wahrgenommen hatte. „Es tut mir so leid!"

„Du hast Ralph gerettet", entgegnete ich in Gedanken. „Das war es wert. Danke, Sana. Du hast wirklich Unglaubliches geleistet."

Ich spürte, dass sie lächelte. „Wir beide. Zusammen."

„Wie geht's dir?", erkundigte sich Lloyd. „Ist es sehr schlimm?"

„Ich werd wieder", wollte ich sagen, krächzte aber nur.

Melodia setzte sich zu meinem Freund auf die Bettkante. „Oh, Mia, danke! Was du getan hast, ich weiß gar nicht, also, wie soll ich das je wiedergutmachen? Das ist ... also, du bist unglaublich!"

„Danke", flüsterte auch Mark. „Ich will nicht wissen, was ohne dich jetzt los wäre. Wie es Melodia ginge."

„Hi", brachte ich endlich heraus und lächelte schief.

Lloyd schloss mich sanft in seine Arme. „Jag mir nie wieder so einen Schrecken ein!"

Ich schloss die Augen und lehnte mich an ihn. „Tut mir leid ..."

„Entschuldige dich doch nicht dafür, dass du meinen Vater gerettet hast", wandte Melodia ein. „Obwohl du deswegen umgekippt bist."

„Hat Kraft gekostet", erklärte ich so knapp wie möglich.

„Brauchst du was zu essen?", bot mein Freund an. „Damit du wieder zu Kräften kommst." Zögerlich nickte ich. Ich hatte keinen Hunger, aber ich sollte etwas essen.

„Ich hole was. Und ich sage den anderen, dass du wach bist", kündigte Mark an und verließ das Zimmer.

Melodia nahm meine Hände. „Mia, wie kann ich dir danken?", fragte sie. „Erst hast du mir das Leben gerettet und jetzt meinem Vater. Das kann ich nie wiedergutmachen.“

„Du bist doch meine beste Freundin“, antwortete ich kaum hörbar. „Mehr brauche ich nicht, Melodia.“

Tränen stiegen ihr in die sowieso schon geröteten Augen. „Du bist die beste Freundin der Welt! Und ich hab dich unendlich lieb!“

Kraftlos drückte ich ihre Hand. „Ich dich auch.“

„Mama war so glücklich, als sie gehört hat, dass Papa aufgewacht ist. Papa selbst kann gar nicht fassen, dass er noch lebt. Die beiden wollen dich unbedingt bald sehen“, erzählte sie. „Jakob ist sauer, weil du dich so verausgabt hast. Ulrich hat dich aber hergebracht und alles vertuscht. Die Ärzte sprechen von einer Wunderheilung.“

So viele Informationen konnte ich nicht auf einmal verarbeiten. Ich konnte nicht mal richtig zuhören. Ich nickte einfach nur, ohne es zu kommentieren.

Kurz darauf betrat Mark das Zimmer wieder. Er stellte einen Teller mit einigen Brotscheiben auf dem Nachttisch ab. „Hier, ich hab die Küche geplündert. Die anderen wollen auch gleich vorbeikommen.“

„Ich glaube, ich will mich lieber hinlegen“, hauchte ich.

Lloyd drehte sich zu Mark um. „Kannst du die anderen auf morgen vertrösten? Mia sollte sich ausruhen. Sie ist echt fertig, siehst du ja.“

Der Braunhaarige verzog das Gesicht. „Kann ich verstehen. Dann gebe ich’s weiter und du erholst dich, okay, Mia?“

Schwach, aber dankbar lächelte ich. „Ja.“

„Dann ... dann lassen wir euch jetzt allein“, beschloss Melodia und stand vom Bett auf. „Gute Besserung. Und noch mal vielen, vielen Dank!“

„Gerne doch“, winkte ich ab, woraufhin sie und ihr Freund den Raum verließen. Ich seufzte leise. Endlich war es ruhiger. So lieb ich Melodia hatte, sie konnte manchmal laut und anstrengend sein. Das vertrug ich in meinem Zustand allerdings nicht gut.

„Aber du isst noch was“, wies Lloyd mich an. „Wenigstens eine Scheibe. Nein, schau gar nicht erst so. Keine Diskussion.“

Widerwillig ergab ich mich und knabberte an dem Brot, das er mir reichte. Jede Bewegung tat weh, doch erstaunlicherweise bekam ich plötzlich Hunger. Ich aß zwei weitere Brote, woraufhin ich mich schon etwas besser fühlte.

„Was ist mit Takuto?“, erkundigte ich mich.

„Schläft wie ein Stein“, antwortete Lloyd. „Wie geht’s dir jetzt?“

„Besser als eben, aber ich bin ziemlich platt“, gestand ich. „Am besten schlafe ich mich aus. Das war eine überraschend anstrengende Aktion.“

Eindringlich sah er mich an. „Beim nächsten Mal weihst du mich ein, wenn du so was vorhast. Ich dachte, mein Herz bleibt stehen, als Ulrich uns gesagt hat, dass du bewusstlos geworden bist.“

„Es tut mir leid“, wisperte ich mit belegter Stimme. „Die Idee kam mir plötzlich und ich dachte, wenn Ralph dadurch gesund wird, ist es das wert.“

„Ich kann das völlig verstehen“, räumte er ein und legte auch seinen zweiten Arm sanft um mich. „Doch eine Vorwarnung wäre nett gewesen.“

Jetzt wusste er, wie ich mich nach seinem spontanen Verschwinden gefühlt hatte ... „Falls ich wieder verrückte Dinge vorhabe, erfährst du als Erster davon“, versprach ich.

Behutsam ließ er mich zurück aufs Kopfkissen gleiten. „Das wollte ich hören.“ Auch er legte sich ins Bett, deckte uns zu, löschte das Licht und schloss mich wieder in seine Arme. „Gute Arbeit übrigens.“

Ich lächelte und kuschelte mich an ihn, genoss die Wärme und die Ruhe. „Ich bin froh, dass es so gut geklappt hat. Sana war nicht sicher, ob sie es schafft. Ich wusste nicht mal, dass ich sie bei Heilungen unterstützen kann.“

„Wahrscheinlich wollte sie dich nie dafür beanspruchen“, vermutete er. „Kein Fiorita will dir wehtun.“

„Da ist was dran“, gab ich zu. „Das waren echt ein paar harte Tage ...“

„Eine kleine Auszeit wäre schön. Auch damit du dich erholen kannst“, äußerte er sich.

Da fiel mir etwas ein. „Wir müssen sowieso bald nach Renia.“

„Richtig“, stimmte er zu. „Nach dem Haus sehen, mit unseren Nachbarn reden, unsere Jobs kündigen ...“

„Kündigen?“, wiederholte ich.

„Ich bezweifle, dass wir länger Urlaub kriegen. Außerdem, willst du wirklich zurück und wieder in Renia arbeiten?“

„Wir können hier nicht weg“, murmelte ich. „Wir dürfen jetzt nicht aufgeben.“

„Eben.“ Er strich mir über den Rücken. „Unsere Arbeit ist jetzt hier. Wir sind lange genug davor weggerannt.“

Ich schmunzelte. „Außerdem ist es viel spannender, wieder mit den Rangern zu arbeiten und etwas zu bewirken.“

„Also, fahren wir morgen nach Renia? Nur für ein paar Tage, um alles zu regeln." Etwas leiser und deutlich anzüglicher ergänzte er: „Und um mal wieder ein wenig Zeit für uns zu haben."

Unwillkürlich schlug mein Herz ein wenig schneller. „Klingt verdammt gut."

Er lachte, zwar nicht laut, aber hörbar zufrieden. „Dann hauen wir morgen ab, sobald wir deinen alten Kollegen Bescheid gegeben haben."

„Genau. Und auf dem Weg können wir bei Fiona und Nico anhalten. Die beiden haben wir schon ewig nicht mehr gesprochen."

„So machen wir's, dann sparen wir uns das Hotel. Vor allem das Risiko, in einem Hotel als gesuchte Verbrecher erkannt zu werden", brummte er.

„Ich freu mich richtig auf die Auszeit", gestand ich und gähnte ausgiebig. „Jetzt aber gute Nacht, Lloyd."

Er küsste mich auf die Stirn. „Gute Nacht. Ich liebe dich", flüsterte er.

„Ich liebe dich auch", antwortete ich leise, bevor ich langsam vom Schlaf übermannt wurde.

„Wie, ihr wollt wegfahren?" Ungläubig starrte Ulrich uns an. „Heute noch?"

„Wir müssen in Renia einiges regeln", antwortete mein Freund. „Da Mia sich sowieso ausruhen sollte und der Vorsitzende uns früher oder später hier aufsuchen wird, ist es der perfekte Zeitpunkt."

„Wie geht's dir denn jetzt, Mia?", erkundigte sich der Stationsleiter.

Ich strich ein paar lose Strähnen meiner Perücke zurück. „Noch nicht so super. Etwas kraftlos." Heute Morgen hatte ich nicht mal ohne Lloyds Hilfe aufstehen können. Ich schaffte es auch nicht, Takuto zu tragen. Mein Freund musste mir bei allem zur Hand gehen. Hoffentlich änderte sich das bald wieder, ich fühlte mich schrecklich unselbstständig.

„Du siehst auch sehr blass aus", merkte Jakob an und musterte mich finster. „Ist ja kein Wunder. Du machst lauter waghalsige Sachen."

Ich lächelte schief. „Danke, dass du dir Sorgen um mich machst", flüsterte ich.

Verlegen wandte er den Blick ab. „Hm", brummte er. „Aber gute Arbeit, Ralph zu retten."

„Ja, wirklich super", rief Lasse und klatschte in die Hände. Die übrigen Windfeld-Ranger taten es ihm gleich, sodass Applaus die Zweigstelle erfüllte. Gerührt lächelte ich in die Runde.

„Na schön, dann passt auf euch auf“, meldete sich Ulrich wieder zu Wort. „Wir werden in der Zeit versuchen, Erik zum Reden zu bringen und die Überfälle der Schattenbringer zu verhindern.“

„Aber passt auf euch auf!“, schärfte ich ihm ein. „Wenn Windfeld angegriffen wird wie Gakuen ...“

„Oh, wir werden diese Mistkerle würdig empfangen“, schwor er düster. „Wir haben schon einige Vorkehrungen getroffen, außerdem verstärken wir den Innendienst, damit mindestens drei Ranger vor Ort sind.“

„Gut“, seufzte ich ein wenig erleichtert.

„Übrigens sind wir durch die Überfälle zu einer interessanten Erkenntnis gekommen“, erzählte der etwas pummelige Leo.

Ich runzelte die Stirn. „Nämlich?“

Er sah mich vielsagend an. „Es waren bewaffnete Überfälle.“

„Mit, äh, Feuerwaffen“, ergänzte Genta.

Meine Augen weiteten sich. „Natürlich! Finanziert irgendein Waffenhersteller aus den äußeren Provinzen etwa die Schattenbringer?“

„Wir vermuten es“, stimmte Jakob zu. „Es wäre gewinnbringend, wenn Schusswaffen im Bezirk der Ranger in Umlauf geraten würden.“

„Ergibt Sinn“, murmelte Lloyd. „Da die Lage nun immer gefährlicher wird, wollen sicher viele Bürger an Waffen kommen. Die Hersteller würden ein Vermögen verdienen, allein durch die Angst.“

„Wir werden in dieser Hinsicht noch genauer ermitteln“, meldete sich Leo wieder zu Wort. „Es ist aber eine gute Spur.“

„Viel Erfolg“, wünschte ich meinen ehemaligen Kollegen. „Falls der Vorsitzende nach uns fragt, sagt ihm ruhig, dass wir wieder untergetaucht sind. Dann habt ihr vielleicht nicht so viel Ärger am Hals.“

„Für euch nehmen wir den Ärger doch gerne auf uns“, entgegnete Ulrich. Er schenkte Lloyd und mir ein warmes Lächeln. „Das solltet ihr wissen.“

Ich umarmte den Stationsleiter, weil ich so gerührt war. Mein Freund nickte ihm zu. „Vielen Dank dafür. Ihr Ranger seid schon schwer in Ordnung.“

„Wer hätte gedacht, dass ein früherer Feind mal zum Verbündeten und Freund wird?“, lachte Ulrich.

Lloyd grinste. „Und wer hätte gedacht, dass ich mich unter Rangern nicht unwohl oder fehl am Platz fühlen würde?“

Der dunkelblonde Mann schmunzelte. „Das freut mich zu hören.“

„Also, seid vorsichtig. In ein paar Tagen sind wir zurück“, versprach mein Freund. „Falls etwas passiert, könnt ihr uns auf dem Handy erreichen."

„Werden wir. Gute Fahrt!" Ulrich beugte sich zu Takuto, den Lloyd auf den Armen hielt. „Tschüss, kleiner Mann."

Unser Sohn strahlte und patschte mit einer Hand nach Ulrichs Gesicht. „Da!"

„Ja, ja, da", lachte er und wuschelte dem Jungen durchs Haar.

Es dauerte eine Weile, bis wir uns von allen Rangern und den beiden Technikerinnen verabschiedet hatten. Vor allem Melodia sah unglücklich aus, weil wir gehen wollten. Doch wir versicherten ihr, dass wir nicht lange wegbleiben würden. Heute war es anders als vor eineinhalb Jahren. Heute flohen wir nicht, wir nahmen nur eine kleine Auszeit.

„Bereit?", fragte Lloyd, als wir zu dritt im Auto saßen.

„Papa, brumm!", rief Takuto.

„Jaaa, brumm, wir fahren jetzt los", lachte er.

Ich lächelte. „Erster Halt, Färnau."

„Meine Eltern werden sich über die Überraschung freuen", prophezeite Lloyd und strich mir sanft über die Hand. „Und ab morgen haben wir mal wieder etwas Zeit für uns."

Ich drückte seine Finger leicht und beugte mich zu ihm, um ihn auf die Wange zu küssen. „Das wird sicher toll."

„Brumm, brumm!", rief Takuto vom Rücksitz.

„Wir fahren ja schon", beruhigte Lloyd ihn und startete den Motor.

Die Zweigstelle wurde im Seitenspiegel immer kleiner, bis sie schließlich ganz aus meinem Blickfeld verschwand. Doch diesmal fühlte ich mich auf dem Weg nach Renia nicht hilflos, verloren oder überfordert. Ich freute mich auf ein paar ruhige Tage. Und ich wusste, bald kehrten wir hierher zurück. Wir hatten schließlich immer noch einen Krieg zu beenden.

Es war dunkel, als wir unsere Wohnung erreichten. Nur wenige Straßenlaternen und das helle Mondlicht wiesen uns den Weg. Man hörte fast kein Geräusch, die ganze Straße wirkte wie ausgestorben. Endlich hatten wir es geschafft, wir waren zurück. Doch ich hatte gemischte Gefühle. Dies hier war unser Zuhause, aber irgendwie auch nicht. „Endstation, bitte aussteigen", riss Lloyd mich aus meinen Gedanken.

„Fühlt sich an, als wäre es schon eine Ewigkeit her", stellte ich fest und schnallte mich ab, bevor ich aus dem Auto stieg.

„Geht mir genauso“, gestand mein Freund. „Kannst du Takuto nehmen? Dann trage ich unser Gepäck rein.“

Ich nickte. „Das sollte ich inzwischen wieder schaffen.“ Immerhin
hatte ich mich bei Fiona und Nico gut erholt. Die beiden hatten viel
mit uns geredet, vor allem über die neuesten Entwicklungen, und Fiona hatte uns mit leckerem Essen verwöhnt.

Da Takuto auf der Fahrt eingeschlummert war, hob ich ihn ganz vorsichtig auf meine Arme. Schlaftrunken blinzelte er mich an. „Mama?“

„Gleich geht's ins Bett, Schatz“, versprach ich. „Nur noch Schlafanzug anziehen und Zähne putzen, ja?“ Erschöpft von der langen Fahrt
lehnte er sich an mich. Ich rümpfte die Nase. „Und Windeln wechseln.“

Eilig trug ich unseren Sohn zur Türschwelle, schloss die Wohnung
auf und trat ins Innere. Unwillkürlich lächelte ich, weil ich mit diesem
Haus viele schöne Erinnerungen verband. Aber das Gefühl, zu Hause
zu sein, überkam mich nicht wirklich.

Lloyd folgte mir in den Eingangsflur und hängte seinen blauen Mantel weg. Da ich Takuto nicht einfach wie ein Gepäckstück abstellen
konnte, behielt ich meine Jacke noch an. „Ich bringe ihn schnell ins
Bett“, kündigte ich an.

„Dann packe ich unsere Sachen aus und lüfte hier mal durch.“

Es dauerte nicht lange, bis unser Sohn frisch umgezogen im Kinderzimmer einschlief. Ich beendete das Lied, das ich angestimmt hatte,
und strich dem Kleinen sanft über den Kopf. „Träum süß“, flüsterte ich
und stand so leise wie möglich auf. Erst als ich die Zimmertür hinter
mir anlehnte, wagte ich es, etwas lauter zu laufen.

„Schläft er?“, erkundigte sich Lloyd, der gerade aus dem Bad kam.

„Tief und fest“, bestätigte ich. „Ich putz mir jetzt auch die Zähne.“
Zum Glück hatte ich schon heute Morgen bei Fiona und Nico geduscht. Jetzt hatte ich keinen Nerv mehr, lange wach zu bleiben. Ich
wollte mich nur noch hinlegen.

Nachdem ich zu Lloyd ins Schlafzimmer getreten war, schloss ich
leise die Tür hinter mir. Da hörte ich plötzlich den wunderschönen
Klang einer Gitarre. Überrascht drehte ich mich zu meinem Freund
um. Er saß auf unserem Bett, eine akustische Gitarre in der Hand, und
grinste mich an.

„Woher hast du die denn?“, wunderte ich mich und setzte mich neben ihn.

Er nahm die Hand vom Griff des Instruments und legte mir seinen
Arm um die Schultern. „Die hatte ich noch bei meinen Eltern. Das war

meine erste Gitarre, mit der hab ich das Spielen gelernt", erzählte er. „Ich dachte mir, etwas Musik täte uns mal wieder ganz gut."

Ich lächelte. „Das klingt toll", stimmte ich zu und schmiegte mich an ihn.

„Aber auf der Rückfahrt nehme ich sie wieder mit nach Färnau. Bevor ich das gute Stück auch noch verliere", seufzte er.

„Echt blöd, dass deine anderen beiden Gitarren weg sind."

„Immerhin haben wir die", entgegnete er fröhlich. „Welches Lied zuerst?"

Ich runzelte die Stirn. „Musst du dich nach so langer Zeit nicht erst einspielen?"

Kurz überlegte er, dann stimmte er eine Melodie an. Er spielte bestimmt einige Minuten und mit jedem Akkord zog er mich mehr in seinen Bann. Ich konnte meinen Blick kaum von seinen Fingern lösen, spürte, wie mein Herz einen kleinen Hüpfer machte. Es war ein großartiges Gefühl, ihn spielen zu hören. Ich hatte es wirklich vermisst!

„Ich schätze, ich kann's noch. Jedenfalls deinem faszinierten Gesichtsausdruck nach zu urteilen", stellte er fest und stupste mich auf die Nase.

„Das war echt toll", murmelte ich und lächelte, zugegebenermaßen ein wenig überwältigt. „Ich will unbedingt wieder zu deiner Begleitung singen."

„Worauf warten wir dann noch?", lachte er und begann ein anderes Lied, das wir schon öfter zusammen gespielt hatten. „Ich zähl auf deine Stimme."

Nur zu gerne setzte ich ein, als es Zeit für die erste Strophe war. Lloyd lächelte mich glücklich dabei an, ich lächelte zurück. Es war genau wie früher. Hier und jetzt zählte nur die Musik, nichts anderes. Keine Ranger, keine Schattenbringer, kein Krieg. Ich konnte alles vergessen, während ich zu seiner Gitarre sang.

Mir wurde richtig warm ums Herz, das schneller schlug als gewöhnlich. Immer wieder suchte ich Lloyds Blick, schaute nach einer Weile aber verlegen weg, wenn er mich ebenfalls betrachtete. Beim Singen konnte ich einfach keinen Blickkontakt halten, jedenfalls nicht durchgehend. Meine Wangen färbten sich langsam rot. Warum war ich meinem eigenen Freund gegenüber plötzlich so schüchtern? Vielleicht weil wir so lange nicht mehr zusammen Musik gemacht hatten … Lloyd bemerkte meine Verlegenheit bestimmt kaum, so vertieft, wie er spielte. Aber es freute mich sehr, dass er dabei so glücklich wirkte.

Als wir das fünfte Lied beendet hatten, grinste er mich an. „Wow!"

Ich schmunzelte. „Ich fand's auch toll. Das hat mir gefehlt."

„Nicht nur dir", antwortete er und legte seine Gitarre vorsichtig auf den Teppichboden. „Wir hätten das schon viel früher mal machen sollen."

„Ging ja schlecht ohne Instrument", erwiderte ich.

„Das Geld für eine neue Gitarre hätte ich gern ausgegeben", winkte er ab. Sanft schloss er mich in seine Arme. „Willst du weitermachen?"

Ich nickte und schmiegte mich an ihn. „Auf jeden Fall! Ich liebe es, mit dir zu singen."

„Und ich liebe es, mit dir zu spielen", flüsterte er.

Eine Weile saßen wir nur so da, genossen die Nähe des anderen, bis sich wie von selbst unsere Lippen trafen. Immer stürmischer wurden unsere Küsse, bis sich Lloyd über mich beugte, sodass ich mich rücklings auf der Matratze wiederfand.

Zärtlich strich er mir das offene Haar zurück. „Wäre es schlimm, wenn wir erst morgen wieder Musik machen?", hauchte er mir ins Ohr.

Mein Herz setzte bei diesen Worten einen Schlag aus, doch gleich danach spürte ich meinen rasenden Puls wieder. „Ich glaube, ich würde es verkraften", wisperte ich und drehte meinen Kopf zur Seite, um Lloyd ein weiteres Mal zu küssen. Ich fuhr dabei mit den Fingern durch sein dunkelbraunes Haar. So gerne ich zu seiner Begleitung sang, ein wenig körperliche Nähe fand ich noch verlockender. Aufregender. Und vor allem dringend nötig nach einer so langen Zeit voller Ärger, Stress, Probleme, Sorgen, Streitigkeiten und Unsicherheit. Nein, heute Nacht wollte ich das alles vergessen, wollte nur an Lloyd denken und diesen wertvollen Moment der Ruhe auskosten. Direkt in seinen Armen.

Es war kein Wecker, der mich aus meinen Träumen riss. Ich wachte von selbst auf, zum ersten Mal seit einigen Tagen. Ich fühlte mich so behaglich, so warm, dass ich die Augen gar nicht öffnen, geschweige denn aufstehen wollte.

Ich kuschelte mich enger in die Arme meines Freundes, die mich festhielten. „Guten Morgen", flüsterte er mir leise zu.

Ich lächelte. Okay, jetzt sollte ich die Lider doch öffnen. Ich blickte direkt in das wohlbekannte blaue Augenpaar. „Guten Morgen."

Für einen Moment sagte niemand etwas, wir blieben einfach liegen. Aber wir wussten beide, dass wir nicht den ganzen Tag im Bett verbringen konnten.

„Richtest du Frühstück her?“, schlug Lloyd vor. „Dann ziehe ich Takuto an.“

„Klingt gut. Auch wenn ich nicht aufstehen will“, brummte ich.

Er grinste. „Geht mir genauso“, gestand er und drückte mich fest an sich. Etwas leiser ergänzte er: „Ich liebe dich, Mia.“

„Ich dich auch, Lloyd“, antwortete ich gerührt. Ein solcher Start in den Tag erleichterte das Aufstehen doch deutlich.

Wir zogen uns also an und ich setzte die Perücke auf, bevor wir das Zimmer verließen. Er machte sich auf den Weg zu Takuto, ich huschte ins Erdgeschoss. Wir hatten uns ein paar Lebensmittel von Fiona und Nico mitgenommen, einige Scheiben Toastbrot, Butter und etwas Obst. Das Obst pürierte ich für Takuto, für Lloyd und mich machte ich Buttertoasts. Es dauerte nicht lange, bis mein Freund mit unserem Sohn hereinkam.

„Mama“, rief Takuto und streckte seine Hände nach mir aus.

„Guten Morgen, mein Schatz. Hast du schon Hunger?“, begrüßte ich ihn und nahm ihn auf die Arme. Er strahlte mich an, nickte und sabberte auf meinen Pullover.

„Er muss echt aufhören, auf unsere Klamotten zu sabbern“, seufzte Lloyd und deutete auf den Fleck auf seinem langärmligen Hemd.

„Das lernt er bestimmt bald“, vermutete ich. Ich setzte den Kleinen in seinen Kinderstuhl und nahm dann ebenfalls am Tisch Platz, um abwechselnd Takuto zu füttern und selbst zu essen. „Wie machen wir es mit den Kündigungen?“

Lloyd schluckte ein Stück seines Toasts hinunter. „Ich schätze, wir müssen noch mal persönlich hin und irgendeinen Wisch unterschreiben.“

„Soll ich Takuto dann mit zur Animaliaarztpraxis nehmen?“, schlug ich vor. „Du hast ja den längeren Weg.“

Er nickte. „Genau, und mittags treffen wir uns wieder hier, bevor wir mit Elly reden. Sie hat sicher einige Briefe für uns.“

„Fahren wir morgen früh zurück?“, erkundigte ich mich.

„Ja, über Nacht will ich nicht unterwegs sein“, brummte er.

Nach dem Frühstück räumten wir die Küche auf und gingen zusammen zur Haustür. Ich zog Takuto seine Jacke an und legte ihn in den Kinderwagen, dann griff auch ich nach meiner Jacke, während Lloyd in seinen blauen Mantel schlüpfte. Kurz musterte ich ihn, was mich unwillkürlich lächeln ließ. Er hatte dieses Kleidungsstück schon so lange, dass ich an früher denken musste. An unser erstes Treffen.

„Stimmt was nicht?“, wunderte er sich.

„Nein, nein, alles okay“, antwortete ich. „Ich musste nur gerade an unser erstes Treffen denken. In der Stalagnenhöhle, weißt du noch?“

Da lachte er. „Natürlich. Unser erster Kampf.“

„Unfassbar, wie wenig wir uns da ausstehen konnten“, kicherte ich.

„Da wusste ich noch nicht mal, dass du eine Frau bist“, wandte er ein.

Ich umarmte ihn fest. „Es war ’ne aufregende Zeit.“

Sanft strich er mir über den Rücken. Er wollte gerade etwas erwidern, da blickte er mir in die Augen. „Du trägst keine Kontaktlinsen.“

„Verdammt!“, rief ich. „Bin sofort wieder da.“ Ich eilte ins Badezimmer, um mir ein Paar braune Linsen einzusetzen. Wie konnte ich nur so nachlässig sein und meine halbe Tarnung vergessen?

Als ich zurück in den Eingangsflur kam, spielte Lloyd gerade mit Takuto. Unser Sohn versuchte immer wieder, die Hand seines Vaters zu schnappen. „So, jetzt bin ich wieder als Mia Ito getarnt.“

„Perfekt“, stimmte er zu. „Ich nehme das Auto, um zum Krankenhaus zu fahren. Bis später, Mia.“ Er küsste mich auf die Stirn. „Ich hoffe, es dauert nicht zu lange.“

„Wird bestimmt unangenehm zu kündigen“, seufzte ich. Immerhin hatte das Ehepaar Hana eine Ausnahme für mich gemacht und mich eingestellt, obwohl es gar keine Hilfskraft gewollt hatte.

Er lächelte schief. „Wir schaffen das schon. Bis nachher, ihr zwei“, verabschiedete er sich, hauchte mir einen Kuss auf die Lippen und wuschelte Takuto durchs dunkle Haar. Dann verließ er das Haus.

Ich genoss den Spaziergang durch das kleine Dorf, das für eine Weile unser Zuhause gewesen war. Die Luft war angenehm lauwarm, der Himmel klar. Takuto spielte die ganze Zeit mit einer Rassel, während ich mich in der Gegend umsah. Ich wurde auf dem Weg zur Praxis von einigen Farbfaltern und Flatterern begleitet, brachte es jedoch nicht über mich, die Animalia wegzuschicken, auch wenn es ein wenig auffällig war, wie sie mich umschwärmten. Ihre Gegenwart freute mich einfach zu sehr.

Bald fand ich mich an meinem früheren Arbeitsplatz wieder. Vorsichtig schob ich den Kinderwagen über die Türschwelle. Innen schlug mir der bekannte Geruch von Desinfektionsmitteln und Animalia entgegen. Takuto, der das nicht gewohnt war, jammerte leise. Bevor er in Tränen ausbrach, hob ich ihn auf meine Arme und stellte den Kinderwagen bei der Garderobe ab. Ich entdeckte einige Patienten, die mit ihren Hausanimalia warteten, darunter Herrn Tokano, der sein Nekota in einem Transportkäfig auf dem Schoß hatte.

„Oh, Frau Ito", begrüßte er mich. „Wie schön, Sie zu sehen!"

„Ebenfalls, Herr Tokano", antwortete ich. „Was hat Ihr Nekota denn diesmal?"

„Ich fürchte, der Arme ist mit anderen Animalia in einen kleinen Kampf geraten", erzählte er. „Er war zwei Tage weg und ist dann völlig zerfetzt zurückgekommen."

Ich verzog das Gesicht. „Oje, das ist natürlich nicht gut."

„Und wen haben Sie dabei? Ist das wohl Ihr Sohn?", fragte er.

„Genau, mein Sohn Takuto", bestätigte ich. „Wir sind nur kurz hier, um mit Frau Hana zu reden. Eigentlich habe ich noch Urlaub."

„Ach so. Dann sehen wir uns bestimmt bald wieder", lachte er.

Schmerzlich sah ich ihn an. „Vermutlich nicht."

„Kündigen Sie etwa?" Er klang beinahe entsetzt. „Das wäre ja eine Schande!"

„So gerne ich die Arbeit mache, mir ist etwas dazwischengekommen", murmelte ich. „Ich muss für meine Familie ... na ja ... umziehen."

Langsam nickte er. „Da kann man wohl nichts machen."

„Aber ich wünsche Ihnen und Ihrem Nekota alles Gute!"

„Ihnen und Ihrer Familie ebenfalls."

Schief lächelte ich. „Danke. Auf Wiedersehen." Dieses Gespräch hatte mich ein wenig deprimiert, doch ich riss mich zusammen und ging weiter zur Rezeption, um Frau Hana zu suchen. Wie erwartet waren weder sie noch ihr Mann zu sehen, bestimmt kümmerten sich beide gerade um Patienten.

Weil Takuto langsam schwer wurde, setzte ich ihn auf der Rezeption ab. „Wir müssen kurz hier warten", erklärte ich ihm.

„Da?"

„Nein, hier", betonte ich.

„Hie", brabbelte er.

Ich schmunzelte. „Du lernst es schon noch. Hier."

„Mia?", riss mich eine helle Stimme aus meinem Gespräch mit dem Kleinen.

„Frau Hana", begrüßte ich die Ärztin, die wie üblich bei der Arbeit ihren weißen Kittel trug. Sie hatte zwei gelbliche Flecken am rechten Ärmel. „Schön, Sie zu sehen."

„Es freut mich auch, aber hast du nicht bis übermorgen Urlaub?", wunderte sie sich. „Oder habe ich mich im Datum geirrt?"

„Nein, nein, das stimmt schon", räumte ich ein. „Ich würde ja auch nicht meinen Sohn mit zur Arbeit bringen. Ich wollte nur etwas mit Ihnen bereden."

„Mensch, der ist ja groß geworden, seit ich ihn das letzte Mal gesehen habe", lachte sie. „Hallo, Takuto."

„Ha", antwortete der Kleine.

Ich strich über seinen Rücken, wandte mich aber wieder meiner Chefin zu. „Ich fürchte, ich habe schlechte Nachrichten", gestand ich. „Ich muss ... für meine Familie zurück ... nach Windfeld ziehen. In den Bezirk der Ranger."

Frau Hanas Miene verdüsterte sich, sie wirkte nicht wütend, eher ein wenig bestürzt. „Oh. Du willst kündigen?"

„Wollen würde ich das nicht nennen", flüsterte ich. „Ich muss eher. Ich werde in Windfeld dringend gebraucht."

„Du ziehst wirklich in ein Kriegsgebiet?" Besorgt musterte sie mich. „Das ist gewagt. Bist du dir sicher?"

Ich straffte die Schultern, dann nickte ich. „Es geht nicht anders. Aber ich wollte mich herzlich bei Ihnen bedanken. Dass ich hier arbeiten durfte und Sie immer so gut zu mir waren. Ich habe mich hier wirklich wohlgefühlt."

„Wir haben ebenfalls zu danken, du hast gute Arbeit geleistet", entgegnete sie. „Und solltest du nach Renia zurückkommen, kannst du dich jederzeit melden. Eine Hilfskraft wie dich würden mein Mann und ich gerne wieder aufnehmen."

Beinahe schossen mir vor Rührung Tränen in die Augen. Es fiel mir erstaunlich schwer, diesen Job zu kündigen und die Animaliaarztpraxis hinter mir zu lassen. Ich hatte hier so viel Freundlichkeit erfahren, meine Arbeit war immer geschätzt worden, die Familie Hana war außerdem ein wichtiger Halt in einer aufwühlenden Zeit für mich gewesen. Ich hatte ein richtig schlechtes Gewissen, meiner ehemaligen Chefin nicht die ganze Wahrheit zu sagen. Doch ich bemühte mich um Fassung. Ja, ich hatte gern hier gearbeitet, aber mein wahrer Beruf wartete in Windfeld auf mich. Bei den Rangern. Als Beschützer Fiorias. Das war die Arbeit, die ich so sehr liebte, bei der ich mich so lebendig fühlte und die ich am liebsten wieder ganz offiziell ausüben würde. Also durfte ich mich jetzt nicht beschweren.

„Vielen Dank für alles", wisperte ich erstickt.

Frau Hana lächelte mich milde an. „Ebenfalls, Mia. Alles Gute."

Es dauerte ein paar Minuten, die Papiere zu unterzeichnen und mich endgültig von ihr sowie ihrem Mann zu verabschieden. Als ich die Praxis zusammen mit Takuto verließ, fühlte ich mich einerseits traurig, andererseits erleichtert. Diese Hürde war schon mal geschafft. Ich hatte gekündigt. Ich hatte eine wichtige Verbindung zwischen Renia und mir gekappt. Die äußere Provinz fühlte sich immer weniger nach Zuhause an.

Die frische Luft tat gut. In aller Ruhe schob ich den Kinderwagen über den Gehsteig, genoss die erneute Begleitung der Animalia. Endlich lächelte ich wieder schwach. Klar, es war ein komisches Gefühl, mit diesem Lebensabschnitt zu brechen, aber meine Heimat war nun mal der Bezirk der Ranger. Renia konnte ihn nicht ersetzen. Es war nur eine Übergangslösung gewesen, das wurde mir nun deutlich bewusst. Ich gehörte zu meiner Mutter nach Brislingen, zu den Rangern nach Windfeld.

Als ich zu unserer Wohnung kam, sah ich das silberne Auto schon vor der Tür stehen. Lloyd war also ebenfalls zurück. Ich betrat das Haus, zog meine Jacke aus und nahm Takuto aus dem Kinderwagen. „Wir sind wieder da!", rief ich.

„Willkommen zurück", antwortete Lloyd aus dem Wohnzimmer. „Wie lief's bei dir? Alles okay?"

Ich ging zu meinem Freund und setzte mich neben ihn aufs Sofa, Takuto auf meinem Schoß. Lloyd stellte die Gitarre weg, die er bis eben in der Hand gehabt hatte, und legte stattdessen einen Arm um meine Schultern.

„Es gab überhaupt keine Probleme. Ich hab erzählt, ich müsste für meine Familie nach Windfeld umziehen. Frau Hana hat mir sogar angeboten, jederzeit wieder bei ihr zu arbeiten, wenn ich zurück nach Renia kommen sollte. Wie war es bei dir?"

„Klingt gut. Bei mir lief alles ganz formell ab", erzählte er. „Ich musste meine Kündigung unterschreiben, habe mich von den Kollegen verabschiedet und bin dann gleich wieder gegangen. Es war auch verdammt viel los im Krankenhaus, da war keine Zeit für große Abschiede."

„Dann haben wir den ersten Schritt wohl geschafft", stellte ich fest.
Er nickte.

„Aber ich hab keine Lust, jetzt sofort zu Elly und Burkhard zu gehen", seufzte er und griff wieder nach seiner Gitarre. „Warten wir noch ein wenig? Wir haben doch den ganzen Tag Zeit, es ist noch nicht mal zwölf."

„Von mir aus, klar", stimmte ich zu. „Ich kann Elly anrufen und für abends etwas mit ihr ausmachen. Außerdem sollten wir noch was einkaufen, wir haben nichts zu essen im Haus."

„Wir könnten ein paar Lebensmittel für die Zweigstelle in Windfeld mitbringen", fiel Lloyd ein. „Hier sind sie deutlich günstiger und die anderen würden sich sicher freuen, mal wieder Fleisch oder so was zu essen."

Ich lächelte. „Gute Idee."

Mein Freund stimmte ein Lied auf der Gitarre an, dessen Melodie mir sehr bekannt vorkam.

„Das ist doch ...", murmelte ich.

Er nickte, schenkte mir dabei ein Lächeln. „Genau. Für dich."

Gerührt strahlte ich ihn an. Das war das Lied, das er für mich zum 18. Geburtstag komponiert hatte. Ich hatte es seitdem nicht mehr gehört.

„Hörst du das, Takuto? Das Lied hat dein Papa selbst geschrieben", flüsterte ich unserem Sohn zu. „Und es ist das schönste Lied, das ich kenne." Der Kleine sah richtig glücklich aus, wippte im Takt der Musik und klatschte unkoordiniert in die Hände. „Danke, Lloyd", wisperte ich.

Mein Freund beendete das Lied und küsste mich auf die Stirn. „Wofür denn?", winkte er ab. „Komm, ich nehme Takuto, dann kannst du Elly anrufen."

Ich nickte, setzte ihm unseren Sohn auf den Schoß und erhob mich. Mir war ganz warm ums Herz, seit er diese Melodie angestimmt hatte. Ich griff zum Festnetztelefon, in dem die Nummer unserer Nachbarn eingespeichert war.

„Elly Zenk", meldete sie sich prompt.

„Hallo, Mia hier", begrüßte ich sie. „Wie geht's dir, Elly?"

„Oh, schön, dich zu hören, meine Liebe. Mir geht's wunderbar, und dir? Wann kommt ihr endlich zurück nach Hause?", fragte sie.

„Wir sind gestern Nacht in Renia angekommen", antwortete ich und strich mir über die Perücke. „Aber wir sind nur kurz da, darum wollte ich fragen, ob du heute Abend Zeit hast."

„Natürlich, ihr seid herzlich zum Essen eingeladen. Burkhard und Quirin werden sich freuen. Außerdem habe ich ein paar Briefe für euch."

Dass Burkhard sich über unseren Besuch freute, bezweifelte ich sehr. „Vielen Dank, das ist sehr lieb von dir. Dann um sieben Uhr bei dir?"

„Perfekt. Ich freue mich", flötete sie und legte auf.

Ich legte das Telefon zurück auf die Kommode und setzte mich wieder aufs Sofa. „Wir sind zum Abendessen eingeladen.“

„Das wird wieder was werden“, maulte Lloyd. „Ich freu mich ja irgendwie, unsere Nachbarn zu sehen, aber es wird definitiv wieder ein Theater.“

„Wahrscheinlich“, gab ich ihm recht und lehnte meinen Kopf an seine Schulter. „Aber ich wette, Quirin freut sich auf dich.“

Er nickte langsam. „Bin gespannt, wie’s ihm geht. Na ja. Gehen wir einkaufen, solange Takuto noch fit ist?“

„Ja, nicht dass er den Mittagsschlaf im Kaufhaus macht“, lachte ich.

Wir nutzten die Zeit bis sieben Uhr gut. Wir kauften ein, auch für die Zweigstelle und Lloyds Eltern, packten das Gröbste für die Rückfahrt zusammen, wischten Staub im Haus, spielten mit Takuto und machten ein wenig Musik, während er seinen Mittagsschlaf hielt.

Bevor wir das Haus verließen, überprüfte ich im Spiegel meine Verkleidung. Ich war perfekt getarnt, so ungern ich die blonde Perücke und die Kontaktlinsen betrachtete. Ich hatte es so satt, mich zu verstecken und zu verstellen.

„Bist du so weit?“, riss mich Lloyd aus meinen Gedanken.

Schnell verließ ich das Bad und trat zu ihm auf den Gang. „Ja, wir können los.“ Zusammen mit Takuto machten wir uns auf den Weg zu unseren Nachbarn. Als ich klingelte, wurde sofort die Tür geöffnet. Die etwas pummelige Elly schenkte uns ein strahlendes Lächeln und umarmte uns fest. „Hallo, ihr Lieben.“

„Schön, dich wiederzusehen“, antwortete Lloyd und gab ihr die Flasche Wein, die wir vorhin als Gastgeschenk eingekauft hatten.

„Danke. Wie ist es euch in diesem Kriegsgebiet ergangen? Ist euch was passiert? Ihr seht gut aus!“, plauderte sie, während wir ins Haus gingen.

„Es ist viel los im Bezirk der Ranger“, murmelte ich. „Aber es geht uns gut.“

„Der kleine Takuto ist auch schon wieder größer geworden“, stellte Elly nach einem Blick in den Kinderwagen fest. „So ein süßes Kerlchen.“

„Er stand neulich sogar zum ersten Mal“, erzählte ich.

Schnelle Schritte unterbrachen unser Gespräch. „Lloyd! Mia! Endlich seid ihr wieder da!“, jubelte Quirin, der so schlaksig wirkte wie immer.

Lloyd schlug mit ihm ein. „Hey, alles klar bei dir?"

„Geht schon", antwortete er. „Und bei euch? Was habt ihr alles erlebt? War bestimmt unheimlich im Bezirk der Ranger."

„Ach, es geht", winkte mein Freund ab. „Wir fahren morgen früh zurück."

„Aber warum wollt ihr denn nicht hierbleiben?", fragte Elly entsetzt.

„Meine Eltern brauchen uns", erklärte ich knapp.

Besorgt musterte sie uns. „Tja, die Familie geht vor, was?"

„Ach, Lloyd, du glaubst nicht, was bei mir in der Schule passiert ist", rief Quirin auf dem Weg ins Esszimmer. „Wir haben total viele neue Kinder in der Klasse, alle aus dem Bezirk der Ranger, die sind nämlich gefloh…"

„Quirin, rede nicht so laut, unsere Gäste sind doch nicht taub", ermahnte ihn prompt die tiefe Stimme seines Vaters. Burkhard stand im Esszimmer und sah seinen Sohn ernst an. „Benimm dich gefälligst."

Der Junge ließ den Kopf hängen. „Ja, Papa …"

Ich verzog das Gesicht, genau wie Lloyd. Es ging wieder los …

Wir begrüßten Burkhard und nahmen dann am Tisch Platz. Elly hatte ein großartiges Menü gekocht, beim Essen führten wir nur Smalltalk. Bis während der Nachspeise das Thema auf die Geschehnisse der letzten Tage kam. Wir wichen den Fragen darüber so gut wie möglich aus, aber unsere Nachbarn hatten einiges zu erzählen.

„Stellt euch vor, wir haben inzwischen so viele Flüchtlinge hier", meckerte Elly. „In der letzten Woche waren es über 500 neue Leute in Renia!"

„Ist doch verständlich, die Menschen aus dem Bezirk der Ranger haben Angst vor dem Krieg", entgegnete Lloyd.

„Wir haben nicht genügend Platz für so viele!" Sie schüttelte empört den Kopf. „Inzwischen wohnen sogar welche in der Turnhalle von Quirins Schule, die Kinder können keinen richtigen Sportunterricht machen. Und mir wird ganz anders, wenn ich weiß, wie nah Quirin diesen Leuten jeden Tag kommt."

Ich runzelte die Stirn. „Warum? Was ist so schlimm daran?"

„Das sind doch alles Verbrecher", knurrte Burkhard. „Die haben hier nichts verloren! Wir …"

„Moment mal", unterbrach ich ihn. „Die Leute, die aus Angst vor dem Krieg fliehen, sind doch keine Verbrecher. Für so eine Behauptung gibt es keinen einzigen Beweis, oder?" Burkhard rümpfte die Nase. Dieses Argument wollte er offensichtlich nicht hören.

„Außerdem ist es doch gut, wenn die Flüchtlinge eine Möglichkeit haben, irgendwo unterzukommen", ergänzte Lloyd. „Klar, in der Turnhalle ist es weder für die Schüler und ihren Unterricht noch für die Leute selbst besonders angenehm, aber das ist nur eine Übergangslösung."

Burkhard verschränkte die Arme. „Die sollten gar nicht herkommen."

„Wohin sollen sie denn sonst?", wandte ich ein. „Die äußeren Provinzen sind derzeit die einzigen friedlichen Gebiete."

„Die sollen bleiben, wo sie sind."

„Aber da herrscht Krieg! Würdet ihr hierbleiben, wenn Krieg herrschte? Ich würde mit meiner Familie abhauen." Kurz blickte ich zu Takuto, der über den Boden rutschte und mit einem Plüschanimalia spielte. „Wir sind damals auch geflohen."

„Stimmt, genau genommen sind wir auch Flüchtlinge", bestärkte Lloyd meine Aussage.

„Nein, ihr seid anständige Menschen", widersprach Elly. „Ihr arbeitet, ihr seid gute Nachbarn, ihr habt euch an das Leben hier angepasst."

„Wir hatten auch genug Zeit dafür", erinnerte Lloyd sie. „Und wir hatten eure Hilfe dabei, uns zurechtzufinden. Wenn ihr den neuen Flüchtlingen die gleiche Chance gebt, werdet ihr sie sicher auch besser kennenlernen."

„Dann fühlen sich auch die Geflohenen besser", fügte ich hinzu.

„Aber es sind so viele", jammerte Elly. „Das macht mir schon Sorgen."

„Solange der Krieg nicht beendet wird, kommen sicher noch mehr", überlegte mein Freund. „Die Flüchtlinge abzulehnen, ändert aber nichts. Man muss Frieden schaffen."

„Dann sollen die Ranger das endlich mal tun!", verlangte Burkhard. „Aber das kriegen sie ja nicht hin. Und jetzt haben wir das Ergebnis ihres Versagens am Hals."

„Unterstützung aus den äußeren Provinzen wäre dabei ziemlich hilfreich", bemerkte ich spitz. „Schon klar, die Ranger sind unbeliebt hier, aber es wäre doch ein Zeichen von echter Menschlichkeit, in dieser Notsituation zu helfen. In erster Linie geht es ja nicht um die Ranger, sondern um die Menschen. Um die Opfer des Kriegs."

„Meine neuen Mitschüler sind eigentlich echt nett", meldete sich Quirin zaghaft zu Wort. „Ein paar von ihnen sind lustig und eine ist so schlau, dass sie jetzt schon Klassenbeste ist."

Ich lächelte ihn an. „Schön zu hören. Versteht ihr euch gut in der Klasse?"

„Ja, schon", gab er zu.

„Menschen nur aufgrund ihrer Herkunft zu verurteilen, ist echt grausam und dumm. Das hilft niemandem", flüsterte Lloyd. „Ja, auf lange Sicht muss für das ganze Problem eine Lösung gefunden werden. Der Krieg muss beendet werden, dann normalisiert sich bestimmt alles wieder. Aber solange es keinen Frieden gibt, muss man das Beste aus der Situation machen."

Elly und Burkhard musterten ihn überrascht, sagten aber nichts.

„Außerdem leiden die Menschen im Bezirk der Ranger wirklich sehr. Wir haben es selbst gesehen", erzählte ich leise. „Es wird immer schwieriger, sich zu ernähren. Und die Schattenbringer gehen zu immer mehr Gewalt über. Da ist es doch kein Wunder, dass die Leute in der Hoffnung auf ein sicheres Leben hierherkommen."

„Es ist viel passiert, während ihr dort wart, oder?", fragte Elly vorsichtig.

„Einiges", bestätigte ich. „Und wenn ihr das alles mal mit eigenen Augen sehen würdet, würdet ihr anders über die Flüchtlinge denken."

„Wie dem auch sei", murrte Burkhard und beendete damit die Diskussion. Er wollte nichts mehr darüber hören, denn er wollte seine Meinung nicht ändern. So bescheuert und unfundiert sie war.

„Lloyd, wollen wir zocken?", fragte Quirin begeistert.

„Quirin, hör auf zu zappeln!", verlangte Burkhard. „Und wenn du etwas willst, sagst du Bitte!"

„Ja, Papa ... Lloyd, wollen wir bitte zocken?"

Mein Freund putzte sich den Mund mit seiner Serviette ab und stand auf. „Worauf warten wir noch?"

Quirin strahlte ihn an und erhob sich ebenfalls. „Ich starte die Konsole."

Die beiden verließen den Raum und auch Burkhard zog sich in sein Arbeitszimmer zurück. Elly und ich blieben mit Takuto im Esszimmer, redeten nur noch über die Entwicklung und Erziehung von Kindern. Eigentlich hatte ich keine Lust mehr, hier herumzusitzen, im Haus dieser besorgten, fremdenfeindlichen Bürger. Ich war menschlich ein wenig von unseren Nachbarn enttäuscht.

Aber Quirin zuliebe spielte ich das Theater noch etwas länger mit. Er hatte mir heute Abend nämlich die Hoffnung gemacht, dass zumindest der eine oder andere Bewohner Renias vernünftig denken und die Flüchtlinge akzeptieren konnte. Dass er sich als Kind reifer verhielt als seine Eltern …

„Wie lange bleibt ihr denn diesmal weg?“, erkundigte sich Elly.

„Schwer zu sagen“, gestand ich. „Wärst du trotzdem so gut, dich um unsere Post zu kümmern?“

Sie nickte. „Natürlich. Hier sind übrigens die Briefe der letzten Tage.“

„Danke. Lauter Werbung und Rechnungen“, stellte ich fest.

„Was macht ihr denn mit dem Haus, solange ihr weg seid? Macht ihr euch keine Sorgen, dass eingebrochen wird?“, gab sie zu bedenken. „Jetzt, wo die ganzen Flüchtlinge da sind.“

Ich schüttelte den Kopf. „Die Kriminalität ist doch bisher auch nicht angestiegen, obwohl immer wieder Leute nach Renia geflohen sind. Gut, derzeit kommen deutlich mehr Menschen, aber, wie gesagt, das sind keine Verbrecher. Wir kommen bestimmt bald für ein paar Tage zurück, um nach dem Rechten zu sehen.“

Lloyd und ich hatten heute schon darüber geredet, was mit der Wohnung passieren sollte. Wir wollten schließlich im Bezirk der Ranger bleiben. Doch den Mietvertrag zu kündigen, erschien uns zu riskant. Wir brauchten die Sicherheit, jederzeit nach Renia zurückkehren zu können. Falls wir doch weiter vom Vorsitzenden gesucht wurden, mussten wir einen Rückzugsort außerhalb seines Machtbereichs haben. Wir durften nicht im Gefängnis landen, allein schon wegen Takuto.

„Dann sehen wir uns ja wenigstens alle paar Wochen, nicht wahr?“, erkundigte sich Elly.

Ich lächelte schief. Eigentlich mochte ich unsere Nachbarin schon. Sie war lieb und hilfsbereit. Zumindest den meisten Menschen gegenüber … „Genau.“

Wir unterhielten uns nicht mehr so lange, denn Lloyd erlöste mich bald. Endlich verabschiedeten wir uns von unseren Nachbarn, was Quirin sichtlich missfiel. Mit Takuto machten wir uns auf den Heimweg. Es war schon dunkel draußen und ich war erschöpft. Oder eher ausgebrannt. Meine Nerven lagen blank, deshalb redete ich nicht viel. Ich brachte Takuto ins Bett, duschte mich und packte die restlichen Sachen für morgen, während Lloyd im Bad war.

Danach ließ ich mich aufs Bett fallen und starrte an die Decke. Irgendwie nervte mich gerade alles. Die Verhaftung meines Vaters, der Stand des Krieges, die Angriffe auf die Ranger, die Dummheit unserer Nachbarn, das ständige Theater und die Verkleidung. Ich hatte einfach keine Lust mehr.

„Mia, du bist wirklich schlecht gelaunt“, ertönte Shadows Stimme in meinem Kopf. „Was ist denn los?“

„Was los ist?“, wiederholte ich verärgert und setzte mich aufrecht hin. „Zu viel! Das nennt sich Stress, Shadow! Ich hab das Gefühl, ich muss mich fünfteilen und meine Geduld verzehnfachen, um alles zu schaffen, was zu tun ist. Der Krieg ist schon schlimm genug, aber dann auch noch Elly und Burkhard, die in einer friedlichen und wirtschaftlich stabilen Region leben, über die armen Flüchtlinge lästern zu hören ... Der Frieden ist noch endlos weit entfernt. Mein Vater wurde meinetwegen verhaftet und meine Mutter ist total fertig. Meine Freunde und Kollegen schweben in Lebensgefahr, weil die Schattenbringer die Ranger töten wollen. Und immer wenn ich an Takutos Zukunft denke, kriege ich Panik. Ich kann nicht mehr!“

„Atme tief durch“, riet mir das Dämonenoberhaupt. „Und nimm dir nicht zu viel auf einmal vor!“

„Ich ertrage es nicht mal mehr, mich zu verkleiden. Ich will mich nicht immer hinter einer Perücke und Kontaktlinsen verstecken“, wisperte ich.

„Ich wünschte auch, du müsstest das nicht tun“, meldete sich eine sanfte Stimme zu Wort.

Erschrocken drehte ich mich zur Tür um. Lloyd stand dort mit nassen Haaren und im Schlafanzug an den Türrahmen gelehnt. Mitleidig lächelte er mich an. Wie viel von meinem Gespräch mit Shadow hatte er gehört? Etwa auch meinen vorherigen Wutausbruch?

Als wüsste er, worüber ich nachdachte, nickte er. „Ja, ich hab’s gehört. Hast du mit Shadow geredet?“ Zögerlich nickte ich. „Ich wusste, dass du gestresst bist, aber das klingt inzwischen völlig überspannt“, äußerte er sich.

„Bin ich auch irgendwie“, gestand ich leise. „Es geht alles so langsam voran und nicht wirklich, wie es sollte.“

Er setzte sich zu mir. „Aber immerhin passiert überhaupt etwas.“

Halbherzig zog ich einen Mundwinkel hoch. „Wenn das so weitergeht, tobt der Krieg noch in zehn Jahren. Und er wird immer brutaler.“

Lloyd rutschte hinter mich und legte mir behutsam die Hände auf die Schultern, um mich zu massieren. „Ich bin mir sicher, dass es nicht annähernd so lange dauern wird“, beruhigte er mich. „Machen wir einfach weiter.“

„Okay“, seufzte ich, entspannt von der Massage.

Er hauchte mir einen Kuss auf die Wange. „Morgen haben wir noch eine letzte kleine Verschnaufpause bei meinen Eltern, dann legen wir wieder los und kümmern uns um diesen bescheuerten Krieg."

Nachdem er meine Schultern losgelassen hatte, drehte ich mich zu ihm um und umarmte ihn fest. „So machen wir's."

Wir küssten uns. Der Stress fiel langsam von mir ab, für eine Weile blendete ich alle Sorgen aus. Die Realität würde uns noch früh genug einholen.

Eins stand fest: Die kurze Zeit nur zu dritt hatte uns wirklich gutgetan. Wir hatten diesen Abstand gebraucht, um für die kommenden Tage Kraft zu schöpfen. Nun mussten wir uns umso mehr bemühen, damit der Frieden nicht länger ein unerreichbarer Wunschtraum blieb.

Kapitel 15:
Im Blute verbunden

„Bitte lassen Sie mich mit meinem Vater reden!"

Entgeistert starrten mich die grünen Augen des Vorsitzenden an. Lange sagte er kein Wort, schob nur seine Brille höher auf die Nase, fuhr über seinen weißen Schnauzbart und legte die Unterarme dann auf den Schreibtisch.

Ich erwiderte seinen Blick, doch ich war angespannt. Es fühlte sich komisch an, getarnt als Ranger Takuto im Büro des Vorsitzenden zu stehen. Ulrich und Jakob hatten mir Zutritt verschafft. Jakob hatte mir seine Ersatzuniform geliehen und ein braunes Cap aufgetrieben, damit ich meine Haare darunter verstecken konnte. Ulrich hatte mich ins Hauptquartier geschleust. Die Aktion war erstaunlich schnell gegangen. Lloyd und ich waren erst heute Mittag nach Windfeld zurückgekommen. Und noch bevor es dämmerte, befand ich mich schon beim Vorsitzenden.

„Mia Sato steht freiwillig in meinem Büro?" Endlich begann der Weißhaarige zu reden. Er hatte mich gleich erkannt, als ich eingetreten war, trotz der Verkleidung. „Dir ist bewusst, dass dich das ins Gefängnis bringen könnte?"

Ich zuckte nur mit den Schultern. Ulrich stand draußen vor der Tür und ließ niemanden rein, das wusste ich. Lloyd und unser Sohn waren in Windfeld in Sicherheit. Also machte ich mir kaum Sorgen. „Mein Anliegen ist wichtiger als das Risiko", antwortete ich leise. „Ich muss mit meinem Vater reden."

„Und warum sollte ich das zulassen?", entgegnete er und stand von seinem Schreibtisch auf. „Warum sollte ich dich nicht hier und jetzt verhaften?"

Unbeirrt sah ich ihn an. „Weil auch Sie Frieden wollen."

Stille kehrte ein. Wir taxierten uns gegenseitig, versuchten, die Gedanken des jeweils anderen zu erahnen. Ich dachte nur daran, was ich gestern bei Lloyds Eltern und heute in der Zweigstelle erfahren hatte. Die Gewalt des Krieges nahm rasant zu. Es gab Kämpfe auf offener Straße, Schusswechsel, bewaffnete Raubüberfälle, nirgends war es mehr sicher. Viele Zweigstellen waren niedergebrannt, sogar Todesopfer gab es sowohl unter den Rangern als auch den Zivilisten. Es musste etwas passieren. Und dafür musste ich mit meinem Vater sprechen. Denn meine ehemaligen Kollegen hatten noch keine Spur gefunden, obwohl sie sich bemühten, sämtliche Waffenhändler Fiorias zu überprüfen.

Die Ranger hatten zu viel damit zu tun, die Bürger und sich selbst zu schützen. Nur Marks Nachforschungen bezüglich der Eltern meines Vaters hatten etwas ergeben. Trotz vieler Anzeichen, dass etwas in der Familie nicht stimmte, hatten die Ranger damals nie eingegriffen. Sie hatten den verängstigten und verzweifelten Erik völlig im Stich gelassen. Kein Wunder, dass mein Vater diese Institution hasste.

„Und wie willst du Frieden schaffen?", brach der Vorsitzende das Schweigen.

„Ich will meinen Vater dazu bringen, die wahren Drahtzieher zu verraten. Die Sponsoren der Schattenbringer", erklärte ich. „In den Verhören sagt er zwar nichts, aber mit mir wird er reden."

Mein Gegenüber verengte die Augen. „Wie soll ich dir vertrauen nach all deinen Lügen?"

„Ich war oft unehrlich", räumte ich ein. „Doch damit habe ich nur die Fiorita und mich selbst geschützt. Nun leiden die Fiorita unter dem Krieg, genau wie die Bürger. Und ich kann das nicht mit ansehen. Ich bin vielleicht kein Ranger mehr, aber ich will diese Welt beschützen. Ich arbeite nicht mit den Verbrechern zusammen und das wissen Sie längst, nicht wahr?"

Da räusperte er sich. „Du hast zwei Stunden. Heute Nacht bringe ich dich zu deinem Vater. Wir werden sehen, was du bewirken kannst."

Ein kleines Lächeln schlich sich auf mein Gesicht. Anscheinend wurde der Mann vernünftig. Oder er war so verzweifelt, dass er sich nun an die geringste Hoffnung klammerte. „Vielen Dank. Sie werden es nicht bereuen."

„Gibst du mir auch nur den geringsten Anlass, dir zu misstrauen, werde ich dich ebenfalls im Hochsicherheitstrakt einsperren", drohte er. „Ich werde euer Gespräch über die Kameras und Mikrofone genau verfolgen."

„Nur zu. Aber bitte erlauben Sie mir, meinen Sohn mitzunehmen. Er ist ... wichtig für das Gespräch."

Skeptisch schob er die Augenbrauen zusammen, nickte aber. „Um halb elf treffen wir uns wieder in meinem Büro. Ich werde dafür sorgen, dass dich vorerst kein Hauptquartier-Ranger sieht."

„Werden Sie mich auch wieder gehen lassen?", fragte ich.

Er überlegte eine Weile. „Das hängt von dir ab."

Nervös zog ich an meiner braunen Jacke. „Heißt das, ich habe eine Chance, nicht verhaftet zu werden?"

„Solltest du dich als nützlich für den Friedensprozess erweisen, werde ich dich nicht sofort einsperren", antwortete er. „Bisher habe ich ja noch nicht mal die Zweigstelle Windfeld stürmen lassen."

Das hatte mir Ulrich schon erzählt. Der Vorsitzende hatte den Windfeld-Rangern bislang keine einzige Strafe dafür aufgebrummt, dass sie Lloyd und mich versteckt hatten. Es wunderte mich zwar, aber es beruhigte mich zugleich. Das hieß, er tolerierte unsere Anwesenheit. Natürlich weniger aus Nächstenliebe als aus Eigennutz, aber das störte mich nicht. Das Ergebnis zählte.

„Gut. Dann sehen wir uns heute Nacht", verabschiedete ich mich und kehrte ihm den Rücken.

„Mia", hielt er mich zurück.

Erstaunt drehte ich mich zu ihm um. „Ja?"

Er griff mit einer Hand nach meiner linken Schulter, hielt sie so fest, dass es beinahe wehtat. „Ich erinnere mich gut an deine Leistungen als Ranger. An dein natürliches Talent. Und beim Verhör deines Vaters erwarte ich dieselbe Leistung. Enttäusch mich nicht."

Vorsichtig schob ich seine Hand weg, drückte sie jedoch kurz, bevor ich sie losließ. „Ich habe nicht vor zu versagen. Aber das tue ich nicht für Sie. Das tue ich für eine bessere Zukunft."

Schon fast beeindruckt schmunzelte er. „Gut gesprochen. Ich bin gespannt."

Mein Magen krampfte sich vor Aufregung zusammen, als ich durch die langen Gänge des Gefängnisses schritt. Es war unheimlich still hier, die Atmosphäre erdrückte mich. Ich umarmte den schlafenden Takuto ein wenig fester, während ich dem Vorsitzenden hinterherlief.

Nach einer gefühlten Ewigkeit blieb er vor einer massiven weißen Tür stehen. „Denk dran, zwei Stunden", schärfte er mir ein. „Du bist mit deinem Vater eingeschlossen. Im Notfall drückst du den roten Knopf an der Wand neben der Tür."

Ich nickte hastig, wobei sich eine orange-braune Haarsträhne unter meine Mütze löste und mir ins Gesicht fiel. Egal. Vor dem Vorsitzenden und meinem Vater musste ich meine Haare sowieso nicht verstecken. Zum Glück.

„Die Zeit läuft", flüsterte der alte Mann, als er die Tür öffnete. Nur mit zögernden Schritten trat ich ein, da schloss er auch schon hinter mir ab.

Ich fand mich in einem dunklen Raum wieder, nur ein wenig Mondlicht schien durch ein winziges, vergittertes Fenster herein. Undeutlich nahm ich eine Bewegung wahr, als würde sich jemand aufsetzen. „Wer ist da?", grollte es.

„Papa, ich bin's", hauchte ich. „Kannst du Licht anmachen?"

„Mia?" Die Verwunderung in seiner Stimme ließ sich nicht überhören. Er stand auf und schaltete ein schwaches Deckenlicht ein. Ungläubig musterte er mich und strich seinen grauen Schlafanzug zurecht. „Was machst du hier? Wie bist du überhaupt reingekommen?"

„Ich hab den Vorsitzenden überredet", gab ich zu und wiegte Takuto hin und her. „Aber ich darf nur zwei Stunden bleiben."

Noch immer fassungslos rieb er sich über die Bartstoppeln. „Setz dich doch."

Da es hier nicht viele Sitzgelegenheiten gab, nahmen wir nebeneinander auf der Bettkante Platz. Ich legte meine Mütze ab, bevor ich mich wieder meinem Vater zuwandte. Sein Blick ruhte wie gebannt auf Takuto. „Na, ist dein Enkel nicht süß?", sagte ich leise.

Zaghaft streckte er eine Hand aus, um dem Kleinen über den Kopf zu streicheln. „Er ist wundervoll", flüsterte er. „Danke, dass ich ihn endlich zu Gesicht bekomme."

„Schon gut, ich wollte ihn dir sowieso mal vorstellen." Und das meinte ich ehrlich, Takuto sollte nicht nur als Mittel zum Zweck dienen.

„Ach, Liebes", seufzte er und legte mir einen Arm um die Schultern. „Es ist wirklich schön, dich zu sehen. Euch."

Mir ging es ähnlich, ich freute mich aufrichtig über das Treffen. Aber ich wollte es nicht sagen. Ich hatte keine Zeit für weitere Sentimentalitäten. „Du hast seit Tagen mit niemandem gesprochen, was?", tastete ich mich an das eigentliche Thema heran.

„Ich habe diesen dreckigen Rangern nichts zu sagen", zischte er.

Ich suchte seinen Blick. „Aber die Ranger hier sind doch nicht dieselben wie die, die dich damals im Stich gelassen haben. Du musst doch nicht gleich alle verurteilen."

„Falls du meine Meinung über die Ranger ändern willst, wirst du nichts erreichen", prophezeite er. „Ich habe aus gutem Grund kein Vertrauen zu ihnen. Sie werden alle bekommen, was sie verdient haben."

Die Strategie, Erik von seinem Hass auf die Ranger abzubringen, funktionierte also nicht. „Und wenn du die Ranger tatsächlich vernichtest? Wenn der Krieg tobt, überall Waffen im Umlauf sind und jeder macht, was er will? Wenn sich die wenigsten Menschen noch Lebensmittel leisten können? Was dann? Wie soll so eine Welt aussehen, Papa?"

„Solange es keine Ranger darin gibt, wird sie besser aussehen als die aktuelle", beharrte er stur.

„Das findest du ernsthaft besser? Wenn Chaos herrscht und niemand da ist, um mit ein paar Regeln das Zusammenleben zu ermöglichen?", entgegnete ich ungläubig. „Ohne Leute, die für das Gute und gegen das Böse kämpfen, hätte ich jeden Tag Todesangst."

„So schlimm wird es nicht kommen", winkte er ab.

„Nein? Irgendwann gibt es überhaupt keine Ordnung mehr, nur noch das Gesetz des Stärkeren wird herrschen." Eindringlich sah ich ihn an. „In so einer Zukunft hätte ich panische Angst um Takuto." Er schluckte, sagte aber nichts. „Und ich will, dass mein Sohn friedlich aufwachsen kann. Dass er nicht von klein auf nur um sein Überleben kämpfen muss. Ich will, dass er Spaß hat, zur Schule geht, Freunde findet und mit ihnen spielt. Ich will nicht, dass er vor bewaffneten, verzweifelten Räubern weglaufen muss."

„Glaubst du etwa, ich will keine sichere Zukunft für meinen Enkel?", schnaubte er. Sein Gesichtsausdruck verdüsterte sich.

„Du bist auf dem besten Weg, ihm jede Sicherheit zu verbauen", wisperte ich erstickt. „Solange du schweigst und diese Gewalt zulässt, verschlimmert sich die Lage in ganz Fioria. Sogar das Gleichgewicht zwischen Menschen und den Fiorita gerät aus den Fugen."

„Darum bist du also hier!", zischte er. „Nur um mich zu verhören. Großartig, Mia!"

„Nein, Papa, das ist kein Verhör. Natürlich will ich den Rangern dabei helfen, eure Sponsoren zu fassen und den Frieden herzustellen, aber das ist nicht alles. Ich will meinen Vater zurück", schluchzte ich.

Verunsichert sah er mich an. „Was?"

„Ich will, dass es zwischen uns wie früher wird", gestand ich leise. „Ich will wieder öfter mit dir reden. Ich will, dass du siehst, wie Takuto groß wird. Ja, ich weiß, ich verlange viel, aber bitte versuch wenigstens, mich ein bisschen zu verstehen! Ich weiß nicht weiter und ich hab jeden Tag solche Angst. Die Lage eskaliert und du kannst mir nicht erzählen, dass du das nicht merken würdest. Also bitte, ich flehe dich an, unternimm was dagegen!" Letztendlich konnte ich die Tränen nicht zurückhalten. „Bitte, Papa, auch für Mama. Wenn du helfen würdest, kämst du sicher früher aus dem Gefängnis. Wir könnten alle wieder zu Hause sein.“

Er biss die Zähne so fest zusammen, dass es knirschte. „Ich dachte, du hasst mich längst. Waren das nicht deine Worte?“

„Ich wollte dich hassen, aber ich kann es nicht. Auch wenn du viele schreckliche Dinge getan hast, du bist und bleibst mein Vater“, wimmerte ich und wischte mir über die Augen. „Takuto und ich wären nicht hier, wenn ich dich hassen würde.“

„Was erwartest du von mir, Mia?“ Seine Stimme bebte.

Laut schniefte ich. „Dass du dich für eine friedliche Zukunft einsetzt.“ Er musste sich entscheiden. Und ich hoffte sehr, dass ihm seine Familie wichtiger war als sein Rachedurst.

Da sprang er vom Bett auf und raufte sich das Haar. Plötzlich stieß er einen lauten, hörbar verzweifelten Schrei aus. Ich zuckte zusammen, prompt wachte Takuto auf und weinte drauflos. Während ich dem Kleinen beruhigend über den Rücken strich, lief Erik rastlos in der kleinen Zelle umher.

„Ich weiß doch selbst nicht mehr, was ich tun soll!“, schrie er.

Langsam stand ich auf, obwohl sich meine Knie wie Pudding anfühlten. Ich trat auf meinen Vater zu und drückte ihm seinen Enkel in die Hand. Perplex nahm er das Kind und starrte es an. Es wurde still in der Zelle, selbst Takutos Weinen verstummte nach und nach. Mein Vater wiegte ihn sanft hin und her.

„Schau, Takuto, das ist dein Opa“, erzählte ich leise. „Dein Opa.“

Der Kleine fixierte ihn fasziniert. Erik lächelte unwillkürlich, da strahlte auch Takuto und quietschte begeistert. „Oba! Oba!“, brabbelte er, während er mit den Füßen strampelte.

Schlagartig schossen meinem Vater Tränen in die Augen. Er blieb völlig stumm, doch er schmiegte sich an seinen Enkel, der ausnahmsweise mal nichts gegen einen Fremden zu haben schien. Das Bild wärmte mir das Herz.

Nach einigen unendlich langen Sekunden setzte sich Erik wieder hin. Ich hatte ihn noch nie zuvor weinen sehen und doch tat er es immer noch. So leise wie möglich, um die Ruhe nicht zu zerstören, nahm ich neben ihm Platz. Er reichte mir Takuto, um sich die Tränen aus den Augen zu wischen.

„Alles okay?“, erkundigte ich mich besorgt.

„Es ist einfach schiefgegangen“, antwortete er.

Geistesabwesend strich ich über Takutos Arm. „Was meinst du?"

„Es sollte alles ganz anders laufen", erzählte mein Vater mit gebrochener Stimme. „Ich habe jahrelang eine Organisation aufgebaut, um die Ranger zu stürzen. Und der Plan, mithilfe der Dämonen einen riesigen Schatten auf Fioria zu legen, wäre der beste Weg gewesen. Wir hätten die Kontrolle gehabt. Einige Unternehmen hätten von der Dunkelheit profitiert und deshalb in uns investiert. Die Ranger wären machtlos gewesen. Aber der Plan ging schief."

„Weil ich mir Shadow zurückgeholt hab", flüsterte ich.

„Ich hätte nie gedacht, dass du das Mädchen aus der Legende bist. Die ganze Zeit habe ich gesucht und ich hatte die Lösung direkt vor meiner Nase." Er schüttelte den Kopf. „Doch ich war völlig blind dafür, dass dieses Mädchen ausgerechnet meine Tochter sein könnte. Und es tut mir leid, was du wegen dieses Plans durchmachen musstest."

„Ich habe es überstanden", winkte ich ab. „Außerdem haben wir deine Sponsoren geschnappt."

Er lächelte halbherzig. „Damit habt ihr den Schattenbringern einen Gefallen getan. Wir brauchten einen neuen Plan und neue Sponsoren, die alten wollten wir sowieso loswerden."

„Und dann hast du geplant, die Ranger durch direkte Gewalt loszuwerden", ergänzte ich. „Indem du Spione eingeschleust und das Hauptquartier angegriffen hast."

„Richtig", gestand er. „Wir hatten andere Sponsoren gefunden, die großes Interesse am Sturz der Ranger und an ihren Daten hatten. Also wollten wir die Zugangscodes, bevor wir die Organisation erledigen. Es war unser Auftrag."

„Fing es da an, dass du die Kontrolle verloren hast?", erkundigte ich mich. „Ist deine Organisation zu der Zeit schon von den Sponsoren geleitet worden?"

„Mehr oder weniger." Er fixierte den Boden. „Ab da wurden wir immer mehr unter Druck gesetzt. Ich hatte nicht mehr wirklich das Sagen."

„Die Lage ist eskaliert", stellte ich fest.

Er nickte zerknirscht. „Das Einzige, was noch funktioniert hat, war mein Vorhaben, die Ranger zu erledigen. Also habe ich weiterhin mitgespielt."

„Aber du siehst doch selbst, dass alles außer Kontrolle geraten ist", wisperte ich. „Skrupellose Unternehmer nutzen dich und deine Leute für ihre gierigen Interessen aus. Diese Monster gefährden ganz Fioria. Vor einigen Wochen haben mir die Geister und Dämonen schon gesagt, dass die Menschen auf dem besten Wege sind, sich selbst zu zerstören."

„So darf es nicht weitergehen." Mein Vater vergrub sein Gesicht in den Händen und stützte die Ellbogen auf seinen Knien ab. Er wirkte völlig verzweifelt, schon fast gebrochen. „Nur weil ich die Ranger hasse, darf Fioria nicht zerstört werden. Wo soll Takuto sonst aufwachsen?"

Ich wollte gerade etwas erwidern, doch es meldete sich jemand anders zu Wort, nachdem er seinen Namen gehört hatte. „Oba! Oba!" Takuto streckte eine Hand nach Erik aus, der soeben wieder aufblickte.

Mein Vater lächelte milde und nahm seinen Enkel auf den Schoß. Lange sah er ihn nur an. „Nein, das lasse ich nicht zu." Er strich über Takutos Kopf. „Ich werde dich beschützen. Deine Zukunft. Ich lasse nicht zu, dass der Krieg alles kaputt macht!"

„Was hast du vor?", fragte ich vorsichtig.

Er atmete tief durch. „Ich werde euch sagen, wer eigentlich hinter diesem Wahnsinn steckt. Wen ihr schnappen müsst, um all dem ein Ende zu bereiten. Versprich mir nur, dass dann Frieden herrscht."

Innerlich jubelte ich. Ich hatte es wirklich geschafft. Mein Vater war zur Vernunft gekommen. „Glaub mir, ich wünsche mir nichts mehr als Frieden. Und ich verspreche dir, die Ranger werden sich um Fioria kümmern."

„Sollten sie mich je wieder enttäuschen, werde ich sie endgültig vernichten", schwor er finster.

Unbehaglich schluckte ich. Das stellte ich mir lieber nicht vor. Ich würde nicht zulassen, dass die Ranger jemals wieder einen solchen Fehler wie damals bei Erik begingen. Selbst wenn ich seinen alten Fall dafür öffentlich machen musste. Aber darum ging es jetzt nicht. Es ging um die erste realistische Möglichkeit, Frieden zu schaffen. „Wer steckt denn nun hinter allem?"

„Es sind die Leiter zweier großer Firmen. Saizew und Blair. Nehmt euch vor ihnen in Acht", warnte mein Vater eindringlich.

„Blair sagt mir was", murmelte ich. „Handelt Blair Pharmaceuticals nicht mit Medizin? Warum unterstützen sie euch?"

„Die Ranger haben sie mit ihren strengen Kontrollen schon oft daran gehindert, bestimmte Medikamente auf den Markt zu bringen. Weil sie nicht ausreichend getestet waren, weil sie keine Wirkung oder zu viele Nebenwirkungen hatten ... Das hat ihnen gar nicht gefallen, weil sie sich natürlich einen höheren Gewinn erhofft haben."

Ich verzog das Gesicht. „Mit Medikamenten, die nur Schaden bringen?“

„Tja ... Wie dem auch sei, Gideon Blair ist gefährlich“, wiederholte er.

„Und, äh, wie auch immer der andere hieß, er bestimmt auch ...“

„Sie“, korrigierte mich mein Vater. „Darina Saizew produziert Waffen und hat natürlich Interesse daran, sie auch endlich im Bezirk der Ranger verkaufen zu können.“

„Wir schnappen die beiden trotzdem“, versprach ich. „Danke, dass du die Namen verraten hast. Jetzt wird alles gut.“

„Das hoffe ich.“ Besorgt sah er mich an. „Komm ihnen nicht zu nahe.“

Ich umarmte ihn fest. „Ich passe schon auf mich auf.“

Um Takuto nicht loszulassen, legte er nur einen Arm um mich. „Das will ich dir auch geraten haben!“

„Ich will doch nicht verpassen, wie du wieder nach Hause kommst, nachdem deine Strafe jetzt bestimmt verkürzt wird“, lachte ich.

„Ich kann gar nicht erwarten, endlich zu Hause zu sein“, gab er leise zu und schniefte. Ihm kamen schon wieder die Tränen, was dafür sorgte, dass es mir genauso erging. Aber es waren Tränen der Erleichterung. Wir hatten gerade einige riesige Schritte aufeinander zu und in Richtung Frieden gemacht.

„Ich hab dich lieb, Papa“, flüsterte ich.

Er drückte mich an sich. „Ich dich auch, Liebes.“

Einige Minuten umarmten wir uns ganz fest und weinten uns beide aus, doch wir waren ein wenig zuversichtlicher, ja, fast schon glücklich. Es war ein schöner Moment. Ein Moment, den ich mir seit Langem für meinen Vater und mich gewünscht hatte. Und es kam mir so vor, als hätte der Vorsitzende uns deutlich mehr als zwei Stunden gegönnt ...

„Ich fasse es nicht! Das ist echt ein Durchbruch!“

„Gleich ist es ein Knochenbruch, wenn du mich noch fester drückst“, keuchte ich, woraufhin Jakob mich losließ.

Begeistert sah er mich an. „Entschuldige“, lachte er. „Ich freue mich nur so. Endlich haben wir eine realistische Chance, den Krieg aufzuhalten.“

Ich lächelte in die Runde, weil mich alle Anwesenden in der Zweigstelle so glücklich ansahen. Es war noch früher Morgen, doch dass das Gespräch der letzten Nacht erfolgreich verlaufen war, hatte sich natürlich längst verbreitet wie ein Lauffeuer. Der Vorsitzende hatte sofort sämtliche Zweigstellen informiert und die Planung eines großen Einsatzes gegen die Waffenfirma Saizew angekündigt. Blair Pharmaceuticals würde folgen. Die Medien wussten bisher nichts.

Es freute mich sehr, dass der Vorsitzende mir versichert hatte, Eriks Kooperation würde sich positiv auf seine Haftstrafe auswirken. Endlich hatten wir einen vielversprechenden Lichtblick.

„Ich bin trotzdem froh, dass du während der Ausgangssperre gestern Nacht von keinem Ranger gesehen wurdest", seufzte Melodia.

„Ich bin extra geflogen, auch wenn es mit Takuto nicht einfach war, auf dem Flugvogel zu sitzen", entgegnete ich.

Lloyd nahm eine Hand vom Kinderwagen, um seinen Arm um mich zu legen. „Ein Erfolg auf ganzer Linie", lobte er mich. „Ich bin gespannt, ob der Vorsitzende auch Windfeld-Ranger zu dem Einsatz ruft."

„Mit Sicherheit wird er das", vermutete Ulrich und fuhr sich durchs dunkelblonde Haar. „Windfeld ist bisher eine der wenigen Zweigstellen, die noch keinem Angriff der Schattenbringer ausgesetzt waren. Hier stehen viele gesunde Leute zur Verfügung."

„Mein Vater hat Windfeld nicht zum Abschuss freigegeben, das hat er mir gestern Nacht gesagt", murmelte ich.

Erstaunt musterte Riku mich. „Was?", lispelte er.

„Weil er weiß, dass Takuto und ich hier sind", erklärte ich.

Ulrich runzelte die Stirn. „Das erklärt einiges."

„Ich habe mich schon echt gewundert, warum wir verschont bleiben", gestand der dunkelhaarige James. „Das kam mir komisch vor."

„Sehr beruhigend, dass wir hier in Sicherheit sind", äußerte sich Haru.

„Wenn die Schattenbringer Eriks Plan weiterhin befolgen", gab Lloyd zu bedenken.

Lasse räusperte sich. „Sobald wir den ersten ihrer Sponsoren festnehmen, können sie nicht mehr so frei agieren. Dann wird es für die Ranger sicherer."

„Und es wird leichter, die ganze Bande zu fassen", ergänzte Benjiro aufgeregt.

„Gut, aber wir dürfen unsere tägliche Arbeit trotzdem nicht vernachlässigen", wandte Ulrich ein. „Für die Patrouille heute ..."

„Einen Moment noch", bat Haru und strich sich nervös durchs lange Haar. „Es, also, äh, da gibt es etwas ..."

„Wir wollten euch noch was sagen, damit es keine Probleme mit der, nun ja, Arbeitsatmosphäre hier gibt", half James ihr. „Damit ihr nicht denkt, wir würden euch etwas verheimlichen."

„Ach, gebt ihr endlich zu, dass ihr zusammen seid?", meinte Jakob trocken. Die anderen Ranger, Melodia, Lloyd und ich fingen lauthals an zu lachen.

Augenblicklich schoss Haru die Röte ins Gesicht. „W...w...w...was?"

„Ihr wusstet es schon?", vergewisserte sich James.

Der junge Mika grinste breit. „Bitte, das hat jeder gemerkt."

„Und dabei hab ich nicht mal was ausgeplaudert", kicherte Melodia.

„Ihr seid unter lauter Ermittlern. Dachtet ihr wirklich, niemand bekäme etwas von eurer Beziehung mit?", wunderte sich Lasse.

James nickte langsam. „Na ja, dann ... dann ist ja alles gut."

Unwillkürlich lächelte ich. Dass die beiden ihre Beziehung nun offiziell machten, hieß wohl, dass es ernst zwischen ihnen wurde. Das freute mich sehr, zumal Haru wirklich glücklich aussah.

„Jetzt können wir endlich zur heutigen Aufgabenverteilung kommen", ergriff Ulrich wieder das Wort. Er schickte die Ranger auf Patrouille oder zu Tatorten von Einbrüchen und Schießereien. Nach und nach verließen alle die Zweigstelle, er selbst blieb allerdings, weil er sich um den Innendienst kümmern wollte. „Was habt ihr vor, Mia und Lloyd?", erkundigte er sich.

Ich warf einen kurzen Blick in den Kinderwagen, in dem Takuto gerade mit einem Plüschanimalia spielte. „Ich hatte überlegt, meine Mutter zu besuchen, um ihr von gestern Nacht zu erzählen."

„Verstehe." Kurz zögerte er. „Könntet ihr mir danach mit dem Papierkram helfen? Wir ersticken in den Berichten der vielen Verbrechen."

„Natürlich", stimmte Lloyd sofort zu. „Für einen allein ist das viel zu viel."

„Wir haben leider genug anderes zu tun und darum keine Zeit dafür", seufzte Melodia. „Es gibt täglich so viele Notrufe." Wie aufs Stichwort klingelte ihr Telefon in diesem Moment. „Was habe ich gesagt?" Sie hob ab. „Zweigstelle Windfeld, wie kann ich Ihnen helfen? Papa! Warum rufst du denn an? Äh ... Wenn du schon vor der Tür stehst, komm doch rein. Sie ist hier", lachte sie und legte auf.

Verdutzt drehte sich Ulrich zur Tür um. „Ralph ist hier?"

„Ja, er wollte mit Mia reden", erklärte die blonde Technikerin.

„Mit mir?", wiederholte ich überrascht.

„Natürlich. Ich möchte mich doch persönlich bedanken", meldete sich Melodias Vater zu Wort. Ich musterte den gut 50-jährigen Mann, der die Zweigstelle soeben betreten hatte. Er sah tausendmal besser aus als damals im Krankenhaus und war im Dienst, jedenfalls trug er seine Uniform. „Schön, dass du schon wieder fit genug für die Arbeit bist", begrüßte ich ihn.

„Das habe ich dir zu verdanken", entgegnete er und schüttelte mir kräftig die Hand. „Ansonsten läge ich wahrscheinlich immer noch im Koma."

Ich lächelte schief. „Es freut mich, dass Sana und ich helfen konnten."

„Wie soll ich mich nur dafür bedanken?", fragte er.

„Du bist mir nichts schuldig", winkte ich ab. „Das war selbstverständlich. Ich bin so froh, dass es dir gut geht."

Da drückte er mich plötzlich fest an sich. „Vielen, vielen Dank. Auch meine Frau lässt dich herzlich grüßen."

„Gern geschehen", antwortete ich.

Als wir einander losgelassen hatten, nickten wir uns noch einmal zu und damit war die Sache erledigt. Ich brauchte nicht noch mehr Dankbarkeit. Es reichte völlig, dass Ralph lebte. Ich wollte mir gar nicht vorstellen, was ohne Sanas Hilfe passiert wäre. Melodia wäre am Boden zerstört, wenn ihr Vater nie mehr aufgewacht wäre. Ihre Mutter hätte es sicher genauso wenig verkraftet. Apropos Mutter!

„Ich habe noch eine Bitte", fiel mir ein. Fragend sahen mich alle an. „Es geht um meine Mutter. Können wir irgendwie Personenschutz für sie organisieren?"

„Warum hältst du das für nötig?", wunderte sich Ulrich.

„Die Sponsoren der Schattenbringer sind nicht dumm", erklärte Lloyd an meiner Stelle. Ich hatte schon gestern Nacht mit ihm über meine Sorgen geredet. „Es gab nicht die geringste Spur zu ihnen. Wenn Saizew also plötzlich festgenommen wird, ist klar, dass Erik geredet hat. Das wird Blair nicht gefallen. An Erik kommt im Hochsicherheitstrakt niemand ran. Cassandra hingegen ist nicht besonders gut geschützt. Sie braucht Hilfe."

Langsam nickte der Stationsleiter. „Verstehe. Ein gutes Argument. Blair wird sich an Erik für den Verrat rächen wollen."

„Vermutlich gibt es nicht genügend einsatzfähige Ranger, um Saizew und Blair am selben Tag zu schnappen." Ich verzog das Gesicht. „Von daher ist meine Mutter zwischen den Verhaftungen vielleicht in Gefahr."

„Ich sehe, was ich tun kann", versprach Ulrich.

„Meine Zweigstelle kann sich darum kümmern, wir sind sowieso viel näher an Brislingen“, schlug Ralph vor. „Und nach allem, was du für mich getan hast, Mia, wäre das nur eine geringe Gegenleistung.“

„Ganz und gar nicht, das wäre eine riesige Gegenleistung“, widersprach ich. „Es wäre außerdem eine riesige Erleichterung ...“

„Dann leite ich alles dafür in die Wege“, beschloss er. „Ich muss sowieso zurück, es gibt viel zu tun.“ Er verabschiedete sich von uns, dann verließ er die Zweigstelle, um auf einem Flugvogel nach Gakuen zurückzukehren.

„Jetzt hört Papa endlich auf zu nerven“, kicherte Melodia. „Er hat tagelang nur davon geredet, sich persönlich bei dir zu bedanken.“

„Er scheint wieder richtig fit zu sein“, merkte ich an.

Haru lächelte. „Und du hast dich zum Glück auch gut erholt.“

Ich nickte ihr zu. „Machen wir uns auf den Weg nach Brislingen?“, wandte ich mich an meinen Freund.

Er hauchte mir einen Kuss auf die Stirn. „Von mir aus kann’s losgehen.“

Wir wollten uns gerade von den anderen verabschieden, als Ulrichs Handy klingelte. Er hob ab, wechselte ein paar Worte mit dem Anrufer und bedeutete uns dabei, kurz zu warten. Bald darauf legte er auf. „Das war der Vorsitzende. Die Planung, um die Waffenfirma Saizew zu stürmen, ist abgeschlossen.“

„Und wann geht’s los?“, erkundigte sich Haru gespannt.

„Morgen früh brechen die ausgewählten Ranger in die äußere Provinz Nergad auf, wo das Unternehmen seinen Sitz hat“, berichtete er. „Der Vorsitzende hat sieben Leute aus Windfeld angefordert.“

Melodia sah besorgt aus. „Wen?“

„Jakob, Lasse, Riku, Mark ...“

„Nein!“, jammerte sie und unterbrach ihn somit. Sie presste ihre Hände gegen die Schläfen. „Warum ausgerechnet Mark?“

Ich trat zu ihr. „Weil er ein ausgezeichneter Ranger ist. Und darum wird ihm auch nichts passieren“, beruhigte ich sie. „Keine Angst.“

„Ich versteh dich“, flüsterte Haru. „Ich mache mir auch immer Sorgen, wenn James im Einsatz ist.“

„Die Leute dort sind bestimmt bewaffnet. Nergad ist eine der gefährlichsten Gegenden. Und Ranger haben keine Schusswaffen“, schluchzte Melodia.

„Aber Schutzwesten“, redete ich auf sie ein. „Außerdem ist Mark nicht alleine. Es sind bestimmt Hunderte Ranger dabei.“

„Ich wurde auch angefordert“, verkündete Ulrich. „Mach dir keine Sorgen.“

Haru wandte sich dem Stationsleiter zu. „Wer sind die zwei anderen? Ist James auch dabei?“, wollte sie wissen.

Er schüttelte den Kopf. „Der Vorsitzende will Mia und Lloyd dabeihaben.“

Kurzzeitig herrschte absolute Stille. Keiner konnte fassen, was Ulrich soeben offenbart hatte. Lloyd und ich sollten auf Befehl des Vorsitzenden bei einem bedeutenden Einsatz der Ranger helfen?

„Er hat gesagt, ich soll euch Uniformen zur Verfügung stellen“, brach der Stationsleiter das ungläubige Schweigen. „Ihr sollt getarnt mitkommen, weil ihr gute Kämpfer seid. Anscheinend vertraut euch der Vorsitzende. Oder zumindest hofft er auf euch.“

Mein Freund und ich tauschten einen langen Blick. Gleichzeitig begannen wir zu lächeln. Und da wusste ich, dass er genau dasselbe dachte wie ich. „Meine Mutter könnte auf Takuto aufpassen“, schlug ich vor.

Lloyd grinste breit. „Optimal.“

Ja, wir dachten definitiv dasselbe. Wir wollten bei diesem Einsatz dabei sein, wir wollten mitkämpfen, die Bösen aufhalten, dem Frieden einen Schritt näher kommen. Und wir wollten endlich aktiver werden. Nur herumzusitzen und zu warten, lag keinem von uns. Das hatte uns der Nervenkitzel bei der Entführung durch die Schattenbringer deutlich gezeigt. Wir brauchten das Abenteuer.

„Ihr seid einverstanden?“, vergewisserte sich Ulrich.

Wie von selbst verschränkten Lloyd und ich unsere Finger miteinander. „Auf jeden Fall!“

Kapitel 16:
Mit lautem Knall

„Bleiben Sie sofort stehen! Ranger haben hier nichts verloren!", meckerte der etwa 40-jährige Rezeptionist. Er stand eilig von seinem Stuhl auf und fixierte uns wütend. „Verlassen Sie augenblicklich das Gebäude."

„So leid es mir tut, wir müssen Sie belästigen", entgegnete Ulrich ruhig. Er schaute sich in der großen Eingangshalle um, vermutlich wollte er die Lage peilen, zumal er diesen Einsatz leitete. Der Vorsitzende mochte seine Differenzen mit ihm haben, hielt aber offensichtlich große Stücke auf seine Fähigkeiten. Zu Recht. Er war ein beispielloser, kompetenter Ranger. Und ein toller Vorgesetzter. „Wir möchten mit Darina Saizew sprechen."

„Sie wünscht keinen Besuch", schmetterte der Mann das Gesuch ab. Auch die anderen Rezeptionisten fixierten uns abschätzig. Sie wollten uns eindeutig loswerden. „Und da wir uns hier in Nergad befinden, haben Sie uns nichts zu sagen. Also verschwinden Sie, bevor wir Sie rauswerfen!"

Mark, der hinter mir stand, kicherte, wahrscheinlich weil er sich nicht vorstellen konnte, wie sechs Männer gegen insgesamt 140 Ranger vorgehen wollten. Doch ich war angespannt, denn es gab bestimmt eine ganze Armee an Sicherheitspersonal. Allein das Firmengebäude wirkte gewaltig und bedrohlich.

Gestern Abend hatte ich mich mit den Dämonen und Geistern wegen des Einsatzes beraten. Sie hatten mich alle gewarnt, besonders Sapinos. Wenn mir der Geist der Weisheit riet, vorsichtig und ruhig an eine Sache heranzugehen, hörte ich darauf. Wir sollten uns nicht zu sicher fühlen oder etwas überstürzen.

Schweigend beobachtete ich das Geschehen. Lloyd und ich standen ein gutes Stück hinter Ulrich und etwa 20 anderen Rangern, die zur Vorhut gehörten. Der Vorsitzende hatte genaue Anweisungen für jeden Einzelnen gehabt, Lloyd und ich waren Teil des Mittelfelds. Wahrscheinlich damit wir nicht zu sehr herausstachen und von anderen Rangern erkannt wurden.

Mein Freund und ich tauschten einen kurzen Blick, woraufhin ich schmunzeln musste. Es war mehr als ungewohnt, ihn in einer Ranger-Uniform und ohne seinen blauen Mantel zu sehen. Aber sie stand ihm.

„Deine Kappe", flüsterte er. „Sie rutscht."

Schnell griff ich zu meinem Cap und befestigte die Haarspangen neu. Niemand durfte meine orange-braunen Strähnen sehen. Meine Tarnung musste perfekt sein. Und das war sie. Cap, Halstuch, Kontaktlinsen und eine enge Jeansweste machten es beinahe unmöglich, mich als Frau zu erkennen. Und da keiner erwartete, dass ich mich erneut bei den Rangern einschleichen könnte, erkannte niemand meine altbewährte Verkleidung. Lloyd nickte mir zu. „Besser."

„Danke", wisperte ich und richtete meine Aufmerksamkeit wieder nach vorne.

„Wir werden nicht gehen", stellte Ulrich klar. „Lassen Sie uns durch. Oder möchten Sie eine gesuchte Verbrecherin schützen?"

Der Rezeptionist runzelte die Stirn. „Eine was?"

„Wir haben einen Haftbefehl für Frau Saizew. Sie steht unter Verdacht, eine Verbrecherorganisation zu unterstützen", erklärte Ulrich.

„Haltet sie auf!", ertönte plötzlich eine helle Stimme.

Wie die meisten anderen wirbelte ich zu der Tür herum, von der aus der Ruf gekommen war. Eine Frau Mitte dreißig, die ihre brünetten Haare zu einem strengen Dutt gebunden hatte, stand dort und deutete auf die Ranger. Ihr Gesichtsausdruck verriet, dass sie uns gegenüber nicht gerade freundlich eingestellt war.

„Wenn sie sich nicht freiwillig zurückziehen, erschießt sie!", befahl sie und wandte sich ab, um tiefer ins Gebäude hineinzurennen.

„Nicht gut", zischte ein Ranger neben mir und griff instinktiv zur einzigen Waffe, die wir dabeihatten. Dem Elektroschocker.

Auch an meinem Gürtel hing einer, doch alles in mir sträubte sich, ihn zu benutzen. Durch so ein Gerät war Viktor umgebracht worden.

„Verschwindet sofort", verlangte einer der Rezeptionisten und zog eine Waffe, genau wie seine Kollegen.

Wie hypnotisiert starrte ich die schwarz glänzende Pistole an, da rumorte es in mir. Shadow schickte mir eine Warnung. „Es kommen noch mehr bewaffnete Leute", ertönte seine Stimme in meinem Kopf. „Ihr solltet schnell sein oder ihr seid tot."

Ich ballte die Hände zu Fäusten. Verdammt! Obwohl mein Herz vor Angst raste, räusperte ich mich. „Die kriegen gleich Verstärkung!", brüllte ich in möglichst tiefem Tonfall. „Wir müssen uns beeilen!"

Ulrich drehte sich zu mir um und nickte. „Vorhut, mir nach!", wies er seine Leute an. „Wir schnappen uns Saizew. Alle anderen halten hier die Stellung und uns den Rücken frei, aber seid vorsichtig!"

„Hören Sie schlecht?", knurrte einer der Rezeptionisten.

„Jetzt!", rief Ulrich und rannte los.

Zur Sicherheit griff ich an meinen Oberkörper. Die Schutzweste, die jeder von uns tragen sollte, saß an ihrem Platz. Blieb nur zu hoffen, dass sie im Ernstfall auch gegen eine Kugel half.

Bevor ich überhaupt realisierte, was geschah, hörte ich den ersten Schuss. Ein grässliches Geräusch. Ich schluckte schwer. Es ging los.

„Fangt die anderen Angestellten direkt an den Türen ab, bevor sie helfen können!", schrie der Hauptquartier-Ranger, der bei diesem Einsatz Ulrichs Stellvertreter war. „Schlagt sie nieder oder verpasst ihnen einen Schock. Vermeidet Tote! Gakuen-Ranger, ihr helft mir, die Kerle hier zu entwaffnen!"

Eine gute Anweisung. Wir befolgten sie unverzüglich, teilten uns auf die fünf Türen und die beiden Aufzüge auf, um eine mögliche Verstärkung sofort abzuwehren. Allerdings feuerten die sechs Männer in der Eingangshalle etliche Kugeln ab, sodass der Weg zu den Türen zum Slalomlauf wurde. Jedes Mal, wenn ich einen Knall hörte, zuckte ich aus Angst vor einem Treffer zusammen. Doch ich erreichte die Tür zum Treppenhaus, zusammen mit Lloyd, Mark, Lasse, Riku und Jakob.

„Diesen Bereich übernehmen also die Windfeld-Ranger", stellte Lasse fest und drückte sich an die Wand.

Niemand kam dazu, das zu kommentieren, denn unmittelbar darauf stürmte etwa ein Dutzend Männer durch die Tür in die Eingangshalle. Und bis auf zwei trug jeder eine Waffe. „Ihr werdet es bereuen, euch in unsere Geschäfte einzumischen!", drohte ein pummeliger Kerl und richtete die Waffe auf Lasse.

Der blonde Ranger erstarrte beinahe vor Schreck, alle anderen reagierten aber. Ich packte einen der unbewaffneten Männer und drehte ihm den Arm auf den Rücken, bevor ich ihn mit einem Schlag in den Nacken in die Bewusstlosigkeit beförderte. Jakob trat einem der anderen die Waffe aus der Hand und schlug ihm dann so heftig in die Magengrube, dass er röchelnd auf die Knie sank. Mark tat es ihm gleich. Riku überwältigte den anderen unbewaffneten Mann. Doch keiner von uns löste das Problem so beeindruckend wie Lloyd. Mein Freund legte beide Hände um die Pistole des Schützen, der auf Lasse zielte. Mit einem einzigen Griff entwaffnete er ihn und knallte ihm den

Lauf des Dings gegen die Schläfe. „Na warte!", brüllte ein anderer von Saizews Leuten und richtete die Knarre auf ihn.

Dumme Idee. Lloyd schlug ihm die Waffe, die er ergattert hatte, direkt ins Gesicht. Daraufhin legte er einen kleinen Hebel an der Pistole um und schleuderte sie einem weiteren Kerl an den Schädel. Da sich kein Schuss löste, musste er sie vorher wohl gesichert haben. Diesen Hebel sollte ich mir merken.

Gerade nahm ein anderer von Saizews Leuten meinen Freund ins Visier, doch ich hielt ihn auf, indem ich kräftig gegen seinen Ellbogen schlug und seinen Schockmoment nutzte, um die Waffe am kleinen Hebel zu sichern und sie ihm abzunehmen. Das funktionierte echt gut!

Innerhalb weniger Minuten hatten Lloyd und ich die Männer, die vom Treppenhaus kamen, aufgehalten. Leider ertönten schon weitere Schritte und sie kamen näher ...

„Helft ihr vielleicht auch mal?", fuhr Lloyd die Windfeld-Ranger an.

„Wo hast du das gelernt?", stammelte Mark.

„Ausbildung bei den Schattenbringern", erinnerte mein Freund ihn und blickte zum Treppenhaus. „Achtung, da kommen die Nächsten!"

„Wir könnten doch die Waffen nehmen." Riku deutete auf die Pistolen der bewusstlosen und verletzten Männer. „Damit ist es sicher leichter, unsere Gegner zu stoppen."

„Mich widert der Gedanke an, eine Knarre zu benutzen, außer ich werfe sie", weigerte sich Lloyd. „Ich werde keinen einzigen Schuss abfeuern."

Zustimmend nickte ich. „Geht mir auch so. Als Ranger sollten wir diese Teile nicht benutzen, um gegen eine Firma zu kämpfen, die sie herstellt."

„Das wäre gegen unsere Prinzipien", äußerte sich auch Jakob. „Aber werfen könnten wir sie, die sind schwer und erfüllen so sicher ihren Zweck."

Also griffen wir nach den Waffen und schmetterten sie den ersten Angreifern entgegen, die aus dem Treppenhaus kamen. Wir hielten erfolgreich unsere Stellung, niemand betrat die Eingangshalle durch dieses Treppenhaus. Jedenfalls niemand, der noch einigermaßen kämpfen konnte. Doch nicht bei allen Teams klappte das, die Halle füllte sich unaufhörlich mit Angestellten der Firma. Und von der Vorhut oder Frau Saizew war keine Spur mehr zu sehen.

„Wir brauchen hier Hilfe!", brüllte eine Gruppe Ranger aus der Küstenstadt Jafot, wenn ich mich nicht täuschte. „Es sind zu viele!"

Besorgt drehte ich mich zu ihnen um. „Wir müssen ihnen helfen."

„Riku und ich machen das", beschloss Lasse und lief mit seinem braunhaarigen Kollegen zu den Jafot-Rangern.

Kurz sah ich ihnen hinterher. Die beiden hatten durch Zuschauen von Lloyd gelernt, wie man jemanden entwaffnete. Sie konnten dem Team an der großen Flügeltür bestimmt helfen.

Gerade als ich mich wieder zum Treppenhaus wenden wollte, kreuzte sich mein Blick mit dem von Lloyd, der mir gegenüberstand und die Tür beobachtete. Da weiteten sich seine Augen. „Achtung!", brüllte er und packte mich mit beiden Armen, um mich zu Boden zu reißen. Im selben Moment hörte ich einen lauten Knall, einen Schuss ganz in der Nähe.

Erschrocken schrie ich auf, als ich auch schon hinfiel und Lloyd mit mir. Er schob seinen Unterarm schnell unter meinen Kopf, sodass ich damit nicht auf die harten Fliesen knallte. Schwer atmend kniete mein Freund über mir. Sorge, Wut und Panik spiegelten sich in seinen blauen Augen wider. Er hatte mich gerettet.

„Ist dir was passiert?", fragte er mit rauer Stimme. Zögerlich schüttelte ich den Kopf. „Du musst vorsichtiger sein! Dich darf keine Kugel treffen!" Ich zuckte zusammen, als er plötzlich laut wurde. Ich hatte Lloyd selten so außer sich gesehen, er zitterte sogar. Aber er riss sich sichtlich zusammen, strich mir vorsichtig über die Wange und stand dann auf. Er reichte mir die Hand.

„Danke", wisperte ich und ließ mich von ihm auf die Beine ziehen.

Er drückte meine Hand fest, was in dem Getümmel zum Glück niemand bemerkte. „Du weißt, dass ich dich brauche", flüsterte er. „Also bitte, lass dich nicht erwischen."

Gerührt erwiderte ich seinen sorgenvollen Blick. „Gleichfalls", antwortete ich leise. Wir nickten uns zu, bevor wir uns losließen.

Die schreckliche Angst, die ich zuvor noch verspürt hatte, wich nach und nach dem Adrenalin. Je länger ich kämpfte, desto mehr fühlte ich mich wieder wie ein richtiger Ranger. Und ich genoss es trotz der Gefahr.

Jakob hatte den nächsten Schützen bereits niedergeschlagen und auch Mark kämpfte mit aller Kraft, aber der Strom riss nicht ab. Es kamen mehr und mehr Leute, Männer und Frauen. „Ich fühl mich schon fast schlecht, Frauen zu verletzen", murmelte Jakob.

„Wenn du es nicht tust, wirst du verletzt", keuchte Lloyd abgehackt, während er mit einem Kerl um dessen Waffe kämpfte.

Mit einem schnellen Tritt gegen die Beine ließ ich einen unserer Gegner ins Wanken geraten und zu Boden stürzen. „Außerdem solltest du Frauen nicht unterschätzen, die können auch kämpfen", ergänzte ich.

„Hör auf deinen Kollegen", lachte eine helle Stimme daraufhin.

Jakob keuchte laut, ein dumpfer Knall wurde hörbar.

Kalte Panik ergriff mich. Anhand der Geräusche ahnte ich schon, was geschehen war. Besser gesagt, ich befürchtete es. Ich blickte mich um, sah Jakob regungslos auf dem Boden liegen und eine dunkel gekleidete Frau breit grinsen. Sie hatte ihn niedergeschossen!

„Das war der Erste!", verkündete sie und wandte sich zu Mark um.

„Nein!", schrie ich verzweifelt.

„Kümmer dich um Jakob!", wies Lloyd mich an. „Ich erledige sie."

„Sollte ich jetzt Angst haben?", spottete die Frau.

„Besser wär's", knurrte er.

Anstatt die beiden länger zu beobachten, rannte ich die vier Schritte zu Jakob und kniete mich neben ihn auf den Boden. Der Schuss hatte ihn in die Brust getroffen. Vorsichtig tätschelte ich seine Wange. „Jakob! Jakob, sag was!", flehte ich, wobei mir Tränen in die Augen schossen. „Jakob!" Er durfte nicht sterben! Das durfte er nicht! Mit zitternden Fingern fühlte ich seinen Puls. Erleichterung durchströmte mich, als ich das Pochen spürte. Die Weste hatte ihn geschützt. „Jakob!"

Gequält stöhnte er auf und blinzelte. „Mia?", keuchte er erstickt.

„Den Geistern sei Dank, du lebst", seufzte ich. „Kannst du aufstehen?"

Er verzog das Gesicht. „Ich glaube, die Kugel hat mir 'ne Rippe gebrochen ..."

„Bringen wir ihn aus der Schusslinie", meldete sich Mark zu Wort. Er kniete sich auf Jakobs anderer Seite nieder und half mir dabei, den Verletzten vorsichtig hinter der Rezeption abzusetzen. Dort befand sich niemand, die Trennwand schützte ihn vielleicht ein wenig.

Besorgt sah ich ihn an. „Pass gut auf dich auf, bitte!"

„Ja, mach ich. Mir passiert ..." Er beendete seinen Satz nicht, weil er vor Schmerz aufstöhnte. Er konnte sich kaum rühren.

„Ich bleibe bei ihm", beschloss Mark. „Kommt ihr, du und Lloyd, zu zweit klar?"

Ich biss mir auf die Unterlippe. „Wir versuchen es jedenfalls." Dann wandte ich mich ab und lief zurück zu meinem Freund. Egal, wie begabt er war, er brauchte Unterstützung bei der Vielzahl an Feinden.

Vier Männer hatten ihn inzwischen eingekesselt, bereit, auf ihn zu schießen. Der Anblick schockierte mich so sehr, dass ich nicht mehr nachdachte, sondern handelte. Ich bückte mich und hob zwei Waffen vom Boden auf. Eine warf ich demjenigen an den Hinterkopf, der mir den Rücken zugewandt hatte. Mit der zweiten lief ich auf Lloyd zu und schlug dabei einen weiteren Angreifer nieder. Mein Freund ergriff sofort die Gelegenheit, den dritten Gegner zu überwältigen.

„Gute Arbeit", lobte er mich. „Ich bin schon etwas ins Schwitzen geraten."

„Keine Ursache", winkte ich ab, während ich eine weitere Waffe aufheben wollte. Dummerweise kam ich nicht dazu.

Ein dunkelblonder Kerl packte mich um die Hüfte, drückte mich mit dem Rücken an seine Brust und hielt mir den Lauf seiner Pistole an die linke Schläfe. „Genug!", grollte er. „Du gehst mir langsam auf die Nerven."

Ich wusste genau, dass er nicht mit mir sprach. Er meinte Lloyd, der mit Abstand die meisten von Saizews Leuten ausgeschaltet hatte. Unwillkürlich atmete ich schneller, mein ganzer Körper zitterte und Shadows Warnung tobte in meinem Inneren. Mit nur einer kleinen Bewegung seines Zeigefingers konnte mich der Mann erschießen. Sollte ich die Fiorita zu Hilfe rufen, um mich zu retten? Aber brachte ich sie dadurch nicht in zu große Gefahr?

In Lloyds Gesicht stand der blanke Horror, als er die Situation erfasste. Er spannte sichtlich seinen Kiefer an. „Lass sie los!"

„Sie?", wiederholte der Mann hinter mir ungläubig.

Langsam beruhigte ich mich. Ich wusste, wie ich mich befreien konnte, auch wenn es riskant war. Solange der Kerl aus dem Konzept gebracht war, hatte ich eine Chance. Ich zwinkerte Lloyd zu, bevor ich dem Angreifer meinen Ellbogen kräftig in die Seite rammte und mich daraufhin sofort auf die Knie fallen ließ, um einem eventuellen Schuss zu entgehen. Doch der Mann kam nicht dazu, seine Waffe zu benutzen. Lloyd trat ihm so heftig gegen das Knie, dass es krachte und er laut schrie. Bei dem Geräusch schüttelte es mich. Reflexartig griff ich an mein eigenes Knie. Das musste echt wehtun ... Kein Wunder, dass er umgekippt war.

„Du hättest draufgehen können!", warf Lloyd mir vor, als er sich zu mir umdrehte.

„Bin ich aber nicht", antwortete ich. „Und was hätte ich sonst tun sollen? Zusehen, wie er zuerst dich erschießt? Denn wir wissen wohl beide, dass das sein Plan war."

„Verdammt, bitte jag mir nie wieder so einen Schrecken ein", flüsterte er.

„Du musst auch besser auf dich aufpassen, damit du nicht wieder eingekesselt wirst", bat ich. „Ich hab echt Angst gekriegt."

Er lächelte schief. „Ist ja alles gut gegangen."

Besorgt blickte ich zum Treppenhaus. „Bis die nächsten Angreifer kommen ..."

„Wie viele Leute können denn noch in diesem Gebäude sein?", brummte mein Freund. „Allein hier liegen zwei Dutzend Bewusstlose."

Bevor ich zu den anderen Teams schauen konnte, um einen Überblick über die Lage zu bekommen, ertönten drei laute Schüsse hintereinander. Schlagartig kehrte Stille ein. Verdutzt sah ich mich um, folgte den Blicken der anderen Ranger. Da wurde mir klar, warum der Kampf unterbrochen war. Die Vorhut war zurück. Ulrich stand vor allen anderen, er hatte die brünette Frau von vorhin gepackt und hielt ihr eine Waffe an den Hals. Ihr Dutt hatte sich gelöst, einzelne Strähnen hingen ihr ins angsterfüllte und zugleich wütende Gesicht.

„Wir haben Darina Saizew festgenommen!", verkündete der Stationsleiter laut. „Beendet die Kämpfe, legt die Waffen nieder und ergebt euch!"

„Ha! Ihr würdet ihr sowieso nichts tun", lachte eine andere Frau, eine Angestellte dieser Firma.

Ulrichs Blick wurde so finster, dass es mir einen Schauer über den Rücken jagte. Und die anderen Ranger der Vorhut sahen ähnlich aus. „Nachdem diese Frau zwei meiner Freunde vor meinen Augen erschossen hat, bin ich durchaus bereit, diese Waffe zu benutzen", drohte er düster.

Erschrocken zählte ich die übrigen Ranger. Tatsächlich, es fehlten zwei. Luca und ein anderer aus dem Hauptquartier. Mir wurde schlecht. Ich hatte zwar nur Luca gekannt, und das auch nur flüchtig, aber ich wusste, dass er ein guter Kerl gewesen war. Er hatte sogar bei meiner Flucht geholfen und für Ulrich falsch ausgesagt.

„Tut, was er sagt!", schrie Frau Saizew. Sie rüttelte an ihren Handschellen, ohne Erfolg. „Macht schon!"

Endlich legten ihre Leute die Pistolen nieder. Die meisten wirkten verbittert und unzufrieden darüber, wie die Sache ausgegangen war. Mich überkam allerdings Erleichterung. Wir hatten es geschafft. Gerade wollte ich lauthals jubeln, als mir die unheimliche Stille in der Eingangshalle auffiel.

Verunsichert sah ich mich um. Und sofort war auch mir nicht mehr zum Jubeln zumute. Mir drehte sich eher der Magen um. Nicht nur Bewusstlose lagen auf dem Boden um uns herum, sondern auch Tote. Viele Ranger waren verletzt worden, manche sogar erschossen. Mark zog Jakob hinter der Rezeption hervor und starrte traurig auf das Schlachtfeld. Nur mit viel Mühe unterdrückte ich meine Tränen. Dieser Einsatz war zum Blutbad geworden.

„War es das wert?", flüsterte ich.

Betrübt sah Lloyd mich an. „Ich weiß es nicht."

„Ich lasse mich doch nicht verhaften!", brüllte einer der Angestellten plötzlich und schoss wild in die Menge.

Die meisten Ranger warfen sich flach auf den Boden, manche aber wurden getroffen. Eine Kugel durchbohrte Marks Handfläche, der daraufhin grässlich laut schrie. Panik stieg in mir auf und ich kauerte mich auf dem Boden zusammen. Warum musste es so enden? Konnten wir den irren Schützen nicht aufhalten?

„So nicht, Freundchen", zischte Lloyd und rannte los.

Entsetzt beobachtete ich ihn. „Nein! Sei vorsichtig!", flehte ich.

Er lief zu dem Schützen, wich einigen Kugeln aus, teilweise nur knapp, und verpasste mir damit fast einen Herzinfarkt. Wie versteinert beobachtete ich ihn bei seinem selbstmörderischen Vorhaben. Er sicherte die Waffe des Mannes und drehte sie daraufhin in dessen Händen um, sodass der Lauf direkt auf die Stirn des Angestellten zeigte. „Na, willst du noch mal abdrücken?", knurrte mein Freund. Panisch schüttelte der Angesprochene den Kopf. „Dachte ich mir." Nach diesen Worten schlug Lloyd die Waffe gegen seine Schläfe, sodass der Mann zusammensackte. Es war vorbei.

„Danke! Vielen Dank!", riefen einige der Ranger erleichtert.

„Moment mal", meldete sich ein Hauptquartier-Ranger aus der Vorhut zu Wort. Er trat einen Schritt auf meinen Freund zu. „Ist das nicht Lloyd Sakai?"

Meine Augen weiteten sich. Er war erkannt worden! Gar nicht gut ...

Augenblicklich brach Gemurmel aus, fassungslose Blicke ruhten auf Lloyd, der die Lippen aufeinanderpresste und stumm blieb. Hätte er sich doch nur getarnt, irgendwie! Und wenn er sich bloß die dunkelbraunen Haare gefärbt oder eine Brille aufgesetzt hätte!

„Wir erwischen nicht nur Saizew, sondern auch Sakai!", freute sich der Hauptquartier-Ranger. „Zwei Unterstützer der Schattenbringer."

„Ich bin kein Schattenbringer", antwortete Lloyd leise.

„Erzähl das dem Vorsitzenden. Du bist verhaftet." Der Ranger zückte seine Handschellen und legte sie Lloyd an. Mein Freund wehrte sich nicht mal, er wusste wohl, dass es keinen Zweck hatte. Die Ranger waren in der Überzahl.

„Moment, er hat auf unserer Seite gekämpft", wandte Ulrich ein.

„Kam er nicht mit den Windfeld-Rangern?", fiel einem aus Jafot auf. „Schützt ihr etwa einen Verbrecher, Ulrich?"

Der Stationsleiter schüttelte den Kopf. „Wir schützen einen Freund. Und der Vorsitzende weiß davon. Aber wenn ihr mir nicht glaubt, soll er es euch selbst sagen."

„Der Vorsitzende hat doch niemals erlaubt, dass ein Schattenbringer für uns arbeitet", widersprach ein anderer Ranger.

„Ich bin kein Schattenbringer", wiederholte Lloyd deutlich lauter. „Ich war mal einer, aber ich wollte nie einer sein. Und ich bin schon lange aus der Organisation ausgetreten."

„Erklär das vor Gericht", schnaubte derjenige, der ihn festgenommen hatte. Ich trat einen Schritt näher zu den beiden und griff nach Lloyds Arm, als wollte ich helfen, ihn von einer Flucht abzuhalten.

„Ich komme mit zum Hauptquartier und rede mit dem Vorsitzenden", wisperte ich. Ich konnte nicht zulassen, dass er eingesperrt wurde. Das Ganze musste ein Albtraum sein.

„Nein. Wenn du mitkommst, wirst du vielleicht auch erkannt", zischte er.

„Ich lasse dich doch nicht alleine!", protestierte ich leise.

Er wirkte zerknirscht. „Du musst. Wenn du bei mir bleibst und auch noch festgenommen wirst, wäre Takuto alleine."

„Keiner von uns wird festgenommen, der Vorsitzende hätte es sonst längst gemacht. Er hatte genügend Gelegenheiten dazu", wandte ich ein.

„Aber ..."

„Lloyd", unterbrach ich ihn, „ich habe dich schon einmal tagelang aus den Augen verloren und das passiert mir nie wieder! Ich bleibe bei dir."

Hin- und hergerissen sah er mich an. „Dann hoffe ich, dass wir notfalls die Gelegenheit bekommen, mit Visunerm zu fliehen."

„Ich werde mein Bestes geben, um eure Freiheit zu erhalten", versprach mir der Geist des Raums über unsere Verbindung.

„Er hilft uns auf jeden Fall", flüsterte ich meinem Freund zu. „Also keine Sorge. Wir schaffen das schon."

Da lächelte er gequält. „Genau. Was könnte schon schlimmer sein als der Kugelhagel von vorhin?"

„Ja, nach diesem Einsatz überstehen wir alles", lachte ich.

Argwöhnisch musterte mich der Hauptquartier-Ranger. „Was tuschelt ihr da?"

„Ich habe ihm geraten, keinen Widerstand zu leisten", log ich. „Und jetzt los, bevor sich hier noch jemand überlegt, die Schießerei fortzusetzen." Betrübt blickte ich zu Boden. „Es gab schon zu viele Tote."

„Allerdings", stimmte Ulrich mir zu und schob die gefangene Frau Saizew vor sich her. „Fahren wir zurück. Alle, denen es noch gut geht, nehmen einen Flugvogel für den Rückweg. Wir brauchen für die Gefangenen mehr Plätze in den Transportern als gedacht."

Um bei Lloyd zu bleiben, fuhr ich in einem der großen Transporter mit. Die Nacht brach bereits an, als wir endlich in Aritiof eintrafen. Sämtliche Gefangenen, einschließlich Frau Saizew, wurden in Untersuchungshaft gebracht.

Abgesehen von Lloyd. Der Hauptquartier-Ranger, der ihn verhaftet hatte, wollte ihn zum Vorsitzenden bringen, um Ulrichs Geschichte zu überprüfen. Natürlich kamen der Stationsleiter und ich mit. Inzwischen wusste ich, dass der andere Ranger Georg hieß und Mitte 30 war, wir hatten uns auf der Fahrt ein wenig unterhalten. Er wirkte freundlich, aber immer noch skeptisch. Hoffentlich bestätigte der Vorsitzende, dass Lloyd auf unserer Seite stand, anstatt ihn einsperren zu lassen.

Während wir in den 15. Stock fuhren, dachte ich kurz an die verletzten Ranger, die jetzt im Krankenhaus versorgt wurden. Wie es Jakob und Mark wohl ging?

Obwohl wir mit den Verhaftungen heute viel erreicht hatten, konnte ich nicht glücklich sein. Es war zu vieles schiefgegangen. Die Verluste in den eigenen Reihen, die viele Gewalt und jetzt auch noch Lloyds Verhaftung. Allgemein fühlte sich die Stimmung nicht gut an. Niemand redete auf dem Weg, mein Freund und ich tauschten nur manchmal einen besorgten, nervösen Blick. Immerhin spürte ich keine Warnung von Shadow.

Georg klopfte an die Bürotür, woraufhin der Vorsitzende uns hereinrief. Ich war gespannt, wie der Mann reagieren würde. Ob er dazu stand, einen ehemaligen Schattenbringer in den Einsatz geschickt zu haben? Ob er Lloyd in Schutz nahm?

„Willkommen zurück", begrüßte uns der Vorsitzende und stand von seinem Schreibtisch auf, um uns entgegenzutreten. Er richtete das Jackett seines Anzugs. „Ihr habt gute Arbeit geleistet, habe ich gehört."

Ich runzelte die Stirn. „Woher wissen Sie das?"

„Ich habe ihn schon auf der Rückfahrt informiert", erklärte Ulrich und zog sein Handy aus der Hosentasche. „Damit das hier schneller geht. Es gibt noch genug zu tun und wir sind alle müde."

„In der Tat", pflichtete ihm der Vorsitzende bei. „Saizew und ihre Leute müssen inhaftiert werden, ab morgen beginnen die Verhöre. Außerdem gilt es, eine Trauerfeier vorzubereiten. Eine Schande, an nur einem Tag 14 Männer verloren zu haben. In wenigen Tagen wird ein großes Begräbnis stattfinden."

Deprimiertes Schweigen erfüllte den kleinen Raum. Ich starrte geistesabwesend auf das vollgestopfte Bücherregal. Es hatte heute zu viele Opfer gegeben.

Nach einigen unendlich langen Sekunden fuhr der Vorsitzende fort. „Doch wir konnten einen wichtigen Sponsor der Schattenbringer und einflussreichen Waffenlieferanten aufhalten. Unsere Verletzten werden versorgt und erholen sich. Das sind gute Nachrichten."

„Und wir haben einen Schattenbringer festgenommen", ergänzte Georg und deutete auf Lloyd. „Auch wenn er behauptet, keiner zu sein."

Der Weißhaarige schüttelte ruhig den Kopf. „Dieser junge Mann wird nicht festgenommen. Bitte nimm ihm die Handschellen wieder ab."

Ein kleines Lächeln huschte über mein Gesicht. Das hörte sich gut an!

„Aber er ist doch ein gesuchter Verbrecher!", wandte Georg entsetzt ein.

„Nein, das ist er nicht mehr", widersprach der Vorsitzende. „Jetzt gerade ist er einer von uns."

„Lloyd hat uns schon seit Langem mit Insiderinformationen versorgt", merkte Ulrich an. „Darum durfte er auch mit zu diesem Einsatz. Und seine Hilfe war bedeutend, das kannst du nicht abstreiten, oder?" Mein Freund lächelte den Stationsleiter dankbar an.

„Sie lassen seine Anklage doch nicht etwa fallen?", fragte Georg.

„Er wird seinen Prozess noch bekommen", versicherte der Vorsitzende. „Wenn es an der Zeit dafür ist."

Lloyd nickte. „Und ich werde auf Straferlass für meine Kooperation plädieren."

„Das ist dein gutes Recht“, antwortete der Vorsitzende schmunzelnd.

„Können wir jetzt nach Windfeld zurückkehren?“, bat Ulrich.

„Sicher, geht“, gestattete der Vorsitzende.

Georg schnaubte unzufrieden. „Tschüss, Ulrich und ...“ Er stockte. „Wie heißt du eigentlich, Windfeld-Ranger?“

„Schnell“, flüsterte Ulrich mir zu und schloss die Bürotür hinter uns, bevor ich ebenfalls erkannt wurde. „Ab nach Hause.“

„Wir müssen erst noch Takuto holen“, wandte ich ein.

Der Stationsleiter verzog das Gesicht. „Die Ausgangssperre beginnt bald. Kann der Kleine über Nacht bei deiner Mutter bleiben?“

Ich verstand, dass Ulrich kein unnötiges Risiko eingehen wollte. Aber Takuto hatte noch nie ohne uns irgendwo übernachtet. „Ich weiß nicht ...“

„Vielleicht wäre es besser für ihn“, gab Lloyd zu bedenken. „Es herrscht so ein Chaos und schlechte Stimmung bei den Rangern. Holen wir ihn morgen früh und ersparen ihm die frische Trauer.“

Langsam nickte ich. „Na gut. Ich rufe Mama an und sage ihr Bescheid.“

Eine gute Stunde später lag ich endlich mit Lloyd im Bett. Ich war völlig platt, meine Glieder fühlten sich von den heutigen Kämpfen tonnenschwer an, doch ich konnte nicht einschlafen. Immer wenn ich die Augen schloss, sah ich die vielen Leute auf dem Boden in der Eingangshalle von Saizews Firma liegen. Ich hörte die Schüsse wieder und zuckte instinktiv zusammen.

„Ganz ruhig“, flüsterte mein Freund und schloss mich fester in die Arme. „Es ist vorbei. Du kannst ruhig schlafen.“

„Nicht nach allem, was heute passiert ist“, entgegnete ich schwach.

„Es ist viel schiefgegangen“, räumte er ein. „Aber wir haben auch einiges geschafft. Vergiss das nicht.“

„Ich versuch’s“, wisperte ich und schloss die Augen wieder. „Gute Nacht.“

Lloyd hauchte mir einen Kuss auf die Stirn. „Träum süß, Mia. Ich liebe dich.“

„Ich dich auch.“

Während er mir beruhigend über den Rücken strich, entspannte ich mich endlich. Und schon bald darauf übermannte mich die Müdigkeit.

„Oha, das sind ja Papierberge!“, staunte ich.

Der recht klein gewachsene Eduard nickte gequält. „Die Daten über unsere gestrigen Verhaftungen. Und das ist nur ein Bruchteil von Saizews Leuten, jede Zweigstelle muss etliche von ihnen überprüfen und ihre Festnahme vermerken. Ich weiß wieder, warum ich den Innendienst so hasse."

„Ich kann dich gut verstehen", lachte ich und setzte mich zu dem Ranger an den Schreibtisch. „Komm, ich helf dir. Zu zweit sind wir schneller."

Begeistert sah er mich an. „Echt? Danke! Du hast sicher auch was zu tun."

„Nein, Lloyd und ich haben Takuto schon abgeholt", sagte ich. „Jetzt wäscht er den Kleinen. Ich hab also frei."

„Wir brauchen hier echt jede Hilfe", seufzte Melodia, die am anderen Schreibtisch saß. „Die Berichte wachsen uns über den Kopf."

„Kein Wunder, gestern wurden so viele Verbrecher verhaftet", merkte Haru an, die fleißig auf ihrer Tastatur tippte. „Aber solche Erfolge wiegen den Ärger mit dem Papierkram doch auf."

Ich schmunzelte. „Ein bisschen zumindest."

Eduard zuckte mit den Schultern, bevor er sich durchs struppige dunkle Haar fuhr. „Ich wäre lieber im Einsatz oder beim Verhör."

„Dafür wirst du morgen keinen Innendienst machen müssen", heiterte ich ihn auf. „Dann ist wer anders dran."

„Zum Glück", schnaubte er.

Eine Weile arbeiteten wir vier gemeinsam, wir redeten zwar kaum miteinander, aber dafür kamen wir voran. Irgendwann legte ich meine Mütze ab, weil sie mir zu warm wurde. Jetzt kam sicher niemand rein, der mich nicht erkennen durfte. Ich strich über mein offenes Haar und wandte mich wieder der Arbeit zu. So ein eintöniger Vormittag.

„Eduard! Mia!", rief Haru plötzlich. „Da sind Leute vor der Zweigstelle. Viele Leute! Was machen die hier?"

Verdutzt schaute ich zur Glastür. Tatsächlich, eine ganze Menschenmenge hatte sich dort versammelt. Hastig griff ich nach meiner Mütze und stopfte meine Haare darunter. „Wer sind die?"

„Zivilisten, wie es aussieht", murmelte Eduard und stand auf. „Ich checke das mal. Sie sind bestimmt nicht grundlos hier."

Ich runzelte die Stirn. „Wirklich merkwürdig. Und es sind nur Männer."

Auch Melodia wirkte skeptisch. „So eine Versammlung gab es hier noch nie."

Eduard trat zur Tür, die sich dank des Bewegungssensors öffnete.

„Können wir Ihnen helfen? Was wird das hier?" Einer der Männer drehte sich um und grinste breit. Ich erkannte den kräftigen Grauhaarigen sofort. Mir wich jede Farbe aus dem Gesicht, mein Herz setzte einen Schlag aus und mein Mund wurde trocken. Alfred.

„Eduard, pass auf!", schrie ich. „Das sind Schattenbringer!"

„Überraschung", lachte Alfred und richtete eine Pistole auf den Ranger, der vor ihm stand. Es knallte laut, als er abdrückte. Blut spritzte meinen Freundinnen und mir entgegen, während Eduard zu Boden fiel. In seiner Stirn klaffte ein blutiges Loch.

„Nein!", schrie ich und riss die Augen auf.

Ruckartig setzte ich mich auf und schlang die Arme um mich selbst. Es war dunkel im Zimmer, fast kein Licht schien durchs Fenster herein. Und obwohl ich nicht fror, zitterte ich.

Ich hatte noch nie geträumt. Seit ich denken konnte, erinnerte ich mich an keinen einzigen Traum. Und jetzt jagten mich ausgerechnet so schreckliche Bilder? Leise schluchzte ich auf. Der Albtraum hatte sich so echt angefühlt. Ich konnte nicht mal verhindern, dass ich weinte. Dabei war ein solcher Angriff doch völlig absurd! Die Zweigstelle Windfeld stand unter dem Schutz meines Vaters. So etwas würde nie passieren, da war ich mir sicher. Warum also konnte ich mich nicht beruhigen?

Warme Arme wurden um mich geschlungen und zogen mich zurück auf die Matratze. „Mia, was hast du?", fragte Lloyd besorgt und wischte mir die Tränen weg, bevor er mich an sich drückte.

„Ich wollte dich nicht wecken ..." Meine Stimme war beinahe tonlos. „Ich hab nur schlecht geträumt." Panisch klammerte ich mich an das Oberteil seines Schlafanzugs. „Sehr, sehr schlecht."

Sanft strich er mir die Haare aus dem Gesicht. „Wovon denn?"

„Von ... von einem Überfall auf die Zweigstelle Windfeld", erzählte ich zögerlich und schilderte ihm stockend die Einzelheiten.

„Es war nur ein Traum", flüsterte er mir ins Ohr. „So was wird bestimmt nicht passieren. Windfeld wird nicht angegriffen."

Ich kniff die feuchten Augen zusammen und nickte. „Das hoffe ich."

„Nach dem Einsatz ist doch verständlich, dass du von etwas Ähnlichem träumst. So verarbeitest du eben das, was du heute gesehen hast", vermutete er.

„Das eben ist der erste Traum, an den ich mich erinnern kann", gestand ich leise. „Und ausgerechnet so was. Das ist schon unheimlich."

„Aber das heißt sicher nichts", beruhigte er mich und gähnte ausgiebig. „Lass uns schlafen. Morgen früh ist alles wieder okay."

Nur zu gerne wollte ich das glauben, doch es gelang mir einfach nicht. Ich hatte ein ungutes Gefühl im Bauch. Aber irgendwann schlief ich tatsächlich wieder ein.

Als ich aufwachte, schien helles Licht ins Zimmer. Ich öffnete die Augen und lächelte, als ich merkte, dass Lloyd mich in den Armen hielt. Auch er war bereits wach und erwiderte mein Lächeln. „Geht's dir besser?"

Nachdenklich nickte ich. Ich erinnerte mich deutlich an den Albtraum, doch nun kam er mir nicht mehr ganz so schlimm vor. Vielleicht weil es jetzt hell und ich nicht allein war. „Es geht mir ganz gut", antwortete ich.

Er küsste mich auf die Stirn. „Das ist schön." Dann stand er auf und zog mich ebenfalls auf die Beine. „Los geht's, machen wir uns fertig und holen Takuto zurück. Mein Großer fehlt mir schon."

Ich schmunzelte. „Oh ja, er war viel zu lange weg."

Nachdem wir uns angezogen hatten, machten wir uns auf den Weg zur Zweigstelle. Wir wollten Bescheid geben, dass wir kurz unseren Sohn abholten, und fragen, wie wir den Rangern bei ihrer Arbeit heute helfen konnten.

„Mia, Lloyd, da seid ihr ja", begrüßte Ulrich uns enthusiastisch. „Wir haben schon auf euch gewartet."

„Ach ja?", wunderte ich mich. „Was ist denn los?"

„Wir sind wieder da", tönte eine bekannte Stimme, bevor sie keuchte: „Verdammt, das tut immer noch weh."

„Wem sagst du das", seufzte eine weitere Person.

„Jakob! Mark!", rief ich begeistert und musterte die beiden. Jakob saß stocksteif auf Melodias Schreibtischstuhl und bewegte sich kaum, Mark wirkte sehr blass und trug einen dicken Verband um die linke Hand. Keiner von ihnen trug eine Uniform, sie waren nicht im Dienst. Und das war besser so. „Solltet ihr nicht im Krankenhaus sein? Ihr seht noch nicht allzu gut aus."

„Wir haben uns heute selbst entlassen", erklärte der Jakob. „Wir haben es da nicht mehr ausgehalten. So schlimm sind zwei gebrochene Rippen auch wieder nicht. Ich darf mich nur nicht viel bewegen. Oder lachen."

„Und wir haben gehofft, dass du uns mit einem der Geister helfen könntest", gab Mark zu und grinste schief, schon fast gezwungen. „Die Ärzte haben gesagt, sie können nichts mehr für meine Hand tun." Er schluckte schwer. „Sie ist ... unbrauchbar."

Melodia umarmte ihn nach diesen Worten fest. „Das wird wieder!", entgegnete sie.

„Laut den Ärzten nicht", flüsterte er. „Die anderen verletzten Ranger haben immerhin keine bleibenden Schäden. Aber meine Hand ..."

„Sana, kannst du den beiden helfen?", wandte ich mich an den kleinen Heilgeist.

„Aber natürlich", antwortete sie. „Das sollte gar kein Problem sein, es sind nicht mal tödliche Wunden."

Erleichtert lächelte ich. „Das wäre echt toll von dir. Dann rufe ich dich." Bevor ich allerdings Sanas Lied sang, fixierte ich Mark und Jakob. „Ihr müsst besser auf euch aufpassen! Dass ihr verwundet wurdet ... ihr hättet sterben können!", warf ich ihnen vor.

„Du musst doch nicht gleich wütend werden, sie haben sich doch nicht absichtlich anschießen lassen", griff Melodia schlichtend ein.

Jakob lächelte milde. „Sie ist nicht wütend. Sie ist besorgt." Langsam stand er auf, um meine Hand zu drücken. „Jetzt weißt du, wie es mir immer ging, wenn du dich in Gefahr gebracht hast."

Ich zog einen Mundwinkel hoch. „Sieht so aus. Ist ein mieses Gefühl."

„Ich weiß", entgegnete er. „Ich will dich dann auch jedes Mal ausschimpfen."

Ich legte meine zweite Hand um seine. „Genug geschimpft. Jetzt hilft Sana euch, das hat sie mir gesagt."

Marks Gesicht hellte sich auf. „Kann sie das wirklich?"

„Mal sehen", antwortete ich vorsichtig, um ihm keine falschen Hoffnungen zu machen. „Sie versucht es zumindest." Ich schloss die Augen und stimmte Sanas Lied an. Diesmal dauerte es lange, bis der Lichtblitz das Erscheinen des Geists ankündigte.

„Guten Morgen, Mia und die anderen Menschen", begrüßte sie uns und watschelte auf ihren kurzen Beinchen durch den Raum. „Zwei Heilungen zum Mitnehmen, richtig? Die gehen heute aufs Haus!"

Ich kicherte. „Scherzkeks."

Sie zwinkerte mir zu. „Immer doch."

„Das ist also ein Geist?", staunte Lasse.

„Er ist so winzig." Vor lauter Aufregung lispelte Riku noch mehr als sonst.

Auch Genta konnte es nicht fassen. „Ich, äh, ich habe noch nie einen, äh, Geist gesehen. Oder, äh, dieses Lied gehört."

Ich hatte völlig vergessen, dass die meisten Windfeld-Ranger meine Fähigkeiten noch nicht live erlebt hatten. „Das ist Sana, sie ist der Geist der Heilung. Durch sie konnte auch Ralph neulich gesund werden."

„Wahnsinn!", murmelte der zappelige Benjiro.

„Ach, all diese Bewunderung", seufzte Sana zufrieden. „Das gefällt mir."

„Du kannst sie gleich noch mehr beeindrucken", lachte ich.

„Oh, das werde ich", versprach sie und begann mit den Heilungen.

„Woher kommt das ganze Licht?", fragte Eduard schockiert.

Unwillkürlich starrte ich den dunkelhaarigen Ranger an. Ich musste wieder an meinen Albtraum denken, an die Angst, er könnte erschossen werden. Ich hatte während meiner Zeit als Ranger zwar nie mit Eduard im Team gearbeitet, aber ich hatte ihn täglich gesehen. Mich bei den Mahlzeiten mit ihm unterhalten und mit ihm gelacht. Ich wollte nicht, dass ihm etwas passierte.

Schnell schüttelte ich den Gedanken daran ab. Es war nur ein Traum gewesen. „Das Licht kommt von Sana", erklärte ich. „Das heißt, sie heilt gerade."

„Falsch, ich habe geheilt", widersprach sie. „Beide fertig und so gut wie neu!"

„Ich spüre meine Finger wieder", rief Mark. „Meine Hand kribbelt."

„Und mir tut das Atmen nicht mehr weh", stellte Jakob fest.

„Ihr seid nun wieder ganz die Alten", verkündete ich.

Augenblicklich brach lautes Jubeln in der Zweigstelle aus. Mark warf seinen Verband ab und bewegte ungläubig seine Hand. Jakob streckte sich und sprang vor Freude einmal in die Luft.

Melodia bückte sich zu Sana, um sie fest an sich zu drücken. „Oh, danke, du kleiner Wundergeist! Du bist unsere Rettung. Erst hilfst du mir, dann meinem Vater, jetzt Mark und Jakob. Du bist einfach großartig!"

Der kleine rosa Geist wackelte mit den kurzen Ärmchen und Beinchen. „Ich helfe Mias Freunden gern."

Obwohl niemand die Sprache der Geister verstand, applaudierten alle. Die Ranger nahmen Sana sogar auf den Arm, um sie zu streicheln. Nach ein paar Minuten kam sie bei Lloyd und mir an. Ich strich ihr über den Kopf. „Gut gemacht. Danke", flüsterte ich.

„An so eine Reaktion auf meine Heilungen könnte ich mich gewöhnen", kicherte sie. „Aber ich kehre lieber zu den anderen Geistern zurück."

Ich lächelte sie an. „Mach das." Und schon verschwand sie aus meinen Armen. Dafür drückten mich nun Jakob und Mark, um sich zu bedanken.

„Lauter gute Nachrichten heute!", freute sich Ulrich.

„Du hast vorhin schon gesagt, dass etwas Tolles passiert ist", fiel Jakob ein. „Was ist denn los?"

„Die Ranger erholen sich langsam von ihrer Krise", erzählte er. „Einige unserer Regulierungen sind wieder in Kraft gesetzt, und das war nur möglich, weil wir endlich wieder Respekt hervorrufen."

„Was soll das heißen?", hakte Haru nach.

„Die Lebensmittelpreise sind deutlich gesunken." Ulrich lächelte. „Und das über Nacht. Ab jetzt wird alles einfacher."

„Das ist super!", antwortete James. „Hat sich die Nachricht vom gestrigen Einsatz schon verbreitet oder wie kommt es, dass die Wirtschaft endlich nicht mehr völlig durchdreht?"

Der Stationsleiter deutete auf den Computer an Melodias Schreibtisch. „Seht es euch selbst an." Da sämtliche Windfeld-Ranger anwesend waren, wurde es ein wenig eng vor dem Bildschirm. Doch irgendwie quetschten wir uns vor den Schreibtisch, um dem Fernsehbericht zu verfolgen. Der Vorsitzende stand vor einer gewaltigen Müllpresse, irgendwo auf einem Schrottplatz. Sein sauberer Anzug wirkte unpassend an diesem Ort. Doch der Weißhaarige stand aufrecht und stolz da. Es dämmerte noch, die Aufnahme musste vom frühen Morgen stammen. Ulrich startete den Bericht nicht von Anfang an, er hatte eine bestimmte Stelle herausgesucht.

„So viel zu dem, was gestern in Nergad passiert ist", beendete der Vorsitzende eine Erklärung. „Und nun zu den Waffen, die wir von der Firma Saizew konfisziert haben." Er deutete auf die Müllpresse. „Alle Feuerwaffen, die sich im Bezirk der Ranger befinden, werden vernichtet. Ausnahmslos."

Meine Augen weiteten sich. Er ließ so öffentlichkeitswirksam die Pistolen zerstören? Interessant.

„Wären die Ranger mit Waffen für Einsätze nicht besser gerüstet?", fragte eine Reporterin.

„Ranger sind in Kampfsporttechniken ausgebildet. Sie bedienen sich solcher Geräte nicht", schmetterte er sie ab. „Diese Dinger richten nur Schaden an."

„Eigentlich richtet nur derjenige Schaden an, der die Pistolen bedient“, wandte ein anderer Journalist ein.

„Es ist ein verbreitetes Argument von Waffenfreunden und es stimmt, nicht die Waffen töten Menschen, sondern andere Menschen. Aber die Waffen erleichtern es. Niemand sollte mit einer kleinen Fingerbewegung Leben auslöschen können. Niemals wird es solche grässlichen Werkzeuge unter der Leitung der Ranger geben!“, verkündete der Vorsitzende und startete daraufhin die Müllpresse, sodass der Pistolenhaufen zerquetscht wurde.

Ulrich stoppte das Video. „Nicht schlecht, was?“

Wow. Mir klappte der Mund auf. Ich war selten so beeindruckt vom Vorsitzenden gewesen. Manchmal hatte er tatsächlich nachvollziehbare, gute Ansichten. Ich konnte jedem seiner Worte nur zustimmen. Und es erleichterte mich, dass die Bezirke der Ranger weiterhin waffenfrei blieben.

„Wirklich stark“, äußerte sich Lloyd. „Kein Wunder, dass es Eindruck auf die Menschen gemacht hat. Wenn sich der Kerl öfter so souverän und ehrlich verhalten würde, hätten die Ranger ihren guten Ruf vielleicht nie eingebüßt.“

Jakob nickte. „Hoffen wir das Beste. Jetzt ist er immerhin auf dem richtigen Weg.“

„Apropos Weg, wir sollten langsam nach Brislingen fahren und Takuto holen“, wandte ich mich an meinen Freund.

Er zog den Autoschlüssel aus der Hosentasche. „Machen wir. Wir beeilen uns, dann können wir in der Zweigstelle helfen.“

„Beim Papierkram zum Beispiel“, seufzte Ulrich. „Bis nachher.“

Ich richtete meine Mütze, damit meine Haare versteckt blieben, und ging mit Lloyd nach draußen. Wir setzten uns in das silberne Auto und er fuhr los.

„Sag mal“, begann ich vorsichtig, „wäre es okay, wenn du Takuto holst und ich kurz zur Lichtung gehe? Ich würde gerne mit Shadow über meinen Traum reden.“

„Beschäftigt er dich wohl immer noch?“ Lloyd klang besorgt. „Klar, mach das. Wenn es dir dann besser geht. Ich sage Cassandra einfach, du hast keine Zeit.“

Ich lächelte schief. „Ich hab ja gestern Abend lange genug mit ihr telefoniert.“

Also teilten wir uns auf, als Lloyd in Brislingen parkte. Ich lief in den Wald, wo mich schon einige Feuerhunde und Waldelfen erwarteten.

Begleitet von den Animalia stapfte ich zur Lichtung. Als ich mir sicher war, dass sich niemand sonst hier befand, stimmte ich das Lied von der tiefen Finsternis und dem kleinen Licht an. Die Animalia nahmen ein paar Schritte Abstand, als der Schattenkreis erschien und mein wichtigster Freund und Berater herausschwebte. „Hallo Mia.“

„Hallo Shadow“, begrüßte ich ihn. Kurz beobachtete ich, wie seine instabilen Gliedmaßen im leichten Wind um seine feste Mitte wehten. „Ich wollte mit dir über etwas reden. Hast du vielleicht …“

„Ja, ich habe deinen Traum miterlebt“, unterbrach er mich. „Wir alle haben das. Es war ein seltsames Gefühl.“

Unsicher sah ich ihn. „Hast du eine Ahnung, was das heißen könnte?“

„Leider nicht“, gestand er. „Auch Luna ist ratlos. Wir Dämonen und die Geister unterhielten uns heute darüber, doch wir wissen nicht, warum du dich plötzlich an einen Traum erinnerst und wir ihn alle miterleben konnten. Ich hoffe sehr, es hat keine besondere Bedeutung.“

„Das hoffe ich auch“, murmelte ich. „Aber mein schlechtes Gefühl lässt nicht nach. Du hast auch ein schlechtes Gefühl, das spüre ich.“

Der Dämon schwebte hin und her. „Ja, allerdings nicht deinetwegen. Pemorat verhält sich zuweilen merkwürdig. Er redet gar nicht mehr mit seinen Artgenossen oder den Dämonen.“

„Seit wann das denn?“, wunderte ich mich.

„Seit gestern schon. Und bisher ist keine Änderung in Sicht“, seufzte er. „Luna ist außer sich vor Sorge, doch nicht mal mit ihr spricht er. Sein Verhalten wird langsam zur Frechheit.“

„Das klingt gar nicht gut“, murmelte ich. „Ich versuche mal, mit ihm Kontakt aufzunehmen.“

„Vielleicht hast du ja mehr Erfolg“, stimmte Shadow mir zu.

Also schloss ich die Augen und konzentrierte mich auf meine Verbindung zum Geist der Zeit. Ich ließ ihn meine Sorge spüren. Und er antwortete. Doch mir wurde kalt, als ich diese Antwort wahrnahm.

Verwirrt sah ich das Dämonenoberhaupt an. „Ich hab Pemorat meine Sorge spüren lassen …“

„Und was hat er getan?“, erkundigte sich Shadow.

„Er hat mich seine spüren lassen.“

„Das gefällt mir nicht“, stellte er klar.

Ich knirschte unruhig mit den Zähnen. „Mir auch nicht. Aber er will nicht reden.“ Lange sahen Shadow und ich uns an. Wir wussten nur eins: Diese Sache war sehr, sehr merkwürdig.

Kapitel 17:
Zu viel und nie genug

„Mia, wo hast du denn Takuto gelassen?", wunderte sich Melodia, als ich zurück in die Zweigstelle kam. „Ich hab mich schon so auf ihn gefreut."

„Er hat sich auf der Fahrt mit Saft bekleckert", seufzte ich und lehnte mich an ihren Schreibtisch. „Jetzt wäscht Lloyd ihn bei uns im Zimmer und zieht ihn um. Danach bringt er ihn her."

„Dann kann ich den Kleinen ja gleich drücken", freute sich die blonde Technikerin und tippte weiter auf ihrem Computer herum.

„Und was ist hier so los?", erkundigte ich mich und sah mich um. Ein kalter Schauer lief mir über den Rücken, als ich bemerkte, dass nur Melodia, Haru, Eduard und ich hier waren. Nervös umklammerte ich den Saum meines hellen Pullovers mit beiden Händen. „Hast du heute Innendienst, Eduard?"

„Leider", bestätigte der dunkelhaarige Ranger. „Und das ausgerechnet jetzt, wo wir unendlich viel Papierkram haben."

Ich musterte den Stapel auf dem Tisch, an dem er saß. „Ja, das sind richtige Papierberge." Kurz zögerte ich. „Die Daten unserer gestrigen Verhaftungen?"

Verdutzt blickte er zu mir auf. „Woher weißt du das?"

„Nur so eine Vermutung", murmelte ich. Das Ganze gefiel mir nicht. Das kam mir alles merkwürdig bekannt vor. Genau wie in meinem Traum.

„Du kannst ihm ja etwas helfen", schlug Haru vor. „Und mittags kochen wir was Schönes. Unser Kühlschrank ist endlich mal wieder voll, wir haben heute so günstig eingekauft. Wie wäre es mit einem großen Salat und dazu Nudeln mit Tomatensoße?"

„Das klingt toll", stimmte ich zu und setzte mich zu Eduard an den Tisch, obwohl mir unwohl zumute war. Bestimmt machte ich mir umsonst Sorgen. Bestimmt bedeutete mein Albtraum nichts. Es war reiner Zufall, dass ihm die aktuelle Situation ähnelte.

Während ich mit Eduard die Daten von Saizews festgenommenen Leuten prüfte und an die Technikerinnen weitergab, damit sie alles ins

Computersystem der Ranger eintrugen, schweiften meine Gedanken immer wieder ab. Unter diesen Umständen konnte ich mich nicht konzentrieren. Ständig warf ich verstohlene Blicke zur Glastür, aus Angst, einen Haufen Schattenbringer dort zu entdecken.

Ich schüttelte den Kopf. So ein Blödsinn. Ich sollte weiterarbeiten. Schnell krempelte ich die Pulloverärmel hoch, weil es langsam warm hier drin wurde. Gerade wollte ich meine Mütze absetzen, da hielt ich inne. Das hatte ich in meinem Traum auch gemacht. Also ließ ich es lieber bleiben. Ich wiederholte nicht freiwillig diesen Albtraum.

„Eduard, Mia, Melodia!", rief Haru plötzlich. „Da sind Leute vor der Zweigstelle. Viele Leute! Was machen die hier?"

Bei diesen Worten traf mich fast der Schlag. Ich zuckte zusammen und drehte mich ängstlich zur Glastür um. Und ich hatte genau dasselbe Bild vor Augen wie gestern Nacht. Lauter Männer, unauffällig gekleidet, tummelten sich vor dem Gebäude. Ein Grauhaariger stand mit dem Rücken zur Glastür.

Kräftig klatschte ich mir auf die Wangen, um wieder aufzuwachen. Ich musste schlafen, ich träumte bestimmt schon wieder. Aber ich wachte nicht auf.

„Was machst du da?", fragte Melodia mich irritiert. „Warum schlägst du dich?"

„Das ist gar nicht gut." Ich atmete tief ein und aus. „Leute, wir sind in Gefahr!"

„Das sind sicher nur Bürger, die irgendein Problem haben und unsere Hilfe brauchen", vermutete Eduard und stand auf. „Ich rede mit ihnen."

„Nein, tu das nicht!", schrie ich. „Bleib hier, geh nicht raus! Sie werden dich erschießen!"

Die Technikerinnen sahen mich an, als wäre ich durchgeknallt. „Mia, ich glaube, du übertreibst", entgegnete Haru vorsichtig.

„Nein!", widersprach ich heftig und sprang von meinem Stuhl auf. „Ich habe davon geträumt, genau davon, und am Ende wurde Eduard erschossen."

Der Ranger lachte und richtete seine dunkelbraune Jacke. „Das nennt man Albtraum, und so was kann vorkommen", winkte er ab. Er trat auf die Glastür zu, sodass sie sich öffnete. „Na, siehst du hier irgendwo Waffen?"

Der grauhaarige Mann drehte sich in dem Moment zu Eduard um und grinste breit. „Waffen? Da hätte ich was", antwortete er begeistert und zog eine Pistole unter seinem Gürtel hervor. „Überraschung!" Er richtete sie direkt auf meinen früheren Kollegen und drückte ab, ohne auf eine Reaktion zu warten.

Laut hallte der Knall in meinen Ohren wider. Ich nahm alles nur noch verschwommen wahr. Wie Alfred lachte, als Eduard leblos zu Boden sank. Wie er der Zweigstelle Windfeld ihre Zerstörung verkündete. Wie Melodia und Haru kreischten. Wie mir übel wurde, als ich die Leiche des Rangers mit dem Loch in der Stirn sah. Doch obwohl ich mich übergeben und in Panik verfallen wollte, riss ich mich zusammen. Denn ich hatte mit diesen schrecklichen Geschehnissen gerechnet. Ich war vorgewarnt gewesen.

„Kommt mit!", befahl ich meinen Freundinnen. Ich zerrte die vor Schock starren Technikerinnen von ihren Schreibtischen weg, je an einer Hand hinter mir her. So schnell ich konnte, rannte ich ins Verhörzimmer. Dort konnte man sich am besten verbarrikadieren.

„Diese Tür wird euch nichts nützen", rief Alfred. Seine Stimme drang dumpf zu uns vor. „Bald wird es euch ergehen wie dem Ranger eben. Nur dir werde ich es nicht zu einfach machen, Sato. Du wirst leiden."

Ich zitterte am ganzen Körper, rieb mir über die Arme. Ich musste Ruhe bewahren. Nachdenken. Nachdenken. Nachdenken! Verzweifelt presste ich meine Handflächen gegen die Schläfen. Mein Kopf war wie leer gefegt.

„Er hat Eduard ... Eduard ist ...", stammelte Haru und schluchzte auf.

„Und uns wird er auch ..." Melodia brachte ihren Satz nicht zu Ende.

„Nein, wir kommen hier raus", versprach ich ihnen. „Wir fliehen von hier, das können wir schaffen."

Draußen hämmerten die Verbrecher an die Tür. Jemand feuerte sogar Schüsse darauf ab. Nur gut, dass dies der am besten geschützte Raum war.

„Und wie?", wimmerte meine Grundschulfreundin.

Ich blickte zu Boden, sah dabei aus den Augenwinkeln die frischen Blutspritzer an meiner Kleidung. Eduards Blut, das bei dem Schuss teilweise in meine Richtung gespritzt war. Ich konnte nicht klar denken. Das war alles zu viel.

„Ruf Visunerm!", brüllte Shadow mich über unsere Verbindung an. „Ruf sofort Visunerm oder ihr geht drauf!"

Ich schreckte zusammen, als ich die laute Stimme in meinem Kopf hörte. Natürlich, der Geist des Raumes konnte uns helfen! Meine

Übelkeit war so stark, dass ich kaum Shadows Warnung spürte, die schon eine Weile in mir getobt hatte. Ich war so unkonzentriert, dass ich befürchtete, den Geist nicht mal rufen zu können. Doch ich sang. Ich sang, weil unser Überleben davon abhing.

Als ein Lichtblitz uns im düsteren Raum blendete, unterbrach ich das Lied. Ich hatte es geschafft. Unfassbar. „Bitte bring uns in Sicherheit, Visunerm! Nach, äh … ins Appartementwohnhaus zu Lloyd. Da suchen sie uns sicher nicht." Und mein Freund würde direkt erfahren, was hier vor sich ging.

Der Geist, dessen kantige Einzelteile um seine runde Mitte schwebten, verlor keine Zeit. „Mach die Augen zu, Mia."

„Zuerst die anderen!", verlangte ich, als es wieder an die Tür hämmerte.

„Sie wollen dich foltern!", zischte Visunerm. „Sie wollen sich durch dich an deinem Vater rächen. Du musst zuerst hier weg!"

Ich zwang mich dazu, keine Miene zu verziehen und auf Melodia und Haru zu zeigen. „Je länger wir diskutieren, desto gefährlicher wird es."

Der Geist spürte, dass ich meine Meinung nicht ändern würde. Also gab er nach. Zuerst verschwand er mit Melodia. Wieder hämmerte es draußen. Haru und ich klammerten uns panisch aneinander. Wir sprachen kein Wort, weil wir zu viel Angst hatten.

Visunerm kam zurück, um unmittelbar darauf auch die dunkelhaarige Technikerin in Sicherheit zu bringen. Obwohl er sich in Rekordzeit teleportierte, kam mir die Zeit allein in dem dunklen Zimmer wie eine Ewigkeit vor. Bei jedem Schlag gegen die Tür zuckte ich zusammen. Da spürte ich, dass der Geist endlich zurückkehrte. Mir wurde schwindlig, als er mich wegbrachte, doch vor allem überkam mich Erleichterung. Wir hatten ein wenig Abstand zwischen die Schattenbringer und uns gebracht.

Lautes Schluchzen brachte mich dazu, die Augen nach dem Teleport wieder zu öffnen. Ich saß auf dem Boden in Lloyds und meinem Zimmer, Melodia und Haru ebenfalls. Mein Freund kniete neben den weinenden Mädchen, sichtlich besorgt und verwirrt. Takuto lag nur in Windeln auf dem Bett, seine Klamotten neben ihm, er strampelte wild und wurde immer unruhiger.

„Was ist passiert?", fragte Lloyd eindringlich in die Runde.

Wir waren in Sicherheit. Der Überlebensinstinkt in mir trat ein wenig in den Hintergrund, die Übelkeit hingegen nahm zu. Hastig stand ich auf, rannte ins Badezimmer und übergab mich in die Toilette. Leise keuchend blieb ich auf dem Fliesenboden sitzen. Es war kein Traum gewesen, diesmal nicht.

Lloyd lief zu mir und ging in die Hocke. „Mia, was ist los?" Behutsam strich er mir über die Wange. „Was habt ihr denn alle?"

„Eduard", wisperte ich. „Es war nicht nur ein Traum."

Ihm klappte der Mund auf. „Was?!"

„Alfred und seine Leute sind in der Zweigstelle." Es schüttelte mich heftig, die unterdrückten Tränen kamen hoch. Um mich abzulenken, stand ich auf und spülte mir den ekligen Geschmack aus dem Mund. Doch es half nichts. Gleich darauf brach ich weinend zusammen. Meine Knie gaben nach.

Mein Freund fing mich auf, bevor ich auf den Boden fiel. Er drückte mich fest an sich. „Haben sie ihn ... erschossen?"

„Vor meinen Augen!", wimmerte ich und klammerte mich an ihn. „Sein Blut ist auf mich gespritzt. Er ist umgekippt. Alles wie in meinem Traum!"

Er versteifte sich spürbar. „Aber ihr seid entkommen."

„Weil ich wusste, was passieren würde. Und dank Visunerm", wisperte ich. Da überkamen mich wieder die Hilflosigkeit, der Horror, die Panik. Ich schluchzte laut, weinte auf Lloyds Pullover und brachte kein Wort mehr heraus.

Mein Freund hob mich auf seine Arme und setzte mich auf dem Bett ab, nicht weit von Takuto entfernt. Melodia und Haru hatten sich nebeneinander auf den Boden gehockt und hielten sich gegenseitig fest, so wie ich mich an Lloyd festhielt. Das Make-up der Technikerinnen war von den Tränen verschmiert, wir machten bestimmt alle einen jämmerlichen Eindruck.

„Beruhige dich", flüsterte Visunerm, der noch im Raum herumschwebte. „Es ist überstanden. Die Schattenbringer verwüsten höchstens die Zweigstelle."

„Wir müssen die anderen warnen!", rief ich.

„Mein Handy liegt noch auf meinem Schreibtisch", murmelte Melodia.

Haru zog ihres aus der Tasche des gelben Rocks. „Ich rufe Ulrich an."

Während sie telefonierte, wandte ich mich wieder an den Geist. „Was meintest du damit, dass sich die Schattenbringer durch mich an meinem Vater rächen wollen?"

„Einer ihrer wichtigsten Sponsoren wurde verhaftet, kurz nachdem

Erik festgenommen wurde", antwortete er. „Diese Bande ahnt sicherlich, dass er im Verhör die Sponsoren verraten hat."

Ich ballte die Hände zu Fäusten. „Das erklärt Alfreds Drohung."

Lloyd sah mich alarmiert an. „Was hat er gedroht?"

„Dass er mich auch umbringen würde, aber nicht so schnell wie Eduard", wisperte ich.

„Er kommt nicht mehr an dich ran", schwor mein Freund finster.

„Das bleibt jedenfalls zu hoffen", äußerte sich Visunerm.

Das Gespräch erstarb, sodass wir dem Telefonat lauschen konnten. „Am besten betretet ihr die Zweigstelle nicht vor heute Abend. Wir sind jetzt im Wohnhaus bei Mia und Lloyd. Ja, wir sind unverletzt. Nur Eduard ..." Bald darauf legte Haru auf und drehte sich wieder zu uns. „Ulrich gibt allen Windfeld-Rangern Bescheid und redet mit dem Vorsitzenden", berichtete sie leise. „Wir sollen hierbleiben, bis die anderen kommen."

„Am liebsten würde ich Alfred die Fresse polieren", zischte Lloyd.

„Nein!", rief ich und umarmte ihn fester. „Geh nicht dahin, sonst bringt er dich auch noch um!" Etwas leiser fügte ich hinzu: „Bleib hier, bitte."

„Schon gut", antwortete er und strich mir über den Rücken. „Ich lass euch jetzt nicht allein."

„Ist deine Panikattacke vorüber?", meldete sich Visunerm zu Wort.

Halbherzig lächelte ich. „Ich denke schon."

„Dann kehre ich zu den anderen Geistern zurück. Rufe uns jederzeit, wenn du uns brauchst", riet er mir.

„Danke für alles", flüsterte ich.

Er schüttelte seine grauen Einzelteile um die weiße Mitte. „Nicht doch." Dann war er verschwunden.

Plötzlich hörten wir einen sehr ungeduldigen Schrei. „Baba! Mama!"

„Takuto!" Wie hatte ich nur völlig vergessen können, dass der Kleine auch hier war? Er hockte direkt hinter mir, musste wohl über das Bett gekrabbelt sein. Ich nahm ihn auf meinen Schoß und drückte ihn sanft. „Wir sollten dich anziehen, was?"

„Ich mach schon", beschloss Lloyd und zog unserem Sohn Hose, Shirt und Stoffjacke an. „So, jetzt wird dir nicht mehr kalt."

Ein wenig Ruhe war eingekehrt. Melodia, Haru und ich redeten nicht mehr über das vorherige Geschehnis. Wir wollten nicht darüber sprechen und Lloyd drängte uns nicht.

„Darf ich ihn nehmen?", fragte Melodia und deutete auf Takuto.

Mein Freund gab ihr den Jungen, woraufhin sie glücklich seufzte und sich an ihn schmiegte. „Wie gut, dass du hier in Sicherheit warst." Der Kleine patschte auf ihre Nase und lachte begeistert, als sie erstaunt blinzelte. Doch dann stimmten wir alle in das Lachen ein.

Für einen Moment vergaßen wir den Schrecken oder verdrängten ihn zumindest. Wir saßen beisammen, spielten mit Takuto und gaben uns gegenseitig den Halt, den wir zuvor nur innerhalb von wenigen Minuten verloren hatten.

Lloyd ließ mich den ganzen Nachmittag nicht los. Und wahrscheinlich war das der einzige Grund dafür, dass ich die kommenden Stunden ohne eine weitere Panikattacke überstand.

Mark, James, Ulrich und Jakob schauten abends bei uns vorbei. Wir sprachen kaum miteinander, die Trauer und der Schock lasteten schwer auf uns allen. Ein weiterer Ranger, den wir gemeinsam mit den anderen bestatten würden. Ein weiterer lieber Kollege, den wir verloren hatten.

„Wir sollten das Abendessen vorbereiten", fiel Melodia ein. „Zumindest eine Kleinigkeit."

„Wenn das in den Trümmern überhaupt geht", gab Haru zu bedenken.

James deutete auf Mark und sich selbst. „Wir helfen euch. Wenn wir zusammen aufräumen, kriegen wir schon was auf den Tisch."

Also verließen die Technikerinnen mit ihren Freunden das Wohnhaus, Ulrich und Jakob blieben bei uns. „Kommt ihr auch mit?", fragte der jüngere Mann.

Lloyd sah erst zu Takuto, der in seinem Kinderbett schlief, dann zu mir. „Wir sollten was essen, ja."

„Ich kann nichts essen. Und ich kann schon gar nicht zurück in die Zweigstelle, wo ..." Es schüttelte mich, wieder sah ich den toten Eduard vor mir. Die Leiche befand sich natürlich längst nicht mehr hier, doch ich würde es nicht ertragen können, auch nur einen Blutfleck in der Zweigstelle zu entdecken.

Ulrich setzte sich neben mich aufs Bett. „Melodia und Haru haben nicht hingeschaut, als es passiert ist, oder?"

„Zum Glück nicht. Nur ich", wisperte ich.

„Verdammt", seufzte Jakob, als er sich an den Schreibtisch lehnte. „Das muss der Horror gewesen sein."

„Du kannst es dir gar nicht vorstellen", entgegnete Ulrich leise.

Entgeistert musterte ich den Stationsleiter. „Ach, richtig. Luca wurde auch direkt vor deinen Augen ..." Er nickte. „Wie hast du das ausgehalten? Wie konntest du überhaupt noch Saizew verhaften und weitermachen?"

„Indem ich mir geschworen habe, dass sein Tod nicht umsonst sein wird." Seine Stimme klang rau. „Anders ging es nicht."

Da schluchzte ich auf. „Warum musste das passieren?"

Die Schattenbringer hatten die ganze Zweigstelle zerlegt und sich irgendwann zurückgezogen. Sie waren völlig außer Kontrolle und radikaler denn je. Mir kam es fast so vor, als hätten sie gar kein Ziel mehr – abgesehen von Chaos, Leid und Zerstörung.

Ulrich legte einen Arm um mich. „Es herrscht Krieg. Aber wir sind auf dem besten Weg, ihn zu beenden. Natürlich darf es nicht so weitergehen, das meint auch der Vorsitzende. Er will keinen Ranger mehr zu Grabe tragen, niemand will das. Also wird der Einsatz gegen Blair Pharmaceuticals so schnell wie möglich durchgeführt. Wenn wir den Schattenbringern endgültig den Geldhahn abdrehen, werden sie handlungsunfähig."

„Wenn das mal klappt", wandte ich schwach ein und lehnte mich an den Stationsleiter. „Immerhin sind viele Ranger von gestern noch verletzt."

„Wir finden einen Weg", versicherte er mir. „Jetzt liegt es an uns, dafür zu sorgen, dass unsere Freunde und Kollegen nicht umsonst gestorben sind."

Eine Weile sagte niemand etwas. Ich dachte nur über Ulrichs Worte nach. Nein, Eduards Tod durfte nicht sinnlos gewesen sein! Wir würden die Schattenbringer zur Rechenschaft ziehen, und zwar gnadenlos!

Aber an den Krieg wollte ich heute nicht mehr denken. Ich wollte mich beruhigen, die Ereignisse verarbeiten und wenigstens ein bisschen Schlaf finden. Nachdem Ulrich mich zu einem kleinen Abendessen überredet hatte, legten Lloyd und ich uns früh ins Bett. Die Stimmung in der Zweigstelle war zu erdrückend gewesen, um lange zu bleiben.

Mein Freund lenkte mich etwas von der Panik und dem Schock ab, indem er mir eine Geschichte aus seiner Schulzeit erzählte. Wir redeten bis in die Nacht hinein. Irgendwann fielen mir endlich die Augen zu.

„Ich fliege gleich los", kündigte ich an. „Und das ist okay für dich?"

Lloyd nickte. „Ich helfe den anderen beim Wiederaufbau der Zweigstelle, während du weg bist. Takuto freut sich bestimmt, in dem Chaos ein wenig spielen zu dürfen."

Ich schmunzelte, froh darüber, dass er sich mehr und mehr mit den

Windfeld-Rangern anfreundete. „Gut, dann bis heute Mittag." Wir küssten uns zum Abschied, ich drückte unseren Sohn, dann verließ ich das Appartementwohnhaus und sah mich um. Es war noch früh am Morgen, die Straßen dementsprechend menschenleer. Also konnte ich unauffällig einen Flugvogel rufen und mich auf den Weg zur Lichtung im Wald von Brislingen machen. Mir stand ein wichtiges Gespräch bevor. Der Geist der Zeit hatte mich heute nämlich über unsere Verbindung geweckt und um ein persönliches Treffen gebeten. Ich kannte den Grund dafür nicht, doch es musste um eine wichtige Angelegenheit gehen, wenn mich der sonst so schweigsame Geist sprechen wollte. Darum war ich sofort aufgestanden, hatte meine Tarnung angelegt und Lloyd die Sachlage geschildert.

Das Animalia landete auf der Lichtung, ich stieg ab und streichelte durch sein Gefieder. „Danke. Jetzt kannst du weiter." Leise gurrte der Flugvogel. Er schmiegte sich an meine Hand und ließ mich spüren, dass er mir gern geholfen hatte, bevor er abhob und in der Ferne immer kleiner wurde.

Ich setzte mich auf den umgestürzten Baumstamm, blickte kurz zum strahlend blauen Himmel auf. Der Frühling wich schon langsam dem nahenden Sommer. Eine angenehme Brise wehte durchs Geäst. Es war ein so schöner Tag, dass ich lächelte. Trotz des Angriffs der Schattenbringer. Den ganzen Tag zu trauern und zu verzweifeln, brachte mich sowieso nicht weiter. Ich wollte nach vorne schauen. Denn es gab Hoffnung auf Frieden.

„Bitte ruf mich endlich", flüsterte Pemorat in meinem Kopf.

Ich nickte. „Du bist ja ungeduldig", entgegnete ich, stimmte aber sein Lied an, denn er konnte nicht ohne meine Hilfe nach Fioria kommen. Mich blendete sein heller Lichtblitz, darum hielt ich mir einen Arm vor die Augen. Vorsichtig blinzelte ich, bevor ich aufblickte. Der orange, plüschige Geist schwebte direkt vor mir. „Hallo", begrüßte ich ihn lächelnd.

„Hallo", antwortete er. „Danke, dass du mich gerufen hast."

„Was ist denn los?" Besorgt musterte ich ihn. „Shadow hat mir erzählt, dass du lange nicht mit den anderen Fiorita geredet hast. Das war echt beunruhigend."

„Es hatte einen Grund", murmelte er. „Nun kann ich davon sprechen. Nein, ich muss sogar. Ich möchte es dir erzählen."

Ich beugte mich vor, um Pemorat zu streicheln. „Ich höre dir gerne zu."

Er kam etwas näher und ließ sich vor mir nieder, damit ich ihn bequemer erreichen konnte. Offensichtlich sollte ich ihn weiterstreicheln. Es beruhigte ihn, das wusste ich. „Es ist schwer, die Zukunft zu kennen und nicht darüber sprechen zu dürfen", gestand er. „Vor allem wenn jeder ständig danach fragt."

„Aber die Geister, Dämonen und ich wissen doch, dass du die Zukunft nicht verrätst. Das ist okay. Es wäre zwar schön zu wissen, was passiert, aber du machst es völlig richtig."

„Wenn du das denkst, wieso spüre ich deinen Ärger?", wollte er wissen.

„Du hast eine große Verantwortung und du trägst sie allein." Traurig sah ich den plüschigen Geist an. „Ich wünschte, dir könnte jemand helfen. Und es ärgert mich, dass es niemand kann."

Da lächelte er. „Wahrlich, es ist nicht nur unsere Verbindung, die mich für dich einnimmt. Ich danke dir für dein Verständnis und deine Sorge."

Ich kraulte ihn am Kopf. „Nicht doch. Und wenn dich das alles mal wieder zu sehr belastet, kannst du jederzeit mit mir reden. Du weißt, dass ich immer für dich da bin. Für alle Fiorita."

„Und genau darum musste ich etwas Unverantwortliches tun", wisperte er.

„Was meinst du?", wunderte ich mich. „Was hast du getan?"

„Ich habe in den Lauf der Dinge eingegriffen." Sein Schamgefühl erschlug mich beinahe, doch ich zwang mich dazu, die Fassung zu wahren. „Ich habe die Zukunft beeinflusst. Geändert."

„Wie denn?"

„Am einfachsten erkläre ich es dir wohl durch deinen Traum", grübelte er.

Unwillkürlich hielt ich die Luft an. „Du weißt, was dieser unheimliche Traum, der wahr geworden ist, zu bedeuten hatte?"

„Natürlich." Er seufzte schon beinahe ratlos. „Ich habe dir diesen Traum eingepflanzt. Die Zukunft, die ich gesehen habe", heftig schüttelte er sich, „ich wollte sie nicht wahrhaben. Ich habe dich sterben sehen. Qualvoll habe ich dich sterben sehen!" Daraufhin jaulte er, indem er seine Schnauze weit aufriss. „Also musste ich dich warnen und ich wusste keinen anderen Weg."

Lange starrte ich Pemorat an.

Fassungslos.

Überwältigt.

Ich rutschte vom Stamm, fiel auf die Knie und umarmte ihn fest. Er zitterte. „Du hast mir das Leben gerettet. Du hast mich gerettet, weil ich wusste, was passieren würde. Danke, Pemorat!"

„Ich konnte nicht anders", flüsterte er. Sein Zittern wurde regelrecht zu einem Beben. „Ich sah, wie du vor Entsetzen starr wurdest. Wie du kaum realisieren konntest, was die Schattenbringer deinem früheren Kollegen angetan hatten. Wie du wegen des Schocks von ihnen geschnappt und erschossen wurdest ..."

„Und dank dir konnte ich schnell genug reagieren. Dank dir haben Melodia, Haru und ich überlebt", lobte ich ihn. „Du bist ein Held!"

„Es ging mir in diesem Moment nur um dich", gab er leise zu. „Für andere Menschen hätte ich nicht gegen meine Prinzipien verstoßen."

Gerührt schmiegte ich mich an ihn. „Danke, dass du es für mich getan hast."

„Und ich würde es wieder tun", murmelte er beinahe tonlos.

Lange kniete ich so auf der Lichtung, drückte Pemorat fest an mich und ließ mich von einem unbeschreiblichen Glücksgefühl erfüllen. Nicht nur, weil ich noch lebte, sondern auch, weil die Freude aller Geister und Dämonen auf mich einströmte, die nun begriffen, warum sich Pemorat in letzter Zeit so merkwürdig benommen hatte.

Eins stand fest: Das Mädchen aus der Legende und dadurch mit den Fiorita verbunden zu sein, war das größte Glück, das ich mir vorstellen konnte. Für nichts auf der Welt würde ich dieses Bündnis jemals aufgeben.

Lautes Murmeln erfüllte die noch immer verwüstete Zweigstelle. Es sah schon deutlich besser hier aus als gestern, die Splitter der Computerbildschirme und die zerrissenen Akten waren bereits aufgeräumt. Auch die Schreibtische standen wieder und das zerschlagene Fenster war ersetzt worden. Doch einige Regale lagen noch auf dem Boden, es war schmutzig und ungewohnt leer, weil so viele Dokumente und Gegenstände zerstört worden waren. Immerhin sah ich nirgends mehr Blut.

Sämtliche Windfeld-Ranger, die Technikerinnen, Lloyd, Takuto und ich hatten uns noch vor dem Mittagessen hier eingefunden, weil Ulrich eine Besprechung einberufen hatte. Kurz ließ ich meinen Blick über Lasse, Riku, Benjiro, Jonas, Leo, Genta, Mika, James, Torben, Mark, Jakob und Ulrich schweifen. Viktor und Eduard fehlten jedoch in diesem Bild ...

„Verdammt, ich müsste mich hundertmal bei Pemorat bedanken!“, riss mich Lloyd aus meinen Gedanken. „Wenn er dich nicht gewarnt hätte ...“

„Das will ich mir lieber nicht vorstellen“, gestand ich und schob Takuto in seinem Kinderwagen vor und zurück. Der Kleine hielt seinen Mittagsschlaf.

„Gut, wir sind vollzählig“, stellte Ulrich fest. „Ich komme aus einer langen Besprechung mit dem Vorsitzenden und den Stationsleitern. Wir haben den Einsatz gegen Blair Pharmaceuticals geplant. Und wir werden bereits morgen zuschlagen. Denn es ist schon zu viel passiert. Es herrscht zu lange Krieg, die Bürger leiden zu lange, es wurden zu viele Ranger verletzt und getötet. Was wir auch getan haben, es war nicht genug, um die Probleme und Verluste zu verhindern. Doch mit diesem Einsatz soll sich das ändern.“

„Es wird nicht reichen, nur den Sponsor festzunehmen“, wandte Lloyd nachdenklich ein. „Wenn wir nicht auch einen Großteil der Schattenbringer, einschließlich Alfred, hinter Gitter bringen, wird es weitere Kämpfe, Überfälle, Schießereien und Opfer geben.“

„Aber ihnen wird das Geld ausgehen“, entgegnete Jakob. „Das ist ein wichtiger Punkt. Ohne Geld können sie nicht viel machen.“

Mein Freund verschränkte die Arme. „Oder sie suchen sich neue Sponsoren.“

„Die Reglementierungen der Ranger sind wieder in Kraft. Die meisten Waffen im Besitz von Privatpersonen haben wir gefunden und konfisziert“, meldete sich Lasse zu Wort. „Viele Unternehmer halten sich zurück, seit die Ranger den Respekt zurückgewonnen haben. Es wird sicher nicht leicht, neue Sponsoren aufzutreiben.“

„Wenn wir Blair schnell aus dem Verkehr ziehen und die Schattenbringer dann genauso schnell aufspüren, wäre der Krieg vorbei“, grübelte ich. „Aber sie haben viele Verstecke, sind über ganz Fioria verteilt. Lloyd hat schon recht. Solange Alfred die Organisation leitet und zusammenhält, werden sich die Verbrecher nicht geschlagen geben.“

„Dann sollten wir uns auf ihn konzentrieren, sobald wir Blair haben“, stimmte Ulrich zu. „Morgen allerdings stürmen wir die Firma.“

„Blair lebt doch im Bezirk der Ranger, in Gakuen sogar. Warum nehmen ihn nicht einfach die zuständigen Ranger vor Ort fest?“, wandte Jakob ein. „Ist ja nicht so, als wäre er in den äußeren Provinzen, wo wir keine Leute haben und erst anrücken müssen.“

„Das wollten wir zunächst so machen, aber es gibt einige Probleme“, erklärte der Stationsleiter. „Einerseits haben wir, abgesehen von Erik Satos Aussage, keine Beweise gegen Blair. Zweitens verschanzt er sich seit Saizews Festnahme in seinem Firmengebäude. Er ahnt, dass er der Nächste sein wird. Drittens bekommen wir seine mitschuldigen Angestellten vielleicht nicht, wenn wir nur ihn verhaften.“

Jakob nickte. „Verstehe.“

„Wisst ihr, wie es im Firmengebäude aussieht?“, fragte Lloyd.

„Ja, wir haben die Baupläne“, bestätigte Ulrich. „Es ist eine große Firma, eine der Hallen im Industriegebiet außerhalb von Gakuen.“

„Wer soll alles dabei sein?“, erkundigte sich Mark.

„Mindestens die Hälfte aller Ranger aus den jeweiligen Zweigstellen.“ Ulrich sah uns ernst an. „Aus unserer Zweigstelle sogar mehr, weil wir mehr gesundes Personal haben. Jakob, Benjiro, Mika, Genta, Torben, James, Lloyd und Mia, ihr seid dabei. Genau wie ich. Ich habe wieder die Leitung.“

Die Ranger nickten, Haru verzog schmerzlich das Gesicht und umarmte ihren Freund fest. James strich beruhigend über ihren Rücken. Melodia wirkte erleichtert, dass Mark diesmal nicht zum Einsatz gerufen wurde. Lloyd und ich nahmen uns wie von selbst an der Hand und verschränkten unsere Finger miteinander. Gemeinsam standen wir das durch. Außerdem wollten wir ja helfen. Auch wenn es bedeutete, Takuto noch mal bei meiner Mutter unterzubringen und für einige Stunden allein zu lassen.

„Also geht es morgen wieder in den Einsatz“, fasste der mürrische Torben zusammen. Wobei er jetzt gerade gar nicht mürrisch wirkte. Im Gegenteil, er sah erwartungsvoll aus.

„Ja. Nieder mit den Apothekern!“, rief Benjiro.

Sofort richteten sich alle Blicke auf ihn. Genta musterte ihn besonders skeptisch. „Äh, was hast du gegen Apotheker?“

„Na, die sind doch immer so unfreundlich“, erklärte der Gefragte verunsichert und trat von einem Fuß auf den anderen.

„Dann gehst du in die falschen Apotheken“, lachte Jakob. „Hier geht es nicht um die Apotheker, sondern um die Pharmaindustrie. Um einen Hersteller von Medikamenten.“

Benjiro lächelte schief. „Weiß ich doch. War nur ein Scherz. Schnappen wir uns Blair und stoppen die Schattenbringer!“

„Das ist die richtige Einstellung“, lobte Ulrich ihn. „Gut, zurück an die Arbeit. Ich werde den Einsatz mit den anderen Stationsleitern vorbereiten.“

Alle machten sich wieder an ihre täglichen Aufgaben. Nur Melodia, Haru, James, Lloyd, Takuto und ich blieben in der Zweigstelle.

„Dann räumen wir mal weiter auf“, seufzte der zurückgebliebene Ranger. „Ein Hoch auf den Innendienst!“

„Ach, wenn wir erst mal die Regale aufgestellt haben, sieht es schon viel besser aus“, ermutigte Lloyd ihn.

„Warte!“, bat Haru und nahm ihren Freund an der Hand. „Wegen morgen ...“

James strich ihr übers offene Haar. „Mach dir keine Sorgen um mich. Ich bin Einsätze gewohnt. Es wird nichts passieren.“

„Und selbst wenn – Mia rettet ihn sicher“, merkte Melodia an. „Sie hat bisher jeden von uns gerettet.“

„Außer Viktor und Eduard“, entgegnete ich düster.

Lloyd legte seine Arme um meine Hüfte. „Aber da konntest du nichts machen.“

„Ich hab trotzdem Angst um dich, James“, wisperte Haru. „Wehe, du kommst nicht lebendig zurück!“

„Glaub mir, du machst mir manchmal mehr Angst als bewaffnete Verbrecher“, neckte er sie und zwinkerte ihr zu. „Also muss ich heile zurückkommen, damit du nicht wütend wirst.“

Da kicherte seine Freundin. „Besser wär's!“

Der Ranger hauchte ihr einen Kuss auf die Lippen. „So, und jetzt wieder an die Arbeit. Es gibt genug zu tun!“

Den gesamten Nachmittag verbrachten wir damit, die Zweigstelle aufzuräumen und zu putzen. Lloyd und ich hatten gleichzeitig alle Hände voll zu tun, um Takuto davon abzuhalten, sich Zeug, das auf dem Boden herumlag, in den Mund zu stecken. Doch im Großen und Ganzen kamen wir gut voran, es ließen sich kaum noch Hinweise auf den gestrigen Angriff der Schattenbringer finden. Als die anderen Ranger zum Abendessen zurückkamen, konnten sie kaum fassen, wie sauber die Zweigstelle nun wieder aussah.

„Heute lassen wir den Stammtisch lieber ausfallen“, merkte Ulrich beim Essen an. „Wir alle müssen morgen früh fit sein.“

„Dafür können wir morgen Abend in der Kneipe feiern“, schlug Jakob vor. „Wenn der Einsatz gelungen ist.“

„Das werden wir!“, stimmte Lasse zu und erhob sein Glas. „Auf die baldige Zerstörung der Schattenbringer.“

„Auf den Frieden“, ergänzte Mark und stieß mit ihm an.

Ich lächelte. Diese Zuversicht tat gut. Auch ich freute mich schon auf morgen Abend, wenn wir – hoffentlich – einen Erfolg zu verbuchen hatten.

„Bringen wir Takuto gleich noch zu Cassandra?", fragte mich Lloyd.

„Heute Abend?", wunderte ich mich.

Er nickte. „Er hat die letzte Übernachtung bei ihr doch auch gut überstanden. Und dann müssen wir morgen nicht ganz so früh aufstehen."

Klang einleuchtend. „Okay, können wir gerne machen." Ich wollte noch etwas sagen, doch das Klingeln von Melodias Handy unterbrach mich.

„Hallo?", meldete sich die blonde Technikerin. „Arisa, schön, dich zu hören! Wie geht's dir?" Eifrig nickte sie. „Ja, mir auch. Klar, ich gebe sie dir, eine Sekunde." Sie reichte mir das Handy. „Arisa für dich."

Ich runzelte die Stirn. „Hallo", begrüßte ich meine Grundschulfreundin verwundert. „Was ist denn los?"

„Ach, ich wollte mich nur nach euch erkundigen", antwortete Arisas Stimme aus dem Telefon. „Alles klar bei euch?"

„Es geht so ... es ist viel los", seufzte ich.

„Ich hab schon mitbekommen, dass die Ranger ganz schön durchstarten", erzählte sie begeistert. „Jetzt bewegt sich richtig was. Darum wollte ich dich noch was fragen. Ich werde einen Bericht über den Krieg und die Taten der Ranger schreiben. Da wäre es natürlich perfekt, ein exklusives Interview mit den Windfeld-Rangern zu führen. Denn obwohl Windfeld so eine kleine Zweigstelle ist, richtet sie doch ordentlich was aus."

„Schöne Idee", merkte ich an. „Du schreibst sicher einen tollen Artikel. Und ich wette, alle hier geben gerne ein Statement für dich ab."

„Das wäre super. Von Lloyd und dir will ich natürlich auch ein paar Antworten. Immerhin spielst du als Mädchen aus der Legende eine große Rolle bei der ganzen Sache, nicht wahr? Deine Fähigkeiten helfen euch sehr."

„Oh nein, darüber schreibst du nichts! Meine Identität muss geheim bleiben", wandte ich sofort ein. „Schlimm genug, dass die ganze Welt weiß, dass mein Vater der Gründer der Schattenbringer ist. Aber wenn öffentlich bekannt wird, dass ich das Mädchen aus der Legende bin, wären die Fiorita in Gefahr."

„Ich dachte, deine Identität sei längst ein offenes Geheimnis?", wunderte sie sich. „Die Ranger kennen sie, die Schattenbringer auch ..."

„Aber die Bürger nicht. Die meisten Menschen wissen nicht mal, dass das Mädchen aus der Legende schon geboren ist", erklärte ich. „Und das ist besser so. Ich will nicht, dass Leute versuchen, über mich an Geister und Dämonen heranzukommen. Und ich will nicht so viel Aufmerksamkeit."

Leise seufzte sie. „Na gut", gab sie nach. „Das verstehe ich irgendwie. Ich will ja auch nicht, dass den süßen Geistern was passiert."

„Ansonsten helfe ich dir gern bei deinem Artikel", versprach ich. „Morgen haben wir noch was Wichtiges vor, aber danach kannst du so viele Fragen stellen, wie du willst."

„Okay, danke", freute sie sich. „Dann melde ich mich noch mal. Grüß den Eisklotz von mir."

Diesen Spitznamen für Lloyd hatte ich schon lange nicht mehr gehört, zumal sich Arisa inzwischen deutlich besser mit ihm verstand. Doch ich musste schmunzeln. „Ja, mach ich. Wir hören uns."

„Tschüss." Sie legte auf und ich gab Melodia ihr Handy zurück.

„Arisa wollte veröffentlichen, dass du das Mädchen aus der Legende bist?", fragte Ulrich, der dem Gespräch gelauscht hatte. „Ist sie wahnsinnig?"

„Sie hat wahrscheinlich nicht daran gedacht, was es auslösen könnte, wenn es bekannt wird", nahm ich sie in Schutz. „Aber sie schreibt einen Artikel über den Krieg und die Windfeld-Ranger, dafür will sie uns interviewen."

„Gute Presse kann nicht schaden", lachte der Stationsleiter.

Mein Freund stand vom Tisch auf. „Wollen wir dann los? Sonst schaffen wir es nicht pünktlich zur Ausgangssperre zurück ins Wohnhaus."

Ich nickte. „Also, auf nach Brislingen."

Die erste Hälfte der Fahrt zog sich unerträglich lange hin, weil Takuto von der Rückbank aus schrie wie am Spieß. Lloyd und ich tauschten einen ratlosen Blick. „Was hat er denn?"

„Keine Ahnung", murmelte mein Freund. „Vielleicht sind es wieder die Zähne? Oder er ahnt, dass er eine Weile in Brislingen bleiben wird."

„Oje", seufzte ich und drehte mich zu unserem Sohn um. „Ach, mein Schatz, was ist denn los?" Da schrie er nur noch lauter. Um ihn zu beruhigen, stimmte ich ein Kinderlied an, wobei ich mich bemühte, nicht an irgendwelche Animalia zu denken und keine zu rufen. Nach und nach wurde das Gebrüll stiller. Takuto beobachtete nur noch mich und ahmte meine Mundbewegungen nach.

„Singen klappt echt immer", stellte Lloyd fest.

„Zum Glück", lachte ich. „Sonst würden wir in manchen Nächten gar keinen Schlaf bekommen."

„Oh ja." Er fuhr in die Einfahrt meines Elternhauses. „Da wären wir."

Ich stieg aus und löste den Gurt des Kindersitzes. „Jetzt geht's zu Oma."

„Oma", rief Takuto. Im selben Moment wurde die Haustür geöffnet, meine Mutter kam mit alten, schmutzigen Klamotten, hochgebundenen Haaren, der Gießkanne und einer kleinen Harke nach draußen. Überrascht musterte sie uns.

„Hallo Mama", begrüßte ich sie. „Willst du im Vorgarten arbeiten?"

Sie lächelte mich an. „Die Blumen müssen mal wieder gegossen werden, es hat lange nicht geregnet. Und was macht ihr hier?"

„Wir haben völlig vergessen, dich anzurufen", fiel Lloyd ein. „Wir wollten fragen, ob du dich bis morgen Abend um Takuto kümmern könntest."

Ihr Lächeln erstarb. „Habt ihr wieder einen Einsatz?" Wir nickten nur. „Es gefällt mir nicht, dass ihr wieder so etwas Gefährliches macht."

„Wir müssen", flüsterte ich. „Wir haben die Möglichkeit, den Schattenbringern den Geldhahn abzudrehen, und die müssen wir nutzen."

Da trat sie einen Schritt näher zu mir und strich mir über die Wange. Traurig ruhten ihre blauen Augen dabei auf mir. „Du solltest nicht die Fehler deines Vaters ausbessern müssen."

Ich senkte den Kopf. „Aber das ... die Ranger kümmern sich gemeinsam darum. Außerdem hat Papa selbst angefangen, seine Fehler zu korrigieren, indem er uns die Namen seiner Sponsoren verraten hat."

„Und trotzdem werde ich Erik die Meinung geigen, wenn ich ihn das nächste Mal im Gefängnis besuche", schnaubte sie.

„Das würde ich zu gerne miterleben", lachte ich und drehte mich zur offenen Autotür um. Vorsichtig hob ich Takuto auf meine Arme. „Und? Kümmerst du dich um ihn, während wir weg sind?"

Sie stellte die Gießkanne und die kleine Harke auf den Boden, um mir den Kleinen abzunehmen. „Natürlich. Mein Enkel ist hier immer willkommen. Genau wie ihr beide."

„Danke, Cassandra. Du bist uns eine große Hilfe", gab Lloyd zu.

Meine Mutter war wirklich unsere Rettung. Lloyds Eltern wohnten zu weit weg, um Takuto mal schnell zu ihnen zu bringen. Und ich wollte ihn nur ungern den ganzen Tag bei Melodia und Haru lassen – nicht, weil ich den beiden nicht vertraute, sondern weil sie weniger Erfahrung mit Kindern hatten. „Passt bloß auf euch auf!“, schärfte meine Mutter uns ein.

„Machen wir“, versprach ich und küsste Takuto auf die Stirn. „Bis morgen, mein Schatz. Sei brav, ja?“

„Brav“, wiederholte er und strahlte mich an.

Beinahe wären mir die Tränen gekommen. Ich mochte es nicht, mich von ihm zu verabschieden. Ich hasste es sogar. Vor allem jetzt, wo es keine Garantie gab, dass ich den Kleinen morgen wiedersah. Vielleicht gehörte diesmal ich zu den Todesopfern des Einsatzes. Oder Lloyd. Panisch blickte ich zu meinem Freund. Nein! Wir mussten beide überleben!

Lloyd drückte Takuto fest. „Bis morgen, mein Großer. Ich hab dich lieb.“

Nachdem wir uns auch von meiner Mutter verabschiedet hatten, öffnete mein Freund die Fahrertür. „Warte mal!“, hielt ich ihn zurück. „Können wir noch ganz kurz in den Wald? Ich will mich mit Shadow beraten.“

„In einer Stunde fängt die Ausgangssperre an, es dämmert auch schon“, wandte er ein. „Kannst du nicht über eure Verbindung mit ihm reden?“

Ich schüttelte den Kopf. „Ich will ihn sehen. Das ist nicht dasselbe.“

Gerade als er den Mund öffnete, vermutlich zu einer weiteren Erwiderung, klingelte das Handy in meiner Hosentasche. Ich las die angezeigte Nummer und reichte das Gerät an Lloyd weiter. Der Anruf von Fiona galt sicher ihm und nicht mir.

„Mama?“, wunderte er sich, als er das Gespräch annahm. „Was gibt's?“ Er hörte kurz zu und nahm das Handy dann vom Ohr. „Das dauert etwas länger“, flüsterte er mir zu. „Sie macht sich Sorgen um uns, weil sie von dem Überfall auf Windfeld gehört hat. Geh ruhig zur Lichtung, in einer halben Stunde fahren wir aber los.“

Ich nickte. „Alles klar. Bis gleich.“

Bevor ich in den Wald lief, griff ich nach Lloyds freier Hand und zog ihn näher zu mir, um ihn zu küssen. Als wir uns voneinander lösten, lächelten wir uns an. Ohne ein weiteres Wort machte ich mich auf den Weg zur Lichtung. Vor dem morgigen Einsatz musste ich einfach noch mal mit Shadow reden. Aber nicht nur mit ihm, ich wollte auch einen Geist rufen. Oder zwei.

Kurz überlegte ich, bis ich mich für den ersten und den letzten Geist entschied, den ich kennengelernt hatte. Also sang ich nicht nur Shadows Lied, sondern auch die von Celeps und Luna. Schnell erschienen die drei Fiorita bei mir auf der Lichtung.

Der kleine grüne Waldgeist flog vier Runden um mich herum, bevor er vor meinem Gesicht in der Luft flatterte. „Mia! Wir haben uns viel zu lange nicht gesehen!"

„Hallo Celeps", begrüßte ich ihn. „Das stimmt leider. Es gibt zu viel zu tun, um die Schattenbringer endlich zu stoppen."

„Keine leichte Aufgabe", äußerte sich Shadow. Er legte seine neblige Hand auf meine Schulter, sodass alles um mich herum völlig schwarz wurde. „Du sorgst dich sehr, das spüre ich."

„Der Einsatz wird sicher wieder gefährlich", murmelte ich. „Wenn Lloyd oder mir was passieren würde ... oder überhaupt irgendwem! Ich will keine Leichen mehr sehen, nie wieder!"

„Solange ihr zusammenbleibt und euch an den Plan des Stationsleiters haltet, wird euch sicherlich nichts passieren", beruhigte mich das Dämonenoberhaupt und ließ mich los. Die Farben um mich herum kehrten zurück, ich erkannte den Wald wieder. „Und wenn ihr in Gefahr geraten solltet, ruf uns jederzeit. Die Fiorita stehen dir zur Verfügung."

„Und wir lassen dich nicht sterben, was es auch kostet", versicherte mir Celeps. „Hast du ja erst an Pemorat gesehen."

Ich lächelte schief. „Danke. Ich bin wirklich froh, dass ich euch habe. Und ich hoffe, dass Lloyd und ich das alles überstehen. Aber ich hab auch Angst um die anderen Ranger."

„Schon viele Menschen sind in diesem Krieg gefallen", seufzte Shadow.

Betrübt blickte Luna zum Himmel auf. „Langsam neige ich dazu, Sapinos zu glauben, dass Menschen selbstzerstörerische Wesen sind." Der Geist der Weisheit hatte offenbar kein besonders optimistisches Bild. „Aber ich hege Hoffnung, wenn ich Menschen wie dich und Lloyd sehe. Menschen, die für Frieden und Gerechtigkeit kämpfen."

„Wie es auch die Ranger tun", merkte ich an.

„Es wird sich zeigen, ob eure Anstrengungen genügen", entgegnete sie.

„Ich feuere euch an", rief Celeps.

„Vielen Dank." Ich drückte die drei Fiorita nacheinander an mich. „Ihr seid einfach die Besten."

„Nicht doch", winkte Shadow ab. „Gibt es noch ein Anliegen, das du mit uns besprechen wolltest?"

Ich schüttelte den Kopf. „Ich wollte euch vor allem sehen, um mich zu beruhigen", gestand ich. „Jetzt muss ich sowieso gleich zurück zum Auto, Lloyd und ich sollten nach Windfeld fahren."

„Mia, ich wünsche dir alles Glück der Welt für morgen." Luna schwebte an mich heran und stupste mit ihrem Kopf gegen meine Hand. „Ich weiß, du willst den Frieden ermöglichen. Aber lass dich in deinem Eifer nicht verletzen."

„Ich passe auf mich auf", versprach ich.

Celeps flog um mich herum. „Wehe, wenn nicht!"

Kurz lächelte ich in die Runde, bevor es endgültig Zeit für den Abschied wurde. Shadow, Celeps und Luna verließen Fioria, woraufhin ich zu meinem Freund zurückkehrte, der sein Telefonat inzwischen beendet hatte.

„Schöne Grüße von meinen Eltern", richtete er mir auf der Rückfahrt aus. „Die beiden wünschen uns viel Glück für morgen. Und sie sind sauer, weil sie sich Sorgen um uns machen."

Ich nickte langsam. „Kann ich irgendwie verstehen. Aber wenn das alles vorbei ist, können wir Fiona und Nico mal wieder besuchen."

„Das müssen wir, sonst reißt mir meine Mutter den Kopf ab", lachte er.

Bis wir abends im Bett lagen, führten wir nur noch Alltagsgespräche. Keiner von uns redete von der bevorstehenden Gefahr oder seinen Sorgen. Ich bemühte mich, den Gedanken an den morgigen Einsatz zu verdrängen. Doch während ich mich in der Dunkelheit an meinen Freund kuschelte und seinem gleichmäßigen Herzschlag lauschte, kamen die Ängste zurück.

„Was, wenn einem von uns morgen was passiert?", flüsterte ich. „Oder sogar uns beiden?"

„Wir sind doch gut in dem, was wir tun", entgegnete Lloyd leise.

„Viktor war auch ein guter Ranger. Oder Eduard", wandte ich ein. „Wenn man nur einmal nicht aufpasst ..."

Er unterbrach mich, indem er mir den Mund zuhielt. „Nein, Mia, uns wird nichts passieren!" Seine Stimme klang entschlossen und eindringlich. „Wir nehmen Blair und seine Komplizen fest, zerschlagen dann so schnell wie möglich die Schattenbringer und beenden damit endlich den Krieg."

Unwillkürlich wurden meine Augen feucht. „Aber das ändert nichts daran, dass ich Angst vor morgen hab", schluchzte ich gedämpft hinter seiner Hand über meinem Mund. „Ich würde es nicht ertragen, wenn dir was passiert."

Er nahm die Hand von meinem Mund, um damit durch mein offenes Haar zu streichen. „Ich hab auch Angst vor morgen", gestand er. „Ich hab wirklich Angst um dich. Aber wir müssen uns auf den Einsatz konzentrieren, sonst machen wir Fehler. Und dann werden die Ängste vielleicht Realität."

Ich wusste, dass er recht hatte. Es war vernünftig, was er sagte. Doch es fiel mir schwer, mich von der Panik abzulenken. Ich drückte seine Hand fest. „Wir schaffen das", murmelte ich beschwörend. „Wir müssen einfach."

Da umarmte er mich fest und rollte sich auf den Rücken, sodass er mich auf sich zog. „Wir haben auch bisher alles überstanden", ermutigte er mich.

Ich lächelte ihn an, auch wenn wir einander in der Dunkelheit nur schemenhaft erkannten. „Wir sind ein gutes Team, was?"

„Das beste überhaupt", antwortete er und legte seine Lippen sanft auf meine.

Meine Anspannung löste sich unter diesem Kuss wie von selbst. Ich schloss die Augen und erwiderte ihn, genoss Lloyds Wärme und blendete alles andere aus. Diese Nähe fühlte sich gut an, sicher, beruhigend, sogar ein wenig ... berauschend.

„Ich liebe dich, Mia", flüsterte er mir ins Ohr, als wir uns voneinander lösten.

Mein Herz schlug bei diesen Worten schneller, meine Wangen fühlten sich heiß an. Ich lehnte meine Stirn an seine. „Ich dich auch, Lloyd."

Wieder küssten wir uns, mein Freund zog mich dabei näher an sich heran und schob eine Hand unter mein Oberteil. Aus dem beruhigenden, sanften Kuss wurde langsam ein leidenschaftlicher. Nach und nach musste ich mich nicht mal mehr bemühen, meine Sorgen zu vergessen. Ich konnte nur noch an Lloyd denken, wollte gar nicht mehr an etwas anderes denken. Keine Ängste, keine Zweifel, keine Trauer. Nur wir beide.

Ich wusste nicht, wie ich die Nacht vor dem großen Einsatz ohne Lloyd ertragen hätte. Ich wollte es mir auch nicht vorstellen. Ich wollte nur den Moment genießen, ohne ständig daran denken zu müssen. Die Gefahr würde noch früh genug auf uns zukommen.

Kapitel 18:
Die beste Medizin

„Das war euer letzter Fehler! Ihr seid tot!", brüllte die unangenehm bekannte Stimme. „Und du wirst der Erste sein, Verräter!"

„Das glaubst auch nur du", presste Lloyd unter zusammengebissenen Zähnen hervor, obwohl er sein Gesicht vor Schmerz verzog. „Du wirst ..." Er konnte den Satz nicht beenden, seine Kehle wurde fester zusammengedrückt, sodass er nach Luft rang. Doch Alfred hatte nicht die Absicht, ihn atmen zu lassen.

„Lloyd!", schrie ich und wehrte mich heftig gegen den Schattenbringer, der mich von hinten um die Hüfte gepackt hielt. Mein Freund würde ersticken. Und in diesem Chaos bekäme es nicht mal jemand mit. Obwohl es in meinen Ohren klingelte und sich alles um mich herum drehte, riss ich mich zusammen. Unglaublich, wie klar ich denken konnte, wenn es um Lloyds Leben ging. „Lass mich los, du Mistkerl!", verlangte ich und schlug im selben Moment mit beiden Ellbogen nach hinten aus, um sie in den Bauch des Mannes zu bohren.

Mit einem lauten Keuchen lockerte der Schattenbringer seinen Griff, sodass ich mich zu ihm umdrehen und ihm meine flache Hand gegen die Nase drücken konnte. „Das wirst du bereuen!", schrie er, während ihm Tränen in die Augen schossen. Er holte mit einem Arm aus. „Ich mach dich fertig!"

„Halt die Klappe!", zischte ich und trat ihm zwischen die Beine, um ihn außer Gefecht zu setzen. Es war zwar keine sportliche Taktik, doch es war der schnellste Weg, ihn loszuwerden und Lloyd zu helfen.

Mein Freund lag auf dem weißen Fliesenboden, auf dem sich schon weit verstreute Blutspritzer abzeichneten. Alfred hatte ein Knie in seinen Magen gebohrt, das andere in seine rechte Armbeuge und strangulierte ihn. Lloyds Gesicht wurde zunehmend rot, er versuchte sich zu wehren, konnte in seiner Position aber nichts gegen den hochrangigen Schattenbringer ausrichten.

Ich rannte zu den beiden hin und stürzte mich auf Alfred, den ich mit meinem Schwung mitriss und so von Lloyd löste. Bevor der Grauhaarige reagierte, drückte ich ihn zu Boden mit den Knien auf seinem

Rücken. Ich packte seine Arme und hielt sie fest. Wenn ich jetzt noch an meine Handschellen käme, hätte ich ihn. Doch das wäre zu einfach gewesen. Alfred bäumte sich mit aller Kraft auf. Mein Gewicht reichte nicht, um ihn festzunageln. Ich fiel nicht nur hin, der Verbrecher holte auch noch weit aus und schlug mir direkt ins Gesicht. Ich schmeckte Blut im Mund, vielleicht von meiner Lippe, vielleicht von der Innenseite meiner Wange. Genau konnte ich es nicht bestimmen, ich war zu desorientiert. Mein ganzer Kopf pochte vor Schmerz.

„Mia!“ Lloyds Stimme klang rau, doch trotz Alfreds Angriff hatte er sich auf die Beine gekämpft, um mir zu helfen. „Das war ein Fehler, Alfred.“

„Das war erst der Anfang“, drohte der Schattenbringer und stand erstaunlich schnell auf. Er stellte einen Fuß auf meinen Hals, sodass sein Schuh auf meine Kehle drückte. Ich röchelte panisch, bekam kaum noch Luft. Trockene Erdbrocken aus dem Profil seiner Sohle rieselten auf meinen Hals, unter das Hemd meiner Uniform. „Ich hab ganz vergessen, dass ich erst ihr wehtun sollte, bevor ich mich um dich kümmere.“

Verdammt. Das sah gar nicht gut aus. Wir Ranger waren allgemein im Nachteil. Wir hatten einen großen Fehler bei der Planung des Einsatzes gemacht. Wir hatten nicht damit gerechnet, dass sich Schattenbringer im Firmengebäude aufhalten könnten. Aber sie hatten unseren Angriff auf Blair Pharmaceuticals erwartet und sich vorbereitet. Gleich nachdem wir hereingekommen waren, hatten sie einen Sprengsatz gezündet und uns damit den Fluchtweg abgeschnitten. Viele Ranger waren verletzt worden, vielleicht gab es auch Tote, das wusste ich nicht. Ich wusste nur, dass wir uns mitten auf einem Schlachtfeld befanden.

Ich packte Alfreds Fuß und drückte ihn mit aller Kraft von mir weg. Als ich ein wenig Abstand zwischen den Schuh und meinen Hals gebracht hatte, rollte ich mich eilig zur Seite. Geschafft. Ich konnte wieder atmen. Aber ich merkte, wie sehr mich die Explosion mitgenommen hatte. Die Schattenbringer waren schon clevere Mistkerle.

„Netter Versuch“, spottete Alfred und packte mich am Arm, um mich auf die Beine zu ziehen. Immerhin konnte er diesmal nicht an meinen Haaren zerren, weil sie vom Cap verdeckt wurden. Wobei es mich etwas wunderte, dass er mich trotz der Verkleidung erkannt hatte.

„Loslassen!“, tobte ich.

Da grinste er breit. „Du bist die Letzte hier, die ich verschonen würde. Du wirst leiden, bevor du stirbst.“

„Nimm deine Finger von ihr!“, rief Lloyd und drehte Alfreds freien Arm auf dessen Rücken, um mich zu befreien.

Ich nutzte das Überraschungsmoment und riss mich von dem Grauhaarigen los. Finster sah ich ihn an, als ich seinen zweiten Arm packte. „Nur ein Feigling würde sich an Lloyd und meinem Vater rächen, indem er mir was tut.“

„Kein Feigling“, korrigierte er mich. „Ein Genie.“

„Du warst schon immer zu eingebildet“, schnaubte Lloyd und rammte ihm sein Knie in die Magengrube.

Obwohl Alfred vor Schmerz aufstöhnte, lachte er plötzlich. „Das sagt mir ausgerechnet der arrogante Eisklotz?“

Ich hatte Lloyd selten so wütend gesehen wie in diesem Augenblick. „Erwähne nie wieder diesen Namen!“

„Lass dich nicht von ihm ablenken“, warnte ich meinen Freund. Zu spät.

Alfreds Kommentar brachte Lloyd so aus dem Konzept, dass der Grauhaarige seinen Arm befreien konnte. Es gelang mir nicht, den kräftigen Mann allein festzuhalten. Er war wieder völlig frei. „Langsam gehst du mir auf die Nerven“, wandte er sich an meinen Freund. „Ich sollte dich doch zuerst erledigen!“

Daraufhin verpasste er Lloyd einen so heftigen Kinnhaken, dass dieser nach hinten gegen die weiße Wand der großen Fabrikhalle stolperte. Nur gut, dass er nicht gegen eins der Fließbänder getaumelt und gefallen war. Doch Alfred griff sofort nach seiner Kehle und pinnte ihn so an die Wand.

„Weißt du, warum wir ohne Waffen hier sind?“, fragte er provokativ. Er wartete eine unerträglich lange Minute, bevor er fortfuhr. „Abgesehen davon, dass Saizew ihre Waffen auch nichts gebracht haben. Wir wollten uns das Vergnügen nicht nehmen lassen, die Ranger eigenhändig zu erledigen. Und ich wusste, dass du auch kommen würdest, zusammen mit der Kleinen vom Boss. Ihr seid geradewegs in unsere Falle gerannt.“

Ich schluckte, als ich das hörte. Aber zugleich war ich erleichtert. Ich hatte schon befürchtet, dass die Schattenbringer jederzeit zu ihren Pistolen greifen könnten. Doch anscheinend vernachlässigten sie lieber ihre strategischen Vorteile, um ihren Sadismus auszuleben. Immerhin ein Vorteil für uns. Auch wenn es immer noch sehr schlecht aussah.

Bevor mir eine Idee kam, um Alfred von Lloyd zu trennen, hörte ich eine laute Stimme. „Lloyd! Notfalltaktik C!“

Sofort reagierte mein Freund, er holte mit der rechten Hand aus und zielte mit zwei Fingern auf die Augen seines Gegners. Alfred erahnte den Angriff allerdings, schloss die Lider und trat hastig einen Schritt zurück, sodass Lloyd ihn nur streifte. Doch ein regelrechter Überfall brachte den Verbrecher zu Boden. Der blonde Mann, der Lloyd zuvor den entscheidenden Tipp gegeben hatte, stürzte sich auf Alfred, packte dessen Kopf und knallte ihn gegen die weiße Wand, bis unser Feind bewusstlos zusammensackte.

Erleichtert atmete ich auf. Er war besiegt. Endlich! Als ich unseren Helfer genauer musterte, rief ich überrascht: „Sam!"

Lloyds ehemaliger Mentor nickte mir zu. „Hallo Mia." Inzwischen wusste wohl jeder, dass ich hinter der Verkleidung steckte. Hoffentlich erkannten mich die anderen Ranger nicht so einfach.

„Verdammt, danke, Mann!", keuchte Lloyd. „An unsere alten Taktiken hab ich gar nicht mehr gedacht."

Sam lächelte schief. „Keine Ursache."

„Seit wann bist du wieder im Außendienst? Hast du nicht schon vor zwei Jahren damit aufgehört?", wunderte sich mein Freund.

Der Blonde verzog das Gesicht. „Heute wurden wir alle zum Einsatz gezwungen. Aber nicht jeder brennt auf den Kampf. Im Gegensatz zu Alfred möchten wir nicht alle unbedingt Ranger umbringen. Ich wollte mich eigentlich zurückhalten und abwarten, aber als ich dich in dieser Situation gesehen habe, da musste ich eingreifen, du Grünschnabel." Er wuschelte durch Lloyds dunkelbraune Haare. „Bevor meinem Schützling was passiert."

„Hey!", beschwerte er sich, lachte dann aber. „Danke, echt."

„Wer hätte gedacht, dass wir noch einen Verräter in unseren Reihen haben", zischte es plötzlich neben uns.

Mir stellten sich die Nackenhaare auf, als ich die Stimme hörte. Wir hatten Alfred doch nicht aufgehalten! Wie hatte er den Schlag auf seinen Kopf so schnell weggesteckt? Dieser Kerl war doch eine Maschine!

„Als wäre es was Neues, dass nicht jeder so radikal ist wie du", entgegnete Sam ruhig.

Der Grauhaarige presste die Lippen zu einem schmalen Strich zusammen. „Versuch gar nicht erst, dich rauszureden. Jetzt bist du auch fällig!"

„Sam, du musst das nicht tun!", schritt Lloyd ein. „Hau ab, wir werden schon irgendwie mit ihm fertig."

Der Blonde sah ihm direkt in die Augen und schüttelte den Kopf.

„Als du in die Organisation eingetreten bist, habe ich dir versprochen, dass du unter meinem Schutz stehst. Daran hat sich nichts geändert, auch wenn du jetzt wie ein Ranger aussiehst. Außerdem liegt meine Loyalität bei Erik, nicht bei Alfred.“

Gerührt sah ich Sam an. Dass so ein anständiger Mensch die dunkle Uniform der Schattenbringer trug, verstand ich einfach nicht. Auch Lloyd lächelte nach diesen Worten. Er hatte wirklich gute, zuverlässige Freunde.

„Das wird dein Untergang sein“, prophezeite Alfred und ballte die rechte Hand zur Faust, wobei seine Knöchel knackten.

Ich bewunderte Sam dafür, dass er sich nicht einschüchtern ließ. „Du machst mir keine Angst. Und du bist nicht so unbesiegbar, wie du denkst. Wir sind zu dritt, vergiss das nicht.“

„Zu viert!“, mischte sich jemand anderes ein.

„Nein, zu fünft!“

Erstaunt drehte ich mich um. Ulrich war zu uns getreten, er hatte uns trotz des Durcheinanders gefunden. Aber nicht allein, Jakob kam ebenfalls auf uns zu. Nun sah die Lage mit einem Mal ganz anders aus.

„Und wenn ihr zu zehnt wärt, würde ich euch fertigmachen!“, knurrte Alfred.

„Das bezweifle ich. Du bist auch nur ein Mensch“, entgegnete Sam. „Lass das Theater doch endlich, bitte! Es reicht! Wir sind am Ende und du weißt es.“

Der Grauhaarige warf ihm einen tödlichen Blick zu. „Niemals!“

Verständnislos über diese Sturheit schüttelte ich den Kopf. Da bemerkte ich aus den Augenwinkeln, wie ein Mann in Jeans und Jackett aus der Fabrikhalle zum Treppenhaus lief. Ich erkannte ihn sofort, unser Stationsleiter hatte uns genügend Bilder von ihm gezeigt. „Blair!“, rief ich.

„Schnappt ihn euch!“, befahl Ulrich und deutete in seine Richtung. „Zu dritt werden wir schon mit Alfred fertig!“

Jakob griff nach meiner Schulter. „Dann los. Kümmern wir uns um Blair.“

„Sicher?“, vergewisserte ich mich besorgt und sah Lloyd fragend an. Mir gefiel nicht, ihn bei Alfred zurückzulassen.

Mein Freund nickte mir zu. „Geht vor. Wir kommen nach. Aber pass auf dich auf!“, schärfte er mir ein.

„Du auch“, flüsterte ich und drückte seine Hand.

„Beeilung!“, ermahnte mich Ulrich. „Bevor Blair fliehen kann!“

Schweren Herzens wandte ich mich von Lloyd und den anderen ab. „Du entkommst mir nicht!“, brüllte Alfred hinter mir her. „Du wirst die Nächste sein!“ Die Drohung hallte in meinen Ohren wider und schnürte mir die Luft ab. Es klang, als hätten Ulrich, Sam und Lloyd sowieso keine Chance gegen ihn. Als wäre es nur eine Frage der Zeit, bis er mich erwischte.

Doch ich rannte mit Jakob weiter im Vertrauen auf die Fähigkeiten der drei Männer, die sich Alfred entgegenstellten.

„Sie schaffen das schon“, murmelte Jakob. „Mach dir keine Sorgen.“

Ich lächelte den Schwarzhaarigen an. „Das glaube ich auch. Aber jetzt schnappen wir uns Blair!“

Allerdings erreichten wir nicht mal den Ausgang der Fabrikhalle, durch den der Firmenchef zuvor gerannt war. Vier Schattenbringer, die uns trotz der vielen einzelnen Kampfschauplätze entdeckt hatten, blockierten uns den Weg. „Hier ist Endstation!“, kündigte einer der Männer an. Ich runzelte die Stirn. Irgendwoher kannte ich den Rothaarigen ... Meine Augen weiteten sich. Der Typ hatte Lloyd und mich aus der Zweigstelle Windfeld entführt! „Nikolai.“

Angestrengt musterte er mich, doch zu meinem Glück erkannte er mich nicht. „Wer auch immer du bist, hier geht’s nicht weiter.“

„Das sind doppelt so viele wie wir“, flüsterte ich.

„Wir sollten gut auf den Rücken des anderen aufpassen“, antwortete Jakob leise. „Bereit?“

„Los geht’s“, stimmte ich zu und nahm Kampfhaltung an.

„Ihr wollt unbedingt draufgehen, was?“, schnaubte einer der anderen Männer.

Nikolai trat einen Schritt näher. „Soll mir recht sein. Na los, greif an, Kleiner!“

Diese Überheblichkeit würde er bereuen. Genau wie die damalige Entführung. Ich lief auf ihn zu, wich seinem ersten Schlag aus und trat ihn in die Seite. Als mich ein weiterer Schattenbringer attackieren wollte, griff Jakob ein. Wir arbeiteten gut im Team, fiel mir auf. Keiner von uns bekam einen gefährlichen Angriff ab, vielleicht mal einen schwachen Schlag oder Stoß, aber nichts Dramatisches. Es lief schon beinahe zu gut.

„Geschafft“, freute ich mich und blickte auf die drei kampfunfähigen Schattenbringer hinab. „Hast du noch Ersatzhandschellen?“

Jakob nickte und fesselte die Besiegten. „Zu dumm, dass der Rothaarige so schnell abgehauen ist.“

„Er ist eben ein Feigling", brummte ich.

„Nein, ich habe mitgedacht", meldete sich Nikolai plötzlich zu Wort. Verdutzt sah ich ihn an. Er war zurück. Mit Verstärkung. Viel Verstärkung. Oh, oh ...

„Das sind zu viele", zischte Jakob. „Zwei Dutzend oder so."

„Aber wir können gerade keine Hilfe von anderen Rangern erwarten", wisperte ich. „Sie sind alle selbst in Kämpfe verwickelt."

Ratlos sah mein alter Kollege mich an. „Was machen wir?"

„Du weißt, was zu tun ist", ertönte Shadows raue Stimme in meinem Kopf. „Ich habe dir vor dem Einsatz gesagt, was du in einer solchen Lage tun sollst."

Ich schluckte schwer. Ja, das Dämonenoberhaupt hatte mich instruiert, wie ich in ausweglosen Fällen reagieren sollte. Doch der Gedanke, meine gesamten Fähigkeiten einzusetzen, bereitete mir Bauchschmerzen. Einerseits weil ich die Fiorita dadurch in Gefahr brachte, andererseits weil ich schon wieder vor den übrigen Rangern auffliegen würde, genau wie damals beim Angriff auf das Hauptquartier. Keine schöne Erinnerung.

„Nun mach schon!", befahl Shadow. „Wir sind bereit, das Risiko einzugehen."

„Jakob, bitte gib mir kurz Deckung", bat ich mit brüchiger Stimme. Die Gefühle der Geister und Dämonen strömten auf mich ein, eine Mischung aus Sorge, Ärger, Enttäuschung und Trauer. Es gefiel ihnen genauso wenig wie mir, dass sie nun eingreifen mussten. Doch mir kam keine andere Idee.

„Was hast du vor?", fragte Jakob verunsichert.

Ich lächelte halbherzig. „Ich werde singen."

Ungläubig starrte er mich an, wollte gerade etwas sagen, doch da sprach Nikolai wieder. „Ergebt ihr euch oder müssen wir euch dazu zwingen?"

Anstatt zu antworten, stimmte ich das Lied von Martyrios an. Innerlich verfluchte ich, dass meine Stimme so durchdringend werden konnte. Natürlich wurden einige Leute sofort auf mich aufmerksam. Aber immerhin hatte ich den Überraschungseffekt auf meiner Seite. Es wurde leiser in der Halle, die Kämpfe in meiner Nähe wurden unterbrochen, die Blicke richteten sich auf mich.

„Scheiße, das ist Mia Sato!", brüllte Nikolai. „Schnappt sie euch! Und lasst sie bloß nicht singen!"

Diese Anweisung kam zu spät, der erste Lichtblitz kündigte bereits die Ankunft des Fluggeistes an. Martyrios breitete seine gewaltigen Schwingen aus und wandte sich mir zu. „Nur Mut, Mia. Mach weiter.“

Ich nickte. Jetzt gab es sowieso kein Zurück mehr. Martyrios fegte schon die ersten Schattenbringer mit seinen breiten Schwingen von den Füßen. Dabei erwischte er leider auch ein paar Ranger, bemühte sich aber sichtlich, nur unsere Feinde anzugreifen – ohne sie zu töten. Deswegen benutzte er seinen harten Schnabel nicht und dafür war ich ihm dankbar. Ich wollte keine Toten mehr sehen. Es reichte.

Ich sang direkt das nächste Lied, diesmal das von Aquamina. Im selben Moment wie der Wassergeist erschien auch Celeps, der ohne meine Hilfe Fioria betreten konnte. Ich stimmte kein weiteres Lied an, denn die drei Geister allein verursachten genügend Wirbel. Außerdem kostete es mich Energie, die Fiorita zu rufen, und ich wollte keinen Schwächeanfall riskieren.

Aquamina löste eine regelrechte Sturmflut aus und setzte die ganze Halle unter Wasser. „Nehmt das!“, fauchte sie.

„Hey, mach mein Gefieder nicht nass!“, meckerte Martyrios und flog so hoch, wie es seine Größe in der Halle erlaubte, um dem Wasser auszuweichen. Wie immer zog er dabei einen schillernden Regenbogen hinter sich her.

„Aber das Wasser hilft mir, die Pflanzen draußen zu stärken“, rief Celeps und ließ Ranken durch die Fenster hereinschnellen, um damit unsere Feinde zu fesseln. „Weich den Wellen einfach aus!“

Der Fluggeist krähte. „Nicht jeder ist so klein und wendig wie du.“

„Ich passe schon auf, dass du trocken bleibst“, beruhigte Aquamina ihn.

„Das will ich dir auch geraten haben, sonst kann ich nicht mehr richtig fliegen.“

„Vertragt euch, bitte“, ermahnte ich sie. „Ihr wolltet doch zusammenarbeiten.“

„Mia Sato ist wirklich bei den Schattenbringern“, schrie einer der Ranger und sah sich hektisch um. „Sie hat Geister gerufen! Wir müssen sie stoppen! Aber wo ist sie?“

„Bist du völlig blind?“, fuhr ich ihn an. „Ich bin auf eurer Seite, wie immer. Die Geister bekämpfen die Schattenbringer, nicht die Ranger.“

Verdattert musterte mich der relativ junge Mann. „Eine Ranger-Uniform?“

„Der Vorsitzende hat sie persönlich in den Einsatz geschickt“, meldete sich Jakob zu Wort und watete durch Aquaminas Flut auf seinen

Kollegen zu. „Sie hat immer für uns gekämpft, nie für die Feinde. Solche Verdächtigungen hat sie nicht verdient."

„Das Mädchen aus der Legende kämpft für uns!", jubelte ein anderer Ranger.

„Die Fiorita sind auf unserer Seite!", freute sich ein weiterer.

Begeisterung brach in der Halle aus, jedenfalls unter den Rangern. Unter den Schattenbringern herrschte eher Panik. Kein Wunder, ich hätte auch Angst, wenn mich drei Geister angriffen.

Nikolai wich jedoch erstaunlich geschickt aus. Er kam uns immer näher, überwand das Wasser, das die meisten anderen zurückhielt und fast alle Kämpfe unterbrochen hatte.

„Lass uns einfach in Ruhe!", verlangte ich von ihm. „Uns anzugreifen ist zu gefährlich, solange uns die Geister beschützen."

„Wenn ich dich erledige, sind die Geister auch erledigt", zischte er.

Ich stellte mich darauf ein, gegen den rothaarigen Mistkerl anzutreten, doch jemand anders schritt ein und stellte sich vor mich. „Tu das nicht, Nikolai."

Mir klappte der Mund auf. Ein Schattenbringer nahm mich in Schutz, was ging hier vor sich? Kurz musterte ich ihn, bis ich ihn endlich erkannte. Sebastian! Sebastian, der sich vermutlich wie Sam aus den Kämpfen heraushalten wollte, mischte sich nun ein.

Das Gesicht meines Gegners verfinsterte sich. Seine Stimme klang düster, schneidend. „Geh mir aus dem Weg."

„Willst du von Geistern angegriffen werden?", redete Lloyds bester Freund auf ihn ein. „Der Kampf ist doch schon verloren."

„Nicht, wenn wir diejenige ausschalten, die die Geister kontrolliert", wandte Nikolai ein.

„Ich kontrolliere sie nicht, ich habe sie nur gerufen", korrigierte ich ihn. „Sie haben selbst beschlossen einzugreifen."

„Weil die Menschen zu dumm sind, ohne unsere Hilfe zu überleben", maulte Martyrios, der gerade an mir vorbeiflog. „Nichts für ungut, Mia."

„Schon gut", seufzte ich. Irgendwie hatte er ja recht. Ohne die Geister wäre die Menschheit schon vor Jahrtausenden untergegangen. Und obwohl sie gerettet worden waren, standen die Menschen nun kurz davor, ihre Welt aus den hirnrissigsten Gründen selbst ins Verderben zu stürzen.

„Völlig egal, du bist eine Gefahr und Gefahren sollte man vernichten", knurrte Nikolai, der an Sebastian vorbei zu mir schaute.

„Mia, geh weiter“, forderte mich Lloyds bester Freund auf. „Ich kümmere mich um diese Angelegenheit.“

„Du nimmst unsere Gegner in Schutz?“, grollte der Rothaarige.

„Jetzt mach schon!“, drängte mich Sebastian.

Ich legte ihm eine Hand auf die Schulter. „Danke“, wisperte ich.

Er zog einen Mundwinkel hoch. „Lass es mich nicht bereuen.“

„Bestimmt nicht“, versprach ich und wandte mich von den beiden Schattenbringern ab, um Blair zu verfolgen. „Komm, Jakob!“

„Warum hilft uns ein Schattenbringer?“, murmelte mein Kollege.

„Er ist Lloyds bester Freund“, erklärte ich auf dem Weg zum Treppenhaus. Auf diesem Gang stand das Wasser nicht so hoch wie in der Fabrikhalle.

„Anscheinend sind wirklich nicht alle Schattenbringer völlig bescheuert und gewalttätig“, stellte er fest.

„Nein, es sind auch erstaunlich freundliche und vernünftige Leute dabei“, pflichtete ich ihm bei. „Verrückt, was?“

„Jakob, Mia, wartet auf mich!“, rief jemand hinter uns. Schnelle Schritte brachten das seichte Wasser zum Plätschern.

Ich drehte mich um. „James“, begrüßte ich den Dunkelhaarigen überrascht, der zu uns aufschloss.

„Habt ihr auch gesehen, wie Blair weggelaufen ist?“, erkundigte er sich.

Ich nickte. „Darum sind wir hier, anstatt zu kämpfen.“

„Ich würde sagen, die Geister machen den Job gut genug“, lachte er.

Ein Schmunzeln huschte über mein Gesicht. „Kein Wunder, sie sind viel mächtiger als die Menschen.“

„Wundert mich, dass sie in diese Angelegenheit eingreifen“, gestand er.

„Sie wollen nicht sehen, wie sich die Menschen durch ihre eigene Dummheit zerstören“, erklärte ich. „Immerhin sind sie unsere Beschützer.“

„Wir haben Glück, dass die Fiorita über uns wachen“, meinte Jakob.

Ein Luftzug brachte mich zum Zittern. Meine nassen Hosenbeine fühlten sich bei dem schwachen Wind kühl an. Um halbwegs warm zu bleiben, machte ich den Reißverschluss meiner Jacke zu und lief ein wenig schneller. „Wo ist Blair?“, dachte ich, an Shadow gerichtet.

„In einem der Büroräume, wenn ich das vorhin richtig gesehen habe“, antwortete der Dämon. „Vierter oder fünfter Stock.“

„Das grenzt es schon mal ein. Danke“, entgegnete ich in Gedanken.

Zu meinen beiden Mitstreitern sagte ich laut: „Wir müssen zu den Büroräumen.“

„Hast du Blair noch mal gesehen?“, wunderte sich Jakob, während wir die Treppen nach oben stiegen.

Ich schüttelte den Kopf. „Ich hab die besten Informanten der Welt“, lachte ich.

„Immer diese Leute, die mit den Fiorita reden können“, neckte mich James.

Leicht angewidert zupfte ich an meinem feuchten rechten Hosenbein. „Ich hätte Aquamina sagen sollen, dass sie nicht die ganze Halle fluten soll.“

„War aber sehr effektiv, um die Kämpfe zu stoppen“, wandte Jakob ein. „Und das auch noch, ohne jemanden zu verletzen.“

James wischte über seine nassen Klamotten. „Zumindest solange alle schwimmen können.“

„Aquamina lässt niemanden ertrinken“, beruhigte ich ihn. „Heute Morgen habe ich mit den Fiorita vereinbart, dass es keine Toten geben darf. Und möglichst keine Verletzten. Nur Gefangene. Darum habe ich zum Beispiel nicht den Feuergeist gerufen.“

„Kluge Entscheidung“, lobte mich Jakob.

Ich sagte nichts mehr, sondern konzentrierte mich auf den Weg. Es strengte mich nämlich ziemlich an, so viele Stufen zurückzulegen. Eigentlich war meine Kondition gut, doch es entzog mir ordentlich Energie, dass sich die Geister derartig auf Fioria austobten.

Gerade als wir den dritten Stock erreichten, hörte ich eine laute Stimme durchs Treppenhaus hallen. „Mia! Bist du hier irgendwo?“

Augenblicklich blieb ich stehen. „Lloyd?“, rief ich.

„Sekunde, ich komme hoch“, antwortete mein Freund. Ich war wie erstarrt, rührte mich nicht, bis er uns erreichte. Auch die anderen warteten.

Mir fiel ein Stein vom Herzen, als ich ihn lebend vor mir sah. Er hatte den Kampf mit Alfred offenbar überstanden. „Lloyd!“, jubelte ich und fiel ihm um den Hals.

Leise keuchte er auf. „Hey“, antwortete er.

Besorgt musterte ich ihn. Er hatte eine blutende Wunde an der Stirn, außerdem hielt er die zwei äußeren Finger seiner linken Hand komisch gekrümmt. „Du hast einiges abbekommen“, stellte ich fest.

„Dafür ist Alfred endlich verhaftet.“ Er ließ mich los und nahm mit seiner unverletzten Hand meine, bevor wir uns wieder in Bewegung setzten. Auf dem weiteren Weg nach oben ergänzte er: „Ulrich hat ihn festgenommen."

James reckte seine Faust in die Höhe. „Großartig! Die Schattenbringer sind ohne Führung!"

„Ich fasse es nicht, wie gut das gerade läuft", murmelte Jakob. „Klar, die Explosion hat uns eiskalt erwischt, aber dafür schlagen wir uns nicht schlecht."

„Wie geht es Ulrich? Und Sam?", erkundigte ich mich.

„Beide sind okay, ein bisschen mitgenommen, aber es könnte schlimmer sein", erzählte Lloyd, wobei er übers ganze Gesicht strahlte. „Und den Mistkerl endlich zur Rechenschaft zu ziehen, war die Verletzungen wert!"

Ich hatte ihn schon lange nicht mehr so glücklich gesehen. Mit Alfreds Verhaftung musste eine riesige Last von ihm abgefallen sein. Verzweiflung, Angst, Rachegelüste, alles hatte sich in Luft aufgelöst. Ich erwiderte sein Lächeln, bis mir wieder in den Sinn kam, dass er verwundet war. „Deine Finger sind gebrochen, oder?"

„Ja, und ich befürchte fast, ich hab eine Gehirnerschütterung." Er verzog das Gesicht. „Alfred hat mich echt heftig zu Boden geworfen."

Wir erreichten den vierten Stock, wo eine große Tafel verriet, dass es auf dieser Ebene Büroräume gab. Also verließen wir das Treppenhaus und betraten einen langen Gang mit vielen Türen. Irgendwo hier musste sich Blair aufhalten.

„Soll ich nicht Sana rufen, bevor wir uns Blair stellen?", gab ich zu bedenken. „Er hat bestimmt Leibwächter, und wenn du verletzt bist ..."

„Wir sollten keine Zeit mehr verlieren. So schlimm ist es nicht", beruhigte er mich. „Gehen wir weiter."

„Wenn wir noch mehr trödeln, gelingt Blair am Ende die Flucht", pflichtete Jakob ihm bei.

„Wohin denn?", wandte James ein. „Und wie? Er wird in dieser Höhe wohl kaum aus dem Fenster springen. Die Eingangstüren hat er selbst gesprengt, also können wir ihn hier und jetzt stellen. Aber mit gebrochenen Fingern bist du wahrscheinlich keine so große Hilfe."

„Ist nur die linke Hand, das passt schon", beharrte Lloyd. Er beobachtete mich aus den Augenwinkeln, fiel mir auf. Da wurde mir klar, warum er auf die Heilung verzichtete. Unwillkürlich fixierte ich den Fußboden. Mein Freund wusste, dass es mich Kraft kostete, die Fiorita länger auf Fioria zu halten, vor allem wenn sie ihre Fähigkeiten so ausgiebig nutzten. Er sah mir an, dass ich langsam ein wenig schwächelte.

Und er wollte mich schonen. In dem Moment drückte er meine Hand und raunte mir zu: „Ich komme klar. Und es ist wichtiger, dass die Geister weitere Kämpfe verhindern. Das machen sie verdammt gut."

„Außerdem schinden sie für uns Zeit", ergänzte ich. „Uns würden sicher schon Schattenbringer verfolgen, wenn die Geister sie nicht beschäftigten."

„Eben. Deswegen halte lieber die Geister hier", riet er mir.

Ich nickte. Es wäre unklug, Sana jetzt zu rufen. Ich war erschöpft genug, einerseits von den vielen Schlägen, die ich eingesteckt hatte, andererseits vom Einsatz meiner Fähigkeiten. Ich musste meine Kräfte sparen, um kein Risiko einzugehen. Wenn ich zusammenbräche, wäre ich keine Hilfe mehr.

Jakob hielt sich den Zeigefinger vor die Lippen. „Leise jetzt. Irgendwo hier könnte Blair sein. Mit was weiß ich wie vielen Leuten ..."

„Jakob und ich gehen voraus", beschloss James. „Ihr folgt uns, bleibt aber ein Stück weiter hinten." Kein Wunder, dass er den verletzten Lloyd lieber nicht an die Front schickte. Und wahrscheinlich wusste er, dass ich meinen Freund nicht allein zurückließ.

„Wenn es nötig wird, werden wir aber eingreifen", entgegnete Lloyd.

James grinste. „Das will ich euch geraten haben. Ich muss spätestens zum Abendessen in der Zweigstelle sein, sonst verprügelt mich meine Freundin."

Nur mit Mühe unterdrückte ich ein Kichern. „Also los."

Vorsichtig schlichen wir über den Gang, lauschten an den Türen, achteten auf Bewegungen oder Schritte. Aber nichts passierte. Das Stockwerk war menschenleer.

„Es ist so still hier", merkte Jakob an. „Keine Wachleute, keine Mitarbeiter, kein Blair."

„Ihr seid auf dem richtigen Weg. Blair ist im Büro am Ende des Ganges", ertönte Shadows Stimme in meinem Kopf.

„Am Ende des Ganges", leitete ich an meine Begleiter weiter. „Er ist hier."

„Hat Shadow ihn gesehen?", erkundigte sich Lloyd, der genau wusste, mit welchem Fiorita ich am häufigsten in meinen Gedanken kommunizierte. Ich nickte nur. „Dann nichts wie hin."

„Aber vorsichtig, ich weiß nicht, wie viele Leute bei ihm sind", warnte ich die anderen. „Es könnte gefährlich werden."

Jakob klopfte auf den Elektroschocker an seinem Gürtel. „Wir schaffen das schon. Wir haben bisher alles überstanden."

„So sollte es auch bleiben", flüsterte James.

Gemeinsam huschten wir den Gang entlang, so leise wie möglich. Die Tür des hintersten Büros war nur angelehnt, nicht geschlossen wie all die anderen. „Was meint ihr, warum ist Blair überhaupt hier hochgelaufen?", fragte ich leise in die Runde. „Von hier kann er doch gar nicht fliehen."

„Er konnte den Kämpfen entkommen", antwortete Jakob. „Und wahrscheinlich hat er hier seine Leibwächter."

„Gehen wir rein und finden es raus", schlug James vor. „Mia, Lloyd, bleibt vor der Tür, am besten direkt an der Wand daneben, damit euch niemand von innen sehen kann."

„Falls wir etwas Verdächtiges hören, greifen wir ein", versprach ich.

Jakob nickte mir zu. „Dann kann es losgehen."

Lloyd und ich lehnten uns an die Wand neben der Tür, Jakob und James atmeten tief durch und betraten das Büro. Lange Zeit hörten mein Freund und ich nichts. Wir sahen uns schon verunsichert und alarmiert an. Was ging in dem Raum vor sich? Was bedeutete das Schweigen?

„Sie sind allein?", brach Jakob die Stille.

„Das bin ich, das bin ich", antwortete Blair hektisch. Seine Nervosität ließ sich nicht überhören. Ich hatte mir seine Stimme unheimlicher vorgestellt. „Ihr seid zu zweit, auch nicht viel mehr."

„Aber Sie sind ... allein", wiederholte Jakob ungläubig.

„Mit meinem Fernzünder für etliche Sprengsätze, die das ganze Gebäude in die Luft jagen würden, ja."

Meine Augen weiteten sich und mein Herz setzte einen Schlag aus. Ich glaubte nicht, was ich da hörte. Wir befanden uns in viel größerer Gefahr als gedacht, falls das stimmte. War Blair etwa deshalb in dieses Büro gerannt? Um einen Fernzünder für Bomben zu holen? Automatisch griff ich nach Lloyds rechter Hand. Wir sagten kein Wort.

„Was?", rief James entsetzt. „Wollen Sie alle hier umbringen?"

„Nun, sagen wir, ja, wenn ich untergehe, dann ... tja, dann gehe ich nicht allein unter. Und nicht leise, sondern mit einem Knall." Blair lachte auf. „Aber wer sagt denn, dass es so kommen muss? Niemand, niemand. Vielleicht passiert auch gar nichts. Wenn ich unbehelligt gehen darf."

„Ganz sicher nicht", lehnte Jakob dieses Ansinnen sofort ab. „Sie haben eine kriminelle Organisation dabei unterstützt, ganz Fioria in Gefahr zu bringen, gegen die Ranger vorzugehen und grausame Verbrechen zu begehen. Dafür werden Sie eine Strafe erhalten." Ich warf einen verstohlenen Blick durch den Türspalt. James und Jakob standen mit dem Rücken zu mir, direkt vor dem etwa 40-jährigen Mann in Jeans und Jackett. Blair hielt eine Art Handy oder Fernbedienung hoch, ich erkannte es nicht richtig. Das musste der Zünder sein.

„Das werde ich nicht, das werde ich nicht", entgegnete er. „Entweder werde ich begnadigt oder hier begraben, zusammen mit allen Schattenbringern und mindestens der Hälfte der Ranger."

Lloyd und ich sahen uns schockiert an. „Was machen wir?", wisperte er.

„Ich weiß es nicht." Unruhig lief ich auf und ab, wollte mir die Haare raufen, konnte aber nur über mein Cap streichen. „Irgendetwas müssen wir tun können. Aber was? Meinst du, wir können alle Bomben finden?"

„Und wie willst du sie entschärfen?", fragte mein Freund. „Wir sind nicht unbedingt Experten für so was. Außerdem wissen wir nicht mal, wie viele Sprengsätze es gibt. Das Gebäude ist riesig!"

Ich vergrub das Gesicht in meinen Handflächen. „All die Menschen hier drin ... sie würden alle ..." Lloyd legte einen Arm um meine Schultern und zog mich sanft an sich. Er sagte nichts, er hielt mich nur fest. Seine Wärme beruhigte mich ein wenig. Und plötzlich schreckte ich auf. „Ich hab's!"

„Was hast du?", wunderte er sich.

Ich strahlte ihn an. „Einen Geistesblitz! Oder sollte ich eher sagen: einen Dämonenblitz?"

In seinen blauen Augen stand die Verwirrung geschrieben. „Hä?"

„Ich weiß was! Aber ich brauche ein wenig Zeit", erklärte ich. „Hilf Jakob und James, Blair so lange wie möglich abzulenken. Egal wie, redet mit ihm, tut so, als würdet ihr verhandeln, nur verschafft mir Zeit! Ich muss Shadow rufen und mich mit ihm absprechen, ohne dass der Kerl etwas mitbekommt."

Langsam nickte mein Freund. „Sicher. Bis gleich. Wenn die Bombe in der Zwischenzeit nicht hochgeht ...", murmelte er zähneknirschend und drückte mich an sich.

„Wir kommen lebend hier raus", schwor ich. „Verlass dich auf mich."

Er schenkte mir ein mildes Lächeln. „Das tu ich doch immer."

Bevor wir uns voneinander trennten, küsste ich ihn. Eigentlich durfte ich keine Zeit verlieren, das wusste ich, doch in meinem Hinterkopf saß die panische Angst, Lloyd nicht mehr wiederzusehen. Ich musste ihn einfach küssen, musste ihm noch einmal nahe sein, bevor ich meinen verrückten Plan einleiten konnte.

Geradezu zärtlich, was mich in Anbetracht der Situation ein wenig überraschte, erwiderte mein Freund den Kuss. Nachdem wir ihn beendet hatten, hauchte er mir noch einen auf die Stirn. „Viel Erfolg", wisperte er. „Wenn wir das hier überleben, werde ich dir etwas sagen."

Ich lächelte. „Ich bin gespannt. Ein Grund mehr, um jetzt alles zu geben."

„Gideon Blair, Sie sind hiermit verhaftet!", ertönte Jakobs Stimme aus dem Büro. „Legen Sie den Zünder auf den Boden und nehmen Sie die Hände hoch."

„Das hätten Sie wohl gerne, ja, das kann ich mir gut vorstellen, aber das mache ich nicht", weigerte sich der Unternehmer.

Lloyd und ich nickten uns zu, dann machten wir uns auf den Weg. Er klopfte an die Bürotür und ging ins Zimmer. „Entschuldigen Sie die Störung, aber wenn Sie sich nicht verhaften lassen wollen, dann beantworten Sie uns doch wenigstens ein paar Fragen."

„So was, noch ein Ranger, der es aus der Fabrikhalle geschafft hat", stellte Blair anerkennend fest. „Was wollen Sie denn wissen?"

Unwillkürlich grinste ich. Lloyd machte das gut. Ich musste mich nicht sorgen, das wusste ich, also lief ich zum Treppenhaus und einige Etagen tiefer. Im ersten Stock drang schon der Lärm aus der Fabrikhalle zu mir vor. Hier hörte mich Blair sicher nicht singen.

Ich stimmte Shadows Lied von der tiefen Finsternis und dem kleinen Licht an. Es dauerte nicht lange, bis der Schattenkreis neben mir erschien und mein wichtigster Berater herausschwebte.

„Hi Shadow", begrüßte ich ihn und stützte mich auf meine Knie, weil mich langsam die Kräfte verließen. Vier mächtige Fiorita befanden sich inzwischen hier, kein Wunder, dass mein Körper schlappmachte. „Ich hab einen Plan und ich brauche deine Hilfe."

„Zuerst brauchst du die Hilfe der anderen Dämonen", entgegnete er. „Du hältst nicht mehr lange durch. Leih dir ihre Kraft."

Erschöpft setzte ich mich auf eine der Treppenstufen. „Warum ist mir das nicht eingefallen?", lachte ich. „Das ist genial. Dann kann ich auch die Geister länger auf Fioria halten."

Shadow nickte, seine nebligen Glieder wehten leicht um seine feste Mitte. „So ist es. Und meine Freunde sagten bereits, dass sie dir helfen wollen."

Ich lächelte, schloss die Augen und sang das erste Lied, das mir gerade in den Sinn kam, um die anderen Dämonen zu beschwören. Schon bald befanden sich zwölf neblige Kugeln mit großen Augen im Treppenhaus.

„Mia!", rief einer.

Ein anderer schwebte auf und ab. „Mia hat uns endlich gerufen!"

„Jetzt können wir Mia helfen!"

„Wir können Mia helfen zu helfen!"

„Geben wir ihr unsere Kraft!"

„Mit unserer Kraft hat sie schon vieles geschafft!", reimte einer von ihnen.

Ich prustete los. „Ich weiß nicht genau, wie ihr das macht, aber ihr heitert mich immer auf."

„Wir haben's halt drauf!"

„Legen wir los!", trieb ein weiterer die übrigen Dämonen an.

Plötzlich spürte ich, wie mein Schwächegefühl nachließ. Ich hatte schlagartig eine solche Energie, dass ich nicht mehr sitzen bleiben konnte. Eilig stand ich daher auf. „Ihr seid großartig!", jubelte ich. „Danke! Ihr seid immer wieder die Rettung!"

„Dabei sind wir nie beim Geschehen dabei!"

„Wir helfen aus dem Hintergrund!"

„Und wir halten Mia gesund!", reimte der sehr poetische Dämon wieder.

Ich streichelte meine Verbündeten, die sich um mich herum drängten. „Danke. Ab jetzt übernehmen Shadow und ich."

„Was ist dein Plan?", erkundigte sich das Dämonenoberhaupt.

Selbstsicher lächelte ich. „Blair hat vielleicht einen Fernzünder, aber ich bezweifle, dass das Gerät auch in der Schattenwelt funktioniert."

Shadow sog scharf die Luft ein. „Du willst, dass ich ..." Er brachte den Satz gar nicht zu Ende, seine Stimme versagte.

„Die Schattenwelt!", rief einer der Dämonen.

„Unser dunkles Gefängnis!"

„Es ist nicht mehr unser Gefängnis!"

„Unser leeres Gefängnis!"

„Und bald Blairs Gefängnis, wenn er nicht vernünftig wird", ergänzte ich.

„Du willst, dass ich einen Menschen in die Schattenwelt stürze?", keuchte das Dämonenoberhaupt. „Ist das dein Ernst?"

„Mich hast du doch auch einmal dorthin geholt", merkte ich an. „Du kannst es."

„Natürlich kann ich es, aber das ...“

„Ich will nicht, dass du Blair für immer dort einsperrst, keine Sorge“, unterbrach ich ihn. „Es wäre nur gut, ihn durch die Schattenwelt zu, na ja, transportieren. Um die Gefahr einer Sprengung zu vermeiden.“

„Ich soll ihn in die Schattenwelt stürzen und später wieder rausholen?“, vergewisserte er sich.

Ich nickte. „Genau. Am besten holst du ihn erst in einer Gefängniszelle wieder raus. Dann kann er nichts mehr anstellen. Und er kann seinem Urteil nicht mehr entgehen.“

„Ich verstehe ...“, murmelte er. „Kein dummer Plan. Doch gib ihm eine Chance zur Kapitulation, bevor ich ihn einsperre.“

„Das werde ich“, versprach ich. „Also, hilfst du mir?“

„Dir, und nur dir, würde ich diesen Gefallen tun. Beginnen wir!“

Glücklich lächelte ich ihn an. „Danke. Danke für deine Hilfe.“

„Viel Glück!“, wünschten uns die Dämonen.

„Lass dich nicht verletzen, Mia!“

„Unser Anführer wird auf sie aufpassen!“

„Meister Shadow ist ein Held!“

„Darum ist er ja unser Meister!“

„Genug davon“, lachte Shadow. „Kehrt zu den Geistern zurück. Ich werde bald nachkommen.“

„Wie du befiehlst!“ Die Dämonen verabschiedeten sich von uns und verließen Fioria. Nur Shadow und ich blieben übrig.

Ich rannte zurück in den vierten Stock zum Büro am Ende des Ganges. Shadow folgte mir lautlos. „Warte hier draußen“, flüsterte ich. „Ich werde versuchen, Blair zur Vernunft zu bringen. Auch er hat eine zweite Chance verdient.“ Mein Vater hatte trotz seiner Untaten ebenfalls eine bekommen.

„Ich warte auf deinen Ruf“, antwortete das Dämonenoberhaupt.

Kurz lauschte ich an der angelehnten Tür. „Sie sind ein merkwürdiger Ranger“, äußerte sich Blair gerade. „Und Sie wissen viel über die internen Strukturen der Schattenbringer.“

„Ich habe meine Hausaufgaben eben gemacht“, entgegnete Lloyd ruhig. „Aber Sie haben meine Frage immer noch nicht beantwortet. Was bezwecken Sie? Was glauben Sie, was passieren wird, wenn Sie Fioria mit Gewalt überziehen und die Ranger weiter destabilisieren?“

„Alle werden um Medikamente flehen, ja, flehen“, erzählte Blair. „Wenn es viele Verletzte gibt, braucht man viel Medizin. Krankenhäuser, Einzelpersonen, alle brauchen meine Produkte.“

„Nur gut, dass die Ranger so etwas nicht zulassen", meldete sich James zu Wort. „Unsere Auflagen für Ihre Produkte gelten weiterhin."

„Ganz genau. Ungetestete, vielleicht sogar gefährliche oder wirkungslose Medikamente braucht niemand, finde ich", zischte Jakob.

„Die breite Masse wird nicht hinterfragen, ob die Mittel sicher sind, solange ich es ihnen erzähle", winkte Blair ab. „Wenn sie daran glauben wollen, werden sie sich einbilden, die Medizin würde wirken. Menschen, die sich fürchten, sind dumm und manipulierbar, das ist ja das Schöne an ihnen. Und ohne die Ranger bricht Panik aus. Das Gefühl der Sicherheit wird verschwinden. In ihrer Verzweiflung werden sich die orientierungslosen Leute dann an mich und meine Versprechen klammern."

Verärgert trat ich ins Büro ein und fixierte den Mann. „Wie gut, dass es nicht nur so miese Unternehmer wie Sie gibt."

„Da bist du ja!", rief Lloyd.

Blair musterte mich genau von Kopf bis Fuß. Dann lächelte er spöttisch. Er wirkte nicht mehr annähernd so nervös wie zuvor, als Jakob und James ins Büro gekommen waren. „Ah, du musst dann wohl Mia sein."

Vor lauter Schock brachte ich keinen Ton heraus. Wie hatte er mich so schnell als Frau erkannt? Woher wusste er, wer ich war?

„Du fragst dich bestimmt, wie ich dich in deiner Verkleidung erkannt habe", fuhr er fort. „Das hast du deinem Vater zu verdanken. Erik hat eine große Suche nach dir veranstaltet, ich habe dein Foto so oft gesehen. Dieser sentimentale Dummkopf hat ja ständig um meine Hilfe bei der Suche gebeten. Nun ist die verlorene Tochter also zurück. Und hat dafür gesorgt, dass ihr eigener Vater im Gefängnis landet. Meinen Glückwunsch."

Ich schluckte, unterdrückte die vielen Gefühle, die in mir hochkommen wollten. Stattdessen konzentrierte ich mich auf etwas anderes. „Legen Sie den Zünder weg, Blair, es ist meine einzige Warnung. Geben Sie auf."

„Die Tochter von Erik Sato macht mir keine Angst", lachte er. „Erik war schwach. Er war dumm. Er war wie besessen von der Vernichtung der Ranger und so leicht beeinflussbar. Warum sollte ich mich da vor seiner halbwüchsigen Tochter fürchten?"

Ich ballte die Hände zu Fäusten, atmete tief ein und aus, um nicht die Fassung zu verlieren. So viel Hochmut, so viel Niedertracht und Dreistigkeit hatte ich noch nie an einer Person erlebt. „Vielleicht weil sie das Mädchen aus der Legende und ein erfahrener Ranger ist?", entgegnete Jakob. „Sie sollten lieber aufgeben, Blair."

„Gegen meine Sprengsätze kann auch sie nichts ausrichten", winkte der Unternehmer ab. „Ich habe keine Angst."

„Shadow, es ist so weit." Meine Stimme klang ruhig und kontrolliert, obwohl ich am liebsten geschrien hätte. „Er ist zu stur. Er gibt nicht nach."

Verwirrt sahen mich die Anwesenden an. Bevor jemand eine Frage stellen konnte, schwebte Shadow bereits in den Raum. „Das ist natürlich bedauerlich. Aber er hatte seine Chance."

„W…w…w…was ist das?", stammelte Blair. „Und was hat es gesagt?"

„Mia, was hast du vor?", flüsterte Lloyd.

„Ihn unschädlich zu machen", antwortete ich.

Shadow begann, den Zugang zur Schattenwelt zu öffnen. Unter ihm bildete sich ein dunkler Fleck, das hatte ich schon einmal gesehen. Wenn er so weit war, würde er den Schatten zu Blair schicken und ihn darin verschwinden lassen.

Der dunkelhaarige Mann rang sichtlich um seine Selbstbeherrschung, richtete sein Hemd und sein Jackett, atmete laut. „Es haben schon viele versucht, mich aufzuhalten. Alle sind gescheitert. Ich wäre nicht da, wo ich jetzt bin, wenn ich mich leicht unterkriegen ließe. Und ich werde nicht so jämmerlich im Gefängnis enden wie Erik, egal, welche Fiorita du zu Hilfe rufst."

„Mein Vater ist nicht jämmerlich, er steht endlich für seine Verbrechen gerade und beweist damit mehr Stärke, als Sie je aufbringen könnten", entgegnete ich scharf.

„Nein, er ist ein Versager und ein Schwächling", schnaubte Blair. „Er war zu schwach, um seinen eigenen Plan durchzuführen. Zu schwach, um seine eigene Organisation zu leiten. Zu schwach, um den Rangern zu entkommen. Da musste ich ja die Führung übernehmen."

„Sie haben ihm die Kontrolle einfach entrissen!", warf Lloyd ihm vor. „Erik ist viel, sogar grausam, aber schwach ist er nicht."

„Oh doch", entgegnete der Unternehmer. „Ein sentimentaler, weichherziger, naiver Idiot wie er kann sich nicht ernsthaft für einen Verbrecher halten oder glauben, er würde mit seiner Organisation das bestehende System ändern."

Da hielt ich es nicht mehr aus. Es reichte. „Halten Sie endlich die Klappe!", schrie ich wutentbrannt.

„Mia, nein! Reiß dich zusammen!", flehte Shadow, während er versuchte, sich von meinen heftigen Gefühlen abzuschirmen. „Wenn ich zu wütend werde und mich nicht mehr beherrschen kann, kann ich für nichts garantieren. Dann landet ihr vielleicht auch in der Schattenwelt.“

Ich zitterte am ganzen Körper. „Ich versuche es ja, aber ...“ Wie sollte ich ignorieren, dass Blair so schlecht von meinem Vater sprach? Wie sollte ich meinen Zorn kontrollieren? Dieser Mann vor mir verkörperte so viel Schlechtes und widerte mich so an, dass ich ihn am liebsten verprügeln würde. Aber Gewalt brachte mich nicht weiter, zumal Blair bei einem Angriffsversuch die Bomben zünden würde.

„Ganz ruhig“, flüsterte mein Freund und umarmte mich sanft. „Lass dich nicht von diesem Abschaum provozieren.“

Seine Nähe tat gut. Ich lehnte mich an ihn und erwiderte die Umarmung. „Ja ...“

„Ach, jetzt weiß ich, wer du bist!“ Blair zeigte auf Lloyd. „Heutzutage kriegt wohl jeder eine Ranger-Uniform, selbst wenn er keiner ist, was? Du bist Eriks ehemaliger Stellvertreter, nicht wahr? Der Freund seiner Tochter.“

„Woher wissen Sie das?“, fragte Lloyd.

„Ich sagte doch, Erik war schwach. Er ist schwach. Er hat mir aus Verzweiflung darüber, dass seine Tochter spurlos verschwunden ist, alles über sie erzählt. In der Hoffnung, das würde die Suche erleichtern, vermute ich. Aber ihr habt euch gut versteckt, das muss ich zugeben“, antwortete Blair. „Nicht mal ich konnte euch aufspüren, und ich hab es wirklich versucht.“

Wütend sah ich ihn an. „Warum haben Sie meinem Vater bei der Suche geholfen, wenn Sie das nur für Schwäche halten?“

„Ich dachte mir, das Mädchen aus der Legende wäre bestimmt eine gute Investition“, erklärte er. „Die Macht der Fiorita sollte man nicht unterschätzen. Durch dich wäre ich an diese Macht gekommen.“

Gut, dass Lloyd mich festhielt, sonst wäre ich spätestens jetzt auf Blair losgegangen. „Sie werden das alles bereuen“, prophezeite ich. „Sie werden jede einzelne Untat und jedes bösartige Vorhaben bereuen!“

Er winkte mir mit dem Fernzünder zu. „Vorsicht, ich bin hier im Vorteil.“

„Sind Sie nicht“, flüsterte ich und beobachtete Shadow aus den Augenwinkeln. Der Dämon nickte mir zu. Er war bereit.

„Dein dunkler Begleiter macht mir keine Angst“, lachte Blair. „Er schwebt da nur rum, ohne sich zu bewegen. Nicht sehr unheimlich.“

„Ich hab nur noch eine Frage an Sie", wandte ich mich an den Mistkerl.

„Und zwar?"

Ich blickte ihm direkt in die eiskalten Augen. „Warum? Warum das alles? Warum diese Grausamkeit, diese Geldgier, diese Zerstörung, warum?"

Da grinste er breit. „Warum nicht?"

Keine Reue. Keine Spur von Reue. Nur Selbstgerechtigkeit, Bosheit. Langsam begriff ich, warum manche der Geister von den Menschen enttäuscht waren. Bei Exemplaren wie Blair verstand ich diese Enttäuschung zu gut. „Shadow, jetzt."

Schlagartig ließ das Dämonenoberhaupt den Schatten über den Boden zum Unternehmer schnellen. „Was ist das?", rief Blair und beobachtete den großen schwarzen Kreis, auf dem er stand. „Was passiert hier? Ich zünde die Bombe, ich warne euch!"

„Ihr Fernzünder wird Ihnen in der Schattenwelt gar nichts nützen", entgegnete ich, zugegebenermaßen ein wenig schadenfroh. „Jetzt haben Sie genug Zeit, über alles noch mal nachzudenken. Und ich hoffe für Sie, dass wir uns niemals persönlich wiedersehen!"

„Was soll das hei..." Shadow öffnete den Zugang zur Schattenwelt, sodass Blair in die Tiefe stürzte. „Aaaaaaaaaaaah!"

„Was ist passiert?", rief James fassungslos.

„Blair ist weg. Eingesperrt in der Schattenwelt, in der früher die Dämonen gefangen waren", erklärte ich leise.

Prüfend sah Lloyd mich an. „Für immer?"

Ich schüttelte den Kopf. „Im Gefängnis holen wir ihn wieder raus."

In seinen blauen Augen blitzte die Erkenntnis auf. „Ah! Damit er die Bomben nicht aktivieren kann."

„Genau", bestätigte ich. „Ihm den Zünder abzunehmen, wäre unmöglich gewesen. Und vielleicht kommt er in der Finsternis wieder zur Besinnung. Ein wenig Zeit zum Nachdenken könnte das beste Mittel gegen seinen Wahnsinn sein." Ich wandte mich dem Dämonenoberhaupt zu. „Danke, Shadow. Danke für alles."

„Nicht doch, es war das Richtige", flüsterte er.

„Moment, heißt das ... heißt das, es ist vorbei?", fragte Jakob ungläubig.

Ich lächelte schief. Ich fühlte mich zu ausgelaugt, um zu jubeln. „Wenn wir die Schattenbringer jetzt festnehmen, ist es vorbei."

„Wir haben es geschafft", murmelte James. „Wir haben es wirklich geschafft!" Langsam ergriff auch mich die Freude. Wir hatten zwar viel durchgemacht, aber es hatte sich gelohnt. Shadow und ich tauschten einen erleichterten Blick.

So schwer die letzte Zeit gewesen war, das Ergebnis entschädigte uns für alle Anstrengungen. Erik und Alfred waren festgenommen, die Schattenbringer hatten keinen Anführer mehr. Saizew und Blair waren verhaftet, die Schattenbringer hatten keine Sponsoren mehr. Die Schattenbringer hatten keine Chance mehr.

Lloyd umarmte mich fest. „Es ist vorbei!"

Glücklich schmiegte ich mich an ihn und endlich konnte ich aussprechen, was ich mir schon seit Monaten wünschte. „Der Frieden kann kommen!"

Kapitel 19:
Erst der Anfang

Unruhig beobachtete ich die Zeiger der Uhr, die quälend langsam tickten. Es gab kaum etwas Schlimmeres als das Warten. Warten, bis das Urteil der Anhörung gefällt wurde, die sich über die letzten Tage erstreckt hatte.

Ich drückte Takuto sanft an mich, woraufhin er quengelte und kräftig mit seiner Rassel schlug. „Entschuldige, Schatz", murmelte ich.

Lloyd legte einen Arm um meine Schulter und streichelte unserem Sohn mit der freien Hand über den Kopf. „Es wird nicht mehr lange dauern."

„Das hoffe ich, langsam werde ich wahnsinnig", jammerte meine Mutter. „Wie lange kann es denn noch dauern, eine Entscheidung zu treffen?"

„Bestimmt eine Weile, es geht schließlich um fünf Urteile", murmelte Fiona und lehnte ihren Kopf an die Schulter ihrer besten Freundin. „Aber ich stimme dir zu, Cassandra, es ist wirklich unerträglich."

Wir saßen zu zehnt in einem abgeschlossenen Wartezimmer im Hauptquartier der Ranger. Nachdem der Einsatz vorbei gewesen war, hatte es viel Trubel gegeben. Die gefangenen Verbrecher waren eingesperrt worden, auch Blair hatten wir aus der Schattenwelt geholt. Die Ranger hatten alle Hände voll zu tun, damit sich die Dinge in Fioria wieder normalisierten. Und nach einigen Anhörungen vor Gericht sollte heute über die Bestrafung von Sam, Sebastian, Erik, Lloyd und mir entschieden werden.

Darum warteten wir. Sebastian saß an der Wand gegenüber von Lloyd, Arisa neben ihm und hielt seine Hand. Sam wirkte ruhig, mit geschlossenen Augen hockte er auf dem Stuhl neben seinem ehemaligen Schützling. Lloyds Eltern und meine Mutter waren aufgeregt, sie sorgten sich um uns. Und mein Vater, der neben mir saß, versuchte schon die ganze Zeit sich abzulenken, indem er mit seiner Frau redete oder mit seinem Enkel spielte.

„Immerhin werden wir nicht mehr Tag und Nacht von Rangern bewacht, sobald das vorbei ist", merkte Sebastian an.

„Vielleicht schon, wenn ihr im Gefängnis sitzt", entgegnete Arisa panisch.

„Das wird schon", beruhigte er sie. „Unsere Strafe wird milder ausfallen, wir haben viel dazu beigetragen, den Krieg zu beenden."

„Durch Verrat", brummte Erik und sah seinen früheren Untergebenen scharf an. Doch dann seufzte er. „Genau wie ich. Aber es musste aufhören ..."

Ich drückte seine Hand. „Eben. Jetzt besteht Hoffnung auf eine gute, friedliche Zukunft. Findest du das nicht auch am wichtigsten, Papa?"

Er lächelte mich an. „Am wichtigsten finde ich, dass meine Familie wohlbehalten hier ist."

„Oba", rief Takuto und drückte Erik seine Rassel in die Hand. „Sbielen."

„Ja, wir spielen wieder", lachte mein Vater und beugte sich zu dem Kleinen. Ich beobachtete die beiden schmunzelnd. Dieser Augenblick war schön, trotz der Anspannung im ganzen Raum. Außerdem sah mein Vater gerade nicht wie ein Gefangener aus, weil er für die Anhörung normale Klamotten tragen durfte. Jeans und ein kariertes Hemd, wie ich ihn kannte.

Als plötzlich die Tür geöffnet wurde, schreckten wir alle auf. Es war so weit. Das Warten hatte ein Ende. Der Vorsitzende kam, begleitet von fünf Rangern, zu uns ins Zimmer. Er verschränkte seine Arme hinter dem Rücken, wodurch er noch aufrechter vor uns stand. Seit dem Einsatz wirkte der ältere Mann viel ausgeglichener als zuvor. Sein heller Anzug ließ ihn obendrein ein wenig jünger aussehen. Ulrich, der bei ihm war, lächelte uns an. Die anderen vier Ranger kannte ich nicht, sie arbeiteten wohl im Hauptquartier.

„Sparen wir uns den Weg in den Saal", schlug der Weißhaarige vor. „Die Urteile sind gefällt. Herr Sato, beginnen wir mit Ihnen."

Mein Vater spannte sich an. „In Ordnung."

„Wir halten nicht an Ihrer ursprünglich beantragten lebenslangen Haftstrafe fest", verkündete er. Meine Eltern atmeten zeitgleich auf. „Ohne Ihre Aussage hätten wir den Krieg nicht beenden können. Dennoch legen wir Ihnen zahlreiche Verbrechen zur Last, sowohl die Gründung und Leitung der Schattenbringer als auch die schwere Körperverletzung an Jens Koyato."

Richtig, mein Vater hatte sich an dem Einbrecher, der mich niedergeschlagen hatte, gerächt. Bestimmt musste er für all seine Taten lange im Gefängnis sitzen. Sehr lange.

„Und was haben Sie beschlossen?“, fragte mein Vater.

„Der Ausschuss hat sich auf eine Haftstrafe von zehn Jahren geeinigt“, antwortete der Vorsitzende. „Nicht mehr im Hochsicherheitstrakt.“

Ein kleines Lächeln huschte über Eriks Gesicht. „Das sind gute Nachrichten.“

„Vielen, vielen Dank!“ Meine Mutter sprang auf, um dem Vorsitzenden die Hand zu schütteln. „Ich danke Ihnen!“

„Das war nicht nur mein Entschluss“, winkte er ab und ließ ihre Hand wieder los. „Leute, bringt Herrn Sato zurück ins Gefängnis.“

„Darf ich mich noch verabschieden?“, bat mein Vater. Der Weißhaarige nickte, also wandte sich Erik an uns. Er legte Lloyd eine Hand auf die Schulter und nickte in Takutos und meine Richtung. „Pass gut auf sie auf.“

„Das werde ich“, versprach Lloyd. „Bis bald, Erik.“

Mein Vater ließ ihn los, um Takuto auf den Arm zu nehmen. Auch meine Mutter und mich drückte er fest. „Wir sehen uns“, flüsterte er.

„Beim nächsten Besuch natürlich“, versicherte ihm meine Mutter und hauchte ihm einen Kuss auf die Lippen. Die beiden lächelten sich an.

„Lass dich nicht unterkriegen, Papa“, murmelte ich. „Ich hab dich lieb.“

„Ich dich auch, Liebes“, antwortete er und tätschelte meinen Kopf. Dann ließ er sich von zwei Rangern abführen. Traurig sah ich ihm nach. Es war hart, dass mein Vater im Gefängnis sitzen musste. Aber immerhin nicht lebenslänglich.

„Vielleicht sehen wir ihn schneller wieder als gedacht“, seufzte Lloyd, der nun Takuto auf dem Schoß hatte. „Direkt hinter Gittern …“

„Selbst wenn, wir werden für Takuto sorgen“, beruhigte Fiona ihn und deutete auf sich, Nico und Cassandra. „Aber ich kann mir nicht vorstellen, dass ihr eingesperrt werdet. Ihr seid Helden!“

„Aber nicht ohne Schuld“, flüsterte mein Freund.

Ich setzte mich wieder hin und hakte mich bei ihm ein. Ich hatte die gleiche Angst wie er, doch ich wollte sie nicht aussprechen.

„Herr Romano“, fuhr der Vorsitzende fort, woraufhin Sam aufstand. Ich hatte weder seinen noch Sebastians Nachnamen je gehört, fiel mir auf. „Wir haben lange Beweise gesucht, doch wir können Ihnen außer Ihrer Mitgliedschaft bei den Schattenbringern kein Verbrechen vorwerfen. Da Sie eine wichtige Rolle bei der Verhaftung des neuen Anführers gespielt haben und Ulrich für Sie bürgt, wird Ihr Antrag auf

Straferlass angenommen." Vor Begeisterung jubelte der dunkelblonde Mann, er warf die Arme in die Luft und strahlte übers ganze Gesicht.

„Ja! Ja!"

„Gratuliere", beglückwünschte Lloyd seinen alten Mentor.

„Ich fasse es nicht!", rief Sam. „Danke!"

„Nutzen Sie Ihren Neuanfang gut", riet ihm der Vorsitzende. „Dasselbe gilt für Sie, Herr Alves."

„Was meinen Sie?", fragte Sebastian verwirrt.

„Auch Ihr Antrag wurde angenommen, da Sie beim Einsatz gegen Blair den Rangern entscheidend geholfen und drei meiner Männer gerettet haben", erklärte der Vorsitzende. „Sie sind frei."

Arisa und Sebastian fielen sich um den Hals. „Du hast es geschafft!", quietschte meine Grundschulfreundin. „Du hast es geschafft!"

Takuto jammerte, weil es so laut wurde, darum hob Lloyd ihn über seinen Kopf, als wäre der Kleine ein Flugzeug. Das liebte er, prompt jauchzte er glücklich und störte sich nicht länger an den Jubelrufen.

„Bringt die beiden raus", wies der Vorsitzende die zwei übrigen Hauptquartier-Ranger an. „Mit Lloyd Sakai und Mia Sato muss ich länger sprechen."

Mein Atem wurde nach diesen Worten unregelmäßig, die Farbe wich mir aus dem Gesicht. Das klang nicht gut. Lloyd setzte Takuto wieder auf seinem Schoß ab und nahm meine Hand. Ich klammerte mich an meinen Freund, der genauso beunruhigt aussah wie ich.

Sebastian, Arisa und Sam verabschiedeten sich von uns, nicht ohne uns besorgt zu mustern und uns viel Glück zu wünschen. Nun blieben wir nur noch mit unserem Sohn, Lloyds Eltern, meiner Mutter, Ulrich und dem Vorsitzenden zurück. Der Weißhaarige redete leise mit dem Stationsleiter, während wir ungeduldig warteten.

„Du wolltest mir nach dem Einsatz noch etwas sagen", fiel mir ein. Das war im Trubel der letzten Tage völlig untergegangen.

„Nicht jetzt", murmelte Lloyd. „Lieber zu einer schöneren Gelegenheit."

Ich nickte langsam. „Verständlich. Aber vergiss es nicht, ich bin neugierig."

„Das könnte ich gar nicht vergessen", versicherte er mir und lächelte mich an.

Bei diesem Lächeln fühlten sich meine Wangen ganz heiß an. „Okay."

„Nun zu euch", riss uns der Vorsitzende aus unserem Gespräch. Er zog sich einen Stuhl heran, um sich uns gegenüber hinzusetzen. „Auch ihr habt Antrag auf Straferlass eingereicht, aber ihr wisst selbst, dass wir euch einiges vorwerfen können."

Wir nickten beide. Lloyd war ehemaliger Schattenbringer und hatte als solcher oft gesetzeswidrig gehandelt. Ich hatte mich widerrechtlich als Mann verkleidet bei den Rangern eingeschlichen und war aus dem Gefängnis ausgebrochen. Wie würden wir nun dafür büßen müssen?

„Aber ohne die beiden wäre Fioria bestimmt untergegangen!", nahm uns meine Mutter in Schutz. „Sie können sie nicht verurteilen!"

„Nun übertreiben Sie ein wenig, Frau Sato", entgegnete der Vorsitzende. „Bitte mischen Sie sich nicht ein. Ich habe erlaubt, Angehörige mitzunehmen, aber nur solange sie nicht stören."

Beleidigt schnaubte sie, antwortete aber nicht. Sie beobachtete den älteren Mann nur finster. Genau wie Lloyd und ich ihn musterten.

„Es stimmt, ihr habt deutlich mehr Gutes als Schlechtes getan", gab er zu. „Ihr habt für die Ranger gekämpft, und das unter Lebensgefahr. Aber zugleich seid ihr selbst eine Gefahr."

„Wie bitte?", fragte ich ungläubig.

„Ein ehemals hochrangiger Schattenbringer und ein als Ranger ausgebildetes Mädchen aus der Legende", erläuterte er. „Ihr könnt nicht abstreiten, dass ihr eine Gefahr seid."

„Was soll das heißen?", hakte Lloyd nach.

„Ich kann nicht zulassen, dass ihr unbeobachtet seid. Genauso wenig, wie ich zulassen kann, dass das Mädchen aus der Legende einfach verschwindet."

Lloyd gab mir Takuto auf den Schoß, um aufzustehen und wütend auf den Vorsitzenden hinabzublicken. „Also wollen Sie uns einsperren und Mias Fähigkeiten ausnutzen?", grollte er.

„Ich werde niemals Fiorita rufen, damit sie begafft oder untersucht werden", zischte ich und strich über Takutos Rücken.

„Ihr versteht mich falsch", entgegnete der Vorsitzende ruhig. „Mir ist schon lange klar, dass ich dich zu nichts zwingen kann, Mia. Dafür bist du zu stur. Ich kann dich nur bitten, den Rangern mit deinem Wissen zu helfen."

„Das hat sie schon immer getan", äußerte sich Ulrich, der noch an der Tür stand. „Sie gibt ihr Wissen weiter, sie ist durchaus bereit dazu."

Kurz lächelte ich den Stationsleiter an, bevor ich mich wieder an den Vorsitzenden wandte. „Und was genau haben Sie jetzt mit uns vor?"

„Ihr werdet unter Aufsicht der Ranger bleiben, auf die eine oder die andere Art. Die Entscheidung überlasse ich euch", erzählte er.

„Welche Auswahl haben wir denn?", schnaubte Lloyd und setzte sich wieder zu mir, um Takuto und mich in die Arme zu schließen.

„Entweder ihr geht ins Gefängnis oder ihr arbeitet für die Ranger."

Verdutzt blinzelte ich. „Sie bieten uns einen Job an?"

„Eure Haftstrafe wird euch erlassen, wenn ihr als Ranger arbeitet", bestätigte er.

Lloyd und ich tauschten einen Blick. „Ich wäre gern wieder in Windfeld", flüsterte ich. „Was ist mit dir?"

„Lieber Ranger als Häftling." Er lächelte schief. „Und solange wir in Windfeld arbeiten, bin ich sogar gerne dabei. Ohne Herausforderung und Action wäre mir auf Dauer sowieso zu langweilig."

„Aber wenn wir beide als Ranger arbeiten, was ist dann mit Takuto?", fiel mir ein. „Wo soll er den ganzen Tag bleiben?"

„Bei mir", bot meine Mutter an. „Ich kann ihn gerne nehmen. Oder, Fiona, ihr könnt euch doch auch tagsüber um ihn kümmern, nicht wahr?"

„Wir stehen jederzeit zur Verfügung", versprach Lloyds Mutter.

„Was für eine Frage", lachte Nico. „Ihr werdet nicht festgenommen! Da ist Takutos Versorgung doch das geringste Problem."

„Also nehmt ihr das Angebot an?", vergewisserte sich der Vorsitzende. Lloyd und ich nickten. „Wenn ihr wollt, habt ihr sogar die Ehre, als Hauptquartier-Ranger zu arbeiten."

Ich schmunzelte. „Ganz bestimmt nicht. Wir gehen nach Windfeld. Ulrich ist der einzige Vorgesetzte, unter dem ich arbeiten will."

„Sehe ich auch so", pflichtete mein Freund mir bei. „Wer will schon ins Hauptquartier, wenn er nach Windfeld kann?"

Der Stationsleiter kam zu uns und umarmte uns fest. „Ich fühle mich geehrt. Und herzlich willkommen im Team!"

„Wie ihr wollt, dann eben Windfeld", brummte der Vorsitzende.

„Wie wollen Sie erklären, dass eine Frau als Ranger arbeitet?", wunderte ich mich. „Oder soll ich mich für immer als Kerl ausgeben?"

„Nun, ich habe überlegt, die Organisation auch für Frauen zu öffnen ..." Der Weißhaarige stand auf und ging nachdenklich auf und ab. „Ja, es wird eine Weile dauern, doch ich gedenke, auch Frauen als Ranger arbeiten zu lassen. Du bist ja das beste Beispiel dafür, dass nicht nur Männer diesen Beruf ausüben können."

„Das ist doch mal ein Wort!", lobte ihn Fiona. „Endlich sehen Sie ein, dass Frauen ebenfalls gute Arbeit leisten können!"

Ich konnte es nicht fassen! Endlich veränderte sich etwas in der Organisation der Ranger. Endlich mussten Frauen, die Fioria beschützen wollten, nicht mehr verzweifeln, weil sie keine Möglichkeit dazu bekamen.

„Aber du, Mia", räumte er ein, „wirst dennoch deine Augenfarbe verstecken müssen. Ich habe noch nicht entschieden, ob wir deine Identität als Mädchen aus der Legende veröffentlichen werden."

„Ich bitte Sie, verheimlichen Sie das", flüsterte ich. „Ich verstecke meine Haare und Augen, das tue ich jeden Tag. Es ist nicht einfach, aber es ist zum Schutz der Fiorita. Und sosehr ich es hasse, wenn die Ranger die Öffentlichkeit belügen, dieses Geheimnis muss gewahrt werden."

„Auch ich habe schon daran gedacht, dass es gefährlich wäre – sowohl für dich als auch die Fiorita", gestand der Vorsitzende.

Halbherzig lächelte ich. „Ich hab ja meine Perücke, mein Cap und meine Kontaktlinsen. Alles kein Problem."

„Deine Haare musst du nicht verstecken, finde ich." Der Vorsitzende sah mich lange an. „Viele junge Leute haben merkwürdige Färbungen."

„Also nur Kontaktlinsen", murmelte ich. „Das klingt gut!"

„Und zu Hause musst du sie nicht tragen", flüsterte Lloyd mir ins Ohr. Wir lächelten uns an.

„Dann, Ulrich, nimm deine neuen Ranger mit", forderte der Vorsitzende den Stationsleiter auf. „Zwei gut ausgebildete junge Leute können in Windfeld nicht schaden, was?"

„Ohne die beiden will ich mir die Zweigstelle gar nicht mehr vorstellen", lachte der dunkelblonde Ranger. „Auf geht's! Ab nach Hause."

Lloyd holte den Kinderwagen aus der Ecke des Zimmers und legte Takuto hinein. „Vielen Dank, Herr Vorsitzender."

„Auch von mir herzlichen Dank", äußerte ich mich.

„Ich habe euch zu danken", entgegnete der Weißhaarige. „Es ist vieles schiefgegangen. Doch ihr habt dabei geholfen, es geradezurücken."

Mein Freund nickte. „Wir haben alle was dabei gelernt, würde ich sagen."

„In der Tat", bestätigte der Vorsitzende. „Nun entschuldigt mich. Es gibt viel zu tun." Gleich nach dem kurzen Abschied verließ er den Raum.

„Ich bin so glücklich!", jubelte meine Mutter. „Das muss gefeiert werden!"

„Wie wäre es, wenn wir essen gehen?", schlug Nico vor. „Wir laden euch ein."

„Solange wir noch hier sind“, merkte Fiona an. „Übermorgen fahren wir zurück nach Färnau. Mit unserem brandneuen Auto.“

„Heißt das eigentlich, Mia und ich dürfen euer altes behalten?“, fragte Lloyd.

Nico nickte. „Ihr könnt es sicher gebrauchen.“

„Wow, danke!“, staunte ich.

Er wuschelte mir durch die offenen Haare. „Dafür nicht, Kleine.“

„Dann lasse ich euch mal für eure Familienfeier allein“, meldete sich Ulrich zu Wort. „Aber wehe, ihr kommt morgen zu spät zu eurem ersten Arbeitstag.“

„Würden wir doch nie wagen“, kicherte ich.

„Möchtet ihr dann eigentlich eigene Zimmer im Wohnhaus?“, erkundigte er sich. „Eins ist für euch drei ja etwas eng ...“

Gleichzeitig schüttelten Lloyd und ich die Köpfe. „Wir bleiben zusammen“, antwortete mein Freund. „Aber danke.“

„Okay, dann bis morgen“, verabschiedete sich der Stationsleiter.

„Und wir feiern jetzt die guten Nachrichten nach den Anhörungen!“, beschloss Fiona und lief voran aus dem Zimmer. „Ich könnte vor Freude die ganze Welt umarmen!“ Lloyd und ich verschränkten unsere Finger miteinander. Seine linke Hand hatte Sana inzwischen geheilt. Bevor wir mit Takuto unseren Müttern und Nico folgten, küssten wir uns. Wir waren frei. Zum ersten Mal seit Jahren fühlten wir uns wirklich frei. Und da konnte ich Fiona nur zustimmen – das musste gefeiert werden.

„Ein glücklicher Ausgang, würde ich sagen.“ Ich streckte mich, während ich auf dem weichen Gras lag, und lächelte zu Shadow hoch. „Auf jeden Fall. Mein erster Arbeitstag war super, Ulrich hat mich mit Lloyd für die Patrouille eingeteilt. Wir wurden vielleicht geschockt angestarrt, weil ich der erste weibliche Ranger bin. Aber dafür hatte ich die Gelegenheit, auf dem Marktplatz lange mit Anita zu reden und ihr einiges zu erklären. Sie hat mir ein Milchhörnchen geschenkt“, erzählte ich glücklich.

„Aber es ist nicht alles vorbei. Die Welt ist noch in Aufruhr“, warnte mich Luna. „Es wird lange dauern, bis sich die Lage normalisiert.“

„Dafür sind ja wir Ranger da“, entgegnete ich und stand von der Wiese auf.

Kurz blickte ich über die Lichtung im Wald von Brislingen, zu der ich gleich nach der Arbeit geflogen war. Ich wollte Takuto von meiner

Mutter abholen, aber zuerst unterhielt ich mich noch mit den Geistern und Dämonen.

„Ihr werdet das super machen", ermutigte mich Celeps. „Das weiß ich!"

„Davon gehe ich ebenfalls aus", krähte Gewittergeist Renodon.

„Wenn du das sagst, Liebster", neckte ihn Windgeist Venta. Empört sah er sie an, darum schmiegte sie sich an ihn.

Ich zog meinen Pferdeschwanz fester. „Danke für euer Vertrauen. Ich hoffe, die Menschen werden euch nicht wieder enttäuschen."

„Das werden sie", seufzte Sapinos. Sein Körper, der aus hellem Rauch bestand, wehte im schwachen Wind, genau wie sein langer Bart. „Sie werden uns enttäuschen, wieder und wieder. Man muss nicht gerade der Geist der Weisheit sein, um das zu wissen. Und dennoch mögen wir die Menschen."

„Ja, sie sind faszinierend", stimmte Visunerm zu.

Ich lächelte in die Runde. „Ohne euch Geister sähe es mit Fioria übel aus. Und auch ihr Dämonen seid eine große Hilfe."

„Wir helfen gern", lachte einer der Dämonen.

„Nicht zu helfen liegt uns fern", reimte ein anderer.

„Fioria ist auf dem Weg der Besserung, zweifellos, aber einige Schattenbringer sind noch frei", meldete sich Luna wieder zu Wort. „Seid immer wachsam."

„Es ist liebenswert, wie sehr du dich um Mia und die Menschen sorgst", lachte Shadow und berührte mit seiner Hand ihre Seite.

Die dreifarbige Herrin der Geister lächelte. „Dir geht es doch genauso."

„Ihr empfindet generell ständig das Gleiche", zog Lunas Bruder Sol die beiden auf. „Sagt doch gleich, dass ihr aufeinander abfahrt."

„Sol, benimm dich!", zischte seine Schwester, woraufhin der Sonnengeist abrupt verstummte.

Durch unsere Verbindung spürte ich, dass alle Geister und Dämonen Sol innerlich zustimmten. Einschließlich Shadow und Luna. Jeder wusste es, sie fühlten sich zueinander hingezogen. Ich riss mich zusammen, um nicht zu grinsen. Die zwei stellten sich schon niedlich an ...

„Was ist mit Renia?", wechselte der beschämte Shadow eilig das Thema.

Perplex sah ich ihn an. „Was soll mit Renia sein?"

„Was geschieht mit dem Haus?", fragte er. „Werdet ihr zurückkehren?"

„Ach so. Wir bleiben in Windfeld, wir arbeiten ja da“, antwortete ich. „Aber wir behalten das Haus, sozusagen als Rückzugsort.“

„Dann habt ihr also eine Ferienwohnung zur Verfügung?“, lachte Feuergeist Melamf. „Schön ist es ja dort.“

„Kümmern sich eure Nachbarn weiterhin um das Haus?“, erkundigte sich der Gewittergeist. „Oder sollen wir ein Auge darauf haben?“

„Nicht nötig, es wird nicht leer stehen“, erzählte ich. „Wir haben es an Sam untervermietet. Heute Morgen hat er den Zweitschlüssel bekommen und sich auf den Weg gemacht.“

Venta stutzte. „Was will er denn in Renia?“

„Helfen.“ Ich lächelte. „Er will mit den Flüchtlingen, die nicht mehr in den Bezirk der Ranger zurückkehren, arbeiten, damit sie sich in Renia besser integrieren und endlich akzeptiert werden.“

„Ein gutes Vorhaben“, lobte Shadow. „Will er damit seine Zeit als Verbrecher abbüßen?“

„Er will die Menschen vor allem unterstützen“, erklärte ich. „Immerhin weiß er, wie orientierungslos und verzweifelt man sich fühlen kann, wenn man sein Zuhause verliert. Er hat ja lange auf der Straße gelebt.“

Luna nickte langsam. „Bis dein Vater ihn dort weggeholt hat, nicht?“

„Ja, und genau das, was Papa für ihn getan hat, will er für die Flüchtlinge tun.“

„Leute wie er werden in Renia sicher gebraucht“, vermutete die Herrin der Geister. „Er hat eine wunderbare Entscheidung getroffen.“

„Absolut“, stimmte ich zu. „Aber er wird sich die Wohnung hin und wieder mit Gästen teilen müssen.“

Celeps flog um mich herum. „Warum?“

„Mama fühlt sich in Brislingen oft unwohl. Die Leute sind nicht mehr so freundlich, seit sie erfahren haben, was Papa getan hat“, seufzte ich. „Und wenn sie mal raus will, kann sie nach Renia. Oder wenn jemals rauskommt, dass ich das Mädchen aus der Legende bin, kann ich dort wieder unter falschem Namen untertauchen.“

„Eine Fluchtmöglichkeit“, stellte Shadow fest. „Sehr klug.“

„Deine Eltern werden sich bestimmt oft dorthin zurückziehen, um vor den Blicken der Leute zu flüchten“, grübelte Luna. „Wenn dein Vater aus dem Gefängnis kommt, wird es sicher ein wenig unangenehm in Brislingen.“

Ich nickte betrübt. „Das fürchte ich auch. Und es regt mich auf. Das macht meinem Vater den Neuanfang nach der Haft doch noch schwerer.“

„Was hat er überhaupt vor, wenn er freigelassen wird?", wollte Celeps wissen.

„Er hat Mama und mir doch immer erzählt, er wäre Schreiner", erinnerte ich die Fiorita. „Und damit hat er nur halb gelogen. Er hat tatsächlich eine Ausbildung zum Schreiner und überlegt sich, später als solcher zu arbeiten."

„Das klingt besser als Verbrecherboss", lachte Melamf.

„Auf jeden Fall", stimmte ihm Hefolg, der Geist der Empfindungen, zu.

Luna ließ ihren Blick zu den beiden schweifen. „Solange die Ranger keine schreckliche Dummheit mehr begehen und ihn erneut erzürnen, ist Fioria wohl vor Erik sicher."

„Ich frage mich nur, ob Fioria auch vor anderen Leuten sicher bleibt", seufzte Sapinos. „Welcher Verrückte wohl als Nächstes auf die Idee kommt, Chaos in dieser Welt zu stiften?"

„Das weiß nur einer", entgegnete ich und deutete auf den Geist der Zeit.

„Und der wird keinen Ton darüber verlieren", schnaubte Pemorat. „Wäre ja noch schöner!"

Ich streichelte über sein oranges Fell. „Keine Sorge, niemand will dich ausfragen. Wir lassen die Zukunft einfach auf uns zukommen."

„Das ist sowieso spannender", lachte Shadow.

Pemorat lächelte in die Runde. „Spannend wird es wirklich, das kann ich euch versprechen."

„Ich will unbedingt auf die Achterbahn", rief Melodia und deutete in Richtung dieser Attraktion. „Mark, bist du dabei?"

Der braunhaarige Ranger nickte. „Das fragst du noch?"

„Da sagt keiner von uns Nein", lachte Haru. „James, Ulrich, Jakob, Lloyd, Mia, Arisa, Sebastian, ihr kommt doch auch mit, oder?"

„Natürlich", bestätigte ihr Freund. „Ich gehe doch nicht in den Vergnügungspark und fahre dann nicht mit der Achterbahn!" Kurz sah er sich um. „Ach, es ist schön, wieder in Jafot zu sein! Die Zweigstelle ist zwar nicht so toll wie die in Windfeld, aber ich mochte die Stadt schon immer."

„Ich mache hier gerne Urlaub", merkte Arisa an. „Ich bin schon mindestens hundertmal mit der Achterbahn gefahren!"

„Du hast auch schon oft genug davon geschwärmt", entgegnete Sebastian. „Bin gespannt, ob sie so gut ist, wie du sagst."

„Ich passe", meldete ich mich zu Wort. „Takuto ist dafür noch zu jung und irgendwer muss bei ihm bleiben."

„Das kann ich gerne machen, ich muss nicht unbedingt mitfahren", murmelte Jakob. „Wäre kein Problem."

Ich schmunzelte. „Magst du Achterbahnen nicht?"

Er grinste verlegen. „Ich habe gerade gegessen ..."

„Dann warten wir zusammen", schlug ich vor.

„Wird nicht lange dauern", versprach Lloyd und hauchte mir einen Kuss auf die Lippen, bevor er sich mit den sieben anderen bei der Achterbahn anstellte.

Während Jakob und ich warteten, blickte ich zum wolkenlosen Himmel auf. „Es ist schön heute, was?", fragte ich.

„Ja, der Sommer ist da", stimmte mein Kollege zu, der wie wir alle statt einer Uniform Freizeitkleidung trug.

Es war merkwürdig, Ulrich ohne Uniform zu sehen. Doch am schrägsten fand ich, dass Lloyd trotz der angenehmen Wärme seinen blauen Mantel angezogen hatte. Er hing wirklich an dem Kleidungsstück.

Ich strich das orange Kleid glatt, das mir meine Mutter damals zum Geburtstag geschenkt hatte, und beugte mich über den Kinderwagen, in dem Takuto mit seiner geliebten Handpuppe spielte. „Na, wie gefällt es dir in der größten Küstenstadt von Fioria, mein Schatz?"

„Fohoria", rief er, woraufhin Jakob und ich lachen mussten.

Heute hatten wir uns alle einen freien Tag gegönnt. Die Idee dazu hatten wir bekommen, als Lloyd sein altes Geburtstagsgeschenk von mir wiedergefunden hatte: die Eintrittskarten für diesen Vergnügungspark. Unsere Freunde hatten sich sogleich angeschlossen, als wir ihnen von dem Vorhaben erzählt hatten.

Inzwischen arbeiteten Lloyd und ich schon einen Monat in der Zweigstelle und es gab viel zu tun. Meistens teilte Ulrich uns beide für eine Aufgabe ein, weil er wusste, dass wir ein gutes Team waren. Es gefiel mir gut, wieder als Ranger unterwegs zu sein, auch Lloyd machte es erstaunlich gerne. Natürlich lief in Fioria noch nicht alles perfekt, doch die Nachwirkungen des Krieges ebbten immer mehr ab.

Arisa wurde als Journalistin immer gefragter, sie hatte viele Artikel über das Ende des Kriegs geschrieben. Sebastian hatte sich inzwischen auch endlich entschieden, was er nun aus seinem Leben machen wollte. Er vertiefte das medizinische Wissen, das er in der Ausbildung zum Schattenbringer erworben hatte, und studierte, um Arzt zu werden. Er wollte, genau wie Sam auf seine Art, den Menschen helfen. Langsam fand jeder seinen Alltag wieder.

„Da sind wir", verkündete Melodia, als die ganze Bande zurückkam.

„Haru, du siehst echt blass aus", merkte ich besorgt an.

Die dunkelhaarige Technikerin hielt sich eine Hand vor den Mund. „Mir ist nur ein wenig übel, alles okay ..."

James stützte sie behutsam. „Der Looping war wohl etwas zu viel."

„Ich weiß schon, warum ich nicht in das Ding eingestiegen bin", brummte Jakob. „Das ist purer Selbstmord."

„Für mich ist das auch nicht wirklich was", gestand ich. „Schon allein wegen der Kontaktlinsen wäre es unangenehm geworden."

Lloyd trat neben mich und legte einen Arm um meine Taille. „Wie wäre es mit einer Fahrt auf dem Riesenrad?", schlug er vor.

„Das klingt gut", stimmte ich zu.

„Sollen wir in der Zeit auf Takuto aufpassen?", bot Melodia an.

„Ach, aufs Riesenrad kann er mitkommen, die Gondeln sind ja sicher und geschlossen", winkte ich ab.

„Ich würde gern kurz mit dir allein sein", flüsterte Lloyd mir zu.

Ich runzelte die Stirn, nickte aber. „Okay. Melodia, nimmst du ihn doch?"

Meine Grundschulfreundin grinste breit. „Was für eine Frage." Sie beugte sich über den Kinderwagen und seufzte. „Wirklich, er ist so süß. Seit ich den Kleinen kenne, weiß ich, dass ich auch mal Kinder will."

Ulrich und Jakob wirkten sehr amüsiert, als sie Marks Reaktion auf diese Aussage beobachteten. Melodias Freund sah ein wenig hilflos aus, um nicht zu sagen panisch. Doch er verhielt sich clever. „Ja, irgendwann wäre 'ne Familie echt was Schönes", kommentierte er.

Die blonde Technikerin lächelte ihn glücklich an, bevor sie sich wieder an mich wandte. „Wenn ich mal eine Tochter bekomme, habe ich schon den perfekten Namen für sie."

„Nämlich?", hakte ich nach.

„Tina", kicherte sie.

Ich stimmte prompt in ihr Lachen mit ein, weil ich mich noch gut daran erinnerte, wie mich Melodia und Haru an unseren Mädelsabenden Tina genannt hatten. Damals, als ich mich noch als Ranger Takuto getarnt hatte und die beiden auch noch nicht Bescheid gewusst hatten. „Im Ernst? Du bist doch verrückt!" Ich umarmte meine Freundin fest. „Aber das ist süß von dir."

„Das passt echt gut", lachte Haru. „Apropos, wir sollten dringend mal wieder einen Mädelsabend machen. Habt ihr heute was vor?"

„Super Idee", freute sich Melodia. „Das machen wir."

„Bin dabei", bestätigte ich begeistert. Ich nahm die Hand meines Freunds in meine. „Aber jetzt sollte ich Lloyd nicht länger warten lassen."

„Viel Spaß auf dem Riesenrad", wünschte Haru uns. „Wir warten hier im Schatten auf euch."

Wir hatten Glück, es gab keine lange Schlange vor dem Fahrgeschäft. Sehr schnell wurden wir in eine Gondel gelassen, nur zu zweit. „Der Ausblick ist ja der Wahnsinn! Man sieht die Küste und das Meer von hier aus", staunte ich, als wir immer höher stiegen.

„Heute Abend sollten wir noch mal mit dem Riesenrad fahren, im Dunkeln sieht das beleuchtete Jafot bestimmt noch viel toller aus", merkte Lloyd an.

Ich setzte mich wieder richtig auf den Sitz, auf dem ich zuvor gekniet hatte, und lächelte meinen Freund, der mir gegenübersaß, an. „Aber warum wolltest du Takuto nicht mitnehmen?"

„Weil ich was Wichtiges mit dir besprechen wollte. Unser Zimmer ist für drei Leute einfach zu klein", seufzte Lloyd. „Das Bett ist ziemlich schmal, das Badezimmer hat nicht genug Platz für unsere Sachen ... Als wir auf der Flucht waren, war das okay. Da haben wir nicht damit gerechnet, länger zu bleiben. Aber jetzt ..."

Erschüttert sah ich ihn an. „Heißt das, du willst, dass wir in zwei verschiedene Zimmer im Wohnhaus ziehen? Es ist wirklich eng, ja, aber ich ... ich will dich und Takuto bei mir haben!"

Da lachte er plötzlich. „Versteh mich nicht falsch, ich hab nicht daran gedacht, von euch wegzuziehen. Eher daran, mit euch umzuziehen."

Ich schob die Augenbrauen zusammen. „Umziehen?"

Er zog einen Umschlag aus der Innentasche seines blauen Mantels und beugte sich zu mir vor. „Schau mal."

Ich nahm ihm das Kuvert ab und holte fünf Blätter Papier heraus. Seite für Seite sah ich sie mir an, meine Augen wurden dabei immer größer. „Das ist ja ... das ist ...", stammelte ich.

„Unsere neue Wohnung", lachte mein Freund. „Wenn sie dir gefällt."

„Nah bei der Zweigstelle, zwei Stockwerke, Keller und Dachboden, ein Garten, mehr als genug Platz für uns drei und auch noch wunderschön. Wo ist der Haken?", murmelte ich.

„Ich musste lange danach suchen und sie ist nicht ganz billig, aber wir könnten sie kaufen. Nicht nur mieten", erzählte er. „Was sagst du dazu?"

„Das ist großartig!" Ich legte die Ansichtsblätter beiseite und umarmte Lloyd stürmisch. „Ich bin dabei. Richten wir unser eigenes Haus ein."

Er drückte mich fest an sich. „Das hab ich gehofft", gestand er. „Sobald wir wieder in Windfeld sind, unterschreiben wir den Vertrag."

„Aber wie finanzieren wir die Wohnung?", gab ich zu bedenken.

„Ich hab schon mit meinen Eltern geredet. Wir müssen keinen Kredit bei der Bank aufnehmen, sie helfen uns. Nach und nach zahlen wir unsere Schulden dann ohne Zinsen bei ihnen ab."

Erleichtert seufzte ich. „Perfekt. Das heißt ja ... wir haben bald echt unser eigenes Haus!"

Lloyd strich mir ein paar lose Haarsträhnen zurück und nickte. „Genau."

„Ich fass es nicht", jubelte ich und küsste ihn vor Freude.

Zärtlich erwiderte er meinen Kuss, obwohl wir dadurch die halbe Fahrt mit dem Riesenrad verpassten. Keine Aussicht konnte so schön sein wie dieser Moment. Wir lächelten uns an, als die Gondel ihre Runde beendet hatte und wir gebeten wurden auszusteigen.

Mein Freund reichte mir seine Hand und ich verschränkte unsere Finger miteinander. „Ich liebe dich", flüsterte ich ihm zu, bevor wir zu unseren Freunden zurückkehrten.

Er beugte sich näher zu mir. „Ich liebe dich auch", hauchte er mir ins Ohr.

„Es wird bestimmt schön zusammenzuwohnen", freute ich mich. „Genau wie früher in Renia."

„Nur mit mehr Action als damals", entgegnete er.

Ich schmunzelte. „Umso besser. Ranger ist und bleibt mein Traumberuf."

„Mir gefällt die Arbeit auch echt gut", gab er zu. „Vor allem mit dir."

„Tja, wir sind eben ein super Team."

Da schlang er plötzlich seine Arme um meine Hüfte und hob mich ein Stückchen hoch, sodass meine Füße den Boden nicht mehr berührten. Vor Überraschung quietschte ich, woraufhin er herzlich lachte. Ich stützte mich mit den Händen auf seinen Schultern ab und ignorierte die Blicke unserer Freunde, die ganz in der Nähe standen. Jetzt gerade hatte ich nur Augen für Lloyd. Wie von selbst küssten wir uns. Und ich wusste genau, dass uns schöne, spannende, anstrengende und turbulente Tage erwarteten. Aber zusammen mit ihm freute ich mich auf jeden einzelnen davon.

„Mia, hast du das Verhaftungsprotokoll schon ausgefüllt?", hielt mich Haru auf, als ich die Zweigstelle verlassen wollte.

Ich deutete auf Melodias Schreibtisch. „Liegt da. Ich muss jetzt los."

„Du willst wirklich nicht zum Abendessen bleiben?", fragte Ulrich, der mit Haru, Mark, Jonas, Genta, Benjiro, Torben, Lasse und mir im Hauptraum der Zweigstelle stand. „Und du bist dir sicher, dass es dir gut geht?"

Ich lächelte schief. „Ja, alles okay. Mir ist nichts passiert und ich bin mit Lloyd zum Essen verabredet. Er wollte was für uns kochen, jetzt da wir endlich eine funktionierende Küche in der Wohnung haben."

„Hat ja auch nur zwei Monate gedauert", lachte Lasse. „Dann guten Appetit. Bis morgen."

„Und gute Verhaftung heute", lobte mich der aufgedrehte Benjiro, mit dem ich zusammen auf Patrouille gewesen war.

Lloyd hatte sich den Tag freigenommen, ohne mir den Grund dafür zu sagen. Er hatte nur etwas davon gemurmelt, dass er Zeit mit Takuto verbringen, Erik im Gefängnis besuchen und uns was zum Abendessen kochen wollte. Da ich seine kaum vorhandenen Kochkünste kannte, wunderte ich mich umso mehr über diesen Plan. Aber wahrscheinlich wollte er einfach nur den endgültigen Einzug in unser eigenes Heim feiern.

„Der Typ, der euch angegriffen hat, muss echt ein Idiot gewesen sein", äußerte sich Mark. „Aus so einem dummen Grund, mitten auf dem Marktplatz!"

Ich nickte. Heute hatte ich einen Bekloppten festgenommen, weil er auf mich losgegangen war. Er hatte gedacht, ich wäre eine Hochstaplerin, weil eine Frau niemals Ranger sein könnte. Ich wusste, dass es derzeit keinen anderen weiblichen Ranger gab, aber der Vorsitzende hatte schon lange öffentlich bekanntgegeben, dass die Ranger-Schule nun auch für Mädchen und Frauen geöffnet werden würde. Ab jetzt würde sich einiges in der Organisation ändern. Damit sollten sich auch die Bürger zurechtfinden. Morgen gab es eine abschließende Pressekonferenz zum Kriegsende, dem Friedensprozess und den künftigen Vorhaben der Ranger. Vielleicht legte sich dann die Aufregung darüber, mich in einer Ranger-Uniform auf der Straße zu sehen.

„Jetzt ist er in Haft, selbst schuld", merkte Torben an, der seit einiger Zeit nicht mehr so mürrisch und schweigsam wirkte. Langsam fühlte er sich sichtlich wohl in Windfeld. Er lachte auf. „Mia kann sich ja wehren."

„Zum Glück", stimmte Ulrich zu. „Also, bis morgen früh."

„Das Essen ist fertig!", rief Melodia aus der Küche.

„Guten Appetit euch, bis morgen", verabschiedete ich mich und machte mich auf den Weg nach Hause.

Nach nicht mal zehn Minuten erreichte ich die Wohnung. Lächelnd betrachtete ich das weiße Gebäude und den hübschen Vorgarten, den Celeps genau wie den großen Garten für uns pflegte. Dieses Haus war ein echter Glückstreffer gewesen. Ich holte meinen Schlüsselbund aus der Hosentasche, wobei mein Blick auf den Fotoanhänger fiel. Das Bild von Haru, Melodia und mir in unserer Anfangszeit war zwar schon alt, aber das Glücksgefühl, gemeinsam in Windfeld zu arbeiten, war zurückgekehrt. Auf der Rückseite des Anhängers wollte ich noch unbedingt das Bild anbringen, das Lloyd und ich letzte Woche an Takutos erstem Geburtstag gemacht hatten. Dazu war ich noch nicht gekommen. Vielleicht dachte ich ja heute Abend daran.

Ich öffnete die Haustür und trat in den Eingangsflur. Schon ein komisches Gefühl, keinen Schlüssel mehr für das Appartementwohnhaus, sondern eine eigene Wohnung zu haben. „Ich bin wieder da", rief ich und zog die braune Jacke meiner Uniform aus.

Als ich keine Antwort bekam, ging ich verwirrt durch den Flur zum Wohnzimmer. Niemand da. Also lief ich die Treppen in den ersten Stock hoch, zu unserem Schlafzimmer. Auch dort fand ich weder Lloyd noch Takuto. Der Kleine befand sich auch nicht im Kinderzimmer. Merkwürdig. Mein Freund hatte mir doch gesagt, ich sollte gleich nach der Arbeit nach Hause kommen. Da ich sowieso im Schlafzimmer stand, zog ich mich um. Ich tauschte die viel zu warme Uniform gegen Jeans und ein helles T-Shirt, bevor ich wieder ins Erdgeschoss lief. „Ist jemand zu Hause?", fragte ich. „Lloyd?"

„In der Küche", antwortete mein Freund endlich.

„Sag das doch gleich!", rief ich und ging zu dem Raum, der Esszimmer und Küche zugleich war. Als ich rote Rosenblätter auf dem Fliesenboden liegen sah, stutzte ich. Ich blieb im Türrahmen stehen und blickte mich verunsichert um. Der Tisch war gedeckt, nicht nur mit Geschirr und Servietten. Auch Kerzen brannten und ein Strauß Rosen stand in einer Vase auf dem Tisch. Es roch richtig gut. Die ganze Atmosphäre war einladend, schon fast ... romantisch.

„Hey", begrüßte mich Lloyd und lächelte verlegen.

„Hey." Ich musterte ihn, noch immer leicht überfordert mit der Situation. „Du hast Hemd und Krawatte an", stellte ich fest. Er nickte. „Warum hast du eine Krawatte an? Ist jemand gestorben?" Mein Freund trug so gut wie nie Krawatten, höchstens mal ein Hemd. Irgendetwas musste passiert sein.

Schnell schüttelte er den Kopf. „Nein, alles okay", beruhigte er mich. „Ich wollte uns nur einen, na ja, besonderen Abend machen."

„Du hast das alles hier echt schön hergerichtet", bemerkte ich und trat langsam ins Zimmer. „So viele Rosenblätter ..."

„Celeps hat mir bei der Dekoration geholfen", gestand er lachend.

Ich schmunzelte. „Ihr zwei versteht euch echt gut, was? Aber jetzt fühle ich mich etwas zu schlicht angezogen."

„Völlig egal", winkte er ab.

„Wo ist Takuto?", wunderte ich mich. „Oben im Zimmer ist er nicht."

„Bei Cassandra, er übernachtet da." Lloyd biss sich auf die Unterlippe. „Ich wollte den Abend für uns allein haben."

Ich lächelte schief. „Ich bin gerade etwas verwirrt, aber ... schön, dich zu sehen." Ich umarmte meinen Freund zur Begrüßung. Dabei spürte ich, dass er zitterte. Er schien nicht nur wahnsinnig nervös zu sein, er war außer sich vor Aufregung. „Was ist denn los mit dir?", fragte ich besorgt und nahm seine Hände. „Ist was passiert? War was mit meinem Vater?"

„Nein, nein, der Besuch im Gefängnis war echt gut", erzählte er. „Erik hat sich gefreut. Cassandra hat sich auch gefreut, dass Takuto bei ihr bleibt."

„Aber irgendwas stimmt doch nicht mit dir", wandte ich ein. „Ist das Essen nichts geworden?"

Er löste eine Hand aus meiner, um sich nervös durchs dunkelbraune Haar zu fahren. „Doch, ich hoffe, du hast Hunger. Aber zuerst muss ich dir was sagen." Kam daher seine Aufregung? Weil er mir etwas sagen wollte?

„Und zwar?"

„Eigentlich wollte ich es schon früher machen", murmelte er. „Schon seit dem Einsatz gegen Blair Pharmaceuticals."

„Stimmt!", fiel mir ein. „Da meintest du, wenn das alles vorbei ist, hast du mir was zu sagen." Das hatte ich schon wieder völlig vergessen.

„G...genau. U...und es ... es ist, also, e...e...s geht um ... äh ...", stammelte er.

Meine Augen weiteten sich. „Ist es so schlimm, dass du es nicht sagen kannst?"

„Nein, es … es ist nur, es ist nicht schlimm, es ist nur, äh, wichtig …"

Ich spürte, wie die Geister und Dämonen in Lachanfälle ausbrachen. Sie alle beobachteten uns anscheinend. Was ging hier vor sich?

Bevor ich eine Antwort darauf fand, umarmte Lloyd mich. Er verwickelte mich in einen liebevollen Kuss, einen wundervollen Kuss, den ich nur allzu gerne erwiderte. Es fühlte sich so gut an, dass ich mich gar nicht mehr von ihm lösen wollte. Und auch er hatte offensichtlich nicht die Absicht, diesen Moment so schnell zu beenden.

Erst nach einigen Minuten lösten wir uns voneinander, mein Herz flatterte immer noch deswegen. Ich lächelte meinen Freund an. „Wow. Also, so darfst du mich gerne öfter küssen."

Da lächelte auch er, deutlich entspannter als zuvor. „Werde ich bestimmt."

Ich schmiegte mich an ihn. „Und was wolltest du mir jetzt seit drei Monaten sagen?"

„Ich … ich wollte dich … eigentlich wollte ich dich eher etwas fragen …" Er atmete tief durch und umarmte mich fester, sein Kinn legte er auf meinem Kopf ab. Sein Herz raste, das spürte ich. „Es ist nur nicht einfach …"

„Du kannst mich alles fragen, das weißt du", flüsterte ich. „Auch wenn es schlimm oder schwierig ist."

„Eigentlich, also, eigentlich ist es das gar nicht …" Er schnaubte laut. „Verdammt, es ist doch nicht so schwer!"

Die Fiorita amüsierten sich gewaltig, was sie mich überdeutlich spüren ließen. Sie verrieten mir den Grund dafür aber nicht. Fieberhaft überlegte ich. Lloyd hatte einen wunderschönen Abend für uns vorbereitet, gekocht, das Esszimmer hergerichtet, er hatte sich sogar herausgeputzt – und er sah echt gut aus –, aber jetzt brachte er nicht über die Lippen, was er mir sagen wollte.

Moment mal! Plötzlich dämmerte mir, was er vorhaben könnte. Unwillkürlich zitterte ich, mein Herz raste mindestens so schnell wie seines, als mir der Gedanke kam. Das konnte doch nicht sein. Unmöglich. Oder?

„Ähm", murmelte er wieder. Dann wurde er ein wenig lauter. „Verdammt, ich kann das einfach nicht. Ich will dir so viel sagen, aber ich kann es nicht!"

Ich brachte selbst keinen Ton mehr heraus. Mein Blick schweifte über die beiden Kochtöpfe auf dem Herd, über die Salatschüssel und das kleine, mit Stoff überdeckte Kästchen, das ebenfalls auf der Anrichte lag. Bei allen Geistern. Das hier war ein Antrag! „Lloyd, hat es was damit zu tun?", fragte ich und löste mich aus der Umarmung, um auf das Kästchen zu deuten.

Schlagartig wurde mein Freund feuerrot im Gesicht. Er nahm die kleine Box und nickte. „Ich hatte zwar nicht vor, dass du es selbst errätst, aber wenn ich zu blöd bin, es zu sagen ..." Er hörte sich an, als wäre er enttäuscht von sich selbst. Vorsichtig öffnete er das Kästchen, er bewegte sich so steif, dass ich befürchtete, er würde jede Sekunde umkippen. Ein wenig beschämt lächelte er. „Ich dachte, das wäre einfacher", flüsterte er mit rauer Stimme.

Er hatte tatsächlich einen Ring. Das hier war wirklich ein Antrag. Mein Mund klappte vor Überraschung auf, doch zugleich tobten Aufregung und Freude in mir. Damit hatte ich beim besten Willen nicht gerechnet. Nun war ich es, die um ihre Fassung kämpfen musste. „Ich glaube, du kennst meine Antwort."

„Mia, willst du mich heiraten?", fragte er endlich.

„Natürlich will ich!", stimmte ich sofort zu und drückte ihn fest. „Ich liebe dich, Lloyd, und ich will mit keinem anderen zusammen sein!"

Völlig egal, dass wir erst 19 und 21 waren. Völlig egal, dass ich mir nie erträumt hätte, jetzt schon zu heiraten. Ich war mir ganz sicher. Ich wollte auch in Zukunft mit Lloyd zusammen sein, immer.

Die Begeisterung und die Gratulation der Fiorita zusätzlich zu spüren, überforderte mich ein wenig. Ich platzte beinahe vor Glück! Freudentränen stiegen mir in die Augen, tropften auf das Hemd meines Freundes. Wir waren wirklich verlobt.

„Ich hatte das Ganze etwas anders geplant", lachte Lloyd leise und lockerte die Umarmung, um mir ins Gesicht schauen zu können. Er lächelte milde, als er meine Freudentränen sah, und strich sie mir sanft von den Wangen. „Ich wollte dir eigentlich ziemlich viel sagen. Ich wollte mich für die letzten Jahre bedanken. Ich wollte dir sagen, dass ich dich über alles liebe und es auch in Zukunft immer tun werde ..."

Gerührt schniefte ich. „Dann sag es doch jetzt."

Mit seinen bildschönen blauen Augen sah er direkt in meine. „Ich liebe dich, Mia. Und das werde ich immer tun."

Ohne etwas darauf zu antworten, streckte ich mich und küsste ihn, ebenso lange und mitreißend wie schon zuvor. Jedenfalls bis ein lautes Zischen die Ruhe unterbrach.

„Die Tomatensoße ist übergekocht!“, rief Lloyd und wandte sich zum Herd, um den Topf von der heißen Platte zu ziehen.

„Was gibt es überhaupt zu essen?“

Er stellte die beiden Töpfe sowie den Salat auf den Tisch. „Das erste Gericht, das wir zusammen gegessen haben.“

„Nudeln mit Tomatensoße“, lachte ich. „Das weckt Erinnerungen.“

Mein Freund rückte den Stuhl vor und ließ mich Platz nehmen, dann setzte auch er sich hin.

„Ich dachte, das wäre passend für den Anlass.“

Ich nickte. „Das ist perfekt. Etwas Einfaches und Leckeres ist sowieso immer das Beste.“

Er verteilte das Essen auf unseren Tellern. „Na dann, guten Appetit.“

„Dir auch“, erwiderte ich und probierte eine Gabel. „Echt gut!“ Er war immer noch rot im Gesicht, fiel mir auf. Auch meine Wangen glühten ein wenig. „Die anderen werden ausflippen, wenn wir ihnen davon erzählen“, lachte ich.

Lloyd schmunzelte. „Wird sicher lustig in der Zweigstelle morgen.“

Ich streckte einen Arm aus, um über den Tisch hinweg seine Hand zu nehmen. „Danke.“

„Wofür?“, wunderte er sich und strich über meine Finger.

Verlegen lächelte ich. „Dass du mich so glücklich machst.“

Er stand auf und beugte sich über den Tisch, sodass uns keine zehn Zentimeter mehr voneinander trennten. „Ab jetzt jeden Tag“, versprach er mir und lehnte seine Stirn an meine.

Ich schloss die Augen und genoss das heftige, unregelmäßige Herzklopfen. Ich hätte nicht gedacht, dass mich irgendetwas mehr freuen könnte als der Beginn des langersehnten Friedens. Doch in diesem Moment war ich glücklicher als je zuvor.

„Ihr werdet heiraten!“, kreischte Melodia. „Ihr werdet echt heiraten!“

„Ja, aber nicht vor dem Frühling“, beruhigte ich sie und versuchte, unter ihrer festen Umarmung irgendwie zu atmen. „Und ihr seid natürlich alle eingeladen.“

Melodia ließ mich endlich los, dafür drückte Ulrich mich nun. „Das würden wir uns nie entgehen lassen.“

Auch Jakob schloss mich in die Arme. „Herzlichen Glückwunsch!“

„Vielen Dank euch allen“, lachte Lloyd, der gerade ebenfalls der Reihe nach von unseren Kollegen umarmt wurde.

Haru strahlte mich an. „Bessere Nachrichten gibt es doch gar nicht am Morgen. Dagegen sieht der Vorsitzende mit seiner Pressekonferenz alt aus."

„Stimmt." James grinste. „Aber anschauen sollten wir sie trotzdem."

„Moment, ich kümmere mich darum", bot Mark an und fuhr den Computer auf Melodias Schreibtisch hoch.

„Aber wir haben schon das meiste verpasst", vermutete Lasse. Dann lächelte er breit. „Was wir hier erfahren haben, war einfach spannender."

Ich erwiderte das Lächeln des blonden Rangers. Mir wurde warm ums Herz, weil sich unsere Kollegen so für uns freuten.

„Ja, äh, das scheint schon fast, äh, vorbei zu sein", äußerte sich Genta, der an Mark vorbei auf den Bildschirm blickte.

Die diensthabenden Ranger und die beiden Technikerinnen scharten sich nun ebenfalls um den Computer. Ich sah nicht viel, weil ich relativ weit hinten stand, doch das störte mich nicht. Lloyd war neben mir und hatte einen Arm um meine Schultern gelegt, sodass ich mich an ihn lehnen konnte. Zwischen den Köpfen unserer Kollegen hindurch sah ich den Vorsitzenden an einem langen Tisch sitzen. Er befand sich wohl im Konferenzraum des Hauptquartiers. Vor ihm war eine Armee an Mikrofonen aufgebaut, immer wieder wies ein Blitzlicht darauf hin, dass der Weißhaarige fotografiert wurde.

„Neue Zeiten brechen in Fioria an, so viel ist sicher", verkündete er. „Die ersten jungen Mädchen haben sich bereits an der Ranger-Schule angemeldet. Eine Rangerin ist schon seit knapp drei Monaten im Dienst. Und wir freuen uns über jede Verstärkung, nachdem die Organisation der Ranger durch den Krieg geschwächt und dezimiert worden ist."

„Stimmt es, dass noch einige Schattenbringer auf freiem Fuß sind?", erkundigte sich ein Reporter.

„Leider, ja", bestätigte der Vorsitzende und schob seine Brille höher auf die Nase. „Doch wir arbeiten mit allen Kräften daran, auch die letzten Mitglieder der Verbrecherbande zu fassen."

Ich lächelte schief. Es war schön, mal die Wahrheit aus dem Mund dieses Mannes zu hören. Er belog die Öffentlichkeit nicht mehr. Offensichtlich hatte er wirklich etwas aus diesem Krieg gelernt.

„Wenn es keine weiteren Fragen gibt, ist die Konferenz hiermit beendet", verkündete er, stand auf und knöpfte das Jackett seines Anzugs zu, dann nickte er in Richtung der Kamera und der Journalisten.

„Einen Augenblick", bat eine etwa 30-jährige Reporterin. Sie winkte, um auf sich aufmerksam zu machen. „Es ist nur noch eine einzige Frage offen, Herr Vorsitzender."

Interessiert sah er sie an. „Die da wäre?"

Die Frau klang ernst, als sie redete. „Wie heißen Sie?"

Vergnügt lachte der Vorsitzende auf. „Bitte." Gleich darauf verließ er ohne ein weiteres Wort den Raum.

Ungläubig sahen wir uns an, Ranger sowie Technikerinnen wirkten irritiert. Doch dann brachen wir in schallendes Gelächter aus.

„Das größte Mysterium von Fioria bleibt ungelöst", kicherte Haru.

Lasse schüttelte amüsiert den Kopf. „Irgendwann werden wir seinen Namen noch erfahren!"

„Wir sollten ihm wirklich den Ausweis klauen, ganz einfach", meinte Jakob.

Ich grinste Lloyd an. „Das wäre doch mal eine echte Herausforderung, oder?"

Mein Freund grinste zurück. „Das Rätsel um den Namen des Vorsitzenden ..."

„Wir wären keine Ranger, wenn wir ihn nicht irgendwann in Erfahrung bringen", meinte Lasse.

„Aber ein Gutes hat es", merkte meine Grundschulfreundin an. Fragend musterten wir sie. „Wenn die Presse sonst keine Fragen mehr hat, ist die Normalität wirklich wieder eingekehrt."

Daraufhin prusteten wir alle noch mal drauflos. Melodia hatte recht. In Fioria war wieder alles in Ordnung.

Danksagung

Unglaublich, dass in Fioria nun der Höhepunkt erreicht ist! Und auch nach diesem dritten Band möchte ich mich wieder herzlich bedanken:

- Bei meiner Familie, den wichtigsten Menschen, die es für mich gibt. Allen voran bei meiner Mutter Martina. Vielen Dank für all die Unterstützung, Beruhigung, Ermutigung, Liebe und das Vertrauen, das ich täglich erfahre!

- Bei meinen besten Freunden Andrea und Moeky, die mich bei dieser Geschichte immer wieder bestärkt und mir bei Änderungsvorschlägen ihre Meinung gesagt haben.

- Bei meinen mehr als erstklassigen Testlesern Andrea, Sandra, Annika und Christina, die geduldig auf den letzten Teil gewartet und mal wieder großartige Arbeit geleistet haben. Besser konnte die Geschichte gar nicht werden, und das dank euch!

- Bei meiner ganz besonderen Freundin und Kommilitonin Susanne, ohne die dieses Buch nicht so schnell seinen Abschluss gefunden hätte. Unsere endlosen Gespräche haben mir sehr geholfen, ein würdiges Finale zu kreieren!

- Bei meiner lieben Autorenkollegin Laura und ihrem Freund Sönke für viel Inspiration und die Gelegenheit, bei gemeinsamen Schreibsessions den Alltag abzuschalten und sich endlich wieder auf den Roman zu konzentrieren.

- Bei meinen wundervollen Freunden, ohne die ich weder Inspiration noch so viel Spaß im Alltag hätte. Und wenn sich der eine oder andere von euch in einer liebenswerten Figur wiedererkennt ... tja, dann hat das bestimmt einen guten Grund!

- Bei Papierfresserchens MTM-Verlag, der mich bei jeder neuen Veröffentlichung zur glücklichsten Autorin der Welt macht.

- Bei all meinen Lesern, die ich mit dieser Buchreihe hoffentlich in eine ganz besondere Welt entführen konnte.

Damit ist es tatsächlich geschafft und ich bin überglücklich! Vielen Dank für alles. Ihr seid einsame Spitze!

Eure Maron Fuchs

Die Autorin

Maron Fuchs wurde 1995 geboren und kommt aus Bayern.

Sie studierte Gymnasiallehramt für Latein und katholische Religion in Bamberg

Ihre Bücher

**Maron Fuchs
Vom Schatten ins Licht
Fioria Band 1**

**ISBN 978-3-96074-532-7
Taschenbuch, 384 Seiten**

Die junge Mia hat schon lange genug davon, in einer Welt zu leben, um die sich völlig verrückte Legenden ranken. Als würde es Dämonen und Geister geben oder eine Auserwählte, die ebendiese Wesen zu sich rufen kann – so ein Blödsinn!

Doch als sie eines Tages versehentlich das Oberhaupt der Dämonen beschwört, kann sie nicht länger leugnen, dass die Legenden wahr sind. Und sie selbst ist ein Teil davon. Sie ist das Mädchen aus der Legende, verantwortlich für die Wesen, an die sie nie glauben wollte. Als wäre das nicht schlimm genug, bedroht auch noch eine Verbrecherorganisation sowohl die Menschen als auch die magischen Wesen in Mias Heimat.

Um die Dämonen und Geister zu schützen, gibt es nur eine Möglichkeit: Sie muss sich den Rangern anschließen. Aber dafür braucht sie einen guten Plan, denn dummerweise ist das nur Männern erlaubt ...

Ihre Bücher

Maron Fuchs
Abbild der Vergangenheit

ISBN 978-3-86196-774-3
Taschenbuch, 300 Seiten

In einen Jungen verliebt zu sein, den sie jahrelang nicht gesehen hat, ist bis zur zehnten Klasse Meikes einziges Problem. Doch als sie am eigenen Leibe erfährt, dass jemand sie umbringen will, wird ihre kleine heile Welt auf den Kopf gestellt. Nicht nur sie schwebt von da an in Gefahr, sondern auch ihre Freunde. Und obwohl ihre Eltern offensichtlich etwas über ihren vermeintlichen Stalker wissen, verraten sie ihr nichts. Stattdessen halten sie Meike wie in einem goldenen Käfig gefangen.

Kein Wunder also, dass sie auf eigene Faust ermitteln will. Sie nimmt sich vor, zusammmen mit ihren beiden besten Freunden herauszufinden, was hinter ihrem Rücken geschieht. Wäre da nur nicht dieser neue Mitschüler Felix, der genauso aussieht wie ihre große Liebe Leon – dieser Typ ist nämlich eine riesige Ablenkung ...

Ihre Bücher

Maron Fuchs
Eisige Kälte

Taschenbuch, 342 Seiten
ISBN: 978-3-86196-364-6

Gewalt, Grausamkeit und Misshandlungen gehören für die 17-jährige Larissa seit Jahren zum Alltag. Seit ihre Adoptivmutter dieses Monster geheiratet hat. Seither dreht sich ihr Leben nur noch darum, ihre Schwester, die achtjährige Nele, zu beschützen und an ihrem 18. Geburtstag mit der Kleinen zu fliehen.
Als ihr Stiefvater seine Frau in einem seiner Wutanfälle aber tötet und Larissa krankenhausreif prügelt, scheint es unmöglich zu sein, Nele vor dem Kinderheim zu bewahren. Wären da nicht diese beiden Fremden, die die Mädchen bei sich aufnehmen und behaupten, Larissas leibliche Eltern zu sein ...